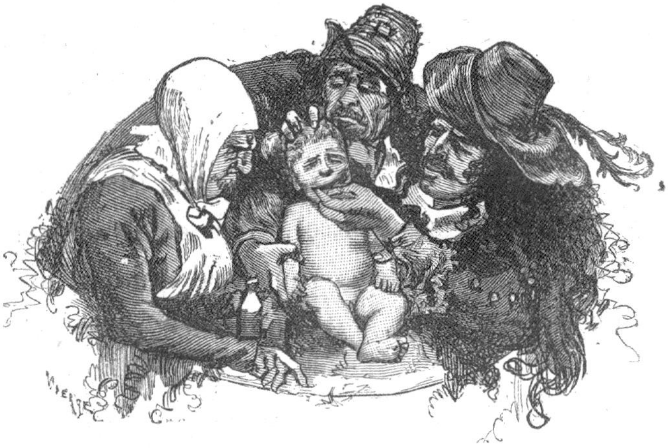

《外国文学名著名译丛书》出版说明

2013年夏天以来,我社的外国文学名著名译丛书出版六十余种,读书界给予了很多好评和鼓励。为了进一步出好这套书,我们对原来的编辑思路略作了调整。除了继续出好具有长久阅读品质的经典作品,我们还有意识地侧重于遴选目前中译本较少、更需要广泛关注的优秀作品,同时对开本和印装也作了调整。我们期待这套书带给读者新鲜的发现与体验,尤其是那些较为稀缺的译本,希望给读者带来惊喜。我们虽不能保证所有的工作都是十全十美的,但"最好的作品,最好的译文,最好的阅读"这一理想却会坚持下去。

漓江出版社编辑部

笑　面　人

（上）

（法）雨　果 著

李玉民 译

插　图　珍　藏　版

漓江出版社

桂林

图书在版编目(CIP)数据

笑面人/(法)雨果 著;李玉民 译.—桂林:漓江出版社,2016.8
(外国文学名著名译丛书)
ISBN 978-7-5407-7789-0

Ⅰ.①笑… Ⅱ.①雨… ②李… Ⅲ.①长篇小说-法国-近代 Ⅳ.①I565.44

中国版本图书馆 CIP 数据核字(2016)第 116590 号

出版统筹:吴晓妮
责任编辑:王红军 吴云芳
封面设计:居 居 何 萌
内文排版:姜政宏 钟 玲 何 萌
责任营销:景迷霞

出版人:刘迪才
漓江出版社有限公司出版发行
广西桂林市南环路 22 号 邮政编码:541002
网址:http://www.lijiangbook.com
全国新华书店经销
销售热线:021-55087201-833

山东德州新华印务有限责任公司印刷
(山东省德州市经济开发区晶华大道 2306 号 邮政编码:253000)
开本:880mm×1 230mm 1/32
印张:25.75 字数:500 千字
2016 年 8 月第 1 版 2016 年 8 月第 1 次印刷
定价:78.00 元(上下册)

目　录

译者序

主要人物简介

前言

第一部　大海与黑夜

开卷两章

003　第一章　吾是熊

030　第二章　儿童贩子

第一卷　黑夜不过人心

046　第一章　波特兰海湾南岬角

053　第二章　抛弃

057　第三章　孤独

064 第四章 问题
066 第五章 人类发明之树
071 第六章 死亡与黑夜之战
078 第七章、波特兰湾北岬角

第二卷 海上独桅船

084 第一章 超人的法则
088 第二章 初航定影
093 第三章 不安的海上不安的人
097 第四章 诡云登场
109 第五章 哈德夸诺恩
112 第六章 他们以为有天助
114 第七章 敬畏神明
118 第八章 白雪与黑夜
122 第九章 托付怒海
124 第十章 巨大的野人就是风暴
129 第十一章 卡斯凯
133 第十二章 同礁石肉搏
138 第十三章 面对黑夜
140 第十四章 奥尔塔克礁石
142 第十五章 神奇的海洋
148 第十六章 突然温和之谜
151 第十七章 最后一招
155 第十八章 终极之法

第三卷　黑暗中的孩子

165　第一章　棋盘坨
172　第二章　雪的效果
178　第三章　痛苦之路总怕添负担
184　第四章　别样荒漠
189　第五章　厌世者有了子女
206　第六章　苏醒

第二部　奉国王之命

第一卷　过去永存于现时，人类彰显出个人

215　第一章　克兰查理勋爵
230　第二章　大卫·狄里-莫伊尔勋爵
239　第三章　若仙女公爵
251　第四章　优雅的仲裁
260　第五章　安妮女王
271　第六章　巴基尔费德罗
279　第七章　巴基尔费德罗脱颖而出
286　第八章　地狱
290　第九章　恨也强似爱
299　第十章　人体如透明，便可见火焰
308　第十一章　巴基尔费德罗伺机一逞

314 第十二章　苏格兰、爱尔兰和英格兰

第二卷　关伯兰和黛娅

325 第一章　只见其行为,今方识面孔
330 第二章　黛娅
334 第三章　“她没眼睛,却看得见”
337 第四章　天造地设的情侣
341 第五章　黑暗中的蓝天
346 第六章　教师吾是熊和监护人吾是熊
352 第七章　盲人教人心明眼亮
357 第八章　不仅幸福,还要发财
364 第九章　被外行称为诗的狂语
372 第十章　旁观者看人和事
379 第十一章　关伯兰想正义,吾是熊讲现实
388 第十二章　诗人吾是熊拖着哲人吾是熊

第三卷　裂痕初现

393 第一章　塔德卡斯特客栈
397 第二章　风中演说
403 第三章　那行人再次露面
409 第四章　对手们在怨恨中抱成一团
415 第五章　铁棒执法官
420 第六章　猫审老鼠
431 第七章　铜钱堆里何以混进一枚金币

439　第八章　中毒症状
444　第九章　深渊呼唤深渊

第四卷　刑讯地牢

456　第一章　圣关伯兰的诱惑
466　第二章　从逗乐到严肃
475　第三章　法律、国王、渣滓
479　第四章　吾是熊侦察警察局
485　第五章　凶险之地
488　第六章　从前戴假发的法官相
492　第七章　惊悚
494　第八章　哀吟

第五卷　大海和命运同在微风中波动

511　第一章　易碎之物的牢固性
523　第二章　漂流之物不迷路
536　第三章　从西伯利亚猛然移到塞内加尔，谁都要丧失神志
540　第四章　迷幻
548　第五章　以为想起，其实忘记

第六卷　吾是熊面面观

557　第一章　厌世者如何说
561　第二章　吾是熊如何做
577　第三章　情况复杂

582 第四章 哑钟对聋墙
590 第五章 国家利益,抓大事也抓小事

第七卷 提坦女神

602 第一章 苏醒
606 第二章 宫殿与树林相似之处
613 第三章 夏娃
621 第四章 撒旦
637 第五章 相认却又认不得

第八卷 主神殿及其周遭

641 第一章 高贵事物剖析
658 第二章 公正
667 第三章 曩时的议会大堂
673 第四章 曩时的上议院
679 第五章 高谈阔论
690 第六章 上院和下院
695 第七章 人起风暴猛过海洋风暴
716 第八章 虽非好儿子,或是好兄长

第九卷 破灭

722 第一章 通过极显贵而至极悲惨
728 第二章 劫后

结局　大海与黑夜

748　第一章　护家犬也可能是守护神

753　第二章　巴基尔费德罗瞄准鹰,却击中鸽子

761　第三章　天堂重现人世间

769　第四章　不。天上

奇书引发奇思考

李玉民

雨果在创作笔记中有一段话，本欲用作《笑面人》的题词，不妨译出来，公示给我们的读者：

> 唯有善于思考的读者才称得上读者。
>
> 我的著作就是要题赠给善于思考的读者。
>
> 不管你是谁，如果你边阅读边思索的话，我的作品就题赠给你。

《笑面人》这部奇书，讲述的奇人奇事，远远胜过传奇故事，更有出人意料的奇思异想，层出不穷，常常令人叫绝。作者想要人赏阅的同时，更想引人深长思之，因而有了这段题词的意向。

我说"奇书"，是《笑面人》给我的总体印象。其实，"奇书"并不是我的提法，这种评价在法国早已有之，谈得最精彩的，恐怕要属原著《导言》的结尾部分，现节译如下：

> 在雨果的小说中，《笑面人》是最为特异又最为瑰奇的一部，也许是早在"超现实主义"一词出现之前，最富有

超现实主义色彩的一部作品。这种特点体现在小说黑夜与梦幻的背景,倚重噩梦与通灵的现象,喜好畸形和黑色幽默的倾向。……不过,《笑面人》主要还是通过自制的女性神话,通过黛娅和若仙的对比反差,来昭示超现实主义:须知黛娅契合女人—孩子的形象,对应确立在两性互补之上的拯救性爱情的光明极;而若仙则近乎巫婆,代表通向灾难和死亡的爱情的黑暗极。《笑面人》通过叩问人精神层面的奥秘和昏乱,通过探求未知和禁区的临界点的非理性力量,形象地预示了超现实主义:也正是在这种临界点所产生的"明暗的变化",逃离了推理思维的进展,吹旺了想象力的既光亮又昏黑的火焰。

——马克·埃热尔丁格和杰拉尔·沙菲尔

原著《导言》的收束部分高度概括,语言凝缩,相当抽象,又多为非常用语,只有结合小说的相关情节才容易理解。不过,这也足以表明,《笑面人》这部小说如何瑰奇特异,就不能再完全沿用评价雨果其他小说的方式论述了。

在雨果小说的创作中,《笑面人》居于什么位置呢?雨果说,他有两套三部曲,一套是"人类命运"三部曲,包括《巴黎圣母院》、《悲惨世界》和《海上劳工》;另一套是"革命"三部曲,拟定为《笑面人》(《贵族政治》)、《君主制度》(写十八世纪路易十五统治时期的法国,未实现),以及《九三年》。第二套"步步高"的三部曲,相继表述了"希望—自由—进步"的思想,旨在论证导致革命的内在原因,即极端的君主政体引发了革命。

这部小说的书名,作者首先用了"奉国王之命",以期当即彰显全书的民主意义,鉴于出版之前,这种效果已经达到,就不妨定为现用的"笑面人",以便突出小说浓墨重彩的传奇属性,而"奉国王之命”就降为小说第二部的标题了。这样，在雨果的眼里，《笑面人》和《悲惨世界》就等量齐观，可谓对称的双璧了。

《笑面人》的历史背景，是从1688年至1705年一段特殊时期的英国，也正是要拉开十八世纪法国大幕的准备期。安妮女王当政的这段时间，当年学界所谈极多，却知之甚少。雨果则深入探究，吃透了这段历史，要在这部历史小说中，展现真实的英国，透露出来的内容与真知灼见，甚至能让英国学者惊诧而汗颜。

的确，雨果要用《笑面人》这部既形象生动，又内容翔实的教科书，给历史学家们上课了，其中重要的一课，就是重新认识贵族政治。贵族阶层始建于法国，而贵族院议员制很快从法国延伸到英国。

> 创建一个能与国王平起平坐的贵族阶层，这在野蛮时代是一种很有实效的设想。不过，政治上这种粗略的权宜之法，在法国和英国则产生不同的后果。豪门权贵，在法国是假国王，在英国却是真君主，地位上不如在法国高，但是权力更实在。可以这么说：小一点儿，但是更恶劣。

“假国王”，“真君主”，这种提法一反笼而统之的历史定论，打开了研究贵族政治，尤其是独具特色的英国贵族的新思路。英国贵族阶层经过若干代坚持与抗争，终于赢得了与国王平起平坐的地位，甚至废黜国王的权力。这对国家的发展有什么意义呢？雨果分析了法国的情况，指出路易十一、黎塞留和路易十四的专制事业，在法国建造土耳其工程，不同阶层全部拉低拉平，将一切铲平当作平等，滥用王权滥施刑罚，创建一个苏丹式政权，而这种专制，在英国就被勋爵们阻止了。雨果写道：

> 他们将贵族阶层建成了一道墙，一方面阻挡了国王，另一方面也保护了人民。他们用对国王的放肆无礼，来补赎他们对人民的蛮横无理。西·莱塞斯特伯爵对亨利三世说："国王，你说了谎。"勋爵们也强使国王接受束缚条件，他们冒犯国王，偏要触碰敏感部位，在犬猎的问题上，任何勋爵经过王家林苑，都有权猎杀一只黄鹿。勋爵到王家，也就像到自己家一样。国王关进伦敦塔思过，津贴也不高于一位贵族院议员，按标准每周十二英镑，这是贵族院作出的决定。更有甚者，废黜国王，也是贵族院的功劳。勋爵们剥夺了"失地王"约翰的王位，贬谪了爱德华二世，摘下查理二世的王冠，击垮了亨利六世……

这段论述很有意思，又超越了肤浅的历史学家们的历史观，勋爵们给国王定标准，立规矩，明确束缚条件，不是权宜之计，而是持续数百年，这在历史上是绝无仅有的。他们防范国王的这道墙，也成为人民的保护墙。虽说遏制王权的滥用是有心的，保护人民是无意的，但是国王这驾马车有勋爵们伴随左右，就不能横冲直撞，国王也难以任性妄为了，这样在客观上，也就减轻了对百姓的侵害的强度。

法国贵族形成更早，贵族院议员地位更高，可是他们却扼制不住王权的膨胀，法国专制统治可以说独树一帜，这杆大旗在欧洲高高扬起。比起英国勋爵们，法国贵族更看重资格而轻视职权，没有像在英国那样，在国家最高的统治机构中，坐大成为一个足以抗衡王权的强悍的贵族院。雨果一针见血，对比英法两国的贵族阶级的特点：

他们和英国勋爵之间的差异,就是虚荣心和自尊心的区别。对法国贵族院议员来说,首要的是超越外国的王公,排到西班牙大贵族之前,胜过威尼斯的贵胄,在议会中,安排法国的元帅们、陆军统帅和海军司令,全部坐矮板凳,哪怕是尊贵如图卢兹伯爵和路易十四的儿子……穿行议会大厅时是走斜对角还是走旁边,等等,关注的就是这类面子事。而英国的勋爵们,关心的却是国家大事,诸如航海法案,宗教审查,调动欧洲的力量为英国所用,控制海洋,驱逐斯图亚特王室,向法国发动战争。法国这边,首要的是标签;英国那边,一切之先是统治权。英国贵族院议员捕到了猎物,而法国贵族院议员抓住了影子。

英国有这样的贵族阶级,堪称"真君主",处处用心,而且毫不通融,以爱国情怀常备不懈,监视着国王及其身边的宠信,注意国王公开讲什么,更注意那些亲信向国王低语什么。雨果就在书中指出:"真正的历史学家,应在君主统治中,善于分辨这种低语,听出这低语向朗声提示什么。"查理一世的才具和野心不亚于路易十四,他的头号宠信斯塔福德同主子的密谋,引起了贵族院的警觉。贵族院感到受了阴谋的操纵,不仅发怒了,还进而审判了斯塔福德的叛国罪。斯塔福德丢了脑袋,就等于查理一世丢了脑袋。查理一世同贵族院断绝了关系,贵族院成功地阻击了查理一世成为专制国君的图谋。雨果写道:

国王在牛津召开国会,革命就在伦敦召开国会;贵族院议员,四十三位跟随国王走了,二十二位去拥戴共和。勋爵们接受了人民,从而产生《权利法案》,这便是我们《人权宣言》的雏形,在英国革命的大幕上,已经隐约看到法国革命从未来的深处投射的影子。

国王向国会宣战了，国会的军队在克伦威尔的率领下，终于打败了国王的军队。对英国国会下院和克伦威尔的功绩，历史学家多有褒奖，却无视上议院的巨大作用。雨果则在多处指出，在扼制总要趋向专制的王权方面，“勋爵们扮演了非常伟大的角色”。正是在贵族院长期支持下，下议院中平民代表才得以保持三百四十六名的多数席位，以抗衡九十二名骑士议员。而且，下议员人微言轻，往往受到王权气焰的压制，到了关键时刻，贵族院总是出面为下议院撑腰。有了这样的庇护，下议院才成长起来，羽毛丰满了。

英国贵族阶级是个庞大的寄生族群，毋庸置疑，他们非常腐败，又非常自私，然而在许多方面，尤其在国家大事上，他们又显得特别公正，体现出某种进步的本能，甚至透射出难能可贵的光明。雨果还指出：

> 贵族院，就是摆在英格兰王国中心的威尼斯共和国。把国王降格为威尼斯总督，这就是贵族院的目的：削减国王多大威权，就能使国家得到多大发展。
>
> 国王也心知肚明，因而仇恨贵族。双方都处心积虑，挤压对方。这两方势力大大耗损，正有利于成长壮大的人民。君主专制和贵族寡头，这两股强势都很盲目，没有看出双方较量是在为第三方，即民主效力……
>
> 总而言之，英国贵族院的创建是一个起点：这在文明发展上，意义就非常巨大。贵族院披上了一个国家奠基者的荣耀，成为一国人民统一的最初体现。英国的坚韧抗力，这种无比强大的隐秘力量，就产生于贵族院。

雨果给予英国贵族院这样历史性的评价，一般认为他在向英国示好，其实主要观照迫使他流亡国外十九年的法国专制政体，更是直接反映了他那坚定不移的共和理念、人道主义和进步思想。

英国贵族颇为独特，给我留下古板严肃、一丝不苟的印象，书中讲述的一件史实，也许多少能说明这种特征的渊源。贵族早年就作出决议，必须如实记述“自己疏虞和懦弱的日子”。例如，教皇尤里乌斯二世送礼贿赂，贵族院竟然抵不住诱惑，照单收下帆船运来的奶酪、火腿和希腊葡萄美酒。事后思过，称那是怪异的时刻，记录在案以示惩戒。而且，最可贵的是，这个决议不折不扣地执行了五百年，多少代人的传承啊！

雨果形象鲜明地总结了贵族阶级的作用：

> 上议院以为创建了贵族的特权，殊不知造就了公民的权利。贵族阶级，这只座山雕，孵化着老鹰蛋，是在孵化自由。
>
> 如今，蛋壳破开，雄鹰飞翔，座山雕死去。
>
> 贵族阶级气息奄奄，英国成长壮大。
>
> 我们要感谢贵族阶级，也要将其埋葬。

全书表述的“希望—自由—进步”的思想，就是要在这种历史的大趋势中，进行一场大诉讼。原著《附录》的一段话，雨果表达得十分清楚：

> 正进行一场大诉讼：未来起诉过去。现时是起诉者，而人类则是证人。历史在缓慢而全面地搜集所谓君主政体的罪恶材料。论及这种罪恶，贵族时而是法官，时而又是同谋者。贵族身为同谋者，本该受到惩处，而作为法官

又理应得到赞赏。

雨果进步的历史观,落脚在人民、人类。他常以诗一般的语言表达这种见解:“说到底,没有任何事物经久不变。个人只能是浪花飞沫,而人类才是浩浩的海洋。”而总结历史,同样凝练如诗:“历史是什么呢?就是过去在未来的回声,未来在过去上面一道反光。”有时候,雨果短短一两句话,就能揭示君主统治的实质。例如:“让步究竟是什么?就是归还。而人民绝不是不明就里。国王说:我赐予。人民说:我取回。”多么简单明了,胜过许多政治家、历史学家的长篇大论。

《笑面人》是一部历史大书,更是一部灵魂大书。

历史和灵魂之间的纽带是什么?依我看是混沌。

小说中表现混沌,通篇只有两处:一是吾是熊所创作的大戏《被战胜的混沌》,另一处则是女公爵若仙看了这个流浪戏班的演出不久,在克莱奥尼别墅再见到关伯兰时,谈到混沌的一番怪论。

《被战胜的混沌》在小说中多次被提及,是大篷车“绿箱子”无往而不胜的剧目,剧情简介如下:幕启,沉沉黑夜中,蠕动着三个模糊的身影,那是一头熊、一只狼和一个人,在原始的黑暗中搏斗。两只野兽代表混沌,自然界的凶残力量,在饥饿的本能驱使下攻击人,而人呼号着,向未知的世界发出深沉的呼唤。眼看野兽就要占上风,混沌即将吞没尚未完全脱离原始状态的人。突然一阵寂静,昏暗中传来歌声和神秘的音乐,飘然而至一道亮光,是神灵出现。人便一跃而起,击倒两只惊恐的野兽。歌词也有深意:“从话语中,/能产生理性,/歌也创造光明。”“黑夜,快离去,/黎明唱起围猎曲。”人也唱道:“喂,来吧,爱吧!/你是灵魂,/我就是心。”最后,灯光一变,射到人的脸上。观众在黑暗中,看到笑逐颜开的怪物。

这出戏中戏充满了象征,有的十分明显,有的又很隐晦。四个角色,自然由吾是熊、何莫人、关伯兰和黛娅扮演。这是吾是熊的大作。若仙女公爵跟哲学家吾是熊一样,总是语出惊人,超乎常论。这里节录一段若仙涉及混沌的热辣辣的爱情表白:

> 女人,本身是黏土做的,就渴望化为泥浆。我需要鄙视自己,这样就能调一调心高气傲。高贵的混杂成分,便是卑贱。这是最佳的合成。你,受人藐视的人,你藐视我吧。卑贱再卑贱,多么痛快啊!耻辱的双瓣花朵,我采摘了。将我踏在脚下吧,这就是你爱我的最好方式……我为什么崇拜你?就因为我鄙视你。你比我低下得太多,我就把你置于神坛上。高低混杂不清,这就是混沌,而混沌才讨我欢心。一切都始于混沌,终于混沌。混沌是什么呢?就是无边无际的污秽。而上帝就是用这种污秽,创造出了光明,也用这种污泥浊水创造了世界。你哪儿知道,我邪恶到何等地步。你用污泥揉团出来一颗星,那就是我本人。

比较这“混沌”两论很有意思。吾是熊的剧作,形象地表现人有神助,战胜了混沌,走出黑夜,走到黎明,脱离原始状态,走向文明了。然而,若仙这段话,似乎是逆向的。她“渴望化为泥浆”,可以理解为回归混沌,况且她也断言,“一切都始于混沌,终于混沌”。从逻辑上是讲得通的,但是这种话出自一个美若天仙的公主之口,终究让人难以置信。不过,她这种言论非此一端,从一登场就特立独行,自始至终,她的一言一行都令人惊诧不已。何以如此怪异,有待探讨。这里首先要弄清楚,这种近乎一反一正的混沌两论,作者究竟要表明或者暗示什么呢?

我正迷惑不解之际,重又浏览《附录》,意外发现作者在一节中透露出重要信息，或可有助于答疑解惑：

> 衰老的社会导致某种畸形状态。在这种社会中，最终无不变得畸形怪异，政府、文明、财富、贫穷、法律，莫不如此。国王成为一种赘生物，贵族也成为一种赘疣，教士则成为寄生虫。所有信条：君主制、法典、《圣经》，也都蜕变成虚幻。无限的权力任性妄为，甚至制造出各种各样的物质怪物、精神怪物的牺牲品。两性彼此摄取对方的罪恶。男人女性化，女人变得“通人情”。男人不要脸面，女人丧失廉耻。这一切呈现在道德的岸边，深度地反映了道德品质。寻欢作乐的风气日盛，也越来越创巨痛深，麻木不仁，变得异常凶狠。世人相互憎恨。人人都准备大发雷霆。物质不断施压。灵魂在挣扎。从而混沌一片。
>
> 精神超然于混沌之上。
>
> 这种丑陋而畸形的状态，可由怪物概括之；各国人民，到了一定的时候，就要表现出这种状态。在两国人民身上，这种特点尤为突出：在英国，1688 年之后，假革命；在法国，1789 年之前，真革命。九三年得出结论。

这段话透露出来的信息实在丰富，这一节文字，可以视为这部小说的创作宗旨。有一处直观的明证，就是本书《前言》的后一段，同这节文字的最后一段话惊人地对应：“这部书的真正标题，倒应该叫作‘贵族政治’。随后的另一部书，应称为‘君主制度’。这两部书，如果允许作者写完的话，又会导引出一部小说，就将取名为：‘九三年’。”三部小说的构想及其主题，出处就在这里。再仔细看头一大段的内容，也正是《前言》头一大段的具体说明，“要研究贵族体制这种现象，应当前往英国”，也同样是整部小说的高度概括。

这种对应关系不难看出，不过对我来说，更重要的是弄清了“混沌”的概念。法语 le chaos（混沌）这个词来自宗教，转义为“混乱”。在这部小说中，这个词既有宗教的意义，又有世俗的意义，这种转换非常自然，绝不会引起误解。但是译成汉语时，“混沌”太专，“混乱”太泛，只能由语境来调整了。雨果则赋予这个词特殊的形象，由“怪物概括”的“丑陋而畸形的状态”，即专制统治制造出来的各种各样的“物质怪物”和“精神怪物”。《笑面人》，从物质层面来讲这些怪物，便是历史大书；从精神层面来看这些怪物，则是灵魂大书了。可见历史和灵魂之间的纽带，正是混沌的状态。

我们还记得，《被战胜的混沌》最后的场面：观众在黑暗中，看到笑逐颜开的怪物。这便是笑面人，贯穿全书的怪物，集中体现了封建专制统治、王权任性妄为的罪恶。有伟大世纪之称的十七世纪，淳朴被腐化，残忍则达至精湛的程度，文明出现稀罕的变种，因嗜好丑陋的畸形而残害儿童。必须及早动手，才能把儿童培育成权贵的玩物，从而产生一门“艺术”：

> 所谓培育，就是阻碍正常发育，挤压揉搓出一副怪相。制造畸形人也有其规则，堪称一门完整的学科。可以想象成逆向的矫形外科学。天生一对好好的眼睛，偏要矫正成斜视。天生一副端正的面孔，偏要矫正成奇形怪状。天生一副完美形象，偏要矫正恢复毛坯状。……宫廷小丑，无非是促使人退化为猴子的尝试。倒退的进步。退化的杰作。

雨果批评许多历史学家，一味鼓吹这样的世纪，称颂救护者，却掩盖了制造畸形人对儿童犯下的罪恶。雨果在《悲惨世界》中，用很长篇幅描绘了童年受欺凌的珂赛特的形象；在《笑面人》中，又刻画了关伯兰和黛娅这两个苦命孤儿的形象，足以表明作者的深挚的人道精神。也正是受这种精神的激发，雨果调动起他作为诗人、哲学家、思想家、历史学家的全部才华，总汇他一生对人类命运的思考，以前所未有的超现实主义手法和精湛的写作艺术，倾情创作了《笑面人》这部奇书。

小说第一部和结局的标题相同："大海与黑夜"，始于黑夜又止于黑夜，是否呼应"一切都始于混沌，终于混沌"的话，尚不得而知。至少，小说通篇都处于明暗朦胧的氛围中，突显了"未知和禁区的临界点"的神秘事物，那是"黑夜与梦幻"，"噩梦与通灵"，畸形与怪诞所形成的混沌，那是想象力驰骋的空间。

混沌之上，还飘然浮游着精神。

神乎其神，我更喜欢小说中这些超现实主义的部分。

活动在这种氛围中的小说人物，尤其几位主要人物，都有点神叨叨的，如果单独抽出来，放到任何场合，恐怕都会显得神经不大正常，但考虑到小说的背景，正是大量制造物质和精神怪物的时代，再联想我们经历过的荒诞的时期，就不感到奇怪了。

小说的灵魂人物，"吾是熊"这个名字本身，就是一种黑色幽默，他给狼起名"何莫人"，人兽颠倒，妙趣无穷。他是名副其实的"有思想的废墟"，一个满腹故事的流浪艺人，因落落寡合而喜欢自言自语，将厌世的呓语化为单口相声式的黑色幽默。吾是熊够格的名头不少：哲学家、诗人、戏剧家、博物学家、历史学家、江湖医生，冠以哪个都不算浪得虚名。不过，有个不寻常的词，既能涵盖这一切，又切合他的实际，出自关伯兰之口，也得到他的认可："也许我本来就是个巫师吧。"

在历史上，巫师是个厉害的角色，会巫术魔法，能通鬼神。可惜他受生活之累，郁郁不得志，尤其要拉扯两个孤儿，几乎没有余力发挥才能，只好把他的本领，甚至包括爱情，悉数教给他的养子关伯兰。他这样给关伯兰上爱情理论课："爱情，你知道仁慈的上帝是怎么点燃这把火吗？上帝把女人放在下面，把魔鬼放在中间，再把男人放在魔鬼上面。划着一根火柴，换句话说，投去一道目光，就会燃烧起来了。"关伯兰想到黛娅，不免质疑："用不着投去目光。"吾是熊便教训他："傻瓜，灵魂相互注视，难道还用眼睛吗？"

用眼睛看，还是用灵魂注视，这是这部小说通篇的一大关目。

吾是熊这位明哲，特别强调"意识就是视觉"。正是从这种意义上，说他是巫师，能通鬼神，换言之，他善于通过意识观察，用灵魂注视，能看透世事和人心。在世人眼里，关伯兰是个怪物，吾是熊却断言："五分魔怪，五分天神。"

同吾是熊一样，黛娅也有这种超现实的视觉，吾是熊说她"看见不可见之物"。世上除了吾是熊与何莫人，唯独这个盲女看得清关伯兰。有一个情节极富情趣，又意味深长。关伯兰在公共场合，难免一时冲动，望望人群中的女子，可是在她们的脸上，他只看见憎恶、反感讨厌和鄙夷的表情。美丽的黛娅则不然，总是深情地依恋他，还说他非常英俊。关伯兰心虚，也不忍心欺骗，便告诉她，他长得很丑：

关伯兰的这句话，不知在她心里掘进有多深，最终挖掘出这样一句话，有一天，她对关伯兰说道：

"长得很丑，这是什么意思呢？这就是作恶。关伯兰只行善，他很美呀。"

继而，她仍以孩子和盲人随便发问的口气，又说道：

"看见？你们这些人，什么叫作看见呢？我就看不见，这我知道。这个看见，好像就是遮掩。"

"你要说什么呀？"关伯兰问道。

黛娅回答：

“看见，就是能遮掩真实的一件东西。”

短短两三句对话，看似非常随意而简单，却颠覆了传统的视觉概念，是不是与现代绘画艺术的探索殊途同归呢？至少，这里暗含着相当深刻的道理，连善恶美丑这样的大问题都包括进去。“看见，就是能遮掩真实的一件东西”，这句话有多层意思，值得读家玩味并思考。这里再引小说中的一段话，可以彼此观照解注：

> 芸芸众生，头脑太多而难有一种思想，眼睛太多而难有一种目光；芸芸众生本身就是表象，也就停留在表象。……世人只认面孔。

如果说我们亲眼看到的现实，往往是表象的话，那么用灵魂的眼睛剥离开表象所看到的超现实，就该是事物的真相了。作者是否要下这种结论，无需我们来论证，我们所感兴趣的是这种思路，以及以这种思路创作的这部超现实的灵魂大书。

比起纯从视觉出发，人若是从意识、精神、心灵出发，去洞察世间万物和人际情感，那一定会大异其趣：那就是放飞想象，闯入“未知和禁区的临界点的非理性”区域，探寻“人精神层面的奥秘和昏乱”。其实，自觉或不自觉，人人都有过这样的经历，或多或少进入过这种梦幻的空间。因此，我们乐得搭乘作者想象力的翅膀，神游一番，领略我们难得一见的胜似现实的种种奇观。

超现实现象，总离不开天意、命运、上帝、魔鬼、人性、偶然、梦幻、光明、黑暗等类词语。古词有云“天意从来高难问”，可是，《笑面人》中的这些人物却诘问上苍，为什么会有这样的遭遇，而雨果正是通过幽微迂曲的描绘，从精神层面上演示了这些人物命运的因果关系。关于小说主人公笑面人的身世，有这样一段概括性的文字：

> 他的生存状况，是前所未闻的双重选择的结果，是下界和天界两种光线，黑光和白光的交汇点。……关伯兰是一种厄运的产物，同时也打上天意的烙印。不幸的手指，幸运的手指，都点到他身上。两种极端的命运，构成他这奇特的人生。他的身上既遭受诅咒，又得到祝福。他是受到诅咒的上帝选民。他是谁？他自己也不知道。……
>
> 关伯兰隐隐感到自己是一种赎罪的产物。为什么受到迫害呢？他不得而知。为什么赎罪呢？他也不得而知。他仅仅知道，一个光环飞落到他伤残的脸上。……

一个人的生存状况打上这么多烙印，确实前所未闻，下界和天界、厄运和诅咒、上帝和祝福集于一身，真难以想象是什么情景。形容命运大起大落，冰火两重天，放到这里就苍白无力了。“伤残的脸”是他一生的噩梦。破了相的面孔不是他自己，是个陌生人，而且是个怪物，十分可怜，因为狰狞的嘴脸太吓人，活似地狱来的小丑，反而成为世人开心的活宝。这张丑陋骇怪的脸，杂凑集中了令女人憎恶的特点，从而注定他永世的孤独，这就是天意。然而，就在这颗心凄苦无状之际，就在人所不知的邪恶肆虐的地方，上天又安排了慈善大显身手：

> 这个可怜的人堕入深渊，又忽然被救起来，在他身上所有令人憎恶之处的旁边，慈善则安放了吸引人的东西，慈善在这块礁石上安放了磁石，让一颗灵魂飞也似的直奔这个被遗弃的人，派去鸽子安慰这个遭受致命打击的

人，还让这畸形得到美的赞赏。

这只鸽子就是黛娅。她知道关伯兰是把她从死神手中救出的恩人，是鼓励她生活下去的安慰者，又是带她走出黑暗深渊的解放者。在她的理想境界，善良就是太阳。在她的意识中，关伯兰好似天神，充当了她的一切：向导、支柱、兄弟和朋友。众人眼里的怪物，在她看来却是天使，是长了翅膀，放射着光芒的丈夫。“黛娅这个盲女，看到的是灵魂。”

天意安排在关伯兰身边的，是怎样一位女子呢？且看书中描绘的形象：

> 黛娅身上有梦幻的韵味儿。她恍若略具形态的一场梦。她的身材如弱柳扶风，又如芦苇一般纤细而柔弱，抖瑟而不安，那双肩也许长着无形的翅膀，那微微隆起的胸脯标示女性，但主要是对心灵，而不是感官而言，那白皙的肌肤几乎是透明的，那非凡的眼睛闭而不看尘世，显得十分庄严而恬静。还有那笑靥无比圣洁，她整个人儿那么美妙，近乎天使，也刚好称得上女人。

仙女般的超凡少女，无比美妙无比圣洁，正常男子都可望而不可即，却飘落到这个畸形人身边，怎么能说这不是天意呢？可这是现实还是梦幻呢？黛娅来到人间，也真跟梦幻一般。那年冬夜，她被关伯兰救起时，双目冻得失明了，这正是上苍的有意安排。黛娅若不是盲女，还会留在关伯兰身边吗？关伯兰若不是破了相，还能那么深爱黛娅吗？变数太大了，而天意只讲命数。关伯兰命该遭此劫难，成为怪物而堕入痛苦的深渊；黛娅也命该双目失明，成为盲女而堕入黑暗的深渊。两个苦命人就这样天缘凑巧，安排到了一起，她把他认作天神，他也把她视为天使，一个找到了依靠，另一个也找到了归宿。

> 两种流放，同归一个家园。关伯兰的破相、黛娅的失明，这两种无可挽回的厄运，结合起来就称心如意了。他们彼此满足了需要，除了自身，想象不出还有何求。一起说话其乐无穷，相互接近幸福无比。他们的直觉极大地互动，已经达到了一致的梦想，两个产生同一个念头。关伯兰走动的时候，黛娅以为听见神的脚步声。他俩紧紧搂在一起，恍若置身朦胧的天界，周围弥漫着芳香、音乐，也充满闪光、明亮的殿堂和梦幻。他俩相互隶属，深知同在一种快乐中，同处一种迷醉的状态，要厮守终生了。两个被打入地狱的人，营造出一座伊甸园，世间没有比这更奇异的事了。

唯独爱情或许有这种力量，将身处的地狱变成天堂，但又似乎是命运重新作出的安排，将一场梦化为美妙的前景，不管怎样，天意或者命运，从来没有如此充分地在残忍中表现出慈悲，在慈悲中表现出残忍。关伯兰落入儿童贩子手中破了相，这对黛娅该是多大的幸事啊！同样，黛娅雪夜丧母而双目失明，这对关伯兰又该是多好的运气啊！他们俩原本不可能相配，正是上天在他们爱情的深处，制造了这种奇异的相互需要。

> 深入深渊的人抱在一起。这种拥抱比什么都更紧，比什么都更绝望，也比什么都更美好。

绝望同美好相伴，这是悲剧中的美好，恐怕只有在梦中才可能实现,连当事人都觉得恍若做梦。黛娅身上的那种梦幻的韵味儿,略具形态的那种梦的形象,也许正是悲剧中的这种美好的具体象征。

悲剧之妙,在于这种美好,也在于这种美好的偶然性和短暂性。两只鸟儿,一个小窝,“这便是他们的故事”,“营造出一座伊甸园”的美好故事,然而要“厮守终生”,这更是梦中的向往,不可能实现。“天意从来高难问”,只因偶然太多而不可预见。但是,万能的作者总要埋下伏线,预示了情节的发展和最终的梦幻。

上面引述的关伯兰生活状况的一段文字中,作者指出他的两种极端的命运,是“黑光和白光的交汇点”,“一个光环飞落到他伤残的脸上”。先说这个交汇点。在爱情上,关伯兰就是光明极和黑暗极的交汇点,这个点相反的方向连着两个女人:黛娅和若仙,一个代表精神的爱,另一个代表肉体的爱。

且看关伯兰与黛娅相爱的特点:

> 在关伯兰看来,黛娅就是光辉的女神。而对黛娅而言,关伯兰就是天意的存在。
>
> 这种存在,神秘而不可测,从而神化了不可见之物,产生另一种神妙,即信赖。在宗教里,唯独这一点是不能减少的。……必不可少的无限存在,我们看不见,但是感觉得到。
>
> 关伯兰就是黛娅的宗教。

又是女神,又是天意,又是宗教,爱的基础纯在精神层面。因此,“他们的爱情无比纯洁”。黛娅这个盲女,只会梦想,连接吻是怎么回事都不知道,只是痴情地爱他,认为他对她有任何举动都不为过。然而,关伯兰自惭形秽,破相的这种意识化为圣洁的廉耻心:即使黛娅情愿给予他的,他也认为是窃取,结果怀着忧伤的满足感,“仅限于像天使一般爱她”。

> 这两个幸福的人生活在理想境界,他们如同两个星体,是保持距离的一对夫妻。他们在蔚蓝的空间,交换着强大的磁力,这种磁力,在宇宙间就是引力,在人世间就是性。他们相互给予的是心灵之吻。

宇宙间和民间,爱的差异就是引力和性。黛娅满足了这种“心灵之吻”,将独身当作结婚,一直沉醉于“灵魂的结合”,不知道通常所说的“肉体的婚礼”为何物,这种贞洁无瑕和天真的态度,对应了“确立在两性互补之上的拯救性爱情的光明极”。

然而,关伯兰毕竟是个二十五岁的男人,他无论怎么幻想,怎么凝视瞻仰这位梦幻的女神,终难抑制内心的骚动,无法回避爱恋的天定法则,不由自主地窥视尘世的女子,有一天忽然瞥见来看演出的人间仙子,女公爵若仙。他在人群中,见过女人影子,在黛娅身上则见过女人的灵魂,这回终于见识了实实在在的女人:“富有活力而温暖的肌肤,能感到那里流淌着激情的血液。”于是他想入非非了,也第一次为自己的卑贱隐隐感到揪心,产生一种奇特而不可能实现的需要。

> 这种违背常理的需要还特别强烈,无法控制,在他的头脑中反复不断地折腾。他就在身边看到了灵魂,就在伸手可及的地方,在狭窄而明确的现实中,可是,见到的肉体却在理想的幽深处,根本捕捉不到。

一个正当年的男子,见到一位美女而想入非非,这本是人之常情;然而,像关伯兰这样一个丑陋的怪物,身处社会底层的街头艺人,居然觊觎一位美若天仙的女公爵,那实在是违背常理。若仙如在天体中最明亮的天狼星上,而关伯兰则在鲜为人知的玉衡星上,无法逾越难以衡量的距离。

可是,常理并不总能遏制常情,事关肉体、情欲,有一种屈辱的陶醉,深深潜入他的内心,无计消除,隐藏起来待机显露。不过,作者已经泄露天机,"一个光环飞落到他伤残的脸上"。造成关伯兰一生不幸的命数,冥冥中早已安排了变数:在海上漂浮了十五年的一只酒壶,落入了善搞阴谋的小人巴基尔费德罗的手中。于是,关伯兰被捕入狱,经历了一系列惊心动魄的事变,终于被确认为克兰查理勋爵的法定继承人,一步登天了。

造化弄人,原来那只酒壶里藏有关伯兰身世的秘密。从噩梦转为美梦,关伯兰稀里糊涂,下了地狱,又升上天堂,被带进克莱奥尼别墅,准备接受父亲的全部家产、全部爵位和上院议员的席位。他就是这样,身不由己,来到命里注定的爱情的黑暗极,在别墅同若仙意外相遇。且看若仙如何描述:

> 关伯兰,我们俩是天造地设的一对。你有一副怪物的外表,我有一颗怪物的内心,从而产生了我们的爱情。若说任性,可以呀。飓风是什么呢?一种任性。我们俩可谓天作之合,我们同属于黑夜;你是由于这张脸,我是凭着心智。现在,轮到你来创造我了。你到这里,正是我外相的灵魂。原先我还真不了解。这颗灵魂多么骇人。你一接近,就把我这女神体内的蛇怪引出来。你向我揭示了我真实的本性,你也让我发现了我本身。你瞧瞧,我多么像你。你看着我,就如同照一面镜子,你的面孔,就是我的灵魂……

直白如此，无需解释。若仙自称有一颗铁石之心，如同神秘传说中的砾石，砸开就会蹿出来一条蛇。这个金枝玉叶看透了人情世故，“人心越痛恨，就越是卑躬屈膝”，于是她任性妄为，要跟诸神一样堕落，要卑贱到关伯兰这等地步，他们就会更加顶礼膜拜。这个深渊的夏娃，把关伯兰当成了魔鬼，特意要吃地狱的苹果，要把烈焰一般纯净的身子奉献给他。

爱情的黑暗极，是恐怖和美姿可悲的结合，既有游戏又含杀机，如爆发的火山凶险而绚丽。“赞美的话等于辱骂。扇你耳光，又意味着把你奉若神明”，那种放浪的激情到了无以复加的程度：

> 她那长发抖动起来犹如鬣毛；她那便袍时而合拢，时而敞开，那胸乳充满野性的呼叫，比什么都更加迷人，而她蓝眸子的光芒，同黑眸子的火焰交相辉映，整个人确实超乎自然了。关伯兰精神涣散了，感到自己败下阵来：这种女人靠近，有一种深深的穿透力。
>
> ……面对这个浑身是谜的女人，他感到自己心中的一切全化为乌有了。黛娅的记忆在这片阴影里挣扎，发出微弱的呼叫。记得有一幅古浮雕，刻有斯芬克斯正吞噬着爱天使的场景：在嬉笑的怪物残忍的齿间，小鲜肉天使的翅膀流着血。

关伯兰也在挣扎。这种黄昏晦暗的时刻，难道所有人都得面对吗？人心是不是也有两面，一面光明，一面黑暗呢？天使不可或缺，魔鬼也是一种需要吗？我们天性中的恶，也必须同其他方面一起接受吗？关伯兰爱这个女人吗？种种疑问油然而生。关伯兰处于眩晕的状态，这种眩晕由反向的两种旋转组成，将人同时带向白昼与黑夜。无论飞黄腾达还是堕入深渊，人往往在疾旋中失去控制，物质的力量便取代精神的力量，外界的影响也蒙蔽了内心的明见。正是在作者所说的这种黄昏时刻，在这种眩晕中，天性中的恶，骄傲、虚荣或者绝望、仇恨，就会极度膨胀起来，从而产生超现实的感觉或者梦幻。

关伯兰刚被认定为克兰查理勋爵的继承人，就经历了这种凄惨的转换。成群魔鬼践踏着美德，突袭了他软弱的一面：

> 所有被称为高级的卑下东西，诸如野心、本能的蒙昧欲望、肉欲、贪婪，由于不幸遭遇的净化作用，都被从关伯兰身上远远赶走了，现在又卷土重来，占有这颗高尚的心。这究竟是何缘故？只因在海浪冲来的漂流物中，发现了一张羊皮纸。显而易见，这是一个偶发事件强暴了一颗良心。
>
> 身在福中，不容易有自知之明。一次偶然，无非是一张伪装的脸。这张脸比什么都更有欺骗性。它是天意吗？它是命数吗？

心灵被这类卑下的东西所占据，必然沉浸在虚幻的构想中，甚至认为自己当上贵族老爷，声名显赫，令人艳羡，享受富贵荣华也是理所当然。他还十分得意地想象，神态庄严地走进贵族院，上台演讲非常雄辩，指明真理，伸张正义，成为议会的一位火炬手，该有多么扬眉吐气。

更有甚者，曾惊鸿一瞥的那位仙女，胜似女人的女性之神，现在却超越梦想，直接向他投怀送抱了，而且让他听到惊世骇俗的情话：

你瞧，关伯兰，梦想，便是创造。一种心愿，便是一声呼唤。构思一种幻想，就是挑战现实。万能而可怕的阴影，是不容挑战的，要满足我们的心愿。于是，你就来了。我敢不敢失身？敢啊。我敢不敢做你的情妇，做你的姘头，做你的奴隶，做你的玩物？欣然接受。……

对所有人凶如母狼，对你却是只母狗。他们会多么大惊小怪呀！愚蠢的人惊讶起来，倒也赏心悦目。

这位女公爵直言不讳，要让关伯兰见识一下“疯女人”。她这样挑战现实，是一种逆反心理，对愚蠢的贵族社会，对极力控制她的女王姐姐发泄不满。她把无与伦比的畸形人关伯兰当作挑战的砝码，认为他构不成任何威胁，可以把话说绝了。自称“玩物”，也就意味把对方当成玩物。关伯兰不明就里，因而不知所措。对他来说，她的目光直透心扉，一道目光就是一剂春药，关伯兰心醉神迷，眼看就把持不住了，事情却突然发生逆转。

安妮女王的谕旨，以及关伯兰身世的证明材料，由秘密通道转柜直接送达。女王重新安排妹妹若仙的婚事，指定克兰查理勋爵为她的丈夫。若仙态度陡变，她冷冰冰地对关伯兰说：“既然您是我的丈夫，那就出去吧。”还补充道：“你没有权利待在这儿。这是我给情人的位置。”

关伯兰成了爱情黑暗极的弃子，他进了上议院，演说过程又遭到全场嘲笑和侮辱，这才醒悟这不是他该久留之地，赶紧逃离，回到黛娅身边。他以冷峻的终极目光，重新审视刚刚见识的世界：

婚姻，却无爱情；家庭，毫无手足之情；豪富，可无仁义之心；美色，但寡廉鲜耻；司法，则不讲公道；秩序，却不平衡；权势，但缺乏睿智；威权，却不正当；辉煌，可无光明可言。无法逃避的清单。他的思想已经闯入这种极端的幻象，陆续审查命运、境况、社会和他本人。何等命运？一个陷阱。何等境况？一种绝望。何等社会？一种仇恨。他本人又如何？一个战败者。他在心灵深处高喊：“社会就是后妈。自然才是母亲。”社会，只是肉体的世界；自然，则是灵魂的世界。

关伯兰在肉体和灵魂两个世界这一生死轮回，笼统来说是命运的安排，具体看来，也应是天意验证人心的两面。经过对比这两个世界，他痛切地体会到社会对他的迫害，自然对他的善待。社会夺走的一切，甚至夺走的面孔，正是大自然还给了他，因为一位天仙盲女特意为他而生，看不到他的丑陋面孔，却洞见他的美丽灵魂。经历了眩晕的噩梦，要急切回归暂时背离的幸福乐园。

不料，天又绝人之路，幸福乐园不复存在了。为了断关伯兰的后路，他一被带走，民众这片娱乐场就大难临头，被当局连锅给端了。黛娅、吾是熊和“绿箱子”都不知去向，关伯兰痛悔没有保护好他们。失去了黛娅，就等于丢了灵魂，只有去死神那里找回来，他跨出桥护墙，正欲投河，却被何莫人制止了。

关伯兰看见狼，就看到了光明。

在某些极端的境况中，深情的动物仅凭本能就能完全理解，表现出无可比拟的聪慧。动物是头脑清醒的梦游者。

……不管怎样，动物不知，神灵有知，我们已经说过，生活中常有神助，人以为救助来自尘世，其实来自上苍。人并不了解上帝会以什么形貌显圣。这只动物是什么？是天意。

动物的行为，往往隐伏着天意。可见，对自然万物，人应当怀着敬畏之心。何莫人狼距离很远，何以得知关伯兰在桥上要寻短见？这种无解的行为只能用天意来解释。关伯兰跟随狼来到码头，上了一条荷兰的货船。吾是熊遭驱逐，只剩下破烂的旧篷车，带着黛娅与何莫人要永远离开英格兰。

关伯兰被捕杳无音信，现在平安归来团聚，应是不幸中的万幸。讵料对满心欢喜的关伯兰来说，这万幸中又包含不幸：黛娅奄奄一息了。黛娅曾对他说过："我死了一回，是你把我救活的。有你在，就有了我的天日。把你的手给我，让我接触一下上帝。"感恩之心和爱情升华为宗教式的信仰。忽然没了天日，失去了上帝，可怜的姑娘也就丧失了活着的勇气。她在心中也曾猜想，关伯兰找那个女人去了。

黛娅所体现的这种爱情的光明极，生命的根基，就是始终不渝的圣洁爱情。照作者所言，造一般女人的黏土团，一点也没有用到黛娅身上，她这种天性十分罕见。虽然双目失明、身体柔弱，心却无比坚强。不过，一旦没了阳光，没了她的上帝的守护，这株仙草就难免枯萎了。她但求一死，对她养父这样说：

关伯兰不在了。现在我才真瞎了。原先我不了解什么是黑夜。黑夜，就是人不在了。

我的心始终惴惴不安，就怕他飞走。本来我就感到他属于天上。他一下子飞走了。事情最终就该如此。一颗灵魂，就像鸟儿一样飞走了。……

既然他回不来，那我就走了。死了，其实也不错。……人不能总生活在不幸当中，于是就走了，前往您所说的星星那里，在那里结婚，而且永不分离，一直相亲相爱……而这才叫作仁慈的上帝。

只有在天上才能找到的东西，又何必在人世间寻找呢？

从绝望到欢乐，有时仅有一步之遥。一次团聚，就是一次复活。黛娅和关伯兰都死而复生了。两个人陶醉在爱情中，再次对未来的生活无限憧憬。可是，大悲大喜的转换，往往突如其来，乘人不备。“幸福的一击”，在大喜中又将黛娅击倒了。黛娅终于长叹一声，喃喃说道：“我明白是怎么回事儿了。我要死了。”这是关伯兰最不能接受的，他向上天发出最严厉的诘问：

死！你，死了！不，没有的事儿。你不能死。说死就死！马上死掉！这不可能。上帝并不残忍。把你交还又把你取走，就在同一时刻！不。这种事情不会发生。否则的话，上帝就是想要人怀疑他的存在；否则的话，就什么都是陷阱了，无论大地、上天、婴儿的摇篮、母亲的哺乳，还是人心、爱情、星辰，全是陷阱！那么上帝就是背信弃义之徒，人就是骗子！就什么都不复存在了！那就可以藐视世间造物啦！那就什么都毁灭了！

不管怎么怨天绝人之路，人总归还有一条不归路，关伯兰说，“死也行，那得一起死”，这是人对命运安排的终极反抗。

黛娅临终时，眼里还闪过一道深邃的电光，脸上也泛起一丝微笑，嚷道：“光明！我看见了！”声音爆发出活力。生命终极闪现的异象，是不是灵魂的活力呢？

同样，关伯兰也仿佛受到什么幻象的吸引，双臂伸向夜色弥漫的苍穹，冲着一个无形的人说了一声：“我来了。”他脸上挂着黛娅临走时的那种微笑，“宛若远远瞥见的一颗灵魂的反光”。他清晰地辨认出黛娅给他发出的信号，凝望着幽暗天空顶端的一点，举步跨出货船的边缘。

“一起死”，就是灵魂相伴而行，一起飞升。

爱思考的读者朋友，我们的思绪，此刻也不妨逃离推理的思维，去追寻那两颗灵魂的轨迹，领略那神秘世界的超现实风光。

2015 年 8 月

于北京顺义东方太阳城

主要人物简介

吾是熊　贯穿全书的灵魂人物。流浪艺人，以街头演出为生。他是厌世者，不愿为人，自命名为“吾是熊”，演出时往往还披上熊皮。他学识渊博，哲学、历史、医道、诗文无所不通，还会腹语。天生不合群，又爱饶舌，喜欢独自高谈阔论，爱唱反调，爱讲反语，讲话十分幽默，时而随口道出精辟的见解。他心地尤其善良，与狼搭伙，收养并抚育大了两个孤儿：关伯兰和黛娅，组成了四口之家。他带领“绿箱子”篷车的演艺班子，经过郡府城镇，最后到伦敦，却遭突变。

何莫人　真正纯种的库帕拉独狼，接受吾是熊的驯养，人与狼相依为命，吾是熊给他起名“何莫人”，但是谆谆告诫他：“你千万可别退化成人啊！”这匹狼沉着而谨慎，特别通人性，混迹人群从不惹事，成为吾是熊的好伙伴和得力帮手。他还是出色的演员，夜间就守护着这个流浪之家，多次本能地救人于危难之中。吾是熊给他的评价：“他很有教养，既严肃又精明。天主有一阵很可能要造就一位大学博士；那他就得蠢点儿才行，可惜他一点也不蠢。”

关伯兰　男主人公笑面人，被人视为“怪物”，是“绿箱子”演艺的招牌。他的身世遭际是一个谜，他的奇特经历构成这部小说的主线。他那张永难磨灭的笑面是一场奉王命的政治阴谋的后果，成为世人开心的笑料，而他内心既凄苦又孤独。他被逐出生活，又得永远面对人群，这个生来无辜，在世毫无劣迹的人，一生却变成酷刑，生活则变成地狱。接着，又一场新的政治阴谋，将他置于风口浪尖，他的命运大起大落，在接连不断的非常事件中，他就像投出的石子，从一个惊讶蹦到另一个惊讶，最终追随黛娅去了他梦想的天国。

黛娅 小说女主人公。黛娅这个名字，仍是养父吾是熊给起的，在拉丁文中为“女神”的意思。照他的解释，小姑娘柔弱至极，就是万能，代表天界，而何莫人代表人，他吾是熊代表动物，就是下界，篷车里有人类、畜类和天神，就组成了完整的世界。自从那个风雪之夜，被儿童贩子抛弃在荒凉海岸的关伯兰走投无路之际，从死在雪地上的一个女人身边拾起这个号哭的女婴，十五年过去了。关伯兰已有二十五岁，黛娅时年十六岁，长成一个细高挑儿的大姑娘。她的相貌特别俊秀，两眼炯炯放光，却什么也看不见，因雪地受冻而失明了。在演出时，她当关伯兰的助手，自身永远处于黑暗中，却放射光明照亮她身处的环境。唯独她能用心观看，认为关伯兰非常英俊。两个苦命儿相爱，便生活在天堂里了，不料小小的天堂又遭蹂躏。

大卫·狄里-莫伊尔 林奈·克兰查理勋爵和前妻生的儿子，但是被迫流亡到瑞士的父亲断绝同大卫母子的关系，剥夺了大卫的继承权，而且再婚并生了一子，取名菲尔曼·克兰查理，作为他的合法继承人，将继承他的全部爵位、家产和上议院议员席位。不料林奈很快客死异乡，留下的两岁孤儿又被儿童贩子拐走，不知所终，公认为死于非命。于是，大卫成为克兰查理家族的继承人，当上了上院议员，又由安妮女王指婚，将她妹妹若仙女公爵嫁给他。后来情况突变，家族的合法继承人、他的同父异母兄弟菲尔曼·克兰查理出现了，在上议院引起了极大的震动。

若仙 英国国王詹姆士二世的私生女，封为女公爵，安妮女王的同父异母妹妹。若仙人如其名，美若天仙。她虽然庶出，但性情高傲，极富逆反心理，憎恶相貌颇丑、嫉妒心强的安妮的颐指气使，有意放浪生活，偏不结婚，跟大卫只保持情人关系。她自称“疯女人”，目光怪异，像“欺骗之星”，她那蓝眼珠和黑眼珠，放射出天国之光和地狱之光。她用幻想挑战现实，勾引关伯兰，说自己“就是爱怪物”，把关伯兰推向天国和地狱的双重深渊。她宣称“什么都打破，什么都不管，什么都干，什么都毁掉，这才叫活着呢”。她也将关伯兰和黛娅纯情相爱的小小天国毁掉了。

巴基尔费德罗　一个干什么都不行，但善于搞阴谋的仆从，一个地位卑微，却想利用阴谋获得权力的小人。他又老又丑，个头矮小，唯一有利的部位，便便大腹，却一肚子坏水，坏水中突出的一种，就是恩将仇报。若仙和大卫应他请求，给他谋得海军部下属处理海洋漂流物的职位，他却要寻机报复这两个有权有势、年轻漂亮的妙人儿。他游走于安妮女王、若仙和大卫之间，同时给这三个人当密探，终于等到报复的机会。他开启一个在海上漂流了十五年的酒壶，发现一个惊天秘密，呈送给安妮女王，于是利用要给菲尔曼·克兰查理恢复继承权的问题，导演了一场宫廷政治阴谋的闹剧。

前言

英国的事物,无不硕大,甚至包括不好的东西,甚至包括寡头政治。英国的贵族,堪称派头最足的贵族。天下的封建制度,再也没有如此卓越,如此可怕,又如此活跃的了。可以这样讲,这一封建制度也是应时而生。要研究贵族体制这种现象,应当前往英国,正如研究君主政体,要去法国一样。

这部书的真正标题,倒应该叫作“贵族政治”。随后的另一部书,应称为“君主制度”。这两部书,如果允许作者写完的话,又会导引出一部小说,就将取名为:“九三年”①。

① 《九三年》是雨果小说创作的最后一部重要作品,于1873年杀青,1874年出版。

第一部　大海与黑夜

开卷两章

第一章　吾是熊

一

吾是熊与何莫人①友谊甚笃，亲密无间。吾是熊是一个人，而何莫人则是一匹狼。他们两个性情相合。狼的名字是人给起的，而人的名字，很可能就是他自己起的：他认为"吾是熊"适于他本人，也认为"何莫人"适于这只野兽。这个人和这匹狼相结合，能给集市和教区的节庆添彩，也能吸引行人聚集在街头巷尾，满足各地方人都有的爱听逗闷子，爱买假药水货的需要。那只狼特别驯良，充当随从又像模像样，大家见了都很开心。观赏驯服的动物总是一件乐事。观看五花八门驯化的动物列队而过，就能给我们以极

---

① 吾是熊：原文拉丁文 ursus，意为"熊"。何莫人：原文拉丁文 homo，意为"人"。译成"吾是熊"与"何莫人"，旨在音译与意译兼收，以彰显原文之妙。——译者注。（本书脚注除特别说明的注释之外均为译者注。）

大的满足感。这就是为什么国王护卫队所经之处，总有那么多人围观。

吾是熊与何莫人从一个十字街头，辗转到另一个十字街头，从阿伯里斯特威斯[①]的那些广场，又辗转到耶德堡的一座座广场，从一个地方走到另一个地方，从这个郡走到那个郡，从一座城市走到另一座城市。吾是熊睡在一辆大篷车里，何莫人训练有素，白天拉车，夜晚守护。遇着难走的路段，或是上坡，或是辙沟太多，或是过于泥泞，人也把绳套斜挎在肩，同狼亲如兄弟，肩并肩拉车。他们就这样相濡以沫，渐入老境。他们走到哪儿就在哪儿夜宿，无论是撂荒田、林间空地、岔道口路边、村头、镇子城门口，还是菜市场、公共槌球场、园子边上、教堂前面的广场。那辆大篷车一旦在集市找个空地儿停下来，大妈大嫂们都张着大嘴跑来，等看热闹的人围成一圈，吾是熊便开始摇唇鼓舌，何莫人则随声附和。何莫人嘴上衔着一个木碗，彬彬有礼地向观众收钱。他们就这样谋生。这匹狼有学问，人也一样。狼是由人训练出来的，也许主要靠自学成才，通过斗嘴耍把戏，既增长本领，又增加收入。——吾是熊常对他的朋友狼说：

“你可千万别退化成人啊！”

狼从来不咬人。而人有时难免要动口。至少，吾是熊有上嘴咬的意图。吾是熊特别愤世嫉俗，他做起街头艺人，就是要表明他这种恨世的态度。也同样为了谋生：吃饱肚子是硬道理。此外，这位恨世的卖艺人还是医生，不知是想多种经营，还是要自我完善。当医生还不算什么，吾是熊还能讲腹语。别人只听到他讲话，却不见他嘴唇动弹。他模仿任何人的语音和声调，都让人莫辨真假，以为听见本人在说话。他一人一张嘴，就能发出一群人的嗡嗡议论，

① 阿伯里斯特威斯：英国威尔士达费德郡港口城市，塞尔迪金区首府。

这使他赢得了“腹语大师”的称号，他也坦然接受。他能学各种鸟鸣叫，诸如斑鸠、鷦鷯、俗称啾啾鸟的云雀、白胸脯的乌鸫，全是同他一样的候鸟；他到了运用自如的程度，时而能让人听见人声喧闹的广场，或者充斥各种牲畜叫声的牧场；时而狂风暴雨，犹如铁马冰河，时而又纯真宁静，好似拂晓时分。——不过，这种技艺虽然少见，但确实存在。如上世纪有个名叫图译尔的人，曾在布封①的手下做事，掌管动物园，他就能仿声，学人畜混杂的喧嚣以及百兽的各种叫声。——吾是熊很有洞察力，又极富好奇心，总是特立独行，爱发怪论，即我们所说的无稽之谈。可是他却一副深信不疑的样子。这样大言不惭，正是他狡猾的表现。他还会看手相，随手翻开书便可下结论，预言命运，告诫说路上撞见黑骒马就有危险，正要出远门时，听见一个不知您去哪儿的人呼唤，就更是凶多吉少了。他自称是“迷信贩子”，还常说：“我和坎特伯雷大主教的差异，就是我供认不讳。”结果有一天，这话传到大主教的耳中，他自然气愤，便派人叫吾是熊去一趟。吾是熊非常机灵，当即就背诵一遍自编的圣诞讲道。大主教听得入了迷，也就消了气；他还用心记下，据为己有，并上祭坛当众宣讲，作为专著发表。有鉴于此，他也就宽恕了吾是熊。

吾是熊行医，有时也能治病，这不言而喻，或许歪打正着。他常用辛香类的草药，熟识各种草药的药性，善于发掘大批为人所不屑一顾的草木深藏的药力，如带果实的榛树枝、白色泻鼠李、接骨木、荚蒾、刺李、铁线莲、鼠李。他使用毛毡苔治痨病；采摘蓖麻时，下枝部分做泻药，上枝部分做催吐药。他还用俗称“犹太耳朵”的树瘤诊治咽喉肿痛。他懂得哪种灯心草能治牛疾，哪种薄荷能治马病。谁都晓得曼德拉草分雌雄两种，他则掌握哪种能美容，哪种

① 布封（1707—1788），法国博物学家、作家，著有近40卷的《自然史》。

能治病。他还会些偏方。他使用蝾螈毛治愈了烧伤：据普林尼[1]记载，尼禄[2]当年有一条毛巾，就是用蝾螈毛编织的。吾是熊拥有一只曲颈瓶和一只长颈瓶，用来制药，制出万灵药出售。据说，从前在贝德勒姆[3]，他曾被关进过大牢，说他精神失常了。但是被关进去不久人们便发现，他无非是个诗人，也就把他放了。那段经历很可能不确切：我们所有人，谁都有过诸如此类的传闻。

其实，吾是熊不过是半瓶醋，但是人还算有品位，又是个拉丁文老诗人。他的学识表现在两个方面：既行希波克拉底[4]之医道，

---

① 普林尼(23—79)，古罗马博物学家，著有37卷的《博物志》。

② 尼禄(37—68)，古罗马皇帝，暴君。

③ 贝德勒姆：爱尔兰城市。

④ 希波克拉底（公元前460—前377），古希腊医生，有医学之父的美称。

又作品达罗斯[1]式的诗章。他文笔浮华，直追拉潘与维达[2]。他若是创作耶稣会教义悲剧，成就绝不会逊于布胡尔神父。他精熟前人诗歌的古老节奏与格律，从而独创出各种形象，还掌握一整套古典的譬喻。两个女儿在前，母亲在后，他说这是扬抑抑格[3]；父亲在前，两个儿子在后，他说这是抑抑扬格；一个小孙子走在祖父母中间，他则说这是扬抑扬格。如此博学还得挨饿，真是可悲可叹。萨莱诺学派[4]主张“少吃多餐”。而吾是熊则少吃，也难得吃顿饭，这句箴言他遵从半句，违抗半句。不过，这要怪公众，他们不是那么踊跃前来捧场，到场的人也不怎么买他的灵丹妙药。吾是熊常说：

“一句格言当一吐为快。狼在嗥叫中得到慰藉，羊有了羊毛便有了安慰，同样，树林有莺，女人有爱情，哲学家则有感悟性的警句。”

如有必要，吾是熊也编些小喜剧，自导自演，还颇像样子，这有助于出售药物。他的大作中有一篇英雄牧歌，赞颂胡格·密德尔顿骑士，讲述在1608年，那位骑士如何将一条河流引至伦敦。当初，那条河静静流淌在哈特福郡，距伦敦有六十英里。密德尔顿骑士到了那里，占据河流；他带去的六百名壮汉，配有铁锹尖镐，一齐动手挖土，这段深挖，那段填高：有的地段填土高达二十尺，有的地段则挖下去三十尺深，半空还要架起木制引水槽，沿线修建的石桥、砖桥、厚木板桥，计有八百座。忽然一天早晨，这条河流进缺水的伦敦。吾是熊将所有这些极普通的细节，完全改编成一篇美妙的牧歌，主人公便是泰晤士河与瑟彭泰恩河。老河邀请小河进家门，让出自己的床位，这样对小河说：

---

① 品达罗斯（公元前518—前438），古希腊诗人。

② 拉潘与维达，二者均为诗人。前者是耶稣会士，后者是意大利主教。

③ 吾是熊恰好说反了。

④ 萨莱诺学派：意大利南方古城萨莱诺，于10世纪创立欧洲最早的医科学校。

“我已到老耄之年，再难讨女人欢心了，但是我相当富有，足可以酬答她们。”

这样表现胡格·密德尔顿先生自筹资金，完成全线引水工程，手法高妙而风雅。

吾是熊独白的本事堪称绝活儿。他天性就不合群，却又爱饶舌，既不愿意见任何人，又需要同人交谈，别无他法，就只能跟自己谈话，自行其乐。凡是孑然一身的人都有体会，自言自语正合天性自然。话憋在心里难受。对着空间高谈阔论，是一种发泄方式。独自一人高声说话，就能产生同心中的神对话的效果。大家也知道，苏格拉底①就惯常这样做：独自纵论畅谈。路德②也是如此。吾是熊也效仿这些伟人。他自有分身术，充当自己的听众。他自问自答；他自我赞扬，又自我折辱。他在大篷车里当街自言自语，来往行人听见了，他们自有辨识聪明人的方法，于是就说：“这是个白痴。”上面说过，他时常辱骂自己，但有时也为自己讲些公道话。譬如有一天，他又冲自己进行一场演说，就有人听见他朗声说道：

“我研究过植物，探索其中所有秘密，研究茎、胚芽、萼片、花瓣、雄蕊、心皮、胚珠、子囊、孢子囊、子囊盘。我深入探察了染色素、渗透性以及食糜性，即探究颜色和气味的形成。”

由吾是熊颁发给吾是熊的这份证书，当然有点自鸣得意；不过带头向他抛石块的，却是根本没有深入研究过染色素、渗透性和食糜性的人。

所幸吾是熊从未到过荷兰。荷兰人肯定要给他称体重，照正常人的体重偏重或者偏轻，那必是巫师无疑。标准体重，荷兰人明智地用法律确定下来。这种办法真是无比简单，又无比灵便。这

---

① 苏格拉底（公元前470—前399），古希腊三大哲学家中的头一位，他的学说与柏拉图、亚里士多德的学说，奠定了西方文化的哲学基础。

② 路德（1483—1546），德国宗教改革家，基督教新教派领袖。

是一种检验的方式。将您放到秤盘上，只要打破平衡，就一目了然：您过重，就处以绞刑；您过轻，则处以火刑。时至今日，在奥德瓦特还能见到称巫师的天平，只是现在用来称奶酪了。宗教退化到何等地步！吾是熊若是上了那种天平，肯定就难逃劫数了。他四处漂泊，却避开了荷兰，实在明智。再说，我们认为他就根本没有走出过大不列颠的国门。

不管怎样，他生活非常穷苦，非常艰难，在树林里结识了何莫人之后，便对流浪的生活产生了兴趣。他同这匹狼搭伙，两个到处流浪，过上漂泊不定的生活。他心灵手巧，又有准主意，干什么都有两下子，治病救人，还真有几次妙手回春。大家都把他视为善良的江湖艺人，不错的医生；不言而喻，在别人眼里，他也算个魔法师，略微有点儿，并不过分。因为当时，被认为是魔鬼的朋友，可不是什么好事。老实说，吾是熊特别迷恋药物学和植物，经常钻进茂密的矮树林中采草药，光顾生长路济弗尔[①]的生菜的地方，就置身于险境了，很可能像参议员德·朗克尔所指出的那样，在朦胧的夜色中，猛然撞见一个从地下冒来的人，而那个人"瞎了右眼，没披斗篷，腰挎佩剑，赤着脚穿云鞋"。不过，吾是熊举止性情虽说古怪，但是雅人深致，不会呼风唤雨，也不会装神弄鬼，罚一个人跳舞直至累死，或者让人做清晰的、悲切的噩梦，让公鸡长出四只翅膀。他没有这类歹毒的念头，也做不出某些卑劣的事来。譬如有人生来没学过，就能讲德语、希伯来语或者希腊语，这是大奸大恶的征兆，或是性情抑郁所引发的病症。然而，吾是熊讲拉丁语，那是因为他学会讲了。他绝不会贸然讲叙利亚语，只因他不会讲，况且，事实证明，叙利亚语是巫魔舞会上的用语。在医学上，他也有正确的好恶，喜欢加利安[②]而不是卡尔达诺[③]：卡尔达诺固然学识渊博，但是与加利安相比，不过是一条蚯蚓而已。

总而言之，吾是熊绝不是个在警察局挂了号的人。他的大篷车长宽足够他睡觉的，他就睡在装一口袋旧衣服的普通木箱上。他还拥有一盏手提灯，好几副假发和一些日常用具。用具都挂在

---

① 路济弗尔：古罗马神话中的启明星（即金星）；到基督教时期，人们认为撒旦堕落前名叫路济弗尔。

② 加利安（约131—201），希腊医生，在解剖方面有重大发现。

③ 卡尔达诺（1501—1576），意大利数学家、医生、哲学家。

钉子上，其中有几件乐器。他还有一张熊皮，每逢重大演出的日子就披上，称这是化妆。他常说："我有两张皮，这张才是真的。"随即亮出他的熊皮。大篷车属于他和狼。除了他的大篷车、他的曲颈瓶和他的狼，他还有一支笛子和一把低音古提琴，能用来演奏出相当动听的乐曲。他的药酒也是自己制作的。他依仗这些才能，有时也能混顿饭吃。篷车顶上有个洞，探出去生铁炉子的烟筒。铁炉将靠近的木箱烤焦了一点儿。炉子分上下膛，吾是熊在上面熬制灵丹妙药，在下面烤土豆。夜晚，狼锁着颇长的链子，就睡在大篷车下面。何莫人的皮毛是黑色的，吾是熊的毛发则花白了。吾是熊有五十岁，没准儿到了花甲之年。他乐天知命，正如上文所讲，哪怕以土豆充饥也不在乎，尽管这是给小猪和囚犯吃的垃圾食品。他吃着土豆，心中愤愤不平，但是又认命。他细挑身材，并不高大，平时弓着背，一副忧郁的神态。老人身体伛偻，正是生活挤压的结果。他一生苦命，是大自然的安排，想笑一笑很难，要哭一哭，也始终没有办到。他缺乏眼泪的安慰，也得不到欢笑的乐趣。一位老人，就是一处有思想的废墟。吾是熊就是这样一处废墟。走江湖的摇唇鼓舌、算命先生的枯瘦身材、装满火药的暴躁性格，这便是吾是熊。他年轻时作为哲人，曾在一位勋爵府上当门客。

那是一百二十年前发生的情况，那年头的人，身上的狼性要比现在多一些。

也不是多很多。

二

何莫人不是一只普通的狼，从它爱吃枇杷果和苹果那口来看，它像只牧羊犬；再看它那油黑的皮毛，就会把它当作非洲的四趾猎狗；可是听它轻得如吠声的嗥叫，又会以为它是只智利狗；不过，还

没有人仔细观察过这狗样的眸子，不能肯定它绝不是一只狐狸。何莫人是一只地地道道的狼：它身长五尺，即使在立陶宛，也算得上大个头儿的狼了。何莫人非常健壮，它那眼睛斜着看人，但是这怪不得它；它的舌头都很柔软，时常舔舔吾是熊。它的脊背上长着一长溜儿短短的硬毛，整个身子很瘦，保持森林野兽正常的体型。

在认识吾是熊，拉上篷车之前，它一个晚上，轻轻松松就能跑四十法里[①]。吾是熊是在荆棘丛中的溪流边上遇到何莫人的，见它正捕虾子，很赞赏它那沉着而审慎的样子，认定它是真正纯种的库帕拉狼，那种类又称食蟹狗。

吾是熊让何莫人拉车，认为比驴合适。他不肯用驴子拉他的篷车，觉得那是大材小用。此外，他还发现驴子是不大为人理解的思考者，有时它听到哲学家净讲蠢话，便不安地竖起耳朵。生活中添一头驴，就等于在我们和我们的思想之间，插进来一个第三者，实在碍手碍脚。吾是熊跟何莫人交朋友，认为比狗好，跟狼远交的友谊更为难得。因此，有了何莫人，吾是熊就感到足够了。对吾是熊来说，何莫人不止是伙伴，而且是同类。他常拍着何莫人瘪瘪的肋部，说道："我找到我的第二卷本了。"他还说道：

"我死了之后，谁若想了解我，只要研究何莫人就行了。它将是我留在世上的复件，与原作完全吻合。"

英国的法律对林中野兽可不怎么宽容，随便就可以找碴儿，无端指控这只狼竟敢大摇大摆进城来闲逛。不过，爱德华四世[②]颁布的一条法令，赋予"家仆"以豁免权："凡随从主人的家仆，可以自由来往。"而何莫人也能享受这种豁免权。此外，在斯图亚特最后几代国王统治时期[③]，对狼的限制也宽松了一些，只因朝廷命妇豢养宠物，喜狼而不喜犬了，养小狼渐成风气：那种别名"阿敌夫"的科尔萨克狼，体大如猫，是花高价从亚洲购置来的。

吾是熊将自己的本领，传授给何莫人一部分，如身子直立，淡化恼怒为坏情绪，转发吼叫成低吠，等等；同样，狼也将自己的拿手

① 法里：法国古代里程单位，1 法里约合 4 公里。

② 爱德华四世（1442—1483），英国国王，1461 年至 1483 年在位。

③ 斯图亚特：苏格兰世族，从 1371 年起统治苏格兰；从 1603 年至 1714 年也统治英格兰，史称斯图亚特王朝。

活儿教给人:不住房屋,不吃面包,不烤炉火,宁肯待在树林里挨饿,也不愿到权贵的府上受奴役。

大篷车,一种搭木棚的车子,行驶的路线千变万化,却没有驶出英格兰和苏格兰。这辆车有四只轮子,除了狼驾车的车辕,还有人助力用的横木。碰上难走的路段,这根横木就顶用了。车厢虽是用薄木板钉成的,看似鸽笼,却相当结实。车厢正面安了一扇玻璃门,门外有一个小阳台,可以站在上面讲演,算是微型的讲坛。车厢后面安了一扇实木门,晚上关死,插上门闩再上锁。常年经受风雨和霜雪,车子已经看不出当初漆的什么颜色了。对车子来说四季变化,就如同臣子经历改朝换代。车子正面一块板条上,白底儿黑字有一款题词,从前还字迹清晰,日久年深,渐渐模糊难辨了:

> 黄金由于磨损,每年体积要减少一千四百分之一,这就是所谓的"耗损"。由此推算,世间流通的十四亿黄金,每年要损耗掉一百万。这一百万黄金化作尘埃,随风飘转流荡,金原子随着呼吸进入人的体内,积聚到一定量,就使人的意识滞重了,再与灵魂融合,更使富人变得不可一世,穷人变得凶狠歹毒。

幸亏上天慈悲,让雨水冲刷这段铭文,使之无法辨读,否则的话,这段又玄妙又明了的黄金哲语,很可能不对那些郡长、警督、宪兵司令,以及司法官员的口味。那年头,可不敢跟法律打哈哈。动不动就说你不忠。法官残酷无情是传统,心狠手辣是惯常的做法。宗教裁判所的法官泛滥成灾。杰弗里斯①的儿孙多得很。

① 杰弗里斯(1645—1689),英格兰法官,以残忍与贪赃而臭名昭著。

三

车厢里面还有两篇铭文。在衣箱上方刷过石灰浆的板壁上，用墨水手书了这样一番话：

唯此须知

男爵贵族院议员冠饰六颗珍珠。

子爵以上戴爵冠。

子爵戴珠数不计的珠冕；伯爵冠珠饰于帽尖，杂以下面托衬的莓叶；侯爵冠上的饰珠与衬叶齐高；公爵冠无珍珠，仅有花叶饰；王公则戴十字冕，饰以百合花；威尔士亲王[①]戴王冠，唯一区别是冕围不合拢。

公爵是“地位很高、权势很大的王爷”；侯爵与伯爵则是“很尊贵并有权势的爵爷”；子爵为“尊贵并有权势的爵爷”；男爵则是“名副其实的爵爷”。

公爵称“殿下”；其余贵族院议员则称“尊爵”。

爵士们是不可触犯的。

贵族院议员组成上议院和法院，掌管立法与司法。

“最尊贵的”高于“尊贵的”。

勋爵议员是“法律规定的勋爵”；非议员勋爵则为“礼仪的勋爵”；唯独身为贵族院议员的勋爵，才是真正的勋爵。

勋爵无论面对国王，还是在法庭上，从不宣读誓言。

---

① 威尔士亲王：英国君主的长子称威尔士亲王，此制建于1301年。

他的话就足以取信。他只说："以我的名誉保证。"

下议院由平民组成，下议院议员被传唤到贵族院时，他们必须免冠，毕恭毕敬地面见戴冠的贵族院议员。

下议院向贵族院呈送议案，必须派四十名议员，呈上时要深深三鞠躬。

贵族院如发送议案给下议院，只派一名文书即可。

两院发生分歧时，应在彩色大厅合议；贵族院议员戴冠冕坐着，而下议院议员则免冠站立。

依据爱德华六世[①]的一项法令，勋爵有权个例杀人。一位勋爵随意杀一个人，不予追究刑事责任。

男爵的地位等同于主教。

男爵进贵族院，必须先由国王赐封完整的男爵采邑 baroniam integram[②]。完整的男爵采邑，要由十三又四分之一块贵族封地构成，而每块贵族封地价值二十英镑，总价值合四百马克[③]。

男爵采邑的标志性建筑，是一座如英国本身一样世代相传的城堡；换言之，仅在无男嗣的情况下，才能传给女儿，即传给长女，"尽可能兼顾其他女儿的权益"[④]。

男爵获得勋爵资格，撒克逊语称 laford，文雅拉丁语称 dominus，大众拉丁语称 lordus。

子爵和男爵的长子和次子，均可充任王国骑士第一侍从。贵族院议员的长子，则可优先获得嘉德骑士的勋位，次子没有这种资格。子爵的长子排在所有男爵之后，但

---

① 爱德华六世（1537—1553），英格兰和爱尔兰国王（1547—1553）。

② 拉丁文，即"完整的男爵采邑"。

③ 马克：古金银重量单位，1 马克价值相当于 8 盎司黄金。

④ 吾是熊书于板壁空边。——作者原注（引号中的文字原文为拉丁语。译者注）

排在所有从男爵之前。

勋爵的女儿均称“夫人”。英国其余闺秀均称“小姐”。

法官的地位一律低于勋爵。执达吏身穿羔皮外套，法官则穿小松鼠皮袄，是用许多各种白色小块毛皮拼成的，但是白鼬皮除外。唯独贵族院议员和国王才能穿白鼬皮衣。

对一位勋爵不得签发惩罚书。一位勋爵的人身自由不得侵犯，除非囚于伦敦塔狱中。

受国王召见的勋爵，有权在王家猎苑猎杀一两头黄鹿。

勋爵在自家城堡里设裁判所。

勋爵不应身披斗篷，由两名仆人陪同上街。他出现在公共场合，必须由大批贵族侍从伴随。

贵族院议员乘轿车列队进入议院；下议院议员不得乘车。某些贵族院议员可以乘坐敞篷四轮马车，前往威斯敏斯特①。敞篷车和轿车均饰有纹章与爵冠图案：这种形式的车辆只准勋爵使用，是他们尊贵地位的一种体现。

只有勋爵团方可对一位勋爵处以罚款，罚款额最多五先令，而公爵则例外，可以罚十先令。

勋爵府上可接待六名外国人，其他英国人只准接待四名。

勋爵可有八桶葡萄酒免税。

唯独勋爵可不应视察郡长的传唤。

勋爵不纳兵役税。

---

① 威斯敏斯特：伦敦的一个区，英国议会所在地。

勋爵如果愿意，也可以组建一支军队，并且献给国王，如阿索尔公爵、汉密尔顿公爵，以及诺森伯兰公爵三位殿下，都曾这样行事。

勋爵只接受勋爵团的管辖。

在民事权益的诉讼中，参加审理的法官如果连一名骑士都没有，那就可以要求延期开庭。

勋爵可任命爵府小教堂的主持。男爵可任命三名主持；子爵可任命四名；伯爵和侯爵可任命五名；公爵则可任命六名。

不得指控勋爵，纵然犯有叛逆罪。

不得给勋爵的手打上烙印。

勋爵是神职人员，即使他不识字，权利规定他是知书者。

公爵所到之处，只要王驾不在，就可以撑着华盖；子爵仅在府上有一顶华盖。男爵则有一个华盖形状的盖子，饮酒时可用来托酒杯。男爵夫人面见一位子爵夫人时，有权用一男士为她提裙裾。

每天在王宫为陛下举行盛宴，由八十六位勋爵或勋爵长子主持，五百人参加的八十六桌宴席，费用由王宫周围地区负担。

平民打了勋爵者剁其手。

勋爵近乎国王。

国王近乎上帝。

四海之内莫非勋爵领地。

英国称上帝为 my lord①。

---

① 英文，意为“我的爵爷”。

在对面的板壁上，还有一篇题词，书写方式相同，全文如下：

一无所有者应满意之事

亨利·欧韦柯克，即格兰瑟姆伯爵，在贵族院的席位介于译西伯爵和格林威治伯爵之间，他每年有十万英镑的收入。这位爵爷拥有格兰瑟姆露台公馆，完全由大理石建成，尤以人称走廊迷宫闻名，堪称奇观。其中有萨兰科林大理石的肉红色走廊，有阿斯特拉罕贝壳大理石的棕色走廊，有拉尼大理石的白色走廊，有阿拉班德大理石的黑色走廊，有斯塔雷马大理石的灰色走廊，有蒂罗尔大理石的绿色走廊，有波希米亚红纹大理石与科尔多瓦贝壳大理石相间的红色走廊，有热那亚大理石的蓝色走廊，有加泰罗尼亚花岗岩的紫色走廊，还有米尔维德罗黑白纹板岩的黑灰色走廊、阿尔卑斯云母大理石的粉红色走廊、诺奈特贝壳大理石的珠色走廊，以及用角砾大理石砌成的称作廷臣走廊的五颜六色走廊。

理查德·劳瑟，即朗斯代尔子爵，在威斯特摩兰有一座劳瑟公馆，外观十分豪华，那台阶似乎在恭候国王驾临。

理查德，即斯卡巴勒伯爵，兰莱子爵兼男爵，又称爱尔兰的沃特福德子爵，任诺森伯兰和达勒姆郡副郡长与海军副司令，掌管郡府和全郡，他就拥有斯坦斯特德新旧两块领地。人们特别赞赏由极华丽的栏杆围成半圆形的无与伦比的喷泉。此外，他还拥有兰莱城堡。

罗伯特·达西，即霍尔德内斯伯爵，他的霍尔德内斯领地有一座座男爵塔楼，还有一望无际的法国式花园，可供他驱车游玩，按照英国贵族院议员的规格，要乘坐六驾大轿车，由两名骑马的青年侍从开道。

查理·博克拉，即圣奥尔本斯公爵，又称布福德伯爵、赫丁顿男爵，任英国驯隼大臣，他在温莎的府邸，跟王宫一样豪华气派。

查理·博德维尔，即罗巴特勋爵，又称特鲁罗男爵、博德明子爵，在剑桥有一块名叫温普勒的领地，建有三座大宅，开三扇正门，一扇门拱形楣，另两扇门三角楣。门前通道排列四行树木。

极尊贵而权势极大的菲利浦·休伯特勋爵，贵族院议员，又称卡埃尔迪夫子爵、蒙哥马利伯爵、彭布罗克伯爵，是坎达尔、马尔米恩、圣坤丁和彻兰的刻薄的世族老爷，任科努瓦耶郡和德文郡的锡矿守护、耶稣学院的世袭督察，他拥有无比奇妙的威尔顿大花园，园中那两座喷泉水池，比笃信基督教的路易十四国王的凡尔赛宫花园还美。

查理·西摩，即萨默塞特公爵，在泰晤士河畔有萨默塞特府第，能与罗马的潘菲利亚别墅相媲美。厅内大壁炉上摆放两只中国元朝的瓷瓶，在法国价值五百万。

在约克郡，因格拉姆勋爵阿瑟，又称欧文子爵，他拥有一座纽沙姆寺，从一座凯旋门进入，寺顶宽阔平坦，好似摩里斯科人[①]建筑的大露台。

罗伯特，即费雷斯勋爵，查特莱、鲍彻和洛文的领主，他在莱斯特郡有一座斯托恩顿—哈罗德公馆，其花园按实测平面图，形状如一座带三角门楣的神庙；水池旁边方形钟楼的那座大教堂，也是这位爵爷的。

① 摩里斯科人：西班牙改信天主教的摩尔人。

在北安普敦郡，查理·斯彭塞，枢密大臣森德兰伯爵，拥有阿尔特罗普公馆，大铁栅门的柱子上，安放一组组大理石雕像。

罗彻斯特伯爵劳伦斯·海德，在萨里郡有一座新苑，苑内雕刻的装饰十分精美，还有赏心悦目的绿树围绕的圆草坪、一片片树林，以及树林边上一座修得圆圆的小山，远远望得见山头上那棵大橡树。

菲利浦·斯坦厄普，切斯特菲尔德伯爵，在德比郡的领地布雷德比，建有一座壮观的大钟楼、放鹰台、猎兔林等，还有形状各异的水池，修长、见方和椭圆者各展美姿，尤其一池形状如镜子，两束喷泉水柱喷得极高。

康华里勋爵，又称埃伊男爵，有一座布罗姆府邸，那座大厦始建于十四世纪。

非常尊贵的阿尔杰农·卡佩尔，即莫尔登子爵，又称埃塞克斯伯爵，他在黑尔福德郡拥有卡休伯里城堡，呈巨大的H形，其中猎场可猎的动物极多。

奥沙斯通勋爵查理，在米德尔塞克斯郡拥有道利公馆，客人要穿过好几座意大利式花园，才能到达主楼前。

詹姆士·塞西尔，即索尔兹伯里伯爵，在离伦敦二十八公里处，拥有哈特菲尔德公馆，由四座豪华的楼阁组成，中心矗立着钟塔，而庭院铺着黑白交错的方石，犹如圣日耳曼宫的庭院。这座公馆正面宽二百七十二英尺，由詹姆士一世[①]朝的财政大臣、现伯爵的曾祖父建造起来的。公馆里有一张床，是某一代索尔兹伯里伯爵夫人用过的，可谓无价之宝，完全是用巴西木制成的：须知巴西木是治蛇咬伤的灵丹妙药，人称“千影木”，亦即“千人木”。床上书写一行金字：

沃里克并荷兰伯爵爱德华·里奇，有一座沃里克堡，堡中的壁炉能烧整段橡木。

查理·萨克维尔，即伯克赫斯特男爵，又称克兰菲尔德子爵、多尔塞并米德尔塞克斯伯爵，在七橡树教区有一座诺尔公馆，大如一座城池。公馆由三座大厦组成，一字排开，犹如步兵队列。官邸正面有排成楼梯状的十面人字墙。建有四座角楼的主塔楼下开了一扇门。

托马斯·廷恩，即韦默思子爵、瓦尔明斯特男爵，他拥有一座长渠公馆，公馆里的壁炉、吊灯、凉亭、哨亭、角楼

---

① 詹姆士一世(1566—1625)，英国和爱尔兰国王(1603—1625)。

之多，比得上法国国王的香堡宫。

亨利·霍华德，即萨福克伯爵，他在米德尔塞克斯拥有奥德林公馆，距伦敦将近五十公里，那公馆规模巨大，极为气派，比起西班牙国王的埃斯科里亚尔宫逊色不了多少。

在贝德福德郡，有雷斯特花园别墅，完全自成一统，四周有高墙和护城河，那园子里一片片树林、一条条溪流和一座座山丘，主人是亨利，肯特侯爵。

在赫里福德有一处汉普顿庄园，主人是托马斯·科宁比勋爵。庄园的主塔楼高大坚固，有御守的雉堞，它的花园隔着一片水塘便是森林。

在林肯郡有一处城堡庄园，名为格里姆索普，主堡正面特别宽，依次排列八座高高的尖桩形小塔。庄园布列各种园子、池塘、养雉场、羊圈、滚球场、按梅花图案栽植的树林、槌球林荫道、乔木林以及大绣毯似的方形和菱形盛开的花坛、跑马场、马车驶进城堡之前先绕行的壮阔的环形道。这座城堡庄园的主人，便是罗伯特，林塞伯爵，沃尔哈姆森林的世袭勋爵。

萨塞克斯郡有一座上园城堡，主堡呈方形，庭院两侧对称矗立着两座带钟塔的楼阁。城堡主人便是非常可敬的福德，即格雷勋爵，又称格伦达尔子爵和坦卡维尔伯爵。

沃里克郡有一座纽恩汉姆·帕道克斯庄园，园中有片四方形的鱼塘，而一堵人字墙四面都镶着彩绘玻璃。庄园主登比伯爵，在德国则称莱茵菲尔登伯爵。

伯克郡有一座怀萨姆庄园，它那法国式花园有四座剪枝的棚架，它那巨大的雉堞塔楼的两侧，护卫着两艘战舰似的高墙。庄园主蒙塔古勋爵，又称阿宾顿伯爵，他作为男爵还有一处采邑，那里大门刻着这样一句格言：Virtus ariete fortior[①]。

威廉·卡文迪什，即德文希尔公爵，拥有六座城堡，其中查茨沃思城堡，是一座三层建筑，显出层次感十分鲜明的希腊风格。此外，这位殿下还有伦敦公馆，而公馆一尊石雕狮子背对着王宫。

基纳尔米凯子爵，也是爱尔兰的科克伯爵，他在皮卡迪利拥有伯灵顿公馆，花园面积特别大，一直延展到伦敦郊外，他的另外一处庄园上，建有九所漂亮的住宅。他还有伦德斯伯格公馆，老楼旁边建起了新楼。

博福特公爵拥有切尔西大庄园，庄园里有两座哥特式城堡、一座佛罗伦萨式城堡。他在格洛斯特还拥有巴德明顿别墅，那座别墅宛若明星，向外辐射好几条林荫路。非常尊贵而有权势的亨利王爷，即博福特公爵，同时也是伍斯特侯爵和伯爵、拉格伦男爵，以及切普斯托的休伯特男爵。

约翰·霍利斯，即纽卡斯尔公爵，又称克莱尔侯爵，他拥有一座博尔索佛城堡，方形的主堡气势非凡。此外，他在诺丁汉还有豪顿城堡，一座圆形的金字塔矗立在水塘中央，是再造的巴别塔[②]。

克拉文勋爵威廉，又称汉普斯特德和克拉文男爵，在沃里克郡拥有一宅邸，人称篦子修院，院内的喷泉是英国最美的。他在伯克郡还有两块男爵领地，一块为汉普斯

---

① 拉丁文，意为“勇敢比攻城撞钟更牢固”。

② 巴别塔：据《圣经》记载，诺亚的后裔要建一座城和一座通天塔，耶和华将世人的语言搞乱，结果塔和城均未建成。巴别塔为混乱之意。

特德·马歇尔，主楼正面装饰五盏哥特式壁灯；另一块称阿斯唐园城堡，坐落在一片森林的十字路口旁。

林奈·克兰查理勋爵，又称克兰查理并亨克维尔男爵、西西里岛的克莱奥尼侯爵，他的贵族院议员资格基于克兰查理城堡，那是老爱德华于914年为抵御丹麦人而建造起来的。他在伦敦有亨克维尔公馆，在温莎还有克莱奥尼别馆。他另有八处领地，一处是在特伦河畔的鲁克斯顿，那里雪花石膏采石场他有收税权。其余分别为古姆德雷特、洪布尔、默里康布、特伦沃德雷特，以及有一口甜水井的赫尔-凯尔特、皮林摩尔及其泥炭沼泽、在瓦格尼亚克旧城附近的雷库尔弗、在莫伊尔恩利山上的维尼考顿。此外，他还掌管十九个设有宗教裁判所的村镇，以及整个儿彭尼特查斯地区。所有这些产业每年给这位爵爷带来四万英镑的收益。

詹姆士二世[①]治下一百七十二位贵族院议员，总收入每年高达一百二十七万两千英镑，占全英国总收入的十一分之一。

在最后那个名字林奈·克兰查理勋爵的空白边上，吾是熊还亲手加上这样一句批语：

叛乱，流放；财产、城堡和领地全遭查封。干得真好。

① 詹姆士二世(1633—1701)，他皈依天主教，1685年继承他哥哥查理二世的王位，遭到贵族院辉格党反对。反对派召来他的女婿奥兰治的威廉。1688年，迫使詹姆士逃亡法国。

四

吾是熊挺赞赏何莫人。人总是赞赏亲近者,这是一条法则。

吾是熊总在怒火中烧,这是他的心态;而说话总没好气儿,便是他的行状。他对天地万物都不满意,天生就爱唱反调,从坏的方面去看整个世界。无论对什么人,对什么事,他都不会赞美一句。蜜蜂酿蜜,抵消不了蜇人的罪。太阳传播黄热病和吐黑血症,并不能因为阳光催开玫瑰花就一笔勾销。吾是熊在内心里,恐怕也没有少指责上帝。他常说:“显而易见,魔鬼是上了发条的,而上帝的过错,就是打开了发条的机关。”只有对君主,他才会附和一两句,而且自有他喝彩的方式。且说有一天,詹姆士二世将一盏实心金灯,敬献给爱尔兰一座天主堂的圣母。吾是熊带着何莫人经过那里,何莫人则视若无睹,而吾是熊却不免夸赞,忽然对众人朗声说道:

“圣母需要金灯,肯定比赤脚的孩子需要鞋子更加迫切一些。”

吾是熊这样“忠诚”的表现,以及对当局明显的敬重态度,很可能得力不小,能让司法官员容忍他的流浪生活,容忍他同一匹狼建立不正常的密切关系。到了晚上,吾是熊出于友情的关切,有时就让何莫人活动活动腿脚,在篷车周围溜达一阵。狼也不辜负这种信赖,显得很“合群”,也就是说混迹人群中间,像一只鬈毛狗那样老实。不过,万一碰到心绪不佳的治安警官,就很可能惹来麻烦,因此吾是熊还是尽量锁住这匹很懂规矩的狼。从政治角度看,写在车头的关于黄金的那段题铭,本来就难以理解,现在更是无法辨认,完全变得一片模糊了,绝不会暴露他的观点。即使在詹姆士二世之后，进入威廉和玛丽[1]的“体面”统治，英国各郡的城镇，仍能见到他的篷车悠缓逡巡的身影。吾是熊无拘无束地旅行，从大不列颠一端行到另一端，兜售他的春药和瓶装药水，同时和他的狼联袂演出街头郎中的闹剧。须知那个时期，英国为了铲除流窜帮伙，尤其要阻截 comprachicos[2]，警方撒下了天罗地网，而吾是熊穿行网眼还游刃有余。

再者说，也理应如此。吾是熊不属于任何帮伙。吾是熊只跟吾是熊一起生活，自己只跟自己相处，唯独一匹狼亲热地插进嘴来。吾是熊的抱负，就是当加勒比人[3]，既然无法实现，他就干脆独来独往。孤独者是野蛮人的缩小，尚为文明所接受。人越漂泊不定就越孤独。因而吾是熊不间断地变换地方，认为一固定在某处也就驯服了。他度过的生活，就是走过的旅途。他见到城市的景象，就倍加珍惜那些荆丛、野林、榛莽和岩洞。他进入森林才算到了家。不过，到了城镇广场，嘈杂的人声倒像林中树木的飒飒声响，他没有产生多么强烈的背井离乡之感。在一定程度上，人群也能满足我们对荒野的喜好。他在这辆篷车里感到别扭的，就是它还有门窗，颇像一间房子。这四只车轮上，如能安装一个岩洞，坐在洞穴中旅行，那才达到了他的理想。

前面讲过，吾是熊并不微笑，一笑便是大笑，甚至经常哈哈大笑，但那是苦笑。微笑包含接受的意思，而大笑往往表示拒绝。

他一生的大事就是仇恨人类，这种仇恨不共戴天。他已然明了人生是一件特别凄惨的事，又注意到天灾人祸层出不穷：国王压在人民头上，战争又压在国王头上，瘟疫则压在战争上面，饥荒又

① 威廉，指英国和爱尔兰国王威廉三世（1689—1702 在位）。玛丽，指威廉三世的妻子，英国王后（1689—1694 在位）。

② 西班牙文的变体，意为“贩卖儿童”。

③ 加勒比人，指野蛮人（南美洲印第安人）。

压在瘟疫上面，而愚蠢是压在一切上面。他还认定活在世上本身，就是经受一定数量的惩罚，从而确认只有一死才能脱离苦海，因此一来了病人，他就给治好。他有强心活血的药，还有老年人喝了能益寿延年的饮剂。他给人治好残疾的双腿，看到那人重又站起来，便嘲讽道："你站起来了，但愿你在泪谷中行走很久！"他看到一个饿得奄奄一息的穷人时，就把身上的铜子儿全掏给那人，嘴里还咕哝道："活着吧，穷鬼！吃吧！多活几年！我可不想减免你的苦役刑期。"说罢，他就搓着双手，又补充一句："我能坑人就坑人。"

行人透过车后的小窗口，能看见篷车顶棚上有一块招牌，从外面能看清牌子上用木炭写的大字：

哲学家吾是熊

第二章　儿童贩子

一

Comprachicos 这个词，现今谁还认识，谁还知道是什么意思呢？Comprachicos，或者 comprapequeños，是一群丑陋而古怪的游民，在17世纪家喻户晓，在18世纪则被人遗忘，如今已无人知晓了。Comprachicos 好比"继承人的粉末"①，是社会特点的一个陈年细节，是人类自古丑恶的一部分。在纵观历史、把握全局的人看来，comprachicos 维系于奴隶制的广泛实施。约瑟②被他几个哥哥卖掉，就是这类人传说的一章。他们在英国和西班牙制订的刑法中留下痕迹。是杂乱而又模糊的英国各项法律中，我们还可以发现，这种骇人听闻的社会现象留下的种种影响，如同在森林里发现野人的足迹。

Comprachicos，同样，comprapequeños，是西班牙语的复合词，意为"买小孩的"。

Comprachicos 就是做贩卖儿童的生意。

他们买儿童，也卖儿童。

他们绝不拐骗。拐骗儿童是另一种行当。

---

① "继承人的粉末"，指毒药，继承人等不及，就下毒毒死立遗嘱人。

② 约瑟：《圣经》中人物，雅各的儿子，犹太人十二列祖之一。他在年少时，就被几个兄长卖给以玛利人，又被带到埃及卖给法老的护卫长。后来，他为法老解梦，被法老立为埃及宰相。

他们弄来孩子干什么？要把孩子变成怪物。变成怪物干什么？为了取乐。

老百姓需要笑料，国王们也同样需要。十字街头一定要有耍把戏的；王宫里也一定要有小丑。在街头耍的叫“活报”，在王宫耍的叫“活宝”。

人为了取乐而付出的努力，有时还真值得哲学家们关切。

在开篇的几页中，我们勾勒出什么图景？最可怕的一部书的一个章节，而这部书可以题为“幸福者对不幸者的盘剥”。

二

成为大人玩物的儿童，确实存在过（如今还有）。在民风淳朴而残忍的时代，这构成一种特殊的行当。有伟大世纪之称的十七世纪，便是这样一个时期。这个世纪拜占庭[1]特点十分鲜明，拥有被腐化的淳朴和精湛的残忍，可谓文明的一个稀罕的变种，一只装腔作势的老虎。德·赛维尼夫人[2]忸怩作态，谈论什么火刑和车轮刑。这个世纪大肆盘剥儿童，可是，这个世纪的吹鼓手，那些历史学家们，却掩盖了创伤，只让人看到救护者：保罗的味增爵[3]。

要把人制造成玩物，就必须及早动手。一个侏儒，必须从幼小时做起。要表演童趣。可是，一名身子挺直的儿童就不大有趣。有个驼背，就有趣多了。

从而产生一种艺术。要有培育师。一个正常人，经过培育，就变成一个怪物。端正的五官，经过培育，就变成尖嘴猴腮。所谓培育，就是阻碍正常发育，挤压揉搓出一副怪相。制造畸形人也有其

---

① 拜占庭：继承罗马帝国的希腊东方基督教帝国，公元330年建，1453年瓦解。

② 赛维尼夫人（1626—1696），侯爵夫人，法国女作家，有《书简集》流传于世。

③ 保罗的味增爵（1581—1660），法国神父，创建天主教遣使会、仁爱会，广行美事。

规则，堪称一门完整的学科。可以想象成逆向的矫形外科学。天生一对好好的眼睛，偏要矫形成斜视。天生一副端正的面孔，偏要矫形成奇形怪状。天生一副完美形象，偏要矫形恢复毛坯状。在这类行家的眼里，毛坯状才是最完美的。对动物也同样往原形改造，有人就创造出了花斑马；蒂雷纳[①]就骑一匹花斑马。如今，不是有人将狗染成蓝色或者绿色吗？大自然正是我们的画稿。人总是要给上帝的创造添加点儿什么。人修改自然物，有时改好，有时改糟。宫廷小丑，无非是促使人退化为猴子的尝试。倒退的进步。退化的杰作。与此同时，还试图制造出猴人。芭尔伯，克利夫兰公爵夫人，又称南安普敦伯爵夫人，她有一个侍从就是卷尾猴。还有弗朗索瓦兹·萨顿，迪德利男爵夫人，第八位有男爵爵位的贵族院女议员，她在府上喝茶时，是由一只穿着绣金锦衣的狒狒侍候，迪德利夫人叫它“我的黑奴”。卡特琳·西德利，多尔切斯特伯爵夫人，她乘坐绘有纹章的马车去议院开会，车后则站着三只身穿号服、鼻孔冲前的狒狒。还有一位，梅迪纳-科利公爵夫人，在她起来时，红衣主教波卢斯看见她用一只猩猩给她穿袜子。这些提高了身份的猿猴，同受到粗暴对待并兽化了的人，彼此也就找齐了。权贵们想要这种人兽的杂糅，侏儒和狗表现得尤为突出。狗比侏儒个头儿高，两者总是形影不离。狗就是侏儒的搭档，宛若套在一起的两只项圈儿。这种人畜并肩的情景，由家庭的大量遗物所证明，尤其值得一提的是杰弗里·赫德森画像，他是个矮丑，属于亨利四世[②]的女儿，即查理一世[③]的妻妇，法兰西的亨利埃特。

让人降级，就势必毁容。取缔人格再加上毁容，才算大功告

---

① 亨利·德·蒂雷纳(1611—1675)，法国元帅，拿破仑称他是最伟大的军事天才。

② 亨利四世(1553—1610)，法国国王(1572—1610 年在位)。

③ 查理一世(1600—1649)，英国国王(1625—1649 年在位)，1625 年娶法国公主亨利埃特-玛丽为王后。

成。当年有些人擅长活体解剖,能从人面上抹去神的形象。康奎斯特博士,阿门街教团成员,伦敦化学用品商店法定检查官,他用拉丁文写了一部书,论述这种伤天害理的外科手术及其方法。如果卡里克弗格斯的查斯塔斯所言不虚,那么这种手术的发明人,正是一个名叫阿文-摩尔的修士,他的名字是爱尔兰语,意为“大河”。

选侯珀基奥的侏儒是个玩偶,或者小精灵,是从海德堡地窖的玩偶盒中蹦出来的,可谓这门实际运用五花八门的学科的一个出色标本。

以这种方法造出来的人,生活的法则简单到极致:活受罪,奉命给人开心。

三

制造的畸形人范围很广，品种也很多。

土耳其苏丹需要畸形人，教皇也需要。苏丹是用来看守他的妃子，教皇则用作替他祈祷。这是特殊的品种，自身不能繁衍了。这种近似的人，在淫乐和宗教上派了用场。后宫和教堂消费同一种类的怪物，在这里面目狰狞，在那里又无比温柔。

那个时代能制造的东西，如今却制造不出来，也难怪英才俊士惊呼人类退化了。现在没人会雕刻活人的肉体，这是因为酷刑的艺术逐渐失传了。在刑术方面，古人技艺高超，现在的人不可同日而语了。这门艺术现在已大大简化，也许不久的将来就要消失了。从前砍掉活人的四肢，开膛破肚，掏出肠子，结果造出怪物，有所发现；这种技艺不得不放弃了，我们享受不到刽子手促使外科取得的进步。

从前那种活体解剖，不仅仅为公共场所制造畸形人，还要为宫廷制造小丑，即宠臣的扩充部分，还要为苏丹和教皇制造阉人。总是花样翻新，层出不穷。其中一件得意之作，便是为英国国王制造的“鸡人”。

在英国的王宫里，照习惯有一个夜间活动的人，能像公鸡那样打鸣。那个守夜者在别人睡觉时才起来活动，在宫中转悠，每小时准时打鸣，按钟点叫几声，替代报时钟。那个人被提拔为报时公鸡，为此童年时就接受一次喉头手术，正是康奎斯特博士所描述的那种艺术的一部分内容。到了查理二世[①]朝，鸡人因手术后遗症而流口水，朴茨茅斯公爵夫人见了非常恶心，但这一职司还是保留，

---

① 查理二世（1630—1685），英国国王（1660—1685 年在位）。

丝毫也不能削弱朝廷的光辉，于是换了一个没有动过手术的人学鸡鸣。通常挑选退役军官担负这一光荣的职守。在詹姆士二世治下，这一鸡人职守由一个名叫威廉·桑普森的人担任，他学鸡鸣报时每年挣九英镑两先令六便士[①]。

叶卡捷琳娜二世[②]的回忆录也讲述了这方面的情况：距今将近一百年前，在彼得堡，沙皇或女皇对哪个王子不满意的时候，就罚他蹲在王宫的候见大厅，要待数日，遵命学猫叫，或者学孵蛋的母鸡发出咕咕的叫声，还用嘴在地下啄食。

这类时尚已成过去，但也不像人所以为的那样无迹可寻。如今，大臣们为了取悦，总要改变点儿声调，像鸡似的咯咯叫。他们也有不少人在地下捡吃的，且不说还要在污泥里取食了。

国王们是不可能出错的，真乃万幸。因此，他们彼此矛盾的做法，也绝不会让人难以应答。不断地点头称是，就能肯定总是做得对，这样也差强人意。路易十四在凡尔赛宫，既不愿意看到一名学鸡叫的军官，也不愿意看到一位装扮火鸡的王子。能提高英国王家和俄国皇家尊严的东西，太阳王路易却认为同圣路易[③]的王家格格不入。大家知道，他得知亨利埃特公主的梦多么不高兴：有一天夜晚，公主忘乎所以，竟然梦见一只母鸡，贵为王室成员，实在有失体统。高贵的人，绝不应该梦见下贱的东西。我们还记得，博须埃[④]也和路易十四同样气愤。

---

① 见张伯伦博士所著《英国现状》，1688 年版，第一部分第十三章，第 179 页。——作者原注

② 叶卡捷琳娜二世(1729—1796)，俄罗斯女皇(1762—1796 年在位)。

③ 圣路易：路易九世(1214 或 1215—1270)，法国国王(1226—1270 年在位)。

④ 博须埃(1627—1704)，法国高级神职人员、讲道者、作家。他支持路易十四的宗教政策，打击新教派，著有《新教派演变史》(1688)。

四

上文说明，在十七世纪，贩卖儿童，再加上一种毁容的技艺，也就万事俱备了。儿童贩子做这种生意，也采用这种工艺。他们买来孩子，给这种原材料加一加工，然后再卖出去。

卖儿童的人也五花八门，从要摆脱家庭负担的穷苦父亲，一直到想利用奴隶种群的奴隶主。卖人的事十分简单。时至今日，还有人为维护这种权利而斗争过。我们记得，还不到一百年前，选帝侯赫斯就出售自己的属下，买主英国国王需要把一批人送往美洲卖命。去选帝侯赫斯那里买人，就跟进肉店买肉一样。选帝侯赫斯出售人肉做炮灰。这位王爷将属下挂在他的肉铺里。您还个价，这是要卖的。英国在杰弗里斯大施淫威时期，出了蒙茅斯[①]的惨案之后，许多大领主和缙绅被砍头，或者五马分尸。被处死的人所遗留下的孤女寡母，詹姆士二世全部赠送给他爱妻王后。王后则将那些贵妇和千金小姐卖给纪尧姆·佩恩。国王很可能也拿了百分之几的回扣。令人诧异的，并不是詹姆士二世卖了那些女人，而是纪尧姆·佩恩买了她们。

佩恩买进人口的托词或缘由，便是他有一片荒原需要男子，因而需要女人。妇女是他那套工具的一部分。

卖了那些贵妇，王后陛下获益不小。年轻的卖了大价钱，可是那些老公爵夫人，很可能被佩恩廉价买下了。想想也真叫人难堪，不免产生恼羞之感。

儿童贩子也称为“cheylas”，这是印地语，意思是“拍花子”。

---

① 蒙茅斯(1649—1685)，英国公爵，查理二世(斯图亚特)的私生子。他是新教反对派的首领，1685 年詹姆士二世登基后，便假杰弗里斯之手将其除掉。

儿童贩子长期处于半隐蔽状态。社会秩序有时出现一片阴影，有利于这种伤天害理的勾当，于是得以保留下来。时至今日，我们仍然看到西班牙出现这样一个帮派，为首的是个西班牙大盗，名叫拉蒙·塞莱斯，从1834年至1866年肆虐，让巴伦西亚、阿利坎特、穆尔西亚三省处于恐怖状态，长达三十年之久。

在斯图亚特王朝时期，儿童贩子与宫廷的关系并不坏。需要的时候，以国家利益的名义还能用上他们。对于詹姆士二世，他们差不多就是一种“统治工具”[①]。那个时期，朝廷认为有些世族碍事并违抗旨意，就干脆腰斩他们，断其旁支，突然除掉其继承人，有时也剥夺一支的财产，传给另外一支。儿童贩子精于易容之术，可为政治所用。毁容破相胜过杀人。固然也有用铁面具的，但那是笨办法。在欧洲总不能到处都是铁面人[②]，反之，那些奇形怪状的卖艺人，倒是走街串巷，见怪不怪了。再说，铁面具还可以卸掉，而皮肉的面具则取不下来。用自己的面孔制成假面具，真是无比巧妙，要戴一辈子。儿童贩子给人加工，如同中国人给生长的树木加工。上文说过，他们都有秘方妙法，各自都有诀窍。失传的艺术。某种发育不良的怪相，就是出自他们之手。看似可笑，却很深奥。他们运用高超的技巧，给一个小孩子加加工，连孩子的父亲都不可能认出来：“他父亲的眼睛也许识不得。”拉辛[③]这样写道，但有个法语错误。有时，他们保留孩子挺直的脊椎，只是重做一张面孔。他们消除孩子脸上天生的特征，就像从一块手帕上揭掉商标。

旨在当街卖艺人的制品，则是以高明之法，使全身骨关节脱臼，变得好像无骨之人。这种方法也制作体操运动员。

---

① 原文为拉丁文。

② 铁面人：曾关在巴士底狱的一个戴面具的人，关于他的身世有不同的传说，甚至写进文学作品中。

③ 拉辛(1639—1699)，法国古典主义文学的代表人物，著名的悲剧作家。

儿童贩子不仅毁掉孩子的面容，还要剥夺孩子的记忆，至少全力为之。儿童接受变形手术，一点儿意识也没有。这种可怕的手术只会在孩子的面容上，而不是在思想上留下痕迹。顶多他还能记得有一天，自己被几个大人抓住，后来就睡着了，最后让人治好了。治好了什么？他也不知道。硫磺烧伤和铁器割伤，他什么也想不起来了。儿童贩子进行手术时，先用一种神奇的麻醉药粉，让孩子昏迷过去，丧失疼痛的感觉。这种麻醉药，中国自古有之，如今还使用。我们所有的发明，诸如印刷术、火炮、气球飞行术、蒙汗药等，中国都先有了。不过，这些东西在欧洲一发明出来，就立刻蓬勃发展，变得无比奇妙，可是在中国，却始终死气沉沉，处于胚芽状态。中国是保存胎儿的大口瓶。

既然提起中国，就不妨稍事停留，讲一个细节。在中国，人们一直在探寻这样的工艺：活人造型。一个两三岁的孩子，放进形状相当怪异的坛子里：坛子没盖儿，也没有底，孩子的头和双脚都露在外面。坛子白天立起来，晚上放倒，好让小孩睡觉。孩子在坛子里长大，但长不高，受挤压的肌肉和扭曲的骨骼，逐渐填满坛子里坑坑洼洼的空间。在坛子里生长要持续数年，到了一定时候，身体定型而不可复原了。一旦断定大功告成，怪物造出来了，就打破坛子，放孩子出来，于是就有了一个坛子状的怪人。

这办法很灵便：想要什么形状的侏儒，事先可以定做。

五

詹姆士二世容忍儿童贩子存在，有一条重要的理由，就是能为己所利用。至少，他利用过不止一次。人不能总无视自己鄙视的东西。这种下三滥的行当，对于人称政治的上层行当来说，有时也能成为不二法门，因而当局任其微贱，绝不追逼迫害。只是稍稍留意,绝不严密监视。可能有用得着的时候。法律闭一只眼,国王则睁一只眼。

国王有时甚至承认,自己参与其谋。这表明君主的恐怖统治多么肆无忌惮。毁了容的面孔又打上百合花的烙印;他们给孩子破了相,消除上帝的标记,却打上了国王的标记。从男爵雅各布·阿斯特利骑士,梅尔顿爵爷,诺福克郡警官,他家就卖出一个孩子,而那位警官早就用烙铁在那孩子的前额打上一朵百合花的烙印。有时候出于某种原因,买主执意要看到,派作新用场的孩子得到了朝廷的许可。在这方面,英国总是极大地抬举我们,在私人事务中使用百合花徽[1]。

① 百合花为法国波旁王朝的徽章图案。

儿童贩子作为一种行业，同一种狂热的帮会则有差别，他们倒像印度的勒人教派。他们成帮结伙，一起生活，颇似走江湖的，但卖艺不过是幌子，只为流动方便。他们随处扎营住宿，一个个神态严肃，样子很虔诚，与其他流浪人群毫无共通之处，绝不是鸡鸣狗盗之徒。在很长一段时间，老百姓都错把他们当成西班牙的摩尔人，或者中国的摩尔人。须知西班牙的摩尔人善于制造假币，而中国的摩尔人尽是窃贼。儿童贩子既不造假币，也不是扒手。他们全是规规矩矩的人。不管别人怎么看，他们有时确实非常小心谨慎。他们推开门进屋，同人讨价还价，如数付钱，才把孩子带走。正正经经地做买卖。

他们来自各国，有英国人、法国人、卡斯蒂利亚人[1]、德国人、意大利人，统一称作 comprachicos，四海之内皆兄弟。思想一致，迷恋同一事物，同一行业一道经营，因而融为一体。来自地中海东岸的人代表东方，来自地中海西岸的人代表西方，以这种帮派义气结合起来。在他们当时，许多巴斯克人同许多爱尔兰人交谈；巴斯克人和爱尔兰人彼此能明白，他们讲古老的腓尼基土语；此外，信天主教的爱尔兰同天主教的西班牙，关系也很密切。正因为这样密切的关系，一位爱尔兰国王，威尔士人布拉尼勋爵差一点儿走上伦敦的绞刑架，结果又造出一个莱特里姆郡。

儿童贩子的组织，与其说是个流浪部落，不如说是个帮会，与其说是个帮会，不如说是一堆乌合的残渣。他们以犯罪为营生，集天下卑劣恶毒之大成。他们是一群丑角儿，穿着五花八门的破衣烂衫。接纳一个人，无非缝一件破衣裳。

四处游荡，正是儿童贩子的生存法则。在一个地方出现，随即又消失。只因不扎根，才处处得人容忍。在这些王国里，他们的行

① 卡斯蒂利亚是西班牙中部一个地区。

当即使能为朝廷效力，必要时还可能匡助王权，可是，他们仍难免遭突然打击。国王们利用他们的艺术，却让艺术家去服苦役。这样反复无常，正是国王随心所欲的表现。因为，我们高兴如此。

滚动的石头不长苔藓，流动的行业攒不了钱。儿童贩子都很穷苦。他们很可能像那个骨瘦如柴、衣衫破烂的巫婆那样，看到火刑台的火炬点燃了也会哀叹道："实在得不偿失！"不过，幕后指挥他们的头儿，大批量买卖儿童的经营者，也许十有八九非常富有。然而，事过已经两个世纪，这情况就很难查清了。

上文讲过，他们是个帮会，内部有帮规，有誓言，还有各种程式，几乎可以说有独特的魔法。如今，谁打算进一步了解儿童贩子的情况，只要去比斯开和加利西亚[①]走走就行了。那里有许多巴斯克人，山区还保留他们的传说。时至今日，在奥亚尔孙、乌尔比斯通多、莱索、阿斯蒂加拉加[②]，还有人谈论儿童贩子。而且在那一带，母亲吓唬哭闹的孩子，就这么说："当心啊，孩子，再闹我就叫儿童贩子来了！"[③]

儿童贩子同茨冈人、吉卜赛人一样，相互时常约会见面，那些头儿也不时举行秘密会谈。十七世纪，他们有四个主要聚会地点：一个是西班牙的潘科尔博隘道；一个在德国的迪基希附近，一块名为"坏女人"的林间空地——那里有两幅浮雕神秘莫解，一个有头的女人和一个无头的男人；一个在法国的波旁莱班附近，博尔沃·托莫纳神圣老林的小土岗，岗上立着一尊高大的"大棒希望"石雕像；还有一处在英国约克郡的克利夫兰，在吉斯伯劳的侍从官威廉·查洛纳的花园墙外，即在方塔和辟有尖拱圆门的大山墙之间的夹道。

---

① 比斯开是西班牙的一个省，加利西亚是西班牙的一座城市。

② 奥亚尔孙等均为西班牙地名。

③ 这句话原文为西班牙文。

六

英国的法规,对流浪汉一向很严厉。英国哥特式的立法,似乎受这一原则的启发:“流浪汉比流浪的野兽更可怕[1]。”特别法规有一条给无家可归的人这样定性:“比眼镜蛇、恶龙、猞猁和鳍蜥更危险。”英国长期担心吉卜赛人,要像消灭狼群那样肃清他们。

在这一点上,爱尔兰人不同于英格兰人,他们称狼为“我的教父”,求神保佑狼健康活着。

不过,正如我们看到的那样,英国的法律却容忍驯化了的,变得类似家犬的狼,也同样容忍有职业的、变成良民的流浪汉。街头艺人、流动剃头匠、江湖郎中、走街串巷的货郎、萍踪无定的学者,他们都有谋生的行当,也就没人找麻烦。他们差不多是例外,除了他们,一个流浪的人无所事事,可就让法律害怕了。一个过路人居心叵测,可能与你为敌。那时候,大家还不懂得“游逛”这种现代事物,仅仅知道“徘徊”那种古代事物。“其貌不扬”,这句话不知为什么大家都懂,但是谁也抓不准意思,却足以让人揪住那人的脖领。“你住在哪儿?”“你是干什么的?”假如他答不上来,那么等待他的就是严厉的惩罚。铁和火是法典的规定。法律就要给流浪汉打上烙印。

由此便产生一种真正的“可疑者法律”,在英国全境施用于流浪的人,即有机会就要干坏事的人,尤其用以驱逐犹太人和摩尔人,法国驱逐新教徒不可同日而语。至于我们,我们也绝不会把轰赶猎物同迫害人混为一谈。

再强调一遍,儿童贩子和吉卜赛人毫无共同点。吉卜赛人是

---

① 原文为拉丁文。

个民族，而儿童贩子则是各民族的大杂烩，我们说过是一堆残渣，也是一盆不堪入目的浊水。吉卜赛人有自己民族的语言，而儿童贩子只有一种行话、各种方言土语的杂糅；所有语言混杂起来，便是他们的语言；他们讲的就是一种嘈杂语。他们也像吉卜赛人那样，最终还是形成一个群体，在各民族之间游走流窜；不过，维系他们成一体的不是种族，而是帮会。在历史的各个时期都能看到，人类洪流的两侧，单独流淌着几股有害之人的溪流，向周围散发着毒素。吉卜赛人是一个大家庭，儿童贩子则是一种共济会，而这种共济会没有崇高目的，只有一种可憎的行当。最后一个差异是宗教。吉卜赛人是异教徒，而儿童贩子则是基督徒，甚至是优秀的基督徒。这个帮派虽然由各国人汇聚而成，却在西班牙诞生，在一个笃信宗教的地方诞生的帮派，自然应当是优秀的基督徒。

而且，比基督徒还正宗，他们是天主教徒；比天主教徒还正宗，他们是罗马天主教派信徒。他们在信仰上十分严谨，保持纯洁，拒绝同佩斯州①的匈牙利流浪部落合作。率领那个部落的一位老人手持权杖，而权杖的银球柄上立着一只奥地利双头鹰。诚然，那些匈牙利人是分立派分子，他们居然到 8 月 27 日才庆祝圣母升天节②，真是罪莫大焉。

在英国，只要斯图亚特王朝在统治，儿童贩子帮就基本受到保护，上文我们让读者略窥了朝廷的动机。詹姆士二世笃信天主教，大力迫害犹太人，围捕吉卜赛人，但对儿童贩子帮却是好君主。我们已然明白是何缘故。儿童贩子收购活人，国王正是经销商。他们精于此道，让人不知所终。国家利益所需，必须不时地让一些人消失。一个碍事的财产继承人，幼年时就抱走，经过加工，就完全

① 佩斯州：匈牙利的一个州。

② 天主教圣母升天节为每年 8 月 15 日。

失去了原来的形貌。这就为没收家产提供了方便。把爵位转赐给国王的红人,也就简单多了。况且,儿童贩子特别慎言慎行,他们一旦作出保证,就会守口如瓶:处理国家事务,这是必不可少的。我们几乎找不出一例,表明他们泄露了国王的秘密。当然,这也是他们的利益所在。假如丧失了国王的信赖,他们的处境就十分危险了。因此,他们很有政治头脑。此外,这些艺术家还向教皇提供唱诗班的歌手。儿童贩子为《上帝怜我》[1]的颂歌作出了贡献。他们特别信奉圣母玛利亚。这正投合斯图亚特王朝信奉的天主教。这些笃信天主教的人,对圣母虔诚到了制造阉人的程度,詹姆士二世自然不会仇视他们。到了1688年,英国就改朝换代了,奥兰治[2]取代了斯图亚特,威廉三世取代了詹姆士二世。

詹姆士二世即将在流亡中死去[3],他的坟墓多次显灵,他的遗物还治愈了欧坦[4]主教的瘘疾,这也是对这位君王基督教信德的报偿。

威廉的观念和做法与詹姆士大相径庭,他对儿童贩子帮十分严厉,下狠心要铲除这帮害人精。

威廉和玛丽统治初期,颁发了一项法令,严打儿童贩子帮。儿童贩子遭此致命打击,从此便一蹶不振了。这项法令条文规定,这个帮会的成员被抓获,一旦证实有罪,就要用烧红的烙铁打上烙印:在肩头打上字母R,即rogue,意为"无赖";左手打上字母T,即thief,意为"窃贼";右手打上字母M,即man slay,意为"凶手"。这个帮会头目"尽管乞丐打扮,当推定十分富有",要在额头打上一个

---

① 《上帝怜我》:《圣经·诗篇》中的第五十首。

② 奥兰治:欧洲的贵族世家,在荷兰、卢森堡等国建立小王朝掌权。拿骚的威廉二世和英国查理一世国王的女儿玛丽所生的儿子,称拿骚的威廉三世,他在母后玛丽的支持下,推翻了詹姆士二世,做了英国国王,称威廉三世(1689至1702年在位)。

③ 詹姆士二世于1688年被迫逃离英国,流亡到法国,于1701年去世。

④ 欧坦:法国地名。

P 字烙印，罚以耻辱柱示众，罚没财产，他们树林的树木也都连根拔掉。有认识儿童贩子而知情不报者，则以“隐匿罪”论处，“抄没家产，终身监禁”。在儿童贩子帮里发现的妇女，就要受到 cucking stool[①] 的处罚，这种装置的名称是由法语的“荡妇”，以及德语的“椅子”复合而成，意思为“妓女的椅子”。英国的法律寿命长得出奇，在英国的立法中，如今还保留着这种处罚条款，针对“专爱吵架的女人”。罚椅悬在河流或池塘半空，将受惩罚的女人绑在椅子上，然后连人带坐椅沉入水中，拉起来再沉下去，连续三次，正如评论家张伯伦所言：“为了给她消消火气。”

① 英文，意为“罚椅”。

第一卷　黑夜不过人心

第一章　波特兰海湾南岬角

1689 年 12 月和 1690 年 1 月，北风呼啸，在欧洲大陆一连肆虐了两个月，刮到英国就更加凛冽，结果严寒成灾，就连“拒绝宣誓服从国教”的伦敦长老会小教堂里，也有人在那本旧《圣经》的空白边上，记下这是个“穷人忘不掉的冬天”。好在君主统治时期，当局登记簿的古羊皮纸很结实，至今在不少地方志中还能看到，当年登录的衣食无着冻饿而死的穷人长长的名单。尤其保存在监狱里的登记簿，如萨瑟克镇的自由法院监狱、灰土脚法院监狱，以及设在斯泰普尼村、由领主执法官掌管的白教堂法院监狱。当时百年难遇，泰晤士河面结了冰，而由于海水的冲击，这条河常年难以结冻。泰晤士河冰面车辆往来行驶，还支起了帐篷，聚为集市，并且有耍熊的、斗牛的把戏；甚至在冰面上烧烤全牛。厚厚的冰层持续了两个月。难熬的1690年冬，比十七世纪初那几年有名的严冬还要寒冷。当年杰德翁·德伦博士就仔细观察了那几年的气候，后来，伦敦城还为詹姆士一世的这位药剂师塑了一尊半身像，安放在一个小台座上。

1690年1月最寒冷的一天傍晚，波特兰湾许多不能停靠船舶的小海湾，有一处发现了异物，吓得海鸥和海燕不断惊叫，在海湾口盘旋而不敢回栖息地。

刮起风来，这里是海湾里最危险的一处，因而最荒僻；不过，也正因为这里最危险，就更适于船只隐匿。那天，小海湾恰恰停泊了一只船，由缆绳贴着悬崖系在一块突岩上。其实，不应该讲夜幕降临，而应当说夜色升起，因为黑暗来自地面。悬崖脚下已经一片黑暗，而上空还挺明亮。谁若是靠近那只停泊的船，就会认出那是一条比斯开独桅帆船。

浓雾弥漫，一整天不见阳光，而太阳刚刚落下，人们就深深感到惶恐不安了，即所谓没了太阳而进入黑暗的惶遽。

风不是从海上刮来，小海湾的水面挺平静。

这种情况特别在冬季，实在是幸运的例外。波特兰这些小海湾几乎都布满沙洲，天气恶劣时，海面波涛汹涌，必须熟识航路，又有娴熟的技术，才能驾船安全通过。驶进海湾很可怕，驶出海湾同样骇人。那天晚上毫无危险，也真是异乎寻常。

比斯开的独桅船是一种早已过时的仿古船。这种独桅船甚至在海军服过役，船体很结实，游艇大小，跟战舰一样坚固，就是在大舰队里也有一席之地。当然，独桅战舰吨位确实很高，例如洛普·德·梅迪纳指挥的旗舰“飓风号”，就有六百五十吨，安装了四十门火炮。不过，做贩运和走私的独桅帆船，结构要轻得多。航海的人挺看重这种船，但是认为单弱了些。独桅帆船的绳索用大麻绞成，有的绳索中心加了铁丝，这样做的意图虽然缺乏科学依据，但是到了磁场较强的航域，就有可能获取一些征象。这种精致的帆缆索具，绝对不能取代耐劳的粗缆绳、西班牙双桅帆战舰的绞车，以及罗马三层桨战舰的舵：须知那战舰舵柄很长，具有杠杆力臂的优点，但是也有应力弧变小的缺点，因而舵柄末端安了两个小滑轮，既可弥补这一不足，也可稍减力量的消耗。罗盘则安装在四四方方的罗经柜中，镶在重叠的两个框里，下面安小滚珠保持平衡，如同万向灯里面的那种装置。造独桅船要讲科学和技巧，但那是无知的科学和野蛮人技巧。独桅船像平底炮艇和独木舟一样原始，行驶起来稳如平底炮艇，快如独木舟，而且同海盗和渔民凭本能制造的所有船只一样，具有出色的航海性能，既适用于封闭的水域，也适用于开放的水域；船帆配有支索，操纵起来十分特殊，能渐进徐行，穿过阿斯图里亚斯[①]的那些几乎像池塘的小海湾，譬如穿行帕萨赫斯湾[②]，也同样能航行在辽阔的大海上；既能在湖泊里兜圈子，也能周游世界；奇特的小船可两用：能在平静的池塘中游弋，也能在暴风雨的大海上航行。独桅船在船舶中，正如白鹡鸰在鸟群。在鸟雀中白鹡鸰个头儿最小，胆量却最大，它栖在一根芦苇上，只略微压弯芦苇，它一腾飞，就能飞越大洋。

比斯开的独桅船，即使最简陋的，也要漆花描金。这种文身，

---

① 西班牙地名。

② 西班牙地名。

恰恰体现这些尚未完全开化的可爱民族的才能。他们高山的天然色彩，那一块块白雪和绿茵，毕竟向他们揭示了装饰的强烈的魅力。他们极为贫困，却装饰得花枝招展。他们给自己的茅屋画上图腾，给高大的驴挂上铃铛，给高大的牛戴上羽冠；他们的大车从七八公里之外，就听得见吱吱咯咯的声响，但车身却涂成五颜六色，镂雕花案，还挂着彩带。修鞋匠的房门上也有浮雕，雕有圣克雷平[1]和一只破鞋的石雕。他们给皮外衣镶上饰带。他们的衣服破了，要以绣花代替缝补。由衷的快乐，无比美妙的快乐。巴斯克人同希腊人一样，都是太阳的儿子。瓦伦西亚人则愁眉苦脸，赤裸的身子裹着红棕色羊毛毯，脑袋从毛毯开的洞里探出来。加利西亚人和比斯开人喜欢穿漂亮的水洗白布衬衫，他们从门口和窗口探出鲜艳的笑脸，宛若披着须子的金黄玉米棒。他们天真的艺术、精巧的制品、他们的习俗，以及姑娘的服饰和歌曲，都鲜明地表达了一种欢快的、自得的恬静。高山，这座残破的大厦，在比斯开却通明透亮：阳光从所有豁口裂缝进进出出。荒僻的哈依兹奎维尔洋溢着田园诗意。比斯开是比利牛斯山脉的风仪，正如萨瓦[2]是阿尔卑斯山脉的神采。位于圣塞巴斯蒂安、莱索和丰塔拉比附近的海湾，形势凶险危殆，海水汹涌，波浪滔天，浪花飞沫扑向岬角，而头戴玫瑰花冠的船妇，则在恐怖和喧嚣声中，在惊涛骇浪和狂风暴雨中，奋力地驾船摆渡。到过巴斯克那里的人，总想再去游一游。那是一块乐土，每年收获两次，农村都欢欢喜喜，热热闹闹，生活清贫，却总是兴高采烈。每逢星期天，就弹吉他，打响板，跳舞，谈情说爱，从清晨一直闹到夜晚。各户人家又洁净又明亮，而野鹤则栖止在钟楼上。

---

① 圣克雷平：制鞋业的主保圣徒。

② 萨瓦：法国地区名，位于法国东部。

扯回话题，再来谈谈波特兰，伸进大海中的绝壁巉岩。

从实测平面图上看来，波特兰半岛好似一只鸟头，喙伸向海洋，项背朝韦默思，它的脖颈便是地岬。

说起来十分遗憾，波特兰不再荒无人烟，如今兴起了工业。将近十八世纪中叶，采石工和石膏匠发现了波特兰海岸。从那时候起，他们就采下波特兰的岩石，烧成所谓的罗马水泥，这种开发富了地方，毁了海湾的容貌。两百年前，这条海岸毁坏成悬崖断壁，如今又毁坏成一片采石场。尖镐一点一点啃噬，而波涛则大口大口吞吃；美景也就逐渐消减。大海洋狼吞虎咽之后，人又来有规律地切割。当年停泊比斯开独桅船的那个小海湾，就这样被切割掉了。小锚地已遭毁坏，再想寻找它的遗迹，就只能去半岛的东海

岸,过了福来码头和迪德尔码头,甚至过了韦克汉姆,靠近岬角,在霍普教堂和南泉两个地点之间。

那个小海湾四周是陡壁悬岩,崖壁高矗而逼仄,夜色又渐渐侵入,而雾气弥漫,在暮晚时分,越来越浓重了,就仿佛从井底冒出来的一片黑暗。小海湾通外海的出口,是一条狭窄的通道,在黑下来的波浪涌动的海湾水面上,划出一条灰白色的裂缝。必须靠得很近,才能看见那只独桅船:它停泊在悬崖脚下,仿佛罩着大斗篷,隐没在黑影里。一条跳板搭在崖壁突出的一块低矮平石上:这是唯一登陆点,连接了独桅帆船和陆地。黑黝黝的身影在颤悠悠的跳板上来来往往,有些人在黑暗中上船。

小海湾北侧有陡峭的岩壁为屏障,没有海上那么寒冷;尽管如此,那些人还是冻得瑟瑟发抖,加快脚步登船。

暮色衬得那些身影滑稽可笑,他们的衣襟显然像锯齿,参差不齐,表明这些人在英国属于 ragged 那类人,即衣不蔽体的穷人。

在绝壁的突出部位,一条崎岖的羊肠小道隐约可见,就像一个小女孩随便搭在椅背上的鞋带。这个海湾悬崖上的小道,到处有盘结和急拐弯,几乎垂直而下,适于山羊攀登而不适于人行走。小道通向搭跳板的那块突出的平石。悬崖峭壁的小道,通常都陡得令人眼晕,看似瀑布而不像路,完全是滚落下去,而不是拾级而下。这条路大概是平川上哪条大道的支线,可是太陡了,让人看着发晕。从底下望上去,小路呈之字形,攀上绝壁的一层层岩阶,穿过崩塌下来的乱石堆。那些旅客一定是沿着这条小道下来,准备登上在海湾等待的这只独桅帆船。

在海湾登船的人显然慌里慌张,除此之外,周围一片寂静,听不见一点脚步声,听不见一点响动,也听不见一声气息,只是隐约听到锚地的另一边,在林格斯特德湾的入口处,有一支捕鲨船队。那些在北极作业的船只,显然是迷了航路,被变化无常的大海从丹麦水域送到英国水域。北极风总好这样捉弄渔民。他们刚刚躲进波特兰的锚地，那是海上要起风暴、航行危险的信号。他们正抓紧下锚。按照挪威船队的古老习惯，领队的船只停泊在排头，全船帆缆索具的黑影，映在白色平静的海面上。只见船头架子上各种各样的渔钩、渔叉，一应俱全，用来捕捉大水鲨、叶板角鲨和多刺角鲨，还有捕捞大个头翻车鱼的渔网。除了被风扫荡到这个角落的几只船之外，举目眺望波特兰空阔地带，再也见不到任何有生命的东西。不见一间房屋，也不见一只船。这一带海岸当时无人居住，而在严冬季节，这处锚地也不宜停泊航船。

不管天气多么恶劣，乘坐比斯开独桅船的人，还是恨不得赶紧起航。他们在海边聚成一堆，行色匆匆而又忙乱，但是在夜色中模糊一片，难以分辨出个别人来，看不出年老还是年轻。他们的脸上戴着阴影这张面具。黑夜中那些身影，总共八人，其中很可能有一两个女人。但是难以区分：他们全都穿着破衣烂衫，而那种装束根本分不出男装女服。破衣烂衫就不分性别了。

还有一个矮小的身影，在大人之间走来走去，那不是个侏儒就是个小孩。

那是个孩子。

第二章　抛弃

近前观察，就会发现如下情况。

那些人的一身长披风，已经百孔千疮，补丁摞补丁了，但是需要时全身一裹，能一直遮到眼睛下，既挡寒风，又挡住好奇的眼睛。他们身披这种披风，行动很灵便。他们头上大多扎着手帕，而在西班牙，缠头巾的初始就是这种简单的头饰。这种头饰在英国绝不稀罕。那个时期，南方的东西在北方[①]时髦起来。这也许是因为北方打南方，战而胜之，又转而欣赏的缘故。西班牙无敌舰队遭到惨败之后，他们的卡斯蒂利亚方言，反而成为伊丽莎白王朝宫廷使用的高雅的洋话。在英国女王的宫中，讲英语几乎觉得"难听了"。到别的国家去发号施令，又接受人家的一些习俗，这是野蛮的战胜者对付文明的战败者的惯常做法；鞑靼人就欣赏并模仿中国人。因此，卡斯蒂利亚人的时尚深入英国，而英国的利益则渗透了西班牙。

登船的那帮人中有一个好像是头儿，他脚下穿一双麻鞋，身穿镶金边的破衣烂衫，还穿着一件缀金属箔片的坎肩，在披风里鳞光闪闪，活像鱼肚皮。另一个人头戴宽沿大毡帽，压得很低，那顶毡帽没有开吸烟斗的洞，表明他是个识文断字的人。

大人的上衣可以当大衣给孩子穿，那个孩子就是按照这一原则，在他破成布片的衣服上，又套了一件水手的破褂子，衣襟一直

---

① 北方指英国，南方指南欧国家西班牙、法国等。

垂到膝盖上。看个头儿他约莫有十岁或十一岁。他光着两只小脚。

这只独桅帆船的全体船员,也只有船老大和两名水手。

这条船很可能从西班牙驶来,又准备返回去。它从一处海岸航行到另一处海岸,毫无疑问是进行走私活动。

正在登船的人相互窃窃私语。

他们交谈的语言是大杂烩。时而蹦出一个卡斯蒂利亚词,时而蹦出一个德语词,时而又蹦出一个法语词;时而讲威尔士语,时而又讲巴斯克语。他们讲的不是黑话,也是一种方言。

他们好像哪国人都有,结成一个帮派。

船员大概是他们的同伙。接人上船,他们配合得很默契。

他们着装虽然五花八门,但似乎是一个团伙,也许是一伙同谋共犯。

假如天再亮一点儿,假如看得仔细一些,那么就会发现这些人的破衣烂衫里半藏着念珠和天主教徒圣牌。他们当中大约是女人的那个人,佩戴一串大念珠,珠子大如伊斯兰教苦行僧佩戴的那种,而且也不难认出,那是一串爱尔兰念珠,产自拉尼姆特夫里,也叫拉南迪夫里。

假如天不是那么黑,还能注意到独桅船船头那尊镀金雕像,是圣母怀抱着耶稣。那十有八九是巴斯克圣母,类似古老的坎塔布里人[①]信奉的至圣圣母。当时,船头神像下面的风灯没有点亮,这种过分小心正表明要极力隐匿。那盏灯显然有两种用途,点燃了既供奉圣母,又照亮海面:信号灯又兼做供烛。

船头斜桅下面的破浪角呈弧形翘起,好似弯月又长又尖。破浪角的尾部,圣母像脚下有个天使,翅膀收拢,背靠艄柱跪着,正用

---

① 坎塔布里人:古代伊比利亚部落,其发祥地为西班牙北部沿岸的坎塔布里山间。

望远镜眺望远方。天使和圣母像都镀了金。

破浪角上开些网眼,好让波浪穿过,保护镀金和雕花图案。圣母像下面有大写字母的烫金字:MATUTINA[①],那是船号,但是天太黑,看不见了。

绝壁脚下胡乱放着一些东西,全是那些旅客要带走的,正通过跳板从岸边快速搬上船。有好多袋饼干、一桶鳕鱼干、一箱汤料;还有三个大桶,一桶装淡水,一桶装大麦芽,一桶装柏油;另外有四五瓶淡色啤酒、一只用皮带扣紧的旧旅行箱、好几口大木箱、几只小箱子、一大捆用来扎火把和点信号的废麻:这便是要装船的东西。那些衣衫褴褛的人都有手提箱,看来过的是流浪生活:到处漂泊的穷鬼,也总得拥有点什么。有时他们也渴望像鸟儿那样远走高飞,那就得丢掉赖以吃饭的家什。在流浪中不管干什么行当,总少不了工具箱。带着这样的行李到处走,多半时候感到拖累。

这么多东西运到悬崖脚下,恐怕很不容易,可见他们主意已定,一去不复返了。

时间不容耽误,在岸边和独桅帆船之间,往来不断地搬东西,每人都上了手:有的提口袋,有的扛箱子;其中两个可能是女人,或者十有八九是女人,也同别人一样忙碌。他们还超负荷让那孩子搬东西。

这伙人里是否有那孩子的父母,实在令人怀疑,看不出有谁关心他一点点,只是让他干活,没有别的。他不像家里的一个孩子,倒像部落中的一个奴隶。他侍候所有人,却没人跟他说句话。

不过,孩子本身也在加紧忙乎,他身为这伙来历不明的人中的一员,似乎同所有人一样,只有一个念头:尽快上船。他知道为什么吗?很可能不知道。他只是下意识地跟着忙碌,因为他看到别

---

① 西班牙语,意为“晨星”。

人都着急忙慌。

这只独桅帆船又铺好甲板，行李物品都迅速入舱，起航的时刻到了。最后一只箱子已搬上甲板，只待旅客登船了。那两个女人模样的人已经上了船，那孩子在内的另外六人，还站在悬崖下那块平石上。船准备起航，船老大已经操起舵柄，一名水手拿起斧头，随时要砍断缆绳。如果从容一点，完全可以解下缆绳，准备砍断，足见其仓促。六人中破坎肩缀着闪光饰片而显出是头儿的那个人，小声说了一句："走吧。"[1]那孩子冲向跳板，想头一个上船，可是脚刚踏上去，另外两个人就冲过来，差点将他撞进海里，抢在前头上船；第三个人又一胳膊肘将他推开，紧接着第四个人用拳头将他拨到一边；而第五个人，那个头头，则一个箭步，纵身跳上船，再用脚后跟一磕，将跳板蹬下海去。与此同时，一斧头砍断缆绳，而船舵一摆，船就离了岸，陆地上只剩下那个孩子。

① 原文为西班牙文。

第三章　孤独

孩子呆立在岩石上,一动不动,眼睛直勾勾地望去。他一声也没有呼叫,一句也没有恳求。然而,这实在出乎意料,他一句话也没有讲。船上也同样沉默无语。孩子没有向那些大人呼叫一声,那些大人也没有向孩子说声再见。彼此间默默接受距离拉大的事实,就好像亡灵在冥河岸边永诀。孩子钉在那岩石上,望着帆船驶远,而涨潮的海水开始没过岩石。他似乎明白了。什么呢?他明白了什么?阴影。

过了一会儿,独桅帆船驶到海湾逼仄的出口:那水道仿佛游蛇,从劈开而成的两堵高墙的岩壁之间穿过,岩壁上方明亮的天空映出那桅杆尖,远远还望得见。那桅杆尖游弋,恍若从上面插进岩壁。桅杆尖不见了。完了。独桅帆船驶入外海。

孩子望着那只船消隐了。

他感到惊诧,但又若有所思。

他这种惊愕,还多了一层对生活朦胧的体认。这个刚进入人生的孩子,似乎有了人生经验。也许他已有所判断。过早到来的考验,在孩子十分模糊的思维深处,往往架起不知何等可怕的天平,这些可怜的小儿倒要称一称上帝。

他自觉清白无辜,也就认了,一声也不抱怨。无可指责的人,也不去指责。

如此突然就把他清除,这甚至没有激发他挥一下拳头。他的内心真好像僵化了。突遭命运的袭击,几乎在开始之前就结束他的人生,但这孩子并不屈服。他站立着接受这一雷击。

他惊诧但不气馁,明眼人一见他这种反应就能明白,在抛弃他的那伙人当中,显然谁也不爱他,他也不爱任何人。

他若有所思,竟然忘记了寒冷。猛然间,海水打湿了他的双脚:涨潮了;一股气流拂过他的头发:起风了。他浑身打了个寒战,从头到脚一颤抖,便醒来了。

他扫视一下四周。

只有他一个人。

时至今日,除了在独桅帆船上的那几个,他在这大地上就再也没有认识的人了。而那几个人刚刚逃离。

说来也怪,应当补充一句,他唯一认识的那几个人,对他来说却十分陌生。

他说不出来他们究竟是何许人。

他的童年是在他们中间度过的,但他毫不觉得同他们是一家人,而是各自独立并存,毫无亲情可言。

他刚刚……被他们……遗忘。

他身上没有钱,脚下没有鞋穿,只穿着一件衣服,兜里连面包都没有一块。

现在是严冬,又到了夜晚,要走一二十公里路,才能到达有人家的地方。

他不知道自己身在何处。

他一无所知,就知道一点:他们把他带到这海边,又丢下他走掉了。

他感到置身生活之外了。

他感到天塌地陷。

他才十岁。

孩子在这举目无人的地方,一边是眼看着夜色弥漫的深渊,另一边是耳听到惊涛骇浪的深渊。

他伸了伸精瘦的小胳膊，打了个呵欠。

接着，他好像突然拿定主意，摆脱茫然无措的状态，壮起胆来，一转身背向海湾，开始攀登绝壁，动作敏捷得像松鼠，也许像个小丑。他沿着小道往上爬，时而离开山道，时而又找到路径，身体轻捷，又不惧危险。现在，他又匆忙走向陆地。他好像有一条要行走的路线，其实他也不知何去何从。

他那么匆忙，又毫无目的，恰似一个逃避命运的人。

攀登是人的行为，攀援爬行是动物的行为；他既攀登又爬行。波特兰湾的峭壁朝南，山道上差不多没有积雪。不过，下的雪在严寒中冻成细碎的硬粒，反而不好走路。孩子还是想法走过去了。他穿着成人衣服，特别肥大，行动不便，给他添了好大麻烦。他走在悬崖突石或者陡坡上，不时踏到一块冰，便滑倒了，身子在半空吊了一会儿，然后他就赶紧抓住一根枯树枝，或者一块突出的岩石爬上去。有一次，他碰到一条裂缝，脚下的石头突然崩塌，他就随着滚下去。山石崩塌特别凶险。孩子好似房顶滚落的瓦片，一直滚到乱石堆的边缘，幸好抓住一簇野草，才算免遭灭顶之灾。他面对深渊，就像面对那些大人，一声也没叫喊。他定了定神儿，又默默地往上爬。这处悬崖很高，他就这样多次遇险。黑夜中绝壁就更难攀登了。陡峭的岩石没有尽头。

那幽邃的高崖，仿佛在孩子面前往后撤。孩子越往上爬，岩顶也越升高。孩子边爬边观看，那黑魆魆的顶盖犹如一道屏障，将他与苍天隔开。终于，他爬到了顶。

他跳到高坪上。几乎可以说他登陆了，因为，他刚刚脱离深渊。

他一登上崖顶，就浑身颤抖起来：寒风袭面，这是黑夜在伤人。西北风呼号，寒冷刺骨。他紧了紧身上水手的麻布衣服。

这件外衣很顶用，照船上的语言称为“油布衣”，只因刮西南风下雨时，这种劳动服不容易淋透。

孩子爬上崖顶高地，停了下来，两只赤足在冰冻的地面上站定，举目四望。

身后是大海，面前是大地，头顶着苍天。

可是苍天没有星斗。浓雾笼罩，遮掩了碧空。

他爬上了岩壁顶，首先转向大地，凝神观望。大地在眼前伸展，冰封雪覆，平坦坦的一望无际。几簇欧石楠在风中瑟瑟发抖。望不见路径。空空如也。就连牧羊人的小木屋也没有，唯见几起灰白色的旋风，那是风卷起地上的雪尘，在空中旋舞飞扬。波浪起伏的地势，很快就变得一片迷茫，皱褶堆积在天边。灰暗的大平原隐没在白雾之中。渊深的寂静，仿佛无限地扩展，就像坟墓一般死寂。

孩子又转向大海。

大海如同大地，也是白茫茫一片：大地覆盖着积雪，大海覆盖着浪花飞沫。这双重的白色映现的天光，比什么都要愁惨。夜晚有些亮光特别冷峻扎眼：大海发钢铁之光，岩壁发乌木之光。孩子俯瞰波特兰湾，就觉得它几乎显现在地图上，山峦连成半圆，围住灰白色的海湾：这夜景如在梦境。一个淡白色的圆形，镶嵌在幽暗的月牙儿里：月亮有时就是这副模样。从一个岬角到另一个岬角，整个海岸看不见一点闪亮，表明有点灯的人家、照亮的窗户、有人住的房子。地上没有灯火，天上没有星光；地上没有一盏灯，天上没有一颗星。海湾里宽阔而平静的水面，时而这里或那里突然浪涛翻滚。是一阵风搅扰并吹皱这湾静水。在这海湾还望得见逃逝的独桅帆船。

那是个黑色三角，滑行在铅色的平面上。

远处模模糊糊，浪涛汹涌而茫无际涯，在幽冥中十分凶险。

晨星号行驶得很快，每分钟都在缩小。海面上的孤帆远影，消逝得比什么都更神速。

到了一定时候，独桅帆船点亮了船头灯，周围一片黑暗大概令人不安，船老大感到需要点灯照亮波浪。远远望见的那点跳动的亮光，同又高又长的黑色船影组成一副凄惨的形象，仿佛殓尸布直立起来，在海面上行走，活似一个人手里拿着一颗星，披着殓尸布在转悠。

长空正孕育一场巨大的风暴。孩子并没有意识到，换了一名海员，就会心惊胆战。正是这种预感而惴惴不安的时刻，自然的元素就要化作人形，还将看到从微风到狂风的神秘幻变。海水要变成一片汪洋,自然各种力量都要显示意志,被人视为一个物却拥有灵魂。这种情景即将出现。从而使人产生恐惧。人的灵魂惧怕这样直面大自然的灵魂。

世界又要变成一片混沌。狂风冲开雾障,在身后叠起一层层乌云,搭建布景,要演出人称暴风雪的这出严冬寒流的恐怖剧。

出现了船只回流的征象。这一阵子,锚地不再空荡荡的。不安的船只时时从岬角后面出现,匆匆驶向停泊地点。那些船只有的绕过波特兰角的那个鸟喙,有的则绕过圣阿尔班岬头。还有一些船帆从远海驶来。无不争先恐后,要躲进避风港湾。南天越来越晦暗,满载夜色的乌云扑向海面。垂悬的风暴重压之下,浪涛平静而尤显阴森。这绝非出海的时候。然而,那只独桅船还是扬帆而去。

独桅船朝南行驶,已经出了海湾,到了外海。突然起了大风,一阵阵呼号。还能相当清楚地望见晨星号,它已经挂满帆,仿佛决心要借飓风之力航行。那是西北风,从前称作西北西风,那种风十分凶险而狂暴,立即扑向独桅船。狂风从侧面刮来,独桅船船身倾斜,但是并不犹豫,仍继续驶向远海,可见它不是航行,而是逃窜;它虽怕大海,更怕陆地;它虽担心狂风的追逐,更担心人的追捕。

独桅船逐渐缩小;最后隐没在天际。船上的那小颗星,在夜色中也越来越黯淡,船渐渐同夜色融合,那星光也最终消失了。

这回,可是永远消失。

至少,孩子是这么理解的。他不再眺望大海,目光重又移向平野、荒原和丘峦,移向也许还有可能碰见人的空间。他举步朝那未知者走去。

第四章　问题

那究竟是一伙什么人，抛下这孩子逃离了呢？

那些逃逸者是儿童贩子吗？

上文我们已经详细看到，威廉三世采取措施并由议会通过，要严惩那些儿童贩子，那些称为 comprachicos，comprapequeños，cheylas 的男女坏蛋。

立法下了驱逐令。这种法令砸到儿童贩子头上，引起大逃亡，不仅儿童贩子，就连各色各样的游民，也都避之犹恐不及，纷纷乘船逃离。儿童贩子大多逃回西班牙。我们说过，他们当中很多是巴斯克人。

这项保护儿童的法律，最初产生的效果怪得很：大批儿童突然遭遗弃。

这项刑法一实施，一大批儿童就找见了，也就是说丢弃了。这种现象很容易理解。任何一伙流浪的人，带个孩子就十分可疑：单凭带个小孩这一事实，就暴露了他们是什么人。——他们很可能是儿童贩子。——郡长、市长、警长首先就会产生这种念头 。于是抓人，追捕。有些人只是穷困，迫于生计，才不得不流浪并乞讨，他们虽不是儿童贩子，却深恐被警察错抓：弱势群体确信，那些执法的人什么错案都可能制造出来。况且，居无定所的家庭受惊扰是家常便饭。大家谴责儿童贩子，就是因为他们盘剥和残害别人家的孩子。然而，那些贫寒的父母往往落到十分不幸的境地，他们有时很难说清楚孩子是他们所生。这孩子你们是从哪儿弄来的？怎么就能证明是上帝所赐呢？孩子变成了危险物，干脆抛掉。单独逃跑更容易些。做父母的便忍心丢弃孩子，扔到树林里，海滩上，或者一口井里。

有人发现水池里有溺死的小孩。

还应补充一点，全欧洲都效法英国，此后儿童贩子走到哪里，都要遭受追捕。已经启动通缉他们的程序。这种功劳谁不争啊！从此以后，所有警察都动员起来捉拿儿童贩子。西班牙的法警的警觉性，也不亚于英国的警官。二十三年前，还能看到奥特罗城门的一块石头上，有一段难以诠释的铭文，用词打破了规矩，但是明确标示出对买卖儿童者与拐骗儿童者判以不同的刑罚。这段铭文使用有点粗俗的卡斯蒂利亚语，这样写道："在去海上服苦役的时候，儿童贩子须留下耳朵，拍花子须留下钱袋。"[①]可见耳朵等物罚没之后，仍不免去服苦役。因此，流浪汉们都各自逃命了。他们逃跑时恐慌万状，到达哪里都心惊胆战。欧洲的海岸线，无处不监视偷渡上岸者。一伙人上船，万万不可带个小孩，只因带小孩上岸要遭祸殃。

趁早将孩子丢弃。

在晦暗而荒僻的波特兰湾，我们看到的那个孩子，是谁抛弃的呢？

很可能就是儿童贩子抛弃的。

---

① 原文为西班牙文。

第五章　人类发明之树

估计已是晚上七点钟，风势减弱了，这是还要刮得更加猛烈的前兆。孩子在波特兰岬角的南端高地上。

波特兰是个半岛。但这孩子并不懂什么叫半岛，就连波特兰这名称也不知道。

他只知道一件事，可以往前走，直到走不动了倒下为止。一个概念便是向导，可是他没有概念。有人把他带到哪里，又抛在哪里。"有人"和"哪里"，这两个谜一样的字眼儿，就代表了他的全部命运。"有人"便是人类，"哪里"就是整个天地。他在这世上，没有任何支撑点，只有赤足踩的这一小块冰冷坚硬的土地。这个暮色苍茫的大世界，四面八方都敞开，可有什么东西是为这孩子准备的？空无一物。

他朝那空无一物走去。

他周围是人所遗弃的空漠。

他斜插着穿过第一块高地，接着又穿过第二块、第三块高地。每块高地走到尽头，总有一道断裂地带，坡度往往很陡，但是都没有几步路。波特兰岬角的高坪都光秃秃的，犹如巨大的青石板，一块一块半压着重叠起来：一块高坪的南半边仿佛嵌入前一块的高坪下面，而北半边则压在另一块高坪上面。这样形成一个个断层，孩子都轻捷地翻过去了。他不时停下脚步，似乎要在心里合计一下。夜色已经很深了，能见的范围越来越缩小，现在只能看出几步远的地方。

他猛然站住，侧耳细听，然后满意地微微点一下头，就急忙往右一拐，走向右侧隐约可见的一座不高的山丘。那山丘坐落在离悬崖最近的那块高地的尖端，丘顶立着一个黑影，迷雾中看似一棵树。孩子听见那边有响动，既不是风声，也不是汹涌的浪涛，更不是野兽嗥叫。他想那边有人。

他蹿出几步，就到了山丘脚下。

那里果然有个人。

丘顶的情景，刚才看模模糊糊，现在则清晰可辨。

看上去酷似一只巨大的手臂，从地下直挺挺伸出来。手臂顶端食指好像横躺着，下边由拇指支撑。那只手臂、那根拇指和食指映在半空，就像一把角尺。在那类似食指和拇指的东西的接合点上，还垂悬一根绳子，吊着一个说不上来形状的黑乎乎的物体。风吹那绳子一摇摆，便发出铁链子的声响。

孩子刚才听到的正是那种声音。

近前一看，果如声音所宣示的，那绳子是铁链，船上用的空心环锚链。

鉴于自然界这种神秘的杂糅法则，现实的表象，诸如地点、时间、雾霭、愁惨的大海、天际传来悠远幻觉般的喧声，都来发挥作用，把那黑影变成庞然大物。

那庞然大物挂在链子上，倒像一把刀鞘。又像婴儿的襁褓，却有大人那样的身长。那黑影的上端是个圆圆的东西，套在铁链的末端。刀鞘下部已经开裂，露出来干瘪的肢体。

微风拂动铁链，吊在链子上的物体便轻轻摆动起来。那个只随旷野的风动而动的物体，给人一种莫名的恐惧；恐惧感能让物体变形，几乎消除其尺度，仅仅留下一个轮廓。那是黑色的一个凝聚体，呈现一种形态，上面附着黑夜，里面也充斥着黑夜，整个笼罩着弥漫开来的墓地氛围。暮色、升起的月亮、坠落在悬崖绝壁后面的星辰、天水相连的天际、乌云、罗盘的全方位，最终都融进这一有形虚无的组合，这个吊在风中的某种形体，只有远远消散在海上和空中的非属性，而黑暗最后来完结曾经是个人的这个东西。

这是不再存在的生命。

成为一具遗骸，这超出了人的语言。不复存在却执意存在，在深渊内外，重现于死亡之上，就好像绝不会沉没，有大量不可能的因素，混杂进这样的现实。因而无以名状。这个人——难道是个人吗？——这个黑乎乎的见证，是一具遗骸，一具可怕的遗骸。什么遗骸？首先是大自然的，其次是社会的遗骸。零与全部。

任凭风吹日晒，霜打雨淋。周围是深深的忘却，一片孤寂。幽灵置身于被遗忘者的历险中，毫无能力抵御寂寞无闻，任由其摆布。永远在受刑，在承受忍耐。飓风在它身上肆虐。这是气流的凄惨的功能。

这幽灵在这里任由掠夺。忍受这样的暴行：曝尸腐烂，不受棺木的保护。它虽遭毁灭却不得安宁。夏天坠落为尘，冬季坠落为泥。死亡应有一块遮布，坟墓应当掩埋。这里既不掩埋，也不遮盖。明目张胆、暴露无遗的腐烂。死亡真是无耻之尤，还炫耀它的作品。死亡的实验室本是坟墓，它却到外面来搞名堂，打扰亡灵的全部宁静。

这个断了气的人还被剥蚀。剥蚀一具空壳，无以复加的终结。他的骨头里没有了精髓，肚腹里没有了内脏，喉咙再也不能发出声音。一具尸体，就剩下一副皮囊，让死亡里里外外掏空了。假如他有过一个自我，这个自我现在又在何处？也许就在那里，想想该有多么揪心。飘忽不定之物，围着被锁住的东西转悠，试想想，在幽冥之中，还能有比这更凄惨的情景吗？

存在于人世间的某些现实，好似通向未知的门径，一通过那里，神思就可能逸出，而设想便乘虚而入。臆测也在 compelle intrare[①]。假如我们经过一些地点，看到一些物体，我们会不由自主地驻足，陷入沉思，让自己的精神深入那其中。不可参观之物中，也有微启的暗门。谁碰见这个死者，都不免深长思之。

广泛的弥散，在悄悄地销蚀这个死者。他有过血，被喝干了，他有过皮肤，被吃掉了，他有过肌肉，也被窃取走了。凡打此地过者，无不从他身上拿走点什么。十二月份借走他的寒冷，午夜借走他的恐惧，铁链借走他的锈蚀，瘟疫借走他的疫气，鲜花借走他的芳香。他的缓慢解体就是在付税。这具尸体的税，交给狂风、暴雨、朝露、虫蛇、鸟雀。夜的所有黑手都搜刮了这死者。

这个居民真说不出有多怪异。黑夜的居民。他住在平川，在一座山丘上，可他又不在那里。他可以触摸却又化为乌有。他是阴影，填满了黑暗。白昼消失之后，在空阔寂静的黑暗中，他也变得凄厉，同万物协调一致了。他单凭自身的存在，就增添了风暴的号丧、星辰的恬静。荒原上难以表述的东西，都凝结在他身上。他作为一种未知命运的残骸，助长了黑夜的各种惊悚与惕厉。在他的莫测的神秘中，隐隐地映出所有的谜影。

我们感到在他周围生命递减，直至堕入深渊。在周围广阔的空间，确定性与信心也在消减。荆棘和野草的抖瑟、一片荒凉的忧伤、一种似乎带有意识的惶怵，都在扮演悲剧的角色，组成全方位的景物，同吊在铁链上这个黑黑的形象相得益彰。视野中有一个幽灵，就会倍感孤寂凄凉。

他就是个幽灵。阵阵狂风，不停地刮在身上，他却浑然不觉。他永不休止的抖动，尤其显得可怖。在这天地间，他仿佛是个中心，而且说起来很可怕，有什么摸不着边际的东西依靠着他。谁晓

---

① 拉丁文，意为“招呼进入”。

得呢？也许是在我们的正义之外，那种隐约可见并受挑战的公道。他在墓外停留这么久，就包含人类的报复，以及他本人的报复。他在这苍茫暮色中，在这荒原上，正提供一种证明。他证实了令人不安的物质，因为，人们面对就会发抖的物质，正是灵魂的废墟。死亡的物质，必定是寄寓过灵魂，才能让我们胆战心惊。他向天理揭露人间的法理。他被人置放在那里，等待着上帝。幽灵的无边梦幻，伴随着云谲波诡，飘荡在他的上方。

在这幻象的背后，不知隐藏着什么灾难。这个死者的周围是无限，毫无界标，没有一棵树，没有一座房子，也没有一个行人。等到天空、深渊、生命、坟墓、永恒垂悬在我们头顶，持久性昭显的时候，我们就会感到，一切都难以进入，一切都禁止，一切都封闭。无限一旦敞开大门，就是大关闭，空间的大关闭。

第六章　死亡与黑夜之战

孩子面对那东西，眼睛看直了，心中惊讶，一言不发。

在成年人看来，那是个绞刑架，而在孩子眼里，那是个鬼魂。

换了成年人，所见的是尸体，而孩子就见鬼了。

况且，他大惑不解。

深渊的诱惑五花八门，这座小山丘顶上便有一种。孩子跨进一步，接着第二步。他往山上走，心里却渴望下来，他走上前去，心里却渴望后退。

他壮着胆子，又浑身发抖，靠前辨认那鬼魂。他走到绞刑架下，抬头仔细观看。

那鬼怪周身涂了沥青，好几处闪闪发亮。孩子看清了脸。那张脸也涂了沥青，看样子面具黏糊糊的，随着夜色的反光而变形。孩子看见那个嘴是个洞，鼻子也是个洞，一双眼睛则是两个洞。身体裹上了浸透石脑油的粗布，好像捆绑似的。那粗布已经霉烂破裂，露出一个膝盖，从一道裂口还看得见肋骨，有些部位是尸体，而另一些部位只有枯骨了。脸是泥土色，有鼻涕虫爬过，留下一条条模糊的白印。粗布紧贴着骨头，显得凹凸不平，如同雕像的衣袍。头盖骨开裂了，就像腐烂的水果开了口。牙齿还保持人样儿，留着笑意。张开的大嘴巴，似乎还拖着喊叫的余音。面颊上还有几根胡须。脑袋往前倾，一副专注的神态。

它不久前修复过，脸上的沥青是新涂的，从裹布裂口露出的膝盖和肋骨，也涂上了沥青。下面，两只脚穿了出来。

正下方的草地上，只见有一双鞋，是从这死者脚上脱落的，经雪覆盖和雨水浸泡，完全变了形。

赤足的孩子瞧了瞧那双鞋。

风一阵猛似一阵，有时静止片刻，正孕育一场风暴。风刚好停了一会儿，尸体不再晃动了。铁链稳稳的好似测重。

如同所有入世之初就意识到特有命运压力的人，这孩子年少的心灵，毫无疑问意识也开始觉醒，极力想开窍，好似一下一下要啄破蛋壳而出生的小鸟。不过此时此刻，在他那幼小的心灵中，一切都化为惊愕了。感受过分强烈，就像加油过多一样，非但起不到润滑作用，反而会堵死思路。成年人会暗自提出种种问题，这孩子则不然，他只是观看。

那张脸涂了沥青，看上去湿漉漉的。在原先眼睛的部位凝结的几滴沥青，特别像眼泪。而且，多亏这层沥青的保护，死亡的破坏虽说不能完全避免，至少也放慢了速度，尽量缩小尸体腐烂的范围。孩子所见的东西得到了人的护理。这个人显然挺宝贵。别人不肯留下他一条命，却要保存他的尸体。

绞刑架原很坚固，但是天长日久，已经陈旧而遭虫蛀了。

英国人惩处走私犯，给躯体涂沥青由来已久，成为通例了。走私犯绞死在海边，满身涂上沥青吊在那里，曝尸示众，以儆效尤。涂沥青的尸体能保存久些。沥青派这种用场颇有人情味，不用经常换吊死的人了。沿着海岸线，每隔段距离立一副绞架，就像如今安装路灯那样，不过吊着的不是灯，而是绞死的犯人。绞死的人吊在那里就给那些走私的伙伴照亮道路。那些走私犯在海上，远远就能望见岸边的绞架。那一副绞架，第一次警告；接着又一副，第二次警告。尽管，这根本阻止不了走私活动，但是社会秩序就是由这类事物组成的。这种方式在英国一直持续到本世纪初。到了1822年，还有人在道弗尔城堡前，看见三具涂沥青的尸体吊在那里。而且，保存尸体的这种方法，在英国不仅用在走私犯身上，还用在窃贼、纵火犯和杀人凶手的身上。琼·本脱纵火烧了朴茨茅斯的海运仓库，于1776年被绞死后便涂了沥青。

科耶神父管他叫琼·漆匠①，于1777年又见到了他。琼·本脱捆着锁链，吊在由他一手造成的废墟上，每过一段时间，就重新给他涂一遍沥青。我们几乎可以断言，那具尸体存活了将近十四年。直到1788年，还在那里忠于职守。不过到了1790年，不得不把他换掉了。埃及人珍视国王的木乃伊；看来，普通人的木乃伊也可能同样有用。

---

① 本脱，英文为Painter，也有漆匠、画工的意思。

小山丘八面招风，全部积雪都被风刮走，荒草又露出来，还零散夹杂着几簇雏菊。滨海的草坪又短又密，覆盖了小山丘，也使悬崖顶像铺了绿毯。绞架下方，正对着受刑者双脚的那一小块地方，草长得高大厚实；如此贫瘠的土地长出一丛茂盛的草，实在令人惊讶。须知几个世纪以来，多少尸体吊在那里，腐烂的肉屑骨渣掉下去，也就喂肥了荒草。土地也吃人啊。

这样凄惨的景象，真把孩子吓傻了。他立在那里，目瞪口呆。忽然，一棵荨麻扎了他的腿，他以为是什么虫子咬的，便低下头看了看。继而，他又抬起头，注视他上方的那张脸。那张脸也在注视他，正因为没有眼睛，就更加显得专注。那是一种扩散的目光，凝注的程度难以描摹，既有光亮又有黑暗，既从空眼窝，又从头盖骨和牙齿间射出来。死人是用整个脑袋盯着你，这太吓人了。没有眼珠，却让人感到那是在注视你。鬼魂引起的惶怖。

渐渐地，孩子本身也变得可怕了。他完全惊呆了，站在那里一动也不动了。他并没有发觉自己的意识正在丧失。他浑身逐渐麻木，各个关节僵硬起来。寒冬悄悄地把他交给了黑夜：冬季也有叛卖行为。孩子几乎化为雕像了。寒气侵入他的骨髓，化为石头；黑暗这条毒蛇，也爬到他身上。从雪地升起的昏昏睡意，犹如幽暗的潮水，漫上来将人淹没：孩子慢慢僵硬不动了，活像一具尸体。他要睡过去了。

昏睡的手上，长着一根死亡的指头。孩子感到被这只手抓住了。他就要倒在绞架之下了。他已经不知道自己是否还站着。

命终总是近在咫尺，存在和不再存在之间毫无过渡，返回熔炉，每时每刻都可能滑落，创造万物就是这个万丈深渊。

再过片刻，这孩子和这死者，这初萌的生命和这毁灭的生命，就要归于同样的寂灭。

这个幽灵仿佛看明白了，不愿意出现这种结果。它突然晃动起来，就好像给孩子发出警示。那是又刮来的一阵风。

死人动起来，无需大惊小怪。

吊在铁链子上的这具尸体，在无形之风的推动下，开始倾斜了，由左侧上扬，随即落下来，再从右侧上扬，落下之后再扬起，动作悠缓而悲凄，像钟摆一样精确，来回摆荡，令人毛骨悚然。就好像在地狱看到永恒时钟的钟摆。

这情况持续了一会儿。孩子面对这死人的摇摆，感到忽然醒来，他觉出浑身凉透了，心里就明明白白害怕了。铁链每摆动一下，就有节奏地发出难听的吱呀声响。它仿佛是换口气，接着重又开始。铁链在学知了鸣叫。

狂风欲来，气流猛然膨胀。转瞬间，微风变成朔风。尸体的摆动又增添了几分凄厉；那已不是摆动，而是震荡了。铁链刚才吱呀呻吟，现在嘎嘎号叫了。

喊叫声似乎有谁听到了。假如这是一声呼唤，那么已有应声而至者了。

远天传来一片喧嚣。

那是鼓翅的声响。

突发变故，墓地和荒野上的风云突变：飞来一大群乌鸦。

飞动的黑点插进乌云，刺破雾霭，越飞越近而变大，乱哄哄，黑压压一片，直扑小山丘，犹如大军压境。这群地狱的飞虫扑上绞架。

孩子惊慌后撤。

成群的鸟雀飞虫，总是服从统一指挥。乌鸦集中落在绞架上，没有一只落到尸体上。它们彼此商议，聒噪声十分刺耳。狼嗥，蛇嘶，狮吼，无不是发自生命。乌鸦的聒噪，正是表达满意而接受腐烂物。听来酷似坟墓打破沉默的声响。聒噪声中有黑夜的影子。孩子一阵冷战，浑身都僵了。

身子冻僵不止是寒冷，更是惊恐。

乌鸦叫声停止。有一只跳到骷髅上。这是个信号，所有乌鸦都扑上去，翅膀构成一个云阵，继而全部收拢；刹那间，仿佛无数的细颈瓶附在上面，完全遮盖了悬吊的尸体。这工夫，尸体却突然一摇动。

是尸体摇动了吗？还是风吹而动呢？反正它狠命一抖动。狂风又起，前来助阵。这鬼怪开始挣扎。阵风十分猛烈，完全控制了它，乱摇乱晃，它变得非常可怕，开始左冲右撞。可怖的木偶，绞架上的铁链就是牵制它的细线。暗中又有木偶戏演员，拉动细线，让这具木乃伊表演。它翻转，跳跃，仿佛要四分五裂。那些鸟儿受此惊吓，都忽啦飞起来，就好像四分五散。可是，那些令人厌恶的畜生随即又飞回来，于是，又开始一场搏斗。

死者仿佛注入了超常的活力。阵阵狂风将它掀起来，势欲将它刮走；而它却拼命挣扎要逃脱，只是被铁项圈套住了。那些乌鸦对它的各种动作也做出不同反应，时而退却，时而围攻，时而惊恐，时而又勇猛。真是奇特的场面：这一边莫名其妙要逃跑，那一边则追逐一个被铁链锁住的人。朔风阵阵痉挛，尸体随风或惊跳，或撞击，甚或怒气冲冲，来回摆动；上下翻飞，赶走飞散的那群乌鸦。尸体就是大头棒，而乌鸦群就是灰尘。但是，凶猛的鸦阵不停地攻击，绝不肯罢休。死者受无数只喙的啄逼，也不免发了狂，在半空变本加厉地乱冲乱撞，如同系在投石兜上的石块。时而，所有利爪和翅膀都糊上来，时而又全没有了。鸦阵一时消失，很快又疯狂地卷土重来。死后还要受这样骇人的酷刑。那些鸟儿好像疯狂到了极点。这样的鸟阵，就是地狱的气窗也得放行。利爪乱抓，尖喙猛啄，还呱呱叫个不停，撕下已不复为肉的条块，同时绞架咯咯作响，骼髅也窸窣有声，再加上铁链的哗哗声、阵风的吼叫，真是沸反盈天，再也没有如此阴森可怕的搏斗了。

有时，朔风刮得更猛，悬挂的尸体便翻舞旋转，同时对付四面八方扑来的鸦群，就好像要追赶那些鸟儿，要用牙齿狠命去咬。它有狂风相助，又有铁链相钳制，仿佛恶神厉鬼都插了手。风暴参加了战斗。死尸在扭动，鸦群飞旋着冲击。这是旋风中的飞旋。

下面传来大海汹涌澎湃的轰鸣。

孩子看到这种梦境，四肢猛然颤抖起来，一个寒战传遍周身，他一个踉跄，身子一抖，险些摔倒。于是，他转过身去，双手抱住脑袋，好像把脑袋当成了支撑点，他一时惊慌失措，闭上眼睛大步跑下山丘，头发随风乱舞，自己几乎成了幽灵。他逃掉了，身后留下黑夜受刑的那种惨景。

第七章　波特兰湾北岬角

孩子一时昏头，慌不择路，在雪地、平川、旷野里狂奔，直到跑得喘不上来气。不过，他这一奔逃，身子倒暖和了。这正是他所急需的。假如没有这阵急跑，没有这场惊吓，他就死定了。

他跑得喘不上气来，只好停下，但是绝不敢回头望一眼，就觉得那群乌鸦一定会追来，那尸体也很可能打开锁链，跟他跑一个方向，恐怕连那绞架也跑下山，跟在死尸的后边。他害怕一回头就看到这场面。

他稍微喘息了一下，便又开始奔逃。

弄清事实绝非儿童的特长。那孩子因恐惧而夸大所得的印象，并没有在头脑里联系起来看，也没有得出什么结论。他不管去哪里，怎么去，只一味奔跑，如在梦境里那样惶恐，那样艰苦卓绝。他被抛弃了几近三小时，不知何去何从，就一直往前走，但是走的目的却发生了变化：起初他是在探索，现在则是在奔逃了。他不再感到饥饿，也不再感到寒冷，只觉得害怕了。一种本能替代另一种本能。现在，他一心想着逃避。逃避什么呢？逃避一切。生命仿佛从四面八方包围上来，如同可怕的围墙。假如他能逃离世间万物，那么他早就如愿了。

然而，小孩子根本不知道，这牢狱还有人称自杀的这种豁口。

他还在奔跑。

他就这样不知跑了多久，终于气力用尽，恐惧感也耗尽了。

突然，他站住了，仿佛顿生力量和智慧，对这样逃窜感到羞愧了。他挺起身子，跺了跺脚，毅然决然地仰起头，转过身去张望。

无论小山丘、绞架，还是那群乌鸦，统统不见了。

浓雾重又弥漫了天际。

现在，他不再奔跑，而是行走了。若说这次撞见一具死尸，他就一下子长大成人，那就未免把他接受的复杂多样的朦胧印象圈得太死了。他这种印象所包含的东西，说多就多得很，说少也少得可怜。那副绞刑架，在他这刚刚发蒙的头脑里，仍然是见了鬼。只不过他克服了恐惧感，情绪稳定下来，就感到自己更为坚强了。假如他到了能够反躬自省的年龄，他就会发现内心已有千百万种思绪的苗头，但是儿童的思考尚未定形，他们顶多感到这种难解事物过后的苦涩，而长大成人之后才称这为愤慨。

还应补充一点，孩子就有这种天赋，感受到什么，很快就不去想了。痛苦事物的轮廓迅速远逝，那种变幻的幅度超出了孩子的把握。孩子受本身的弱点，即这种局限的保护，不会产生过分复杂的感情冲动。他看到一个现象，却不大注意相关的情况。孩子不难满足于片断的想法，审视人生是将来的事情，等有了阅历之后。到了那时，一组组的经历就可以多头对案，增长了见识并成熟的智力，就能进行比较了，于是，幼年的记忆在感情冲动的作用下重又显现，如同划掉的字迹又在隐迹羊皮纸上显出来一样；那些记忆正是逻辑思维的支撑点，在儿童头脑里曾是幻象的东西，到了成人的头脑里就变成了三段论了。而且，阅历各不相同，要随各人的天性或变好或变坏。好的记忆便成熟宜人，而坏的记忆则腐烂害人。

孩子奔跑了足有一公里，接着又走了一公里。猛然，他感到饥肠辘辘。他想到吃饭，这个念头来得迅猛异常，一时压倒了山丘上的那个骇人的幻象。幸而人身上还有兽性，又把他拉回到现实中来。

然而吃什么？又去哪儿吃呢？如何弄到吃的呢？

他摸了摸衣兜。下意识的动作，因为他明明知道衣兜全是空的。

他随即加快了脚步。他不知道去哪里，却加快脚步走向可能有的人家。

对寄身之所的这种信念，正是天主扎在人心里的一条根。

相信安身之所，便是相信上帝。

何况，在这片雪原上，没有一点屋顶的迹象。

孩子不停地走，荒原在延伸，光秃秃的一望无际。

这高地上从来就没有住过人家。从前，这里最初的居民，因为没有木头搭棚子，就住在下面的悬崖的洞里，他们以投石器为武器，烧干牛粪取暖，他们的宗教信仰，就是在多尔切斯特一片林间空地上所立的偶像海尔，而他们谋生的手段，就是捞取灰色的假珊瑚，威尔士人称之为 plin，希腊人则称之为 isidis plocamos。

孩子竭力辨认方向。整个命运就是个十字路口，选择方向是极难的事情；这个小家伙早早就会在黑暗的人世碰运气了。他仍然朝前走，双脚虽说显得劲头十足，但是也开始累了。这原野上并无路径，即使有也为积雪所覆盖。他本能地继续朝偏东方向走去。脚底板被锋利的石块划破，如果天光明亮，那么在他雪地留下的足迹上，就会发现有淡淡的血印。

他什么也辨认不出来了。他是从南到北，穿越波特兰高地，而带他来的那伙人为了避开人，很可能自西往东穿过这片高地。估计他们是乘渔船或者走私船，从乌杰斯康伯海岸的圣卡特琳海峡，或者斯万克里出发，到波特兰换乘等候他们的那只独桅船，再到威斯顿的一个港湾上岸，然后走到埃斯顿的一处小海湾再次登船。孩子现在走的路线，正好同那条路线交叉成十字。孩子不可能认得这条路。

波特兰高地散布一些高高的土丘，当年随海岸突然坍塌滑落，便形成刀切一般的悬崖峭壁。孩子漫无目的，走到岬角顶端的一座土丘上，停下来要张望一下，希望在更开阔的地方多发现一些标志。眼前一片苍茫。他更加凝神观察，这才稍微辨认出一点儿景物。极目望东面，隐约看见远处一道地沟深底，在那一面铅色的屏障好似黑夜的一处悬崖，即灰暗而变幻的绝壁脚下，有几条黑带飘动升起，仿佛散逸出来的。那面铅灰色绝壁正是雾障，而那几条黑带则是炊烟。有炊烟就有人家。孩子朝那个方向走去。

他依稀望见不远处有一面斜坡，斜坡脚下迷雾中，影影绰绰布列着一些奇形怪状的岩石，岩石间似有一个沙洲或狭长的半岛。那很可能是一条通道，连接他刚穿过的高地和远处的平原。显然那是必经之路。

的确，他走到了波特兰地岬，人称棋盘坨的洪积地带。

他走下高地的那面斜坡。

坡很陡，崎岖难走。不过，这是他刚才走出海湾所爬悬崖的背面坡，没有那么陡峭了。有上坡必有下坡。他既然爬了坡，现在该

下坡了。

他从一块岩石跳到另一块岩石，冒着崴伤的危险，也冒着掉下看不清的深渊的危险。他双手满把抓住荒野的长藤，以及长满刺的荆豆，以免从岩石和冰面上滑下去，结果手指扎满了小尖刺。有时，他觉得坡度稍微平缓一点儿，就边下坡边缓口气；接着，又碰到陡峭的地段，每走一步都得想个新办法。从一道绝壁下来，每个动作都是关键，必须眼疾手快，行动敏捷，否则就没命了。每处碰到的难关，孩子都通过了，他所表现出来的本能比得上猴子，所表现出来的技巧也能令街头艺人赞叹。这面坡又陡又长，他总算下来了。

他就这样下坡，快要到达他在高地上隐约望见的地岬了。

孩子从一块岩石蹿跳或者滑到另一块岩石，不时还侧耳细听，就像一头鹿那样警觉。他谛听远方，左侧隐约传来的声音好似深沉的军号。空气中的确有气流的震荡,那是可怕的北极风的前奏:听听由北极刮来的狂风,好似列队的号兵。与此同时,孩子感到额头、眼睛、面颊一阵阵凉意,仿佛冰凉的手掌放到脸上。那是寒冷的鹅毛大雪,起初零星地飘落,继而翻舞飞旋,预告暴风雪即将来临。孩子满身披覆了白雪。暴风雪在海上冲荡了一个多小时,现在开始登陆了,渐渐侵入平野,从西北斜插着开进波特兰高地。

第二卷　海上独桅船

第一章　超人的法则

海上暴风雪,还是一件未知的事物。这是最不可思议的一种气象,说不可思议,也是在百分之百的意义上。这是大雾与风暴交合的产物,而时至今日,人类还没有认识这种自然现象。因此造成许多海难。

有人想把海难全归咎于大风和狂浪。然而空气中,还有一种不是风的力量,在水中还有一种不是浪涛的力量。这种力量,在空气中和水中是同一的,也就是流。空气和水是两种流体,几乎具有同一性,能通过凝结或膨胀相互转化,因而吸气就等于喝水:流体者即流质。风和浪仅仅是推动的力量,有了流才形成流动体。从云可见风,从飞沫可见浪,但是流却不可见。不过流还是不时表明:我在此。它这一句"我在此",就是一声霹雳。

暴风雪与干雾,都提出同样一个问题。如果说西班牙人能解释阴霾,埃塞俄比亚人能解释 quobar,那也肯定是通过细心观察磁流才会做到。

如无磁流，一大批现象就始终是谜团了。固然，风速的变化，在暴风雨中每秒从三尺猛增至二百二十尺，从而推动波浪的变化，三寸浪的平静海面，就掀起三十六尺高的惊涛骇浪。固然，即使狂风大作，气流也是呈水平方向，这就能让人理解一道三十尺高的波浪，何以能长达一千五百尺。但是，太平洋的浪涛为什么靠近美洲要比靠近亚洲，即西部要比东部高四倍呢？为什么在大西洋，情况又恰恰相反呢？为什么在赤道线上的海洋，又数中部的浪涛最高呢？海洋汹涌的这类移位，究竟是怎么形成的呢？凡此种种，只有用磁流结合地球自转以及万有引力，才能够解释得通。

举例来说，1867 年 3 月 17 日那场暴风雪的先兆。风向的急剧变化，先是西风，然后由东南风转为东北风，再突然转了一大圈，由东北风又转为东南风，风向在三十六小时之内，奇迹般地转了三百六十度，要解释这样的变化，不是还得运用上述磁流的那种神秘的综合力吗？

澳大利亚海域的狂浪高达八十尺，那是靠近南极的缘故。在那种纬度上,惊涛骇浪的诱因,主要不是风向的紊乱,而是海底持续放电。1866年间,大西洋海底电缆的通讯,每天中午十二时至下午二时总受干扰,一天两小时,非常规律,如同发间歇热症。力的某些合成与分解,引起这些自然现象,而海员必须能予足够估计,以免灭顶之灾。如今的常规航海,有朝一日会变得像数学那样精确;有朝一日人们要力图破解,例如在我们地区,为什么热风往往从北面刮来,而冷风往往从南面刮来;有朝一日人们会弄明白,温度下降同海洋深度成正比;有朝一日人们会洞察,在茫茫宇宙中,地球是一块极化了的大磁石,自身有两个轴,一个自转轴,一个磁流轴,两个轴在地球中心交汇,磁极围绕着地极而旋转;因而,要去冒生命危险的人,也是按照科学的方法冒险,航行在经过研究的风云变幻中,由气象学家当船长,由化学家驾驶,到了那时,许多海难就可以避免了。海洋就像充满水一样充满磁性;在波涛汹涌的海洋中,还漂浮着一个不为人所知的力的海洋;有人会讲:随波逐流吧。看到海,只见一片汪洋,那就等于不见海。海洋潮起潮落,同样往返流动,海洋变得情况复杂,各种引力的作用也许要超过风暴。举别种现象为例,分子表现出毛细引力而附着,我们认为微不足道,但是在海洋中,这种引力则无比巨大。电磁波时而相助,时而阻逆空气波和水波。不懂得电的法则,就不懂得水的法则,只因这两种法则彼此渗透。的的确确,任何研究也没有如此艰巨,如此深奥的了;它贴近经验论,正像天文学贴近星相学。总之,没有这种知识,就谈不上航海。

叙过插段,书归正传。

暴风雪是海上最可怕的复合性气象。暴风雪尤其具有磁性。极地产生雪暴,就像产生极光一样。极地既处于这种雪雾中,也处于这种光亮中。而且,在雪团里,也同样在极光束里,磁流依稀可见。

风暴是大海发神经，进入了谵妄状态。海洋也犯偏头痛。风暴可以视作疾病。有的致命，有的则无大碍。碰上无大碍者，而非致命者，方可有惊无险。雪暴通常被视为致命者。麦哲伦[①]的一名驾驶员哈拉比哈，就称雪暴为："魔鬼兴妖作怪所喷吐的云翳。"[②]

苏尔库夫[③]则说道："这种暴风雪，就像暴发传染病一样。"

从前西班牙航海家将裹挟雪团的风景称作 nevada，将裹挟冰雹的风暴称作 helada。在他们看来，天降大雪，蝙蝠也随同一起降落。

雪暴是两极高纬度所特有的气象。然而，雪暴有时也滑移，几乎可以说，一直倾泻到我们的气候中，可见灾难同风云突变多么密切相关。

我们已经看到，晨星号独桅帆船离开了波特兰，决意冒极大危险夜航，殊不知风暴逼近而危险大增。它闯进险象环生的海域，那种胆气不免带有悲壮的色彩。然而，我们要强调指出，气象对它不乏危险的警告。

---

① 麦哲伦(1480—1521)，葡萄牙航海家。

② 原文为：Una nube salida del malo lado del diavolo。——作者原注。

③ 苏尔库夫(1773—1827)，法国航海家。

第二章 初航定影

那只独桅帆船,只要还在波特兰湾里,就谈不上大海的风浪,海湾里几乎风平浪静。不管海面怎么幽暗,天空还算明亮。风没有直接吹到独桅船:它尽量贴着绝壁行驶,绝壁正是挡风的好屏障。

那只比斯开小帆船上共有十人,三名船员和七名旅客,其中有两位女客。暮色中大海反射着天光,船上那一张张面孔,现在都看得清清楚楚了。而且,他们不再有所顾忌,用不着蒙头遮面了。每个人都无拘无束,恢复常态,欢呼一声,露出了面孔:船一扬帆起航,他们就得救了。

于是,这伙人的混杂情况,便一目了然了。两位女客难估年龄:流浪生涯催人衰老,贫困给人增添皱纹。一个是比利牛斯山山口的巴斯克人,另一个挂着大念珠,则是爱尔兰人。她们俩满脸穷人那副漠然的神态。她们一上船,就并排蹲在桅杆下的箱子上,开始聊天,讲的是爱尔兰语和巴斯克语,而我们说过,这两种语言有亲缘关系。巴斯克女人的头发有浓浓的洋葱和罗勒草的气味。船老大是吉普斯夸[①]山区巴斯克人,一名水手是比利牛斯山脉北麓巴斯克人,另一名水手则是南麓巴斯克人,即同属一个民族,尽管前一名水手是法国人,而后者是西班牙人。巴斯克人根本不承认官方的划分。赶马帮的查拉罗斯的就常说:Mi madre se llama montaña

① 吉普斯夸:比利牛斯山脉南麓。

（我的母亲叫大山）。这伙人除了两个女人，有五个男人：一个是法国朗格多克人[1]，一个是法国普罗旺斯[2]人，一个是德国人，那个头戴无烟斗洞的宽边遮阳帽的老头儿，好像是德国人；第五个人便是那个头头，朗德省比斯卡罗斯的巴斯克人。正是此人，在孩子随后要上船时，一脚跟将跳板磕进海里。他身体强壮，反应快，动作敏捷，我们还记得，他穿的那身破衣服缀满金丝绦带和金属箔片，全身金色金鳞。他待不安稳，时而弯下腰，时而又挺起身，不停地从船头走到船尾，又从船尾走到船头，既为他刚做的事情后怕，又为将要发生的情况担忧。

这个帮派的头头和船老大，以及那两名船员，四个人都是巴斯克人，他们忽而讲巴斯克语，忽而讲西班牙语，忽而讲法语，这种语言在比利牛斯山脉南北两麓都通用。而且，除了那两个女人，所有人差不多都会讲法语，而法语正是帮会的黑话形成的基础。正是从那个时期开始，法语被各国人民选中，作为重辅音的北方语言和重元音的南方语言的中间体。在欧洲，贸易上用法语，盗窃也用法语。记得伦敦的窃贼吉拜，就听得懂卡尔图什[3]的话。

独桅船这只轻巧的帆船，行驶速度很快。然而，这样一条小船乘十个人；还有那么多行李，已经大大超载了。

一个帮伙搭乘这条船逃命，并不表明船上人和他们是同伙。只要船老大是个巴斯克地区的巴斯克人[4]，而帮主也是巴斯克人，就不成问题。在这个民族内部，相互救助责无旁贷，绝不准有例外。正如我们刚才所讲，一个巴斯克人，既不是西班牙人，也不是法国人，就是巴斯克人，无论何时何地，必须救助一个巴斯克人。

---

① 朗格多克人：古代法国西南部地区的居民。

② 普罗旺斯：法国南部的一个省。

③ 卡尔图什（1693—1721），法国一个盗匪团伙的头子，被处以车轮刑。

④ 原文为西班牙文。

这就是比利牛斯山区的同胞之谊。

独桅船只要还沿着海湾行驶，老天再怎么脸色不好，也还不至于惊扰这些逃亡者。大家逃命，逃之夭夭，简直高兴得要死，这个大笑，那个欢唱。虽然是干笑，却也是自由发出来的；歌声虽然低沉，倒也无忧无虑了。

那个朗格多克人嚷道：caougagno！纳尔榜[1]人表达心满意足时，就叫一声："cocagne！"此人算半个水手，他出生在克拉帕山南坡格吕叠镇的一个水村，称不上海员，但是个船夫，在巴热湖上摆弄惯了小船，将满网的鱼拖到圣吕西盐滩上。他那地方人喜欢戴红色尖帽，以西班牙式复杂的手势划十字，对着羊皮囊的嘴儿喝葡萄酒，吮着羊皮口袋喝水，啃整只火腿，跪下去亵渎神灵，用威胁的口吻恳求主保圣徒："大圣徒啊，我向你要的就给我吧，要不我就扔石头磕你脑袋了（outé feg' un pic）。"

船员忙不过来时，他就可以帮上手。那个普罗旺斯人则在破船舱里，生起泥炭火，用一只铁锅煨汤。

他这种做法类似火锅，但是放了鱼而没有放肉，普罗旺斯人还扔进去一把鹰嘴豆，并放进切成丁的肥肉和几只红辣椒。这是爱喝海鲜汤的普罗旺斯人让步，照顾一下爱吃杂烩汤的西班牙人。他身边放着一只打开的食品袋，头顶上点着一盏滑石玻璃罩的铁灯，挂在船舱天花板的一个钩子上摇曳。旁边还有一个钩子，挂着同样摇晃的一只翠鸟风标。这是民间的一种信仰，认为一只死翠鸟喙朝上吊在半空，胸脯就总是朝着风向。

普罗旺斯人在烧汤的工夫，不时对着壶嘴儿喝一口劣质白兰地。他那只水壶又宽又扁，外面有带耳的柳条套子，穿到皮带上就可以挎在腰间，当时人称"腰壶"。他喝一口酒，便哼唱一段山歌，

---

① 纳尔榜：法国西南海滨城镇，旧时属朗格多克地区，今属奥德省。

歌中没有什么中心意思，无非是一条低洼路、一道篱笆墙；通过矮树丛的缝隙，望见夕阳中的牧场上，一辆车和一匹马拉长的影子，而叉满干草的叉子尖，不时从篱笆上扬起又消失。一首歌里有这些就足够了。

一次出行，或是一件舒心的事情，或是一件沉重的事情，这要依心情或精神状态而定。所有人都显得轻松了，唯独一人例外，就是头戴不插烟斗的遮阳毡帽的那个老头儿。

那老者面相虽然特点尽失，看不出国籍来，但是多半像个德国人。他已秃顶，由于那副十分严肃的神态，他那秃顶倒像是剃度的。他每次从船头那尊圣母像前面经过，总要掀一掀毡帽，于是就能让人瞥见他脑壳衰老而暴突的青筋。他穿一件多切斯特褐色哔叽布长袍，已不成样子，又旧又破，半露出里面瘦小的紧身外衣，像教士服那样一直扣到领口。他双手的十指力图交叉起来，下意识地摆出习惯性的祈祷姿势。再看他的脸，可谓面容苍白；须知面容主要还是一种映象，认为思想没有颜色就错了。这种面容显然是一种特异心态的表象，是行善还是作恶两类矛盾交汇的结果，仔细观察即可发现，一种近乎人性的心态，能堕落到凶过虎狼，也能升华到超凡入圣。心灵的这种混沌状态确实存在。他那张脸上还有让人捉摸不透的东西，隐秘得很，简直到了抽象的程度。可以理解为此人早已尝到了臆想作恶的滋味，即预谋并回味，亦即等于零。他那副漠然的神态也许仅仅是表象，有两种僵化的印痕：一种是心灵的僵化，为刽子手所特有；一种是头脑的僵化，为官吏所特有。多么怪异的人都有完整的一套行为方式，可以肯定此人什么都可以做出来，甚至动起感情。大凡学者都有点儿像僵尸，而此人正是一位学者。只要瞧他一眼就能猜出，他一举一动，他那袍子的每条褶丝，无不印映着学识。他张面孔化石一般，严肃的神态受到皱纹波动的干扰，在这通晓多种语言的人脸上一直搅出怪相。总归还是严肃。丝毫也不虚伪，但也毫无卑劣之态。悲怆的沉思者，是由罪恶引起思索的人。他那两道凶汉的眉毛，也被大主教般的温柔目光所中和。花白的头发稀稀落落，两鬓完全斑白了。可以感觉到他既是基督徒，又相信土耳其那种宿命论。他的十指瘦得皮包骨，而且因痛风而骨节变了形。高个头儿而身子却僵硬，未免显得可笑。他有一双海员的脚，缓步在甲板上走动，不看任何人，一副阴沉的神态，倒显得胸有成竹。他那眸子隐然充满了凝注的光亮，表明一颗关注黑暗的心灵，也很容易显示出良心的再现。

这伙人的头儿躁急而警觉，他在船上快步绕弯，不时过去对着老头儿的耳朵讲句话。那老者用头的动作回答。那情景真像闪电在征求黑夜的看法。

第三章　不安的海上不安的人

船上有两个人全神贯注，那个老者和船老大，船主和帮主不可混为一谈。船老大注视海，那老者则注视天。一个目不转睛地盯着波浪，另一个凝神观望乌云。船老大悬虑海水的动向；那老者则似乎质疑天空的变化。老者窥伺着所有云隙露出的星辰。

此时，天色还亮着，已有几颗星轻轻戳破暮晚的天幕。

天际景观奇特，云雾之状诡谲。

陆地多弥漫大雾，海上多积聚乌云。

独桅船驶出波特兰湾之前，船老大担心海上的风浪，先就仔细检查了帆索。这事他不能等船出海之后再做。他逐一察看了桅索，确认了桅杆的侧支索下面捆扎得很牢固，又紧了紧桅楼和桅支索的连接索，这是打算冒险扬帆疾行所必采取的谨慎措施。

独桅船的一个缺陷，就是船头吃水比船尾多一尺。

船老大总盯着两个罗盘，看看航行罗经，又看看磁偏角罗经，还用两块觇板瞄准岸上的目标，测定那些目标所对应的风向方位。独桅船最先遭遇的一阵风，可以切风航行，虽然偏离航路五个点，他倒也没有怎么在意。他尽可能亲自掌舵，显然只相信他自己操舵，才能充分利用风力，保持高速行驶。

航速越快，实际的罗经方位和表象的罗经方位误差就越大，独桅船看似驶向风源，其实不然。它没有后侧风，也不是逼风航行；然而，只有顺风航行的时候，才能直接了解实际的罗经方位。假如观察那些带状云,能够看到云带在天际的汇合点,那也就是风源了。可是这个晚上八面来风,搅乱了罗经方位,因此,船老大对船行的假象忧虑重重。

他操舵既谨慎又大胆,视风向而转动帆桁,注意骤变的偏差,当心船头左右摇摆,避免船的主体摇晃,观察偏航情况,记录船舵微小的碰撞,眼观六路,监视航行所有境况变化、航速快慢不均,以及狂风巨浪;他怕发生意外,虽沿海岸行驶,却与海岸的风始终保持几点向位之差,尤其是现在,风标与龙骨所形成的角度已大于帆角,而鉴于驾驶罗经太小,由罗盘上显示的风向罗经方位也始终不完全可靠。他的目光沉着地垂下去,观察海水的各种形态。

不过也有一次,他举目望天,搜寻组成猎户座腰带的那三颗星,即所谓的三王星。从前西班牙航船驾驶员有一句老谚语:“见到了三王星,救世主就很近。”①

“连北极星都望不见,大火星②那么红也望不见。没有一颗星看得清楚。”

其他逃亡者倒无忧无虑。

不过,刚逃脱出来一阵欢喜之后,就不得不面对现实,这是一月份的海上,朔风刺骨寒冷。船舱太狭小,容不下人,况且已经塞满了行李和货包。行李是乘客的,货包是船员的。要知道,独桅船绝非旅游船,而是进行走私。乘客只好在甲板上歇息。到处流浪的人,露宿是寻常事,在甲板上过夜也就不犯难。星斗是他们的朋友,寒冷催他们入睡,有时还催他们长眠。

当然,这个夜晚,正如我们所见,满天星斗已被乌云遮掩。

那个朗格多克人和那个热那亚人等待晚餐,就蜷缩在靠桅杆

---

① 据《圣经·新约》记载,耶稣在伯利恒诞生之后,东方三博士来朝拜,称三王来朝。这句谚语典出《圣经》这段记载。

② 大火星:天蝎座α星。

待着的两个女人身边，用船员扔给他们的盖舱帆布盖上身子。

那秃顶老者仍站在船头，一动不动，仿佛不在乎寒冷。

船老大在船舵那里叫了一嗓子，喉音很重，很像美洲人称“惊叹鸟”的叫声；帮伙的头头应声走过去，船老大又向他发出这样一声招呼：“Etcheco jaüna！”这两个巴斯克语词的意思为“山里的庄稼汉”，这是从前坎塔布里人要谈正经事，请对方注意的招呼语。

接着，船老大向帮伙头头指了指那老头，又用西班牙语继续谈话，不过讲的是山区西班牙语，很不规范。下面便是他们之间的问答：

“山里的庄稼汉，那个人是什么？”

“一个人。”

“他讲什么话？”

“什么话都会讲。”

“他会干什么？”

“什么都会干。”

“他是哪国人？”

“哪国人都不是，哪国人又都是。”

“他的上帝是什么？”

“上帝。”

“你叫他什么？”

“疯子。”

“你说你叫他什么？”

“智者。”

“他在你们一伙里算什么？”

“是什么就算什么。”

“头儿吗？”

“不是。”

“那他是什么呀?”

“是灵魂。”

帮主和船老大说罢分手,又各自回到思虑中。过了一会儿,晨星号便驶出了海湾。

驶入外海,便开始剧烈颠簸了。

在浪花飞沫中,大海看样子黏糊糊的,在逆光的暮色中的波浪,酷似一摊摊的胆汁。不时有一道平浪漂动,映现出裂缝与星光,犹如扔石块砸破的一块玻璃。在那些星光的中心,一个漩涡的洞里,闪动着一点磷火,颇似猫头鹰收敛目光后,眸子里那种柔媚的反光。

晨星号赛似勇敢的弄潮儿,得意地穿过令人胆战心惊的尚堡滩。尚堡滩横在波特兰湾的出口,是潜伏的一个障碍,绝非一道堤坝,倒像个梯形看台。一座水下冲沙堆成的竞技场,一层一层的看台是由一圈圈波浪雕刻而成:一座对称的圆形竞技场,高高的好似荣福禄剧院,只是没在水中。建在大洋中的一座古罗马竞技场,潜水员在透明的水中,看到的景观如同幻境。这便是尚堡滩,七头蛇怪争斗的地方,也是海中怪兽聚会的场所;据说在那巨大深渊里,还有沉船的残骸,那是名叫克拉肯,也叫大山鱼的巨大蜘蛛精抓沉的。这便是骇人的大海幽灵。

不为人知而实有的这些妖魔鬼怪,表现在海面上的仅仅是一些波纹。

到了十九世纪,尚堡滩已然坍毁,近年修建的防波堤造成频繁的拍岸浪,结果冲毁了这座高大的水下建筑,正如1760年在克鲁瓦西建造的海堤,将港口二分潮高潮的时间推迟一刻钟。潮汐固然是永恒的,但是永恒还要听从人的安排,这多少出乎人的意料。

第四章　诡云登场

帮主先称疯子，随即又称智者的那位老人，寸步不离船头了。船驶过尚堡滩之后，他的注意力就分摊在天空和海上。他俯视观海，又仰望观天，尤其窥测东北方向。

船老大让一名水手掌舵，跨过缆绳舱的洞口，穿过甲板走到船头。

他走到老人跟前，但是没有到对面，而是站在靠后一点儿，双肘紧贴在髋部，而手掌却张开，脑袋歪向肩膀，眼睛睁得大大的，眉毛挑得高高的，一边嘴角含笑，这是好奇的神态，介乎嘲讽与尊敬之间。

老人也许有自言自语的习惯，也许感到有人站到身后，便产生说话的兴致，他望着海天，开始自说自道：

“从子午线起始推算赤经，而在本世纪，子午线上有四颗星，即北极星、仙后星、仙女星，以及飞马座的壁宿星。然而现在，哪颗星也望不见。”

这些话前后衔接，脱口而出，但是口齿不清，听来有些模糊，在一定程度上，他并无意讲话。这些话从他口中飘然而出，自行消散。独白自语是思想的火焰所冒的青烟。

船老大打断他的话：

“老爷……”

老人也许有点耳背，又正在凝神思索，还自顾继续说道：

“星辰稀少，风又过多。风总是偏离路线，扑向海岸，而且垂直灌下去。这是因为陆地比海洋热。陆上的空气比较轻，而海上较重的冷风一刮上陆地，就取而代之。因而在辽阔的天空，风从四面八方刮向陆地。要戗风航行，务必把握在估计的纬度和推定的纬度之间。观测的纬度与推定的纬度之差，只要每三分钟不超过十法里，甚至每四分钟不超过二十法里，那么航线就没有问题。"

船老大施了个礼，可是那老人根本就没看见。那老人简直就像穿着牛津大学，或者格丁根大学教授的长袍，一副高傲而乖戾的神态，站在那里岿然不动。他俨然一副熟谙波涛和人类的行家，观察着大海，研究着波浪，势欲要求浪涛暂停喧哗，听他讲几句话，教给它们一点儿什么。他身上有教师的气质，也有相士的风骨。他那副样子正是精通海洋的学究。

他继续自言自语，不过归根结底，他也许是要讲给别人听。

"如果不是手柄舵，而是舵轮的话，那倒还可以搏一搏。假设航速每小时四法里，那么在舵轮上加三十斤的力，就能向船舵传递三十万斤的功效，甚或更多，因为有些情况，可以多打两轮。"

船老大又行了个礼，说道：

"老爷……"

老人身子没有动，扭过头去，定睛看着船老大。

"叫我博士。"

"博士老爷，我是船老大。"

"嗯。"这位博士应了一声。

博士——此后我们就这样称呼他了——看来肯与他交谈。

"船家，你有英国造的八分仪吗？"

"没有。"

"没有英国造的那种八分仪，你无论在船尾还是船头，都没法测量高度。"

"早在英国人之前，巴斯克人就会测量高度了。"船老大争辩道。

“当心逆帆。”

“一有情况，我就放松帆索。”

“船速你测量过吗？”

“测量过。”

“什么时候？”

“刚才。”

“用什么方法？”

“用计程仪。”

“计程仪的木标检查过了吗？”

“检查过了。”

“沙漏三十秒准确吗？”

“准确。”

“两个小瓶之间的洞，你能肯定就没有磨损吗？”

“能肯定。”

“你有没有将一颗火枪子弹吊在旁边，以震动对沙漏进行反证呢？”

“一根扁平的线吊在浸过的麻绳上？当然了。”

“怕那根线拉长，你上过蜡吧？”

“对。”

“你给计程仪做过反证吗？”

“我使用火枪子弹给沙漏做反证，还使用炮弹给计程仪做反证。”

“你那炮弹多大直径？”

“一尺。”

“真够重的。”

“这是一颗旧炮弹，我们的独桅老战舰‘大舰克星号’留下的。”

“当年编在无敌舰队?”

“对。”

“就是载有六百名士兵、五十名水手,安装二十五门大炮的那艘战舰?”

“现在只有海难的记录了。”

“你如何测量水对炮弹的冲击力?”

“用德国标尺。”

“海浪对悬挂炮弹的绳子的冲力,你计算进去了吗?”

“计算进去了。”

“结果如何?”

“海水的冲力为八十五公斤。”

“这也就是说,船每小时行四法里。”

“或者三荷兰里。”

“但这只是航速高出海流速的部分。”

“正是。”

“船驶往哪里?”

“驶往我熟悉的一个小海湾,在洛约拉角和圣塞巴斯蒂安之间。”

“船要快些驶上目的地的纬线。”

“是,偏离尽量小些。”

“当心风和水流。风正推动水流。”

“都是背信弃义的家伙。”

“不要谩骂。海能听见。绝不可侮辱什么,一心观察就是了。”

“我观察过了,现在仍然观察。潮水此刻是逆风的,但是过一会儿就顺风了,到那时就有我们好瞧的了。”

“你有海路图吗?”

“没有。我那海图不是这片海域。”

“这么说,你就摸索着航行?”

“哪里。我有罗盘。”

“罗盘是一只眼睛,航海图则是另一只眼睛。”

“独眼龙也看得见。”

“航线与龙骨所形成的交角,你怎么测量?”

“我有风向罗经,而且我也可以推测。”

“推测固然好,确切知道就更好了。”

“克里斯托夫[①]也靠推测。”

“万一风向紊乱,罗盘方位标乱转,那就不知道该如何驾驭风暴这匹烈马了,结果根本无法估测,也无法校正航向了。一位带着神谕的占卜师,也不如一头有海路图的驴子。”

“现在北风很大,风向还没有乱,我看不必惊慌失措。”

“船只就像在海蜘蛛网上的苍蝇。”

“现在风浪还算正常。”

“人在海洋上,不过是浪涛上漂浮的黑点。”

“估计今天夜里不会出什么险情。”

“没准儿会有出乎意料的情况,搞得你措手不及,过不了难关。”

“到现在为止,一切都还顺利。”

博士的目光盯着东北方。

船老大接着说道:

“只要能平安到达加斯科涅湾,那我就可以完全打保票了。唔!真的,到了那儿就像回到家。我对加斯科涅湾,全了然于胸。那是个水池子,也经常掀起怒浪,不过浪都有多高我知道,水都有

---

① 即哥伦布。——作者原注。哥伦布(1450 或 1451—1506),发现新大陆的意大利航海家。

多深我了解。比起圣西普里亚诺湾,那是个小泥潭,比起西扎尔克角,那是个小贝壳,比起佩尼亚斯角,那是块小沙滩,比起米米藏的布科湾,那是个小石子;我熟识那里每块石子的颜色。”

船老大住了口,只因博士不听他讲了。

博士凝望东北方,他那冷冰冰的脸上浮现异乎寻常的神色。

一副石雕面具所能表达的全部恐惧,都在他那脸上显现出来。他脱口说了一句:

“好吧!”

他观察空中一个点,因惊愕而两眼圆睁,完全变成猫头鹰的眼睛了。

他又补充一句:

“理应如此。我也无可奈何,只好认了。”

船家注视着他。

博士重又自言自语,或者对着大海中的某个人说话:

“我说好吧。”

他住了口,眼睛睁得更大,加倍注意观测所见之异象,接着又讲一句:

“那是来自遥远的地方,但是清楚自己在做什么。”

博士的目光和神思全投进去的那小块空间,正对着落日的地方,因而被余晖的反光映得如同白昼。那空间极有限,由几块灰蒙蒙的云气包围,而且纯粹一片蓝色,但不是碧蓝,而近乎铅蓝色。

博士整个身子都转向大海,再也不瞧船家,他用食指朝那角天空一指,说道:

“船家,你看见啦?”

“什么?”

“那个。”

“什么呀?”

“那边。”

“蓝天。看到了。”

“那是什么?”

“一角天空。”

“要上天的人看着那是天空,”博士说道,“对于要去别处的人,那是别的东西。”

博士用可怕的目光强调这句谜一般的话,而那目光则迷失在黑暗中了。

他们沉默了片刻。

船老大想到帮伙的头儿给此人的两个称呼,心中也不免提出这样的问题:他是疯子呢? 还是智者呢?

博士那根皮包骨的僵硬手指仿佛定格,始终指向天边那个模糊的蓝角。

船老大也观望那个蓝角,嘴里咕哝道:

“不错,那不是天空,而是一片云彩。”

“蓝云比乌云更险恶。”博士说道。

他随即又补充一句:

“那是雪云。”

“La nube de la nieve.”船家将这个词组译成西班牙语,以便更好领会。

“你知道雪云是怎么回事吗?”

“不知道。”

“过一会儿你就知道了。”

船老大又开始观望天边。

他一边观测那片云彩,一边喃喃说道:

“一个月风暴,一个月下雨,一月咳嗽,二月哭泣,这就是我们阿斯图里亚斯人的冬季。我们那儿下的雨是热乎的,只有山里才下雪。对了，小心雪崩！雪崩可什么也不认，雪崩是头猛兽。”

“那么，龙卷风就是恶魔了。”博士说道。

停顿了一下，博士又补充一句：

“它那不来了。”

他又接着说道：

“好几股风，都一齐上场了。一股强风，从西边刮来；还有一股风很缓慢，来自东边。”

“东风很虚伪。”船老大说道。

蓝云逐渐扩大。

“雪从山上崩塌下来，如果说可怕的话，”博士继续说道，“那么你判断一下，雪从北极崩塌下来又该如何。”

他的眼睛没有神色了。那蓝云在天边扩张的同时，似乎也在他脸上扩展了。

他的声调变得梦幻一般，又说道：

“每一分钟都会带来那一时刻。上苍的意志开始展现。”

船老大心里再次提出这个疑点：他是疯子吗？

“船家，”博士始终凝望那片蓝云，又问道，“你经常在拉芒什海峡航行吗？”

船老大回答：

“今天这是头一回。”

博士凝神注视的那片蓝云，如同海绵似的，唯一的功能就是吸水，而他本人也一样，唯一的感觉就是忧虑，因此听到船家这种回答做出的反应，不过轻微耸一下肩膀。

“怎么会这样？”

“博士老爷，我习惯了，只走爱尔兰航线，从丰塔拉比亚到黑港，或者到阿基尔岛：那岛屿由两个岛子组成。有时我去布拉希普尔特，那是威尔士的一个岬角。但是我总驾船绕过锡利群岛。这片海域我不熟悉。”

“这情况就严重了。对海洋一知半解的人就要倒霉！拉芒什海峡这片海域，应当了如指掌。拉芒什海峡，可是斯芬克斯[1]。你得当心水深。”

“这一带水深二十五寻[2]。”

“应当避开二十寻的东边海域，到西边五十五寻的海域。”

“一路航行测量吧。”

“拉芒什海峡不是寻常的海。大潮上涨五十尺，小潮上涨二十五尺。这里，落潮不回流，回流不落潮。哦！果然，瞧你这样子不自在了。”

“今天夜晚就测量水深。”

“要测量就得停船，你也办不到哇。”

“为什么？”

“因为风大。”

“试试看吧。”

“风暴就是刺到腰上的一把剑。”

“我们会测量的，博士老爷。”

“就连把船横过来你也办不到。”

“向上帝保证。”

“说话要三思。不要轻易提这个容易震怒的名字。”

“跟您说吧，我一定测量。”

“态度放谦虚点儿。等一会儿，大风就要给你个下马威。”

“我是说，我测一下试试吧。”

“水流冲击力太大，铅坠放不下去，线会绷断的。哦！这片海

---

① 斯芬克斯：希腊神话中的狮身人面妖怪，它让过路人猜谜，答不上来就吃掉。

② 寻：水深单位。1英寻合1.83米，1法寻合1.624米。

域,你这是头一趟来呀!”

“是头一趟。”

“既然如此,那好,听我说,船家。”

“听我说”这个词组,讲的声调不容置疑,船老大只能躬身领教。

“博士老爷,我听着。”

“左舵受风,右舷拉紧帆脚索。”

“您这话什么意思?”

“船头掉转向西。”

“真见鬼!”

“船头掉转向西。”

“不可能。”

“随你便吧。我对你这样讲,对别人也一样。我嘛,也认了。”

“可是,博士老爷,船头往西掉转……”

“对呀,船家。”

“那是逆风行驶啊!”

“对呀,船家。”

“那样,船颠簸起来,就会像中了魔!”

“换别的字眼,是的,船家。”

“那就是让船冲浪。”

“对呀,船家。”

“桅杆可能折断!”

“有可能。”

“您要我往西转舵!”

“对呀。”

“不行。”

“既然如此,你就去同大海搏斗吧。”

“要转舵也得等风向变了。”

“这个通宵风也不会变。”

“为什么?”

“这阵风长达一千二百海里[①]。”

“顶着这样的狂风航行！不可能。”

“跟你说了,船头往西掉!”

“试试看吧。不过,怎么样也要偏航。”

“那就危险。”

“大风会把我们往东边吹。”

“别往东行驶。”

① 古海里,约合 5.556 公里。

“为什么?”

“船家,今天对我们来说,死神叫什么名字你知道吗?”

“不知道。”

“死神就叫东边。”

“那我就往西驾驶。”

博士这回又瞧了瞧船老大,死死盯住的一瞥,势欲将一种思想深深塞进对方的头脑。这时,他已经完全转过身来,一字一字咬真,徐缓地对船老大说道:

“今天夜晚,我们在海上航行,如果听见钟声,这条船也就完了。”

船老大惊愕不已,怔怔望着他。

“您这话什么意思?”

博士没有回答。他投出的目光现在又收回来,重又变得反躬内视了,就好像根本没有听见船家惊诧的问话。他神思内敛,只倾听自己的心声了。他的嘴唇仿佛下意识地翕动,喃喃讲了这样一句话:

“时候到了,黑心肠该清洗了。”

船老大下半张脸挤向鼻子,做了个嗤之以鼻的表情。

“他不是智者,多半是个疯子。”他咕哝了一句。

他随即走开了。

不过,他还是往西掉转船头了。

这时,风和大海都在急剧膨胀。

第五章　哈德夸诺恩

自然万物一膨胀，就改变雾霭的形状，而且在环宇各方位都一齐鼓起来，就好像一张张看不见的大嘴，正用力往风暴的皮囊里吹气。乌云诡谲多变，愈加令人不安。

那片蓝云布满了天边，现在从东西两面同时扩展，逆风往前推进。这种矛盾现象，正是风暴的特点。

此前海面呈现鱼鳞状，现在成为一张皮了。已是恶龙的模样，不复为鳄鱼，已成为巨蟒了。那张皮铅灰色，脏兮兮的，显得特别厚，很难打起皱褶来。长浪上浮动着零零星星的水泡，好似鼓起的脓疱，越鼓越圆，然后胀裂。流溢的泡沫就像患了麻风病。

正是这工夫，那个被抛弃的孩子，远远望见独桅帆船点亮了风灯。

一刻钟过去了。

船老大移目寻找博士，甲板上已不见他人影了。

船家刚一走开，博士便弓着不大灵便的身躯，钻进防雨罩，走进了一舱室，坐到炉灶旁边的一个桅箍上。他从口袋里掏出一只驴皮墨水袋、一个科尔多瓦造的皮夹，再从皮夹里抽出一张折成四半的羊皮纸。他打开发了黄的又旧又脏的羊皮纸，又从墨水袋的皮套里抽出一支笔。他先把皮夹子平放在膝盖上，在上面铺开羊皮纸，借着厨子的照明灯光，就在羊皮纸的背面开始写字。博士碍于波浪的摇晃，好半天才写完。

博士一边写字的工夫，还注意到那只盛劣质白兰地的水壶，只

见那个普罗旺斯人每往汤里加一只辣椒，就要抿一口酒，仿佛在问酒壶味道如何。

博士注意那个腰壶，并不在意里面装的酒，而是看到柳条套上用灯芯草编的白地儿红字的名字。舱室里还挺亮，看得清那名字。

博士中断书写，轻声辨读：

“Hardquanonne（哈德夸诺恩）。”

接着，他问厨子：

“这只水壶，我还没有注意到。当初它是哈德夸诺恩的吧？”

“是不是哈德夸诺恩的，我们那可怜的伙伴？”厨子回答，“正是。”

博士又继续问道：

“就是弗朗德勒的那个佛来米人①,哈德夸诺恩吧?”

“正是。”

“现在他被关进了大牢?”

“对。”

“关在查塔姆的塔楼?”

“这是他的水壶,”厨子回答,“他是我的朋友。我这是留着他的一个念心儿。什么时候才能再见他的面呢?对,这正是他的腰壶。”

博士重又执笔,接着写下去,但是很困难,在羊皮纸上的字行有点儿歪斜。不过,显然他写得很仔细,很容易辨认。尽管航船颠簸,年老的手也颤抖,他还是全部写完了。

幸好写完,随后猛然间,大海就咆哮起来。

一阵狂风巨浪扑上独桅帆船,只觉得船体狂舞起来,正是遭遇风暴的反应。

博士站起身,要走近灶火,为了缓冲大浪中船体的突然摇晃,他就顺势弯下双膝,尽量靠近灶火,把他刚写的那几行字烤干,然后再折起羊皮纸,收进皮夹里,又把皮夹与笔墨袋装回口袋里。

这只独桅船的内部装置,炉灶也算相当巧妙的一件,它完全隔离开,以防意外。不过,汤锅还是摇摆。那个普罗旺斯人在小心照看。

“活鱼煨鲜汤。”他说道。

“喂给活鱼吃。”博士应了一句。

说罢,他又回到甲板上。

① 弗朗德勒:也译为佛兰德,法国与荷兰交界的地区;那里的人称佛来米人,也称佛兰德人。

第六章　他们以为有天助

博士越来越忧心忡忡，他重又审度一下处境，此刻如有人在他身边，就会听见他口中冒出这样一句话：

“左右摇摆得太厉害，前后颠荡得还不够。”

博士应他隐秘思索的呼唤，重又陷入沉思，如同矿工又下到矿井一般。

他在沉思默想，但丝毫也不妨碍他观察大海。大海的景观是一场梦境。

永世不得安宁的海水，又开始在黑暗里遭受酷刑。汹涌的波涛，发出一片哀号。苍茫的海天中，正酝酿着什么；隐隐已有不祥之兆。博士观察眼前的风浪，不放过任何细微的变化。不过，他的目光里绝无观赏的成分。谁也不会观赏地狱。

一场惊天动地的大震荡，还处于半潜伏状态，但是已经显而易见：海天一片迷蒙，风越刮越猛，云雾越聚越浓重，波涛越来越汹涌。海洋的变幻，毫无逻辑可言，也似乎绝不可用荒谬来解释。这种自我弥散，是海洋的一种固有的内力，是它横无际涯的一个要素。波浪不断推涌和阻逆，聚积起来只为散落。浪坡一面进攻，一面释放。再也没有什么像波浪那样虚幻了。浪峰波谷不停地交替，存乎瞬间，一排排吊床、一列列马胸忽现忽隐，刚形成轮廓又转化，这让人如何描绘呢？涌起的浪花飞沫构成一片片丛林，又有山峦又有梦幻，这又让人如何表述呢？难以描摹这种景象，无处不撕裂胆，无处不紧皱眉头，无处不惶恐不安，无处不令人沮丧，天地一片昏暗，乌云都压下来，天宇的拱顶石一直在崩塌，世界毫无残缺和断裂就在解体，充斥着这种完全疯狂状态的末日的喧嚣。

朔风刚刚宣告转为正北，来势凶猛，却十分有利，可以乘风远离英国，因此，船老大决定挂满帆。独桅船扬起所有帆，乘着顺风如脱缰的野马，在浪涛中飞驰，从一个浪头蹿到另一个浪头，快乐得发了狂。那些逃亡者也都乐不可支，大笑不止；他们鼓掌欢呼长浪、波涛、阵风、船帆、高速、潜逃，以及未卜的前途。博士仿佛没有看见他们，独自凝神思索。

白昼的残迹已经荡然无存。

正是在此刻，远远站在绝壁上的那个孩子，终于望不见独桅船了。此前，他的目光一直盯住那条船，仿佛那是他的依托。在命运中，他的目光起了什么作用呢？此刻，独桅船远逝了，孩子望不见一点踪影了。独桅船向南行驶，而孩子则朝北走去。

两边都闯进黑夜。

第七章　敬畏神明

且说独桅帆船上的那些人，望着身后那片充满敌意的土地退远了，变小了，他们无不欢欣鼓舞。周围茫茫的海洋逐渐上升，而在夜色中，波特兰湾、珀贝克丘陵、蒂尼汉姆、基姆里德、两马特拉维尔等高地，以及迷雾中长带一般的绝壁、由灯塔标点似的长长海岸，也都逐渐淡远了。

英国消失了。逃亡者周围只有大海了。

猛然间，黑夜一片恐怖了。

再也谈不上无涯的海域、辽阔的空间了。天空变得一片漆黑，将这只独桅船重重包围。雪花开始缓缓地飘落。还出现了一团团雪花，就好像飘荡的幽灵。狂风肆虐的区域，什么也看不见了。人已感到身不由己。什么都可能发生，危机四伏。

北极的龙卷风闯进我们的气候中，一亮相就是这种洞穴似的昏天黑地。而擦着波浪，有几处好似划破的口袋，开始吸入海水，喷出蒸汽，最终吸满了水。几处吸水的地方，便冲起挟裹泡沫的水柱。

北极风暴扑向独桅船，独桅船则冲进风暴中。狂风和小船正面相撞，仿佛要凌辱对方。

在这疯狂的第一个回合，一张帆也没有收，三角帆也没除下，甚至没有缩帆，全部仓皇逃命了。桅杆嘎嘎山响，仿佛吓得朝后仰去。

我们北半球的龙卷风是顺时针方向，从左向右旋转，移动的速度每小时达六十海里。这种旋风的推动力十分猛烈，独桅船完全受其摆布，不过还仍然挺立着，就好像它陷入这魔圈，什么也不顾了，只求船头迎着风浪行驶，以免船尾或侧舷受到冲击。这种打五折的谨慎措施，遇到狂风突然变向，也就无济于事了。

一种深沉的轰鸣，从遥不可及的地区传来。

海洋的怒吼，无可比拟。世上响彻云霄的虎啸龙吟，我们称作物质的东西，这种神秘莫测的机体，这种难以计数的能量的混杂，从中我们有时也能分辨出大量难以捕捉的、令人不寒而栗的意图；这个盲目的、长夜漫漫的宇宙，这个不可思议的潘神[①]，能发出一种奇特而悠长的叫声，久久持续的执着叫声，不似话语，却胜似雷霆。这叫声，便是飓风。其他声音，诸如歌曲、旋律、喧闹、话语，发自巢穴、暖窝、交合、婚配或家居；然而，这种声音，龙卷风，却发自这种生成万物的虚无。其他声音表达宇宙的灵魂，而这种声音则表现宇宙的恶魔嘴脸。这吼叫的怪物，形体变幻不定。这是无定形的东西所讲的含混的话音。这事物极感人又极骇人。这些喧声是在人之上，在人之外对话，时高时低，此起彼伏，掌控声响的波涛总是令人猝不及防，忽而像铜管乐队一般，在我们耳畔奏响，简直震耳欲聋，忽而又嘶哑低微，听来十分遥远。有时嘈嘈杂杂，令人头晕，喋喋不休真像一种言语，也的确是一种言语；这是世界在努力说话，这是奇妙的天地在牙牙学语。这哇哇的哭叫声，模模糊糊表露了幽冥广宇的悸动所隐忍的，所承受的，所痛感的，所接受并抛弃的一切。大多数情况下，这种表现毫无道理，就仿佛慢性病的突然发作，更像扩展开来的癫痫，而不是运作而发的力量，真让人以为看到在无限中一场羊痫风的大爆发。有时人们会隐约看到这是元素的一种要求，不知是何等微弱的意愿，要求自然万物回归混沌状

---

① 潘神：希腊神话中的山林与畜牧神，人身羊足，头上长角。

态。还有时就像一种哀怨，广袤空间在悲叹与陈述，颇似整个世界打的一场官司，让人以为宇宙就是一场诉讼；我们倾听，力求弄懂可怕的控辩双方陈列的理由；幽冥中发出的呻吟，具有三段论法那种执着。思想上一片混乱。这正是神话和多神论得以存在的理由。不仅这些无边的怨声引起的恐惧，还有闪现即逝的怪异的影子、依稀可见的悲剧场景、在云端显形的复仇三女神的胸脯、几乎清晰可辨的地狱的妖魔鬼怪。这种哭泣、这种嬉笑、这种撞击爆裂的柔和之声、这种不可思议的诘问与回答、这种对未知援手的呼唤，比什么都要可怖。面对这种骇人听闻的咒语，人就不知所措了。人只好屈服，不解这种山呼海啸的奥秘。这里暗含着什么意思？究竟意味着什么呢？是在威胁谁呢？是在哀求谁呢？就好像一次纵情的发泄。响彻环宇的呼号，从一处悬崖传到另一处悬崖，从空中传到水面，从狂风传到巨浪，从暴雨传到岩石，从中天传到天涯海角，从星辰传到浪花飞沫，正是深渊冲开了封口嘴套，发出如此了得的喧嚣，还掺杂不知缘何丧心病狂的神秘纠纷。

黑夜寂静凄怆，喋喋不休同样凄怆，让人感到未知世界的愤懑。

黑夜也是一种存在。谁的存在呢？

不过，黑夜与黑暗，切勿混为一谈。黑夜有绝对的意味，而黑暗则有多重性。因此，语法这种逻辑形式就不允许黑暗一词用单数。黑夜是单一的，而黑暗则是多重的。

黑夜神秘性这道雾障，具有散乱、瞬息万变、摇摇欲坠和凄惶的特点。人感到另一种现实，双脚觉不出实地了。

在无限的并无以限定的阴影中，有活着的某个物，或者某个人；不过，这种生命，却是我们的死亡的组成部分。等我们走完人生的旅途，这种阴影又成为我们的光明的时候，我们生命之外的生命就将把我们抓走。眼下，它只是在试探我们。幽暗是一种压力。

黑夜是对我们灵魂的一种操控。到了一定的可怕而庄严的时刻，我们就会感到墓壁里面的东西逐渐将我们侵吞。

在海上遭遇风暴，就会感到从未如此靠近未知世界，几乎触摸得到了。在海上风暴中，愈是怪异就愈可怖。古代呼风唤雨的神师，之所以可能切换人的行为，随心所欲地支配天气变化，就是掌握了不稳定的因素，即掌握了万物纷乱无序的状态，漫无定向的散乱的自然力。风暴这一神秘现象，时刻接受并执行某种意志，而这种意志在表面上或者实质上，却总是莫名其妙地变化。

诗人们一向把这称为波涛的变化无常。

其实，变化无常并不存在。

令人惊愕的事物，我们谈自然界称为变化无常，谈命运称偶然性，全是我们隐约窥见的法则的片断。

第八章　白雪与黑夜[1]

雪暴的一大特点，就是漆黑一片。来了暴风雨，自然界通常的面貌，大地和海洋一片黑暗，天空呈灰白色；来了雪暴恰恰相反，天空昏黑，海洋则一片白色。下面是浪花飞沫，上方重重黑暗。满天烟雾弥漫，苍穹遮上了黑纱。雪暴就像举办丧礼而挂满黑纱的大教堂内部，但是没有点亮一支蜡烛。风头浪尖上并没有圣爱尔摩火[2]；既没有火星，也没有磷光，无边无际完全一片昏黑。北极的龙卷风不同于热带龙卷风：热带龙卷风点着所有灯火，而北极龙卷风则全部吹灭。刹那间，世界变成了地窖的拱顶。这黑夜落下淡白色的尘粒，在天空和海面之间飘忽不定。这些斑斑点点正是雪花，在空中飘移飞舞，看上去就像眼泪，一条有了生命而动起来的殓尸布流的眼泪。呼啸的朔风协助撒播泪水。碾成白色齑粉的一种黑色，黑暗中的狂怒者，墓穴中所能发出的喧嚣，灵柩台下的飓风，这便是雪暴。

海洋在下面颤抖，上面则覆盖着深不可测的未知世界。

北极风负电，雪花随即凝聚成冰雹，满空枪弹，弹如雨下，射到海面上，发出噼噼啪啪的声响。

---

① 原文为拉丁文。

② 圣爱尔摩火：暴风雨天气中大气放电所闪现的刷形辉光，通常出现在塔楼顶、桅杆尖上；飞机经过雷暴附近时，机头翼尖也有电晕放电，称圣爱尔摩火。圣爱尔摩名字来自意大利圣徒伊拉兹马斯，他是地中海水产的守护神。水手们把圣爱尔摩火视为保佑他们的标志。

没有雷鸣。北极风暴闪电寂静无声。有时说猫“它在赌咒发誓”，也同样可以这样讲北极风暴的闪电。这是一种咬牙切齿的威胁，尤为显得残酷无情。雪暴，这是又瞎又哑的风暴。雪暴扫荡过后，往往航船也瞎了，水手也都哑了。

这样的深渊，走出去难于登天。

然而，如果认为海难绝对不可避免，那也就错了。丹麦渔民狄斯科和巴尔辛，那些捕黑鲸的人、前往白令海峡勘探铜矿河出海口的赫恩以及哈德孙、麦肯齐、温哥华、罗斯、杜蒙·德·乌维尔等，都在北极地带遭遇过最猛烈的雪暴，也都幸免于难。

那只独桅船挂满全帆，昂首闯进的正是这种雪暴。可谓疯狂对疯狂。当年蒙哥马利[①]逃离鲁昂时，命令双桅战舰的桨手奋力划桨，撞向布耶地段塞纳河的拦河锁链，也同样是放手一搏。

晨星号飞速疾驰。它由风帆带动，船体倾斜，有时同海面形成骇人的十五度角，但是它滚圆牢固的龙骨嵌在波涛里，就仿佛用胶粘住似的。龙骨抗拒住了，整条船也没有让风暴卷起来，风灯也照亮了行驶的前方。兜足了狂风的云团在海上游弋，蚕食掉独桅船周围的海面。不见一只海鸥，也不见一只海燕，唯有漫天的大雪。波涛能见的范围很小，也令人胆战心寒。一眼望去，只能看到三四道无法估测的长浪。

在推测为天际和穹隆的黑暗后面，不时出现大范围紫铜色的闪电。红色扩宽拉长的电光，照出乌云的狰狞面目。幽暗深邃中突现的火焰，哪怕只有一秒钟，也展示了一下地狱的景象，鲜明地衬出近处的诡云，以及远逝的混沌的苍天。在那火光的背景上，雪团变成了黑色，仿佛在炉膛里飞舞的黑蝴蝶。继而，一切都熄

① 蒙哥马利伯爵(1530—1574)，法国军人，任法国国王亨利二世的卫队长，在一场比武中，他重伤了国王(1559)，后来他成为新教派的首领，最终被斩首。

灭了。

雪暴的风头过后，就开始发出持续的低吼声，还一直驱逐着独桅船。这是低吼的阶段，压低的喧嚣更为可怕。再也没有什么比这风景的独白更令人心神不安的了。这种低沉的叙说，犹如神秘的交战力量暂时休战，表明在未知的领域伺机行动。

独桅船还一直拼命往前冲，主要是那两面主帆惊人地卖力。海天一色墨黑，冲起的浪花高过桅尖。海水不时冲过甲板，就好像发了洪水，而船体每次倾斜，忽而左舷，忽而右舷，导缆孔全像张大的嘴，将灌进的水又吐回海里。两个女人吓得早已躲进船舱，但是男人仍然留在甲板上。迷眼的雪花飞旋狂舞，狂涛怒浪来助威，不断地冲击。一切都怒不可遏。

帮伙的头头站在船尾框架的横杠上，这时一只手抓住侧支索，另一只手扯下缠头巾，在风灯的光亮下挥舞起来，他趾高气扬，头发扎煞着，一副得意忘形的样子，对着重重的黑暗嚷道：

“我们自由啦！”

“自由啦！自由啦！自由啦！”逃亡者们都随声附和。

这伙人都抓住帆索缆绳，从甲板上站起来。

“乌拉！”头儿高喊。

一伙人在风暴中跟着吼叫：

“乌拉！”

这种欢呼在狂风中声音刚落，船的另一头便响起一个严肃而高昂的声音：

“肃静！”

所有人都回过头去。

他们听出那是博士的声音。但是黑暗中伸手不见五指，博士又靠在桅杆上，瘦长的身体与桅杆融合，根本看不见他。

那声音又说道：

“你们听！”

大家住声了。

于是，他们清清楚楚地听见，黑暗中传来叮当的钟声。

第九章　托付怒海

正在掌舵的船老大哈哈大笑。

“钟声！那好哇！我们就抢左舷风。那钟声证明什么？证明我们右舷就是陆地。”

博士回答，声调坚定而缓慢：

“你们的右舷没有陆地。”

“不对！”船家厉声说道。

“没有。”

“可是，那钟声就是从陆地传来的。”

“那钟声么，”博士又说道，“是来自大海。”

这些胆大包天的汉子都不寒而栗。那两个女人惊慌的脸，从船舱防雨布的方口里探出来，好似被咒语召唤来的两个厉鬼。博士走了一步，长长的黑影脱离桅杆。大家听见幽邃的黑夜里响着钟声。

博士接着说道：

“正是大海当中，从波特兰湾到拉芒什群岛的中途，有一个示警的浮标，下面用铁链固定在暗礁上。浮标上安了个铁架，架子的横梁上则挂了一口钟。风急浪高的时候，浮标随波浪摇摆，钟便敲响了。这就是你们听到的钟声。”

博士略等片刻，待一阵风头刮过，钟声又高于风声时，便继续说道：

“刮西北风的时候，风暴里夹着这钟声，那就全完了。为什么

呢？只因你们听见的钟声，是大风送来的。风从西面刮来，而奥里尼岩礁则在东面。你们只有到了浮标和岩礁之间，才会听见钟声。大风正是把你们推向岩礁。你们处于浮标的危险一侧。如果在另一侧就好了，海阔水深，航路保险，你们也听不见钟声。风向不同，不会把钟声送到你们耳畔。你们就是从浮标旁边驶过去，也不会知道那儿有浮标。我们的船偏离了航路。这钟声，就是海难敲起的警钟。现在，你们商量吧！”

在博士讲话这阵工夫，那口钟因风势小了些，也随着减缓，一声一声慢悠悠的，而那断断续续的钟声，似乎在为老人讲的话作证，听来就像大海上的丧钟。

大家都敛声屏息，时而听老人的声音，时而听那钟声。

第十章　巨大的野人就是风暴

这时，船老大已操起他的喇叭筒。

“男子汉们，大家都上手啊！[1] 解开后角索，拉紧支桅索底盘，解开牵引索和绞帆索！对准西面，再回到深海区！船头掉向浮标！船头掉向那口钟！那边水域宽。还有希望啊。”

“试一试吧。”博士说道。

这里顺便说明一点：那个海上钟楼似的示警浮标，已于1802年拆除了。年纪特别老的海员，还会记得听见过那钟声。那钟声发出警告，但是未免迟了一点儿。

大家立即执行船老大的命令。那个朗格多克人充当第三名水手，大家一齐忙活。不仅是收缩船帆，而且完全卷起来了。所有帆索都捆扎好，即捆扎上帆索、下帆索，以及帆角索；还将止动索放在索套上，这样就可以用作横拉的侧支索。他们再用鱼尾板加固桅杆，钉上舷窗盖，这也是防止船舱灌水的一种办法。这些处理虽然没有按部就班，但是做得倒也合乎规矩。独桅船大难临头，只好又简装了。整条船在收紧，缩小身影，可是这工夫，风浪越发猛烈地打来。浪涛涌起的高度，几乎要创纪录。

飓风好似一个性急的刽子手，已经开始肢解这条船了。眨眼间就掠夺光了，方帆边索全挣断，船壳板冲掉了，前下角索的钩子连根拔起，侧支索也遭洗劫，桅杆折断了，崩裂之声山响。尽管锚

---

① 原文为西班牙文。

链有四寻长，粗缆绳也拉不住了。

雪暴特有的磁张力加速绳索的断裂。雪暴断绳索，既借风力，也借磁力。多种铁链脱离滑车，再也不能绞动了。船头和船尾承受压力过大，都隆起来。一个大浪头打来，卷走了罗盘和罗经柜。另一个大浪头打来，又卷走了挂在艏斜桅上的救生艇：以艏斜桅为吊艇柱，则是阿斯图里亚斯人的奇特习惯。第三个大浪头席卷了帆桁。第四个大浪头，干脆冲走了船头的圣母像和信号灯。

只剩下船舵了。

没有信号灯不成，他们就代之以装满废麻和沥青的一个大燃烧瓶，点燃了挂在艏柱上。

桅杆断成两截，上面挂满了飘动的破帆片、绳索、复滑车和横桁，阻塞了甲板。而且，桅杆倒下来时，砸坏了右舷的船帮。

船老大一直把着舵，他喊道：

“只要我们还能掌握方向，就不算大势已去。下面吃水的船体禁得住。斧头！斧头！砍倒桅杆丢进海里！甲板全清理干净。”

一场生死决战，船员和乘客都奋力投入。这是抡起来砍几斧子的事儿，大家把桅杆从船沿推进海中。甲板清理干净了。

“现在，”船老大又说道，“拿一段帆索来，把我捆在舵柄上。”

于是，他被捆在舵柄上。

就在别人捆绑他的时候，他还哈哈大笑，冲着大海嚷道：

“吼叫吧，你这老货！吼叫吧！我在马奇查科角，见过撒泼比你还厉害的。”

捆绑好了，他双手牢牢抓住舵柄，铤而走险所激发的奇特的喜悦溢于言表。

“伙计们，全都安排妥当了！布格洛兹圣母万岁！船舵往西面打！”

一个巨浪横打过来，重创船尾。风暴中，历来有一种恶涛险

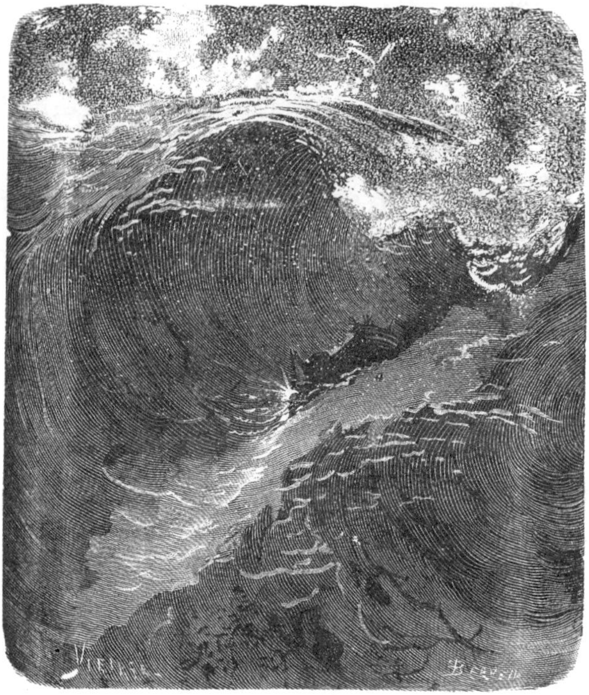

浪，十分凶残，如同潜伏的虎狼，一时间趴在海面上，等时机一到，便一跃而起，大吼一声，张牙舞爪，扑上遇难的船只，撕下一部分肢体。浪涛飞沫一下子盖住晨星号船尾。在海水与黑夜的混战中，只听咔嚓一声断裂，再待浪涛消退，重现船尾时，不见了船老大，也不见了船舵。

统统掠走了。

船舵和刚刚捆绑在上面的人，全被卷进万马嘶鸣狂风怒浪中了。

帮伙的头头直瞪瞪看着黑暗，嚷道：

“你这是嘲弄我们吧?”[1]

紧接着这愤怒的吼叫,另一个声音则喊道:

“快抛锚!救船老大要紧。”

大家冲向绞盘,放下铁锚。须知独桅船只有一个锚,在这种情况放下,势必失掉铁锚。海底为光裸的岩石,而又浪涛汹涌,锚缆就跟头发丝一样扯断了。

船锚丢到了海底。

船头破浪角上,只剩下用望远镜观望的天使像。

独桅船从这一刻起,就只有船体残骸了。晨星号遭到了不可修复的破坏。这条船,刚才还像长了翅膀,在疾驶中简直不可一世,现在却成了残废。船上操控的装置,不是被截掉,就是错位脱节了。它完全瘫痪了,任凭狂风恶浪的摆布。仅仅几分钟的工夫,一只雄鹰就变成了死鸭子。这景象唯有海上才能得见。

狂风怒吼越发变本加厉了。风暴,就是个无比巨大的肺,它不断给黑洞洞的天地增添凄惨的气氛。大海中的那口钟狂敲不已,就好像那敲钟人已经惊慌失措了。

晨星号只能随波逐流,酷似一个软木塞,随着波浪起伏。这条船不再航行,而是漂浮了,每时每刻都好像要翻转,像死鱼那样肚腹朝天。幸好船体完好无损,密封防水,才没有翻转沉没。在漂荡中,没有一块护板松动。既没有缝隙,也没有开裂,舱里没有灌进一滴水。幸亏如此,因为水泵损坏,不能排水了。

在惊涛骇浪中,独桅船跳荡不已,样子丑陋不堪。甲板就像横膈膜痉挛症患者那样抽搐,想要呕吐,似乎竭力要把这些遭海难的人抛掉。他们谁都不敢动一动,只是紧紧抓住静索、船帮、横木、锚床固定链、短索、胀开的干舷的裂缝,也顾不得手被钉子划破,还抓

---

① 原文为西班牙文。

住变了形的加强肋骨、破船上一切稍微突起的东西。他们不时侧耳细听。钟声越来越微弱而悠缓了，仿佛就要断了气。最后终于断气了。他们究竟到了什么地方？离那浮标有多远？刚听到钟声那会儿，他们吓坏了，现在听不见了，就更加恐惧。西北风也许把他们推上一条不归路。他们感到又被一个缓过气来的疯魔挟持而走。独桅船的残骸在疾驰。一种盲目的飞速，比什么都可怕。他们觉得前面和上下全是深渊。这已经不是飞驰，而是坠落了。

在雪雾弥漫，一片迷茫中，忽然出现一点红光。

“灯塔！”遭遇海难的人一齐嚷道。

第十一章　卡斯凯

不错，那正是卡斯凯灯塔。

十九世纪的灯塔，是一种高高的圆柱形砖石建筑物，塔顶安有十分科学的照明装置。尤其到了今天，卡斯凯灯塔已是三层白塔，上下有三座照明楼。三座灯光楼安有时钟齿轮装置，不停地旋转，走得十分精确，在海上夜航的值班船员在甲板上以步计量，望见亮光的时间为十步，望不见亮光的时间为二十五步。一个鼓形的八角转盘，由八大块单面透镜梯级排列构成，上下各有一组反光环，透镜焦距和转盘全经过精密计算。精密的齿轮有一毫米厚的玻璃层保护，不受大风海浪的冲击，但是海鹰有时却撞碎玻璃，正像巨大的飞蛾扑巨型的灯火。外面保护，支撑并安装这种机械装置的圆塔，也同样精确。整个灯塔简约、准确、朴实、明晰、端正。一座灯塔就是一个数。

十七世纪的灯塔，则是海岸上的一种装饰品。灯塔建造得特别美观，也十分奢华，大量增添了阳台、栏杆、小塔、斗室、凉亭、风信标。塔身也布满了浮雕，有怪面饰像、各种雕像、叶饰、涡旋饰、圆雕、体积有大有小的人物雕像、框以边饰的铭文。埃迪斯通灯塔[①]的铭文为："战争中的和平"[②]。经过那里可以观察一下，这种和平宣言并不总能解除海洋的武装。温斯坦利自出资金，在普利

---

① 埃迪斯通灯塔建在英国埃迪斯通角。

② 原文为拉丁文。

茅斯前面险恶的海域建了一座灯塔,也刻上这句铭文。灯塔竣工后,他就住进去,看看是否能经得住风暴。不料风暴一来,就将灯塔连同温斯坦利一齐卷起了。再者,这种过分雕饰的建筑处处招风,就像满身戴金饰银的将军,在战场上容易招来枪弹一样。那些花哨玩意儿,不仅有石雕的,还有铁制的、铜制的、木雕的;铁制的饰物纷纷突起,木雕饰物也都支棱八翘。从侧面望灯塔,只见上面阿拉伯式装饰图案之间,挂满了五花八门有用无用的器具,什么绞车、复滑车、单滑车、平衡锤、梯子、吊车、救生搭钩,等等。塔顶的灯灶周围,还安装了精制的铁架,托着粗大的铁烛台;烛台里插着一截截浸透松脂的缆绳,这种灯芯一经点燃,就会一直烧完,多大风也吹不灭。灯塔从上到下,还挂满了五颜六色的旗帜,一杆挨着

一杆，一层接着一层，有什么海上旌旗、燕尾旗、国籍旗、信号旗、三角旗、火焰旗，什么形状都有，还有各式各样的纹章、符号，真是千奇百怪，热闹非凡，一直排到放光的灯笼，在风暴中，塔身褴褛的衣衫在火光周围乱舞，多么欢快的骚乱景象。这样的灯塔，耸立在深渊的边缘，那样明火执仗正是一种挑战，能给海上遇难的人增添胆气。不过，卡斯凯灯塔绝非这种类型。

当时，那是一座古老的灯塔，既简陋又原始，正像白舟号失事之后，亨利一世命人建造的那种：一块岩石顶上安了铁栅栏，里面有一个燃烧的火堆，只见栅栏中间一堆炭火，在风中飘拂着火焰。

从十二世纪建造以来，这座灯塔的唯一改进之处，就是在1610年，给火笼安装了一个铁制的风箱，那是靠一块齿板利用石头的重量置放上去的。

海岛若是闯进这种古老的灯塔，比撞上现代灯塔的遭遇还要惨。鸟儿受光亮吸引飞来，直扑进去，一下掉进火堆，在火中挣扎的情景，真像丑恶的鬼魂要被这地狱吞噬。也有的鸟儿逃出烧红的铁笼，摔到岩石上，腿瘸了，眼瞎了，浑身还冒着烟；好似被灯火烧得半焦的飞蛾。

对于一艘设备齐全、能够正常驾驶航行的船来说，卡斯凯灯塔还是有作用的；它在那里喊：当心！它警告有暗礁。然而，对于一艘遭受重创的船，它完全是可怕的了。只剩下船壳的独桅船，已经瘫痪了，难以抵御惊涛骇浪的冲击，也无力招架狂风的进逼，它是折了翅的鸟儿，没有鳍的鱼，听凭风吹浪打。而灯塔则指明它的最终归宿，指明它的葬身之地。灯塔照亮了葬礼，它是坟茔上点燃的蜡烛。

照亮避之不及的深渊，警示劫数难逃的厄运，这种嘲弄最为悲惨了。

第十二章　同礁石肉搏

在这场海难中，还受到这种神秘的嘲弄，晨星号上那些可怜的遇难者马上就领悟了。他们望见灯塔，先是欢欣鼓舞，随即又万分沮丧。什么也做不了，什么也不能尝试。描述国王的话，也适于描述波涛。大家都是臣民；大家也是他们的猎物。他们发什么疯，大家也只能逆来顺受。西北风带着独桅船偏离航路，漂向卡斯凯。那就去吧。不可能违抗。船很快就朝暗礁漂去。船上的人感到海底在升高。如果还能做一次有效的测量，测出来的水深多不过三四寻。遇难者们在倾听波涛在海底岩缝中涌动的咕咕声。他们也能分辨出就在灯塔下方，有一条狭窄的通道，夹在两面刀刃一般的花岗岩之间，犹如切开的一条幽暗的缝儿。可想而知，那荒凉而可怕的小港湾里，必是塞满了过客的尸骨和沉船的残骸。说是港口，不如说是洞穴口。独桅船上的人听见上面火笼里燃烧的柴堆噼啪作响，惊恐的红火焰照亮了雪暴，而火焰与冰雹相遇，雪雾就显得更加浑浊：黑色云烟与红色烟尘相拼搏，好似厮杀相绞的两条蛇，火星随风乱舞，而雪团受到火星的突然袭击，也仿佛四下逃散。岩礁堆起初模糊一片，现在就清晰可见了，乱石中有突起的峰尖、岩脊和岩椎，全都棱角分明，由火红的线条描出轮廓，斜面更有流泻下去的血光。漂流越近，礁石就越扩展并升高，越发呈现出狰狞的面目。

两个女人中的那个爱尔兰人，正在拼命地掐念珠。

没有船老大这个舵手了，还有这个帮头儿，他成为船长。巴斯克人无不知山识海。越是艰险，他们越大胆，碰到灾难总有法儿对付。

漂到礁石群，就要撞上了。突然，卡斯凯北面大岩石近在眼前，立时遮蔽了灯塔。什么也看不见了。这块巨岩在雪雾中高高耸立，光亮从背后照来，真像一个头戴火红帽子的高大黑女人。

这块臭名昭著的岩石，却取名为“小圣经”，它从北侧扶撑着大礁石，而大礁石的南侧，则另有一块礁石，埃塔克-欧吉尔迈护持。

帮头儿瞧了瞧小圣经，嚷道：

“要有个自愿者，将缆绳带上那块礁石！这里谁会游泳？”

没人应声。船上谁也不会游泳，就连水手也不会；海员不会游泳者，倒是屡见不鲜。

有一块加固护板几乎脱离连体，在船帮上摇晃。帮头儿双手抓住护板，说道：

“都来帮我。”

大家一齐上手，卸下护板。有了它，派什么用场都可以。它原为防护，又变成进攻的武器了。

这是相当长的一段实心橡木，十分结实，又完好无损，既可用以攻击，也可用以支撑，既可用作举重物的撬棍，也可用作攻城的撞锤。

“注意！”帮头儿嚷道。

在桅杆残桩旁边的六个人，都一齐弓起身，将那块护板平着戳出船帮，如同长矛对准那礁石的髋部。

这种举动实在冒险。去碰一座大山，这要有胆量。六个人顶不住反弹力，就可能落水。

这便是同风暴搏斗的复杂性。刚对付一阵狂风，又面对礁石；风先冲击，接着是花岗岩。较量的对手忽而是手抓不到的东西，忽

而又是撼摇不动的东西。

这真是能让人急白了头的时刻。

船体对着礁石，眼看就要撞上。

岩石有耐心。暗礁在等待。

一道乱来的涌浪突袭，结束了这种等待。它托起小船，举着停了片刻，就像拉开弹弓要射石子儿那样。

“顶住！”帮头儿嚷道，“那不过是块岩石，而我们是人。”

加固护板稳住，同六个人形成一个整体。护板的销钉尖划破腋下，他们却浑然不觉。

涌浪将独桅船抛向礁岩。

撞击了。

总是飞溅起一大片浪花水雾，遮掩住这类海难的突变情景。

等浪花水雾散落到海面，等浪涛与岩石重又拉开距离，那六个人都滚倒在甲板上；不过，晨星号船却沿着礁岩迅速漂走。那块护板顶住了，决定船体改了方向。在浪涛激流中，几秒钟的工夫，独桅船便把卡斯凯抛到后面。晨星号总算暂时脱离了险境。

这情况并不新鲜。在泰河[①]口，正是用艄斜桅顶住峭壁，才保住了伍德·德·拉尔戈一命。在温特顿角的险恶海域，皇家玛丽号只是一艘苏格兰式三桅战舰，在船长汉密尔顿的指挥下，也是差不多靠一根杠杆的作用，往可怕的布兰诺杜姆礁石支一下，才免遭灭顶之灾。波涛这股力量，会突然间分解，因而很容易转移，至少有这种可能性，哪怕是在最猛烈的撞击中。风暴也有几分兽性，飓风就是一头公牛，人是可以骗过它的。

设法将正割线转为正切线，这是避免海难的全部奥秘。

那块护板就是助了独桅船这样一臂之力。它起到了桨的作用，也替代了船舵。然而，这种解救办法是一次性的，一旦完成，不可能再来一次。护板已经落入海中。撞击太猛，震得那些人都脱了手，护板弹过船舷，消失在波涛中。再卸一块护板，船就散架子了。

飓风带走了晨星号。转瞬间，卡斯凯已远在天边，变成了一堆废物。一堆岩礁对付不了一条船，那种尴尬的神态真是无可比拟。自然界的事物，有未知的一面，可见的掺杂着不可见的，譬如说放走了一个猎物，就好像十分气恼，一动不动摆出一副生闷气的样子。

晨星号溜过去的时候，卡斯凯岩礁就是这样一副神态。

灯塔向后退去，那光亮逐渐苍白，黯淡，终于消隐不见了。

---

① 泰河：英国入海的一条河流。

黯然消隐。浓雾如重峦叠嶂,灯塔的火光变得模糊了。在潮湿的天宇中,那光亮晕开淡化了:火焰飘动,挣扎,淡远,丧失其形,就仿佛沉没溺死了。一堆炭火变成残烛,仅余一个惨淡而颤动的光点,周围的光晕化开淡去,那亮光就好像被漫漫黑夜吞噬了。

钟声宣告危险,已然沉默了;那灯塔昭示危险,也已然隐没了。然而,这两种威胁一消失,境况就更可怕了。一个毕竟发出声音,另一个毕竟放光,多少还有点人情味儿。没有了钟声和炬光,就只剩下深渊了。

第十三章　面对黑夜

黑夜深不可测，独桅船重又随着黑暗漂流。

晨星号逃脱了卡斯凯礁石群，就在波涛中颠簸。暂时无忧，但是隐入混沌之中。狂风从侧面推拥，浪涛的牵引力又千变万化，破船也就演绎着狂风怒浪的全部起伏振荡。船体几乎不再前后颠簸了，这是一条船即将沉没的可怕信号。晨星号的残骸只顾左右摇摆了。前后颠簸是拼力搏斗的表现。唯有舵才能调转船头迎风航行。

在风暴中，尤其在雪暴中，大海与黑夜最终还要融为一体，化为一片弥漫的烟雾。雾气、旋风、气流，四面八方无处不流窜，根本没有支撑点，也没有方位标，一刻也不停歇，周而复始永无休止，豁口接着豁口层出不穷，无边无际，黑洞洞深不可测，而独桅船就漂流其间。

逃脱卡斯凯，躲过礁石，这对遇难者来说是一次胜利。不过，他们头一个反应是愕然。谁也没有高呼：乌拉！这类轻率的行为，在海上不可出现第二次。在不能抛出探测锤的地方，还抛出这种挑衅的呼叫，那无异于玩火。

与礁石相撞而撑开船，这是完成了不可能的事情，他们自己也惊呆了。不过，他们慢慢回过神儿来，重又萌生了希望。正如心中的海市蜃楼，绝不会沉没一样。人落了难，不管处于多么危急的时刻，也还是看到灾难的深处升起一线希望的曙光。这些不幸的人，都巴不得承认他们得救了。口虽不言，心中却这样讲。

不料,突然又出现一个庞然大物,在黑夜中越来越大。它出现在左舷,在浓雾中越来越大,越来越明显:一大块不透明体高耸陡立,棱角方方正正,波涛中涌出一座方塔楼。

他们望着它,都目瞪口呆。

一阵狂风将他们吹向那里。

他们不知道那是什么。那是奥尔塔克岩礁。

第十四章　奥尔塔克礁石

又遇礁石。过了卡斯凯礁群，又是奥尔塔克岩礁。风暴没有一点艺术细胞，它口味粗鲁逞凶，不会变换点儿花样。

黑暗无穷无尽，而黑暗的陷阱和毒计，永远也用不完。可是人呢，很快就束手无策。人在耗费才智精力，而深渊则不然。

遇难者都转向帮头儿，他们的希望。帮头儿只能耸耸肩膀，这种沮丧的鄙夷动作，正透露他无能为力。

奥尔塔克岩石就像在大洋中的一块铺路方石块。那是一整块岩礁，高八十尺，垂直拔挺，挡住汹涌的波涛。波浪和船只撞上去，都会同样粉碎。岿然不动的方石，它的四面石壁直上直下插入海底，屹立在万顷波涛的无数曲线中。

夜晚，它那形状好似硕大的木砧，放在巨幅的黑呢绒的皱褶上。在暴风雨中，它等待斧头砍下来：斧头便是雷霆。

然而，在暴风雪中，却从来没有雷霆。不错，独桅船在重重黑暗中，就好像缠上布条蒙住了眼睛，如同判了极刑，正引颈受诛。被雷击毙也死个痛快，但是在这种境地，根本不能抱此奢望。

晨星号完全成了一块漂浮的木板，正冲向这块礁石，正如此前冲向另一块岩礁那样。这伙不幸的人刚才还以为得救了，现在重又陷入万分惶恐之中。沉船之难被他们抛到后面，突然又重新出现在他们面前。岩礁重又从海底冒出来。前功尽弃。

卡斯凯礁群，是一个有无数格子的烤蜂窝饼铁模，而奥尔塔克则是一堵高墙。在卡斯凯遇难，身子要被撕烂；在奥尔塔克遇难，那就要粉身碎骨。

不过，还有一线生机。

奥尔塔克是直立的石壁，波浪拍上去的回弹力，也并不大于打上去的圆炮弹。波浪的运动受此局限，就变得很简单，涌起来，再回落。涌来浪峰，回落浪平。

碰到这种情况，生死存亡的问题便概括成这样一点：假如浪峰将船一直推到石壁，船就会被击碎，彻底完蛋；假如船还未撞到岩礁，浪波就回落了，把船带走，船也就保住了。

悬心吊胆，极受熬煎。遇难者在一片昏暗中，瞧见一道巨浪扑来。会把他们冲向何处呢？如果浪头砸到船上，船就要随浪撞向石壁而粉碎。如果波浪涌起船，从下面过去……

巨浪从船下过去。

大家都松了口气。

可是，回浪又如何呢？回浪会怎么对待他们呢？

回浪将他们带走了。

几分钟过后，晨星号便出了岩礁的水域。像卡斯凯礁群那样，奥尔塔克也逐渐隐没不见了。

这是第二次胜利。独桅船第二次到了沉没的边缘，又及时退回去了。

第十五章　神奇的海洋[1]

这工夫,雾气越发浓重,紧紧锁住这些漂流的不幸者。他们不知身在何处,周围只能看出数百米。也不顾冰雹下得凶猛砸得人抬不起头来,两个女人坚决不肯再下到船舱里。面临沉船的危险,谁都要待在露天。死亡逼近的时候,头顶天花板,无异于盖着棺材盖。

浪涛越来越高,越来越短,波浪高高隆起,就表明地形逼仄了;浓雾中见到的水环涡漩,标示进入海峡。他们并不知道,其实他们是沿着奥里尼海岸漂流。西面有卡斯凯礁群和奥尔塔克岩礁,东面则有奥里尼,海水挤在中间很不舒服,哪一带海域处于窘迫的状态,也就自然要产生风暴。大海也同别的事物一样,会有疼痛,哪里疼痛,哪里就发火。这一航道令人望而生畏。

晨星号漂进这条航道。

不妨设想,海底伏着一巨型龟壳,大如海德公园或者香榭丽舍街区,壳上每一条纹路即是浅滩,每一隆起之处便是暗礁。奥里尼靠西侧的海域就是如此。海水覆盖并掩饰了制造海滩的这组恶礁险滩。波涛撞在这片龟背似的暗礁群,都撕裂了,跳跃着激起浪花飞沫。风平浪静时,这里汩汩作响;狂风暴雨中,便成为混沌世界。

这伙遇难的人碰到这种新的复杂情况,刚引起注意时还无法理解,接着,他们恍然大悟。苍穹顶上出现一抹微光,淡淡地撒落

---

① 原文为拉丁文。

在海面上,隐约照出左舷附近有一条长堤,横卧在东面,独桅船正被狂风吹向那里。那堤坝便是奥里尼。

那道堤坝是怎么回事?他们战战兢兢。

如果有人回答他们,说那是奥里尼,他们就会抖得更厉害。

奥里尼是最难登陆的一个岛屿,它在海底与海面有一队凶猛的护卫,而奥尔塔克正是它的前哨。西侧护卫有布候、索特里奥、安弗罗克、尼昂格勒、大礁、克朗克、埃吉龙、乱石礁、马利野沟;东侧护卫有索开、奥莫、弗洛罗、布里恩伯泰、凯斯兰戈、魔怪利乌、长柄叉、跳滩、黑婊子、酷毙、奥尔布。这些都是什么妖魔鬼怪?七头蛇怪?不错,七头蛇怪化为礁石。

暗礁中有一处名为目的地,似乎表明这是所有航行的终点。

这些岩礁就是一群拦路虎,又有大海与黑夜作掩护,在这伙遇难的人看来,只是一条黑黝黝的带子,如同天际一抹黑线。

海滩,是束手无策的典型。陆地近在眼前却不能抵达,船只漂流而不能航行,脚下似踏着结实的东西,又很容易破碎,同时充满生命并充满死亡,囚禁在无限空间里,被围困在天空和海洋中间,身在无限如坐地牢,周围万里长风和万顷波涛,自身却被捉住,捆缚手脚而动弹不得,这种无奈无助的处境,最令人恼火并茫然失措。我们从中仿佛看到,靠近不得的那个敌手在一旁窃笑。正是那个任鸟飞而凭鱼跃的敌手将你牢牢控制。它仿佛空无一物,又聚万物于一身。我们依赖于用嘴就能吹动的空气,也依赖于用手就能掬起来的水。从这种暴风雨中满满取一杯水,就只剩下一点苦涩。喝上一口便作呕;可是,一道波浪,就会断送性命。沙漠中的沙粒,大海中的浪花,无不是神奇的表现。万能之力无需掩藏它的原子,它将弱小化为力量,用它的一切填满虚无,而无限巨大是用无限渺小将你粉碎。海洋是用水滴将你淹没。

人感到自己只是个玩物。

玩物,多可怕的字眼儿!

晨星号就在奥里尼上方不远,方位颇为有利;可是,它朝偏北方向漂去,却又在劫难逃。西北风好似一张拉满的弓,要把小船当作箭射向北面岬角。岬角有个名叫科布莱的小港湾,稍微靠里的位置是“猴子”,那是诺曼底群岛的海员们给起的名字。

猴子——swinge——是一股狂暴的湍流。这一带浅滩排列不少漏斗状的深坑,因而水形成许多漩涡。一个漩涡放了你,另一个漩涡又将你缠住。船只一旦落入猴子的手掌,那就得不停地旋转,从一个漩涡到另一个漩涡,直到船底被尖利的岩石破了膛为止。船破了才停止旋转,船尾翘出波浪,船头扎入水中,在深渊里结束自转,最后船尾也沉下去,海水重又弥合了。只泛起一圈泡沫,漂浮着扩大开来;船已无影无踪,水面上唯见散乱地冒出几个气泡,那是沉到水底的人窒息的呼吸。

拉芒什海峡有三个最危险的猴子,一个在著名的吉德勒·桑德沙洲附近,第二个在泽西,即皮尼奥奈和努瓦蒙角之间,第三个便是奥里尼了。

晨星号上如有本地的舵工,他就会告诉遇难者又有了新的险情。没有舵工,他们就只能靠本能了:人陷入绝境,还有第二视角。在狂风的扫荡中,沿着海岸线溅起高高的浪花飞沫。那是猴子在吐唾沫。多少只船中了埋伏,沉没在那里?他们不知道那里有什么,漂近时却胆战心惊。

如果绕过这个岬角呢?毫无办法。

此前,他们已见过,眼前突然出现卡斯凯礁群,又突然出现奥尔塔克礁石,同样,他们现在又看见奥里尼海角突兀而立,完全是悬崖峭壁。

一个挨一个,好似巨人。一系列骇人的决斗。

卡里布迪斯[1]和希拉[2],不过两个;而卡斯凯、奥尔塔克和奥里尼,却是三个。

还是同样的景象:岩礁凌空耸立,大海浩瀚而单调。海洋的战役,恰如荷马所描述的战争,不断重复悲壮的场景。

他们越漂越近,每个浪头打来,都会把他们朝岬角推进十来米,而在浓雾中,那岬角尤其显大,十分骇人。距离越来越近,看来势必撞上了。他们已经擦到猴子的边缘了。只要被一个浪头抓住,就会把他们带过去。再经受一道波浪,一切就全完了。

突然,就好像挨了巨人一拳,独桅船又朝后退去。涌浪从船下奔腾而过,又反击回来,将破船抛进浪峰的飞沫中。晨星号受这种推涌之力,便避开了奥里尼。

这只要沉没的破船又回到宽海水域。

这一救助来自何处?

来自狂风。

风暴猛烈改变了方向。

起先,浪涛戏弄他们,现在又轮到风了。他们依靠自己的力量,先是摆脱了卡斯凯礁群;接着,面临奥尔塔克岩礁,涌浪又制造了逆转;这次到了奥里尼跟前,却是大风起了作用。北风猛然掉头,转为南风了。

西南风取代了西北风。

湍流,是水里的风;风,是空气中的湍流。这两股力量刚才相互较劲,而风一时发威,从水流浪涛中夺走了猎物。

海上风云突变,都是不可思议的,也许是永恒的运动。我们一旦受这种突变的掌控,既不可以抱什么希望,也不必因此绝望。这

---

① 卡里布迪斯:墨西拿海峡中的岩礁。

② 希拉:墨西拿海峡中的岩礁,属意大利,卡里布迪斯和希拉两处岩礁相对,组成最危险的航路。

种突变既成事，又败事。海洋也在寻开心。这浩瀚而险恶的大海，淋漓尽致地表现出了野兽的凶残，让·巴尔[1]就称为“巨兽”。有时它用利爪猛抓，有时高兴，又用软乎乎的掌心轻抚。风暴有时草草就制造一次海难，有时却细细地加工，几乎可以说是爱抚把玩。海洋总有充裕的时间。遇难等死的人清楚地看到这一点。

平心而论，拉长时间，缓慢地受罪，往往也表明有得救的机会。当然机会不多。不管怎样，身处绝境的人，很容易就相信自己得救了。风暴的威胁只要稍微减弱，他们就确信脱离了危险，原先以为入殓下葬了，他们忽然又发觉自己复活了，于是激情满怀，接受了他们尚未拥有的东西：倒霉的路显然已经走到了头，他们明确表示心满意足，既无性命之忧了，就认为还清了上帝的债。向未知开这种收据，切勿操之过急。

一变西南风，就是一阵旋风。海上遇难者凡能抓住救命的东西，无不性情暴躁。不由分说，晨星号被揪着破帆断索拖向大海，如同揪着一具女尸的头发。这颇像提比略[2]的行为，他释放被俘的女人，是以接受他的强暴为代价。狂风虐待它所搭救的人。它帮助他们时怒气冲冲。这种救助毫无怜悯之意。

破船经过搭救者这种粗暴的对待，终于要散架子了。

坚硬的大冰雹，如火枪霰弹一般砸在船上。

随着波涛的起伏，雹子就像弹子一样在甲板上滚动。

独桅船不复为船形，几乎要沉入水中，涌起的浪涛拍下来，被浪花飞沫所掩埋，船上的人只能顾自己了。

能抓住什么都不撒手。每次浪涛从甲板退下去，他们都惊讶地看到大家全在，一个也不少，只是好几个人的脸都被碎木刮

---

① 让·巴尔(1650—1702)，法国著名海军将领，他率领法国舰队多次击败英国与荷兰舰队。

② 提比略(公元前42—公元37)，罗马皇帝(14—37在位)，统治后期实行暴政。

破了。

幸好人越绝望，双手抓得越紧。孩子一受了惊，手就有巨人的握力。而女人惶恐不安时，手指就变成了铁钳。一位害怕的少女，手指甲能抠进铁皮里。船上的人无不抓住，紧紧抓住，抓住什么东西都不放。但是每次浪头打来，都让他们恐惧万分，生怕被冲走。

忽然间，他们松了一口气。

第十六章　突然温和之谜

风暴戛然止息。

不刮西南风，也不刮西北风了，天空呼啸怒吼之声一下子寂静了。自天而降的龙卷风，不见风势减弱，毫无过渡便倏然消失，仿佛直坠深渊，不知所终。鹅毛大雪取代了冰雹。雪片重又飘飘摇摇，缓缓地降落。

海面平静下来，没有波涛了。

这样骤然停止，正是雪暴的特点。辉光放电一旦耗竭，天地万物就平静下来，连波涛也不例外；而一般风暴过后，波涛还往往要翻腾好久。雪暴则不然。波涛的怒气一刻也不延长。如同干活累了的一名工人，波涛随即昏昏入睡了，这几乎违反了静力学规律；不过，老海员绝不感到奇怪，他们知道海上一切都出人意料。

在一般风暴中，也有这种现象，但是极为罕见。因此，时至今日，泽西那场飓风令人难忘，1867 年 7 月 27 日，狂风刮了十四小时之后，一下子就完全止息了。

不过几分钟的工夫，独桅船周围的水域风平浪静了。

与此同时，又什么也看不清了，收场酷似开场。起先在乱云飞渡中，一切都变得清晰可见，现在重又一片混沌了：万物淡淡的踪影，重又化为一片朦胧，无边无际的昏暗，又从四面八方向小船靠拢。黑夜的这堵围墙，这个墙封闭的圆圈，直径每分每秒都在缩短的这个圆柱体，将晨星号围困在里面，而且大大地收紧，如同慢慢合拢的冰山那样阴森可怕。仰望苍穹一无所见，迷雾紧锁，正是严严罩住的一个盖子，死死围住的一道高墙。独桅船如坠万丈深渊。

这渊底一汪熔化的铅水，便是大海了。海水纹丝不动了。一潭死水。海洋静如池塘，从来就没有什么狂风巨浪。

万物沉寂，平静，茫然。

事物寂静，也许本来就渊默。

最后汩汩的浪声滑过船舷。保持水平状态的甲板，不知不觉中开始倾斜了。有几处仍在轻微地开裂。代替信号灯的麻团柏油灯，挂在船头已经不再摇晃，也没有火星飞溅到海面了。狂飙的余风穿过乌云，也没有声息了。密集的鹅毛大雪，几乎垂直地飘落下来。根本听不见浪涛拍击礁石的声响了。黑暗的宁静。

这些遇难的人，在海上长时间漂荡，几次陷入绝望的境地，这会儿能缓口气儿，就感到无以言表的惬意，仿佛再也不会遇到凶险了。他们隐约看到周围和上方，都一致同意拯救他们。他们又恢复了信心。一度疯狂的自然界，现在完全平静了。他们以为从此平安无事了，可怜的胸膛终于可以舒展了。他们紧紧抓着的缆绳头或木板，现在可以放开了，可以爬起来，直起身子，站立起来，走一走，活动活动了。此刻他们的心情，难以形容地踏实下来。在这黑暗的深渊，这种天堂的感觉正酝酿着别种变故。显而易见，他们终于得救了，逃脱了飓风、狂浪和雪暴的袭击。

从此他们就时来运转了。再过三四个小时，天就会破晓，他们就会被经过的船只发现，就会被人救起来。过了危险的关头，大家死里逃生了。关键是能在海面漂浮，坚持到风暴停止。

他们心下暗想：这回算熬到头了。

可是他们猛然发现，他们走到头了。

有一名水手，就是名叫迦尔德真，即比利牛斯山脉北麓的那个巴斯克人，他去底舱取缆绳，回来时说道：

“底舱全满了。”

“什么满了？”头儿问道。

“灌满水了。”水手回答。

头儿立刻嚷道：

“你这话什么意思？”

“也就是说，”迦尔德真回答，“再过半小时，船就沉没了。”

第十七章　最后一招

船龙骨裂开一道缝儿,海水渗了进来。这是什么时候的事儿?谁也说不清。大概是靠近卡斯凯礁石群那时候?或者在奥尔塔克附近?还兴许是在汩汩作响的奥里尼西侧的浅滩上?触碰“猴子”可能性最大,他们挨了一下撞,受了内伤。当时他们在狂风巨浪中苦苦挣扎,根本就没有觉察。人在痉挛发作而躯体僵直的时候,就感觉不到刺痛了。

另一名水手,名叫阿维-玛利亚,即比利牛斯山脉南麓那个巴斯克人,也下底舱察看,回来说道:“舱底水深有两瓦拉[①]。”

将近六尺。

阿维-玛利亚又补充一句:

“用不了四十分钟,咱们就沉下去了。”

渗水的裂缝在什么部位?根本看不见,完全被淹没了。灌满舱里的海水掩盖了那道裂缝。船腹什么地方还有一个洞,在吃水线之下,位于靠船头的水下体,无法看到,也无法堵塞。身体受伤又不能包扎。海水进得倒还不太快。

帮头儿嚷道:

“赶紧开水泵排水!”

迦尔德真回答:

“水泵没了。”

---

① 瓦拉:西班牙长度单位,1 瓦拉等于 83.59 厘米。

"那就快点靠岸!"帮头儿又嚷道。

"岸在哪儿?"

"我不知道。"

"我也不知道。"

"总该有岸吧?"帮头儿又问道。

"是啊。"

"那就由谁带我们去吧。"帮头儿又说道。

"咱们没有舵手了。"迦尔德真回答。

"那你去掌舵。"

"咱们连舵柄也没有了。"

"随便找根梁木接上。快拿钉子、锤子,快拿工具来!"

"工具箱掉进海里了。咱们没有工具了。"

"总得行驶啊,随便驶往哪里!"

"咱们连船舵也没有了。"

"救生艇在哪儿? 快上救生艇,大家划桨!"

"救生艇也没有了。"

"那就在残骸上划桨吧!"

"桨也没有了。"

"那就起帆!"

"帆没了,桅杆也断掉了。"

"那就立起一块加固板做桅杆,挂一块油布当帆。让我们依靠风吧!"

"现在没风了。"

大风果然离去,风暴移走了。他们原以为风暴刮过去,就得救了,讵料恰恰毁了他们。西南风如果劲吹,一阵猛似一阵,那就可能超过船漏水的速度,在沉船之前,把他们刮到有利的沙滩搁浅。风暴裹卷着,就可能飞速把他们送上陆地。风停了,也就没了希望。他们会因为没有飓风而丧命。

绝境的迹象显现了。

大风、冰雹、阵风、旋风，这些肆虐的敌手，还可以战而胜之。风暴赤膊上阵，就可能被降服。人总有办法对付暴力，只因暴力破绽百出，盲目行动，往往偏离打击的目标。然而，对付平静就毫无办法了。没有一点突起的部位可以抓住。

狂风袭来，犹如哥萨克骑兵的冲击，只要坚守住了，骑队自会散乱。而平静，则是刽子手的烙钳。

海水不慌不忙，在底舱不断上涨，沉重而不可阻挡。舱里的水逐渐上升，船也在逐渐下沉。这个过程十分缓慢。

晨星号上的遇难者们逐渐感到，最令人绝望的灾难，就在他们脚下张开。这是一种惯性的灾难，以无意识的举动，沉稳而险恶，准确无误地攫住他们。空气没有震颤，海水没有波动。纹丝不动，便是不可避免。海水正悄无声息地吞噬他们。正是通过深深的、静默的海水，要命的地心在吸引他们，但是既不愤怒，也无激情，既无此意愿，也不知所为，对此根本没有兴趣。恐惧，以逸待劳，正在同化他们。现在，已不是惊涛骇浪张开的大口，不是狂风和大海合力组成穷凶极恶的上下腭，不是龙卷风的龇牙咧嘴，也不是涌浪垂涎的胃口，而是无限在打呵欠张开的不知什么黑洞，在下面接着这些不幸者。他们感到，正一步步进入静谧的深渊，即进入死亡。独桅船露出水面的船帮逐渐缩小，仅此而已。完全可以计算出来，到哪一时刻船体就会完全消失。这与涨潮被海水吞没的情景截然相反。海水不是朝他们涨上来，而是他们往海里沉下去。他们是自掘坟墓。他们的体重就是掘墓者。

把他们处死的不是人类的法律，而是事物的法则。

雪花还在飘落，由于这条破船不再晃动，甲板上便覆盖了一层雪，如同蒙上一块殓尸布。

底舱越来越加重。根本无法堵塞这个进水的洞。他们连一把排水的铁锹都没有。就是有这类工具也无济于事，独桅船镶有甲板，无法作业。他们先要照明，于是点燃三四支火把，尽其可能插在破洞里。迦尔德真拿来几只旧的皮革桶，大家排成一列，动手将舱里的水用皮桶运出去。然而，这些桶都不能用了：有的开了线，有的漏了底，盛的水在半路上漏光了。付出的努力和收效之间相差悬殊得可笑：渗进舱里一吨水，舀出去仅一杯。成效微乎其微。如同吝啬鬼的花销，要一个子儿一个子儿花完他的百万财富。

帮头儿又说道：

"赶快给这漏船减重！"

他们在风暴中，就把几只箱子固定在甲板上，现在还依然拴在桅杆断桩上。他们解开绳索，翻滚着箱子，从船舷一个豁口推进海中。有一口箱子是那个巴斯克女人的，她不由得哀叹：

"噢！我那件镶红里子的新披风啊！噢！我那可怜的桦树皮花边的袜子啊！噢！我的银耳坠啊，还要等圣母玛利亚月戴着去做弥撒呢！"

甲板清理干净了，还有船舱。舱里的东西堆得满满当当。我们还记得，那里装着旅客的行李和船员的货包。

他们搬出行李，将这些重负从船舷豁口统统抛进海中。

接着又搬出货包，也全推进海里。

舱里的东西终于搬空了。无论灯笼、桅杆配件、酒桶、口袋、大木桶和饮水桶，还是盛着菜汤的大锅，全部丢进海里。

已经熄了火的铁炉子，他们也拧掉螺帽拆下来，抬上甲板，拖到船舷豁口，推下船去了。

只要能从护板上卸下来的东西，加强肋骨、桅侧支索、破损的帆缆索具，也全都投进水里。

帮头儿举着火把，还不时地照照漆在船头外侧的水位标尺，看看船沉下去多少。

第十八章　终极之法

破船减负，也就稍微减缓了下沉的速度，但是仍然继续下沉。

处境彻底绝望，无计可施，连权宜之计都没有了。就是迫不得已的办法也全用尽了。

“还有什么东西可以丢进海里吗？”帮头儿又嚷道。

这时，没人再想的博士，却从船舱盖布的一角下钻出来，说道：

“有哇！”

“什么呀？”帮头儿又问道。

博士回答：

“我们的罪孽。”

大家都打个寒战，齐声嚷道：

“阿门。”

博士脸色苍白，挺立在那里，举起一根手指直指苍天，说道：

“跪下！”

大家身子都摇晃起来，身子摇晃是下跪的先兆。

博士继续说道：

“将我们的罪孽丢弃海里吧。罪孽沉重地压在我们身上，这正是船下沉的主因。我们已经没救了，那就想想怎么拯救灵魂吧。此刻听我讲话的罪人啊，尤其最后一桩罪行将我们压垮：这桩罪行是我们刚才犯下的，说得更确切些，是由我们最终完成。背负着杀人的动机，还敢闯深渊，这真是放肆地亵渎神灵。对一个孩子犯罪，就是对上帝犯罪。我知道乘船离开是迫不得已，但是必然要遭灭顶之灾。大风暴,受到我们行为投下的阴影的警示,就赶来了。这样很好。况且,你们也不必有什么遗憾。离我们不远,就在这片黑暗中,便是沃维尔沙滩和拉乌格角。那是法国疆界。我们只可能有一个避难所,就是西班牙。对我们来说,法国的危险性并不亚于英国。我们即使能逃脱海难,也是走到绞刑架下。我们没有别的出路:不是淹死就是绞死。这是上帝为我们作出的选择。我们要感谢上帝。上帝赐给我们能洗涤罪孽的坟墓。弟兄们,面前的结局不可避免。你们想一想,登船那会儿,正是我们极尽可能,将一个人,将那个孩子送上天,而此刻,就在我讲话的时候,我们的头顶也许有一颗灵魂,对着注视我们的审判者控告我们。我们要充分利用缓刑的这点时间。如果还有可能,我们就应该尽最大努力,弥补我们所作的恶。假如那孩子幸免于难,那我们就去帮他;假如孩子死了,那我们就争取他的宽恕。我们卸下身上沉重的罪孽吧。我们卸下良心上的这一重负吧。要争取,不让我们的灵魂在上帝面前沉入深渊,因为,那才是可怕的海难。肉体要喂鱼,灵魂投向魔鬼。你们要可怜自己。听我的话,跪下吧。忏悔,就是不会沉没的船只。你们没有罗盘了吗?错了。你们还有祈祷。"

这群恶狼变成了绵羊。这种转变,在惶恐不安中就可能实现。老虎也有舔耶稣受难十字架的时候。一旦幽暗之门微微开启,相信上帝固然困难,但是不相信则不可能。人们对宗教所作的各种描述,无论多么不完善,而信仰即使还未成形,信条的轮廓即使毫不吻合憧憬的永生,人临近大限的时刻,心灵总会感到战栗。开始隐约看见死后的情景,这就给临终增添了压力。

临终就是一种期限。在这种弥留的时刻,人就会感到自身的责任在扩散。今世的经历使来世变得复杂了。从前的经历又卷土重来,掺进了未来。已知变成深渊,也同未知一样;而这两个无底深渊,彼此交相辉映,一个里面有本人的过错,另一个里面则有他

的期待。正是两个深渊的这种混淆,令临终的人心惊恐万状。

他们求生的希望,已经完全耗尽了。因此,他们转向另一面。他们只剩下这幽冥中的机会了。他们领悟了这一点。这是一道阴森而炫目的闪光,随即重又陷入惶怖。人在弥留中所领悟的,类似在闪电中看到的景象。一切,然后空无。只一见,再也无所见。人死后，眼睛会重新睁开，弥留时见到的闪电，将会变成一颗太阳。

他们纷纷冲博士嚷道：

“你！就是你！现在只有你了。我们都听你的。该怎么办啊？你就说吧。”

博士回答：

“必须跨越未知的深渊，跨越坟墓，抵达生命的彼岸。本人所了解的事物要比诸位多，因而我所冒的风险，也比诸位大得多。你们让负载最重的人选择通过深渊的桥，这样做就对了。”

他又补充一句：

“知识是良知的重负。”

接着，他又问道：

“我们还剩下多少时间？”

迦尔德真看了看水位标尺，答道：

“还有一刻多钟。”

“好吧。”博士应了一声。

博士臂肘依着的船舱矮篷，正好可以当作书案。他从兜里掏出墨水瓶和羽毛笔，又从皮夹里取出一张羊皮纸。就在几小时前，他在那张羊皮纸背面，歪歪斜斜而又密密麻麻写了二十来行字。

“拿火把来。”博士说道。

大雪赛似飞瀑，已将火把一支一支扑灭，仅剩下一支还在燃烧。阿维-玛利亚拔下火把，高举着站在博士身旁。

博士又将皮夹收回口袋里，再将笔和墨水瓶放到舱篷上，又展开羊皮纸，说道：

“大家听着。”

于是，这位身处汪洋大海中的博士，站在坟墓颤动的盖板一般逐渐下沉的破船上，开始宣读严肃写就的短文：黑暗的天宇仿佛都在聆听。他周围这些被定了罪的人，全都垂下了头，而他的面孔，在火把的光照下,显得更加苍白了。博士念的短文是用英文写的。听众的目光时而流露出哀恳的神色,似乎要求解释一下,博士便停一停,把刚才念的一段,再用法语,或者西班牙语、巴斯克语、意大利语再讲一遍。黑暗中听得见歔欷饮泣,以及捶胸的沉闷声音。破船还继续下沉。

博士宣读完毕,就将羊皮纸平摊在舱篷上,提笔在羊皮纸下方空白处签上名字:

杰纳杜斯·杰斯特门德博士。

然后,他回过身,对其他人说:

“都过来签字吧。”

那个巴斯克女人走上前,接过笔,署上名字:**阿顺雄。**

她把笔交给那个爱尔兰女人。爱尔兰女人不识字,便画上一个十字。

博士则在十字旁边填写上:

巴巴拉·菲摩侬,埃布德群岛提里夫岛人。

接着,他又把笔递给帮头儿。

帮头儿接过笔,签上:**盖兹道拉**,首领。

热那亚人则在帮头儿的名字下方签上:**吉安吉拉特**。

朗格多克人则签上:**雅克·卡图尔兹**,号称纳尔榜人。

普罗旺斯人也签上:**吕克-皮埃尔·卡普加鲁普**,马翁的苦役犯。

在这些签名的下方,博士又附记这样一笔:

“三名船员,其中船老大被大海巨浪卷走,余下两名签字如下。”

两名水手在这附记下方签了名。山北麓巴斯克人签为:**迦尔德真**。山南麓巴斯克人签为:**阿维-玛利亚**,窃贼。

接着,博士唤道:

“卡普加鲁普。”

“到。”普罗旺斯人回答。

“哈德夸诺恩的酒壶还在吗?”

“还在。”

“给我吧。”

卡普加鲁普喝干最后一口烧酒,把壶递给博士。

舱里的海水越灌越满,破船也越来越没入海水中。船体倾斜一侧的甲板边缘已被薄薄一层海水覆盖,而这层海水还不断侵蚀扩大。

大家都集中在甲板脊弧线上。

博士把签名凑近火把烘干,然后叠起羊皮纸,折成很小尺寸,从壶嘴塞进壶中。

博士又喊道:

“塞子。”

“我不知道扔哪儿了。”卡普加鲁普回答。

“这儿有一截绳索。”雅克·卡图尔兹说道。

博士用绳子塞住壶嘴,又说道:

“沥青。”

迦尔德真走到船头,用废麻熄火罩捂住柏油照明灯,待火苗慢慢熄灭,他就将照明灯从艏柱上取下,拿给了博士。灯碗的炮弹壳里还有半下滚烫的沥青。

博士将壶嘴往沥青里蘸了一下,便拿了出来。这样,装有众人签名的羊皮纸的酒壶,就用化了的沥青封了口。

“好了。”博士说道。

这时,每人都用不同的语言,结结巴巴从嘴里发出含混的声音,仿佛从墓穴里发出的惨叫。

“但愿如此!”

"我有罪!"①

"但愿如此!"②

"就这样吧!"③

"阿门!"

这些话犹如发自巴别塔的悲声,散落在黑暗的空间,遭到不愿倾听的苍天可怕的拒绝。

博士转过身去,背向他那些罪孽深重的难友,往船舷走了几步。他到了破船边缘,便凝望无限,语气深沉地说道:

"你在我身边吗?"④

他似乎在对一个幽灵说话。

船还在下沉。

众人在博士身后,都陷入沉思。祈祷是一种神力。他们并没有弯下腰,而是屈服了。他们的忏悔有不由自主的成分,而他们的颓丧之态,好似无风的船帆垂落下来。这群惶恐不安的人,有的合拢手掌,有的垂下额头,渐渐摆出不同的,但是屈从的姿态,在绝望中信仰了上帝。这些罪恶的嘴脸上,隐约映现一种反光:那令人肃然起敬的反光难以名状,仿佛来自深渊。

博士反身又朝他们走来。不管他过去如何,这老人面对结局,却表现出其高大来。周围无边的渊默令他忧虑,但不足以令他惊慌失措。此公一向处变不惊。他那样沉着令人敬服。他的脸上显示出被理解的上帝的威严。

这个在冥思的老强盗,在不知不觉中倒有了大主教的神态。

他说道:

---

① 原文为拉丁文,引自《悔罪经》。

② 原文为西班牙文。

③ 原文为罗曼土语。

④ 原文为德文。

“大家都注意。”

他凝望了片刻茫茫的天宇，又补充一句：

“现在，我们就要死去。”

说着，他就从阿维-玛利亚手中拿过火把，晃了一晃。

一团火焰脱离火把，飞进黑夜。

博士将火把投进大海。

火把熄灭。一点光亮都没有了，只剩下无边的未知的幽冥。真好像封起来的坟墓。

在这片黑暗中，忽听博士说道：

“我们祈祷吧。”

他们全跪下去了。

膝下已经不是雪，而是海水了。

他们只剩下几分钟了。

唯独博士依然站立。

大雪纷飞，落到他身上：他浑身挂满白色泪珠，由黑暗的背景衬出了身影，看上去就像一尊立在黑暗中说话的雕像。

博士划了个十字，这时他脚下不易觉察地开始摇晃，表明破船即刻就要沉没。

博士说道：

“Pater noster qui es in caelis.”①

普罗旺斯人用法语重复这句话。

“我等在天之父。”

爱尔兰女人则用威尔士语重说一遍，好让巴斯克女人听懂：

“Ar nathair ar neamh.”

博士继续说道：

---

① 博士所念的几句祷文均为拉丁文。

"Sanctificetur nomen tuum."

"但愿您的名字上达天听。"普罗旺斯人说道。

"Naomhthar hainm."爱尔兰女人用威尔士语重复。

"Adveniat regnum tuum."博士继续说道。

"但愿你莅临统治。"普罗旺斯人重复道。

"Tigeadh do rioghachd."爱尔兰女人又用威尔士语重复。

海水已经漫到跪着的这些人肩头。博士接着说道:

"Fiat voluntas tua."

"但愿您的意志得以遵从。"普罗旺斯人讷讷地重复道。

爱尔兰女人和巴斯克女人则高声叫出来:

"Deuntar do thoil ar an Hhalàmb!"

"Sicut in caelo, et in terra."[①]博士又说道。

没有人应声了。

他低下头,只见所有人的脑袋都没入水中,无一人站起来。他们是跪着让海水淹没。

博士伸出右手,拿起搁在舱篷上的酒壶,高高举过头顶。

破船还在下沉。

博士在沉没过程中,还喃喃念这段祷文。

他上半身还露出水面,不大工夫,就只露出一个脑袋,继而,就只剩下举着酒壶的胳臂,仿佛要把那酒壶出示给无限。

那胳臂也消失了。深邃的大海仿佛一大桶油,并没有漾起波纹。雪花还不断纷飞飘落。

海面上漂浮着什么东西,随着水流漂入黑暗,正是由柳条套托着的、用沥青封口的那只酒壶。

---

① 拉丁文,意为"无论在大地还是天上"。

VIERGE

第三卷　黑暗中的孩子

第一章　棋盘坨

陆地风暴之猛烈不亚于海上。

在那个被遗弃的孩子四周，大雪暴也同样肆虐。在这些盲目的力量无意识的大发雷霆中，弱者和无辜者就只能听天由命。黑暗并不区别对待，万物也绝非如我们想象的那样宽容。

陆地上风很小：寒冷不知为何凝滞不动。没有夹杂一粒冰雹。大雪密集地倾泻下来，十分骇人。

如果下冰雹，那就是打击，惊扰，伤害，而且震耳欲聋，将人击垮。而大雪犹有过之。雪花柔软而无情，悄悄地发挥作用。雪花一碰到人便融化，纯洁得像伪君子装出的天真。正是这种洁白的东西慢慢积聚，雪团才化为雪崩，欺骗才进而犯罪。

孩子在迷雾中一直往前行走。迷雾是一种软障碍，危险概源于此；雾退开又合围，同雪一样处处隐伏着危险。就在危机四伏中，那个孩子，一个奇特的斗士，终于下到坡底，进入棋盘坨。他并不知道置身于一条地岬上，两侧都是海洋。在大雾弥漫、漫天大雪

的黑夜，稍一走错路，就会跌下去，右边要掉进水深的海湾，左边要掉进大浪滔天的外海。孩子径直往前走，不知道正走在两个深渊之间。

波特兰地岬，当年特别陡峭险峻，不过，那时的地势，如今已荡然无存了。自从有人打上波特兰岩石的主意，要烧成普通水泥，经过大量开采，波特兰地岬也就面目全非了。我们到那里，还能看到里阿斯统石灰岩、片岩以及从层层砾岩突出来，如同露出牙龈的巨齿般的火成岩。然而，所有那些突兀林立的石柱，当年因栖止秃鹫而显得丑陋，全被尖镐凿断刨平了。贼鸥相聚的岩顶也没有了，而那些贼鸥活似嫉妒者，专爱用粪便玷污峰巅。再放眼搜寻，也找不见高高耸立的独石柱了:那独石柱名为戈多芬,是威尔士语的一个古词,意为“白鹰”。在这种如海绵般多孔洞的地表,夏天还能采撷到迷迭香、除蚤薄荷、野海索、能用来泡有活血功效的酒的海茴香,以及生长在沙地能用来编席的多节草。可是,再也拾不到灰琥珀、黑锡矿岩,也拾不到有绿色、蓝色和鼠尾草色等三种颜色的板岩了。当年出没的狐狸、獾、獭、貂等,全都销声匿迹了。波特兰那时同科努瓦耶地角一样,绝壁上曾有岩羚羊,现在也已绝迹。在一些水深的海域,还能捕到鲽鱼和鲱鱼一类的小海鱼,但是受了惊吓的鲑鱼,在圣米歇尔节至圣诞节期间,再也不游到韦河湾产卵了。再也见不到伊丽莎白时代那种不知名的鸟,大如雄鹰,能一下啄开苹果,只吃里面的核儿。再也见不到那种英文名称为 cornish chough,拉丁文名称为 pyrrocorax 的黄嘴乌鸦了:那种鸟爱搞恶作剧,有时叼来燃烧的树枝,扔到茅草房顶上。还有一种神神叨叨的海燕,现在也不见了:当年它们定时从苏格兰群岛飞来,从喙里甩出油汁,岛民就收集那种油点灯。还有一种传奇动物也不见了:从前傍晚退潮时,在细流中就能看到,长着猪爪,发出小牛似的叫声。潮水再也不会把耳朵卷曲、尖尖嘴巴长着胡须、靠着无指甲的爪子爬行的海豹冲上沙滩。波特兰变得让人认不出来了,这里没有树林,固然从来就没有夜莺,可是连鹰隼,连天鹅与海鹅都飞走了。波特兰现在饲养的绵羊,肉肥毛细;而在两百年前,稀稀落落的羊啃着盐碱地长的草,个头儿很小,肉老得嚼不动,毛也粗细不匀,就像从前凯尔特人的羊群。那些凯尔特牧羊人爱吃大蒜,能活到百岁,他们使用三四尺长的弓,隔着半英里放箭能射穿铠甲。不毛之地,产粗羊毛。棋盘坨已今非昔比,既经受人的翻腾,又遭受索灵群岛①刮来的狂风,一直侵蚀到岩石。

① 索灵群岛:今称锡利群岛,隶属于英国。

这狭长的半岛上，如今铺了一条铁路，一直通到建了许多新房子的漂亮棋盘，名叫切瑟尔顿，那里有个“波特兰站”。列车就在海豹曾爬过的地方行驶。

两百年前，波特兰地岬是一块驴背形状的沙丘，中间隆起的脊椎骨则是岩石。

孩子面临的危险改变了形式。下坡时，他是担心从峭壁滚下去；可是到了地岬，就是一不小心就掉进洞里。刚才要对付悬崖峭壁，现在要小心流沙陷坑。海边处处是陷阱。岩石溜滑，沙滩流动。下脚的地方就可能陷下去。仿佛是在玻璃上，可能会突然破裂，人掉进裂缝就消失了。海洋也像装置机关的舞台，底下还有几层。

长长的花岗岩脊，两侧是陡坡，这样的地岬很难驻足，很难找到排戏的行话所说的活动门窗。人到这里，别指望得到海洋的礼遇，无论岩石还是浪涛，都不会客气：海洋只考虑鸟和鱼。地岬往往寸草不生，怪石嶙峋。波涛从两面夹攻，不断侵袭，将地岬剥蚀成最单调的形态。到处都是刀砍斧削的突岩、石脊、锯齿状的岩石、破衣烂衫似的撕裂的石层、鲨鱼尖牙林立般的齿岩、容易滑倒摔伤的潮湿的苔藓地、一直倾泻到波涛中的岩石流。要穿越地岬的人，每走一步，都会碰到奇形怪状的岩石，有的大如房屋，形状如胫骨、肩胛骨、腿骨，简直就是丑陋不堪的岩石骨骼标本。海边岩石的这种条痕称为肋骨，也不是毫无道理的。步行者要使出浑身解数，才可能走出这种乱石岗。即使从巨兽的骨架中间穿行，其艰难也不过如此。

可以设想，是一个孩子在完成这种赫丘利[①]的差使。

那也总得是在白天，而现在是黑夜；那也总得有个向导，而他却踽踽独行。就是一条汉子浑身是力也不嫌多，何况他一个孩子，身单力薄。没有向导，有条小路也好啊，然而根本就没有路。

他本能地避开尖利的岩石地带，尽可能沿着海滩行走。也正是在海滩，他要碰到陷坑。前面陷坑越来越多，有三种形式：水坑、雪坑、沙坑。沙坑最可怕，掉进去就要被埋葬。

知道身临险境，自然要惊慌；身临险境而不知，则更可怕了。这孩子在同未知的危险搏斗。他摸索着行走之处，很可能就是坟墓。

他毫不犹豫，时而绕过岩石，时而避开裂缝儿，猜出哪儿有陷阱。他不得不左拐右拐，躲避障碍物，但总归还是往前走。他不能勇往直前，不过脚步却很坚定。

---

① 赫丘利：罗马神话中人物，即希腊神话中的赫拉克勒斯。他完成许多英雄业绩。

如有必要，他也会毅然退回去。他总能及时抽身，避免掉进可怕的流沙陷阱。他不时抖掉身上的雪。他也不止一次走进没膝深的水中，破衣衫浸湿了，一从水里出来，就被冬夜的严寒冻成了冰。他只好穿着这身板硬的衣服匆匆赶路。然而，他还是鬼机灵，这身水手服靠胸脯的部位，总保持干干而暖暖的。

他还一直饥肠辘辘。

闯入这种险恶的地带，什么事都难预料，可能发生各种情况，甚至安然地走出去。看不见出路在哪里，但是找得到。这孩子被令人窒息的飞旋的大雪紧紧裹住，迷失在这狭窄的岩脊上，两侧便是张着大口的惊涛骇浪，什么也看不见，他是如何穿过这个地岬的，恐怕连他自己也说不清楚。简单说来，他一路脚下总是打滑，匍匐着攀登，滚倒再起来，不断探索，一直往前走，坚持到底。这是所有成功的秘诀。走了将近一小时，他感到地势又升高，原来他走出了棋盘坨，抵达另一端，踏上坚实的土地。

如今连接桑德福特-卡斯和斯莫尔茅斯-桑特的那座大桥，那时候还不存在。他在摸索中，很可能随机应变，重又上坡，一直走到威克雷吉斯对面，那里有一长条沙地半岛，正是穿越东弗利特的天然堤道。他逃出了地岬，但是，他重又面对风暴、寒冬和黑夜。

眼前重又展开黑黝黝无际的平原。他瞧着地面，想找一条路径。

忽然，他俯下身去。

他发现雪地上好像有什么痕迹。

仔细一瞧，果然是留下的踪迹，是一个脚印。足迹印在白雪上，十分明显。他再审视，看出这是只光脚印，比男子汉的脚要小，比孩子的脚要大。很可能是个女人的脚印。

这个脚印前面又有一个脚印，再往前还有一个，脚印一个接一个，间隔一步远，向右侧的平原延伸。这还是新踩出的脚印，覆盖了薄薄一层雪。一位女子刚从这里走过。

那女子前往的方向，正是孩子看到的冒烟的地方。

孩子两眼盯住脚印，开始循着脚印走去。

第二章 雪的效果

孩子沿着足迹走了一段时间。可惜足迹越来越不清晰。此刻雪下得非常密集，大得可怕。也正是此刻，那只独桅船在这同一场大雪中，逐渐在大海上沉没。

孩子同那只船一样，大难临头，只是境况不同：前面是重重黑暗，他又孤立无援；只能紧紧追随这行脚印，当作走出迷宫的导引线。

然而，足迹也突然消失了，不知是终于被大雪覆盖，还是有别种缘故。地面又重新变得一抹平，光秃秃的没有一点印痕，也没有一点线索了。大地完全铺上一条雪白的毯子，天空也完全拉上一道黑幕。

那过路的女子仿佛飞走了。

孩子走投无路，弯着腰寻找踪迹。

他刚直起身子，忽然恍若听见有什么声音，细微难辨，甚至拿不准是否真的听见了。似乎是一种声音、一种气息，或许是某种幻影。印象中倒像人声，不像动物鸣叫，但又不像活人，倒像鬼魅发出来的。那确为声音，但又是梦境。

他四下张望，什么也没有看到。

眼前一片荒寂，赤裸裸的灰白色。

他侧耳细听，刚以为听见的声音却消失了。或许他压根就什么也没有听到。他又听了听，还是一片死寂。

他在这弥漫的迷雾中，产生了幻觉。他继续往前走。

再也没有足迹引路，他就信步走去。

刚走出几步，那声音又响了。这一次再也无可怀疑。那是近乎呜咽的呻吟。

他回过身，游目观望黑夜的平野，什么也没有看到。

那声音又响起来了。

未受洗礼就死去的婴儿，灵魂到了地狱边缘，如果还能呼叫，大概就发出这种声音。

再也没有什么比这声音更有穿透力，更令人心碎，更细微，如鬼魅的气息了。还是人声而非动物，还是从墓穴中发出而非活人。然而，这声音听来几乎无意识，仿佛一种痛苦在呼唤，但是又不自知痛苦，又不自知在呼唤。这叫声，也许是降生的第一口呼吸，也许是离世的最后一声叹息，介乎结束生命的咽气和开启生命的呱啼之间。既是呼吸，又在窒息，是在哭啼。隐隐的哀恳，在冥冥之中。

孩子凝神到处搜寻，远近上下，幽邃深处搜寻个遍，还是不见一个人，还是不见一点踪影。

他侧耳谛听，还听得见这声音，听得真真切切了，有点像一只羊羔的咩咩叫声。

于是他害怕了，想到逃离。

呻吟之声重又响起来。这已是第四次了，听来异常凄惨而哀怜，让人感到这最后的努力，与其说是自觉的，不如说是自发的，此后这叫声很可能就寂灭了。这是垂死的呼唤，本能地发向垂悬在空间的各种救援；这是难以名状的临终讷语，寄予可能存在的天主。孩子朝着发声的方向走去。

他始终没有看见什么。

他还一直往前搜寻。

呻吟声还持续不断。刚才听着含混不清，现在变得清晰，几乎有点响度了。孩子走到近前，可是声音在哪儿呢？

哀怨之声就在身边。悠悠的哀怨从他身边飘过。他所遇到的，是飘浮在冥冥之中的人的呻吟。至少这是他的印象，十分朦胧，犹如他迷失其中的浓雾。

一种本能催促他逃开，另一种本能要求他留下，正在犹豫之间，他忽然发现就在他脚下几步远的雪中，有一个人体大小的隆起形状，长长而窄窄的，只从地面高出一点点，好似小小的坟头，就像一座白色公墓中的坟茔。

与此同时，那声音又叫起来。

是从积雪下传出来的。

孩子弯下腰，蹲到这隆起形状跟前，双手开始扒开覆盖的雪。

他扒开积雪，看出下面显现一个形体，在他手下刚扒开的雪坑里，露出一张惨白的脸。

呼叫出声的绝不是这张面孔：双眼紧闭，张开的嘴灌满了雪。

这张脸一动不动，孩子的手触碰上去也未动弹一下。孩子冻伤的手触碰到这张冰冷的脸，不禁打了个寒战。这是一个女人的脑袋，头发散乱，沾满了雪。这女人已经死了。

孩子又继续扒雪，只见死去女人的脖子露出来，继而露出上半身，看得到破衣烂衫难以遮蔽的肌肤。

孩子在摸索中，忽然感到一种轻微的蠕动。这是埋在里面的很小的东西在动弹。孩子急忙拂掉上面的雪，发现一个可怜的小身子，十分羸弱，浑身冻得紫青，但是还活着，赤裸着趴在死者赤裸的胸口上。

这是一个女婴。

本来是包在襁褓里，但是做襁褓的破布不够大，婴儿挣扎着爬了出来。可怜的女婴，瘦弱的四肢和气息还让上下的雪融化了一点儿。做奶妈的见了她，会说有五六个月大，而她可能有一周岁了。因为婴儿在贫困中，发育会令人痛心地大打折扣，有时甚至会患上佝偻病。她的脸一露出来，便叫了一声，是她求救哀吟的继续。母亲只有深度死亡，才听不见孩子的这声哀号。

男孩将女婴抱在怀里。

僵硬的母亲形容阴森可怖，那张面孔散发出鬼气。大大张开而没有气息的嘴，似乎开始用含混不清的鬼语，回答在冥间向死者提出的问题。冰封雪覆的平川，在那张脸上映现惨淡的反光，能让人看出那头棕发下，有一副年轻的额头，紧锁的眉宇间几乎凝结着幽怨，还有收紧的鼻孔、闭合的眼睑、结霜的睫毛、从眼角到嘴角那道深深的泪纹。白雪映照着死去的女人。寒冬和坟墓并行不悖。尸体便是结成冰的人。赤裸的乳房令人不胜悲悯。双乳已经尽职尽责，带有丧失生命者曾给予生命所留下的崇高的凋谢：母亲的尊严取代了处女的纯贞。一个乳头上还挂着一颗洁白的珍珠，这是一滴冻结成冰的乳汁。

我们即刻就说明一下情况。就在这男孩迷路也随之踏上的平川，不久前有一个女乞丐经过，她边走边给乳儿喂奶，想寻找躲避风雪之所，结果迷了路，浑身冻僵而倒在雪暴中，再也未能爬起来。她被大雪覆盖，但还是尽力将女儿紧紧搂在胸口，咽下了最后一口气。

女婴曾试图吮吸这大理石般的乳房。

可悲的信赖乃天性使然，一位母亲甚至在咽气之后，似乎还能最后一次给孩子喂奶。

然而，孩子的嘴却未能找到乳房，而那滴乳汁被死神窃取，冻成冰珠挂在乳头。婴儿习惯于摇篮而不适应坟墓，在积雪下就号叫起来。

遭遗弃的小男孩，听见了女婴的呼叫。

他将女婴从坟墓里扒出来。

他将女婴搂在怀里。

女婴感到被人抱在怀里，就不再叫了。两个孩子的脸贴在一起，而女婴发紫的嘴唇凑近男孩的脸蛋，仿佛在找母乳。

这时候，女婴的血液快要凝结，心脏也快要停止跳动了。母亲已将自身的死亡传给她几分；尸体也会沟通，传递一种逐渐的冷却。女婴的双脚、双手、胳膊、膝盖都好像冻麻木了。男孩感到这小身子袭人的寒气。

他身上还有一件暖和的干衣服，即他那件水手服。他将女婴放到死者的胸脯上，脱下这件外套，将小女孩包起来，然后又抱起小女孩，而他现在几乎光着膀子，顶着北风劲吹的大雪，搂着女婴重又赶路。

小女孩重又找到男孩的脸蛋，嘴贴在上面，而且浑身暖和过来，便睡着了。

这是这两颗小灵魂在黑暗中的初吻。

母亲仰天躺在雪地里，面向黑夜。不过，在小男孩脱下衣服，将女婴裹起来时，这位母亲在冥冥中也许看到了。

第三章　痛苦之路总怕添负担

那只独桅船将男孩遗弃在岸上，驶离波特兰海湾已有四个多小时了。在这么长时间里，男孩一直往前走，也许他就要进入人类社会了，却只遇到三个人：一个男人、一个女人和一个孩子。一个男人，就是住在山冈上的那个男人；一个女人，就是躺在雪地上的那个女人；一个孩子，就是他抱在怀里的女婴。

他又饿又累，已经精疲力竭了。

他少了几分力量，多了一份负担，却以前所未有的决心往前行进。

现在，他身上差不多没有衣裳了，只剩下破布条，还冻得硬邦邦的，像玻璃一样划破他的皮肤。他身子越来越冰凉，而另一个孩子却越来越暖和。他失去的并没有丧失，是小女孩得到了。他注意到对可怜的女婴来说，这股热气就是生命的复苏。他继续往前走。

他紧紧抱住婴儿，还不时弯下腰，抓一把雪搓搓脚，以免冻僵了。

有时，他觉得喉咙火烧火燎，便往嘴里塞点雪，咂一咂，这样虽能一时解解干渴，却又将干渴激变成烧热。一种恶化的缓解。

雪暴特别猛烈，已经肆无忌惮了。如果有可能发生大洪水似的雪灾，那么这就是一场。这场雪暴既蹂躏沿岸地带，也搅动着海洋。大概正是这一时刻，遇难的独桅船在同礁石群的搏斗中，开始解体了。

他迎着狂风暴雪，一直朝东走，穿越广阔的雪原。

他不知道现在是什么时刻。很久没有见到人烟了。这种标志在黑夜里消失得很快；况且，现在早已过了熄火的时间。总之，也许他搞错了，他往前的方向，很可能根本就没有城镇，也没有村庄。

心中疑虑重重，他仍坚持前行。

有两三次，小女孩叫起来。于是他边走边摇一摇，小女孩便平静下来，不再出声了：她终于睡着了，而且睡得很香甜。男孩瑟瑟发抖，却感到她的温暖。

他不时将女婴脖子周围的衣裳掖严，免得雪花从缝隙中钻进去，融化了流到她身上。

平野起伏不平，在窝风的低洼地段，就积了厚厚的雪。他个头儿小，几乎全身都陷进去，要穿过齐腰深的积雪，用膝盖把雪顶开往前走。

穿越谷地之后，又登上小丘。丘上北风扫荡，积雪极薄，他踏上去却是薄冰。

小女孩暖暖的气息吹拂他的脸颊，一时给他些暖意，可是水汽受阻，便在他头发上凝结成冰凌。

他心里十分清楚，有一种情况后果不堪设想：他不能再跌倒，觉得一跌倒就爬不起来了。他疲惫到极点，死亡的沉重阴影，很可能像对付那个咽气的女人那样，也把他击倒在地，而冰冻又会活活把他焊在地上。此前，他曾冲下悬崖陡坡，而且安然无恙；他还跌跌撞撞，穿过了布满隐坑的地带。但是从现在起，只要一跌倒就没命了。一失足就要跌进坟墓。绝不能滑倒，他连跪起来的力气都没有了。

然而，地面到处都溜滑，到处都有一层薄冰和坚硬的积雪。

他又抱着个婴儿，走路艰难到了极点。他已精疲力竭，这一负

担本来就过重，又何止是负担，简直就是大累赘。婴儿占住了他两只手臂，而在冰上行走的人，两只手臂就是必不可少的天然平衡棒。

他只好不用这平衡棒了。

他还得照样往前走，在这重负之下不知会有什么结果。

这女婴好似一滴水，一下就使满怀的苦水溢出。

他往前走，一步一摇晃，仿佛走跳板，完成一个个无人见过的平衡奇迹。

不过，我们再说一遍，也许在幽邃的黑暗中，有睁大的眼睛注视着这一痛苦的旅程，那是婴儿母亲和上帝的眼睛。

他摇摇晃晃，踉踉跄跄，重又稳住脚步，还要保护好孩子，重新把她包裹好，蒙上头，然后又踉踉跄跄，脚下打滑，紧接着又站稳，但他一直在前进。狂风还卑劣地推搡他。

他很可能走了不少冤枉路。他走过的这片原野，很可能就是后来建起宾克利弗农场的地方，坐落在今天所谓的春园和名人堂之间。当年的荒原如今成为庄园和小别墅。一片荒原变为城市，往往不用一百年。

刮得他睁不开眼睛的凛冽狂风，突然停止了，他瞧见前边不远处，由白雪鲜明凸出的山墙和烟囱，同一幅风景画正相反，是在黑色的天际上用白色画出的一座城镇，如同今天所说的照相底片。

屋顶，人家，投宿的地方！还真有这种地方！有了希望，他感到欢欣鼓舞，那心情难以描摹。一只迷航船舶的瞭望水手高喊："陆地！"就是这种激动的心情。他加快了步子。

他终于碰到人了。他就要见到活人了。再也无须担心了。他心中顿时产生一种温暖，即安全感。艰险的旅程，他终于走到头。从此再也没有黑夜，没有寒冬，没有风暴了。他就觉得在不幸中可能遭受的一切，现在都已过去了。女婴也不再是一种负担。他几乎跑起来。

他目光盯住那屋顶。那便是活命。他盯着屋顶目不转睛。死者大概就是通过坟墓顶盖的缝隙，这样注视向他显现的景象吧。他先前望见的炊烟，就是从这些烟囱冒出的。

现在则没有一缕炊烟。

他很快就走到这些人家。他来到城郊的一条宽阔的街道。当时，街道设的关卡，到夜晚就弃置不用了。

街头有两座房子，都没有烛光，也没有灯火，整条街也如此，而且举目望去，整个城镇也黑灯瞎火。

右侧的房子简直就是一座棚子，简陋到了极点：干草裹泥垒的墙壁，茅草盖的房顶，墙矮草顶大。墙脚长出一棵荨麻，已经够着房檐儿了。这间破房只有一扇门，跟猫洞差不多，只有一扇窗户，也类似老虎天窗。门窗都紧闭。屋旁有个猪圈，圈里有猪，表明屋里住着人。

左侧的房子又高又大，全部由石头砌成，上面盖着青石瓦。也

同样门窗紧闭。正是豪宅对着陋舍。

男孩没有犹豫，他走向高大的房子。

厚实的双扉橡木门，刻有凹凸方格图案，铆着大铁钉，一看便知门里安装了粗大的门闩和铁锁。门上挂着个叩门铁锤。

他相当吃力地拿起门锤，因为他的手冻僵了，就跟伤残了似的。他敲了一下。

屋里没人应声。

他又敲了第二次，连敲两下。

屋里仍然毫无动静。

他再敲第三次。还是毫无反应。

于是他明白人家睡下了,根本不想起来。

这时,他只好转身走向那间破房,从雪地上捡起一小块卵石,用卵石敲那扇低矮的门。

根本无人应声。

他又踮起脚,用小卵石叩气窗,不过轻轻地,怕震碎玻璃,但也颇用点力,好让屋里人听见。

屋里没有人声,也没有脚步响动,也根本不点亮烛光。

孩子心里想,人家也是不肯醒来。

豪宅和棚屋里的人,对不幸者都同样装聋作哑。

男孩决定再往前走,深入房子之间的隘道。只见这条黑洞洞的路向前延伸,不像进城的街道,倒像绝壁之间的峡谷。

第四章　别样荒漠

男孩走进的地方便是韦茅斯。

当年的韦茅斯，可不像如今这样气派，这样华美。旧韦茅斯可不像今天的韦茅斯。当时还没有无可挑剔的笔直的码头，还没有为纪念乔治三世而树立的雕像，建起的客栈。只因那时候，乔治三世还没有出世。基于同样原因，在绿色的东丘坡上，还没有采用铲去草皮、露出白垩层面的办法，构成一阿尔旁[①]长的白马图案，马尾对着这座城市，马背上则骑着国王，也是为了纪念乔治三世。按说，这些纪念物也算实至名归。乔治三世到了晚年，丧失了他青年时期从未有过的睿智，根本就不应当为他统治时期发生的灾难负责。他是清白的。为他建纪念雕像有何不可呢？

一百八十年前，韦茅斯不似这样整齐，如同一盘乱掷的游戏棒[②]。传说女神阿斯塔罗特[③]时常到大地散步，背着的褡裢里无所不有，甚至有安居乐业的好女人。从那只魔袋中掉出来许多木棚，显得乱七八糟，可以代表这个不成样子的韦茅斯的形象。当然，棚屋里有好女人。这种住房现在还有一个样板，即音乐之家。杂乱无章的木屋，布满雕刻图案，但也虫蛀斑斑，那是另一种雕刻艺术，奇形怪状的木屋，都摇摇欲坠，有的用柱子撑着，它们相互依靠，以

---

① 阿尔旁：旧时土地面积单位，1 阿尔旁等于 20 至 50 公亩。

② 游戏棒：玩者将小木棒或骨棒胡乱掷在桌面上，再用小钩一一取走，不能碰动相邻的棒。

③ 阿斯塔罗特：古代叙利亚人传说中的女神，类似近东地区传说的女神阿斯塔特。

免被海风刮倒。它们之间留下的空间极小，形成七扭八歪非常别扭的巷道，一到春汛秋汛期，街巷里和十字街头往往积水。一堆老奶奶辈的房子，聚在一座祖先辈的教堂四周，这就是当年的韦茅斯。韦茅斯就是古代诺曼底人的村庄，搁浅在英国的海滩。

当年的小酒馆，如今变成了大饭店，那时旅客如果进小酒馆，就不可能摆谱儿，吃油炸箬鳎鱼，喝二十五法郎一瓶的红葡萄酒，只好将就喝两苏钱的鱼汤。是清苦了点儿，不过鱼汤确实很好喝。

受遗弃的孩子抱着捡来的孩子，走过第一条街道，又走过第二条、第三条街道。他举目搜寻楼层、屋顶，看有没有透出灯火的窗户，但是每扇窗户都紧闭，都熄了灯。他还隔一会儿就敲敲门。无人应声。没有什么比暖和的被窝更能把人变得铁石心肠了。敲门声和推门的摇动，终于惊醒了女婴。他发觉了，因为他感到婴儿开始嘬他的脸蛋。女孩没有哭叫，以为还在母亲的怀里。

斯克兰桥当时还是田地多而房屋少，荆棘绿篱多而人家少，街巷错综复杂，男孩也许要转悠好久也转不出来，好在他及时拐进三圣学堂附近的一条过道。那条通道如今还存在，一直通向海滨：那里的码头有一道护墙，十分简陋，右侧则有一座桥。

那便是韦河桥，连接起韦茅斯和威克雷吉斯；而在桥洞下，海湾则与回水河相通。

韦茅斯当时还是个小村庄，坐落在港口城市梅尔康伯-雷吉斯的郊区；而如今，梅尔康伯-雷吉斯反而成了韦茅斯一个教区。村庄吞并了城市。这个过程，是通过一座桥梁完成的。桥梁是一种特殊的吮吸工具，能吸收人口，往往促使此岸居民区壮大，使对岸的街区人口锐减。

小男孩朝那座桥走去。当年那还是步行木桥，上面安有遮篷。他走过木桥。

有篷子遮护，桥面就没有落雪。男孩那双赤脚踏上干爽的木板，一时感到很舒服。

过了桥，他便来到梅尔康伯-雷吉斯。

街道两旁，石造的房舍比木屋多起来。它已不是乡镇，而是城市了。下了桥就进入一条相当漂亮的街道，叫圣托马斯街。男孩沿街走去，只见两侧都是石砌的高大山墙，还有不少店面。他又开始敲门，呼唤喊叫已经没有气力了。

同韦茅斯一样，梅尔康伯-雷吉斯也无人回应。房门都紧锁，窗户上了护窗板，如同眼睛合上眼睑。住户都采取了各种措施，谨防受人惊扰，打断好梦。

流浪的男孩感受到，这座沉睡的城市给了他难以形容的压力。这种陷于瘫痪的蚁穴一片沉寂，释出的气氛令人眩晕。沉睡伴随着噩梦，而群体的睡眠，就有一种梦幻的烟雾，从这些横躺竖卧的人体中飘逸出来。有的昏睡是脱离生命的可悲邻居；沉睡者的上方飘浮着解体的思想，是一种生与死相交混的气体，与空间大概也有思维的可能存在物相结合，从而交错杂糅。梦，这块云彩，将其厚重和透明，重叠在精神这颗星上。眼睑闭合，幻象取代视觉：在虚无缥缈的半空，从坟墓分解出来的憧憧阴影与形貌越聚越多。神秘的存在物乱纷纷的，通过睡眠这种死亡的边缘，同我们的生命相混杂。这是鬼魅和灵魂，在空中纠缠不清。一个人即使没有睡着，也会感到这种遍布阴森可怖生命的环境的压力。周围的虚幻、臆测的现实，总令人惴惴不安。醒着的人，要从别人睡梦中的幽灵之间穿过，他隐约感到在驱赶路过的形影，不免产生或者以为产生模糊的恐惧感，接触到看不见的敌对物，时刻都会遇到难以名状的东西，暗中冲撞他一下，随即便化为乌有。走在这梦影憧憧的夜境，就仿佛置身莽莽的森林。

这就是所谓莫名的恐惧。

这种恐惧，孩子感受的程度要超过成年人。

男孩同这阴森可怕的环境抗争，黑夜的惶怖，又因这些幽灵似的房屋而倍增。

他走进康尼卡小街，望见小街尽头的回水河，还以为是海洋。他弄不清大海在哪一边了，于是又原路退回，拐进左边的少女街，一直退回到圣阿尔班路。

他到这里就不加选择，见门便敲，狠命地敲门，竭尽了最后力气：敲门声狂乱无序，停顿之后猛又响起，几乎气急败坏。敲门的正是他狂乱的心跳。

有一个声音回应。

那是报时的钟声。

圣尼古拉教堂的古老钟楼，在他身后缓慢敲响凌晨三点钟。

随后，周围又重归一片沉寂。

居民竟然没有一个微微打开老虎窗看一眼，这不免令人惊诧。然而在一定程度上，这种缄默也情有可原。应当说明一点：1690 年 1 月，伦敦刚刚经历一场相当严重的瘟疫，住户都害怕收留患病的流浪汉，好客的热情在各地都大大降温了。就连稍稍打开窗户都不敢，唯恐呼吸了来人的瘴疠之气。

这孩子感到，世人的冰冷比黑夜的寒冷更可怕。这是一种有意识的冰冷。他一阵揪心，行走在荒无人烟的地方，还没有这样气馁，现在回到世人的生活圈子，他仍然孤立无援，惶惶的心情达到了极限。荒原冷漠无情，他完全理解；然而城市也如此冷酷，这就太过分了。

他刚才数了钟点，这种报时钟声越发令人沮丧。在某种境况中，没有什么比报时的钟声更叫人寒心了。这是一种漠然的声明。这是永恒在宣称：这与我何干！

他站住了。在这种伤心的时刻，他真不敢肯定自己就没有产生过疑问，是不是干脆就地倒下，一死了之。

这工夫，小女孩的头枕在他肩上，又睡着了。这种懵懂的信赖，又促使他继续往前走。

周围全部崩塌了，他却感到还有个支撑点：责无旁贷。

无论这类想法还是这种境况，都超出了他这个年龄的孩子的头脑。他很可能并不理解，只是凭本能行动，就那么做了。

他朝约翰斯顿路方向走去。

他那已经不是在行走，而是一步步往前拖。

他抛下左侧的圣玛利街，钻进了曲里拐弯的小街巷，穿过弯弯肠似的街巷，出了夹在两幢破房之间的巷子口，便来到挺大的空场。空旷的场地，没有一点建筑，很可能就是今天这座切斯特菲尔德广场。到此就没有房舍了。向右边望去便是大海，左边也几乎不见这座城市的踪影了。

怎么办呢？前面又是田野。东面，那大片大片倾斜的雪地，表明这里是拉迪波尔的宽阔山坡。难道他还要继续走下去吗？还要往前走，回到荒无人烟的地方？或者再退回来，回到这些街道中？哑默的荒原和装聋的城市，进退唯有沉寂，他何去何从？究竟选择哪一边的拒绝呢？

既然有危险的主锚①，也应有求主的目光。陷于绝望的可怜孩子，就是向四周抛去这样的目光。

突然，他听见一种威胁的声音。

① 船在危险的关头才动用的锚，称为主锚。

第五章　厌世者有了子女

难以描摹的牙齿的声响，奇特而令人惊慌，从黑暗中一直传到他的耳畔。

足以令人退却，他却走上前。

实在耐不住冷寂的人，听见一声吼叫也是好的。

这声凶狠的吼叫，倒让他放下心来。这种威胁，就是一种希望。这里有个醒着的活物，哪怕是一头野兽。他朝发出牙齿声响的那边走去。

他拐过一个墙角，就在雪光和大海幽幽的反光中，他看到墙后面有什么东西，似乎还有遮盖。估计是一辆篷车，要不就是一座木棚，下面又安了轮子，那就是一辆车；车上有篷顶，也就成了住人的屋子。篷顶还捅出根管子，管子里冒出烟。烟里夹带着红火光，看样子里面的火烧得相当旺。后面有突起的铰链，表明有一扇门：门正中还开了一个方洞，透出车里的亮光。

小男孩走上前去。

牙齿发声的那个家伙感到他走过去。等他接近篷车时，威胁之声就变得怒不可遏了，冲他已不是吼叫，而是狼嗥了。只听哗啦一声，就好似一条铁链猛然绷直，同时从那扇门下方，两只后轮之间，突然龇出来两排尖利的白牙。

从两只车轮之间蹿出一张兽脸的同时，车窗里又探出一颗人头。

“住口！”人头说道。

龇牙的兽脸不叫了。

人头又说道：

“外边有人吗？”

孩子回答：

“有哇。”

“谁？”

“我。”

“你？你是谁？打哪儿来？”

“我累。”孩子说道。

“现在几点钟了？”

“我冷。”

“你在那儿干什么呢？”

“我饿。”

“不是人人都能像勋爵那样快活。滚吧。”

人头缩了回去，气窗关上了。

孩子低下额头，抱紧一点睡在怀里的女婴，振作一下精神，又准备上路。他走出几步，就要离去了。

然而，小窗口关上的同时，门却打开了，放下来登车脚蹬。刚才跟孩子说话的声音，这时在车里生气地嚷道：

“喂，你干吗不进来呀？”

孩子转过身来。

“进来呀，”那声音又说道，“谁给我打发来这么一个淘气鬼，又饿又冷，叫他又不进来！”

孩子既被赶开，又被叫回，站在那儿不动了。

那声音又说道：

“叫你进来呢，怪家伙！”

孩子这才下了决心，抬脚踏上第一级车蹬。

不料，车底下又一声吼叫。

孩子又退回去。龇牙的大嘴又出现了。

“住声！”那人喝道。龇牙的大嘴缩回去，也不吼叫了。

“上来吧。”那人又说道。

孩子吃力地爬上三级车蹬，只因他抱着女婴行动不便。那女婴严严实实地裹在油布水手服中，一动不动，根本看不出是个孩子，完全像一个不成形状的小包裹。

他爬上三级车蹬，到了门口站住。

篷车里没有点蜡烛，大概因为穷要省钱吧：车厢只靠生铁炉发出的红光照亮。炉膛里的泥炭火毕剥作响；炉上坐着一个汤盆和一只火锅，热气腾腾，显然煮着吃的东西，闻得着香味了。这个住处的家具只有一口箱子、一张板凳，篷顶吊着一盏灯，但是没有点亮。此外，板壁上由木压条撑住几块木板，一副旧衣服架子，上面挂着杂七杂八的东西。在木板和钉子上，则并排放着玻璃器皿、铜制炊具、一个蒸馏器、一个类似做小蜡丸的成粒器，还有许多稀奇古怪的物件，杂乱放着，孩子根本没有见识过，那正是做化学实验的全套家什。篷车呈长方形、火炉安在车厢前部。这连小房间都称不上，顶多算是一口大木箱。车外有雪光照耀，倒比车内炉火还亮些。车里所有东西影影绰绰，分辨不清楚。不过，炉火映到篷顶之处，能看到用特大字体写着：**哲学家吾是熊**。

不错，小男孩正是走进何莫人与吾是熊的家。刚才我们听见了他们一个吼叫，另一个说话了。

孩子走到门口，看见炉子旁边站着一位瘦高个子的老人，身穿黑白相间的格子衣服。他没有留胡须，秃脑壳触到了篷顶，个头儿跟篷顶一般高，他不能再踮脚往上挺身子了。

“进来呀。”那个叫吾是熊的人说道。

孩子走进车厢。

“你的包裹放在那儿吧。”

孩子把他负重的东西放在箱子上，那么小心翼翼，生怕吓着、惊醒了里面的婴儿。

那人便问道：

“瞧你放东西这么轻手轻脚！若是放个圣骨盒还差不多。你是怕你这破衣烂衫再扯个口子吗？哈！你这可恶的小混混！这时候还遛大街？你是谁？回答。唔，不行，你还不能回答。先解决最急的事儿：你身上冷，来烤烤火吧。”

他按着孩子的双肩，将他推到火炉前。

“你浑身可够湿的！还全冻了冰！这副样子，怎么能敲人家的门啊！好了，赶紧给我脱掉这些破烂玩意儿，小坏蛋！”

他动作很急躁，上去猛然一把就扯下孩子身上的衣服：衣服本来就破烂不堪，这一撕就更不成样子。他同时一抬另一只手，从钉子上摘下一件成年人衬衣，又摘下一件如今称为“快吻我”的毛衣。

“穿上，这都是旧衣服。”

他还从一堆破烂里挑出一块毛料布头，凑在炉火前给孩子搓四肢。孩子浑身软软的，一时惊叹不已：他光着身子热乎乎的，在这种时刻就仿佛看见了、触摸到了天堂。搓完了四肢，那人又给他擦脚。

“好了，小瘦猴，你哪儿也没有冻坏。我真够傻的，还怕你什么地方，前爪子，或者后爪子冻坏了呢！这次不会留下伤残。穿上衣裳吧！”

孩子穿上衬衣，那人又给他套上毛衣。

“现在……”

那人用脚把板凳够过来，仍然推着男孩的双肩，让他坐下，用指头指给他看炉子上热气腾腾的汤盆。孩子在盆里看到的，又是天堂，也就是说，一个土豆和肥油汤。

“你饿了，吃吧。”

那人又从搁板上拿了一块硬面包和一把铁叉，递给小男孩。

孩子迟疑了一下。

“还让我给你摆全套餐具不成？”那人问道。

他将汤盆放到孩子的双膝上。

“这些东西全吃下去吧。”

饥饿战胜了惊愕，孩子管不了许多，便吃了起来。可怜的小家伙哪里是吃，分明是狼吞虎咽。啃干面包的欢快声响充斥着整个车厢。

那人不禁咕哝道：

“别吃这么急，跟只饿鬼似的！这么贪吃，一副叫花子相！这些淘气鬼，饿了吃起饭来的样子，简直太难看了。要长长见识，看一位勋爵是怎么用餐的。我这辈子，倒是见过几位公爵吃饭。他们并不吃:那才叫高贵呢。他们就是喝喝酒。好了,小野猪,吃你的吧!”

饥肠辘辘的特点,就是耳朵失灵了,孩子对这样猛烈的字眼没什么反应;不过,这个人仁慈的行为冲淡了这种话,可以当作反话去理解了。这工夫,孩子正全神贯注,只管这两个急迫的问题,沉迷于这两件事儿:暖和身子和吃饱肚子。

吾是熊继续阴阳怪气,嘟嘟囔囔咒骂着:

“我见过詹姆士国王本人出席宴会,那宴会大厅能欣赏到鲁本斯[1]的名画。国王陛下什么也没有动,而这个小无赖,这样大啃特啃。‘啃’这个词,是从野兽转化来的。我怎么这样糊涂,跑到韦茅斯来呢,第七次来投这鬼域!从今天早晨起,一天我什么也没有卖出去。我对大雪说话,给狂风吹笛子,连一枚铜子儿也没赚到,结果晚上,穷鬼还来找我!丑陋不堪的地方!我同过路的那些蠢货搏斗,较量,争夺。他们只想付给我一些铜子儿,我就力图卖给他们假药。可是今天,一无所获!十字街头连个白痴都没有,钱箱连个便士都没投进去!吃吧,地狱的孩子!掰吧,嚼吧!这年头,吃白食的人,别提脸皮多厚了。寄生虫,夺我的食物,养肥你!这小子,可真饿了,简直不要命。这哪儿是好胃口,简直贪得无厌。莫非他全身带了狂犬病毒。谁知呢?也许他染上了瘟疫。你得瘟疫了吧,强盗?他要是传染给何莫人呢?噢!不成!你们都死了吧,贱民,我可不愿意我的狼也丧了命。对了,我也饿了。我要声明,这个变故实在讨厌。今天我干活干到深夜。生活在世上,有时候会忙得不亦乐乎。今晚到了吃饭的时候,我就匆匆忙忙。我独自一人,要生火,我只有一个土豆了,一块面包了,一口肥肉了,一点点牛奶了,全放在火上烧一烧。我心想:好哇!我想象自己能饱餐

---

① 鲁本斯(1577—1640),佛兰德(今荷兰)著名画家。

一顿。咕咚一声！偏偏在这时候，这条鳄鱼从天而降，他大摇大摆，横在我和我的食物之间。我的餐厅这下一扫而光。吃吧，白斑狗鱼，吃吧，鳄鱼，你这大嘴巴里有几排牙？狼崽子，你就狼吞虎咽吧。不，这话我收回，不能对狼失敬。吞掉我的食物吧，蟒蛇！今儿我干了一整天活，肚子早就空了，嗓子眼儿直抱怨，胰腺也在受罪，肝肠痛断了，一直干到深夜。我的酬劳呢，就是干瞪眼看别人吃饭。无所谓，两个人分吧。他吃面包，土豆和肥肉，我还有牛奶呢。”

恰好这时，车厢里响起悠长的哀吟。

老人竖起耳朵。

“现在你还叫，不满足的小子！你还叫什么？”

男孩转过身来。他嘴里塞得满满的，显然没有叫喊。

叫声还没有停止。

老人朝木箱走去。

“莫非是这个包裹在叫嚷？真是活见鬼！一个包裹还会吵闹！你这包裹，在那儿叫唤什么呢？”

他打开油布水手服，瞧见先露出一个婴儿头，接着便是大大张开叫喊的嘴巴。

“哎呀，这是谁啊？”老人说道，“怎么回事儿？又出来一个人，这还没个完了？口令！操家伙！班长，没情况！第二次咕咚一声！强盗，你又给我带来什么啦？你瞧，她渴了。好了，这位，也得给她点儿喝的，得！现在，我连牛奶也喝不上了。”

他从一块搁板上的乱东西堆里，取出一卷绷带、一块海绵和一个小瓶，悻悻地咕哝道：

“该死的地方！”

接着，他又审视着小女孩。

“是个女孩！从尖嗓门儿就能听出来。她也一样，浑身湿透了。”

他还像刚才对待男孩那样，也扯下女婴身上无法穿而裹着的破衣片，然后用一块虽然破旧、但是不潮而洁净的粗布，又把孩子包起来。猛然这样一换襁褓，倒把小姑娘惹急了。

“这小猫咪，”老人说道，“叫得这么凶，一点面子也不给。”

他用牙齿撕下一长条海绵，又撕下一小方块绷带，从上面抽出一根棉线，再从炉子上拿起盛牛奶的罐子，给小瓶倒满，将那条海绵塞进瓶里一半，用纱布把瓶外的半条包住，用线扎紧，然后把小瓶往脸上贴一贴，试试还烫不烫，这才用左臂夹住襁褓，襁褓里的婴儿不知所措，大叫不止。

“行了，吃吧，小东西！咬住这奶嘴。”

他说道，就把瓶口塞进她嘴里。

小女孩贪婪地喝起来。

他拿着奶瓶适度倾斜，嘴里嘟囔着：

“他们全是一路货，懦夫！他们想要的东西一旦有了，就不再吭声了。”

小姑娘吃奶用力特别猛，狠狠咬住这个性情暴躁的保护人给她的奶头，结果呛得咳了起来。

“你要呛死自己呀，”吾是熊斥责说，“这也是个贪吃的小崽子！”

他把孩子吮吸的海绵奶头抽出来，等她咳完了，再塞进她嘴里，说道：

“吃吧，你这疯丫头。”

这工夫，男孩已经放下叉子，只顾看小女孩吃奶，忘了自己吃饭了。刚才他在吃东西那会儿，眼睛里是一副满意的神色，现在则变为感激了。他看到小女孩又活过来。由他开始救助的孩子终于复活了，他的眼神便射出难以描摹的光芒。吾是熊嘟嘟囔囔，还在

讲些气话。

小男孩不时抬头瞧一瞧吾是熊，这个受到责骂的可怜孩子心中感动万分，又难以言表，只是眼含着无限感激的泪花。

吾是熊又冲他怒吼：

“怎么了，倒是吃呀！”

“那您呢？”孩子战战兢兢，泪水在眼圈里转动，说道，“你一点吃的都没有了吧？”

“你还不给我全吃了，孬种！就这点东西，你吃了不嫌多，我吃还不够。”

男孩又拿起叉子，但是不肯吃了。

“吃呀，”吾是熊大声呵斥，“还用你想着我吗？谁跟你说我如何如何？一文不名的教区的赤脚小坏教士，跟你说全吃下去。你来这儿就是为了吃喝，为了睡觉。那就吃吧，要不然，我就把你连同小女娃赶出门去！”

这样一威胁，小男孩就又吃起来。盆里剩下的本来就不多了，他只几口便吃光了。

吾是熊咕哝道：

“这屋子不严实，冷风能从玻璃窗钻进来。”

果如他所言，车前头一块玻璃破碎了，不知是颠破的，还是哪个淘气鬼投石块打碎的。吾是熊用纸剪成星状，贴在坏玻璃处，但是现在脱胶了，北风便从缝里钻进来。

老人半个屁股坐在木箱上，将怀抱的婴儿放到双膝上。这样，婴儿舒舒服服地咂着奶瓶，那种懒洋洋、怡然自得的神态，活像上帝面前的小天使，母乳面前的婴孩。

“她吃饱了。”吾是熊说道。

随即他又说了一句：

“你们一定要发誓节食才行！”

贴在玻璃上的剪纸被风吹掉，从车厢一头飞到另一头。但是两个孩子正聚精会神获取新生，根本没理睬飞舞的纸片。

女婴喝奶，男孩吃饭，吾是熊则怨天怨地。

“酗酒从襁褓就开始了。您费神当当蒂洛松主教，痛斥过度饮酒的恶习。讨厌的穿堂风！而且，我这炉子也旧了，总好倒烟，呛得人流眼泪！一方面要顾忌天寒，一方面又要顾忌炉火冒烟呛人。看什么都看不清楚。眼前这个人就欺我好客，可是这副嘴脸，我还没看清楚呢。来这里找舒服可没门儿。朱庇特见证，我是特别喜欢在密不透风的房间，吃着丰盛的宴席。我没有实现自己的志向，生来本该是个声色之徒。最伟大的圣贤，要数菲洛克塞努斯①，他希望自己的脖子赛过仙鹤，好能在宴席上多多享受口福。今天收入是个零！整整一天什么也没有卖出去！灾难啊。居民们、仆役们和市民们，这里有医生，这里有医术啊。老兄，你是白费力气，收起你的药吧，此地人人都很健康。这座城市真该诅咒，竟然连一个人也不生病！只有老天在拉肚子。下的雪多大啊！阿那克萨哥拉②教导说，雪是黑色的。他说得对，寒冷就特别黑。冰冻，就是黑夜。好大的狂风！我想象得出来，在海上航行的人快活极了。飓风，就是群魔路过，那些魔鬼沸反盈天，从我们头上滚滚奔驰而过。他们腾云驾雾，这个有一条尾巴，那个长着犄角，而另一个一吐舌头就出一团火，还有一个翅膀上长利爪，另外那个大腹便便，活像个大法官，有的则长个学士院院士的脑袋，从每种风声，就能分辨出各种身形。一股新风，就是另外一个魔鬼。耳朵谛听，眼睛观看：哗啦啦一阵响，就是一张鬼脸。真的，大海上还有人，这很明显。朋友们，你们一定要摆脱风暴的袭击，我也不容易，生活就够我对付的。怎么着，我这是开旅馆啊？为什么旅客跑到我这儿来呀？普天下的苦难，也把污水溅到我这贫困里了。人类大泥淖的泥点，下雨似的落到我这篷车上。过路人都那么贪得无厌，我只能受着，成了猎物，成了饿死鬼的猎物。寒冬，黑夜，一个纸板的篷屋，里边住着一个可怜的朋友，外面是大风雪，只有一个土豆、拳头大的炉火，还有寄生虫，以及从所有缝隙钻来的风，就是一文钱也没有。对了，还有大嚷大叫的包裹！打开一看，里面包个小要饭的。这才算交上好运！我还加一句，这可是犯法啊。哼！你这流浪汉，还带个流浪婆，狡猾的扒手，天生的坏种 ，哼！不管宵禁时

---

① 菲洛克塞努斯（马布格的）（约440—约523），叙利亚主教，神学家，古典文学作家。其实他是个禁欲主义者。

② 阿那克萨哥拉（约公元前500—约前428），古希腊自然哲学家。

间，还在大街上游荡！我们仁慈的国王要是知道了，准得有你的好瞧，把你打入地牢，让你长点儿记性！先生带着小姐夜游！零下十五度，还光着脑袋，打赤脚！要知道，这是禁止的。有法规和政令，捣蛋分子！流浪者要受到惩罚，而安分守己的人，都有自己的住房，受到安全保护，国王就是万民之父。我呢，算是有住所的！你呢，要是让人撞见，就得在广场上挨鞭子抽，那也是罪有应得。一个文明国家，就得有良好秩序。我做得不对，没有向警察告发你。要我就是这德性，知道什么是好的，还是干坏事。噢！小流氓！这么狼狈跑到我这儿来！他们进来时身上有雪，我却没有注意，现在化了，把我整个房间都弄湿了。我这儿发水了，成了湖泊，烧多少煤也烤不干。要烧十二个铜子一斛的煤！这么大点儿的木棚，怎么能住得下三个人？现在算完了，我成了保育员，我这里要变成育婴堂，收养全英国的乞儿。我的工作、职责和使命，就是教育好名叫苦难的这个大婊子早产的小崽子，完善从小就成为绞刑架猎物的这帮丑类，赋予这些小骗子以哲学家的形貌！熊的舌头就是上帝的凿子。说起来，这三十来年，我若是不受这类坏蛋的诈骗，那我就富有了，何莫人也就肥胖了，我也能有个诊所，里面摆珍稀的东西，有比得上亨世八世国王的外科御医，李纳克尔博士的外科手术器具，有各种各样的动物，还有埃及木乃伊，以及诸如此类的其他东西。我也会成为医学院的博士，有权进入著名的哈维[①]于1652年创建的图书馆，借阅馆藏图书，有权到那圆顶的建筑里工作，登上楼顶俯瞰伦敦城全貌！我还可以继续计算日食，证明太阳那个星球逸出一种雾状气体。这是约翰·开普勒[②]的观点：他是皇帝御用的数学家，出生的第二年，就发生了圣巴托罗缪节大屠杀惨案。

---

① 威廉·哈维(1578—1657)，英国医师、生理学家、胚胎学家。1618年起任英王詹姆士一世和查理一世的私人医生。

② 约翰·开普勒(1571—1630)，德国著名天文学家。

太阳是个有时会冒烟的壁炉。我这炉子也一样。我的炉子比太阳好不到哪儿去。不错,我本来能飞黄腾达,另一副样子,成为个人物,而不是这样庸庸碌碌,跑到大街上玷污科学。只因平民大众不配掌握渊博的学识,他们不过是缺乏理智的群氓,男男女女,老老少少,性情不一,地位不等,一群乌合之众,各朝各代的正人君子都毫不犹豫地鄙视他们,就连最温和的贤士进行公正的判断时,也憎恶他们过激和疯狂的行为。噢!我厌恶了这种生存状况。这种活法也活不长久。人这一生,很快就过去。其实也不然,人生之路漫漫。有时,大自然也关照一下人,不让我们心灰意冷,总让我们愚蠢地活下去,而不去利用各种绳索和钉子提供的大好机会,自缢轻生了。然而,今天晚上不在其中。大自然催促小麦生长,催熟葡萄,激发夜莺唱歌,大自然可够阴的。不时射来一道曙光,或者面对一杯杜松子酒,这就是所谓幸福了。巨幅苦难的殓尸布上,镶了窄窄一小条快乐的花边。我们的命运,就是魔鬼织的布,上帝做的花边。眼下呢,你吃了我的晚餐,小强盗!”

吾是熊这样大发雷霆,但始终轻轻抱着吃奶的婴儿,他瞧见小女孩微微闭上眼睛,一副舒坦的样子。他再检查一下奶瓶,就斥责道:

“她全喝下去了,这死不要脸的东西!”

他站起身,左臂抱着女婴,右手掀开箱盖,从里面扯出一张熊皮,大家还记得,这张熊皮他称为他的“真皮”。

他一边忙活,一边还听到另一个孩子吃东西,也斜着瞥他一眼。

“又要添一副重担,从今往后,我还得喂养这个正在发育的吃货!我这行当的肚子里,要钻进一条绦虫。”

他始终用一条胳膊,借助臂肘,尽量在箱子上把熊皮摊平,动作还尽量轻些,以免惊醒刚入睡的女婴。皮子铺好之后,他就把婴儿放到靠近炉火一侧的毛皮上。

然后，他把空奶瓶放到炉子上，高声说道：

"我这么口渴啊！"

他瞧了瞧奶罐，里面还剩有几大口牛奶。他端起奶罐放到唇边，刚要喝的当儿，目光又落到小姑娘的身上，便又把奶罐放到炉子上，拿起奶瓶，拔下塞子，将剩余的牛奶全倒进去，恰好灌满一瓶，再塞住海绵，缠上布条，用线扎住瓶口。

"我还是照样又饥又渴。"他又说道。

他随即又补充一句：

"没得面包吃，那就喝水吧。"

炉子后面露出一个带豁口的水罐。

他拎起水罐，递给小男孩：

"你喝不喝？"

孩子喝了水，又继续吃饭。

吾是熊接过水罐，送到嘴边。罐子半边靠近炉子，里面的水冷热不均，他咕嘟咕嘟喝了几口，做了个鬼脸。

"自称洁净的水啊，你就像那些虚伪的朋友，表面热，心里边冷。"

这工夫，小男孩也吃完饭了。汤盆舔得干净极了，就跟擦洗过似的。他有点儿走神儿，捡起并吃下掉在膝盖上毛衣皱褶中的面包屑。

吾是熊转过身，对小男孩说道：

"不是吃完就没事儿了。现在，咱们俩得谈一谈。嘴巴不光是用来吃，还是用来说话的，小畜生，这会儿你身子暖和过来了，肚子也填饱了，就要当心了，回答我的问话。你打哪儿来？"

孩子回答："我不知道。"

"什么，你不知道？"

“就是今晚,我被抛弃在海边。”

“哼！小无赖！你叫什么名字？你这小子肯定坏透了,才被你父母给抛弃了。”

“我没有父母。”

“你得知道我这人的脾气,小心着点儿,我可不喜欢人瞎编故事,对我胡说一通。你有父母,因为你有妹妹。”

“她不是我妹妹。”

“她不是你妹妹?”

“不是。”

“那她是谁?”

“是我捡来的小女孩。”

“捡来的?”

“对。”

“什么？你还捡个孩子?”

“对。”

“在哪儿？你若是撒谎,看我不要你小命。”

“在一个死在雪地里的女人身上。”

“什么时候?”

“一个钟头之前。”

“什么地方?”

“离这儿有四公里吧。”

吾是熊的眉弓锁起来:这位哲学家的内心一激动,眉宇间就出现这种特殊的表情。

“死了！真是一个有福气的女人！就让她留在那儿吧,留在雪地里。就在那里安息吧。在哪个方向?”

“靠海那边。”

“你走过了那座桥?”

“对。”

吾是熊打开车后的气窗，向外张望。天气还没有好转。大雪纷飞，一片愁惨的景象。

他又关上气窗。

他走到那块打破的玻璃前，拿一块破布堵上破洞，再往炉子里添了些泥炭，然后将熊皮在箱子上尽量铺开，又从角落取出一大本书，放在床头当枕头，安置小女孩头枕在上面继续睡觉。

他又转向男孩。

“你就睡在这儿吧。”

男孩听话，就躺在小女孩的身边。

吾是熊用熊皮将两个孩子裹起来，在他们脚下掖严实了。

他又从一块搁板上取了一条布带系在腰上，而带子上有个大口袋，里面想必装着外科手术盒和几瓶药水。

接着，他从篷顶摘下灯笼，点着了。这是一盏风灯。

风灯虽然点着，两个孩子仍在黑暗中。

吾是熊将门打开一条缝儿，又说道：

“我出去一趟。别害怕。一会儿我就回来，睡吧。”

他放下踏板，高声叫道：

“何莫人！”

回应他的是亲热的叫声。

吾是熊提着灯笼下车，将踏板折上去，把车门关好。车厢里就只剩下两个孩子了。

车厢外面又响起吾是熊的声音，他问道：

“吃了我的晚餐那小子！喂，你还没睡着吧？”

“没有呢。”孩子回答。

“那好！她要是叫起来，你就喂她剩下的牛奶。”

只听响起解开锁链的哗啦声，接着，一只兽类伴随一个人的脚步声逐渐走远。

过了片刻，两个孩子就沉沉睡过去了。

这种气息的交合，实在难以描摹，超然于童蒙，超然于贞洁，这是有性别之前的婚礼之夜。这对小儿女赤身裸体，并排躺着，在这寂静的时刻，好比男女天使在黑暗中杂处。这种年龄的孩子所能做的大量的梦，彼此往来飘忽；在他们闭合的眼中，很可能星光灿烂。结婚这个字眼用在此处，如果还不算失当的话，那么他们就是以天使的方式结为夫妻。在如此黑暗中又如此天真，在如此拥抱中又如此纯洁，这种天国的预约也只有童年才有可能；小儿的这种伟大，不是任何宏大所能比拟的。在所有深渊中，最幽深的莫过于此。

锁住一个死者拖出人世而进入的可怕永恒，海洋对一只失事船舶的猛烈冲击，掩埋形体的一片白茫茫雪原，其令人感叹的程度，都不及这两个孩子在睡梦中神圣接触的嘴唇：这种接触甚至算不上接吻。或许是订下的婚约，或许是种下的祸根。未知的结果压迫着这种比翼双飞。这情景十分可爱，但谁又知道这是否很可怕？我们感到一阵阵揪心。天真比美德更崇高。天真是由神圣的蒙昧所构成。他们在睡觉，睡得十分安宁。他们很暖和。搂抱着的赤裸肉体融合了灵魂的贞洁。他们就仿佛置身于深渊的窝里。

第六章　苏醒

天一拂晓就阴惨惨的。凄清的白光透进车厢里。这是冰天雪地的晨曦。披着黑夜狰狞之状的物体，在这灰白的天光中，凸现其愁惨的真相。但是，晨光并没有惊醒挤在一起睡觉的两个孩子。车厢里很暖和，只听二人的呼吸此起彼伏，犹如两股清波。外面风暴已经停了。晨曦逐渐在天际扩展。星辰好似一支支吹灭的蜡烛，只剩下几颗大星还在坚挺。大海涌出无限的深沉歌声。

炉火还没有完全熄灭。熹微的晨光逐渐变成大亮的天光。男孩不如女孩睡得那么死，他身上还担负几分看护和守卫的职责。一道明亮的光线从车窗射进来，他便睁开了双眼。儿童一觉醒来，就什么也不记得了；他还睡意惺忪，一时不知身在何处，也不知身边是何物，更不费心思去回想，只是愣愣地望着天花板，盯着“哲学家吾是熊”几个字胡乱猜想，只因他不识字也就琢磨不出是什么意思。

忽然响起钥匙开锁的声音，男孩这才抬起头。

车门打开了，踏板放下去。吾是熊回来了，他登上三级踏板，手还提着熄了的灯笼。

同时又有四蹄轻捷地登上踏板的声音。何莫人跟在吾是熊身后，也回家来了。

睡醒的男孩不禁吓了一跳。

这只狼大概肚子饿了，一早晨就咧开嘴巴，露出满口白花花的利齿。

狼登到半截就停下，两只前爪探进车厢里，小腿搭在门槛上，活似俯在讲坛布道的神父。他远远嗅了嗅箱子，看不惯有人睡在箱子上。狼的上身镶在门框里，由明亮的晨光鲜明地衬托出黑影。他作出决定，走进车厢。

小男孩一见狼进来了，就赶紧从熊皮褥里爬出来，挺身挡在小女孩的前面，而小女孩还睡得格外香甜。

吾是熊又把灯笼挂到天棚的钩子上。他默默无语，缓慢而机械地解下装有手术器皿盒的腰带，放回搁板上。他什么也不看，似乎对什么都视而不见，目光中毫无神采。他的心事很重，在脑海里翻腾。

还一如往常，他的心思终于借助话语，一吐为快。他高声说道：

“毫无疑问，她很幸运！死了，一命呜呼。”

他蹲下去，往炉子里加了一铲煤渣，一边拨弄泥炭火，一边咕哝道：

“我费了好大周折，才找见她。不知怎么那么狡猾，竟然埋在两尺深的雪下。若是没有何莫人，现在我还得在积雪中跋涉，跟死神玩捉迷藏游戏呢！真的，何莫人用鼻子观察，就像克里斯托夫·哥伦布用头脑观看那么清楚。第欧根尼[①]打着灯笼，寻找一个男人；而我打着灯笼，去寻找一个女人。他找到的是嘲弄，而我找到的是悲哀。她身体冻得冰冷！我摸了摸她的手，就是一块石头。眼睛那么渊默！人还能这么傻，扔下个孩子，自己死了！现在，这个小木棚要住三个人，可就别指望舒服了。飞来横祸！现在，我有了一家子人啦！有儿有女。”

就在吾是熊这样叙说的工夫，何莫人悄悄溜到火炉近前。睡着的小姑娘一只手耷拉在火炉和木箱之间，狼就开始舔这只小手。

狼舔小手的动作极轻，没有把小姑娘弄醒。

吾是熊转过身来。

“好吧，何莫人。我来当父亲，你就当叔叔吧。”

---

① 第欧根尼（约公元前410—约前323），古希腊哲学家，他鄙视财富和社会习俗，认为是自由的障碍，主张回归自然简朴的生活。据说，他白天打着点燃的灯笼，寻找诚实的人。

说罢,他又重操哲学家的行当,即拨弄炉火,嘴里仍不断地唠叨。

“收养了。一言为定。况且,何莫人也乐意。”

他又站起来。

“我想要弄明白,她死是谁的责任。是人类吗?还是……”

他眼望半空,目光透过了篷顶,口中喃喃说道:

“还是你呢?”

他随即又垂下头,仿佛不堪重负,接着说道:

“黑夜费神杀害了这个女子。”

他又抬起目光,落到已经醒来听他说话的小男孩脸上。吾是熊突然质问他:

“你笑什么?”

男孩回答:

“我没笑。”

吾是熊打了个寒战,他凝眸默默地审视男孩,半晌才说道:

“你这样子真可怕。”

夜晚车厢里很昏暗,吾是熊还没有看清男孩的脸。现在天大亮,这张脸呈现在他面前。

他两只手掌放到男孩的双肩上,仔细端详男孩的脸,神情越来越痛楚,对孩子嚷道:

“不要笑了!”

“我没笑呀。”孩子回答。

吾是熊浑身上下一阵战栗。

“跟你说,你在笑。”

他说着,就紧紧抓住孩子摇晃,这种动作不是出于怜悯,定是出于义愤。他又厉声问孩子:

“什么人把你弄成这副模样?”

孩子回答：

“我不懂您要说什么。”

吾是熊又问道：

“你这副笑面，是什么时候有的？”

“我一直就是这样子。”孩子回答。

吾是熊转身走向箱子，喃喃说道：

“我还以为这种手艺绝迹了呢。”

他从小女孩头下抽出给她当枕头的书，动作极轻，以免把她弄醒。

“瞧瞧康奎斯特是怎么说的。”他低声说道。

这是一摞软羊皮纸的对开本。他用拇指翻阅，停在一页上，在炉子上将书完全摊开，念道：

“……《关于割掉鼻子的人》①。——就是这里了。”

他继续念道：

“将嘴一直开到耳根，牙龈暴露于外，再削去鼻子，你的脸就成为一副面具，你就永远笑了。”②

“果然不错。”

他又把书放回搁板上，嘴里咕哝道：

“这种稀罕事，深究无益，略知皮毛就行了。笑吧，我的孩子。”

小女孩醒来。她道早安就是一声哭叫。

“好了，奶妈，喂奶吧。”吾是熊说道。

小女孩已经坐起来。

吾是熊从炉子上拿起奶瓶，递给孩子吮吸。

这时，太阳升起来，从地平线喷薄而出。红彤彤的阳光从玻璃

---

① 原文为拉丁文。

② 原文为拉丁文。

窗射进来，正好迎面照在小女孩的脸上。孩子的眼珠盯着太阳，如同两面镜子，映现出这个通红的圆点。眼珠一动不动，眼皮也一动不动。

“咦！”吾是熊说道，“她是个盲女。”

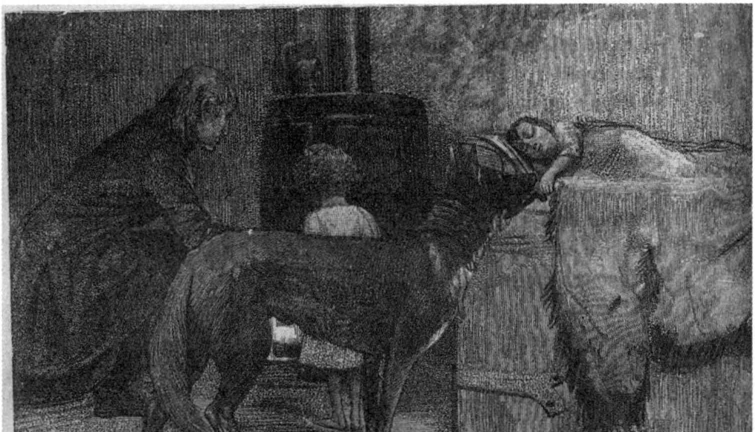

第二部　奉国王之命

第一卷　过去永存于现时，人类彰显出个人

第一章　克兰查理勋爵

一

当时，一件往事还记忆犹新。

那件往事是关于林奈·克兰查理勋爵的。

林奈·克兰查理男爵是与克伦威尔[①]同时代的人，英国上议院议员。这里要赶紧交代一句，他是少数接受共和制的议员之一。接受自有接受的道理，要解释也好解释，只因共和政体暂时获胜了。事情极其简单：只要共和政体占上风，克兰查理勋爵就做共和党人。谁料，革命结束，议会政府倒台之后，克兰查理勋爵还是坚定不移。当时，贵族议员不难回到重组的上议院，只要悔过自新，就能受到复辟王朝的善待，况且，对待重新回到他身边的人，查理

① 克伦威尔（1599—1658），英格兰政治家，创建共和，1653年任英国护国公。

二世也是一位宽厚仁慈的国王。然而,克兰查理却不明白应当顺应时变。举国都在欢呼国王重新统治英国,议院一致通过了法案,臣民百姓也都向君主政权表达了敬意,总之,在一片光荣胜利的赞歌声中,王朝又东山再起,而过去变成将来,将来又变成过去,就在这种变动的时候,这位勋爵却执迷不悟,避而不看全国欢腾的情景,甘心情愿背井离乡,流亡到异国。能当上议院议员而弃之,宁肯遭受放逐,结果年复一年,蹉跎岁月,他进入老境,仍然忠诚于已经灭亡的共和制。幼稚到如此程度,他也就受尽了别人的嘲笑。

他到瑞士隐居,住在日内瓦湖畔那种高高的简陋房子里。他到最偏僻的角落择居,而这所住宅所处的位置,一边有囚禁过波尼瓦尔[①]的地牢所在的希永,另一边则是勒德洛[②]坟墓所在的沃韦。四周环绕着晨晦暮曛、风起云涌的阿尔卑斯山脉。他就生活在那里,迷失在从高山倾泻下来的巨大黑影之中。过客也难得遇见他。此人离开自己的国家,就几乎脱离了生活的时代。当时,凡是了解世事变化的人,都毫无理由不审时度势,顺应潮流。英国成为清平世界,国泰民安,王朝复辟就是夫妻破镜重圆;国王与国民不再异床而眠。真是美不胜收,再也没有比这更令人欢欣鼓舞的了:大不列颠光芒四射,有了一位国君,就已经难能可贵,更何况有了一位迷人的国王。查理二世相当可爱,既喜欢声色犬马,又善于治理国家,是继路易十四之后的伟大君主,既是个英国绅士,又是个法国贵族。查理二世受到臣民的爱戴,他发动汉诺威战争,当然知道为何缘故,但是仅仅一人知情;他将敦刻尔克卖给了法国,这是高级政治的举措。张伯伦[③]在谈到民主派上议院议员时就说过:"该死

---

① 波尼瓦尔(1493—1570),日内瓦政治家,争取日内瓦独立的斗士。

② 爱德蒙·勒德洛(1617—1692),英国政治家,共和派领袖之一,是判处国王查理一世死刑的法官之一。

③ 张伯伦:身份不详,可能是作者假托的人物。

的共和制以其恶臭的气息，熏倒了好多位大贵族。”不过，那些民主派上议院议员倒也识时务，与时俱进，又坐到他们在上议院的席位上了。为此，他们只需宣誓效忠国王就行了。想一想这种种事实，想一想这种盛世、这位杰出的国王，以及慈悲的天主还给民众爱戴的王公显贵；再想一想大人物如蒙克[①]，再如后来的杰弗里斯，他们又都重新归顺朝廷，其忠诚和热忱受到应有的褒奖，全得到美差和肥缺，凡此种种，克兰查理勋爵不可能不知道，也明白他要想同他们平起平坐，享受富贵荣华，也完全取决于他自己；想一想英国多亏了国王，重又振兴，达到繁荣鼎盛，伦敦完全成了欢庆和游乐场所，大家都丰衣足食，欢天喜地，而朝廷富丽堂皇，充满了风雅和欢乐；再设想一下，在远离这种繁花似锦的地方，不知到了什么凄凉之处，在一片苍茫暮色中，偶然遇见这个一身平民打扮的老人，看到他脸色苍白，神色迷惘，伫立在湖畔，弓着身子，大概倾斜到坟墓那边，他不大理会暴风雨和冬天，目光凝滞，仿佛信步行走，默默无言，独自冥思苦索，谁见了他那副样子，都很难不哑然失笑。

一个疯子的身影。

想到克兰查理勋爵，想到他本可以飞黄腾达，现在却是这样的惨状，哑然失笑还算是宽容。有些人会哈哈大笑。也有人会愤愤不平。

不言而喻，这种孤傲不驯的态度，冒犯了那些正人君子。

有一点可以减轻他的罪责：克兰查理勋爵一向就没有头脑。这是大家一致的看法。

---

① 蒙克（1608—1670），克伦威尔的副手，英国将军。护国公死后，他便迎候查理二世复位（1660）。

二

那些顽固不化的人，看着就让人讨厌。大家都不喜欢雷古卢斯[①]的那种行事方式，从而公众舆论便出现一些冷嘲热讽。

这种固执，无异于对别人的谴责，别人也就有理由讥笑之。

再说，平心而论，这种执拗、这种桀骜不驯，能算是美德吗？过分张扬如何束身自好、坚贞不屈，不正是表明在极力自我标榜吗？无非是炫耀，岂有他哉！退隐也好，流亡也罢，何必做得那么过火呢？适可而止，则是智者的箴言。您反对就反对吧，要抨击也可以，但是要掌握分寸，同时应高呼："国王万岁！"真正的美德，就是保持理性。垮台的必该垮台，成功的本应成功。上天安排自有道理；上天奖赏受之无愧的人。难道您还不自量力，认为自己比上天还通晓吗？现在大局已定，一种体制取代了另一种体制，胜负已见分晓，是非曲直无须再究，此处遭难，别处旗开得胜，已经无可置疑，有教养的人自应归附得势的一方；这样做虽然有利于自己的前程与家庭，但是并不因为这种想法而有所顾忌，一心只考虑国家大业，也就能大力襄助得胜者了。

假如谁都不肯效力，那么国家要成什么样子？全国都停顿下来吗？守职尽责才是好公民。自己隐秘的偏好，也要适当地牺牲掉。职务就是要人担负。一个人必须忠于职守。忠于公职就是一种忠诚。官员纷纷辞职，国家岂不瘫痪了。您流亡国外，其情可怜。但这是做出表率吗？何等虚荣！这是一种挑战吗？又何等狂妄！您以为自己是什么人物？要知道，我们并不比您逊色。我们可

---

① 雷古卢斯：公元前三世纪的罗马将军、政治家，两度任执政官，以忠诚著称，屡建战功。不料一次战役被迦太基人生俘，他许诺回营劝和，赎回俘虏，劝和不成，便回来受死。他回营反而劝同胞拒绝交易，但是他信守诺言，回敌营受酷刑而死。

不做逃兵。我们若是愿意,也会同样变得不可理喻,桀骜不驯,干起坏事来比您厉害。只因我是特里马雄[①],您就以为我不可能成为加图[②]!做梦去吧!

三

到了1660年,形势空前明朗,已是决定的关头。一个聪明人该如何行动,也再清楚不过了。

英国终于摆脱了克伦威尔的控驭。共和国时期,发生了许多不合常规的事件。英国建立了霸权,借助三十年战争控制了德国,借助投石党[③]叛乱,削弱了法国的势力,又借助布拉干萨公爵[④],压缩了西班牙版图。克伦威尔降服了马萨林[⑤],在签订的协约上,英国护国公的名字签在法国国王的上方。他迫使荷兰七省联盟赔款八百万,重创了阿尔及尔和突尼斯,征服了牙买加,挫辱了里斯本,挑起巴塞罗那同法国作对,在那不勒斯助长马萨尼埃洛[⑥]的气焰。他还将葡萄牙拴在英国的腰带上,从直布罗陀到克里特清除柏柏尔人,并以军事胜利和贸易这两种方式,建立起海上统治。曾经打过三十三场胜仗,自称"水手们的老祖父"的海军上将,那个马丁·哈佩兹·特龙普[⑦],击败了西班牙舰队之后,于1653年8月10日,却被英国舰队摧毁了。克伦威尔还夺取了西班牙海军掌控的大西

---

① 特里马雄:古罗马作家贝特龙笔下贪图享乐的人物。

② 加图:古罗马政治家。老加图(公元前234—前149),罗马监察官、拉丁文作家;他的曾孙小加图(公元前95—前46),罗马护民官,禁欲主义的典范。

③ 投石党:在路易十四未成年时期,从1648年至1652年,法国反对首相马萨林的组织。

④ 布拉干萨:1640年,葡萄牙脱离西班牙,获得独立,第八代布拉干萨公爵约翰二世继承葡萄牙王位。

⑤ 马萨林(1602—1661),意大利裔的法国政治家,红衣大主教,在奥地利安娜王后摄政时期,马萨林任首相,独揽大权。

⑥ 马萨尼埃洛:托马萨·阿尼埃洛的缩写,那不勒斯民政官,反对西班牙统治的头领。

⑦ 特龙普(1598—1653),荷兰海军上将。

洋、荷兰海军掌控的太平洋、威尼斯海军掌控的地中海，并且通过航海协定，占据全世界的海岸线，再通过海洋，就控制了全世界。在海上，荷兰国旗要老老实实地向英国国旗致敬；而法兰西，通过委派的大使芒西尼本人，向奥里弗·克伦威尔屈膝下跪。就是这个克伦威尔，玩狎着加来和敦刻尔克，如同用拍子打两只羽毛球。他能让欧洲大陆震颤，要战就战，要和就和，将英国国旗插到所有的制高点。护国公的一支铁甲骑兵团，比得上一支大军，足以威震欧洲。克伦威尔常说道："我要让世人尊敬英格兰共和国，如同古代人尊敬罗马共和国那样。"任何神圣的东西都不复存在了：言论自由，新闻自由，在大街上爱说什么就说什么；印刷也没有限制；不受审查，想印什么就印什么。各国王权之间的平衡打破了，斯图亚特王朝也参与的欧洲君主秩序，已经完全搅乱了。总之，世界走出了这种丑恶的政体，英国也得到了谅解。

查理二世十分宽容，发表了布雷达声明，恩准英国忘掉那个啤酒商的儿子把脚踏到路易十四头上的时期。英国悔罪了，从而长出一口气。我们上面说过，英国举国上下都心花怒放，在普天同庆中，又竖起了惩罚弑君罪犯的绞架。一次复辟自然是一副笑容，但是绞死几个人也不煞风景，总得满足民意民心。无法无天的思想烟消云散，重又确立忠君观念。从此往后，当顺民是全国百姓的一致追求。大家都醒悟过来，不再为政治疯狂了；人人都嘲笑革命，都讥讽共和，说那古怪的年代，动辄口出狂言，满嘴"人权、自由、进步"，现在提起这种大话就当成笑柄了。恢复良智到了令人赞叹的地步，英国惊魂一梦。走出迷失的歧路，多么值得庆幸啊！还有比那更荒唐透顶的吗？随便什么人都拥有权利，那会造成什么局面？怎么想得出人人都来治理国家。能想象城市交给公民管理吗？公民是拉车的牲口，拉车的牲口不是车夫。投票决定，就等于随风乱转。难道您愿意国家像随风飘荡的浮云吗？混乱的秩序不算秩序。假如由混乱充当建筑师，那只会建起巴别塔。况且，这种所谓的自由，又是何等专利！我就想寻欢作乐，不愿管国家的事。我讨厌投票，只想去跳舞。有一位国王日理万机，真是谢天谢地。当然了，这位国王也是急公好义，为我们干这种辛苦差使。不过，他就是学这个的，完全通晓。和平、战争、立法、财政，这是他的事，这同老百姓有什么关系呢？当然了，老百姓得出钱，当然了，老百姓也得出力，出了钱出了力也就够了。这样老百姓就算参了政：国家两种力量出自百姓，一是军队，二是财政预算。既当纳税人又当兵，这难道还不够吗？他们还需要什么呢？从军事和财政两方面看，他们是左膀右臂。多了不起的角色啊。有人为他们掌管国家，他们当然应当付劳务费。赋税和国家元首年俸，便是百姓应付而君主应得的薪金。老百姓出钱卖命，才换取了人家肯领导他们。想要自己驾驭自己，这不是痴人说梦吗？老百姓需要向导。他们无知，也就跟盲人一样。盲人不是有一只狗引路吗？只不过，愿意给老百姓当狗的，却是一头雄狮，一位国王。何等仁慈啊！那么，老百姓为什么无知呢？就因为他们该当如此。无知是美德的守护天使。什么也看不见，也就无所谓野心奢望了。无知者身处有益的黑夜中：黑夜消除了视力，便消除了觊觎。从而天真无邪。看书的人就要思考，思考就要推理。不去思考推理，这才是守本分，也是福气。这些真理不容置疑。这便是社会的基础。

完好的一套社会学说，在英国就这样重新确立起来。国家声誉也从而恢复了。与此同时，大家的兴趣又回到优秀的文学上来。他们已经鄙视莎士比亚，转而赞赏德莱顿[1]了。《阿奇托菲尔》的译者阿特伯里就说过：德莱顿是英国17世纪最伟大的诗人。也正是

① 德莱顿(1631—1700)，17世纪后期英国最重要的诗人，写过三十部悲、喜剧和歌剧。1681年发表《押沙龙和阿奇托菲尔》讽喻诗，支持国王。

那个时期，索迈斯正跟《失乐园》的作者过不去，痛加驳斥和辱骂，阿夫朗什主教于埃先生就在信中对他说道："那个弥尔顿[1]微不足道，您何必费那个工夫呢?"万物复苏，又各归其位。德莱顿在上，莎士比亚等而下之，查理二世登上王位，克伦威尔吊上绞架。英国摆脱过去的耻辱和荒唐，重又振作起来。国家幸甚，由君主政体拉回正轨：天下安定有序，恢复文学的典雅品位。

这种政绩数不胜数，怎么能视而不见，置若罔闻，实在令人难以相信。转身不理查理二世，以忘恩负义回报他复辟登基的崇高行为，难道这不十分可恶吗? 林奈·克兰查理勋爵的所作所为，就让正人君子特别郁闷。看到祖国康乐了还赌气，岂不谬误之极!

众所周知，议会于1650年曾颁布文告："我保证效忠于没有国王，没有君主，没有领主的共和政体。"克兰查理勋爵就借口发过这种荒唐的誓言，跑到王国之外生活，面对举国欢腾的景象，还认为自己有权悲伤。他仍然缅怀不复存在的事物，异乎寻常地系恋于已经消逝的东西。

这个人不可原谅。最与人为善的人也都抛弃了他。他的那些朋友维护他很长时间，相信他加入共和派队伍，就是为了贴近观察，发现共和政体坚甲的薄弱处，有朝一日好能为国王的神圣事业，更有把握地打击共和了。等待时机，从背后袭击敌人的做法，也同样是忠诚的表现。他们都这样期待克兰查理勋爵，对他都太过偏袒。但是面对他不可理喻地坚持共和观点，大家就不得不放弃这种好评价。显而易见，克兰查理死心塌地，换言之是个白痴。

宽宏大量的人看法也首鼠两端，难说他是幼稚的偏执，还是老迈的愚顽。

---

① 弥尔顿(1608—1674)，英国诗人，曾支持克伦威尔。王朝复辟后生活困难，双目失明，口授伟大的诗篇《失乐园》。

那些严厉的人，那些公正的人，说法可就尖刻多了。他们痛斥这种反复无常的行为。愚顽有其权利，但也有其限度。人可以狂野愚昧，但是不可以反叛抗拒。况且，克兰查理勋爵，究竟算什么东西呢？一个变节分子。他脱离自己的贵族阵营，投进敌对的平民阵营。这个忠诚分子是个叛徒。不错，他“背叛”了最强大的一方，忠实于最弱小的一方；不错，他背弃的是获胜的阵营，而他投奔的却是战败的阵营；不错，他由于这种“背叛”，丧失了一切，丧失了政治权位和家业，也丧失了上议院议员席位和祖国，只赢得个落人笑柄，所获的收益仅仅是流亡。然而，这能证明什么呢？证明他是个蠢货。没错。

不言而喻，他是叛徒，同时也是受骗者。

随便怎么当傻瓜都可以，就是不要成为害群之马。对傻瓜只有一点要求，就是老老实实做人，这样他们才可能自诩是君主政体的社会基础。这个克兰查理思想狭隘，简直到了无法想象的程度，他还沉迷在革命的幻景之中而不能自拔。他让共和政体给装在里面，又让人扫地出门。他在羞辱自己的国家。他这种态度纯粹是背叛。不肯出面，就是有意示辱。他就像躲避瘟疫那样，躲避公众的欢乐幸福。他甘愿流亡，这其中就包含着逃避的成分，无视皆大欢喜的国情。他把王权看成一种传染病。他宣称普天同庆的君主政体是检疫站，而他就是挂在那里的黑旗。怎么！他居然摆出这样一副哭丧的面孔，凌驾在重建的秩序、振兴的国家、修复的宗教之上！给这片宁静的土地投下阴影！从坏的方面去看待安居乐业的英国！要在这大片湛蓝的天空上充当黑点！仿佛一种威胁！抗议全国民众的心愿！拒不赞成全体一致同意的事物！如此行径，不是十分可笑，就是极其可恶了。这个克兰查理始终不明白，跟随克伦威尔能走上歧路，但是必须随同蒙克回到正道。瞧一瞧蒙克，他统领着共和国的军队，而查理二世在流亡中获悉他为人正直，便写信同他联络。蒙克善于调和高尚的品德和计谋，先是伪装，掩饰自己的行动，继而突然率军起事，摧毁了乱党组成的议会，拥戴国王登基。蒙克从而也受封为阿尔伯马尔公爵，荣获拯救社会的荣誉，一变而为富甲天下，成为一代名人永留青史；他还荣获嘉德骑士勋位，有望离世后入葬威斯敏斯特教堂。这便是一个忠诚的英国人的荣耀。克兰查理勋爵哪有如此高智商，能这样恪尽职守。他倒是自命不凡，固守他的流亡生活，讲些空话来自我满足。此公故步自封，盖源于骄傲心理。良心、尊严之类的字眼儿，归根结底还是些字眼儿。看问题要看实质。

这种实质，克兰查理就没有看出来。他思维近视，每次行动之前，先凑近了瞧一瞧，闻一闻是什么味道，结果很荒唐，产生反感。这样敏感就当不了政治家。良心上顾忌太多，必然裹足不前。一个人古板拘执，面对权杖，就是手残不能把握，面对荣华富贵，就是身残不能迎娶。种种顾忌实在要不得，那会引导人背道而驰。丧失理性的忠诚，无异于下到地窖的楼梯。一级又一级，再一级下去，便置身于黑暗之中。机灵的人会转身上来，幼稚的人则留在原地。不能轻易地让良心大惊小怪。要循序渐进，逐渐达到政治廉耻的深度色调。那样人便无可救药了。这便是克兰查理的冒险历程。

原则最终化为深渊。

他背着双手，沿着日内瓦湖畔漫步，好雄伟的前进姿态！

在伦敦，有时会提起这个流亡异国的人。在公众舆论面前，他几乎就是个被告。有人指控，也有人为他辩护。控辩双方发言完毕，他便落下了个愚蠢透顶的美名。

前共和国政权的许多老干将，早已加入斯图亚特王朝的阵营。他们的行为值得赞扬。自不待言，他们要谴责他几句。随机应变的人，总觉得那些执迷不悟的人碍手碍脚。那些聪明人，已经得到朝廷的青睐，身处高位，他们自然讨厌他那种令人不快的态度，便阴阳怪气地说道："他不肯归附，还是因为朝廷给他的报价不够高……""他想要的大法官的职位，国王已经给了海德勋爵……"如此等等，不一而足。他的一位"老友"甚至这样吹风："这可是他亲口对我说的。"林奈·克兰查理虽然形影相吊，偶尔也会遇见个把流亡分子，当年的弑君者，诸如侨居洛桑的安德鲁·布劳顿，因而这类的话也略有耳闻。克兰查理听到这种传言，只是微微耸肩，动作轻得令人难以觉察，是一种深度痴呆的迹象。

有一次，他耸耸肩膀之后，还咕哝一句："我真可怜那些听信这种谣传的人。"

四

查理二世这个老好人，也鄙视克兰查理勋爵。在查理二世的统治下，英国不只是安居乐业，可以说是欣喜若狂。王朝复辟，就好比一幅日久年深而发黑的古画重上了色彩，完全再现了过去的面貌。过去的好风气又回来了，国家由佳丽们来统治并管理。对此伊夫林[①]有所记录，在他的日记中能看到这样一段话："淫荡放浪，亵渎神明，蔑视上帝。一个星期天晚上，我看见国王同他那些粉头，一起在游乐厅里，她们身上几乎一丝不挂，绰号分别叫朴茨茅斯、克利夫兰、马萨林，以及另外两三个花娘。"这段描写，让人感到带几分情绪，要知道，伊夫林是个爱唠叨的清教徒，还感染上了共和梦想症。他不欣赏国王们通过巴比伦[②]式的寻欢作乐，做出了

---

① 伊夫林(1620—1706)，英国多题材作家。他的日记记录了1641年至1706年的英国社会。

② 巴比伦：上古时代最著名的一座城市，位于巴格达南面88公里处。始建于公元前2000年，到公元前18世纪，成为商业和行政中心，以财富显赫。到公元前5世纪，在波斯皇帝统治下，巴比伦也是最富裕的行省中心。

有益的榜样。他哪里懂得，归根结底这种寻欢作乐能滋养奢华，恶习自有其用处。有道是：如果您想要拥有可爱的女人，那就不要根除恶习，否则，您就成了恋蝶而又灭蛹的大傻瓜。

上文交代过，查理二世并没有怎么留意，还有一个名叫克兰查理的抗命者，但是詹姆士二世就密切关注了。查理二世以松软的方式统治，这是他的作风，应当说他的统治并不因此更差劲。一名水手在控制风力的缆绳上，有时只松松打个结，任由风渐渐将绳结拉紧。这便是风暴，也是民众的愚蠢。

这个松结很快就拉紧了，脖套就开始勒紧了。必须勒死革命的残渣余孽。詹姆士二世要做个精明强干的国王。这种雄心可歌可泣。在他看来，查理二世的统治仅仅是复辟的雏形。詹姆士二世要更加完整地恢复旧秩序，他于1660年就深表遗憾：只绞死区区十名弑君犯。他要更加名副其实地成为重建权威的国王。他大力推行严肃的原则，让这种真正的公正大行其道，因为这种公正超然于感情的宣泄之上，首先关注社会的利益。从这些严厉的保护措施，就能看出这位国王的厉害。他将司法的铁腕交给杰弗里斯，将军队的利剑交给柯克[1]。柯克则屡屡做出榜样。这位上校还真管用，有一天将同一个人——一个共和分子——连续三次吊起再放下，每次都喝问一句：

“你还不公开放弃共和？”

那十恶不赦的罪犯始终说“不”，最后才被结果了性命。

“我吊死他四次。”柯克满意地说道。

恢复酷刑是政权力量的一个重大标志。李尔夫人还曾为国出力，送儿子去征讨蒙茅斯，但是由于在家里窝藏了两名叛逆者，她就被处死了。另一名叛逆者倒很老实，揭发了掩护他的一名再浸

① 柯克(1646—1691)，英国将军。他的军队残酷地镇压了蒙茅斯的叛乱。

礼派女教徒，他从而免于惩处，而那名女教徒却被活活烧死了。还有一天，柯克得知一座城市拥戴共和，就去教训一下，吊死了十九个市民。这类报复，当然都是合情合理的，想一想当年克伦威尔掌权时，共和派不是闯进教堂，削掉石雕圣像的鼻子和耳朵嘛。詹姆士二世知人善任，重用了杰弗里斯和柯克。这位国王满脑子浸透了真正的宗教思想，而且他的情妇一个比一个丑，自然要禁欲苦修。他对拉科龙比耶神父言听计从，须知这位传教士几乎和舍米奈神父同样油滑，但是态度更为激烈。拉科龙比耶神父可谓左右逢源，功成名遂，前半生充当詹姆士二世的高参，后半生又成为玛丽·阿拉科克[①]的灵魂导师。詹姆士二世多亏足足吸收了宗教的这种营养，后来遭受流放也能不卑不亢，退隐到圣日耳曼，能够平静地接触瘰疬患者，平静地同耶稣会士交谈，显示出一个国王能战胜逆境的气魄。

这样一位国王，在一定程度不放心像林奈·克兰查理这样一个叛逆者，是不难理解的。上议院议员的头衔可以世代相传，不知会沿袭多少代，显而易见，要采取措施防范这位爵爷，詹姆士二世绝不会迟疑。

① 玛丽·阿拉科克(1647—1690)，圣母往见会修女，她曾接受圣心的启示，为笃信圣心作出重大贡献。

第二章　大卫·狄里-莫伊尔勋爵

一

林奈·克兰查理勋爵并非天生就这么老朽，遭受流放。他也有过青春韶华和激情的时期。从哈里逊和普赖德的记述中，大家了解到克伦威尔年轻时爱女人，爱寻欢作乐，这一点往往表明（妇女问题的另一侧面）他善于迷惑人。千万当心裤腰带扎得松的人。

Male praecinctum juvenem cavete.[①]

克兰查理勋爵同克伦威尔一样,也有过不检点、不正当的行为。大家知道他有个私生子,是个儿子。他那儿子出世时,正赶上英国共和政体完结了,做父亲的也流亡异国他乡。因此,那孩子从未见过生父。克兰查理勋爵的私生子充当少年侍从,是在查理二世的宫中长大的,人称大卫·狄里-莫伊尔勋爵,但这勋爵仅仅是一种尊称,只因他母亲是身份很高的贵妇。在克兰查理勋爵去瑞士隐居之后,尚有姿色的母亲就灵活得多,不那么负气拿大,找了第二个情夫,从而得到谅解,不再追究她那头一个野蛮情夫。毫无疑问,第二个情夫很有教养,甚至是保王派,因为正是国王本人。她多少也算是查理二世的情妇,也算够资格吧,足使这位陛下心中窃喜,从共和政体夺回了这个美人,当然要多加照顾被他征服的女人的儿子,封小大卫为勋爵,给他个宫廷少年侍从差使。这个私生子成为军官,靠朝廷喂养,因而培养成斯图亚特王朝的狂热拥护者。在一段时间,大卫勋爵作为宫廷侍卫,可以佩戴长剑,这种侍卫共有一百七十名。后来,他又进入四十名的持金槊卫队,领取俸禄了。此外,他还是亨利八世为个人安全组建的贵族扈从队一员,有资格给国王的餐桌上菜。大卫勋爵在查理二世治下,就这样青云直上的时候,他父亲却在流亡中头发熬白了。

国王驾崩,国王万岁,有道是:金枝玉叶断了一枝,又生一枝。[②]

于是,约克公爵继承了大位,而大卫就获准称为大卫·狄里-莫伊尔勋爵了,这是他刚去世的母亲留给他的一处领地的名称。那领地坐落在苏格兰大森林中,林中有一种名叫 Krag 的鸟儿,能用喙在橡树干上啄出窝来。

---

① 拉丁文,改写自古罗马传记作家苏埃托尼乌斯(约69—约122后)《名人传》中一句话,意为“要当心裤腰带扎得松的年轻人”。

② 原文为拉丁文,形象取自维吉尔的史诗《埃涅阿斯纪》:金枝截断再发新枝。

二

詹姆士二世身为国王，却又想当将军，喜欢自己周围簇拥着一群青年军官。他特别爱戴盔披甲，骑上高头大马，当众炫耀，只见他头盔下浓密的假发披散在铠甲上，活脱一尊愚昧时代的骑马武士雕像。他十分看好年轻的大卫勋爵的潇洒风度，心中感谢这个保王分子是共和派的儿子：遭贬斥的父亲，绝不妨碍儿子在朝廷发迹。国王又任命大卫勋爵为侍寝贵族，享年俸一千镑。

真是平步青云。侍寝贵族夜晚就睡在国王卧榻旁安放的床上，他们共有十二人，轮流侍寝。

除了这个差使，大卫勋爵还是国王的饲马官，负责供给御马燕麦饲料，年俸二百六十镑。他管理五名御用车夫、五名御用车夫副手、五名御用马夫、十二名跟班和四名御用轿夫。他还照管国王在秣市养的、每年要耗费陛下六百镑的六匹赛马。他在御衣库也能呼风唤雨，那里要向嘉德骑士们提供礼服。国王的黑杖掌门官见到他，要一躬到地。这位掌门官，在詹姆士二世朝上还是杜佩骑士。御前书记官巴凯先生，以及议院书记官布朗先生，对他也同样毕恭毕敬。英国宫廷富丽堂皇，正是好客的典范。主持御宴和觐见仪式的十二名侍从官，大卫就是其中一位。每逢庆典仪式，大卫勋爵总是荣耀地伫立在国王身后，诸如祭献日，国王赠给教堂"拜占庭"金币，或者颈饰日，国王戴上自己勋位的颈带，或者领圣体日，别无他人，只有国王和王公们领圣体。每逢神圣的星期四，还是大卫勋爵将十二名穷人领到陛下面前，陛下就按照自己的年岁如数赏给他们银币，按照自己当朝的年数赏给他们先令。国王有病时，大卫勋爵负责唤来两宫廷侍从神父来陪伴，不准未经枢密院允许的医生接近国王。此外，他还是苏格兰禁卫团中校，该团在检阅时奏苏格兰进行曲。

大卫勋爵作为禁卫军中校，参加过数次战役，战功卓著，因为他骁勇善战。

他是一位勇敢的爵爷，相貌英俊，一表人才，为人慷慨，言谈举止气度不凡。他的外表同他的身份极为相配。他高挑个头儿，同他的出身一样。

有一阵，他几乎被任命为更衣侍从，得此宠幸者能侍候国王穿衬衣，但是必须具备王公或者上议院议员的身份。

增添一个上议院议员席位，关系重大，这就等于增加一个上议员的头衔，会引起许多人嫉妒。这是一种恩宠：国王施此恩典，则赢得一个朋友，同时也招来一百个敌人，还不算那个朋友可能是个忘恩负义之徒。詹姆士二世认为，册封上议院议员头衔是个政治难题，倒不如传承来得方便。传承上议院议员爵位不会引起轰动，这不过是一个姓氏在延续，不大会打扰贵族的秩序。

国王有此诚意，绝不反对吸收大卫·狄里-莫伊尔勋爵进上议院，只要通过传承替代的方式。如有机会将大卫·狄里-莫伊尔的荣誉勋爵转正，陛下何乐而不为呢。

三

这种机会来了。

有一天，大家又听说好多关于老流亡者林奈·克兰查理勋爵的事情，其中主要一条就是他一命呜呼了。人死了只有一点好处，能引起人们议论几句。关于克兰查理勋爵最后几年的生活，不管了解的还是以为了解的，都可以讲一讲，但多半是猜测与传闻。这类传闻当然有很大一部分是编造的，据说克兰查理勋爵到了晚年，重又焕发了共和精神，甚至有人肯定地说，这个顽固的流亡者实在不可思议，居然娶了一个弑君犯的女儿，那人还讲出这女人的名字，叫安·布雷德肖。这女人也死了，不过据说她留下一个儿子，是个男孩。如果这些情况全属实的话，那么这个孩子便是克兰查理勋爵的合法孩子，也是法定继承人。这些说法十分模糊，更像谣传而非事实。对当年的英国而言，在瑞士发生的事情，就像今天的英国看待在中国发生的事情同样遥远。克兰查理勋爵结婚那年，估计是五十九岁，六十岁得子，没过多久便去世，留下这个无父无母的孤儿。这种事情当然可能，但是令人难以置信。那人还补充说，这个孩子"美得像天使"，这就像童话故事了。詹姆士国王煞住了这种显然毫无根据的谣传，有一天他宣告：鉴于林奈·克兰查理勋爵"没有合法子女"，又"确认他没有任何具有血缘关系的后人"，由国王裁定，他的私生子大卫·狄里-莫伊尔勋爵为最终唯一的继承人。册立的诏书已录入上议院档案中。国王通过这份诏书，就将已故的林奈·克兰查理勋爵的爵位、权利和特权，全部移交给大卫·狄里-莫伊尔勋爵了，只附加一个条件：大卫勋爵必须娶国王指定的一个女孩。那女孩当时才几个月，当然要长到成年才能结婚，可是她在摇篮里，就被国王封为女公爵。此举令人莫名其妙，也可以说尽知其妙。这女孩称若仙女公爵。

当时英国流行起西班牙名字。查理二世的一个私生子就叫卡洛斯·德·普利茅斯伯爵。Josiane（若仙），很可能就是 Josefa 和 Ana 的组合。不过，既然有 Josias，就可能有 Josiane。亨利三世的一名宫廷侍从就叫若遐思（Josias）·德·帕萨日。

克兰查理的上议院议员头衔，国王就赐给了这位小女公爵。她继承上议院议员职位，单等她丈夫来当上议院议员。这个爵衔拥有两块采邑：克兰查理男爵采邑和亨克维尔男爵采邑。此外，为奖赏克兰查理勋爵世家的军功，国王特许这个家族世袭西西里的克莱奥尼侯爵爵衔。英国上议院议员不能兼领外国爵衔，但是也有例外。例如亨利·阿伦代尔,阿伦代尔·德·沃道尔男爵,以及克利福特勋爵,都是神圣罗马帝国的伯爵;科佩勋爵则是罗马帝国的大公;哈密尔顿公爵在法国又是夏泰尔罗公爵;巴西尔·费尔丁,登比伯爵,在德国又是哈普斯堡、劳芬堡和莱茵菲登伯爵;马尔博鲁公爵在施瓦本[1]又是明德尔海姆大公;同样,威灵顿公爵在比利时又是滑铁卢大公,还是这位威灵顿勋爵,又兼领西班牙的罗德里戈城公爵,以及葡萄牙的维梅拉伯爵。

现在仍然像过去,在英国存在贵族土地和平民土地。克兰查理勋爵世族的土地,全部为贵族领地。这些地产、城堡、集镇、辖区、采邑、年金,以及附属于克兰查理·亨克维尔上议员爵衔的自由地和庄园,暂时归在若仙小姐名下,而国王已有谕旨,大卫·狄里-莫伊尔勋爵一旦与若仙小姐完婚,就成为克兰查理男爵了。

除了克兰查理家庭的遗产,若仙小姐还有自己的财富。她拥有巨额财产,其中数项是无名号夫人赠给约克公爵的礼物。所谓"无名号夫人",即只称夫人而不提任何头衔,人们就是这样称呼英格兰的亨丽埃塔,即奥尔良公爵夫人,仅次于王后的法国第一夫人。

四

大卫勋爵在查理和詹姆士两朝平步青云,到了威廉治下,还照样春风得意。他信奉激进的民主主义,他绝不追随詹姆士二世去流放。他一方面继续爱戴自己的合法国王,另一方面又很识时务,为僭越者效劳。而且,他虽然纪律性不强,却是个出色的军官。他从陆军转入海军,在白色舰队中战功卓著,升迁到当时人称"轻型

---

① 施瓦本:德国历史地区名称。

驱逐舰舰长”的职位。这就最终成就了一个风流倜傥的人：他将恶习升华到十分高雅的程度。他同所有人一样有点儿诗人气质，堪

称国家的好仆人，君王的好侍从；他频繁出席各种节庆舞会、盛宴，参加各种小戏演出、各种典礼仪式和每次的战斗；必要时可以低声下气，也可以盛气凌人，视对象不同而眼睛低垂，或者目光犀利；他情愿表现出正直品性，也适当做出卑躬屈膝或者趾高气扬的姿态；他头一个反应总是很坦率而真诚，哪怕随后再加以掩饰；他善于察言观色，看得出国王的情绪好坏，对着利剑而面不改色，只要陛下略一示意，他想也不想，就会英勇向前，不惧生命危险；他彬彬有礼，熟谙各种礼数，但又做得出任何出格而非礼的行为；在君王行

大典时，他因下跪而自豪，他既勇敢又乐观，表面上是个十足的臣仆，骨子里则侠肝义胆，年纪虽已四十有五，却仍然年轻气盛。

大卫勋爵会唱法国歌曲，优美而欢快，深得查理二世的赏识。

他喜爱夸夸其谈和华丽的辞藻，特别欣赏博须埃那些被吹捧为名篇的讳词。

他从母亲名下继承的财产，每年约一万英镑收入，合二十五万法郎，大致可以维持生活。但是他还要举债。他的衣着总追求华美、怪诞和新奇，简直无与伦比。一旦有人效仿，他又改变式样。他骑马的时候，足登带马刺的轻便翻毛牛皮靴。他戴的帽子是独一份，镶有闻所未闻的花边，而他那大翻领也是绝无仅有的。

第三章 若仙女公爵

一

1705 年,若仙小姐虽年满二十三岁,而大卫勋爵则已四十四岁,二人还没有结婚,理由当然十分充分。他们彼此憎恶吗?根本谈不上。既然是板上钉钉的事,就无须着急了。若仙想保持自由,大卫也想保持青春。尽可能晚些时候结合,他感到这样就会延长青春韶华,在那种男欢女爱的时期,迟迟不结婚的青年大有人在。头发开始花白还要寻花问柳:假发就是同谋,再借助于扑粉。例如查理·杰勒德勋爵,即布罗姆利的杰勒德世族杰勒德男爵,五十五岁上风流韵事还层出不穷,传遍伦敦全城。年轻美丽的白金汉公爵夫人,即考文垂伯爵夫人,狂热地爱恋六十七岁的福科姆堡子爵,即美男子托马斯·贝拉塞斯。这里有名诗为证,年届七旬的高乃依[1],给一位二十岁的女子这样写道:"侯爵夫人,假如我的面容……"明日黄花的女子也有秋收的喜悦,如尼侬和玛丽蓉[2]便是明证。以上都是些典型。

若仙和大卫彼此调情则别有特色:他们相悦而不相爱,满足于见面接触,何必急于结束这种关系。当时小说也助长情侣和未婚

---

① 高乃依(1606—1684),法国古典主义戏剧作家。

② 尼侬·德·朗格洛(1616—1705),玛丽蓉·德洛姆(1611—1650),法国两位风流女子,前者为作家,所主持的沙龙接待思想自由的朋友。

夫妇进行这种实习,逗留在这种最快活的状态。此外,若仙明知自己是私生女,但总觉得以公主之尊,无论安排什么事情总居高临下。她倒是很欣赏大卫勋爵。大卫勋爵长得英俊,但这是次要的。她认为大卫勋爵风流倜傥。

风流倜傥,这一点至关重要。凯列班若是风流华美,也要胜过贫穷和爱丽儿[1]。大卫勋爵长得好看,这当然很好;礁岩好看,但是终归乏味,而大卫勋爵则不乏味。他爱打赌,爱击拳,也爱借债。若仙高度评价他养的马匹、猎犬,也十分赞赏他赌博输钱和赢得情妇。大卫勋爵也认为,若仙女公爵白璧无瑕,神态高傲,无所顾忌,胆大包天而又难以接近,对他颇有迷惑力。他献给若仙小姐十四行诗,她偶尔也看一眼。大卫勋爵在这些十四行诗中,明确表示拥有若仙,就如同升到快乐的天堂。尽管如此,他总是把上天堂的时间推到来年。他在若仙的心扉前耐心候见,这样若即若离两相宜。在朝廷,大家都赞赏推迟婚期的高雅情趣。若仙小姐常说:“我只求能爱上大卫勋爵,如果是被迫嫁给他,那可太讨厌了。”

若仙,就是肉体。可以说是肉体的绝品。她身材很高,甚至奇高。她那头美发,可以称为泛红的金黄色调。她整个人儿丰满、壮实,肌肤鲜艳红润,而且胆量和智慧过人。她那双眼睛让人一目了然。至于情人,一个没有;所谓贞节,就更谈不上了。她是自囚于骄傲和高墙之中。男人,去他们的吧!配得上她的,至少是一位天神,或者一个魔鬼。如果说贞洁就寓于无人敢接近的孤傲中,那么若仙就是贞洁的化身,却又毫无纯真可言。她目无下尘,也就没有风流艳遇。不过,如果谁无中生有,她也不会气恼,只要编造出来的故事很离奇,并且与她这样一个美人相称。在她看来,名誉事

---

① 凯列班和爱丽儿:莎士比亚的剧本《暴风雨》中人物。凯列班是野性而丑怪的奴隶;爱丽儿是缥缈的精灵。

小，声望事大。看似轻浮，实则不可近亵，这才是杰作。若仙感到自己既有高寒的威严，又有血肉之躯。这是一种令人尴尬的美。她侵扰而不迷人。她践踏着人心。她又是尘世的。无论向她指出她胸膛里有一颗灵魂，还是让她看她背上长着翅膀，都会令她惊诧不已。她能大谈特谈洛克[1]。她也彬彬有礼。有人猜想她懂阿拉伯语。

既是肉体又是女人，这是两码事。女人易被触动的地方，譬如怜悯方面，就很容易变成爱情。然而，若仙则不然。倒不是说她如何冷漠。古人常把肉体比作大理石，这是绝对错误的。肉体之美，正在于它绝非大理石；肉体之美，正在于它能悸动，能战栗，能变红，能流血；也正在于它坚实而不坚硬，白皙而不冰冷，不时惊抖而有残疾，总之有生命，而大理石却是死物。肉体之美达到一定程度，就几乎有权裸露，看上去罩着耀眼的光辉，好似蒙着一层轻纱。谁若是见过裸体的若仙，那也只是透过光环看到这个形体。她情愿暴露在一个好色之徒或者阉奴的面前，泰然自若的神态，就像神话中的仙女。将自己的裸体变成一种酷刑，躲闪一个坦塔罗斯[2]式的人物，她会感到十分开心。国王封她为女公爵。朱庇特又把她变成海中仙女。双重辐射，在这女人身上交相辉映，形成一种奇异的光彩。欣赏她的人，就会感到自身变成了异教徒，或者奴仆。她出身于私生与海洋，仿佛从一朵浪花里诞生。她命运的第一冲动就是随波逐流，但只是漂泊在朝廷这片大潮中。她本身就有涌浪，率性而为，显示大贵人的脾气和暴风雨的特点。她颇有文才和学识，但是从未产生过激情，而所有激情她早已探测过了。她既有兴

---

① 洛克(1632—1704)，英国哲学家，他于1689年著文，认为社会建立在契约上，国王应该遵守法律，否则，人民造反就是合法的(《关于宽容的信》)。

② 坦塔罗斯：希腊神话中人物，吕狄亚王，因触怒主神宙斯，被罚永世站在水中。水深到脖颈，他口渴要喝水时，水便退下，饿时要吃果子，头上的果树便升高。

趣，又厌恶那些激情化为现实。假如她要用匕首插进胸膛自尽的话，那也只能像卢克雷蒂娅[①]那样在失身之后。所有堕落的行为，这位童贞女在幻觉中全经历过了。她是真实的狄安娜[②]身上可能体现的阿斯塔特[③]。她因出身高贵，在放肆无礼的态度中，既有挑逗性又难以接近。然而，她能自行安排一种堕落行为，从中寻求消遣。她高居荣耀的光环中，却有几分走下来的愿望，也许还有几分跌落的好奇心。对于负载她的那朵祥云，她还是沉重了一点儿。失足，何乐而不为。有公主的名分就无所顾忌，有权尝试：一个平民女子会身败名裂的事，换了公爵小姐不过是取乐。若仙身上的一切，出身、容貌、谈锋和聪慧，几乎称得上女王了。有一阵，她对路易·德·布弗莱热情满怀，只因他手指夹住马蹄铁就能折断。真遗憾赫拉克勒斯已经死了。她这一生，不知在等待什么样一个最理想的淫荡之徒。

在道德方面，若仙令人想到“致比萨人的信”中那句诗，“下身呈鱼尾”[④]。

美丽的女身却长一条水蛇尾。

她酥胸高耸，由一颗王家至尊的心托举的乳房，那么和谐而雍容大雅；她那明澈的双眸炯炯有神，那副面容纯洁而高傲，还有，谁说得准呢？在半透明半浑浊的水中，还有延长的下身，弯曲而超自

---

① 卢克雷蒂娅：传说中的古罗马烈女，她被罗马暴君卢齐乌斯·塔尔奎尼乌斯之子塞克斯图斯奸污，要求父亲和丈夫立誓为她复仇，随即自杀。此后，布鲁图率领被激怒的群众起事，赶走暴君。发生于公元前509年的这一事件，标志罗马共和国的诞生。

② 狄安娜：古罗马神话中的月亮和狩猎女神。

③ 阿斯塔特：古代近东地区所崇拜的女神。在《圣经·旧约》以及《耶利米》中对她也有记载，迦南人称她为“天后”。阿斯塔特司爱情与战争。

④ 原文为拉丁文。引自罗马诗人贺拉斯的《诗艺》，原诗句为：“女人上身很美，却长一条鱼尾。”

然，也许像畸形的龙尾。最高尚的品德，在梦幻的幽深处，以邪恶为终结。

二

除此之外，她还是个女才子。

这也是一种时尚。

让我们回想一下伊丽莎白。

伊丽莎白是个典范，她在英国一连统治了三个世纪，即十六世纪、十七世纪和十八世纪。伊丽莎白不止是个英国人，她还是英国国教教徒。因此，这位女王深得主教派教会的敬重，而这种敬重又为天主派教会所仇视，就不免掺杂进去一点逐出教会的意味。诅咒伊丽莎白的话，从教皇西克斯图斯五世口中讲出来，诅咒就变成了恭维。他说："一位绝顶聪明的女王。"[①]玛丽·斯图亚特更关心妇女问题，而不是教会问题，她不大尊敬姐姐伊丽莎白，给姐姐写信也总是女王对女王，风流女郎对假正经女人的口吻："您不肯结婚，无非不愿丧失让人向您求爱的自由。"玛丽·斯图亚特玩弄的是扇子，而伊丽莎白挥舞的是斧钺。强弱悬殊。此外，两姊妹在文学上也竞技争胜。玛丽·斯图亚特善用法文写诗，而伊丽莎白则翻译贺拉斯的诗篇。伊丽莎白长得丑，却宣布自己美若天仙；她喜爱四行诗和藏头诗，总让人差遣娈童向她奉献城门钥匙。她还效仿意大利女人抿嘴唇的样子，效仿西班牙女人转动眼珠的做派。她那衣橱挂有三千套礼服裙和各种服饰，好多套还是密涅瓦[②]和安菲特里特[③]的打扮。她看重爱尔兰人，只因他们有宽阔的肩膀。她的撑裙缀满了闪亮的金属片和木珠；她还特别喜爱玫瑰花，动辄诅咒骂人，连连顿足，并挥拳捶打伴驾的贵妇，还动辄赶走达德利，殴打财政大臣伯利，打得老畜生嗷嗷哭叫。她还唾马修，揪哈顿的衣领，抽埃塞克斯耳光，向巴松皮埃尔[④]亮出她那处女的大腿。

她对巴松皮埃尔的这种做法，古代示巴女王[⑤]对所罗门早已试过，因此，这无可厚非。《圣经》已经创造先例。《圣经》上的一切，就可以成为英国国教的规矩。《圣经》上那个先例，主人翁甚至还生出了一个孩子，名叫埃伯内哈坎，或者梅利勒舒特，就是"贤哲之

① 原文为意大利文。

② 密涅瓦：罗马神话中的智慧女神，即希腊神话中的雅典娜。

③ 安菲特里特：希腊神话中的海中女神，海神波塞冬的妻子。

④ 巴松皮埃尔(1579—1646)，法国元帅，外交家。

⑤ 示巴：传说中的阿拉伯女王，据《圣经》记载，她曾拜访过以色列王所罗门。《可兰经》里也记载了这件事。她又以 Balkis 的名字出现在阿拉伯文学中。

子”的意思。

这种习俗有何不可呢？厚颜无耻总抵得上虚伪装相。

如今英国又出了个名叫韦斯利[①]的罗耀拉[②]式的人物，面对过去就得稍微垂下眼睛。它对此颇为气恼，但也有几分自豪。

在当时的风尚中，还存在一种对畸形的癖好，尤其是妇女，特别是美妇。如无叟猴相伴，貌似天仙又有什么意思？如无一个胖得发蠢的男人同自己亲密无间，那身为女王还有什么用？玛丽·斯图亚特特别“关爱”一个叫黑兹奥的驼子。西班牙的玛丽·泰蕾丝[③]跟一个黑人也“有点亲昵”，因为成为“黑袍修女院院长”。在这个伟大世纪的密室中，驼背相当风雅！卢森堡元帅便是明证。

在卢森堡之前，还有孔岱，“那个美丽的小矮人”。

那些美妇自身如有畸变，也同样无伤大雅。安娜·德·博莱恩[④]两个乳房大小不一，一只手长了六指，还多长了一颗牙齿。拉瓦利埃尔[⑤]则是罗圈腿。这些全无妨，亨利八世对前者照样神魂颠倒，路易十四对后者也照样爱得发狂。

在精神上，也同样存在这种反常现象。身份高贵的妇人，心理几乎都有点变态。阿格尼斯[⑥]身上就包含着梅吕西娜。她们白天是人，夜晚就变成吸血女鬼。她们去刑场，亲吻挂在铁柱上的刚砍下来的人头。玛格丽特·德·瓦卢瓦[⑦]是矫揉造作的才女们的祖

---

① 约翰·韦斯利(1703—1791)，英国神学家，新教牧师。他和兄弟及朋友创立半科学半宗教的协会。他们在露天布道，极受公众欢迎。

② 罗耀拉，圣依纳爵(1491—1556)，西班牙人，天主教耶稣会创立人。1622年，教皇格列高利追谥他为圣徒，称圣依纳爵。

③ 玛丽·泰蕾丝(1515—1582)，西班牙修女，宗教圣师。

④ 安娜·德·博莱恩(1507—1536)，英王亨利八世的再婚妻子，后因通奸而被砍头。

⑤ 拉瓦利埃尔(1644—1710)，法王路易十四的情妇。

⑥ 阿格尼斯(约304—?)罗马女子，基督教圣徒。她十分貌美，十三岁时立誓不嫁，除耶稣别无所爱。她被当局投入娼门，还受教皇迫害而殉教。

⑦ 玛格丽特·德·瓦卢瓦(1553—1615)，称玛尔戈王后。法国国王亨利四世之妻，于1599年被休，著有《回忆录》和《诗篇》流传于世。

奶奶,她腰带挂着缝在衬裙上的一只只白铁皮匣,全上了锁,里面装着她每个已故情夫的心肝。亨利四世的心肝也曾藏在她那撑裙之下。

十八世纪,摄政王的女儿贝里公爵夫人[①],更是将所有这些女人的行为集于一身,成为王室中一个淫荡的典型。

此外,美妇们都懂拉丁文,这是十六世纪以来,女性的一种风雅。简·格雷在博雅的路上走得更远,甚至懂希伯来文。

若仙女公爵会讲拉丁语。她还别有一种风采——信奉天主教,当然是秘密的,如同她伯父查理二世,而不像她父亲詹姆士二世。她父亲就因为信奉天主教而丢了王位,若仙绝不想拿自己的爵位去冒险。因此,在密友和风雅人士的圈子里,她是天主教徒,对外,对那些下层庶众则是新教徒。

这种处理宗教信仰的方式倒也尽得其乐,能享受主教派国教会规定的所有好处,死后还能像格劳秀斯那样,安寝在天主教的芳馨中,还有彼涛神父为她做一场体面的弥撒。

我们再强调一遍,别看若仙体态肥胖而强健,仍不失一位地道的女才子[②]。她说话时倦慵疏懒、浪声嗲气的拖音,正是模拟一只母老虎在莽林中拉长的步履。

成为女才子的用处,就是贬低人类。现在没有人赞赏女才子了。

首先,拉开同人类的距离,这一点至关重要。

上不了奥林匹斯山,那就去朗布耶公馆[③]吧。

朱诺化为阿拉曼特[④]。自称神仙无人接受,编造出来矫揉造作

---

① 贝里公爵夫人(1798—1870),法王查理十世之子贝里公爵的妻子。

② 女才子:十七世纪法国上流社会贵妇言谈故作风雅,世称女才子。

③ 朗布耶公馆:坐落在巴黎卢浮宫托马斯大街,由德·朗布耶侯爵夫人(1588—1665)设计建成,成为女才子聚会的场所。

④ 朱诺是罗马神话中的天后,阿拉曼特是个言行放肆的势利小人。

的女才子。手中没有雷霆,那就代之以放肆的言行。神庙也缩小成小客厅。当不成女神,那也做个让人崇拜的偶像。

况且,矫揉造作中,也有几分讨女人喜欢的常识卖弄。风骚和学究毗邻而居。在自命不凡方面,两者显然相得益彰。

灵敏的感觉发自于肉体。肉欲装扮成雅人深致。厌恶地撇撇嘴,恰似一副贪欲的嘴脸。

再者,在风流场上,女人深感这样吹毛求疵,正可以保护自身软弱的一面,女才子们有这一护身符,就可以无所顾忌了。这是深壑之上再建壁垒。

女才子无不摆出一副厌恶的神态。这是一种掩护手段。

最终会答应,但眼下不屑一顾。等着瞧吧。

若仙内心极为不安。她感到自己毫无廉耻,放荡的倾向十分强烈,便竭力装作正经。我们要远离恶习,骄傲地后撤,很可能又投进相反的恶习中。过度力保自身的纯洁,反而成了假正经的女人。严防死守,恰恰表明一种出击的隐秘渴望。怕人接近,并不是严于律己的女人。

她依仗地位和出身,将自己封闭在唯我独尊之中,但是正如前面所指出的,也许她正打算突然闯出去。

当时正值十八世纪曙光的初现。英国正效法在法国摄政时期的举措。沃波尔①与杜布瓦②相互支持。马尔伯劳正率军攻打他的前国王詹姆士二世。据说,他曾将妹妹丘吉儿卖给了国王。那个时期,博林布鲁克③正光芒四射,而黎塞留则崭露头角。高低贵贱这样混杂,倒给偷香窃玉大开方便之门。堕落的生活消除了尊卑

---

① 沃波尔(1676—1745),英国政治家,曾任财政大臣和首相。

② 杜布瓦(1656—1723),法国红衣主教,政治家,曾任外交大臣、首相,促进四国联盟的谈判(1717—1718),法英结为同盟。

③ 博林布鲁克(1678—1751),英国政治家、文学家和哲学家。

贵贱。后来,要由启蒙思想促成这种平起平坐。腐化堕落,贵族政治的这一序幕,开始了将由革命完成的事业。我们距杰利奥特公然大白天坐在德·埃皮奈侯爵夫人床上的时代,还不算太远。十六世纪就有人看到,斯梅顿的睡帽放在安娜·德·博莱恩的枕头上。这种风气的确源远流长。

如果说女人就是过错,不知是哪次主教会议这样断言过,那么要知道,妇女从来没有像那个时代那么富有女人味,也从来没有像那样以魅力掩饰自身的脆弱,以至高无上的权力掩饰自身的柔弱,也从来没有那么迫切地求得宽恕。变禁果为可品尝的果实,这便是夏娃的堕落;而反之,变可品尝之果为禁果,则是她们的胜利。她们最终走到了那一步。到了十八世纪,女人就把丈夫关在门外,自己却同撒旦躲进伊甸园。亚当却身在园外。

三

若仙的全部本能，就是宁肯风流失身，也不愿合法委身。因风流而失身，则蕴含着文学的意味，令人联想到梅纳尔克[①]和阿玛里莉丝[②]，几乎可说是一种有学识的行为。

德·斯居德里小姐投入佩利松[③]的怀抱，别无动机，只是丑陋吸引丑陋。

女子婚前是主宰，婚后便为奴，这是英国的老传统了。若仙尽力推后这种为奴的时间。迟早要同大卫勋爵完婚，只因这是国王的旨意，当然这也是必经之路，不过实在太遗憾了！若仙既欢迎又拒绝大卫勋爵。二人之间达成默契，这种关系既不决断也不断绝。他们彼此回避，这种恋爱方式进一步退两步，可以用当时的小步舞和加沃特舞的舞步来描摹。男女一旦结婚，就影响到脸上的神采，身上系的绦带显得褪色，人也显得老气了。结婚，就是令人伤心地结束光彩。通过一个公证人交付一个女人，这真是俗不可耐！婚姻这种粗暴关系，创造了一成不变的局面，消除了意志，扼杀了选择，婚姻的句法如同语法，用拼写规则取代了灵感，把爱情变成了耳提面授，还击溃了生活的神秘感，让天生阶段性的生理功能完全透明，拨开笼罩在女人胸衣上的云雾，大大削弱了行使者和接受者双方的权利，并以明显的倾向，完全打破了健壮的性别和强势性别之间、力量和美之间的平衡，而且把一方变成主人，另一方变成女奴，然而在婚姻之外，那却是一个男仆和一位女王的关系。毫无诗

① 梅纳尔克：法国作家拉布吕埃尔(1645—1696)《品性论》中的人物。

② 阿玛里莉丝：拉丁诗人维吉尔(约公元前70—前19)《牧歌》中的人物，一名牧羊女。

③ 佩利松(1624—1693)，法国文学家。原为律师，因生天花而毁容，放弃律师行业而从事文学。德·斯居德里小姐(1607—1701)，巴黎上流社会最有特点的女才子，她的小说写了佩利松。

意地描写婚床，使之完全合乎礼仪，还有比这更粗俗的吗？相爱再也无须经历任何磨难了，够不够愚蠢呀！

大卫勋爵人已成熟了。四十岁，这是一个整点，这是人生一个坎，但是他并没有意识到，事实上，他始终保持三十岁的模样。他觉得渴望要比拥有若仙来得更加惬意。他拥有别的女人，他有一些女人。

而若仙呢，则有梦想。

而梦想却更为糟糕。

若仙女公爵有这样一个特征：眼睛一只蓝色，一只黑色，这种特点并不像人们所以为的那样少见。她那对眸子是由爱与恨、幸福与不幸铸成的。她那眼神中交织着白昼与黑夜。

她有这样的雄心：要显示自己能做到本来不可能的事情。

有一天，她对斯威夫特说：

"你们那些人，总以为存在对你们的蔑视。"

"你们那些人"，指的就是人类。

若仙是个肤浅的教皇主义者。她所掌握的天主教教义，多不过美化谈吐所需的那点东西。照今天看来，就属于普西主义[①]了。她穿着丝绒、缎子或波纹绸的肥大衣裙，有几条裙幅宽达十五六欧纳[②]，上面镶有各种金银花饰，腰带上系了大批珍珠花结，还杂以宝石花结。她还滥用各种饰带，有时呢外套上也镶了绦饰，好似一名法学院毕业生。她骑马仍用男式马鞍，尽管十四世纪时，查理二世的妻子安妮就将女式马鞍引进了英国。她以卡斯蒂利亚人的方式，将冰糖化在蛋清里，用来洗脸和手臂，洗肩膀和颈项。她听到身边的人谈吐风趣的时候，便嫣然一笑，显得那么妩媚动人。

而且，她丝毫不怀恶意，应当说心地善良。

---

① 普西主义：英国国教一个派别的学说，由普西博士(1800—1882)创立，他试图接近天主教教义。

② 欧纳：古量度单位，1欧纳约合1.18—1.2米。

第四章　优雅的仲裁[①]

若仙感到生活无聊,这是不言而喻的。

大卫·狄里-莫伊尔勋爵在伦敦的娱乐生活中,占有举足轻重的地位,赢得贵族和绅士的敬重。

让我们见识大卫勋爵的一次壮举:他敢于不戴假发。当时,有人开始反对假发了。正如1824年,欧仁·德维里亚敢于头一个蓄留胡子那样,在1702年,普里斯·德沃勒敢于头一个在公众面前,亮出自己一头漂亮的鬈发。拿头发冒险,几近拿头颅冒险。于是犯了众怒,哪怕普里斯·德沃勒是赫里福德子爵,英国的上议员,他也遭受了侮辱,不过平心而论,此举也值得。就在嘲骂嘘声沸反盈天的时刻,大卫勋爵也未戴假发,光着头突然出现。这个事件宣告上流社会的完结。比起赫里福德子爵,大卫勋爵所受的侮辱犹有过之,但是他顶住了。普里斯·德沃勒为头一个,而大卫·狄里-莫伊尔则是第二个。当第二个,有时比头一个还要难。第二个无需更多的才智,但是需要更大的勇气。头一个沉醉在创新的激动中,可能不清楚有多危险;而第二个眼看是深渊,还是跳下去。这个深渊,就是不戴假发了,大卫·狄里-莫伊尔纵身跳下去。后来,大家纷纷效仿,追随这两位革命者,也大胆地不戴假发,不久倒是又扑了粉,也算是一种折中吧。

这里顺便交代一句,为确定这一重要历史转折点,应当说向假

---

① 原文为拉丁文,这是古罗马皇帝尼禄朝中的官职。

发开战的真正先锋是一位女王，即瑞典女王克里斯蒂娜。她于1680年就身穿男装，在公众场合露面，不戴帽子，天生的栗色头发高高盘起。此外，她还有“几根须毛”，尼松如是说。

教皇那方面也有动作，于1694年3月颁布谕旨，要求主教们和神众们摘掉假发，还命令教堂神职人员蓄发，可见不大看重假发了。

且说大卫勋爵不戴假发，还穿上一双母牛皮靴。

他这些壮举赢得公众的赞赏。俱乐部无不请他当头儿，举办拳击比赛也无不希望他出任referee。所谓referee，就是裁判。

他为好几家高级俱乐部制订了章程，还参加创办了几所高雅娱乐场。其中“畿尼娅夫人”娱乐场，建在铁圈球运动场，直到1772年还存在。“畿尼娅夫人”是一家俱乐部，那里麇集了所有贵族青年。他们在那里赌博，赌注最低是一卷五十畿尼[1]，而赌桌上的钱从来不下于两万畿尼。每位赌客身边都有一张独脚桌，桌上放茶杯和用来装一卷卷畿尼的烫金木钵。赌客们都套着仆人擦刀

① 畿尼：英国旧金币，合21先令。

剑时用的皮套袖,以免磨损他们礼服的花边;颈上还戴着保护皱领的护胸,头上戴着缀满鲜花的大草帽,既遮光保护眼睛,又防止弄乱发髻。他们还戴着面具,不让人看到他们脸上的表情,尤其赌十五点的时候。他们还反穿衣服,以便招来好运。

大卫勋爵参加了牛排俱乐部、无礼俱乐部、分便士俱乐部、莽汉俱乐部、括小钱俱乐部、保王党的封印结(Sealed Knot)俱乐部,还参加了由斯威夫特创建的马丁努斯涂鸦社,该社取代了由弥尔顿创建的辐轮社。

大卫勋爵虽然相貌英俊,还是参加了丑八怪俱乐部。这家俱乐部是专门为畸形人创立的。加入这个俱乐部要保证进行搏斗,但不是为了一位美女,而是为了一名丑汉。俱乐部大厅装饰了一些奇丑无比的肖像,有瑟西特、特里布莱、邓斯、赫迪布拉、斯卡隆;壁炉上则放着伊索像,左右则有科克莱和卡蒙斯两个独眼龙雕像。科克莱瞎了左眼,而卡蒙斯瞎了右眼,二人的侧身像雕的正是瞎的一面,结果两个盲人面面相觑。美丽的维塞特夫人出天花那天,丑八怪俱乐部会员为她举杯祝贺。直到十九世纪初,这个俱乐部还相当兴旺。它还给米拉博[①]寄去了名誉会员证书。

查理二世复辟之后,取缔了那些革命俱乐部。莫尔菲尔德旁边一条小街上,有家小牛头俱乐部所在的酒馆,也被拆除了。这个俱乐部的名字有来历:1649 年 1 月 30 日,查理一世喋血断头台时,有人在那家酒馆用小牛头盖骨盛红酒,为克伦威尔的健康干杯。

君主派俱乐部取代了共和派俱乐部。

在君主派俱乐部里,大家体面地娱乐。

当时有一家名叫“她嬉戏”的俱乐部。会员到街上拉来一个女

---

① 米拉博(1749—1791),法国大革命初期最伟大的演说家和最富有才智的政治家。侯爵之子,天生相貌丑陋,三岁生天花而成麻脸。革命初期,他在国民议会第三等级对特权阶层进行的斗争中起过决定性作用。他提出民间和王权一致的方法,但无法实施。当议长不久后病故。

人，一个过路女子，要平民女子，尽量挑年轻些，漂亮些的。他们连推带拉，强行把她请进俱乐部，让她倒立着行走，两脚朝天，裙子翻下来遮住她的脸。如果她忸忸怩怩，他们就用领带抽打她身体暴露的部位。那也怪她。这种技巧的训练师就叫"跳梁"①。

还有一家名叫"热情闪电"的俱乐部，这名字隐喻着"欢乐舞蹈"。会员们在俱乐部里，让黑人和白种女子跳秘鲁的皮坎特舞和踢莫踢伦巴舞，尤其跳莫扎玛拉舞，即"坏姑娘舞"。莫扎玛拉舞最精彩的表演，就是舞女一屁股坐到一堆谷糠上，站起来时就留下美臀的印记。他们要观赏卢克莱修②这句诗的场景：

> 于是在林中，维纳斯让情侣交合。③

还有"地狱之火"俱乐部（Hellfire Club），那里玩的是亵渎宗教的游戏，赌的是看谁最敢亵渎神灵。最大的亵渎者就能赢得地狱。

还有个铁头俱乐部，那里玩的是用头撞人，故而得名。他们瞄准宽宽的胸膛、愣头愣脑的脚夫，就向他提议，必要时就强迫他接受，只要让他们用头对着他胸膛撞四下，就请他喝一大罐黑啤。大家就用这种形式打赌。有一次，对方是个肥胖的粗汉，名叫戈干杰尔德的威尔士人，让人用头撞第三下时他就断了气。看来闹大了，出了命案。于是进行调查，陪审团做出了这样的裁定："饮酒过量，心脏突然膨胀而致命。"戈干杰尔德确实喝下了那罐黑啤。

有一个俱乐部叫 Fun Club④。Fun 这个词很特殊，就像 Cant、Humour⑤ 一样，不好翻译，权且译为胡闹俱乐部。"胡闹之于闹

---

① 跳梁：原文为 sauteurs，从动词 sauter 衍生而来，多义。其中一义为跳越障碍的赛马。

② 卢克莱修（约公元前 193—约前 50），拉丁诗人和哲学家，著有《物性论》六卷。

③ 原文为拉丁文，引自《物性论》第五卷。

④ 单词 Fun 有玩笑、嬉戏、娱乐等多种意思，这里译成"胡闹"。

⑤ 这两个单词意思分别为假装正经和幽默。

剧”,就如同往盐上撒辣椒面。闯入人家里,砸烂人家贵重的镜子,划破家族先人的画像,毒死人家的狗,将一只猫放进人家大鸟笼里,这就叫作“搞一场闹剧”。编造一条噩耗,骗人家悲伤戴黑纱,这也是胡闹。这种胡闹行为,甚至闹进汉普顿宫,在霍尔拜因①的一幅名画上开了个方洞。那尊著名的维纳斯像,如果是胡闹俱乐部的会员折断了那两只手臂,俱乐部就会引为自豪。在詹姆士二世治下,有个百万富翁的年轻勋爵,他趁黑夜放火烧毁一家茅舍,逗得伦敦人开怀大笑,从而被拥戴为“胡闹大王”。住在茅舍里的那些可怜的家伙,都穿着睡衣逃出火场。就在伦敦市民睡觉的时候,胡闹俱乐部成员,所有大贵族子弟,全在大街小巷乱窜,卸掉住户百叶窗的铰链,割断通水管,凿穿蓄水池的池底,摘下各种招牌,践踏园子里的作物,扑灭街上的路灯,锯断民居的支柱,打破窗户玻璃,到了贫民区就闹得更凶了。富人就可以这样欺侮穷苦人。正因为如此,谁也不可能告状。况且,这是嬉戏玩耍。这种风气至今也没有完全消失。在英国不同地点或者一些属地,例如在根西岛,就会时而有人趁黑夜捣坏一点您的房舍,您的围墙,拔掉您的门锤等等。这种事情如果是穷人干的,那就准要投进大牢,然而这些人都是可爱的贵族青年。

最突出的要算由一位“皇帝”主持的俱乐部:他的额头有个新月图形,自称“大魔火克”。魔火克比胡闹社更厉害,他们的宗旨,就是为作恶而作恶。魔火克俱乐部的宏伟目标是损害别人。为达到这一目标,他们可以不择手段。加入魔火克俱乐部,就要发誓做个害人精。不惜一切代价害人,无论对谁,无论采取什么手段,这是义务。魔火克俱乐部每个会员都要有一手绝活。有一名魔火克

① 小霍尔拜因(1497 或 1498—1543),德国 16 世纪最重要的肖像画家和装饰艺术家,曾长期旅居英国,被英王亨利八世聘为御前画师。

是“舞蹈教练”,也就是说,他用剑乱戳乡巴佬的腿肚子,疼得他们乱蹦乱跳。还有几个擅长“让人冒汗”,也就是说,六七个、七八个贵绅子弟,每人都手执长剑,随便围住一个无赖,逼得他团团转,但是他无论转向哪一面,背后总有人刺他一剑以示惩罚,等他转身,后腰又中一剑,警告他又背向一位贵绅,如此类推,每人都轮得到刺他一剑。等那无赖满身是血,在剑阵里旋转蹦跳够了,他们再吩咐仆从用棍子揍他一顿,给他换换脑筋。另外有几个专门“打狮子”,他们笑呵呵地拦住一个行人,冷不丁出拳,击塌那人的鼻梁,再用两根拇指插进他的眼睛。如果抠瞎双眼,就赔他医药费。

那时刚刚迈进十八世纪,无所事事的伦敦富佬就这样消磨时光。而巴黎的有闲阶层则别有消遣。德·夏罗莱先生站在自家门口,就向一个市民开枪。历朝历代,青年人都要找乐子。

大卫·狄里-莫伊尔勋爵也不例外,将他放浪不羁的超人才智,带进了这些娱乐会社。他跟别人一样,兴致勃勃地放火烧掉一座草顶木屋,烧伤了屋里的人,不过事后,他又为那家人盖了一座石头房子。同样,他在“她嬉戏”俱乐部,也让两个女子倒立行走。一个是未出阁的闺女,他就给了姑娘嫁妆钱;另一个已经结婚,他就设法让她丈夫当上管理小教堂的神父。

斗鸡也多亏了他,才实现了可喜的改进。看到大卫勋爵如何打扮一只准备上场斗架的公鸡,那实在太妙了。公鸡相互撕咬羽毛,如同人打架时彼此揪头发一样。因此,大卫勋爵就尽量把他的公鸡羽毛剪秃。他用剪子将鸡尾全剪掉,从脑袋往下,脖子的羽毛全剪秃。——他说:尽量少给敌手留鸽击的机会。接着,他又拉开鸡的翅膀,将一支支羽翅剪得尖利,比得上一根根小标枪。——他说:这是给敌手的眼睛准备的。然后,他又用小刀刮鸡爪,将鸡爪刮得锋利,再给鸡的主距套上尖利的钢刺,还用唾液抹鸡头和脖颈,就像往运动员身上涂油那样。打扮停当,他将可怕的公鸡放下，高声宣布：一只公鸡，就是这样变成一只鹰；一只家禽，就是这样变成山中猛禽！

大卫勋爵也参加拳击。他本身就是一套活规则。在重大比赛中，总是他指挥打桩，拉护栏绳，量定方形赛场。如果当助手，他就一只手拿水瓶，一只手拿海绵，步步紧随拳击手，不停地高喊"狠打狠打"①；他还提示赛手如何用计谋，在拳击中他出点子，流了血他给擦干，被击倒了他给扶起来，用膝部托住，将水瓶口塞进赛手的两排牙齿中，然后，他自己再满含一口水，喷向赛手的眼睛和耳朵，这样就能激醒昏迷过去的人。如果当裁判，他执法十分公正严格，出拳要守规则，除了助手，不准任何人协助场上的赛手，在场上如果不面向对手，即使是冠军他也要宣布为输者。他还监视每一回合的赛时不得超过三十秒，阻止赛手冲撞，判用头顶者违规，不许再击打已倒地的对手。然而，他掌握这一整套学识，却毫无学究气，丝毫不减他在社交界的潇洒风度。

大卫·狄里-莫伊尔勋爵当裁判时，两个长满粉刺、须毛浓密的黑脸助手，无论是哪一方的，都休想上前帮助体力不支的赛手，休想跑进圈儿里，拉断护栏绳，拔掉桩子，强行干预比赛，破坏赌博的公正。他是少数几个镇得住场面、别人不敢冒犯的裁判。

他当教练也与众不同。他只要接受"训练"一名拳击手，就确保他能胜出。大卫勋爵选中一个赫拉克勒斯似的大块头，那人粗粗的像块岩石，高高的像座塔。大卫勋爵就把他当成自己的孩子，把这块人体的礁岩从防守状态推入进攻状态，这正是问题的关键。他精于此道。一旦收下这个巨人为徒，他们就形影不离，他简直变成了奶妈。他规定死喝酒吃肉的数量，计算好睡眠时间。早晨，一只生鸡蛋和一杯雪利酒；中午，带血的羊腿和茶；下午四点，烤面包

① 原文为英文。

和茶；晚上，淡啤酒和烤面包；最后，他还帮助学员脱衣服，给他按摩并安置睡觉。这套培养运动员的饮食作息制度令人赞叹，正是大卫勋爵首创，尔后又经莫雷利改进了。就是上街的时候，他眼睛也紧紧盯住学员，让他避开各种危险，如惊马、车轮、喝醉酒的大兵或美丽的姑娘。他还关注学员的品德。这种慈母般的关爱，在训练中能促使学员不断进步。他还传授给学员狠招，比如如何一拳打掉对手的牙齿，如何用拇指将对手的眼珠抠出来。再也没有比这种敬业精神更令人感动的了。

大卫勋爵这样做，也是为政治生活做准备，不久他就应召从政了。要成为一位十全十美的贵绅，可不是件轻而易举的事情。

大卫·狄里-莫伊尔勋爵酷爱十字街头那些表演，有花枝招展的露天舞台、有奇禽怪兽的马戏、跑江湖的大篷车，还有小丑、笨拙的佣人、滑稽演员、露天闹剧，集市上精彩的节目无所不有。真正的贵族老爷，一定要尝尝老百姓的人生百味。因而，大卫勋爵经常光顾伦敦和五港的“圣迹区”[①]，他去下层人的居住区，就换上水手的夹克衫，好能瞅机会就同桅楼水手或捻缝工打一架，而又无损于他那白色舰队军官的身份。因为不用戴假发，他这样化装就很方便。要知道，即使在路易十四统治的时期，老百姓也都蓄留长发，犹如狮子的鬃毛。他一化了装，行动就自由了。大卫勋爵在杂混的人群中，遇到的尽是小百姓，赢得他们的敬重，却无人知晓他是位爵爷。大家都叫他汤姆-金-杰克。他用这个名字，就成为平民百姓，在三教九流中混出了大名气。他与底层人为伍却非常老练，碰到机会也动动拳脚。他潇洒生活的这一面，若仙小姐全了解，而且十分赞赏。

---

① 圣迹区：乞丐聚集的街区，因他们乞讨时化装成残疾人，回驻地又恢复为健康人，就像上帝显圣一般，故称圣迹区。

第五章　安妮女王

一

在这对未婚夫妇的上面，还有安妮，英国女王。

安妮女王，是个再普通不过的女人。她性格开朗，心地宽厚，也有几分威严。她的这些优点，哪一个也算不上美德，不过她的任何缺陷，也没有达到邪恶的地步。她体态肥胖，显得臃肿，狡猾起来也难免笨拙，而她的善良又失于愚蠢。她既固执，又优柔寡断。她作为妻子，既不忠又忠实，只因她把心掏给了那些宠幸，把床第留给了丈夫。她作为基督徒，既是异端又过分虔诚。她身上也有美的部位，粗壮的脖子赛似尼俄柏[1]，其余部位就极不成功。她爱美，但是美得傻气，也美得诚恳。她的肌肤白皙细腻，便大面积暴露出来。她率先戴的紧箍脖子的大颗珍珠项链，后来还成为时尚。她脑门很窄，嘴唇很性感，脸蛋儿肥腌腌的，眼睛特别大，视力却很差。近视扩展到了她的思想。她难得有欢快的时候，偶尔格格一笑，也几乎跟她发怒一样给人压力，平常总是悻悻然、气鼓鼓地不讲话，偶然冒出来一句半句，也让人难以猜测。她是好婆婆与女魔头的混合体。她喜欢出人意料，这倒是深深打上女人的烙印。安

---

① 尼俄柏：希腊神话中的底比斯王后，她炫耀自己生了七儿七女，嘲笑阿波罗的母亲勒托只生一儿一女。勒托大怒，让阿波罗封杀她所有子女。宙斯还把她变成石像。

妮正是普天下粗坯子的夏娃的样板。而这个毛坯掉在王位上也纯属偶然。她爱喝酒。她丈夫是丹麦人,出身世家。

女王参加了托利党,却让辉格党[1]组阁。女人行事,疯子行径。她时常暴跳如雷,成事不足,败事有余。处理国家事务,再也没有如此蠢笨的人了。出了大事,她就甩手不管。她的全部政治体系千疮百孔。她最善于小事化大,小事故酿成大灾难。她每次发威,胡来一通,就称之为:捅一捅炉火。

她有时梦呓似的讲出这样的话:"任何上议员,在国王面前都得脱帽,唯独爱尔兰上议员金沙尔男爵库赛可以例外。"她还说:"实在不公正,我父亲曾是海军司令,我丈夫却不是。"于是,丹麦的乔治就被封为英国及"女王陛下全部殖民地"的海军统帅。她永远为发脾气而出虚汗。她的想法从不明示,而是一点点渗出来。这个鹅婆身上有几分斯芬克斯的意味。

她绝不憎恶"胡闹"俱乐部,也不憎恶闹剧和恶作剧。她若是能把阿波罗变成驼子,那她会乐不可支。不过,她还是任由他当太阳神。她心地善良,她的理想就是不让任何人陷入绝望,不给所有人添烦恼。她用词往往生猛,再粗俗一点儿,就会像伊丽莎白那样骂人了。她不时从衣裙的一个男式口袋里,掏出一只银制压纹的小圆盒,银盒盖上在 Q. A. [2]两个字母之间,雕有她的侧面像。她打开盒盖,用指尖挑出一点唇膏,涂红了嘴唇。她收拾好嘴唇之后,这才开口笑一笑。她见到西兰的扁平香甜蜜面包,吃起来没够。她颇为自己胖身肥臀而自豪。

按说她是个清教徒,却又特别迷恋演出。她的一大心愿就是

---

① 托利党和辉格党:英国历史上两大对立政党,在安妮女王统治时期,托利党代表基督教和地主的利益,而辉格党则代表贵族和有产阶级的利益。1679 年,在为废立约克公爵詹姆士问题上展开激烈斗争时,两党始用这种名称。

② Q. A.,即 Queen Ann(安妮女王)的头一个字母。

仿照法国建造音乐学院。1700 年,有个名叫弗尔特罗什的法国人,计划在巴黎建一座"王家马戏院",要耗资四十万利弗尔[①],遭到德·阿让松[②]的反对。于是,这个弗尔特罗什便跑到英国,向安妮女王兜售他的设想,要在伦敦建造一座有机关布景设置、"四个台仓"的大剧院,比法国国王那座还要华丽。女王一时还真被说得动了心。她也像路易十四那样,喜欢让她的大轿车奔驰起来,这样经过几个驿站换马,跑完温莎到伦敦的全程,也用不了一小时零一刻钟。

二

在安妮统治时期,不经两名治安法官的允许,百姓不得聚会。十二个人聚在一起,就算是一起吃牡蛎,喝黑啤,也构成叛逆罪。

在这种还算宽松的统治下,给舰队施加的压力却无比巨大,可悲地证明英国人只是臣仆,还算不上公民。几个世纪以来,英国国王一直实行暴君统治,揭穿了古老的自由宪章的虚假性;而法兰西对暴君统治尤其愤慨,终于战而胜之。但是英国压迫水兵,法国却压迫陆军士兵,这也就多少削弱了这一胜利的光彩。在法国各大城市,强壮男子上街办事,都有可能被拉了壮丁,扭进一幢人称"烤炉"的房子。被胡乱关进去的还有其他人,适于服役的人再被挑选出来,由抓壮丁的卖给军官。1695 年,仅巴黎就有三十座这样的"烤炉"。

安妮女王制订的镇压爱尔兰的法律十分残忍。

安妮生于1664 年,即发生伦敦大火的前两年:当时星相家就预

① 利弗尔:法国古时货币单位,为银币,价值随时代不同而变化。

② 德·阿让松侯爵(1652—1721),法国政治家,任过掌玺大臣。

言，她是火神的姊姊，将要登基为女王。——当时还存在星相家，路易十四便可做证：他出世时也请去一位星相家，襁褓上绘有十二宫星宿图。她当上女王，也多亏了占星术和1688年革命。然而，她的教父是坎特伯雷大主教吉尔伯特，她就觉得很没面子。她生在英国，再给教皇当教女已经不可能了。仅仅由一位首席主教当教父，掉价归掉价，安妮也只能将就。这是她的过错：她干吗成为新教教徒呢?

丹麦买下了她的童贞,Virginitas empta[1],正如老宪章所讲的这样,数额就是继承亡夫的六千二百五十英镑的年金,即从瓦丁堡和费马恩岛的租金中提取的收益。

安妮心中无底,只是照章办事,遵循威廉[2]的老传统。在这种产生于一场革命的王权统治下,英国人所能享受的全部自由,就是从关押演说者的伦敦塔,到捆缚写作者的耻辱柱。安妮能讲几句丹麦语,好跟丈夫说点情话;她还能讲几句法语,好与博林布鲁克子爵说点悄悄话。纯粹难懂的洋话。不过在那个时代,尤其在宫中,英国人讲法语特别时髦。只有讲法语才风趣。安妮很关注钱币,特别关注铜币,因为面值小,在老百姓中间广为流通,她要在铜币上铸重大的图案。在她统治时期,曾铸过六版铜币,面值为四分之一便士。在她的授意下,前三版铜币背面,仅仅铸上御座图案。第四版铜币的背面,按她的旨意铸了一辆凯旋的战车。而在第六版的铜币背面,则铸了一位女神像:女神一手执剑,另一只手拿橄榄枝,题铭为:Bello et pace[3]。詹姆士二世这对父女,父亲天真而残酷,女儿则暴戾。

同时也可以说,她本性还是温和的。矛盾仅仅是表面现象。她一发火,就完全变态了。白糖一加热,就会融化沸腾。

安妮倒是深孚众望。英国喜欢女人统治。为什么呢?法兰西政坛排斥女性,这已经是英国喜欢女人统治的一个理由了。也许根本无须再有别种理由。在英国历史学家看来,伊丽莎白伟大,安妮则善良。好吧,随他们怎么说吧。不过,这几朝女王统治,却毫无温文尔雅可言。粗线条。伟大也是粗俗的伟大,善良也是粗鄙

---

① 拉丁文,意为“做交易的童贞”。

② 威廉一世(1028—1087),诺曼底公爵(1066—1087),英国国王(1066—1087)。

③ 拉丁文,意为“战时如在和平时”。

的善良。至于她们白璧无瑕的贞操,英国坚信这一点,我们也绝不唱反调。伊丽莎白是个由埃塞克斯[①]破瓜的处女,而安妮则是个心里装着博林布鲁克的妻子。

三

各国民众都有一种愚蠢透顶的传习,总把他们做的事情归功于国王。他们浴血奋战,光荣属于谁呢?属于国王。国王出了钱。谁那么豪华气派?国王。老百姓就喜欢看到国王极为富有。国王从穷人手中拿去一枚金币,再还给穷人一个铜板。国王多慷慨!充当基座的巨人在瞻仰他肩扛的侏儒。这侏儒可真高大啊!他在我肩膀上。一个矮子要想比巨人还高,绝妙的办法就是站在巨人肩上。然而事情怪就怪在,巨人竟然让他爬上去,还赞叹矮子如此高大,这就愚蠢了。人类真天真。

骑马雕像,专门塑造国王,就十分鲜明地象征着君主政体:胯下马便是人民。不过,这匹马在缓慢地变形。起初,它是头驴,最后就变成了雄狮。于是,它把骑在背上的家伙掀翻在地,这就是1642年在英国、1789年在法国发生的事件。有时,它还吞掉骑手,这就是1649年在英国、1793年在法国发生的事件[②]。

雄狮怎么会重又变成蠢驴,这令人惊讶,但事实如此。这种情况在英国出现了。崇拜国王的这副驮鞍,老百姓重又放到背上。上文我们说过,安妮女王深孚众望。她这样得民心,究竟做了什么?什么也没有做。这正是英国人民对国王的全部要求。就为了

① 埃塞克斯伯爵(1566或1567—1601),伊丽莎白女王的宠幸。1600年失宠后阴谋反对女王,事败被处决(1601)。

② 1649年,英王查理一世阴谋复辟失败,被克伦威尔送上断头台;1793年,法王路易十六因叛逃,被当时革命政权送上断头台。

这什么也没有做,国王每年能收入三千万。英国在伊丽莎白时代,拥有十三条战舰,到詹姆士一世时期就增至三十六条,到了1705年更是达到了一百五十艘之多。英国有三支军队驻扎在国外:五千人在加泰罗尼亚,一万人在葡萄牙,五万人在佛兰德。此外,英国还要为欧洲各国的君主制和外交支付四千万,成了英国人民永世供养的婊子。议会投票通过发行三千四百万终身年金的爱国公债,英国人都纷纷跑去财政部积极认购。英国舰队,一支派驻东印度,由海军上将李克率领,一支在西班牙沿海游弋,还有海军上将肖威尔统领的四百艘战舰,组成后备舰队。当时英国刚吞并苏格兰不久,正处于赫希施泰特战役[1]和拉米伊战役之间,而前一次战役的胜利,为英国人展现了下一次胜利。英军在赫希施泰特撒下一张大网,就俘获了二十七个营和四个龙骑兵团,重创法国军队,逼使法军从多瑙河退至莱茵河。英国人的手还伸向撒丁岛和巴利阿里群岛[2]。英国舰队凯旋,押回十艘西班牙战列舰,以及许多只满载黄金的西班牙大帆船。路易十四已经半放弃哈得孙湾和海峡[3],让人感到他也要放弃阿卡迪亚地区、圣克里斯托夫和纽芬兰岛,到头来英国能允许法国渔民在布列塔尼海峡捕捞鳕鱼,法国国王就烧高香了。英国还要羞辱他,逼使他自行拆毁敦刻尔克要塞。眼下英国已然夺取了直布罗陀,就要拿下巴塞罗那。完成了多少丰功伟业!

安妮女王不辞辛劳,生活在这个时代,怎不令人赞佩呢?

从某种观点来看,安妮的统治好似路易十四统治的反光。在人称历史的这种际会中,安妮一时间与法王并存,也就同他有一种

---

① 赫希施泰特在德国境内,于1703年和1704年发生两次战役,是争夺西班牙王位继承权的战争,英军支持的西班牙势力,于1704年打败法军。

② 巴利阿里群岛:隶属西班牙。

③ 哈得孙湾和海峡隶属加拿大。

隐约相似的印象。同他一样，安妮也是惺惺作态，佯装昌明盛世，拥有她这一朝的纪念碑、艺术、胜利，拥有她的统帅、文人，以及她发给名人津贴的专用基金，展示她收藏的杰作的专有陈列馆。她的朝廷也同样，文臣武将济济一堂，意气风发，令行禁止，步调一致。她的那班人，正是凡尔赛宫那些大人物的缩影，而那些人物已经不算很伟大了。也算相当逼真吧。再演奏《上帝保佑女王》，总体上还有模有样，而这支乐曲可以立即从吕利[①]作品中借用。一个人物也不少。克利斯托夫·雷恩[②]将就算个芒萨尔[③]；萨默斯[④]相当于拉姆瓦尼翁[⑤]。安妮的拉辛就是德莱顿，她的布瓦洛就是蒲柏[⑥]，她的柯尔贝尔就是戈多尔芬[⑦]，而彭布罗克就是她的卢瓦[⑧]，马尔伯劳就是她的蒂雷纳[⑨]。不过，你们要加大假发的量，多遮住些前额。一切都要搞得庄严而有排场，到了那种火候，温莎几乎就能冒充马尔利[⑩]了。然而，处处又都女里女气，就连安妮的特利埃神父，也叫莎拉·詹宁斯[⑪]。此外，文学作品中当时刚刚萌生的讽刺，五十年后就变成了哲学，斯威夫特揭露了新教的伪君子达尔图夫，正如当

---

① 吕利(1632—1687)，意大利裔法国宫廷乐师。

② 克利斯托夫·雷恩(1632—1723)，英国天文学家、几何学家、著名建筑师。

③ 芒萨尔(1649—1708)，法国杰出建筑师，为路易十四所看重，设计建造了凡尔赛宫、巴黎荣军院礼拜堂、旺多姆广场等。

④ 萨默斯(1651—1716)，英国政治家，辉格党党魁之一，曾任大法官、议院议长。

⑤ 拉姆瓦尼翁(1617—1677)，法国司法官员，曾任巴黎最高法院院长，不公正地审理了前财政大臣富凯。

⑥ 布瓦洛(1636—1711)，法国古典主义文学理论家，著有《诗艺》等。蒲柏(1688—1744)，英国古典主义文学理论家和杰出代表。

⑦ 柯尔贝尔(1619—1683)，法国政治家，曾任路易十四的财政大臣。戈多尔芬(1645—1712)，英国政治家，曾任安妮女王的财政大臣。

⑧ 彭布罗克是英格兰封爵贵族，世袭伯爵，在历朝任高官，应有一位彭布罗克伯爵任安妮女王的国防大臣。卢瓦(1639—1691)，法国政治家，曾任路易十四的国防大臣。

⑨ 马尔伯劳公爵(1650—1722)，英国将军，曾任联军统帅，在欧洲大陆击败路易十四的军队。蒂雷纳(1611—1675)，法国元帅，屡建战功，最后牺牲在战场。

⑩ 马尔利：马尔利勒鲁瓦，路易十四聘用芒萨尔在那里建了一座行宫，包括一座宫殿和十二座配室，十分精美，1789 年大革命时被拆毁。

⑪ 莎拉·詹宁斯(1660—1744)，即马尔伯劳公爵夫人，深得安妮信任，常在宫中伴驾。

年莫里哀拆穿天主教的达尔图夫那样。那个时期,英国尽管不断同法国争吵打仗,却总在模仿法国,从法国得到启发:英国用以装饰门面的,正是法国的智慧。可是安妮在位统治仅仅十二年,如果再长些,英国人就不用别人怎么劝说,便称"安妮世纪"了,正如我们讲"路易十四世纪"那样。安妮于1702年登上王位,那时路易十四朝正趋衰落。这是历史的一种奇特现象:在同一时间,一颗通红的星球沉落,而一颗惨白的星球升起。法国有太阳王,而英国有月亮女王。

还有一点应当指出:即使同路易十四交战,英国人也十分赞赏这位国王。他们说:"法兰西就需要这样的国王。"

英国人热爱自由,却又在一定程度上赞同奴役别人,这实在令人费解。爱看捆缚邻人的锁链,就往往进而激赏身边的专制者。

总之,安妮给她的人民带去"幸福",正如比夫雷尔在给他的著作法文版译者的题词第六页、第九页,以及在他的《序言》第三页中,以优雅的文笔一再强调的那样。

四

安妮女王颇为恼恨若仙女公爵,这有两条理由。

第一条,她觉得若仙女公爵长得美。

第二条,她觉得若仙女公爵的未婚夫也长得英俊。

有这两条理由,女人就会嫉妒,而女王有一条就够了。

还多出这样一条:她恼恨若仙是她妹妹。

安妮不喜欢女人容貌姣好。她认为美貌有伤风化。

至于她本人的长相,当然丑陋。

然而这是天生的,并非她自己的选择。

她的宗教信仰,一部分动力就来自这种貌寝。

若仙又美丽又聪慧，让女王很不舒服。

在这位相貌丑陋的女王看来，一位美丽的女公爵不是个称心的妹妹。

还有一条怨恨的理由：若仙出身“不正当”。

安妮的母亲安妮·海德出身于普通贵族之家，虽然堂堂正正地嫁给了约克公爵，也就是后来当了国王的詹姆士二世，但是婚姻不幸。安妮由于自身低下的血统，就觉得自己只能算半个王族。而若仙来到这世上纯属意外，是由偷情所生，微不足道，但又确系王后之女。门户不当的婚生女儿，看着身边这个私生女，怎么看也不顺眼。两者有一种给人添堵的相似点。若仙有权对安妮说：“我母亲也比得上您母亲。”宫廷里自然没人这样讲，但是显而易见，人人都这么想。这对女王陛下实在是烦心事。干吗冒出来这个若仙呢？她生在世上打什么主意？多个若仙又有什么用？有的亲缘关系不如没有。

不过，安妮还是给若仙好脸子。

如果不是姊妹关系，她也许会喜欢若仙。

第六章　巴基尔费德罗

了解别人的行为总有好处，略微监视也不失为明智之举。

若仙打发她的一个人，她依赖的一个人，去窥察大卫的举动，此人名叫巴基尔费德罗。

大卫勋爵也派他的一个人，靠得住的一个人，去暗暗监视若仙，此人名叫巴基尔费德罗。

安妮女王那方面，也秘密安插她的一个人，她完全可以依赖的一个人，以便掌握她的私生妹妹若仙女公爵，以及她未来的妹夫大卫勋爵的一举一动，此人名叫巴基尔费德罗。

这位巴基尔费德罗手下有这样一副琴键盘：若仙、大卫勋爵、女王。一个男人夹在两个女人之间。能弹出多少转调变奏的乐章啊！能弹出何等心灵纠葛的交响曲啊！

巴基尔费德罗生来并不一帆风顺，难得有这种给三个人当耳目的绝好机遇。

当初他是约克公爵的仆人，早年还曾想进教会而未果。约克公爵是英格兰和罗马的双料王爷，既信奉王家的天主教，又信奉合法的英国国教，既有天主教堂，又有新教教堂，他完全可以栽培巴基尔费德罗，让他在天主教或新教的等级中升迁。不过公爵认为，他那天主教信仰，还不足以修成神师，而他那新教信仰，也同样不足以升任管理小教堂的神父职位。这样一来，巴基尔费德罗仍游离于两教之间，灵魂还滞留在尘世。

对于某些灵魂如爬行动物的人来说，这种境况并不算坏。

有些路段，只有匍匐着才能爬过去。

仆从地位卑微，但是吃喝不愁，因而很长一段时间，巴基尔费德罗就过着这种稳定的生活。当仆人，这角色就算不错了，可是他又想要权力。也许他就要达到目的了，不料詹姆士二世却垮台了。一切还得从头再来。然而在威廉三世的统治下，门儿都没有。新国王一副哭丧脸，他的统治方式，无非以假正经充当公正廉洁。巴基尔费德罗自从他的保护人詹姆士倒台之后，也并没有立即落到衣不蔽体的境地。君主这棵大树倒下去，总留下点什么，继续供养寄生虫。就是连根拔起的大树，汁液要枯竭了，也还能让树梢的叶子存活两三天，然后叶子才发黄枯干。那些臣仆同样如此。

至于那位君主本身，虽然垮台而被遣往远地，但是有所谓正统性的这层防腐剂的保护，生命还能延续下去。臣仆则不然，比君王死得快多了。国王在那边成为木乃伊，而臣仆在这里只是幽灵。作为一个影子的影子，躯体干枯到了极点。巴基尔费德罗最后饥寒交迫，无奈干起文人的行当。

然而，他进人家厨房都要被赶出来，有时候都找不到睡觉的地方。——“谁能让我脱离这露宿呢？”他常这样念叨。他还在奋力搏斗。落魄之人苦心经营的引人注意的本领，他全都具备。此外，他还有白蚁那种天赋，善于蛀洞，从下一直通到上面。他借助詹姆士二世的名字，写回忆录，表白忠诚和恋恋不舍的旧情，等等，就把洞一直打到若仙女公爵那里。

若仙喜欢上了这个贫困而有才智的人：贫困和才智这两件事是能打动人的。她把巴基尔费德罗介绍给大卫·狄里-莫伊尔勋爵，收留他住在下房，把他当作手下人，对他很好。有几次甚至同他讲话。巴基尔费德罗再也不用挨饿受冻了。若仙同他用“你”相称，这也是当时的风气：贵妇人用“你”称呼文人，而文人们也恭顺随意。德·梅莱侯爵夫人接待从未谋面的罗伊时，就躺在沙发床

上对他说："《风流年》是你写的吧？你好。"后来，文人们也回敬这种称呼。有一天，法布尔·德格朗丁①对德·罗朗公爵夫人说：

"你的族徽不就是杜文鱼吗？"

被人以"你"称呼，这是巴基尔费德罗的一种成功。他心中乐

① 法布尔·德格朗丁(1750—1794)，法国诗人，政治家，法国大革命中被绞死。

不可支，早就觊觎这种自上而下的熟不拘礼了。

“若仙公爵小姐用‘你’称呼我了！”他心中暗道，高兴得搓着双手。

他利用这种亲近的称呼，还要更上一层楼。果然，他成了若仙小厅室的常客，绝不碍事，也不引人注意，公爵小姐就连换内衣也不怎么避讳他。然而总的来说，还远非根深蒂固。巴基尔费德罗打算谋个差使。接近一位女公爵，这仅仅是半途；一条地道如果不能直通到女王，那就是半途而废。

有一天，巴基尔费德罗对若仙说道：

“夫人愿意赐给我幸福吗？”

“你想要什么？”若仙问道。

“一个职位。”

“一个职位？”

“对，夫人。”

“你怎么想起来要个职位呢？你干什么都不行。”

“就是为了这个缘故。”

若仙笑起来。

“你不能胜任的那些差使中，你想得到哪种？”

“给海洋瓶开盖儿的差使。”

若仙笑得更厉害了。

“这是什么差使？你开玩笑呢。”

“不是玩笑，夫人。”

“那好，现在我有兴致，会认真地回答你。”女公爵说道，“你要做什么？再说一遍。”

“开海洋瓶盖儿的差使。”

“朝廷里什么都有可能。有这样一种差使吗？”

“有哇，夫人。”

“告诉我点儿新鲜事儿。说下去。”

“确实有这种差使。”

“以你没有的灵魂向我发誓。”

“我发誓。”

“我根本就不信你的话。”

“谢谢,夫人。”

“这么说,你想要……? 再说一遍。”

“给海上的瓶子开盖儿。”

“这职务倒清闲,就像给铜马梳理皮毛一样。”

“差不多吧。”

“什么也不干。这样的位置的确合你心意。你也只适于干这事。”

“您瞧,我也适合干点什么了。”

“哈,就这个! 信口开河。有这个位置吗?”

这时,巴基尔费德罗神情严肃,摆出毕恭毕敬的姿态。

“夫人,您有一位高贵的父亲,詹姆士二世国王;还有一位声名显赫的姐夫,丹麦的乔治,坎伯兰公爵,令尊曾任,而您姐夫现任英国海军司令。”

“这就是你来告诉我的新鲜事吗? 这我跟你同样清楚。”

“不过,下面就是夫人不知道的了。海中有三类物品:沉入海底的,叫作 Lagon;漂在海面上的,叫作 Flotson;冲上海岸的,叫作 Jetson。”

“那又如何?”

“这三类物品:Lagon、Flotson、Jetson,全归海军司令所有。”

“那又如何?”

“夫人明白了吧?”

“不明白。”

“海里所有的东西,沉入海底的、浮在海面的、冲上海岸的,全部属于海军上将。”

“全部。好吧。还有什么?”

“只有一个例外:鲟鱼属于国王。”

“我还以为,那一切都属于海神尼普顿[①]的呢。”若仙说道。

“尼普顿是个蠢货,他全抛掉不管了,全让英国人拿走了。”

“下个结论。”

“海洋捕获物,这就是发现的那些东西的总称。”

“好吧。”

“取之不尽啊。总能看到漂浮着什么东西,还有什么东西冲到岸边。这是海洋贡献的份额。海洋向英国缴税。”

“那好哇。快下结论。”

“夫人应当明白,这样就要为海洋设置一个办事处。”

“在哪儿?”

“海军部。”

“什么办事处?”

“海洋物资办事处。”

“还怎么样呢?”

“办事处下设三个科:Lagon、Flotson、Jetson。每一科都有一名长官负责。”

“还有呢?”

“海上航行的船只有什么话要告诉陆地,说它航行在多少纬度,碰到什么海怪,望见一片海岸,又遭遇了海难,即将沉船,一切全完了,等等。于是船长把事件写在一张纸上,塞进一只瓶子里,再封上瓶口,丢进海中。瓶子如果沉入海底,那就是 Lagon 长官的

---

① 尼普顿:罗马神话中的海神,即希腊神话中的波塞冬。

事；如果浮在海面上，那就是 Flotson 长官的事；如果让海浪冲上岸，那就是 Jetson 长官的事了。”

“而你就是想当那个 Jetson 长官吧？”

“正是。”

“这就是你所谓的给海洋瓶开盖儿的人，对吧？”

“这个位置确实存在。”

“为什么你要最后这个，而不要前两个位置呢？”

“因为眼下这个位置空缺。”

“这职位管什么事？”

“夫人，1598 年，有一只用沥青封了口的瓶子，冲到 Epidium Promontorium[①] 的沙滩上，让一名捕康吉鳗的渔夫拾到，呈送给伊丽莎白女王。英国人从那瓶中取出的羊皮纸上获悉，荷兰悄悄行动，占领了一块不为人知的土地，叫新地岛，Nova Zemla。那是 1596 年 6 月间发生的事情，占领者被熊吃掉，而过冬的办法则记在一张纸上，纸装进火枪弹盒里，将弹盒挂在岛上木屋的烟囱里。上岛的荷兰人全死了，木屋还在，烟囱是用打穿的木桶做的，安在房顶上。”

“什么乱七八糟的，我听不大明白。”

“不妨。伊丽莎白明白了。荷兰多占一块地方，英国就少一块地盘。那只瓶子传递的消息受到极大重视。那天女王当即下令，此后无论谁在海边拾到封口的瓶子，一律呈送给英国海军大臣，违反者处以绞刑。海军大臣委派一名军官负责开启瓶子，必要时将传递的内容呈报陛下。”

“海军部经常收到这类瓶子吗？”

“很少。但这无妨，职位照样设置，在海军部安排办公室和宿舍。”

---

① 不准确的拉丁文，大意为“埃皮迪岬角”。

“那么，这个闲差，能挣多少钱呢？”

“年薪一百畿尼。”

“这点小事你也来麻烦我？”

“解决生计啊。”

“乞丐一般的生活。”

“正适合我这样的人。”

“一百畿尼，就跟冒股烟似的。”

“您一分钟的用度，就够我们这种人活一年的。这正是穷人的长处。”

“这位置是你的了。”

多亏若仙的好心，也多亏大卫·狄里-莫伊尔勋爵的名望，一周之后，巴基尔费德罗就到海军部上班了，从此有了活路，脚踏实地，居有定所，全部公费，还拿一百畿尼的年薪，告别了朝不保夕的处境。

第七章　巴基尔费德罗脱颖而出

首先要做的一件急事，就是做个忘恩负义之人。

巴基尔费德罗在这点上绝不含糊。

他接受了若仙那么多恩惠，自然而然就产生一个念头：恩将仇报。

应当补充说明一点，若仙高高的身材，又年轻又美丽，又有钱又有势，名声显赫；而他巴基尔费德罗则个头儿矮小，又老又丑，身无分文，寄人篱下，是个默默无闻的人。就冲这一点，他也要报复。

一个人完全由黑夜构成，怎么能饶过那么多光辉呢？

巴基尔费德罗是爱尔兰人，却背弃了爱尔兰：坏种。

巴基尔费德罗从头到脚，只有一个有利的部位：他那便便大腹。

便便大腹总被视为一种和善的标志。然而，巴基尔费德罗有这样的肚子，正好掩饰他的虚伪。须知这个人一肚子坏水。

巴基尔费德罗有多大年纪？说不准。正是他要实现自己计划所需的年岁吧。他满脸皱纹，头发花白，看上去很老，可是他思维敏捷，又显得年轻。他行动既轻快又笨重，集猴子与河马于一身。保王党人吗，当然了；共和党人吗，天晓得！天主教徒吧，也许是；新教教徒吧，毫无疑问。拥护斯图亚特王室，可能吧；拥护不伦瑞克[1],显而易见。拥护的同时又反对,才具有力量。巴基尔费德罗就实施这种智谋。

“给海洋瓶子开盖儿”的职位,并不像巴基尔费德罗所调侃的那么可笑。加西亚-费兰德斯在他的《海洋航路》一书中就曾抗议,如今则称之为声言,反对掠夺搁浅船舶的所谓“漂来物权”,反对沿岸居民抢掠海难的残留物品。他的抗议在英国引起轰动,改进了对海难物品的处理方式:遭遇海难者的财产、物品和所有物,不准乡民盗窃,一律由海军大臣没收。

冲到英国海岸上的所有东西,诸如货物、船壳、包裹、货箱等等,均归海军大臣所有。由此可见,巴基尔费德罗请求的职位多么重要,而装有信件与消息的漂浮容器,尤其引起海军部的注意。海难是英国严重关注的一个问题。航海是英国的生命线,因而海难是他们的一大忧虑。对于海洋,英国无时无刻不忧心惕厉。快要沉没的船只抛进浪涛中的小玻璃瓶,装着该船最后的信息,无论从什么角度看都弥足珍贵。那些信息关系到失事的船只、船员的情况,关系到失事的地点、时间和状况,关系到毁坏航船的风力风向,以及把漂流的瓶子送上海岸的潮流。巴基尔费德罗所担任的职务,取消已有一百多年了,但当时并非虚设,确确实实起过作用。最后担任这一职务的人,是林肯郡多丁顿的威廉·赫西。执掌这个部门的人,要做海上漂来物的报告。凡是被潮水冲到英国海岸的封盖封口的容器,无论酒瓶、药瓶还是坛罐等等,必须交给他处理,也只有他才有权开封。容器里所装的秘密,他头一个了解,并由他分门别类,贴上标签,放进他的档案保管室里。英吉利海峡各岛屿上的人,如今还讲“文件存档”,这种表达方式概来源于此。实

---

① 不伦瑞克:德国西北古代公国,韦尔夫家族领地。十七世纪,韦尔夫家族的一支与英国王室联姻,1714 年继承大不列颠和爱尔兰王位,称乔治一世(1714—1727 年在位)。

际上，也采取了一种防范措施。在开启容器的时候，必须有两名鉴定人在场：两名鉴定人由海军部指派，并宣誓保守秘密，同 Jetson 负责人一起在启封记录上签字。由于两名鉴定人要严守秘密，这样，巴基尔费德罗在一定范围就有了处置权，甚至在一定程度上，由他决定隐瞒还是披露一件事实。

失事船舶的那些残骸碎片，远非巴基尔费德罗对若仙所说的那样罕见、那样微不足道。那些残骸碎片，有的很快就冲到岸边，有的却在海上漂流数年，完全取决于风向与水流。瓶子抛进海中任其漂流的方式，现在有点过时了，类似那种还愿物。不过，在笃信宗教的那个时代，行将死去的人情愿用还愿物的方式，向上帝和世人表达他们临终的思想。海上的这类信件，有时大量送交海军部。在欧德莱恩城堡（旧称），保存有一份羊皮纸，上面有詹姆士一世朝英国财政大臣萨福克伯爵的注释。那份文件表明，仅仅在1615 年那一年间，就有五十二只用沥青封口的水壶、细颈瓶、涂了沥青的胸扣钩，送至海军部并登记入档。

朝廷的职务，好比滴到水上的油，总是要漫延扩大。一个门官就这样变成了大臣，一名马夫就这样变成了王室总管。巴基尔费德罗向往并进而得到的这一职位，历来都由陛下安插一名心腹。伊丽莎白认为有此必要。在朝廷，所谓心腹，就会参与密谋，能参加密谋就会高升。担任这一职务的小官员，发展到后来几乎都成为大人物了。巴基尔费德罗是个普通教士，地位立刻蹿升，仅次于两位宫廷神父了。然而，他出入宫廷，应当说“卑微入见”，humilis introïtus，一直进入寝宫。按照当时的习惯，如有必要，他就直接向陛下禀报他那些发现，有陷入绝境者的遗嘱，向祖国的告别语，揭露海上的欺诈和犯罪，给王室的遗赠等等，大多十分有趣。他就借助那些入档材料，同朝廷保持联系，不时向陛下报告开启传递噩耗的瓶子的情况。他那是海难后事办理处。

伊丽莎白爱讲拉丁文，因而她在位时，一见到 Jetson 负责官员，伯克郡的坦菲尔德·德·科利，总要问他："Quid mihi scribit Neptunus？海神又给我写什么来了？"

脱颖而出。白蚁得逞了。巴基尔费德罗接近了女王。

这正是他梦寐以求的。

为了飞黄腾达吗？

不是。

为了毁掉别人的前程。

这是更大的幸福。

损人，就是享受。

害人的渴望，存乎内心，虽然模糊，却坚定不移，始终没有丧失目标，这不是人人都能做到的。巴基尔费德罗就能这样固守不变。

恶狗咬人不松口，他的思想也如此。

感到自己冷酷无情，阴暗心理就有一种满足感。只要牙齿咬住一个猎物，或者心中确定能伤害别人，他就觉得很充实。

在期盼别人寒冷中，他瑟瑟发抖也高兴。

满怀恶意，也是一种富足。这样的人，别人以为他穷，他也确实很穷，但是他又十分富有，而他也更喜爱他富有的这种恶念。这便是知足常乐。干件坏事，跟干件好事是一码事，这要胜过金钱。对受害者是坏事，对损害者是好事。居伊·福克斯[①]的同案犯卡特斯比，在教皇派议论火药阴谋时就说道：

"亲眼看到炸得议会四脚朝天，那景象，就是给我一百万英镑我也不换。"

巴基尔费德罗是个什么东西？最宵小，又最可怕。嫉妒心极强

---

① 居伊·福克斯（1570—1606），英格兰火药阴谋中的关键人物。他原是军人，出身显贵，便被英格兰天主教派选中，要在国会开会时炸死詹姆士一世及其大臣。福克斯所租的房子直通国会地下室，放了二十桶炸药，不料阴谋败露而被处决。

的一个家伙。

嫉妒这种东西，总有人在朝廷给它留位置。

那些放肆无礼的人、游手好闲的人、没事搅事的阔佬、鸡蛋里挑骨头的刺儿头、挨人嘲笑的嘲笑者，以及自以为聪明的傻帽，在朝廷里数不胜数，他们都需要跟一个嫉妒者聊天。

听嫉妒者讲别人的坏事，该是多么开心的事啊！

嫉妒是制造一名密探的好材料。

嫉妒，这种天生的嗜好，同打探隐私这种社会功能，两者有极大的相似点。密探如狗，要为别人去猎取；嫉妒者似猫，是为自身需要去捕捉。

有个残酷的自我，就构成一个十足的嫉妒者。

巴基尔费德罗还有别种长处：他行事谨慎、隐秘而实在。他表面上纹丝不动，内里却被仇恨掏空。极度的卑躬屈膝，必包藏着极度的虚荣自负。得到他的开心笑料的人喜欢他，其余的人则恨他。但是他也有所感觉：恨他的人鄙视他，而喜欢他的人也不把他放在眼里。他有隐忍的功夫。他所受的各种伤害，就在他充满敌意的隐忍中无声地沸腾。他愤愤不平，就好像坏蛋也有这种权利。他默默地忍受着怒火的烧灼。什么都能吞下去，这便是他的才能。他怒火中烧，狂怒在暗中运作，那是灰烬掩盖下的黑色火焰，别人看不见：心头火起而不冒烟。表面上还笑容可掬，一副殷勤、乐于助人的样子，显得好性子，随和，容易打交道。不管见到谁，也不管在什么场合，他总是行礼问好。哪怕吹来一阵风，他也一躬到地。脊梁骨天生一根芦苇，正是发达的好材料！

这种包藏祸心的人，并不像人们以为的那么罕见。我们生活的周围，尽是爬来爬去的毒虫。为什么有这么多坏蛋呢？揪心的问题。梦想者心中不断提出这个问题，而思考者也绝找不到答案。因此之故，哲学家的忧郁目光始终盯住命运那座黑暗的高山，而巨大的魔鬼站在峰巅，大把大把抓起毒蛇抛向尘世。

巴基尔费德罗体态浮肿，而脸庞消瘦：肥胖的身躯和皮包骨的面颊。短短的指甲布有棱纹，手指骨节鹘突，而拇指又扁平；头发粗硬；两鬓间距很大，额头又宽又低，正是一副凶相。两道眉毛浓重，下面小细眼睛则被蒙古褶遮掩其中。鼻子又长又尖，软绵绵的鼻梁隆起来，几乎垂到嘴巴。如果整齐地穿戴上皇帝的行头，巴基尔费德罗倒很像图密善[1]了。他那张散发哈喇味儿的黄脸，就像是用发黏的面团捏成的，僵滞不动的面颊，仿佛抹了一层油灰。脸上难看的皱纹横七竖八，下腭角特别厚实，下巴沉重，耳朵也显出下流相。他歇息时，侧身影上嘴唇翘成锐角，露出两颗牙齿。那两颗牙齿似乎在注视您。牙齿在观看，就跟眼睛能咬人一样。

忍耐、克制、禁欲、谦抑、谨慎、客气、逊让、温和、礼貌、简朴、贞洁，加上这些美德，巴基尔费德罗的形象就完整了。他谴责他自身拥有的这些美德。

时过不久，巴基尔费德罗就在朝廷立足了。

---

① 图密善(51—96)，罗马皇帝，性情暴戾而好大喜功。

第八章　地狱[①]

能在朝廷立足者，有两种境况：一种高居云端，令人敬畏；另一种置身泥淖，权势炙手可热。

第一种境况，那是在奥林匹斯山上。第二种境况，则在内宫密

① 原文 Inferi 为拉丁文。

室里。

在奥林匹斯山上者，手中只有雷霆。在内宫密室者，则掌握警察。

内宫密室拥有五花八门的统治工具，有时翻脸不认人，施以惩处。埃拉加巴卢斯[①]就是去那里送死的。因而，那也叫“茅坑”。

一般来说，那地方也并不那么悲惨。也正是在那种地方，阿尔韦罗尼得以瞻仰旺多姆公爵[②]。内宫密室往往是王室成员用来接见人的场所，也就具有王位大厅的功能。路易十四在那里接见勃艮第公爵夫人；菲利浦五世和王后也正是在那里促膝谈心。神父能够进入。内宫密室往往还是附属教堂的忏悔室。

因此，在宫中，有人会平步青云。那可不是小富小贵。

在路易十一朝上，您若想成为大人物，那就得是皮埃尔·德·罗昂，法兰西元帅；您若想有影响，那就当奥利维·勒丹，国王的理发师。在玛丽·德·美第奇[③]治下，您若想荣耀，那就做掌玺大臣锡耶里；您若想成为重要角色，那就做贴身女仆拉阿侬。在路易十五时期，您若想赫赫有名，那就当大臣舒瓦瑟尔；您若想令人畏惧，那就当跟班勒贝尔。由于是路易十四在位，给他铺床的棒丹的权势，就压过给他组建大军的卢瓦侯爵，也压过给他赢得一场场胜利的蒂雷纳元帅。如果从黎塞留手中夺走约瑟夫神父[④]，那么黎塞留就几乎成了空架子，失去了神秘感。红衣大人气宇轩昂，灰衣大人

① 埃拉加巴卢斯(204—222)，罗马皇帝(218—222在位)，以其淫乱行为臭名昭著。他登基后，把崇拜太阳神的信仰强加给国家，杀死许多拒绝改宗的将军。他还时常公开举行同性恋的放荡集会，种种倒行逆施激怒罗马舆论，引起军队哗变而被杀。

② 阿尔韦罗尼(1664—1752)，意大利红衣主教，他赢得在意大利的法军统帅旺多姆公爵(1654—1712)的好感，被公爵带至马德里，官位做到西班牙首相。有道是：“阿尔韦罗尼红衣主教的冠冕，是从旺多姆公爵座椅的破洞里抽出来的。”

③ 玛丽·德·美第奇(1573—1642)，法兰西王后，法王亨利四世的妻子。亨利四世被暗杀后，她儿子路易十五登基，她一度控制朝廷。

④ 约瑟夫神父(1577—1638)，人称灰袍主教，是法国首相黎塞留的心腹谋士。

却令人胆寒。当一条爬虫,具有多大威力啊。纳瓦埃斯全族人,再加上奥唐奈全族人,他们所做的事情,还比不上一个名叫帕特罗西尼奥的修女[①]。

毫无疑问,这种权势的条件是卑微。您若想保住权势,就要保持卑微的地位。要保持似有若无的状态。蛇休息时盘成一团,那形象既是无限又是零。

这种毒蛇的好运,这次落到巴基尔费德罗的头上。

他已经钻进他向往的地方。

扁平的虫子无孔不入。路易十四的卧榻有臭虫,他的政治中有耶稣会士。

绝对不可调和的矛盾,根本没有。

在这世界上,一切都是钟摆。倾向,就是摆动。一极需要另一极。弗朗索瓦一世需要特里布莱,路易十四需要勒贝尔。这种至尊和极贱之间,存在一种深度的相契。

正是低贱在指挥。这再容易理解不过了。牵线的人在下面。

没有比这更方便的位置了。

充当眼睛,又长耳朵。

充当政权的眼睛。

又长国王的耳朵。

长了国王的耳朵,就能随心所欲地开关国王的意识之门,将自己的喜好塞进国王的意识中。国王的头脑,便是您的大衣柜。如果您是捡破烂的,国王的头脑就是您的背篓。国王的耳朵并不属于国王,这就是为什么这帮可怜的家伙不大负责任的缘故。不能

① 纳瓦埃斯和奥唐奈是西班牙政治家,是西班牙女王二世治下的两位元帅。伊莎贝尔二世受教育程度不高,又嫁给一个没有头脑的丈夫,弗朗索瓦·达西斯王爷。达西斯听信一个神秘主义者克拉雷神父和一个爱搞阴谋的修女帕特罗西尼奥。结果女王失去民心,于 1868 年被军人密谋推翻。后来她便去法国生活。

掌握自己思想的人,就不能掌握自己的行为。一位国王,就是遵命。

遵从什么?

遵从一颗恶毒的灵魂:那灵魂在他耳畔嗡嗡。地狱飞来的黑苍蝇。

嗡鸣之声,便在发号施令。一朝统治,就是一篇听写。

高声讲话的是君主,低声指挥的是君权。

真正的历史学家,应在君主统治中,善于分辨这种低语,听出这低语在朗声提示什么。

第九章　恨也强似爱

安妮女王身边，有好几个这种絮语之声，巴基尔费德罗算一个。

除了女王，他还暗暗下功夫，影响并操控若仙女公爵和大卫勋爵。前面叙过，他在三个人的耳畔打小报告，比唐丘还多出一个。唐丘把脑袋插到路易十四及其弟媳亨丽耶特之间，他瞒着爱上路易的亨丽耶特，给路易当秘书，又瞒着爱上亨丽耶特的路易，给亨丽耶特当秘书，在两者之间穿针引线，居中调停两个木偶的爱情，替他们提出请求并作出答复。

巴基尔费德罗脸上总堆着笑，又唯命是从，对任何人的攻击都无招架之力，但是骨子里又极不忠诚，形貌极为丑陋，内心极其狠毒，因而自然而然，女王最终离不开他了。安妮一旦领略巴基尔费德罗的本事，就不想要别的奉承者了。他吹捧女王，就像有人吹捧路易大王那样，采取讽刺别人的办法。蒙雪佛瑞伊夫人就说道："既然国王无知，大家就只好去蜇蜇那些学者了。"

不时给蜇人的刺输入毒汁，这便是绝技。尼禄就爱看洛库斯特[①]如何操作。

王宫很容易进入：这种珊瑚内里有通道，人称佞臣的啮齿动物就会很快猜测出来，并且发掘疏通，必要时就将里面掏空。只要找

---

① 洛库斯特：罗马妇女，死于公元68年。她擅长下毒，为罗马暴君尼禄所器重，最后她也把尼禄毒死，而她自己也终于被处死。

个由头钻进去就行了。巴基尔费德罗有这种由头，他重演在若仙女公爵府上的故技，用很短的时间，就成为女王跟前不可或缺的一只家畜。有一天，他试探着讲了一句话，就当即摸清女王的脾气，看透陛下的仁慈究竟如何。女王很宠爱她的大总管，德文郡公爵威廉·卡文迪什。这位勋爵非常蠢笨，他拿了牛津大学的各级文凭，却不会拼写。忽然有一天，他愚蠢地死了。一命呜呼，在朝廷是极不谨慎的行为，大家谈起你这个人，就再也无所顾忌了。女王当着巴基尔费德罗的面，显得很伤心，最后还高声叹道：

"真可惜啊，这么多美德，却集中表现在一个智力如此低下的人身上！"

"上帝要用他这头驴了！"巴基尔费德罗用法语咕哝了一句。

女王微微一笑。巴基尔费德罗将这笑容刻在头脑里。

他从而得出结论：咬人能讨欢心。

他这歹毒之心从此有了用武之地。

从这天起，他就到处掘进他那探私的癖好，也掘进他那歹毒之心。大家都害怕他，也就听之任之。能逗国王发笑的人，就能让别人不寒而栗。

这是个得势的小人。

他每天都在地下跨进几步。有人需要巴基尔费德罗。好几位大人物都挺抬举他，对他表示信任，关键时候就委托他去办一件不可告人的事情。

朝廷就是一台机器，巴基尔费德罗则充当了发动机。您注意到了吧，在某些机械中，发动机有多小吗？

我们指出过，尤其是若仙，用上了巴基尔费德罗做奸细的才能，对他高度信任，甚至毫不犹豫，自己居所的秘密钥匙还给了他一把，让他随时都能进入她的房间。交出自己私生活的这种过分做法，在十七世纪倒很流行，称作交钥匙。这种心腹钥匙，若仙交出去两把：一把给了大卫勋爵，另一把就给了巴基尔费德罗。

再说，径直走进内室，符合古老的传习，不值得大惊小怪。由此也发生一些意外情况。拉菲尔特[1]走进拉封小姐的卧室，突然拉开幔帐，发现黑装火枪手参松在床上，等等，等等。

巴基尔费德罗是老油子，擅长偷袭，发现这类事情，从而将大人物置于小人物的掌控之下。他在黑暗中行走，脚步极轻，线路巧妙而曲折。他比得上任何密探高手，既有刽子手的冷酷，又有对着显微镜观察的耐心。他是天生的佞臣。而但凡佞臣，都是夜游神，在人称无上权力的这种黑夜中游荡。他提着一盏风灯，自身处于黑暗中，想看哪一点就照哪一点。他打着灯笼寻找的不是一个人，而是一头蠢驴。他找到的却是国王。

国王都不喜欢身边有人妄自尊大。冷嘲热讽，只要不是针对他们，就得到他们激赏。巴基尔费德罗施展才能，不断贬低那些王公和勋爵，也就相应抬高了国王陛下。

巴基尔费德罗拿的是双头钥匙，可做两用，能打开若仙两座心爱宅邸内室的房门：一处是伦敦的亨克维尔公馆，另一处是温莎的克莱奥尼别墅。这两座府邸是克兰查理的遗产。亨克维尔公馆毗邻奥尔德门：这座城门是从哈里奇前来进伦敦的城关；城门口立着查理二世的雕像，雕像头上画了一个天使，脚下踏着雕刻的一头狮子和一只独角兽。刮东风的时候，在亨克维尔公馆能听见圣玛丽勒本教堂的钟声。克莱奥尼别墅是佛罗伦萨式的建筑，为砖石结构，有大理石列柱，建在温莎木桥头的桩基上，庭院那么气派，在英国数一数二。

克莱奥尼别墅紧挨着温莎城堡，若仙同女王近在咫尺，但她还

---

① 拉菲尔特公爵，是个很有智慧的人，路易十四同他的友谊很真诚，但是改变不了他的放荡行为。他最终毁在酗酒和荒淫上。

是愿意住在别墅里。

外观毫无迹象，全在根须上，这便是巴基尔费德罗对女王影响的特点。朝廷长的这种毒草极难拔掉，都深深扎进地下，从外面根本抓不住。要想除掉罗克洛尔、特里布莱或者布吕梅尔，那几乎是不可能的事。

安妮女王日益宠信巴基尔费德罗了。

萨拉·詹宁斯大名鼎鼎，而巴基尔费德罗则鲜为人知：他的宠幸默默无闻。巴基尔费德罗这个名字没有载入史册。鼹鼠不可能全被捕尽。

当初，巴基尔费德罗想谋个神职，因而什么都学了一点儿；什么都浅尝辄止，也就一事无成。“什么都要粗通”[①]，结果反受其害。自己长的这个脑瓜，就像达那伊得斯[②]的木桶，这就是一大批学无所成的所谓学者的不幸。巴基尔费德罗也曾往头脑里装过东西，结果还是空空如也。

头脑同大自然一样，最畏忌空虚了。大自然往空虚里灌输爱；而头脑，则用恨来填充空虚。恨能占据人的头脑。

为仇恨而仇恨，确实存在。在自然界，为艺术而艺术，远非我们所能想象。

有人就是仇恨，恨就得有所作为。

无缘无故的恨，这字眼儿多么触目惊心。这就意味，仇恨本身就是一种报偿。

熊能靠舔自己的脚掌生活。

这样生活，不能无止境延续下去。必须补充营养，必须往熊掌上添加东西。

---

① 原文为拉丁文。

② 达那伊得斯：希腊神话中人物，埃及王达那俄斯的女儿，共五十人，其中四十九人在新婚之夜奉父命杀死丈夫，她们死后被罚永远在地狱中往一个无底的水槽里灌水。

仇恨，漫无目的固然很温馨，但只能持续一时，最终还要选定一个目标。憎恨，散射于天地万物，也同独自享乐一样，最终会令人生厌。没有目标的仇恨，好似无的放矢。射箭的乐趣，正在于射穿一个人的心。

不能仅仅为了荣誉而仇恨。必须加点儿佐料，毁掉一个男人，或者一个女人，反正得毁掉某个人。

有这样的援手帮忙，就增加了游戏的乐趣，提供一个目标，在确定目标的同时就更激发仇恨，就像猎手一见活猎物而欣喜，抱着希望等待流出热气腾腾的鲜血那样，又如捕鸟人见到百灵鸟徒然扑打翅膀而心花怒放。总之，成为冥冥中由一个头脑为谋杀而孕育出来的一只野兽，这样的援手又可怕又奇妙，而帮助者却没有意识到，对于巴基尔费德罗，若仙就是帮了这样的忙。

思想就是一颗子弹。巴基尔费德罗心怀叵测，从第一天起就瞄准了若仙。一种意图就像一杆火枪。巴基尔费德罗站定位置，将他包藏的全部祸心，对准了若仙女公爵。对此您感到惊奇吗？您举枪打一只鸟儿时，那鸟儿又怎么招惹您了呢？您会说，就是要吃这野味。巴基尔费德罗也会这么讲。

若仙的心不大可能被击中：她那心窝儿是个谜团，难以伤害；反之，她的头脑，即她的高傲，却可能被击伤。

她自以为坚强的地方，反而是她的薄弱之处。

巴基尔费德罗深知这一点。

假如若仙能够看清巴基尔费德罗的黑夜，能够分辨他那微笑后面隐藏着什么，那么这个高傲的女人，不管处于多高地位，很可能也要不寒而栗。幸而她根本不知道这个男人脑袋里装着什么，睡觉也就非常踏实。

意想不到的情况，不知道从哪里爆发。人生的深层特别恐怖。绝无小仇小恨。仇恨总是无比巨大。仇恨可以浓缩在极小的人体中，但依然是巨怪。一种仇恨，就体现全部仇恨。一头大象，被一只蚂仪仇恨，也就处于危险的境地。

巴基尔费德罗要动手干坏事，甚至在实施打击之前，就兴致勃勃地开始品味了。他还不知道如何害若仙，但是已经决心搞一下。下了这样的决心，事情也就成了大半。

如能毁掉若仙，那当然是丰功伟绩。巴基尔费德罗绝无此奢望。不过，能让她遭受羞辱、受人贬损，能让她伤心，气恼得哭红了美目，那也算成功了。他打算做到这一步。他天生这么执着，这么专注，这么钟情于给别人制造痛苦，总不能一事无成。他清楚如何找出若仙金甲的缺陷，让奥林匹斯山上的这位女神大出血。我们再强调一句，他这么干能捞到什么好处吗？大有好处：就是以怨报德。

一个嫉妒者是什么样子？那是忘恩负义的家伙。他憎恨照亮他并温暖他的光明。佐伊卢斯[①]恨他的恩人荷马。

让若仙忍受如今所谓的活体解剖的痛苦，看着她在手术室的解剖台上全身痉挛，任人活生生地肢解，随便切割成碎块，还一边听她号叫，这种梦境，真让巴基尔费德罗心醉神迷。

为了争取这种结果，哪怕自己也吃点苦头，他觉得也值得。钳子有时也会夹着自己。您折起刀子时，就可能割伤手指。这算什么呢！在折磨若仙中，自己也受点皮肉之苦，他根本就不在乎。刽子手操烙铁执刑，自己也会烫伤，只是不在意而已。自己毫无感觉，只因另一个人在受更大的折磨。看到受刑者全身扭曲的痛苦状，您本人就感觉不到疼痛了。

管他怎么样，只要害人就干。

---

① 佐伊卢斯：生活在公元前四世纪，希腊诡辩家，著有《论九书》，列举荷马史诗中的矛盾和荒谬之处。他那种吹毛求疵的不公正批评，成为嫉妒而恶意批评的典型，他的名字也随同荷马载入史册。

给别人制造痛苦也有麻烦,就是要承担模糊不清的责任。把别人推上危险的道路,自己也冒风险:一切都相关联,可能出现意外,引起连锁反应,导致大崩盘。但是,这根本阻止不了真正的恶人。他能从受刑人的惶怖中汲取一种快感。他能陶醉在这种撕肝裂胆的痛苦中:恶人唯有作恶时才心花怒放。酷刑映照在他身上,就化为舒坦。阿尔伯公爵①借着火刑的柴堆暖手。火堆是痛苦，火光是乐趣。这样的变换都成为可能，怎么不令人胆战心惊。人类的黑暗面深不可测。“美妙的酷刑”，博丹②著作中的这种说法，也许含有三层可怕的意思：追求酷刑、受刑者的痛苦和行刑者的快感。野心、欲望，这些词无不意味着满足一个人而牺牲另一个人。希望，也能变成邪恶，这实在可悲。怨恨一个人，就是对他怀有恶意。为什么不对他怀有善意呢？我们意愿的主要倾向，难道是朝恶的一面吗？正义者最艰巨的劳作，有一种就是不断地清除灵魂中难以根除的恶念。我们的贪欲，细究起来，几乎都包含不可告人的成分。对于十足的恶人而言，别人倒霉，正中他下怀，而世上确实存在这种丑恶的完美。人的阴暗，幽深的洞穴。

若仙因无知的高傲，目空一切，总认为自己可以高枕无忧。把什么都不放在眼里，女人的这种特性异乎寻常。无意识的、不自觉的鄙夷，同时又轻信，这便是若仙。在她的心目中，巴基尔费德罗近乎一个物件。如果有人对她讲，巴基尔费德罗是个大活人，这话一定会让她大吃一惊。

在这个侧目注视她的男人面前，她走来走去，谈笑自如。

他若有所思，在窥伺时机。

他越等待决心越大，要将这女人的生活投进绝望的境地。

冷酷无情的潜伏狩猎。

况且，他也给自己找出极充分的理由。不要以为坏蛋就不知自重，他们在傲慢的自语中，都考虑得十分清楚，而且站的角度很高。什么！这个若仙，给过他施舍！她那么富有，给了他几个小

---

① 阿尔伯公爵（1508—1582），德意志皇帝查理五世的将军，任佛兰德尔总督，血腥镇压反抗者。

② 让·博丹（1530—1596），法国哲学家，法官。著有《论共和》（1576），这句话引自第四卷第196页。

钱，还不跟打发叫花子一样！她把他安置在一个荒谬的职位上，钉死了动不得。他巴基尔费德罗，多才多艺，学问博大精深，生来就是当主教的材料，差不多就要进入教会任职，不料却被安排到这个位置上，登记只配给约伯[①]刮脓疮的瓦罐片，在这简陋的登记室里，如果一辈子都郑重其事，开启沾满大海中各种脏东西的破瓶子，辨识发霉的羊皮纸上的字迹、天书一般的烂东西、垃圾似的遗嘱，辨识那些乱七八糟而又模糊不清的废话，这就全怪若仙！怎么！这个婆娘，跟他说话居然不客气地直呼“你”！

他怎能不报仇雪恨！

他怎能不惩罚这个女人！

如不还以颜色，这世间就没有公理了！

---

① 约伯：《圣经·旧约》中人物，乌斯人，极为富有，又极具忍耐精神，经受住了神的考验。

第十章　人体如透明，便可见火焰

怎么！这个女人，这个张狂的婆娘，这个梦幻中的荡妇，只待时机的处女，这个还没有奉献出去的肉体，这个头戴公主冠冕的无耻骚货，这个骄傲的狄安娜，还没有人要的货色，据说没有机会，好吧，也许吧，我也同意，这个私生女，父亲是个连王位都保不住的流亡国王，这个侥幸得了爵位的女公爵，成为贵妇人时，就摆出一副女神的架势，如果家境贫寒，就非入娼门不可，这个冒牌的诰命夫人，这个窃取一名放逐者财产的女贼，这个眼高于顶的婊子，只因有一天，他巴基尔费德罗没有饭吃了，没有地方住了，她就厚颜无耻让他进府，坐到餐桌的末位，还在她那令人难以容忍的豪宅中，给他找个狗洞睡觉，在哪儿呢？随便什么地方，也许在阁楼上，也许在地窖里，那又算什么呢？比仆人好一点儿，比马匹要差一点儿！他巴基尔费德罗穷困潦倒，她就是利用了这一点，忙不迭地要帮他忙，跟所有富人一样虚情假意，那么做就是为了羞辱穷人，把他们拴住，就像牵短腿猎犬那样！况且，这种帮忙费了她什么呢？帮忙总要付出什么。她的府里有富余的房间。主动帮助巴基尔费德罗！她花费了多大力气啊！她少喝了一小勺甲鱼汤了吗？她那多得恨人的奢侈品舍掉哪一件了吗？没有。倒是给那些奢侈品增添一件虚荣，一件可以炫耀的东西，一个安置闲差的善举，一个接受了救助的才俊，一名得到庇护的神职人员！她可以装腔作势，大言不惭地说："我广施恩惠，供养一批文人，做了他的保护人！这个落魄的可怜虫，找到我该有多幸运！我是多么热诚的艺术之友啊!”吹嘘这么一大通,无非是在阁楼一间破屋里,支一张行军床!至于海军部的那个职务,当然,多亏了若仙,巴基尔费德罗才得到,好个美差呀!是若仙造就了巴基尔费德罗的今天。是她造就了他这样子,就算是吧。哼,造就个屁,连屁都不如!在那个可笑的位置上,他抬不起头来,就觉得自己变痴呆了,变态了。他欠了若仙什么恩情呢?就是驼背孩子感谢母亲把他生成了畸形。命运这个丑婆子,生出来的就是这种样子的宠儿,所谓享有特权,志得意满,平步青云!而这个才华横溢的人,这个巴基尔费德罗,还不是得在楼梯上靠边,向那些仆人问好,晚上还不是得爬多少层楼梯,见到人还不是得恭恭敬敬,满脸堆笑,摆出一副媚态,趋上前大献殷勤!这怎么不叫人恨得咬牙切齿!而与此同时,这个小娘们儿,脖子戴上珍珠项链,千娇百媚,同她那笨伯——大卫·狄里-莫伊尔勋爵调情!

千万不要帮别人忙啊。人家总要滥用这个人情。自己饿得发昏的时候,也千万不要让人当场撞见。人家会周济您。他巴基尔费德罗,碰巧没了面包,这个女人就找到充分借口给他饭吃!此后他就成了她的奴仆!一时饥肠辘辘,终生套上锁链!受人恩惠,就是受人剥削。那些养尊处优的人,那些有权有势的人,趁着您伸出手的片刻,往您手里塞了一个铜子,正是利用您怯懦的瞬间,就将您变成奴隶,而且是最卑贱的奴隶,即接受了施舍的奴隶,被迫爱主人的奴隶!多么卑劣!多么缺德啊!对我们的自尊心是多么突然的袭击!这下子全完了,您被判决,终生都必须认为这个男人善良,这个女人美丽,终生跻身于二等下人的行列,必须附和,叫好,赞赏,恭维,跪拜,让双膝磨出老茧;您不管怎么怒火中烧,啮噬着心灵,不管怎么咀嚼愤怒的呼叫,哪怕心中的惊涛骇浪胜过大海洋,您也必须嘴上抹糖,讲些甜言蜜语。

富人就是这样拿住穷人。

善举，这种捕捉鸟儿的胶，一旦将您粘住，您就永生难以挣脱。

一种施舍，永难补偿。感恩，就是缚住手脚。恩惠有一种黏性，讨厌地粘在您身上，让您无法自由行动。那些脑满肠肥的可恶家伙，都清楚他们的怜悯在大肆蹂躏您。这是无可置疑的。您成为他们的一件物品。他们把您买下了。花了多少钱？只用一根骨头，还是从他们豢养的狗嘴里夺下来丢给您的。他们将那根骨头抛到您头上，既救助了您，又揍了您。不管怎么样吧，您啃没啃那根骨头，狗窝里也有您的位置。因而感谢吧，终生感激吧。崇拜您的主人吧。无休无止的跪拜。受人恩惠，就意味默许给人家当下人。您必须按照他们的要求，感到自己是可怜虫，而他们是神灵。您自我缩小便使他们膨胀。您低矮下去，便让他们高大起来。他们说话的腔调，温和中带有几分无礼。他们家中的大事，诸如结婚、洗礼、女人怀孩子、婴儿出世，这些都与您有关系。他们就是生个狼崽子，您也得写十四行诗赞美。您是诗人，就得处处捧场。这不就是糟蹋天才吗！再进一步，他们的旧鞋就会让您穿了。

“亲爱的，贵府上养的是什么东西呀？真是个丑八怪！这个是干什么的呀？”

“我也不知道，就是个出身低下的窝囊废，我来给口饭吃吧。”

那些蠢女人就这样议论，甚至连声音都不压低点儿。您听到了，可是您照样下意识地保持和蔼可亲的态度。

而且，如果您生病了，主人也会打发医生来。不是他们的私人医生。他们偶尔也会嘘寒问暖。他们跟您不是同类人，而他们又高不可攀，因而对您就特别和气。既然高不可攀，他们反倒容易接近，知道别人不可能同他们并肩而立。他们极度鄙夷，又十分客气。在餐桌上，他们向您微微点个头。有时，他们还知道您姓名的拼写。他们天真地践踏您最敏感最脆弱的地方，只有在这种时候，他们才让您感到是您的保护人。而平常，他们待您好着呢！

这还不够可恶吗？

惩罚那个若仙的事，当然迫在眉睫。一定要让她领教领教，她在同谁打交道。哼！阔佬先生们，只因你们不能全吃下去，只因太丰盛会导致消化不良，归根结底，你们跟我们一样，肠胃就那么大点儿，只因剩下来的东西，分给别人总比扔掉好，你们就把残羹剩饭扔给穷人，赚个乐善好施的美名！哼！你们给我们面包，你们给我们栖身之所，你们还给我们衣裳，给我们个职位，因而你们就放开胆子，疯狂地、残酷地、愚蠢而荒谬地认为，我们对你们就应该感激涕零！这面包，是一种奴役的面包；这栖身之所，是一间仆役的屋子；这些衣衫，是一套仆人的号服；这职位，是一个可笑的差使，固然拿薪金，但是能把人变傻！哼！你们提供给我们食宿，就以为有权凌辱折磨我们，还想象我们对你们要感恩戴德！那好吧！我们就吃掉你们肚里的下水！那好吧！美丽的夫人，我们就掏出你的肠子，将你活生生吞下去，用牙齿咬断你的心血管！

这个若仙！这不是荒唐透顶吗？她何德何能呢？她完成的这个杰作，不就是来到世上，证明她父亲的愚蠢和她母亲的耻辱吗？承蒙她活在世上，这样忍辱负重，甘当公愤的靶子，为此要付给她数百万，她拥有一处处庄园和城堡，拥有一座座养兔场，以及多少狩猎场、湖泊、森林，我怎么知道还有什么？她就用这些搞她的傻剧！还有人给她写诗！而他，巴基尔费德罗，曾经大量研究，大量工作，曾经花费心血，翻阅多少大部头著作，装进脑子里，泡在旧书堆和科学里，把人都泡烂了，他有无穷的智慧，能够指挥好大军，能够像奥特韦[1]和德莱顿那样写悲剧，他若是愿意的话，还是个当皇帝的料呢，然而，他却落到这一步，竟然允许这个什么不是的小娘们儿来周济，免得饿死！这些可恶的阔佬，就是有了机遇才霸占一

---

[1] 奥特韦(1652—1685)，英国剧作家，开创英国感伤剧。

切，难道还要这样继续下去吗？对待我们装作多么慷慨，充当保护人，冲我们假笑，看我们以后不喝他们的血，再舔干净嘴唇！出入宫廷的这个贱女人，竟有这种可恶的权势，成为大恩人，而如此杰出的男人，竟落此尴尬境地，要从这样的女人手中接过残羹剩饭，这真是天大的不公啊。而当今社会算什么社会，建在如此贫富悬殊和不公正之上！要不要抓住台布的四角，将这桌盛宴连同宾客，将双肘撑在桌子上的连同桌下四脚朝天的醉鬼，将有恃无恐的施主连同接受施舍的白痴，统统掀到天棚上去，全去见上帝，将这片大地全掀到天上去呢！眼下，我们的指爪先插进若仙的五脏六腑。

巴基尔费德罗就这样心潮汹涌，思绪万千，内心发出阵阵吼声。嫉妒者为宽谅自己，总习惯于将个人恩怨和民众苦难扯在一起。仇恨的狂热情绪以各种形式，在这狠毒而精明的头脑里往返折腾。在十五世纪老版世界地图的角落，有一块不成形而无名的空地儿，上面写了“此处有狮子”[1]几个字。人心也有这样一个阴暗的角落。在我们身上的某一处，狂热的情绪总是逡巡，不断地吼叫；在我们心灵的阴暗角落，也可以说：“此处有狮子。”

这套野兽的逻辑，真的荒谬绝伦吗？真的缺乏起码的判断力吗？平心而论，并非如此。

判断不公正，这种情况体现在自己身上，想想就非常可怕。判断是相对的，公正是绝对的。请仔细想一想，一位法官和一位正义者之间的差异吧。

恶人总是专横地折磨意识。作假也有一套技巧。诡辩家就是作假的高手，必要的时候，这种作假者不惜摧残常理良知。有一种逻辑，随机应变，十分灵活又一意孤行，专为邪恶效力，在黑暗中谋杀真理。正是撒旦的险招，拳头击向上帝。

这种诡辩家受到愚昧者的赞赏，所谓光辉成就，无非给人类的意识留下青紫的伤痕。

巴基尔费德罗所苦恼的，就是预感到毒计会流产。总之，他苦心经营偌大的工程，至少担心要事倍功半。他这个人，极具腐蚀力，有钢铁般的意志、钻石般的仇恨，对灾难又有极强烈的好奇心，怎能不烧杀，怎能不毁灭什么呢？他这样一个人，就是一股摧枯拉

---

① 原文为拉丁文。

朽的力量、一种锐不可当的仇恨，就是要破坏别人的幸福，他就是为此被创造出来（因为，不管是魔鬼还是上帝，总该有个创造者）；可是到头来，他巴基尔费德罗也许只弹一下指头，这怎么可能啊！巴基尔费德罗也会失手！那么大弹力，能投射出大块石头，可是一松开弦，打在那忸怩作态的女人额头，仅仅打出个小疱！一副强劲的投射器的破坏力，就跟弹个脑崩似的！使出西绪福斯[1]那样劳作的力气，只达到一只蚂蚁的效果！吮吸了全部仇恨，结果几乎一事无成！这多丢人啊，妄称能轧碎世界的一架仇恨的机器！整架机器都开动起来，黑暗中隆隆之声赛似马尔利机[2]，结果也许只夹了一下粉红的小指尖！一块块大石头翻来倒去，结果呢，天晓得！只激起朝廷那潭死水的一点涟漪！上帝有这种怪癖，一味瞎折腾。移动一座大山，只为搬开一个鼹鼠洞。

而且，朝廷的现状，不啻奇怪的战场，最危险莫过于瞄准敌人而一击不中。首先，您在仇敌面前暴露了自己，惹火了敌人；其次，这尤为重要，您惹主子不悦。国王可不大赏识笨拙的人。不要只是打伤，不要打出丑陋的拳头。要扼死所有人，却不让任何人流鼻血。杀人者是高手，伤人者是笨蛋。国王不喜欢有谁打瘸他臣仆的腿。假如您把他们壁炉上哪件瓷器打了道璺，或者打伤伴驾的哪个臣仆，国王就会怀恨在心。朝廷应当保持清洁。打碎了，再换掉，这样才好。

况且，这样也十分投合君主们爱听谗言的兴趣。绝不要讲坏话。如果要讲，那就大肆诽谤。

要用匕首刺，不要用针扎，除非针上喂了毒。这样，情节就轻一些。再提一句，巴基尔费德罗就是这么干的。

---

① 西绪福斯：希腊神话中人物，科任托斯王，是个暴君，死后被罚在地狱往山上推巨石。巨石推到山顶又滚下去，他重又往上推，如此循环往复，永无休止。

② 马尔利机：路易十四时期建造的一种水利机械，用以为凡尔赛宫的水池引水。

凡是衔恨的小人，无不是所罗门关着恶龙的小瓶子。瓶子极小，恶龙却无比巨大，高度浓缩，只待时机一到，就骤然膨胀。只能预想将来的爆发，来慰藉眼下的烦恼。内涵比容器大。潜伏的巨形怪物，真是怪事！一条疥癣虫腹内，竟然潜伏着七头蛇怪！充当这样一只骇人的玩偶盒，体内藏着怪兽，这对侏儒而言，既是折磨又有快感。

因此，无论什么都不会让巴基尔费德罗放手。他在等待时机。时机会来吗？那有什么关系？反正得等待。一个人坏到了家，自尊心就开始作怪了。要打地洞，暗中搞一个地位比我们高的朝臣，冒着风险将那人置于死地，再强调一遍，全是隐秘的，全是在地下进行，但是很有趣。有人还真迷上了这种游戏，喜爱的程度，不亚于撰写的一篇史诗。自己是个小不点儿，却敢攻击一个庞然大物，这真是一大壮举。做雄狮身上的跳蚤，真是爽极了。

高傲的兽王感到叮咬，便雷霆大怒，怒火发向小虫子。即使碰到一只猛虎，雄狮也不会觉得如此麻烦。角色就这样调换了。雄狮受了挫辱，被小虫刺痛，而跳蚤却可以说："我喝足了狮子的血。"

然而，巴基尔费德罗的骄傲心理，也只能得到五分满足。聊以自慰。权宜之计。戏弄固然不错，但是折磨要好得多。有一种不痛快的念头，时时浮现在他的脑海。他很可能不会得逞，只伤及一点若仙的肌肤。他地位如此卑微，毁损她那样光艳照人的显贵，还能抱有什么奢望吗？仅仅弄破点儿皮，这就太不够了，本来是希望看到她活活剥了皮，浑身血污，身子比裸体还光，甚至连天生的内衣，那张人皮都没有了，还听着这女人的惨叫！心存如此强烈的渴望，却又无能为力，叫人实在窝火唉！什么事都不会十全十美。

总而言之，他只能隐忍。壮志难酬，他就只抓住自己的一半梦想。搞一个恶作剧，总归也算个目的吧。

一个人能恩将仇报，真是非同寻常！巴基尔费德罗就是这样一个巨人。按照常理，忘恩负义，就是忘掉所受的恩泽，有负情义。可是，在这个一世枭雄的身上，忘恩负义就是怒火中烧。一般忘恩负义者，心里堆满了灰烬。巴基尔费德罗心里充满了什么？充满了炽烈的火焰。这炉灶用仇恨、愤怒、沉默和积怨垒造起来，就等着将若仙填进去当作劈柴烧了。还从来没有一个男人，如此无端地憎恨一个女人。多么骇人听闻啊！就因为这个女人，他睡不着觉，心事重重，终日郁闷，总是无明火起。

也许他有点爱上她了吧。

第十一章　巴基尔费德罗伺机一逞

找出若仙的弱点而打击之，这就是巴基尔费德罗不可动摇的意志，而这内里的种种情由，上文都已然叙过。

单纯有志还不够，还必须具备能力。

如何下手？

这便是问题的关键。

一般的坏蛋要干坏事之前，总要仔细策划好一套方案。他们感到自身没有足够的力量，能抓住瞬间的契机，好歹把握住，强行利用来达到自己的目的。因而，他们事先必定精心策划，而这是大恶人所不屑的。大恶人无论做什么，首先仗恃的就是他们的恶毒。他们只限于将自己完全武装起来，准备应付多种情况，而且就像巴基尔费德罗这样，一门心思窥伺时机。他们知道事先做好的计划，很可能不切合事态的发展。谁也不可能知道要发生什么情况，绝不可能为所欲为。人同命运，事先没有磋商的余地。明天并不听从我们的安排。偶然性，就是有几分乱来。

因此，他们窥伺着偶然事件，到时候就开门见山，当即强行要求合作。事先不做计划，没有详图，没有模型，也不做好鞋子让突发事件削足适履。他们就一头扎进恶行中。只要发生有利的事件，就当即下手，迅速加以利用，这便是讲求实效的恶徒的过人之处：这种机变能将恶棍提升到恶魔的品位。胁迫命运行事，就是天才。

真正的大恶人，就好比投石器，随便放上一块石头就能击中您。

有本事的坏蛋，依靠的就是意外情况：意外，成为多少罪恶的帮凶，令人瞠目结舌。

抓住偶发事件，猛扑上去，这种才华最能体现诗的艺术了。

而眼下，要搞准对方是什么人，要摸清战场的情况。

对巴基尔费德罗来说，战场就是安妮女王。

巴基尔费德罗靠近女王。

有时，他靠得很近了，恍若听见陛下在自言自语。

有时，两姊妹谈话，根本不在乎有他在场，也不禁止他插上一言半语。他就乘机贬低自己。这是谋求信任的好办法。

且说有一天，在汉普顿宫的花园，女公爵跟在女王身后，巴基尔费德罗则跟在两姊妹后边，他听见安妮女王笨拙地效仿时尚，要讲出些警句来。

"动物幸福啊，"女王说道，"它们没有下地狱的危险。"

"它们就在地狱里呢。"若仙接口说道。

这种回答，用哲学生硬地偷换宗教，令女王不悦。如果碰巧见解又挺深刻，安妮便觉得受了冒犯。

"亲爱的，"安妮对若仙说道，"咱们两个跟傻女人似的，这样谈论地狱。何不问问巴基尔费德罗的看法。他一定了解这类事情。"

"就像问个魔鬼？"若仙问道。

"就像问个动物。"巴基尔费德罗回答。

说罢，他深鞠一躬。

"夫人，"女王对若仙说道，"他比我们有智慧。"

对于巴基尔费德罗这样的人而言，接近女王，就等于掌握她。他可以说：我拥有她了。现在他应当考虑，采取什么方式加以利用。

他在宫中立了足。守候在那里，多么优越的处境。什么机会也逃不过他的眼睛。他不止一次引得女王露出恶狠狠的笑容。这便是拿到了打猎许可证。

不过,没有排除任何猎物吗?有了这份打猎许可证,就连陛下亲妹妹,都可以折下一只翅膀,或者打断一只爪子吧。

首先要弄清楚的一点:女王爱她妹妹吗?

走错一步,就可能前功尽弃。巴基尔费德罗还在观察。

赌徒下注之前,先要看看手中的牌。他有几张王牌呢?巴基尔费德罗从比较两个女人的年纪入手,得知若仙二十三岁,安妮四十一岁。很好,他有胜算了。

女人三春一尽,便步入寒冬,更年期最为恼人。暗暗怨恨自身堆积的岁月。年轻貌美的女子,对别人是芳香的鲜花,对半老徐娘则是刺,而女王也会感到那些玫瑰全身带刺。她们的青春亮丽,似乎都取之于您,只因她们美颜激增,您的姿色才衰减。

要开发这种隐秘的恶劣心境,挖掘一个四十岁女王脸上的皱纹,这把好牌,赫然摆在巴基尔费德罗的面前。

艳羡最能激发嫉妒,正如老鼠最能引出鳄鱼。

巴基尔费德罗威严的目光,死死盯住了安妮。

他看女王就像看到一潭死水。沼泽有其透明度。在脏水中,只能看到罪恶;在浑水中,只能看到怠惰。安妮不过是一滩浑水。

她那浑浊的头脑中,蠕动着感情的胚胎和意念的幼虫。

那头脑里看不大清楚,唯见影影绰绰的轮廓。然而毕竟是实存的东西,只是尚未成形。女王想到这个。女王渴望那个。具体是什么又很难确定。臭水中发生的变化一片混沌,不易研究清楚。

女王通常总是黑着脸,时而也犯傻,突然暴露出点什么。这正是巴基尔费德罗所必须抓住的。必须抓住女王真实的流露。

安妮女王的内心,究竟要若仙女公爵怎样,是要她好,还是要她坏呢?

难题。巴基尔费德罗暗自提出这个难题。

这个难题一破解,他就能大大地往前推进。

多种偶发的情况,帮了巴基尔费德罗的忙。更主要的是他那股执着劲儿,始终在窥伺。

安妮女王从丈夫家族那方的关系,同普鲁士的新王后沾点儿亲,并有她一帧画像,是以马耶讷[①]的土尔凯法画在珐琅上的。那位拥有上百名侍从的国王的妻子,也有一个私生的妹妹,人称德里卡男爵夫人。

有一天,安妮女王接见普鲁士大使,问起那位德里卡男爵夫人的情况,当时巴基尔费德罗也在场。

“据说她很富有?”

“非常富有。”大使回答。

“她有豪宅吧?”

“比她姐姐王后的宫室还富丽堂皇。”

“她会嫁给什么人呢?”

“要嫁给一位大爵爷,科尔莫伯爵。”

“那人英俊吗?”

“非常帅。”

“王后的妹妹还年轻吧?”

“很年轻。”

“同王后一样美丽?”

大使放低声音,答道:

“还更美丽。”

“实在叫人无法容忍。”巴基尔费德罗咕哝一句。

女王沉默片刻,然后高声说道:

---

① 马耶讷:法国的一个省份。

“这些私生女!”

巴基尔费德罗记下这话用的是复数。

还有一次,女王由两位宫廷神父陪同,走出小礼拜堂,巴基尔费德罗跟在女王身后,相距始终不远。大卫·狄里-莫伊尔勋爵从几排妇女中间穿过,他那风采引起那些女性的骚动,所经之处激起一片赞美声:“他好帅呀!”“他好潇洒呀!”“真是风度翩翩!”“真是太英俊啦!”

“太讨人嫌了!”女王咕哝了一句。

巴基尔费德罗听到了。

他拿定主意。

伤害女公爵,并不会惹女王不悦。

头一个难题解决了。

现在面临第二个难题。

如何才能伤害女公爵呢?

要达到如此艰难的目标,他那卑微的职务又能向他提供什么手段呢?

显然毫无指望。

第十二章　苏格兰、爱尔兰和英格兰

有一个细节应当指出：若仙“享有转柜”。

这不难理解，想一想她虽非婚生，但总归是女王的妹妹，即一位公主。

享有转柜，又是什么意思呢？

圣约翰子爵，或者称作博林布罗克子爵，在给托马斯·伦纳尔，即苏塞克斯伯爵的信中写道：“有两样东西能表明一个人很有地位，在英国拥有转柜 le tour，在法国拥有 le pour[①]。”

在法国，le pour 有这种含义：国王出行，宫廷先行官到驻跸的地点，为陛下的随从人员安排过夜的住处。伴驾的贵族中，有几位享有极大的特权。据《1694 年史事日志》第 6 页记载：“他们享有 le pour，也就是说，在他们的姓氏前加上‘为了’，例如‘为了苏比兹王爷’，而非王爷者，安排住宿仅写姓名，不加‘为了’的字眼，例如：德·盖夫尔公爵、德·马萨林公爵，等等。”住户姓氏前有“为了”的标志，里面住的就是一位王爷或者宠臣。宠臣比王爷还要霸道。国王赐予 le pour，就如同赐予贵族勋位或爵位。

在英国，“享有转柜”，主要不在虚名，而是更为实惠。这是一种真正靠近在位者的标志。凡是因出身或受宠，能直接收到陛下通谕的人，在卧室的墙上都安了一个转柜，并配有铃铛。铃铛一响，柜门就打开，一份国王的信函便放到柜中金盘上，或者丝绒垫

① 法语词，意为“为了”。

上，柜门随即又关上。这种办法既亲密又郑重。亲切中又有几分神秘的色彩。转柜再也没有别种用途。铃声通知送来御旨。里面看不到送信的人。况且，那无非是女王或国王的一名青年侍从。在伊丽莎白时代，莱斯特有转柜；在詹姆士一世时代，白金汉有转柜；到了安妮时代，若仙有转柜，尽管她不大受宠爱。一个人有了转柜，就好像同天上直接通邮，隔三差五能接到上帝的邮差送来的一封信。没有比这种殊荣更令人艳羡的了。不过，这种特权也带来更大的奴性，因此就更加像个仆人了。在朝廷，升得越高就降得越低。“享有转柜”，这是法语的说法，虽然贴上英国标签，但很可能是法国的一种旧俗。

若仙夫人尚未出嫁，就封了爵位，如同伊丽莎白，待字闺中就当了女王。她随着季节变化，时而住城里，时而居乡间，过着近乎公主的生活，也有一个小朝廷，由大卫勋爵和数人组成她的大臣。大卫勋爵和若仙夫人虽未结婚，但是可以相伴出现在公众场所而并不显得可笑。他们俩也乐意一起活动。他们经常同乘一辆马车游玩，同坐一个包厢看戏，同在一个看台观赏赛马。他们的婚事早已钦定，甚至是不可违抗的，这样反倒冷却下来，但是彼此相见，毕竟还有吸引力。未婚夫妇可以保持的特殊亲密关系，很容易越过界线。他们俩却不屑为之，认为容易得到的东西品位太差。

当时最精彩的拳击比赛，都在兰贝斯举办，那个堂区虽然风气不正，但是坎特伯雷大主教在那里有一座宫邸，并有丰富的馆藏图书，定期给有教养的人借阅。且说冬季有一天，在一个关了门的牧场举行一场拳击比赛，大卫就带若仙去观看了。若仙问他：“准许妇女进场吗？”大卫则回答：Sunt faeminae magnates。表面意思是：“平民妇女不准进入。”暗含意思为：“贵妇人可以入场。”一位女公爵，到什么地方都能进去。因此，若仙夫人得以观赏了拳击。

若仙夫人也稍微迁就了一点儿，改换成骑士打扮：女扮男装在当时相当普遍。女子不如此就不宜远游。温莎旅行车中的六名乘客,总有一两位是女扮男装。这也是上等人的标志。

大卫勋爵陪同一位女士,就只能当个普通观众,不好在赛场上抛头露面。

若仙夫人仅仅在一点上暴露了身份,她用一副观剧镜观看比赛,这正是贵族的行为。

这场拳击对抗赛是由杰尔曼勋爵主持的。到了十八世纪末,他的曾孙或者曾侄孙当了上校,在一场战役中曾临阵逃跑,后来居然还当上国防大臣,但是逃得过敌军大火铳的射击,却落到谢里丹[①]的笔下,他的讽刺嘲笑比火铳霰弹还要猛烈。这场对抗赛,许多贵族都下了赌注:卡尔顿的哈雷·贝留同海德勋爵亨利对赌,前者正在争取贝拉-阿迦断嗣的勋位,而后者是邓希维德镇,又称朗斯顿镇的议员;还有特鲁罗镇议员,尊贵的佩雷格林·贝尔蒂,则同梅德斯通镇议员托马斯·科尔佩帕爵士对赌;边境地区洛锡安的地主拉米博赌博的对手,则是彭林镇的萨穆伊尔·特雷福西斯;圣伊夫斯镇的巴塞洛缪·格拉斯狄厄爵士的对手,则为极尊贵的查理·博德维尔,人称劳巴特勋爵,科努瓦依郡的保安官。还有其他一些对赌者。

那两名拳击手,一个是爱尔兰的蒂帕雷里人,名叫费莱姆-格-梅顿,取自他出生地的山名;另一个是苏格兰人,名叫赫姆斯盖尔。这就造成了两个民族尊严的对决。爱尔兰和苏格兰要相互撞击了:爱林要拳打加约赛[②]。因此,赌金超过了四万畿尼,还不算固定的赌注。

两名赛手全身赤裸,仅穿着极短的裤衩,扣在髋部,脚下穿着

---

① 谢里丹(1751—1816),英国戏剧作家和政治家。拜伦称:“他写出最精彩的喜剧、最精彩的歌剧、最精彩的闹剧、最精彩的独白……”

② 爱林是爱尔兰在诗歌中的称呼,加约赛则指苏格兰。

打钉的高帮鞋，鞋带系在脚脖上。

苏格兰人赫姆斯盖尔个子矮小，只有十九岁，虽然额头已经有一道伤了，但是有人就在他身上赌二又三分之一比一。上个月，他曾打断对手西克米莱斯瓦特的一根肋骨，还挖出那名拳击手的双眼，这就说明下注为何如此踊跃。当时在他身上下注的人，赢了一万两千英镑。除了前额缝过伤口，赫姆斯盖尔的下颌也受过重创。他行动轻捷，身手灵敏，个头儿跟矮女人差不多，但是非常粗壮，敦实而蓄势待发，天生的条件非常好，没有一块肌肉不是为拳击这个目的而长的。他那结实的躯体很有光泽，如铜像一般黑里透红。他笑呵呵的，嘴里缺了三颗牙齿，越发突显他那笑容。

他的对手五大三粗，也可以说虚弱。

这个对手四十来岁，有六英尺高，胸脯好似河马，一副温和的模样。他一拳能打裂甲板，但是不会出拳。这个爱尔兰人费莱姆-格-梅顿，看来徒有其表，在拳击中似乎专来挨打而不想还手。不过，观众还是觉得他能坚持很长时间。没有煮烂的牛肉，嚼不动，吃不下去。拿当地的方言说，他是块“生肉”（raw flesh）。他斜着眼睛看人，好像什么都认了。

前一天晚上，这二人同睡一张床。他们也同用一只杯子，每人喝了小半杯波尔图葡萄酒。

他们每人都有一帮支持者：那些人都一脸凶相，冲动起来敢于威胁裁判。在支持赫姆斯盖尔的那伙人中，惹人注意的有约翰·格罗马恩，大名鼎鼎，能背起一头公牛；还有那个名叫约翰·布莱的人，有一天他肩上摞了十斗面粉，共一百五十加仑重，磨坊主又骑在面粉袋上，他扛着走出去二百步。在支持费莱姆-格-梅顿的那伙人中，有一个名叫吉尔特的人，是海德勋爵从朗斯顿镇带来的，他住在绿堡，能举起二十磅重的石头，投得比城堡主塔还高。吉尔特、布莱和格罗马恩这三个人，都来自科努瓦依，是这个郡的骄傲。

另外一些支持者都是些无赖粗汉,有的膀大腰圆,有的罗圈腿,粗大的手掌骨节突起,一个个满脸蠢相,身穿破衣烂衫,都是天不怕地不怕的主儿,几乎都有过前科。不少人还身怀绝技,能把警察给灌迷糊了。真可谓行行出能人啊。

那里有一座熊园,从前是斗熊、斗牛和斗狗的地方。拳击场选在比熊园还远的地点,过了那些尚在建造的房子,挨着被亨利八世拆毁的奥韦赖圣母玛利亚隐修院。当时天气不好,霜重,北风劲吹,飘荡的霏霏细雨,很快就结成薄冰。到场的观众有的打着雨伞,显然是一家之主的绅士。

在费莱姆-格-梅顿一方,蒙克里夫担任裁判,吉尔特则当助手。

在赫姆斯盖尔一方,尊敬的普格·博马里斯担任裁判,基尔凯利的德西尔登勋爵则当助手。

两名拳击赛手在场上一动不动,伫立片刻,等着裁判对好时间。然后,他们走向对方,相互握握手。

费莱姆-格-梅顿对赫姆斯盖尔说:“我真想回家算了。”

赫姆斯盖尔也老老实实地回答一句:“总不能烦劳先生白来一趟。”

他们俩几乎裸体,身上很冷。费莱姆-格-梅顿瑟瑟发抖,牙齿也不住打战。约克大主教的侄儿,埃立诺尔·夏普博士冲他们嚷道:“你们两个怪家伙,动手打呀。打起来就暖和了。”

这句挖苦话倒让他们放开手脚。

他们交手了。

然而,他们二人谁也没有上来火气,头三局打得软绵绵的。万灵学院的四十名院士之一,吉姆德雷斯博士大人便嚷道:“让他们多灌些杜松子酒啊!”

可是，两位裁判和两名助手，都一致坚持比赛规则。不过，天气也确实很冷。

只听有人喊道："First blood!"要求第一次血战了。裁判又让他们面对面站好位置。

两名拳击赛手对视着，彼此走近，伸出手臂，相互触碰一下拳头，随即退回去。那个矮个子赫姆斯盖尔猛地一纵身。

真正的搏斗开场了。

费莱姆-格-梅顿迎面挨了一拳，鲜血一下子流了满脸。观众大喊大叫："赫姆斯盖尔将红葡萄酒倒出来啦!"一片鼓掌喝彩声。费莱姆-格-梅顿真急了，他像风车般抡动双臂，两个拳头乱冲乱打。

佩雷格林·贝蒂大人说道："眼睛看不见了，不过还没有瞎。"

这时，赫姆斯盖尔听见全场响起鼓劲的喊叫："挖出他的眼珠子!"

总的说来，这两名赛手选得还真不错，虽说天气有些恶劣，大家却看出来，这会是一场成功的比赛。费莱姆-格-梅顿人高马大，这种优势反而不利了，他的动作迟缓，胳臂如两条大棒，可是躯体成个大笨坨。那小个子步法灵活，频频出拳，跳来跳去，越打越凶，出拳越快劲头越猛，还善于使用虚招巧劲儿。一方是原始拳法，野蛮而缺乏训练，还处于蒙昧状态；另一方则是文明拳法。赫姆斯盖尔搏击时，既运用肌肉又运用脑筋，既打出力量又打出恶毒的损招儿。反之，费莱姆-格-梅顿却是个愚鲁蠢笨的屠夫，还未动手就先挨了打。这是艺术同自然的较量、凶残对野蛮的较量。

显而易见，野蛮人要被击倒，但是不会很快。这样就有好戏看了。

小个子跟大块个儿搏斗，往往有胜出的机会。一只猫能打退

一只狗，歌利亚们总是败在大卫们[①]的手下。

呼叫之声好似暴风骤雨，击打在两名赛手身上：

"真棒，赫姆斯盖尔！好哇！山里汉子，打得好！"

① 典出《圣经·旧约》，歌利亚是非利士勇士，身材高大，头戴铜盔，身穿坚甲，作战所向无敌，后来还是被个子矮小的大卫所杀。

“费莱姆，该你还击啦！”①

赫姆斯盖尔的朋友们齐声呼喊，反复劝告：“挖出他的眼珠子！”

赫姆斯盖尔打得更精彩。他俯下身，又像蛇一样游动，猛然冲起来，一拳击中费莱姆-格-梅顿的胸骨，打得巨人一阵踉跄。

“犯规！”巴纳德子爵嚷道。

费莱姆-格-梅顿一屁股坐到吉尔特的腿上，说道：“这下子我身子开始暖和了。”

德西尔登勋爵征得两位主裁判的同意，宣布：“暂停五分钟。”

费莱姆-格-梅顿坚持不住了。吉尔特用一块法兰绒给他拭去眼睛周围的鲜血，再擦掉身上的汗水，接着又把水壶插进他嘴里。已经进行到十一局了。费莱姆-格-梅顿除了额头受了伤，胸肌全被打得变了形，腹部肿起来，前颅骨也遭受重创。赫姆斯盖尔却毫发无损。

绅士中间有人鼓噪起来。

巴纳德勋爵一再重复：“犯规！”

“赌局无效！”拉尔米博那位地主说道。

“我撤回赌注！”托马斯·科尔佩皮爵士也说道。

圣伊夫镇的那位议员巴托罗缪·格雷斯迪厄爵士附和道：“我那五百畿尼退回来，我这就退场。”

“停止比赛。”观众叫喊。

然而，费莱姆-格-梅顿却摇摇晃晃，像醉鬼似的站了起来，说道：“比赛可以继续，但是有一个条件：我也应该有权犯一次规。”

全场观众高喊：“赞成！”

赫姆斯盖尔耸了耸肩膀。

---

① 这两句原文为英文。

五分钟过去了，比赛继续进行。

搏斗到现在，对费莱姆-格-梅顿来说是垂死挣扎，对赫姆斯盖尔却是一场游戏。

这才叫技艺呢！小个子也有办法将大个头置于狼狈境地，也就是说，赫姆斯盖尔将左臂弯成月牙铁钩状，突然搂住费莱姆-格-梅顿的大脑袋，紧紧夹住压在腋下，再挥动右拳，像敲钉子似的来回翻飞，自下往上打，痛痛快快地修理他那张脸。等人家放手，费莱姆-格-梅顿抬起头来时，他那张脸已经血肉模糊了。

鼻子不是鼻子，眼睛不是眼睛，嘴不是嘴了，完全成了一块浸透血的黑海绵了。他吐了一口，只见四颗牙齿被吐到地上。

他随即倒下去，吉尔特赶紧用膝头接住。

赫姆斯盖尔几乎没有挨到击打，身上只有几处略微发青，锁骨上被抓破了一点皮。

谁也不觉得冷了。大家以十六又四分之一对一，来赌赫姆斯盖尔胜费莱姆-格-梅顿。

卡尔顿的哈雷喊道：

“费莱姆-格-梅顿完蛋了。我赌赫姆斯盖尔胜出，押上我的贝拉-阿瓜的爵位和贝洛勋爵的封号，来赌坎特伯雷大主教的一顶旧假发。”

“你把脸抬起来。”吉尔特对费莱姆-格-梅顿说道。他将那块血淋淋的法兰绒塞进瓶子里，蘸了杜松子酒给拳击手擦脸。费莱姆-格-梅顿又露出嘴巴，他睁开一只眼睛。太阳穴似乎裂开了。

“再打一局，朋友，”吉尔特说道，随即又补充一句，“为了下城的荣誉。”

威尔士人和爱尔兰人讲话，彼此都听得懂；然而，费莱姆-格-梅顿没有任何反应，表明他脑子还能活动。

费莱姆-格-梅顿由吉尔特扶着，重又站起身。这是第二十五局了。看着这个独眼巨人(他只剩下一只眼睛了)重又摆出的架势,大家都明白这是最后一局,谁也不怀疑他输定了。他护住下巴颏儿上方,这是垂死挣扎的笨拙姿势。赫姆斯盖尔身上几乎没出什么汗,他嚷道:“我也赌一把,一千对一。”

赫姆斯盖尔抬起手臂,打出一拳,说来也怪,两个人同时倒下去。只听一声欢叫。

这次轮到费莱姆-格-梅顿高兴了。

就在赫姆斯盖尔猛击他的头时,他偷袭一拳,击中对手的小肚子。

赫姆斯盖尔躺在地上,呼噜呼噜倒气。

观众望着倒在地上的赫姆斯盖尔,纷纷说道:“一报还一报。”

全场鼓起掌来,就连赌输的人也不例外。

费莱姆-格-梅顿以犯规动作对付犯规动作,他这样做也有正当权利。

赫姆斯盖尔被放到担架上抬走了,大家都认为他绝难生还。罗伯特勋爵高声说道:“我赢了一千二百畿尼啊。”显而易见,费莱姆-格-梅顿要落下终生残疾了。

若仙挽着大卫勋爵的胳臂走出赛场,未婚夫妇可以这样做。若仙对他说道:

“倒是挺精彩的。然而……”

“然而什么?”

“我本以为能给我消愁解闷。结果不然。”

大卫勋爵停下脚步,注视若仙,他闭上嘴,鼓起腮帮,同时摇了摇头,那神态表明:当心啊!继而他才对女公爵说道:

“如欲消愁解闷,只有一种良方。”

“什么良方?”

“关伯兰。”

女公爵问道：

“关伯兰是什么东西？”

第二卷　关伯兰和黛娅

第一章　只见其行为，今方识面孔

大自然对关伯兰恩宠有加，赋予他的那张大嘴，一直咧到耳根，那两只耳朵拉起来能蒙住眼睛，那只怪形鼻子能托住摇晃的小丑眼镜，总之，他的那张脸，谁见了都忍俊不禁。

我们说大自然对关伯兰恩宠有加，那真是大自然赋予的吗？

是否有人出手相助呢？

两只眼睛好似朝邻地开的两个窗孔，嘴巴就是一条大裂缝，塌鼻子只有两个翻孔的一个肉坨，而那张脸就好像压扁了似的，这些加在一起就特别好笑，这样的杰作，大自然独自肯定创造不出来。

不过，笑是快乐的同义词吗？

面对这个街头艺人——因为，他的确是街头卖艺的——如果消除最初欢快的印象，再仔细观看这个人，就会看出他脸上整容的痕迹。这样一张脸绝非偶然生成，定是人为之作。自然之物不会长得如此齐全。人要把自己变美无能为力，要把自己变丑却无所不为。一个霍屯都人[①]的形貌，您不可能变成一个罗马人的形貌；然而，一个希腊人的鼻子，您却能修理成卡尔梅克人[②]的鼻子，只要削掉鼻头，压扁鼻孔就行了。中世纪的拉丁语，不是无缘无故造出"劓鼻"[③]这个动词来。童年的关伯兰，真能让人费那个心思，改变他的面容吗？为什么就不会呢？哪怕仅仅出于表演赚钱的目的。他这张脸，很可能经过儿童贩子巧妙处理了。显而易见，有一门神秘的学问，大约是一种秘术，而这种秘术与外科的关系，就好比炼金术与化学的关系，有人使用这种秘术，剖开这张脸的肌肉，当然是在他年幼的时候，蓄意改造成现在这样一张面孔。这门学问精于切割、麻醉与缝合之术，当初就割开他的嘴巴，切断牵连嘴唇的肌肉，剥掉齿龈，剔除耳中软骨并将耳朵拉长，打乱眉毛与面颊的位置，扩展颧肌，再消除缝合与伤疤的痕迹，在保持这种龇牙咧嘴的脸型的情况下，尽量让伤口愈合，长好皮肤。关伯兰这张面具，就是这样精雕细刻出来的。

人不会天生这副模样。

不管怎么说，关伯兰这副面孔十分成功。关伯兰是上苍的赏赐，专来为人类消愁解闷。是哪个上苍呢？有上帝的上苍，还真有魔鬼的上苍吗？我们只提出问题，却无法解答。

关伯兰是跑江湖的，到处抛头露面。他亮相的效果无人能比。他只要一出场，就能治好忧郁症。服丧的人一定要避开，以免见到他不由得失笑，陷入尴尬处境。有一天，刽子手也来了，让关伯兰逗得哈哈大笑。谁见到关伯兰都要捧腹，再一听他说话，就会笑得滚倒在地。他与忧伤截然相反。忧伤在一端，关伯兰则在另一端。

---

① 霍屯都人：西南非洲的种族。

② 卡尔梅克人：蒙古种族，高颧骨，眼角多皱纹，鼻子仿佛陷入面颊之间。

③ 这个词原文为拉丁文。

因此，他在集市和十字街头，很快就赢得“骇客”的盛名。

关伯兰是以笑面引人发笑。然而，他并没有笑。他的脸在笑，心则不然。这张怪脸前所未闻，不笑自笑，是由偶然或者一种奇异的绝活制造出来的。笑不笑与关伯兰无关。外表并不取决于内心。这种笑颜，绝非由他置于前额、面颊、眉宇和嘴唇上的，也不是他所能消除的。别人将这张笑面永远贴在他的脸上。这是一种自行其是的笑，因为僵化不变而尤为不可抗拒。谁也逃脱不了这种笑面的影响。大大咧开的两片嘴唇，既在笑又在打呵欠，极有感染力。关伯兰幼年时很可能接受了这种神秘的手术，因而脸上每个部位都助长这张常开的笑口，就像车轮以轮毂为中心，他的整张面孔都归结到这种效果。他的喜怒哀乐，无论哪种情绪，都能加强，更确切地说，都能加重这张奇特面孔的欢快表情。他突然感到的惊讶、心中产生的痛苦、猛然冒出的火气，或者油然而生的怜悯，都只会加剧肌肉的这种笑态；他即使哭，也还是在笑。关伯兰无论做什么，无论想要什么，无论考虑什么，他只要一抬头，面向观众，假如有观众的话，大家眼前一出现这张面孔，就都狂笑不已。

想一想欣喜若狂的美杜莎①的模样吧。

这副笑面出人意料，一下子就把人的思想打乱，都要忍俊不禁。

古希腊剧院门楣有一种艺术装饰：一尊欢笑的青铜头像。那种头像名叫“喜剧”。那青铜像仿佛在笑，也引人发笑，可是它在思考。那张面孔上混杂、凝聚了导致荒唐的滑稽模仿，以及导向智慧的全部讽刺。人生的忧患、失望、憎恶和哀伤，汇聚在那漠然的面孔上，总括显示出的悲凄，便是欢乐。两边嘴角往上翘，一边嘲笑

---

① 美杜莎：希腊神话中的蛇发女怪，原是美女，因触怒雅典娜而变成蛇怪，谁看她一眼就会变成石头。

芸芸众生，一边亵渎众神灵。人人都来到铜像前，将用这理想的讽刺典型，对照各自心中的嘲笑对象。在这恒久不变的笑面周围，人群不断地变换，而面对这坟墓一般静止的讥笑，无不开怀大笑。古代喜剧这副可悲的死面具，戴到一个活人脸上，几乎可以说这就是关伯兰。这颗永不止息的狂笑的魔头，安到了关伯兰的脖颈上。这永恒的笑，放在一个人的双肩上，该是何等重负啊！

永恒的笑。我们要明白，要说透了。按照摩尼教①的教义，绝对有时也软一软，就是上帝也有打盹儿的时候。说到意志，我们也应当理解，绝不同意说意志会完全无能为力。任何生存之物都像一封信，加几句附言就能改变内容。至于关伯兰，则有这样的附言：最大限度地发挥意志力量，注意力全部集中，不受任何情绪的干扰与分神，他就能强行暂停永恒的狂笑，给他的脸蒙上一层悲怆的面纱，碰到这种时刻，观众在他面前就笑不起来，反而不寒而栗了。

应当指出，关伯兰还从未做出过这种努力，只因这种劳累太痛苦，这种紧张也让他受不了。况且，只要稍一分神，只要情绪稍一波动，刚刚驱逐的笑容就会重又复活在脸上，如同潮水一般不可阻挡，而且不管是哪种情绪，波动越大，那笑颜就越强烈。

除非能这样克制片刻，否则关伯兰的笑就是永恒的。

谁看见关伯兰都要发笑，笑完了赶紧扭过头去。尤其是女人，感到恐惧。这个人太可怕了。扭曲的滑稽面孔，犹如尽到一项义务：人们接受这副面孔时虽然高兴，但几乎是机械的。笑声一冷下来，再看一眼关伯兰就受不了，更不可能盯着他看了。

按说，他高高个头儿，一副好身材，动作也敏捷，除了面孔，浑身没有一点畸形，这就给那种种猜测增添一个依据，表明关伯兰不

① 摩尼教：波斯人摩尼(216—274 或 277)创建的宗教，并想传遍世界。后来他被波斯国王处死。

是天生的，而是人工之作。关伯兰有这副好身材，很可能原本也有一张漂亮的面孔。他出生时，肯定也同别的婴儿一样。有人只动过他的脸，身体还保留原样。他们特意把关伯兰变成这副模样。

至少，这种猜测很有可能。

牙齿给他留下了。人笑少不得牙齿。就连骷髅都保留着牙齿。

给他动的手术一定惨无人道。他不记得了，但这绝不能证明他没有挨过手术。这种易容手术，只有在幼童身上才可能成功，因为幼小，自己的遭遇就没有什么印象，长大后很容易把刀伤当作病痛留下的疤痕。此外，大家也应当记得，那时已经有办法让病人昏睡而消除疼痛了。不过，那年代称之为魔法，如今则叫麻醉。

抚养他长大的那些人，除了给他换脸之外，还教他体操和竞技。为了实用，他的关节都脱臼打通了，肢体能往相反的方向弯曲，而且按照丑角表演的要求来训练，练成户枢那样，能转向四面八方。跑江湖的这套本领，一样也没有疏忽。

他的头发染成石黄色，而且永不褪色，这种秘方如今重又发现了。漂亮的女人用来染发，过去是丑化的东西，现在认为有美化效果了。关伯兰染成一头黄发。这种染料显然有腐蚀性，他的头发变得类似羊毛，摸上去很粗糙，硬撅撅的，倒像野兽的鬃毛而不像头发，覆盖住容纳深邃思想的头颅。不管是动了什么手术，打破他的面部和谐，让肌肉全部错位，但是没有动他的颅骨。关伯兰的天庭饱满，出奇地强健。在这张笑面的背后，有一颗灵魂，而且同我们一样，它也在做一场梦。

况且，对关伯兰来说，这张笑面便是看家本领。他无法改变，倒可以利用，笑面成了他谋生的手段。

大家一定认出了关伯兰是谁：正是那年冬夜，被人遗弃在波特兰海岸上的那个孩子，后来他走到韦茅斯，被一辆破篷车收留了。

第二章　黛娅

十五年过去了，现在是1705年，那孩子已经长大成人，关伯兰有二十五岁了。

吾是熊收养了两个孩子，这样就组成了一个流浪的群落。

吾是熊与何莫人年纪都老了。吾是熊头发全掉光了。狼的皮毛也变成灰白色。狼不像狗那样寿命短。据莫兰讲，有的狼能活到八十岁，如小库帕拉狼 cavioe，以及赛伊的香狼 canis nubilus。

从死去的女人身上拾来的小女孩，现年十六岁，长成了一个细高挑儿的大姑娘：她一头棕褐色头发，脸色苍白，身子单薄，细弱得直摇晃，真让人担心会折断。她长得特别美，两只眼睛炯炯放光，却什么也看不见。

那个害人的冬夜，一下子放倒了两个人，将那女乞丐和她的孩子掀翻在雪地里，杀害了母亲，弄瞎了女孩的眼睛。

女孩如今长大了，可是眼睛永远蒙上了黑矇。在她那张阳光射不透的脸上，两边嘴角凄然地下垂，表露出这种苦涩的沮丧。她那双眼睛又大又明亮，但是怪就怪在对她自身已经熄灭，在别人看来却闪闪发光。神秘的火炬燃烧着，只照亮外面。她自身没有光明，却放射光明。失明的双眼光芒四射。黑暗世界的这名女囚，却照亮了她身处的黑洞洞的环境。她在无可补赎的幽冥中，从那堵人称失明的黑墙后面，放射出一道光芒。她看不见外界的太阳，别人却能看见她的灵魂。

她那已经死亡的目光，竟有一种莫名的上天的凝注。

她是黑夜，而她从这种与她永远融为一体的幽冥中走出来，却是颗闪亮的明星。

吾是熊痴迷于拉丁名字，给她起名叫 Dea①。起名前他也稍微征求他那只狼的看法，对他说道："你代表人，我代表动物，我们就组成了下界；这个小姑娘就代表天界。柔弱至极，就是万能。我们的篷车里有人类、畜类和天神，这样就组成了完整的世界。"狼没有表示异议。

捡来的小女孩，就这样起了黛娅的名字。

至于关伯兰，吾是熊倒没有花心思给他另起名字。就在那天早晨，他看到小男孩的脸破了相，女婴的眼睛失明了，就问一声小男孩："小家伙，你叫什么名字？"小男孩回答："别人叫我关伯兰。"

"那就叫关伯兰好了。"吾是熊说道。

关伯兰演出的时候，黛娅当助手。

人类的苦难如能概括的话，那就可以概括为关伯兰和黛娅。他们每人都仿佛生在一间墓室里：关伯兰生在恐怖墓室，黛娅则生在黑暗墓室。他们生存状态的黑暗又迥然不同，是取之生活的两个凄惨的侧面。黛娅的黑暗在内心，关伯兰的黑暗在外表。黛娅躯体里有幽灵，关伯兰躯体里有鬼怪。黛娅处境凄怆，关伯兰处境更糟。关伯兰看得见，就能同别人相比较，而这种揪心的事，对盲女黛娅就不可能发生了。然而，关伯兰身处那种境况，就算想弄明白，一比较倒更糊涂了。像黛娅那样，目光空空如也，不见大千世界，固然是一种极大的不幸，但不能和这样一种不幸同日而语：自身是一个谜团，感到自身缺少点什么，看到天地万物，却看不见自己。黛娅戴着面纱，这面纱就是黑夜；而关伯兰戴着面具，这面具就是他的脸。真是难以描摹：关伯兰所戴的面具，正是他自己的皮肉

---

① 拉丁文 Dea，法文 Déesse，意为"女神"。

F. MEAULLE sc.
G. Rochegrosse

做成的。他的脸当初是什么样子，他无从知道。他的本相已经泯灭了。有人给他安了一副假面，原初那张脸消失了。他的头脑活着，面孔已经死掉。他也不记得那张面孔了。无论对黛娅还是对关伯兰，人类是外界的一种存在，离他们很远；黛娅是孤独的，关伯兰也是孤独的。黛娅的孤独很凄惨，她什么也看不见；关伯兰的孤独则很凶险，他什么都看得见。对黛娅而言，天地万物绝超不出听觉与触觉。实存的世界是狭小的，有限的，短促的，随即便消失。她的无限唯有黑暗。对关伯兰而言，生活，就是永远面对人群，永远在人群之外。黛娅被逐出光明，关伯兰则被逐出生活。自不待言，这是两个深陷绝境的人，已经触到不幸的渊底。他们二人都在深渊挣扎。一个善于观察的人看到他们，就会感到自己的梦想必有难以估量的可悲结局。他们还有什么苦没有受过呢？一种天灾，显然沉重地压在这两个人身上。天命从未做出过如此巧妙的安排，将这两个毫无劣迹的人一生变成酷刑，将生活变成地狱。

他们却生活在天堂里。

只因他们相爱了。

关伯兰崇拜黛娅。黛娅也把关伯兰当作偶像。

“你真是太美了！”黛娅总这样对他说。

第三章 “她没眼睛，却看得见”①

人世间唯有一个女子看得见关伯兰，那就是这个盲女。

她已从吾是熊口中得知，关伯兰对她意味着什么。关伯兰从波特兰走到韦茅斯的艰难行程，实在走投无路而想放弃，他都对吾是熊详细讲过。黛娅从而知道她在幼小的时候，趴在咽了气的母亲身上奄奄一息，还吮吸着尸体的奶头，而把她抱走的孩子，比她也大不了多少：这个孩子本身也流离失所，遭受人世的遗弃，埋葬在黑暗中，却听见了她的呼叫；所有人对她都装聋作哑，但是他对她却没有装作耳聋；这个孩子本身也孤苦伶仃，十分弱小，又被人抛弃，在世上无依无靠，在荒野中艰难行走，已经筋疲力尽，却肯从黑夜手中接过这个重担，另一个孩子；这个孩子本身，在所谓命数的冥冥分配中毫无份额，却担负起另一个孩子的命运；他本身就一贫如洗，处于惶惶不安和困苦的境地，却充当了保护人；天国关上了大门，他却敞开了心扉；他自身不保，还救了别人；他没有立锥之地，却充当别人的避难所，充当母亲和乳母；他在这世上孤单一人，却以收养的行为回答这种遗弃，在这黑暗的世界中，他做出了这种榜样；自身的苦难还不足以把他压垮，还要把另一个人的苦难加到他的身上；这大地上好像什么也不属于他，他却发现了义务；在所有人都畏葸不前的地方，他却挺身而出；在所有人都退避的地方，他却肯勇往直前；正是他把手探进墓穴的洞口，把她，黛娅，从坟墓

① 原文为拉丁文，加以变化地引自《马可福音》：“你们长眼睛了吗，这样视而不见？”

中救出来；他半光着身子，但是看见她冷，就脱下破衣衫把她裹起来；他饿得要死，却想着给她找吃的喝的；为了这个小女孩，这小男孩敢于同死神搏斗，战胜了以各种模样出现的死神，不管死神化装成严冬和大雪，化装成孤独、恐怖、寒冷、饥饿，还是化装成风暴；而且为了她，黛娅，这个十岁的小巨人同无边的黑夜展开了殊死搏斗。黛娅知道他一个小孩子，就做出了这些事，现在长成男子汉，他又是她这纤弱姑娘的力量、穷苦姑娘的财富、患病姑娘的健康、失明姑娘的眼睛。她感到被远远置于世界之外，但是透过厚厚的未知层，她能清晰地分辨出他的忠诚、忘我精神和勇气。英雄的品质，在非物质的领域中，也有其轮廓。她捕捉到了这种壮美的轮廓；在无法表述的抽象世界中，有一种太阳照不到的思想在活动，而她却窥见了这种品德的神秘形态。她周围尽是不停运转的难以辨知的事物，这是现实世界给她的唯一印象，而她处于这种被动的呆滞状态，总是惴惴不安，时刻都可能有危险，作为盲人终生都不能自卫；但是她在这种感觉中，又确知关伯兰就在她面前，富有同情心、乐于助人而又温柔的关伯兰，态度永远也不会冷淡，永远也不会离开，永远也不会销声匿迹。黛娅抱着这种信念和感激，常常激动得浑身战栗，她的惶恐情绪消解了，转化为倾心向慕；她抬起充满黑暗的双眼，瞻仰她深渊上空的这种善良，这种深邃的光明。

在理想的境界，善良，便是太阳。关伯兰就照得黛娅满目光芒。

芸芸众生，头脑太多而难有一种思想，眼睛太多而难有一种目光；芸芸众生本身就是表象，也就停留在表象。因而，在他们看来，关伯兰是个小丑，街头艺人，跑江湖的，是个滑稽演员，比一个牲畜强不了多少，也差不了哪儿去。世人只认面孔。

在黛娅的心中，关伯兰是把她从坟墓里救出来的恩人，是让她能生活下去的安慰者，也是手拉着手把她带出失明这座迷宫的解放者。关伯兰是兄弟、朋友、向导、支柱，好似天神、长翅膀的丈夫，放射着光芒。在众人眼中是怪物，她看到的却是天使。

黛娅这个盲女，看到的是灵魂。

第四章 天造地设的情侣

吾是熊这位明哲，自然理解。他赞成黛娅所产生的迷幻。

他时常说道：

“盲人看见不可见之物。”

他还常说：

“意识就是视觉。”

他凝望着关伯兰，嘴里咕哝道：

“五分魔怪，五分天神。”

关伯兰也同样迷恋黛娅。视觉，有无形的眼睛，即精神，也有有形的眼睛，即瞳仁。关伯兰以有形的眼睛看到她。黛娅所感受的是理想的眼花缭乱，而关伯兰所感受的是现实的眼花缭乱。关伯兰不是长得丑，而是形貌可怕。他眼前就是反面的对照。他有多可怕，黛娅就有多曼妙。他是骇怪的化身，黛娅则是美的倩影。黛娅身上有梦幻的韵味儿。她恍若略具形态的一场梦。她的身材如弱柳扶风，又如芦苇一般纤细而柔弱，抖瑟而不安，那双肩也许长着无形的翅膀，那微微隆起的胸脯标示女性，但主要是对心灵，而不是对感官而言，那白皙的肌肤几乎是透明的，那非凡的眼睛闭而不看尘世，显得十分庄严而恬静。还有那笑靥无比圣洁，她整个人儿那么美妙，近乎天使，也刚好称得上女人。

我们说过，关伯兰常拿自己同别人比较，他也对照黛娅。

他的生存状况，是前所未闻的双重选择的结果，是下界和天界两种光线，黑光和白光的交汇点。这块小面包上，也许被恶喙和善喙同时啄食过，留下了伤痕和吻印。关伯兰就是这块小面包，既受过伤害，又受过抚爱的小东西。关伯兰是一种厄运的产物，同时也打上天意的烙印。不幸的手指，幸运的手指，都点到他身上。两种极端的命运，构成他这奇特的人生。他的身上既遭受诅咒，又得到祝福。他是受到诅咒的上帝选民。他是谁？他自己也不知道。他一瞧自己的模样，就以为见到一个陌生人，而这陌生人又是个怪物。关伯兰仿佛过着无头的生活，有一张不属于自己的面孔。这张面孔很可怖，极为可怖，反而能让人开心了。它那么吓人，反倒把人逗乐了。正是地狱来的小丑，也是让畜类面饰遮掩了的人面，整张面孔让浪涛一般的狰狞鬼脸占据了。从未见过在人面上，人的形象消失得如此彻底，滑稽模仿达到如此完美的程度，在噩梦中的狞笑如此骇人；从未见过在一个男人面上，杂凑集中了如此丑陋的、令女人憎恶的特点。这颗不幸的心，由这张脸蒙住并丑化，就像盖上一块坟墓盖板，恐怕注定永远孤独了。可是不然！就在人所不知的邪恶肆虐的地方，无形的慈善也大显身手了。这个可怜的人堕入深渊，又忽然被救起来，在他身上所有令人憎恶之处的旁边，慈善则安放了吸引人的东西，慈善在这块礁石上安放了磁石，让一颗灵魂飞也似的直奔这个被遗弃的人，派去鸽子安慰这个遭受致命打击的人，还让这畸形得到美的赞赏。

为使这种情况成为可能，就绝不让美丽的姑娘看见他破相的面孔。为了这一幸福，就必须造成这种不幸。

黛娅成为盲女是天意。

关伯兰隐隐感到自己是一种赎罪的产物。为什么受到迫害呢？他不得而知。为什么赎罪呢？他也不得而知。他仅仅知道，一个光环飞落到他伤残的脸上。到了关伯兰懂事的年龄，吾是熊给他边读边解释过康奎斯特博士的著作《关于割掉鼻子的人》，以及另一册对开本《于果·普拉贡文集》中，nares habens mutilas[①]那段。不过，吾是熊很慎重，不提任何“假设”，也不下任何结论。有些假设如能成立，那么关伯兰童年的经历就会依稀可见了。然而，在关伯兰身上，只有一种明显的事实，这就是结果。他命里注定，一生要戴着这伤残的面具。怎么会落下这种伤残呢？没有答案。关伯兰的周围，只有孤单和沉寂。凡是能说明这种悲惨现实的假设，可靠的材料都已消泯，除了这可怕的事实，什么也确定不了。关伯兰陷入意志消沉的时候，黛娅飘然而至，仿佛天神下凡，插到关伯兰和绝望之间。关伯兰看到美妙的姑娘转向他可怖的面孔，神态那么温柔，他深受感动，心里暖洋洋的；天神惊奇的样子，感化了他那严酷的面孔。他那骇人的形貌，竟然发生奇迹，例外地进入理想境界，受到光明的赞赏和钟爱；他本是个怪物，却感到有一颗明星在凝望他。

关伯兰和黛娅这对恋人，正是相互崇拜的两颗悲怆的心。一个小窝，两只鸟儿，这便是他们的故事。他们又回到普遍法则中，也同样相互取悦，相互寻觅并相聚在一起。

这样一来，仇恨就落空了。迫害关伯兰的不管是什么人，紧追不舍的谜一般的力量，不管来自何处，都没有达到目的。本来要打造一个绝望者，不料却造就一个称心如意的人。他们给他造成的伤害，好像事先就配有治愈的奇药。他们给他造成的痛苦，仿佛命中注定就能得到安慰。刽子手行刑的铁钳，悄悄地变成女人的手。关伯兰面容可怕，人为的可怕，由人手制造出来，就是打算永远孤立他，首先是家庭难容，假如他有家庭的话，其次就是人类难容。还在他幼小时，就把他完全毁了。然而，这一废墟，大自然又接收了，如同接收所有废墟那样；这一身孤独，大自然给予安慰，如同安

① 拉丁文，意为“鼻孔残毁者”。

慰所有孤独者。大自然前来求助所有被遗弃的人。凡是全部欠缺的地方，大自然就全部奉献；凡是倾覆塌毁的地方，大自然就重新布满鲜花，重新铺满绿茵：它有青藤给予岩石，有爱给予人类。

冥冥中深度的慷慨。

第五章　黑暗中的蓝天

这两个苦命人，就这样相濡以沫。黛娅找到依靠，关伯兰找到归宿。

这个孤女有了这个孤儿。这个残疾人有了这个畸形人。

这对孤男寡女相结合了。

这两个受苦受难的人，产生了难以言表的感恩之心。他们感恩戴德。

感激谁呢？

感激皇天后土。

有此感恩之心就足够了。感恩的行动长有翅膀，飞往该去的地方。在这方面，您的祈祷远比您明了。

多少人以为在祈求朱庇特，其实祈求了耶和华！多少人迷信护身符，结果得到天地的倾听关注！多少无神论者还没有领悟，他们单凭善良和伤感，就在祈求上帝！

关伯兰和黛娅满怀感激之情。

畸形，就是放逐。失明，就是深渊。放逐者被收容了，深渊可以住人了。

命运似乎在重新安排，将一场梦化为前景，而在命运的这种安排中，关伯兰在灿烂的阳光下看到，一片女人形体的美丽白云，朝他飘落下来，那是捧着一颗心的光辉幻象，近乎云彩，却是女人，这幻象紧紧搂住他，同他亲吻，而这颗心也愿意要他；关伯兰不再畸形，有人爱了；一朵玫瑰花要同毛毛虫结婚，感到这条毛毛虫将蜕变为神圣的蝴蝶:关伯兰被人抛弃,现在又为人选中。

有了自己所需,便有了一切。关伯兰有了自己所需。黛娅也有了自己所需。

这个破了相的人,就显得不怎么卑劣了,仿佛升华了,化为陶醉、欣喜和信念。而盲女在黑夜黯然的摸索中,有一只手来牵引了。

这是两个苦命人,彼此吸收融合,闯进理想境界。两个残缺一结合,便补充完整了。他们由于自身的不足而紧紧抓住对方。一个在这方面贫乏,另一个却富有。这个人的不幸,却是那个人的财宝。黛娅如果不是盲女,她会看上关伯兰吗?关伯兰如果没有破相,他会喜欢黛娅吗?她很可能不愿接近畸形人,正如他不愿接近残疾人。关伯兰相貌丑陋,这对黛娅是多大幸事啊!黛娅是盲女,这对关伯兰又是多好的运气啊!如果没有上天的安排,他们根本不可能相配。他们爱情的深处,蕴涵着这种奇异的相互需要。关伯兰救了黛娅。黛娅也救了关伯兰。受难人相遇,便同舟共济。沉入深渊的人抱在一起。这种拥抱比什么都更紧,比什么都更绝望,也比什么都更美好。

关伯兰产生一种想法:

“没有她,我会落到什么地步?”

黛娅也产生一种想法:

“没有他,我会落到什么地步?”

两种流放,同归一个家园。关伯兰的破相、黛娅的失明,这两种无可挽回的厄运,结合起来就称心如意了。他们彼此满足了需要,除了自身,想象不出还有何求。一起说话其乐无穷,相互接近幸福无比。他们的直觉极大地互动,已经达到了一致的梦想,两个人产生同一个念头。关伯兰走动的时候,黛娅以为听见神的脚步声。他俩紧紧搂在一起,恍若置身朦胧的天界,周围弥漫着芳香、音乐,也充满闪光、明亮的殿堂和梦幻。他俩相互隶属,深知同在一种快乐中,同处一种迷醉的状态,要厮守终生了。两个被打入地狱的人,营造出一座伊甸园,世间没有比这更奇异的事了。

他们的幸福难以表述。

他们把自己的地狱转变成天堂:爱情啊,这正是你的威力!

黛娅听见了关伯兰的笑声。关伯兰则看见黛娅喜笑颜开。

他们就这样找到了理想的幸福,实现了人生完美的欢乐,解决了幸福这一神秘的问题。是谁解决的呢?是两个命运悲惨的人。

在关伯兰看来,黛娅就是光辉的女神。而对黛娅而言,关伯兰就是天意的存在。

这种存在,神妙而深不可测,从而神化了不可见之物,产生另一种神妙,即信赖。在宗教里,唯独这一点是不能减少的。而且,有这不可减少的东西就足够了。必不可少的无限存在,我们看不见,但是感觉得到。

关伯兰就是黛娅的宗教。

她爱得忘乎所以,有时竟然跪到他面前,好似美丽的女祭司,顶礼膜拜满面春风的宝塔守护神。

不妨设想深渊里有一片光明的绿洲,而在绿洲上,这两个与世隔绝的人相互迷恋。

他们的爱情无比纯洁。黛娅不知道接吻是怎么一回事,也许心里并不乏这种渴望,只因一个盲人,尤其一个盲女,总有各种梦想,如有陌生的事物接近,她虽然心惊胆战,但也不是一概憎恶。至于关伯兰,青春期容易悸动,也就好思索,他越感到心醉神迷,就越胆怯。按说,黛娅是他童年的伴侣,她就像不知什么是光明,不知什么是错误,这个盲女只看见一件事,就是她痴情地爱他,本来他对她做出什么都不为过。然而,就算是黛娅情愿给予的东西,他也会认为是窃取的,因而他怀着忧伤的满足感,仅限于像天使一般

爱她：自身畸形的这种意识，化为一种圣洁的廉耻心。

这两个幸福的人生活在理想境界，他们如同两个星体，是保持距离的一对夫妻。他们在蔚蓝的空间，交换着强大的磁力：这种磁力，在宇宙间就是引力，在人世间就是性。他们相互给予的是心灵之吻。

他们一直生活在一起，除了在一起，他们没有别种方式相互了解。黛娅的童年，正值关伯兰的少年时期，二人是并肩长大的。在很长一段时间，他们同睡一张床：篷车当卧室根本不宽敞，他俩就睡在木箱上，而吾是熊则打地铺，这是当初的安排。后来有一天，黛娅那时还小，关伯兰忽然觉得自己长大了，长成男子汉而害羞起来。他对吾是熊说："我也要睡在地上。"到了夜晚，他就挨着老人躺在熊皮上。黛娅当时哭闹着，要她同床的伴侣。可是，关伯兰已经萌生了爱，心里不安起来，坚持不睡回去。从那时起，他就同吾是熊睡在地板上。夏季天好的时候，他还睡在露天，与何莫人做伴。黛娅长到十三岁，还不甘心情愿单独睡，晚上她经常央求："关伯兰，过来睡在我身边，这样我就睡得香。"有个男人睡在身边，这是单纯的姑娘睡安稳觉的需要。所谓裸体，是要自己亲眼看到；因此，她并不懂得什么是裸体。阿卡迪亚或奥塔希提[1]式的天真无邪。野性的黛娅弄得关伯兰惊慌失措。黛娅差不多长成大姑娘了，她有时坐在床上梳头发，衬衣半敞着怀，露出刚刚发育的女性躯体，隐然一个初具形容的小夏娃，她就叫关伯兰过去帮忙。关伯兰面对这天真姑娘的肌肤，不知如何是好，他红了脸，垂下眼睛，结结巴巴说不出话，扭过头去，心里害怕，干脆走了，而这个蒙昧的达夫尼斯，一见阴影的赫洛亚就跑开了[2]。

这就是一出悲剧中这首田园诗的开篇。

吾是熊常对他们说：

"古老的野人！你们相爱吧！"

---

① 指未开化的地方。阿卡迪亚位于加拿大大西洋沿岸，17世纪开始成为法国领地，奥塔希提，即今塔希提岛（属玻利维亚），两地当初都住着淳朴的土著人。

② 田园诗式爱情小说《达夫尼斯与赫洛亚》中人物，一对恋人，由希腊作家朗戈斯创作于2—3世纪。

第六章　教师吾是熊和监护人吾是熊

吾是熊还要补充一句：

“等哪天，我非捉弄他们一下不可。我要让他们成亲。”

吾是熊给关伯兰上爱情理论课。他对孩子说：

“爱情，你知道仁慈的上帝是怎么点燃这把火的吗？上帝把女人放在下面，把魔鬼放在中间，再把男人放在魔鬼上面。划着一根火柴，换句话说，投去一道目光，就全燃烧起来了。”

“用不着投去目光。”关伯兰回答，他想到黛娅。

吾是熊反驳道：

“傻小子！灵魂相互注视，难道还用眼睛吗？”

有时候，吾是熊还真是个活宝。关伯兰爱黛娅到了狂热的程度，有时就变得闷闷不乐，但是他总避开，怕吾是熊瞧见。有一天，吾是熊就逗他说：

“算了！别缩手缩脚的。在爱情上，公鸡总是表露出来。”

“可是雄鹰却隐藏起来。”关伯兰回敬道。

还有几次，吾是熊自言自语：

“还得明智一点儿，给爱情刹一刹车。他们相爱得过了头，要出什么事儿。千万别发生火灾，给这两颗心降降温。”

于是，吾是熊就发出这类警告，趁黛娅睡觉时就对关伯兰讲，等关伯兰转身出去又对黛娅说：

“黛娅啊，别太依恋关伯兰了。过分依恋另一个人很危险。自私是幸福的一条好根。男人嘛，总能摆脱女人。再说，总有一天，关伯兰就会目中无人。他多走红！你想象不出他多么受欢迎！”

“关伯兰啊，双方不般配，就绝对不成。一方太丑，另一方又太美，这就得三思啊。孩子呀，你这头这么热火，可要克制一点儿。对黛娅别太痴情了。你真的以为配得上她吗？瞧瞧你这丑相，她长得多完美。你要看清楚，你和她相差有多大。这个黛娅，处处都美！她的皮肤多白，头发多秀美，嘴唇像草莓一样鲜红。瞧她那脚！再瞧她那双手！她肩膀的线条多曼妙，脸蛋美如天仙，她走起路来，浑身都放光彩。她说话多么庄重，声音多么悦耳动听！除了这些，还要想着她可是女人！她绝不那么傻，充当什么天使。她是个绝色美人。这些话你都掂量掂量，好冷静下来。”

这些话适得其反，黛娅和关伯兰的爱情之火倍加炽烈。吾是熊好不奇怪，自己竟然白费了唇舌，他那神情似乎在说：

“事情真怪，我是往火上浇油了，没有把火扑灭。”

把他们的爱情之火扑灭，甚至退一步讲，给他们降降温，难道他真想这么干吗？当然不是。他的话如果奏效，那才叫他大失所望。这场爱情，在他们是烈火，对他也是一种温暖，其实令他喜不自胜。

不过，拿我们所喜爱的东西调侃调侃，也挺有意思。这种调侃，也正是人们所说的智慧。

关伯兰和黛娅小时候，吾是熊差不多又当爹又当妈。他一边嘟嘟囔囔发点牢骚，一边把他们拉扯大；他一边唠唠叨叨地责备，一边还是给他们张罗吃喝。收养两个孩子，篷车就加重了，他不得不经常与何莫人一同拉车。

还应当指出，头几年一过去，关伯兰差不多长大了，吾是熊也真老了，就由关伯兰代替拉车了。

吾是熊眼看着关伯兰一天天长大，还给他这畸形算了个命，对他说：“他们还给了你个发财的命。”

一位老人、两个孩子和一只狼组成的这个家庭，在流浪生活中越来越亲密了。

流浪生活并不妨碍孩子的教育。吾是熊常说：流浪，就是长见识。关伯兰显然最适于“在集市上表演”，吾是熊亲自把他培养成一个街头艺人，还往这街头艺人的脑袋里，尽量灌输他的学问与智慧。吾是熊定睛凝视关伯兰那副骇人的面孔，嘴里咕哝道：他入道的路子很对。正因为如此，他就用哲学和知识，把关伯兰装饰得很完美。

他一再对关伯兰重复道：“你要成为哲学家。作为智者，就不容易受到伤害。我的情况你也瞧见了，从来没有哭过。我这就是明智的力量。你信不信，我经历过的事儿，要流泪的时候也不少？”

有时吾是熊自言自语，只有狼在一旁听着：“全部本事，我都教给了关伯兰，包括拉丁文。可是黛娅呢，我什么也没有教，除了音乐。”他教他们二人唱歌，他本人也有一手，能吹奏“麦田的缪斯”，即当年的一种短笛。他笛子吹得好听，演奏“希风尼琴”也一样，那是行乞用的手摇弦琴，贝特朗·杜盖克兰在编年史中称之为“无业游民的乐器”，但它正是交响音乐的发端。这样的乐曲能吸引来人。吾是熊举起他的“希风尼琴”给观众看，一面解释说：“在拉丁语中，它叫 organistrum。”

他教黛娅和关伯兰唱歌，采用了俄耳甫斯①和吉尔斯·班舒瓦②的方法。他在上课时，随便就中断一下，欢叫一声：“俄耳甫斯，希腊的音乐家啊！班舒瓦，庇卡底的音乐家啊！”

这种复杂细腻的教育，并没有完全占据两个孩子的心思，阻止他们相爱。他们一同长大，两颗心也交织在一起，犹如靠近栽植的

---

① 俄耳甫斯：希腊神话传说中人物，色雷斯的诗人与歌手。他善弹竖琴，琴声能让猛兽俯首、顽石点头。

② 班舒瓦（1400—1460），法国-佛兰德作曲家，创作复调的歌曲和经文歌曲。

两棵树苗，长成大树时，枝丫也连理交错了。

“没什么，”吾是熊喃喃说道，“反正我会让他们结婚的。”

随后他又私下咕哝道：

“他们俩总用爱情来烦我。”

他们从前的经历，总归还有那么一点点，可是关伯兰和黛娅根本不记得了。他们仅仅知道吾是熊讲过他们的那些事。他们管吾是熊叫“父亲”。

关伯兰回忆童年,只依稀记得有一群魔鬼,从他摇篮前一闪而过。他还有一点印象,仿佛在黑暗中被奇形怪状的脚践踏过。是成心还是无意践踏的呢?他不得而知。他能清楚地回忆起来,就连细节都记得的,只有那段遭人遗弃的悲惨经历。那个阴森可怕的夜晚,发现了黛娅,对他来说是一个光辉的日期。

比起关伯兰来,黛娅的记忆就更模糊了。当初她太小了,什么都烟消云散了。在她的记忆中,母亲就像一件冰冷的东西。她见过太阳吗?也许见过。她极力追溯在她身后消失的印迹。太阳?是什么东西呢?她说不清楚,只记得亮亮的、暖暖的,现在由关伯兰替代了。

他们俩时常说悄悄话。叽叽咕咕的话语,当然是人世间最重要的事情。黛娅对关伯兰说道:“光明,就是你说话的时候。”

有一次,关伯兰透过薄纱袖子看见黛娅的手臂,一时控制不住,用嘴唇拂了拂那透明的部位。畸形的嘴,理想的吻。黛娅感到一阵喜悦沁入心脾,她满脸绯红。怪物这一吻,让这张浸透夜色的秀美额头升起曙光。然而,关伯兰却长叹一声,心中惶恐,由于黛娅的领口半敞开,他不由得从这天堂的门缝儿,窥探一眼露出的白皙的肌肤。

黛娅捋起衣袖,将赤裸的手臂伸给关伯兰,说道:“再来一下!”关伯兰只好逃之夭夭。

次日,这种游戏变变花样,又重新开始了。由天堂滑进爱情这温柔的深渊。

仁慈的上帝面对这种事情,作为老哲学家,也只有微微一笑。

F. MÉAULLE

第七章　盲人教人心明眼亮

关伯兰有时也不免自责。他把自己的幸福当成一个良心问题。在他的想象中,赢得一个看不见他的女人的爱,就等于欺骗人家。假如她突然睁眼看见了,她又会怎么说呢？吸引她的人又该让她多么憎恶！看见她面目狰狞的情人,她会多么害怕而退避！她会怎么惊叫！双手怎么捂住脸！会怎么逃开啊！歉疚一直搅扰他的心,令他不堪其苦。他心中暗道:怪物,你无权恋爱。九头蛇怪受到一颗明星的崇拜,那就有责任给这颗盲目的星指明。

有一次,他对黛娅说道:

"要知道,我长得很丑。"

"我知道你美极了。"黛娅回答。

关伯兰又说道:

"你听见大家哈哈大笑的时候,那就是在笑我,因为我是个丑八怪。"

"我爱你。"黛娅就对他说道。

她沉吟一下,又说道:

"我死了一回,是你把我救活的。有你在,就有了我的天日。把你的手给我,让我接触一下,上帝!"

两个人的手摸索着紧紧握在一起,他们不再讲一句话,完全沉浸在相爱的极度幸福中。

吾是熊全听到了,便生起闷气。次日趁三个人都在,吾是熊抛出一句:

“其实,黛娅长得也很丑。”

他这话毫无效果,黛娅和关伯兰根本不听。他们整个心思都放在对方身上,往往听不进吾是熊这种感叹性的结论。吾是熊思想深邃,但说的话白费。

不过,吾是熊讲“黛娅长得也很丑”,这一次的预防措施倒表明,这位饱学之士对女人有一定认识。关伯兰太诚实了,但无疑犯了一个失慎的错误,说“我长得很丑”,这话如果不是对黛娅讲的,换了任何女人,任何盲女,都是很危险的。既失明又坠入情网,这就盲上加盲了。人处于这种状态,就要耽于梦想,幻象便是梦想的食粮。剥夺爱情的幻象,便是剥夺爱的营养。所有狂热的表现,都有助于爱的形成,既包括肉体的赞美,也包括精神的激赏。有一点千万注意,绝不能对一位女子讲难以理解的话,她听了会胡乱猜想,还往往朝坏处想去。一句谜语抛进梦想中,就会搅了局。随口讲出的一句话,就可能撞击到敏感处,击破本已建立起来的感情。有时也不知道怎么回事,就感到隐隐遭受一句空话的打击,心不知不觉就空落了。恋爱的人发觉自己的幸福感降低了。裂了璺的花瓶的慢慢渗漏,比什么都可怕。

幸好黛娅根本不是用这种陶土制作的花瓶。造一般女人的黏土团,一点儿也没有用到黛娅身上。黛娅天性罕见,身体柔弱,心却很坚强。这个姑娘的底蕴,正是始终不渝的一种圣洁的爱情。

关伯兰的这句话,不知在她心里掘进有多深,最终挖掘出这样一句话,有一天她对关伯兰说道:

“长得很丑,这是什么意思呢?这就是作恶。关伯兰只行善。他很美呀。”

继而,她仍以孩子和盲人随便发问的口气,又说道:

“看见?你们这些人,什么叫作看见呢?我就看不见,这我知道。这个看见,好像就是遮掩。”

“你要说什么呀？”关伯兰问道。

黛娅回答：

“看见，就是能遮掩真实的一件东西。”

“不对。”关伯兰说道。

“就是！”黛娅反驳道，“要不你怎么说你丑呢？”

她想了一想，又补充一句：

“你撒谎！”

关伯兰听着，心里真高兴：真话他既讲了，对方又不相信。这样，他就心安理得了，他也可以安心地爱了。

他们就在这种状态中长大，她到十六岁，他也快到二十五岁了。

他们并不像我们今天的说法，比起头一天来，“关系大有进展”。甚至不如当初，因为大家还记得，她出生才九个月，而他十岁，他们就有了婚礼之夜。从那之后，他们的爱情仿佛是圣洁童年的延续。夜莺也有这种情况，唱歌开始晚了，就一直唱到黎明。

他们相互爱抚，也只限于抚摸双手。有时也轻轻拂着赤裸的手臂。稍微结巴地说两句情话，也就心满意足了。

男孩二十四岁，女孩十六岁。吾是熊一直紧紧盯着他准备“捉弄的一对”，有一天早晨就对他们说：

“等哪天，你们要选择一种宗教。”

“干吗选择宗教呢？”关伯兰问道。

“好让你们结婚啊。”

“不是已经结了嘛。”黛娅回答。

黛娅根本不理解，成为夫妻远非他们这样的关系。

满足于贞洁无瑕的虚幻关系，天真地沉醉于灵魂的结合，将独身当作结婚，说到底，吾是熊对这种状况绝不会反感。他讲那种话，就因为话该讲就得讲。不过，他身为医生，还是觉得黛娅即使年龄不算太小，至少身体太娇嫩，太柔弱，不适于他所说的“肉体的婚礼”。

这事儿总归也晚不了。

况且，能说他们根本没有结婚吗？假如世间真有牢不可破的关系，那不正是关伯兰和黛娅这种亲密无间的感情吗？这事儿真令人赞叹：竟然是不幸的命运，将他俩投在一起，相濡以沫。

有这第一层关系，就好像还不够牢固似的，在不幸上又增添了爱情，将他们拴住，紧紧地捆在一起。由花结加固的锁链，还有什么力量能砸开吗？

当然，他们就是分不开的。

黛娅有美貌，关伯兰有光明，二人都出了嫁妆财富；他们胜似夫妻,完全就是一对,中间仅仅隔着天真无邪与圣洁。

然而,关伯兰无论怎么幻想,怎么凝神瞻仰黛娅,他毕竟是男人,抑制不住爱恋的内心骚动。天定的法则根本无法回避。他同自然万物一样,也隐隐感到造物主所要求的冲动。他出现在公共场合,有时就不由得一阵冲动,望了望人群中的女子,但是随即又移开非礼的目光,内心不免后悔,急急忙忙回去了。

还应当指出,他也没有看到鼓励的目光。在他所注视的所有女子的脸上,他只见到憎恶、反感、讨厌和鄙夷的表情。

显而易见,除了黛娅,谁也不可能喜欢他。他这样一想,也就痛悔不已。

第八章　不仅幸福，还要发财

童话故事有很多真事儿！无形的魔鬼触碰到您，那种灼痛之感，正是邪念引起的歉疚。

邪念在关伯兰身上无从发展，也就无所谓歉疚了。但是他时而也有憾意。

意识上笼罩一层轻雾。

究竟有什么遗憾？什么也没有。

他们幸福美满。而且十分美满，甚至不再受穷了。

从1689年到1704年，大大改观了。

到了1704年，在暮色降临的时候，有时就会有一辆宽大而沉重的大篷车，由两匹骏马拉着，隆隆进入一座海滨小镇。大篷车好似倒扣的船体，龙骨为车顶，甲板为地板，安装四只车轮。四只轮子大小高矮相等，就像大板车那样。车轮、辕木和车厢，全都漆成绿色，但是深浅层次分明，从车轮的墨绿到车顶的苹果绿。

这样全身绿色的大篷车，终于引人注意了，它在集市上就有了名气，人称"绿箱子"，Green-Box。大篷车只有两扇窗户，每侧开一扇。车厢尾部则是带踏板的门。车顶探出的一根在冒烟的管子，也同样漆成绿色。这座能够移动的房子亮晶晶的，总像新上了油漆，刚刚刷洗的一般。车厢前头为门窗两用，有一个连在车厢的折

叠座，座上一位老人手挽缰绳驾车，两边各坐着一名多孕女子①，即波希米亚女人：她们都是女神打扮，吹着小号。这台大机器大摇大摆，趾高气扬。市民一个个都看傻了眼，惊叹不已。

这是吾是熊跑江湖的老设备，只因经营得好，规模扩大，从露天舞台升级为流动剧场了。

车厢下拴着如狼似狗的畜生，那正是何莫人。

① 原文 Bréhaigne 一词，意为不毛之地，用在女人身上为不能生育。使用在波希米亚女人身上，作者武断为生育能力强。

驾车的老者，也正是哲学家本人。

从前一辆破篷车，怎么换了如此华丽的大轿车呢？

只因关伯兰出了名。

吾是熊果然有眼力，看准关伯兰会有此成功，早就对他说过：“他们还给了你个发财的命。”

大家还记得，吾是熊将关伯兰收作弟子。不知何人将他的脸加工成如此模样，吾是熊就给他的智力加工。在这张巧夺天工的面具后面，尽量给他灌输思想。等孩子长大，吾是熊认为条件具备了，就让他登台表演了，也就是登上篷车的前部。关伯兰表演的效果异乎寻常，立即就把过路人吸引来观赏。从未见过类似的笑面，模仿的功夫实在令人吃惊。谁也说不清，这张笑面感染力的奇效是如何产生的。有人说是天生的，有人则认为是人工之作，一件事实引起种种猜测。无论到什么地方，在十字街头、集市场，还是节庆的场所，人们都蜂拥去看关伯兰。真有一股强大的吸引力，先是钢镚儿，接着是大铜子儿，最后是先令，如雨点一般落进这群流浪者干瘪的钱袋里。

一个地方的好奇心发掘尽了，就换一个地方。石头滚动不生财，大篷车滚动却能致富。年复一年，从一座城市走到另一座城市，随着关伯兰越长越高，越大越丑，吾是熊预言的财运果然来了。

“我的孩子，他们帮了你多大忙啊！”吾是熊常说道。

吾是熊是关伯兰成功演出的经纪人，有了这种“财运”，他就能定制一辆梦寐以求的大车，也就是说，非常宽敞的，能装载一座戏院的大轿车，到各地十字街头去播种科学和艺术。此外，吾是熊、何莫人、关伯兰和黛娅组成的剧团，又增添了两匹马和两个女人。那两个女人，我们前面说过，在剧团里扮演女神，还兼做女佣。跑江湖的大篷车，需要一个带有神话色彩的门面。吾是熊就说：“我们这是一座流浪的神庙。”

那两个多孕女很年轻，长得很丑，是哲学家在乡镇乱哄哄的游民中拾来的，并按照吾是熊的意愿，一个名叫福柏[1]，一个名叫维纳斯。这里不妨遵从英语发音，Phoebé（福柏）念成 Fibi（菲比），Vénus（维纳斯）念成 Vinos（维诺斯）。

福柏做饭，维纳斯擦拭神庙。

此外，每逢演出，她们还给黛娅穿衣打扮。

江湖艺人也同王公一样，有自己的“公共生活”；除此之外，黛娅也同菲比、维诺斯一样，身穿薄塔夫绸印花裙和无袖粗呢上衣，胳臂完全裸露。吾是熊和关伯兰则穿粗呢无袖褂子、水兵那种大裤筒裤子。关伯兰的脖颈和双肩还多了一副皮套，为方便干活和表演力技。他照料两匹马。吾是熊和何莫人则相互照顾。

黛娅渐渐摸熟了“绿箱子”，她在移动房子里几乎随意走动，就好像什么都看得见似的。

能进入这一活动建筑里，观察内部结构与布局的人，就会看到吾是熊那辆旧车停放在角落，固定在板壁不动，已经退休，不必再跑路，四只车轮闲置生锈了，就像何莫人不必拉车一样。

旧车缩靠在车厢尾部门右侧，上面安放两张床，现在给吾是熊与关伯兰兼作卧室和更衣室。对面角落则是厨房。

“绿箱子”的内部建构十分简明，也十分精确，不亚于船舱。整个车厢的布局、间隔都是精心设计、特意安装的。

车厢隔成三小间，隔板开了门洞，里外相通，没有安装门扇，挂上一块布帘，就算关上门了。

后间住男人，前间住女人，当中一间是舞台，分开男女。音响效果和布景机关，全设在厨房。

车顶隆起的部位，下面隔出一小间阁楼，里面放置布景。打开

---

① 福柏：希腊神话中的月亮女神。

阁楼的翻板活门，就发现制造魔幻灯光效果的几盏灯。

吾是熊是创造这种魔幻场景的诗人。剧本全是他创作的。

他多才多艺，能表演一套套魔术，手法很特别。除了会讲腹语，他还能制造各种各样出人意料的景象，如光亮与黑暗的强烈对照，在板壁上映现随意组成的数字或字词、明暗虚影的各种形象，许多都是怪异百出，引起观众阵阵惊叹，而他却心不在焉，似乎另有所思。

有一天，关伯兰对他说：

“父亲，您就像个巫师。”

吾是熊回答说：

“也许我本来就是个巫师吧。”

“绿箱子”由吾是熊精心设计建造，匠心独运，结构十分巧妙，前后轮之间左侧的中心板壁，由于安装了铰链，靠着链条和滑轮的牵动，能像吊桥一般放下去。壁板放平时，三根支脚随着铰链自动落下，与地面垂直，在铺石路上立稳，撑住壁板，形成三脚桌，又像个讲台面，与露出来的车厢舞台连成一体，成为前台了。这个大开门，绝对像地狱的入口，至少露天布道的清教徒这样讲，他们都大惊失色，转过身去。很可能是因为这类亵渎宗教的发明之故，梭伦[①]才棒打了泰斯庇斯[②]。

不过，泰斯庇斯还是名垂史册，流芳的时间要比人们的预料长久得多。流动车剧场如今还存在。在十六世纪和十七世纪，正是在这种流动舞台上，英国演出了阿姆纳和皮尔金顿的芭蕾舞和叙事曲；法国演出了吉贝尔·科兰的田园曲；佛兰德在主保瞻礼节上，演出了克莱门的两重合唱《不，爸爸》；而在德国，演出了泰勒斯的《亚当与夏娃》；意大利则演出了安尼穆契亚和卡福西斯的威尼斯趣剧、韦努萨王爷杰苏阿尔多的《林海》、劳拉·圭迪契奥尼的《林神》、天文学家伽利略的父亲文森特·伽利略的《菲莱纳的绝望》和《乌戈林之死》。在演出《乌戈林之死》时，文森特·伽利略亲自演唱，由低音古提琴伴奏：意大利歌剧的所有这些初步尝试，从1580年起，就取代了看重自由灵感的牧歌。

---

① 梭伦（约公元前640—约前558），雅典政治家，古希腊七贤之一，他曾实行社会改革，促进了雅典繁荣。

② 泰斯庇斯（生活于公元前6世纪），古希腊悲剧诗人，被认为是悲剧创始人。据说他创造了序曲和叙事、人物和面具。

漆成象征希望颜色的大马车，车头有菲比和维诺斯，如同两位信息女神吹着号，载着吾是熊、关伯兰和他们的财运，投入了这场文学艺术的巡回大演出。

泰斯庇斯不会怎么否认吾是熊，同样，康格里奥也不会怎么否认关伯兰。

大马车行驶到乡村或城镇的广场上，在菲比和维诺斯铜号声间歇中，吾是熊便评论小号的演奏，给予有教益的启示。

“这是格列高利的交响曲，”他高声说道，“城镇公民们，格列高利的圣礼书，这种巨大的进步，在意大利遭遇盎博罗削派仪式的抵制，在西班牙则遭遇摩萨拉布派仪式的对抗，经过艰苦奋斗，才取得胜利。”

然后，“绿箱子”停靠在吾是熊选定的地点。一到晚上，前台的台板放下来，剧院开放，精彩的演出开始了。

“绿箱子”剧院的背景，是一幅风景画，由不会画画的吾是熊绘制，因此在演出需要时，这幅风景画也能表示地下。

幕布，我们称之为布帘，是一块对比色鲜明的方格子绸。

观众站在外面，站在街道或广场上，在戏台前围成半圆。他们顶着太阳，或者冒着大雨。从这种境况来说，比起今天的剧院来，那时的剧院更不希望遇到下雨天。如有可能，他们就到客栈大院里演出，那样的话，有几层楼窗户，就有几排包厢了。而且，剧院圈在院子里，观众更容易给钱了。

吾是熊是全能，他编剧，参加演出，帮忙做饭，演奏音乐，什么都干得来。维诺斯打小鼓，两根鼓棒得心应手。菲比则弹奏莫拉什琴，即一种六弦琴。狼训练有素，早就派上用场，他是剧团不可或缺的成员，总有机会扮演配角。吾是熊与何莫人经常联袂登台。吾是熊披上他那张熊皮，紧紧扎住，何莫人身披狼皮更为合身。观众都分辨不出，他俩谁是人谁是兽，对此吾是熊十分得意。

第九章　被外行称为诗的狂语

吾是熊创作的剧本，其实就是幕间插剧，如今有点过时了。其中有一出小剧没有流传下来，题为“吾是熊原是熊”①。他在剧中很可能演主角。人物虚下场，随即又回场。主题大约如此，既简洁又值得赞赏。

吾是熊那些幕间剧的题名，如我们所见，有时用拉丁文，而诗歌往往用西班牙语写成。跟当时绝大部分卡斯蒂利亚十四行诗一样，吾是熊用西班牙文写的诗歌全押韵。观众听了并无大碍，那时期西班牙语相当流行，英国水手普遍能讲卡斯蒂利亚语，就像古罗马士兵能讲迦太基语那样。看一看普劳图斯②的作品就知道了。况且，看戏也像做弥撒，歌词用拉丁语或别种语言，观众听不懂，也无人觉得难堪。只要保持欢快的声调，加几句谁都懂的话，问题也就解决了。我们古老的高卢法兰西，就特别爱用这种方式表示虔诚。在教堂里，信徒们用《献祭之羔羊》的曲调，来唱《让我们尽情欢乐》，用《圣哉颂歌》的曲调，来唱《亲亲我，宝贝儿》。这种随随便便的做法，直到特兰托主教会议③将其制止。

吾是熊专门给关伯兰创作的一出短剧，他就非常满意，算是他的代表作，倾注了全部心血。无论谁能全身心投入，必是得意之

---

① 原文拉丁文 Ursus Rursus，由两个拉丁文词读音形成的文字游戏，无法原样传译，大意为“回归的熊”。本文中为一种变通的译法。

② 普劳图斯（公元前 254—前 184），拉丁喜剧诗人。

③ 主教会议：1545 年至 1547 年在意大利特兰托举行的主教会议，后又易地进行，议题是天主教改革，或者反改革。

作。癞蛤蟆生下一只癞蛤蟆，也是产生一件杰作。您不信吗？那就照样试一试身手吧。

这出短剧，吾是熊再三推敲修改。这头小熊取名为“被战胜的混沌”。

剧情简介如下：

夜景。幕布拉开时，围在“绿箱子”前的观众只看见一片黑暗。黑暗中蠕动着三个模糊的身影，那是一只狼、一头熊和一个人。真狼演狼，吾是熊装扮熊，关伯兰演人。狼和熊代表自然界的凶残力量、无意识的饥饿、原始的黑暗，两只野兽扑向关伯兰，这是混沌在同人搏斗。哪张脸面都看不清楚。关伯兰身缠裹尸布，正拼命挣扎，他的脸被披散的浓密头发遮住。况且，一切都笼罩在黑暗中。熊在吼叫，狼咬得牙齿咯咯响，人也在呼号。人落了下风，两只野兽要把他按倒了。他连声求援呼救，向未知的世界发出深沉的呼唤。他呼噜呼噜捯着气。这个还未完全脱离原始状态的人已经奄奄一息、惨不忍睹，观众都敛声屏息。再过一分钟，野兽就胜利了，混沌就将吞没人。搏斗，呼喊，吼叫，突然一片寂静。昏暗传来歌声。刮过一阵微风。观众听见一个声音，神秘的音乐飘然而至，为不见踪影的歌手伴奏。继而，猛然间出现一片白色，让人不知从何处、又是如何发出来的。这片白色是一道亮光，这道亮光是一位女子，而这位女子便是神灵。黛娅，出现在光环正中，她那么沉静、纯真、美丽，无比安详，又无比温柔。正是拂晓中清丽的身影。歌声，便是她唱的。轻柔、幽远的歌声，难以形容。无形化为有形，她在这片晨光中歌唱。听来如天使唱歌，或者鸟儿鸣啭。这神灵一显形，人便一跃而起，精神振奋，挥动两只拳头，击倒两只惊恐万状的野兽。

这时，不知是用什么机关带动，那幻象朝前滑行，尤其令人赞叹的是，她以纯净的音调，用英国水手足能听懂的西班牙语，唱出这样诗句：

祈祷吧！哭泣吧！
从话语中
能产生理性，
歌也创造光明。

接着，她垂下眼睛，仿佛注视一个深渊，又继续唱道：

黑夜，快离去！
黎明唱起围猎曲！

那人随着她的歌声，逐渐爬起来，原先躺倒在地，现在是跪立姿势，双手举向那幻象，双膝仍然顶着那两只一动不动、仿佛遭了雷击的野兽。她朝那人转过身去，继续唱道：

你呀，曾经哭泣，
笑吧，应当上天去。

她走到近前，如星辰一般庄严，接着唱道：

怪物啊，
砸断锁链！
你要蜕掉
黑色的躯壳。

她一边唱着，一边把手放到他的额头上。

恰好这时，又响起一个声音，更加深沉，因而也更柔和，造成一种悲喜交集的声音，深沉中透出温情与朴拙。这正是人的歌声回应星辰的歌声。关伯兰在黑暗中，双膝始终压在被制服的熊和狼的身上，黛娅的手抚着他额头，他唱道：

喂，来吧，爱吧！
你是灵魂，
我就是心。

这时，灯光突然一变，迎面射到处于昏暗中的关伯兰的脸上。

观众在黑暗中，看到笑逐颜开的怪物。

观众的惊愕难以描摹。不料，全场却哄堂大笑，这便是演出的效果。笑声发自出人意料的时刻，再也没有比这种结局更出人意料的了。那道灯光突然打到那张可怕的笑面上，真是令人无比震惊。大家围着那张笑面哈哈大笑。无论上面、下面、前边、后边，无论男人、女人，无论秃头老脸，还是孩子红润的小脸蛋，也无论好人、恶人、快活的人，还是伤心人，到处都有笑声，人人都大笑不止。甚至街上行人，根本看不见这场面，他们听见笑声，也跟着笑起来。笑到后来，他们接着又鼓掌又跺脚。幕布又拉上了，观众还狂呼关伯兰的名字。这场面表明，演出获得巨大成功。“您看了《被战胜的混沌》吗？”众人都冲关伯兰而来。无忧无虑者前来寻乐子，愁肠难解者前来寻乐子，就连心怀叵测者也来寻乐子。这种笑简直无法抗拒，就好像是一种病态。不过，对人来说，世上果真存在逃避不了的瘟疫，那就是欢乐的传染了。然而，演出成功绝超不出下等人的范围。大众，就是小百姓。花上一个便士，就能看《被战胜的混沌》。上流社会人士，不会到只花一个铜子儿的地方去消遣。

这部作品，吾是熊酝酿已久，当然十分珍视了。

“类似有个叫莎士比亚的人所写的剧作。”他谦虚地说道。

黛娅往那儿并排一站，就更加强了关伯兰演出的无法形容的效果。她这张白净的面孔，出现在这个丑八怪旁边，能让人联想到神灵的惊讶。观众望着黛娅，心里产生一种神秘莫测的惶恐。她有一种说不出来的处子和女祭司的神采，似乎不识人类，只认上帝。大家看出她是盲女，就觉得她能通灵。她仿佛伫立在超自然世界的门口，半身映着尘世之光，半身沐浴着天国之光。她来到人间行事，便携带曙色，以上天行事的方式。她发现一条九头蛇怪，便创造出一颗灵魂。看起来，她是有创世主的能力，对自己的创造物既满意又惊奇。从她那令人惊叹的慌神儿的脸上，似乎能看出创造的意志和对结果的骇异。观众觉出她喜爱她这怪物。她知道他是怪物吗？应当知道，既然她能摸着他。也不知道，既然她接受了他。整个黑夜和整个白昼相混杂，在观众的头脑中，便形成了幽幽的光亮，从中显现层出不穷的景象。神性如何融入人的初胎，灵魂又是怎样潜入物质中的，阳光怎么就成了肚脐带，破了相的人又如何变貌易容，残疾者怎么就变为仙人，所有这些依稀可见的神秘现象，因为关伯兰引起观众捧腹大笑，一种近乎滑稽的反响而更加复杂了。观众向来不肯费神深想，即便如此，他们也看明白了表演之外的某种意思，这出戏很奇特，像神的化身一样透明。

至于黛娅，她心中的感受，绝非人类语言所能表述。她感到身处人群之中，却不知道何为人群。她听见一片喧哗，但仅此而已。对她而言，人群无非一股气息，归根结底不过如此。一代一代人，就是消失的一阵阵气息。人要喘息，吸气并呼气。在这人群中，黛娅感到孑然一身，就像濒临深渊一样不寒而栗。一个无辜者落难，正惶恐不安，想要指责上苍，对可能堕入深渊心怀不满，黛娅虽然处于这种状态，因孤立无助而内心震颤，但是神态仍然那么安详，超然于面临危险所隐隐产生的心慌，设想到突然间，她又找到自信

和依靠;她在黑暗世界抓住了救命绳子:她的手放到关伯兰健壮的额头上。从未有过的欢喜啊！她那玫瑰色的手指,用力按着他那卷曲而浓密的短发。摸着羊毛一般的头发,就唤起一种温馨的念头。黛娅摸着一只绵羊,但知道这是一头雄狮。她的心完全融化在一种难以描摹的爱中。她感到自己脱离了危险,找到了救星。观众却以为看到相反的情景。在观众看来,得救的是关伯兰,而救星是黛娅。“无所谓!”吾是熊心中暗道,他完全看透了黛娅的心思。黛娅从此安了心,得到安慰,简直喜出望外,崇拜这个天使。群众则相反,他们看到的是怪物,虽然也为之着迷,但是反应截然相反,看着这个普罗米修斯的家伙,却控制不住狂笑不已。

真正的爱情绝不会褪色。全心全意投入的感情,也就不会降温。一炉炭火可覆盖上灰烬,而一颗星辰则不然。每天晚上,黛娅都要重新感受一次这种美妙的印象,正当观众笑得直不起腰来的时候,她心里却无限柔情,总想流泪。她周围的人无不兴高采烈;而她,只感到幸福。

应当指出,关伯兰那张骇人的笑面,出其不意地引人大笑,这种演出效果显然不是吾是熊所追求的。他希望看到观众多些微笑,少些捧腹大笑,多从文学角度欣赏演出。不过,成功便可安慰人。每天晚上,他数着一摞摞便士合多少先令,一摞摞先令又合多少英镑,也就不计较演出过火的成功了。况且,他心里还有一笔账:不管怎样,哄堂大笑过后,《被战胜的混沌》还会在观众的头脑深处浮现,总要在那里留下点什么。他这种盘算也许没有完全落空,一部作品能够深入公众当中。事实上,这群下等人很注意狼、熊、人,然后又注意那音乐,注意那被和谐控制住的嗥叫、被曙光驱散的黑夜,以及带来光明的歌声,接受了《被战胜的混沌》这出诗剧,这种以人类的欢乐为终结的精神对物质的胜利,表现出一种模糊而深沉的同情,甚至表现出因感动而生的几分敬意。

这便是老百姓粗俗的娱乐。

他们这样就满足了。民众没有钱去观赏上等人那种“高雅的比赛”，也不可能像领主老爷和贵绅那样，押上一千畿尼，豪赌赫姆斯盖尔和费莱姆-格-梅顿的输赢。

第十章　旁观者看人和事

人总有一个念头，要报复向他提供乐趣的人，因而鄙视演员。

这个家伙令我着迷，让我开心，给我解闷，教我知识，使我欣喜，还给我安慰，向我灌输理想，我看这家伙又好玩又有用，我如何搞他一下呢？侮辱他。鄙视，就是远距离打耳光。那就扇他耳光吧。他讨我喜欢，因而他卑贱。他为我效劳，因而我恨他。哪儿找一块石头，让我投给他呢？神父，把你的石头给我。哲学家，把你的石头给我。博须埃，把他逐出宗教。卢梭，臭骂他一通。演说家，你石头般的话语，朝他吐去。笨熊，去给他捣蛋。让我们用石头砸果树，打烂果实吃下去。干得真棒！打倒在地！朗诵诗歌，就是传播瘟疫。小丑，滚吧！在他得到满堂彩时给他上枷锁。我们用嘘声结束给他的喝彩。让他聚集观众，制造自己的孤独吧。富人阶级，即所谓上层阶级，发明了这种孤立演员的方式：鼓掌。

下层百姓可没有这么凶狠。他们绝不憎恨关伯兰，也不鄙视他。然而，停泊在英国最小港口最不起眼的船上，最差船员中的末等捻缝工，也自认为比这个娱乐“贱民”的戏子高贵百倍，认为一名捻缝工高于一个江湖艺人，就如同一位勋爵高于一名捻缝工那样。

关伯兰也同所有演员一样，在掌声中被孤立起来。况且，在这世间，任何成功都是罪过，就要赎罪。凡是奖章都有反面。

可是对关伯兰来说，根本就不存在反面。从这个意义上讲，他那成功的正反两面，都让他喜欢。掌声带给他满足感，孤独也让他欣喜。他通过掌声富有了,通过孤独幸福了。

人处社会底层,有了钱就意味着不再饥寒交迫了,就不再穿破衣烂衫了,炉灶里不再冰冷了,肚子里不再空空如也。换言之,有了钱就意味能够吃饱喝足,生活所需应有尽有,包括施舍给穷人的铜子儿。穷人的这种财富,足以保障自由生活,关伯兰总算是有了。

在灵魂方面,他更加富足。他有了爱情,还能渴望什么呢?

他什么也不渴望了。

不过,如能治好畸形的面孔,就算是给他极大的帮助了。他能抛掉这副面孔该有多好!摘掉这副假面具,恢复他的真面目,变回他原来的模样,也许是英俊可爱的青年。这断乎不可啊!那样一来,他用什么来养活黛娅?热恋他的可怜的温柔盲女,会落到什么地步呢?现在他是独一无二的小丑,如无这张笑面,他就只能是个寻常的江湖艺人,哪里都能见到的杂要演员,一个在马路石缝中拾铜子儿的人,他就难以保证让黛娅每天吃饱饭了!他成为这个天仙似的盲女的保护人,心里充满柔情,也感到由衷的自豪。黑夜、孤独、贫困、虚弱、无力、饥饿与干渴,这七张苦难的大口,张得大大的围住她,而他关伯兰,就是同这条恶龙搏斗的圣乔治。他战胜了苦难。如何战胜的?靠他畸形的面孔。有这种畸形,他才有用,才能助人,才能胜利,才是顶天立地的汉子。他只要一登台,钱就滚滚来。他是观众的主人,确认自己正是芸芸众生的君王。什么他都能为黛娅办到。为她提供生活所需。她各种渴望、心愿,一个盲女可能产生愿望的范围内所发的奇思异想,他关伯兰都能给予满足。我们已经指出,关伯兰和黛娅互为天主。关伯兰感到由她的翅膀载着飞起来。黛娅也觉得是由他抱着前进。保护爱你的人,满足给你星空的人的一切需要,再也没有比这更甜美的事了。关伯兰有了至高无上的幸福,而这幸福多亏了他畸形的面孔。有了这种畸形,他才高于一切。他靠着畸形谋生,同时养活其他人。他依仗畸形才得以独立,赢得自由和声望,内心得到满足,有了自豪感。他这种畸形到了无以复加的程度。厄运经过这次打击,就完全耗尽了,对他再也无可奈何,只能看着这一劫难转为他的胜利,这不幸的渊底却变成一片乐土的顶峰。关伯兰被囚在他的畸形中,但是同黛娅囚在一起。我们已经说过,这是在天国里坐牢。他们和芸芸众生之间隔着一堵高墙。这样很好。这堵墙围住他们,但也起保护作用。他们在这样一种封闭的生活圈子里,谁还能把黛娅怎么样,谁又能把关伯兰怎么样呢?剥夺他的成功吗?不可能。除非剥落他的笑面。剥夺他的爱情吗?不可能。黛娅根本就看不见他。黛娅失明是天意,不可能治愈。因此,畸形对关伯兰有什么妨碍呢?丝毫没有。那么对他有什么好处吗?全是好处。他相貌丑陋,却有人爱,也许正因为丑陋才有人爱。残疾与畸形,本能地接近并相配。有了爱,难道不就是有了一切吗?关伯兰一想到自己毁容破相,就心生感激之情。他遭遇破相的同时,也接受了祝福。他满心欢喜地感到,自己永远立于不败之地了。多么幸运啊,这种恩赐是收不回去的!他前面只要有十字街头、集市场地,只要有路,只要上有苍天,下有百姓,生活就不成问题,黛娅就什么也不会缺少,他们就能相爱!就是同太阳神交换面孔,关伯兰也不愿意。在他看来,相貌奇丑就是幸福的形式。

因此,我们在本卷开头就讲过,他交上了好运,一个弃儿成为幸运儿。

他幸福到了极点,甚而可怜起周围的人来。他对世人油然而生怜悯之心。况且,瞧一瞧外界也是他的本能行为;人毕竟不是石头,一个造物也不是抽象概念。他万分庆幸有围墙保护,但也不时抬头张望一下墙外世界。经过比较之后,他就更加欣然地回到孤独中来,陪在黛娅身边。

他在周围的世界看到了什么？来到世上的这些人，究竟算什么呢？他在流浪的生涯中，能见到各种各样的活标本，而在他眼前的世人每天都更换。总是聚集新的人群，又总是一成不变的群体。总是新面孔，又总是一成不变的苦命。就是一片杂芜的废墟。每天晚上，社会上各种各样生逢厄运的人，都来围观他的幸运。

“绿箱子”深得民众的喜爱。

低费用招来低下的阶层。来看关伯兰表演的，全是弱势群体，穷人和小民。大家来看关伯兰，就像进小酒馆喝杜松子酒，花两个铜子儿买点时间，暂时忘掉生活。关伯兰高高站在戏台上，检阅黑乎乎一片的观众，他的脑海里不断涌现无边苦难的各种景象。人的相貌特征是由意识和经历雕刻的，汇聚了大量神秘莫测的沟壑。关伯兰看出痛苦、愤怒、耻辱、绝望，无一不在脸上留下皱纹。孩子的这些嘴巴还没有吃东西。这个男人是父亲，这个女人是母亲，他们身后想必是沉沦的家庭。这张面孔神态，显然从邪恶走向犯罪，人们也能理解是何缘故：愚昧与贫穷。另一张面孔上当初善良的印记，已被社会的摧残所抹掉，转变为仇恨了。这位老妇人的额头看得出饥饿，那个姑娘的额头则看得出卖淫。同样的现实，那里则更惨，年轻姑娘竟以肉体为谋生手段。人群中有健壮的手臂，但是没有工具：这些劳动者并无过高要求，可就是找不到活儿干。有时，来了一名士兵坐到工人的身边，有时来的则是一名伤兵，于是关伯兰看到战争这个幽灵。关伯兰从这些人的脸上看出失业，从那些人脸上则看出剥削和奴役。某些人的额头神态异常，显然退向兽性：人缓慢地回归兽类，正是上层阶级享乐、暗暗加强压迫下层百姓所造成的。在这样黑暗的世界中，关伯兰还有个气窗。在受苦受难的日子里，他和黛娅还有幸福。其他所有人都在人间地狱活受罪。关伯兰感到头顶受人肆意践踏，那是些权贵、富翁、名流显要、大人物，是些偶然的幸运者。看下面，只见一大群脸色苍白的穷苦人。看看自身,他和黛娅夹在两个世界中间,总算有个无限幸福的小小避难所。再看上面,那个世界的人多么自由,多么快活,来来往往,跳起舞来不惜蹂躏。上面世界的人在行走,踩着下面世界人的头。多么不幸的现实,表明社会已病入膏肓,智慧在压迫愚昧。关伯兰看清了社会这种大悲哀。怎么！人的命运如此卑贱！人要这样举步维艰！就这样滚爬,满身尘埃和污泥！如此令人憎恶,如此自暴自弃,如此卑劣下贱,让人真想踏上一只脚！这种尘世生活,是什么蝴蝶的毛虫呢？怎么！这饥饿而无知的人群,无论在哪儿,所有人都算上,都存在犯罪或羞耻的问号！严酷的法律导致良知的衰微！没有一个孩子不是为了屑小而长大,没有一个处女不是为了卖身而成长,没有一朵玫瑰不是为了接受蜗牛的黏液而开放！关伯兰那双好奇的眼睛,有时带着激动的好奇,力图透过幽深的黑暗,看清有多少无效的努力在奄奄一息,有多少身心疲惫的人还在搏斗,有多少家庭被社会吞噬,有多少习俗遭受法律蹂躏,有多少刑伤化为坏疽,有多少贫穷还受赋税噬啮,有多少智慧流入愚昧的深渊,有多少载着饥民的木筏遇险,有多少战争、饥馑、要咽气的人,有多少呼叫、失踪。于是他隐隐感到揪心,嗟叹普天下这种令人心碎的惶恐。他恍若看见苦难的浪涛飞沫淹没了芸芸众生。他则站在码头上,望着周围溺水的人。有时,他双手抱住毁了容的脑袋,陷入了沉思。

有了幸福的人,还这么胡思乱想。就像在做梦！他萌生一些念头,一个荒唐的想法穿过他的脑海。只因为从前他救过一个婴儿,现在他就蠢蠢欲动,要救助全世界。幻想的云彩,有时就遮住了他自身的现实。他不自量力,竟然这样想道:能为这可怜的民众做点什么呢？有时候,他神出体外,还把这话讲出声来。吾是熊听见,便耸耸肩膀,定睛注视他。

关伯兰还继续幻想:"唔！我若是有能力,看我怎么去帮助那些不幸的人！然而，我算什么呢？一粒原子。我能做什么呢？什么也做不了。”

他说错了。他能为不幸的人做很多事。他能逗他们笑。

我们前面说过，逗人笑，就是让人忘却。

散播忘却的人，是这世间多大的善人啊！

第十一章　关伯兰想正义，吾是熊讲现实

哲学家就是密探。吾是熊善于窥探别人的玄想，就琢磨他的弟子。我们内心的独白能隐现在我们的额头上，善于相面的人会辨认出来。因此，关伯兰心中所思所想，丝毫也没有逃过吾是熊的眼睛。有一天，关伯兰正沉思默想，吾是熊便扯他的衣襟，高声说道：

“傻小子，你这样子，都像个观察家了！你可得当心，这不关你什么事儿。你该干的一件事，就是爱黛娅。你真幸运，而且有两种福分：第一是观众看得见你这副嘴脸，第二是黛娅看不见你这副嘴脸。你有这种福分。本来你是无权享受的。哪个女人看见你这张脸，都不会接受你的亲吻。而给你带来好运的这张嘴，给你带来财富的这张脸，并不属于你。你生来不是这副面孔，这是取自深渊中的怪相。你窃取了魔鬼的面具。你这样子无比丑陋，手里既然拿了这副牌，也就得认了。在这世上，在这安排得十分巧妙的人世间，存在有权享受幸福的人和侥幸得福的人。你就是侥幸得福的人。你关在地窖中，里面碰巧有一颗星星。这颗可怜的星星就是你的了。别打主意从地窖出去，守护好你的星星，蜘蛛！你这网上粘住了红宝石一般的维纳斯，你就给我知足常乐吧。我看你还胡思乱想，真是冒傻气。你听着，我来给你讲讲真正诗歌的语言：让黛娅吃上牛肉和羊排，半年之后，她就会像土耳其女人那样健壮，你就干脆娶了她，让她生一个娃娃，两个娃娃，三个娃娃，生一大群娃娃。要想事情，我说就该这样。何况，生活在福中，总该不是蠢

货。有了孩子,就有了希望。生几个娃娃,给他们擦屁股,擤鼻涕,安排他们睡觉,弄脏了再给他们洗干净,你身边总是闹哄哄的孩子。他们若是嬉笑,那就好;他们若是哭闹,那就更好;若是大喊大叫,那就是生活了。你瞧着他们六个月吃奶,一岁会爬,两岁能走,十五岁长大,二十岁就谈情说爱了。谁有这些欢乐,就什么都有了。我就缺少这些,因而是个野蛮人。传递的上帝,是写美妙诗篇的高手,也是天下第一文人,他就口授让他的合作者摩西宣布:'你们繁衍吧!'原文就是这样。你就繁衍吧,畜生。至于人世间,本来就是这个样子,用不着你来添乱好变得更糟。你就别费那个心思了。别去管外面的事儿。不要去惹是生非。一名演员只给别人观看,而不是观看别人。外面的事你知道什么?他们是有权享福的人。而你呢,我再跟你说一遍,你是偶然得福之人。你是幸福的偷儿,他们才是幸福的主人。他们才是合法的,而你是私闯进去的,跟运气不过是同居关系。你已经有了这些,还想要什么呢?但愿示播列[①]前来助我!这个淘气包简直浑透了。要由黛娅来繁衍,这倒是件差强人意的事儿。这样的福分,真有点像骗取来的。天生有特权在人间享福的人,不愿意看到他们下面竟有人敢如此快活。假如他们问你:你凭什么权利享福?你就不知该如何回答了。他们有特许权,你就没有。朱庇特、安拉、毗湿奴[②]、耶和华,不管哪路天神至尊,都可以给他们签发幸福特许证。你要畏惧他们,别插手他们的事,免得他们来干涉你的事。小坏蛋,你知道有权享福的人是什么样子吗?那是很厉害的人,是勋爵。哼!勋爵,来到世上之前,肯定在阴曹地府搞过阴谋,是从那道门来到人间的!勋爵出世

① 示播列:希伯来语,原意为"麦穗与河流"。当年基列人围攻以法莲人,守住约旦河口,通过河口的人以"示播列"为口令,而以法莲人发音不清,总说成"西播列",被辨认出来而遭杀害。事见《圣经·旧约·士师记》第十二章。现在这个词转义为"测试一个人的能力"。

② 毗湿奴:印度三大教派之一毗湿奴教的最高神。

时，一定很难！他们仅仅出生时花了力气①，天理公道！总算费了劲，于是，他们从瞎了眼的大笨蛋命运那里得到特权，还在摇篮里，立时就成了世人的主人！贿赂这个票房管理员，让他在剧院里给你最好的座位！没门儿！你读一读我在那辆退役篷车上写的备忘录吧，读一读体现我的智慧的这部日课经吧，你就会明白勋爵是什么了。一位勋爵，就是一个拥有一切而又是一切的人；一位勋爵，就是生活在他的天性之上的人。一位勋爵，年纪轻轻就享有老人的权利，年纪老了还享有年轻人的艳福，生活放荡仍受正派人的尊敬，胆小如鼠却指挥勇敢的人，无所事事可安享劳动成果，一无所知照样获得剑桥或牛津大学的文凭，愚蠢透顶也还赢得诗人的赞美，其貌不扬却能得到女人的青睐，那是忒耳西忒斯②戴上了阿喀琉斯的头盔，兔子披上了雄狮皮。不要误解我的话，我并不是说一位勋爵就必然一无所知，胆小如鼠，其貌不扬，又老又蠢；我仅仅指出，一位勋爵即使这些缺陷都占全了，对他也毫无妨害。恰恰相反。勋爵都贵为王爷。英国国王也不过是一位勋爵，大贵族阶层的第一贵族，不过如此，但是非常尊贵了。国王从前就称勋爵，诸如丹麦勋爵、爱尔兰勋爵、群岛勋爵。挪威勋爵称国王也只是近三百来年的事。英国最早的国王卢西乌斯，圣泰莱斯福鲁斯称他为“我的卢西乌斯勋爵”。勋爵都是贵族院议员，也就是说平起平坐。同谁呢？同国王平起平坐。我不会出这种错误，把勋爵同议会混为一谈。平民的代表大会，在诺曼底征服英国③之前，撒克逊人称之为 wittenagemot，诺曼底人一来，便改称为 parliamentum。平民议

① 这句话是博马舍的剧作《费加罗的婚礼》中的人物费加罗痛斥贵族的名言，语出第五幕第三场，原话为：“你们用了点劲儿出生，仅此而已。”

② 忒耳西忒斯：希腊神话传说中人物。在特洛伊战争中，他是希腊联军里相貌最丑、胆子小而又多嘴多舌的人，后被阿喀琉斯一拳打死。

③ 诺曼底公爵，史称征服者威廉，即威廉一世（约 1028—1087），他于 1066 年率兵征服英国，并登基为英国国王。

员逐渐被赶了出去。国王要召集议会，发下密封诏书，封面上从前标明 ad consilium impendendum[①]，如今则标 ad consentiendum[②]。下院议会有权同意。他们的自由就是说赞成。贵族院可以说“不”。证据，就是他们已经说过了。贵族院可以决定砍国王的脑袋，平民百姓绝不可以。砍下查理一世脑袋的大斧，不是践踏了国王的权利，而是践踏了贵族院的权利。因此，有人用长叉叉起克伦威尔的尸骨，就是拨乱反正之举。勋爵们有权有势。为什么呢？因为他们拥有财富。谁翻阅土地清册呢？那是勋爵们拥有英国的证据，在征服者威廉统治时期编订的臣民财产清册，归财政大臣保管。要想从上面抄录点什么，每行得付四苏钱。那部清册可了不起。你可知道，我在一位勋爵府上当过私人医生，那人名叫马梅达克，每年收入高达九十万法国法郎。大笨蛋，你要想通了。林赛伯爵单靠养兔场的收入，就能养活五港口[③]的全部贱民，这你知道吗？去那儿体验一下就了解了。那里秩序井然，偷猎者处以绞刑。我见过绞架上吊着一个人，只因他的猎袋里露出两只毛茸茸的长耳朵，而他是六个孩子的父亲！这就是领主权。勋爵的兔子的命比上帝的子民重要。这是领主老爷的天下，明白吗，小混蛋？而我们必须认为这样很好。况且，即使我们觉得不好，又能把他们怎么样呢？老百姓提出异议？就连普劳图斯也不会欣赏这种滑稽可笑的事。一名哲学家去劝群氓大喊大叫，反对权极位重的勋爵，那不是开玩笑吗？简直就是毛毛虫去同大象蹄子一争高低。有一天，我瞧见一匹河马从鼹鼠窝上踏过去，全踩得稀巴烂；然而，河马并没有罪过，那个庞然大物根本就不知道有什么鼹鼠。亲爱的，遭受践

---

① 英文，意为“供议会讨论”。

② 英文，意为“供议会同意（国王的旨意）”。

③ 五港口：中世纪建立的海域联盟，位于英国东南部，包括桑威奇等五个港口，后来范围更加扩大，囊括英国东南部所有港口。

踏的鼹鼠就是人类。践踏就是一条法则。你以为鼹鼠就不践踏什么了吗？鼹鼠对蛆虫是庞然大物，而蛆虫对团藻又是庞然大物。这道理就不必多说了。孩子呀，世上跑着四轮大轿车，勋爵坐在车上，老百姓在车轮下面，明智的人就闪避开。你要躲到一旁，让马车驶过去。至于我，我喜爱勋爵，但我敬而远之。我在一位勋爵府上生活过，这就是我足够美好的回忆了。我还记得他的城堡，一座高踞云端的神殿。我呀，总是朝过去的方向遐想。那座马梅达克府邸，其规模之大、布局对称之美、收益之丰厚、附属建筑与装饰之气派，真是无与伦比。而且，在这繁荣昌盛的王国里，最豪华、最气派的建筑，都集中体现在勋爵们的府邸、公馆与殿堂上面。我喜爱那些大爵爷，也感谢他们那样有权有势，那样荣华富贵。我虽然满身披着黑暗，却兴趣盎然地瞻仰人称勋爵的这一角蓝天。走进马梅达克府邸，就是一座特别宽敞的长方形庭院，分割成八个方块，全有围栏，每一面都留出宽宽的通道，正中则有一个六角形喷泉，十分精美，分两个水池，周围立着六根柱子，支撑着一个精致的镂花圆顶盖。我在那府上结识了一位法国学者，杜克洛神父，他是巴黎圣雅克街多明我修会的修士。埃佩纽斯图书馆的藏书，有半数存放在马梅达克府，另一半则存放在剑桥的神学会堂。我在那里看书，就坐在装饰华美的正门旁。那些东西，通常只有少数好奇的旅行家才看得到。你这毛头小子，你可知道威廉·诺斯大人是谁吗？那是罗尔斯顿的格雷勋爵，在男爵排座上名列第十四位，他那山上的参天大树，比你这奇丑无比的脑袋上的头发还多。你可知道赖科特的诺雷斯勋爵是谁吗？他就是阿宾顿伯爵，拥有高二百米方形主塔的城堡，主塔上刻着这句箴言：Virtus ariete fortior，似乎表达这种意思：‘美德比羊头攻城撞锤更有力量。’蠢蛋，其实就是说：‘勇气比战争机器更有力量。’不错，我钦佩、接受、尊敬并崇拜我们的大爵爷。正是勋爵们同国王陛下通力协作，谋求并维护我们的国家的利益。他们的聪明才智，到了多事之秋便大放异彩。他们享有万民之上的特权，我倒是不希望看到他们也享有。但他们就是有这种特权。在德国称为公侯，在西班牙叫作大公，在英国和法国则名为贵胄世族。当然，大家也有权认为，这个世界相当悲惨，连上帝也感到这正是他创世的缺憾，于是就要证明一下，他同样能创造幸福的人，果然就创造出勋爵，好满足哲学家们的心愿。这次创造修订了创世，也让仁慈的上帝解脱了。这样一来，上帝既走出误区，又保持了体面。大人物究竟是大人物。一位贵族院议员讲他自己时，要说'我们'。他一个人就是多数。国王称贵族院议员，用'我们的兄弟'这种字眼。贵族院制订了一大堆明智的法律，其中有一条就规定：砍倒一棵三年的杨树者处以死刑。他们处于至高无上的地位，因而有他们自己的语言，以纹章学的风格来说，譬如'黑色'，用在纹章上，一般贵族称为'沙'，王公称为'铅'，而贵族院议员则称为'钻石'。钻石粉末，繁星之夜，这是幸福者的黑色。就是那些大贵族之间，也存在差异。如未得到允许，男爵不能同子爵一起洗澡。这些全是精华，能保住我们的国家。一个国家有二十五位公爵、五位侯爵、七十六位伯爵、九位子爵、六十一位男爵，总共一百七十六位贵族院议员，有些称殿下，有些则称大人，这对民众该有多好啊！除了他们，这儿，那儿，有些破衣烂衫的人也无妨！不可能人人都穿金戴银啊。破衣烂衫，就算是吧；那么，不是还有大红袍吗？穷富两相抵消。总得用什么东西建造点什么东西。不错，是有受穷的人，那还用说！他们就是来充实富人的幸福。活见鬼！我们的勋爵是我们的光荣嘛。查理·莫亨，莫亨男爵的那群猎犬的价值，就抵得上摩尔麻风病院，以及 1553 年爱德华六世为儿童建造的基督医院的造价。托马斯·奥斯本，即利兹公爵，单为府上人的号服，每年就要花费五千金畿尼。西班牙大公都有监护人，由国王任命，防止他们倾家荡产。真是胆小如鼠。我们的勋爵专摆大排场，挥金如土。我就是敬重这一点。咱们可不要胡乱指责，就像得了红眼病。我还感激眼前一过的美景。我没有那种光辉，总还有其反光。你会说，反光也是在我烂疮疤上。见你的鬼去吧。我是个约伯，观赏特里马西翁的盛宴就很高兴。啊！夜空那颗璀璨而美丽的星球啊！照着这月光，感觉也很好。取消勋爵，这种见解，就连俄瑞斯忒斯[①]那样毫无理性的人，也不敢支持呀。说什么勋爵有害，或者无益，这就等于说应该打乱社会等级，等于说人生来不该像牛羊那样吃青草，也不该挨狗咬。牧场上的青草被羊群啃光了，羊身上的毛也被牧人剪光了。这种事不是再公正不过吗？你能啃草，就有人剪毛。但是，这对我都无所谓：我是哲学家，像苍蝇一样执着于生活。生活不过是一点立锥之地。伯克郡的伯爵亨利·博维斯·霍华德，他的车库里就停放着二十四辆豪华轿车，其中一辆全套银马具，一辆全套金马具！我的上帝，我想到他那车库时，心里也完全清楚，不是人人都能拥有二十四辆豪华轿车，因而没必要呼天抢地。不就是有一天夜晚，你挨了冻嘛！又不只是你一个人。还有别人也受冻挨饿呀。你可知道，没有那场严寒，黛娅的眼睛也不会瞎，她若不是个盲女，也没可能爱上你！你自己琢磨琢磨吧，傻小子。再说了，所有人都喊冤叫屈，那会闹成什么样子。安静，这就是规则。我坚信仁慈的上帝就明令罚下地狱的人要噤声，否则听见那永恒的呼号，上帝就该觉得是下了地狱。奥林匹斯山上的幸福，就是以科西塔斯冥河的渊默为代价。因此，老百姓，不要出声！我做得更棒，我既赞成又赞赏。刚才我列举了勋爵，还应当加上两位大主教和二十四位主教！真的，我一想到这些，就不能不动情。我还记得，在既是贵族又任教职、有权征收什一税的尊贵的拉福教长那里，曾看见从周围农民征

① 俄瑞斯忒斯：希腊神话传说中人物，他为父亲阿伽门农报仇而杀了母亲。

收来的一大垛优质小麦。那位教长只管征收,不必劳神去种小麦,也就腾出时间来祝福上帝了。你可知道,我那东家马梅达克勋爵,任爱尔兰的财政大臣,还兼任约克郡纳尔斯堡王宫总管!你可知道,国王内侍大臣是世袭的,由安卡斯特公爵家族成员出任,加冕典礼之日,他侍候国王更衣,为此便得赏赐四十古尺[①]大红丝绒,以及陛下用过的那张卧榻,而且黑杖门官就是他的代表!我倒想瞧瞧你如何抵制这一事实:英国最早的子爵是亨利五世册封的,赐给罗伯特·勃伦特先生。勋爵的名号,无不标明拥有一处领地的主权,唯独里维斯伯爵除外,他的爵位以他的姓氏,而不是以他的采邑为名。他们有权在领地征收各种捐税,例如,至今已实行了一年的年金税,每英镑收四先令,以及所有这些名目很美的税收,有酒精税、葡萄酒和啤酒消费税、吨位税和称重税[②]、苹果酒税、梨酒税、香料税、麦芽税和大麦醅制税,还有泥炭税,以及诸如此类花样繁多的税收!我们要尊重事实。就连神职人员都从属于勋爵。马恩岛的主教就是德比伯爵的臣属。勋爵各有各的猛兽,镌刻在各自的纹章上。他们还发明出来一些,仿佛还嫌上帝创造的不够用。他们创造出来纹章的野猪,纹章野猪高于普通野猪,正如野猪高于家猪,领主高于神父一样。他们还创造出来怪兽格里风[③],那怪兽是长有狮身的鹰,又是长有鹰头鹰翼的狮子,能用鹰翼吓退狮子,又能以狮鬃震慑雄鹰。此外,他们还有吞婴蛇、独角兽、巨女蛇、火蝾螈、塔拉斯各龙、极乐鸟、恶龙、半马半鹫怪兽。所有这些,在我们看来十分恐怖,但都是他们纹章的图案装饰。他们有个动物园,名叫纹章,里面有吼叫着的世人陌生的怪兽。他们以傲世之态,寻异求怪,出人意料的造物,是任何森林都相形见绌的。他们的虚荣

---

① 一古尺合1.18米。

② 这是向商船征收的两种税。

③ 原文griffon,是古代神话中的怪兽,狮身鹰头鹰翼。

心里鬼影憧憧，犹如漆黑的夜晚，那些鬼魂幽灵披甲戴盔，全副武装，足登马刺靴，手执君主权杖在那里逡巡，还以严肃的声调说道：'我们是老祖宗！'金龟子啃草木的根，那些甲胄则吃老百姓。有何不可呢？我们还要来修改法律吗？领主权是社会秩序的组成部分。你可知道，苏格兰一位公爵，骑着快马跑了三十古里[①]，还没有跑出他的领地！你可知道，坎特伯雷大主教每年收入，合一百万法郎！你可知道，陛下年俸七十万英镑，还不算那些城堡、森林、领地、采邑、租地、自由地、教士薪俸、什一税和债权、没收的财产与罚金，还能收入一百万英镑！那些不满的人也太能挑剔了。”

“是啊，”关伯兰若有所思，喃喃说道，“富人的天堂，就是用穷人的地狱建造的。”

---

① 一古里约合4公里。

第十二章　诗人吾是熊拖着哲人吾是熊

这时，黛娅走进来。关伯兰看了看她，随即除她而外，再也看不见什么了。爱情就是这样。有些思绪，或许能一时萦绕我们的心头，可是心上的女子一来到面前，便顿时消除一切与她的存在无关的东西，她甚至意识不到，她也许从我们心上抹去一个世界。

这里要交代一个细节。在《被战胜的混沌》里，有一个词，“怪物”，是指关伯兰，可是黛娅不喜欢。于是，她凭着当时人人粗通的那点西班牙语知识，有几次就自作主张，将“怪物”(monstro)换成quiero，意思是“我要他”。这样篡改戏文，吾是熊虽然不耐烦，但也只好容忍。他真想对黛娅说一句“你不尊重脚本”，正如近来，莫埃萨尔对维索讲的那样。

“笑面人”，关伯兰就是以这种形象打出名气。

他的名字“关伯兰”，本来就鲜为人知，便在这个绰号下消失了，正如他的真面目在这张笑面下消失了一样。他的名声如同他的面孔，就是一张面具。

然而，他的名字可是赫然写在海报上。那块海报大牌子，就挂在“绿箱子”正面，由吾是熊撰写的海报告诉观众：

> 欢迎前来观赏关伯兰的演出。他十岁那年，1690年1月29日夜晚，被十恶不赦的儿童贩子遗弃在波特兰湾岸边。如今他已长大成人，艺名为：笑面人。

这些江湖艺人的生活，酷似麻风病人在麻风病院里的生活，又像极度幸福的人在大西洋岛[①]上的生活。每天到喧声震天的集市上表演一下，随即完全消失，来去突如闪电。每天夜晚，他们都要离开这人世，就好似死者，今朝离去，次日又复活。演员就像一座闪光灯塔，灯光时现时隐，他们的生活无异于走马灯，在观众眼里就是闪过的幽光和鬼影。

离开十字街头，便与世隔绝了。演出一收场，观众散去，满意的喧闹逐渐消失在大街小巷。“绿箱子”也就像堡垒拉起吊桥，随即收起车厢壁板，切断了与世人的联系。一边是全世界，另一边是这个木板车厢。这车厢里有自由，有心安理得，还有勇气、忠诚、纯洁、幸福、爱情，总之有各种光辉灿烂的东西。

视力超人的盲女和得到爱情的畸形儿，并肩而坐，相互抚摸着手，耳鬓厮磨，窃窃私语，完全陶醉了。

正中隔间有两种用途：对观众是戏台，对演员是餐厅。

吾是熊凡事总好打比方，他抓住中隔间多功用的特点，就将它比作阿比西尼亚[②]茅草房的独室。

吾是熊数完当天的收入，大家就吃晚饭。相爱的人做什么都进入理想境界，两情相悦的人一起饮酒吃饭，就有偷偷接触的甜美机会，吃一口面包也变成一个吻。他们俩喝淡啤酒或葡萄酒，就用一只杯子，犹如同吮一朵百合花中的甘露。在友爱餐[③]上的两颗灵魂，如同两只鸟儿，都那么可爱。关伯兰给黛娅盛菜，切面包，斟酒，同她紧靠在一起。

“哼！”吾是熊发出一声，但他不由自主地改变口气，以微笑结束责备。

---

① 大西洋岛：虚构的大西洋中的岛屿，在文学作品中被描绘成世外桃源。

② 阿比西尼亚：今埃塞俄比亚。

③ 友爱餐：初期基督教徒一起用餐，称友爱餐。

狼在桌下用餐，只管啃骨头，什么也不理会。

维诺斯和菲比也一起吃饭，倒没什么妨碍。这两个流浪女还有几分野性，总是战战兢兢，她们之间总谈不育症。

吃罢晚饭，黛娅就同菲比和维诺斯回到卧室。吾是熊则出去，将何莫人锁在“绿箱子”下面。关伯兰自去喂马，由情人变成马夫，就像荷马史诗中的英雄人物，或者查理曼大帝的十二重臣之一。到了午夜时分，大家都睡熟了，只有狼守夜有责，不时睁开一只眼睛。

次日醒来，大家重又聚在一起进早餐，他们通常吃火腿，喝茶。须知喝茶的风气，在英国始自 1678 年。饭后，黛娅再去睡几小时，这是按照西班牙人的习惯，吾是熊认为她身子弱，也劝她多休息。关伯兰和吾是熊就用这段时间，里里外外去忙乎，干的全是流浪生活必有的杂务。

关伯兰很少离开“绿箱子”去游荡，除非是在没有行人的路上，或者僻静的地方。如果在城里，他只有到夜晚才出门，还戴一顶大檐儿帽，低低地遮住那张脸，以免在街上让人看习惯了。

只有在戏台上才毫无遮拦，观众方能看清他那张脸。

况且，“绿箱子”也难得光顾城市。关伯兰长到二十四岁，除了五港口，也没有见到什么更大的城市。

然而，他的名气可越来越大，已经超出了下等人的范围，开始往上升了。那些喜欢到集市上来猎奇的人，喜欢探访稀奇古怪的东西的人，有的就知道有个怪面人，过着流浪生活，忽而在这里，忽而又到那里。于是，上层社会就有人谈论，寻找他，相互探问：究竟在哪儿呢？毫无疑问，笑面人出了名。《被战胜的混沌》也借光有了知名度。

果然有一天，雄心勃勃的吾是熊便说道：

“应当去闯伦敦了。”

笑 面 人

（下）

（法）雨 果 著

李玉民 译

插 图 珍 藏 版

漓江出版社

桂林

第三卷　裂痕初现

第一章　塔德卡斯特客栈

当年伦敦仅有一座桥，即伦敦桥，桥上建有房屋。一桥连起伦敦城与南华克镇。这座城郊镇布满小街小巷，街道是用泰晤士河的卵石铺成的，有些地方十分拥挤，跟市区一样，密密麻麻尽是建筑物、住宅和木棚，杂乱无章，极易发生火灾：1666 年伦敦大火便是明证。

南华克当年发音为 Soudric，如今大约念成 Sousouorc。此外，读英文词的一种好方式，就是不要把所有音全发出来。因此，Southampton① 就说成 Stpntn。

也正是那个时期，Chatam 就说成法语的 Je t' aime②。

---

① 英国城市南安普敦。

② 意思是"我爱你"。

当年的南华克同现今的南华克相比，就像伏吉拉尔[①]同马赛相比。当年是个乡镇，现今则是一座城市。不过，那里航运已经非常繁忙了。沿泰晤士河畔砌了长长的蛮石墙，墙上镶嵌一溜儿铁环，系缆停靠了许多马拉的内河驳船。那墙称为埃弗洛克墙，或者埃弗洛克石壁。在撒克逊人统治时期，约克郡就曾叫埃弗洛夫郡。传说有个埃弗洛克公爵，就在石壁脚下溺水淹死了。的确，这里河水相当深，淹死个把公爵绰绰有余。退潮时，还有六寻多深呢。这一小小的停泊之地条件极佳，吸引来不少海船，有荷兰那艘大腹老商船沃格拉特号，驶来停靠在埃弗洛克石壁。沃格拉特号航行于伦敦与鹿特丹之间，每周往返一次。有些驳船每天要出港两回，驶往德特福德，或者格林威治，或者格雷夫森德，退潮时驶出，涨潮时返回。到格雷夫森德虽然只有二十海里的路，却要行驶六小时。

像沃格拉特号那种式样，如今只有在船舶博物馆里才见得到了。那艘大腹船颇似中国帆船。那个时期，法国仿照希腊，荷兰照搬中国。沃格拉特号船腹沉重，是双桅船，中舱很深，由水密封板垂直隔开船体，上甲板前后各一块，与船沿齐平，如同现今的铁甲炮舰，优点是遇到恶劣天气，能减轻风浪对船体的冲击力，缺点则是没有舷墙，船员就有被浪涛打下海去的危险。船沿毫无遮拦，船员就容易坠海。由于常有人落水遇难，那种类型的货船后来就遭淘汰了。沃格拉特号大腹商船直通荷兰，中途经格雷夫森德港也不停靠。

沿埃弗洛克石壁下方，有一条用石头砌出来的突檐，方便船只拢岸，无论潮涨潮落都容易系缆停泊。沿石壁每隔一段距离，都开了一道上岸石级，上了岸便是南华克镇的南端。石壁上端高出一截，如同河岸护墙，可供行人凭依，能观赏泰晤士河。过了河便是

---

① 伏吉拉尔：当时巴黎左岸一个乡镇，今为巴黎市内一条长街。

伦敦地界，不过当年要经过一大片田野才能到市区。

埃弗洛克石壁上游泰晤士河拐弯处，距当时名叫福克斯厅（可能是沃克斯厅）的散步场地不远，几乎正对着朗贝特公馆后身的圣詹姆士宫，有一家陶瓷厂和一家彩绘玻璃瓶厂。两家工厂之间那一大片空地长满青草，从前在法国称作耕地和槌球场，在英国则称作木球草坪。从木球草坪，即打木球的绿茵，我们又造出“滚球游戏草坪”一词。如今我们将草坪移至室内，用一张铺绿毯的桌子代替草坪，就称为台球桌了。

其实，法语已经有林荫大道 boulevard（boule-vert），跟英语的木球草坪 bowling-green 是同一个词，不明白为什么还另造出滚球游戏草坪 boulingrin 一词来。像词典这样一位严肃的人物，还要这类无用的奢侈品，实在令人诧异。

南华克的木球草坪，当时名叫塔林佐草地，只因从前它隶属于黑斯廷斯男爵家族，即塔林佐和黑斯廷斯男爵。塔林佐草地从黑斯廷斯勋爵易手转给塔德卡斯特勋爵。继而，塔德卡斯特勋爵又将那片草地辟为公共娱乐场所，正如后来法国一位奥尔良公爵开发了王宫花园一样。塔林佐草地后来又成为公共牧场和教区的产业。

塔林佐草地是一座常设的集市场，那里露天舞台上，麇集了变戏法的、走钢丝的江湖艺人，以及乐手和歌手，正如夏尔普大主教所言，总是挤满“前去观看魔鬼”的愚民。“观看魔鬼”，就是去看戏。

这个集市广场终年像过节一样热闹，周围开了几家客栈，为这些野台子戏收留并输送观众，生意倒很红火。这些客栈不过是些木棚子，仅仅白天招待一下客人。到了夜晚，店主将门一锁，就揣钥匙走人了。只有一家客栈是一栋小楼。整个木球草坪再没有别的住宅了，而集市场的木棚子随时都可能消失，只因那些艺人都是跑江湖的，在哪里也待不长久。江湖艺人过着萍踪不定的无根生活。

那栋小楼客栈叫塔德卡斯特客栈，用旧主人的姓名命名。与其说是客栈，不如说是旅店；与其说是旅店，不如说是旅馆，庭院相当宽敞，大门可以出入车辆。

庭院大门是正门，正对着集市广场；塔德卡斯特客栈还有一扇角门，是专供走人的。所谓角门，就是人爱走的便门。人出出进进，只能走这扇矮门。进了门便是名副其实的酒店，宽敞的厅堂烟雾腾腾，天棚低矮，下设几张餐桌。门上方二楼有一扇铁格子窗户，窗下挂着客栈的招牌。大门一直上闩落锁，严严实实地关闭。

穿过酒店，才进入庭院。

塔德卡斯特客栈只有店主和一名伙计。店家名叫尼克莱斯，伙计则叫戈维科姆。老板尼克莱斯——这肯定是按英文发音，本来应当是尼古拉——是个吝啬的光棍，终日战战兢兢，生怕触犯了法律。他还有一种特征：两道浓眉，手上寒毛密布。小伙计年仅十四岁，专管端茶倒酒。一叫戈维科姆，他就应声而至。他扎着一条围裙，那颗大脑袋一副喜庆样儿，而且剃成光头，这也是干杂役的标记。

小伙计睡在楼下一间小屋，那是从前关狗的地方，有一扇牛眼窗，正对着木球草坪。

第二章　风中演说

一天傍晚刮着大风，天气相当寒冷，街上行人自然脚步匆匆。一个汉子在塔林佐草地上行走，到了塔德卡斯特客栈院墙根儿，就猛然站住。当时正是1704年至1705年的冬季后半期。那汉子一身水手打扮，身材英挺，符合宫廷人员的标准，老百姓有这样身材也不禁止。他为什么停下脚步呢？是要注意听一听。听什么呢？大约听一个人在隔墙院子里讲话的声音：那人的声音略显苍老，但十分高亢，一直传到街上行人的耳畔。在那人慷慨激昂演说的同时，还传来大众的喧声。只听那声音说道：

"伦敦的男人和女士们，我来了。我热烈地祝贺大家是英国人。你们是一个伟大的民族。甚至可以说，你们是伟大的下等人。你们抡起拳头，比你们要剑要好看。你们都有食欲。你们是吃别人的民族。多出色的功能。这种吸吮全世界骨髓的本领，使得英国超群绝伦。无论在政治上还是哲学上，无论是管理殖民地、人口还是工业，以及在损人利己的意志上，你们英国人都这么出类拔萃，令人惊诧不已。用不了多久，人世间就将挂出两块牌子：一块上写着'人类一边'，另一块上写着'英国人一边'。我注意到这一点，你们确实很荣耀，可我既不是英国人，也不是人，而是有幸成为一头熊。此外，我还是医生。这两种身份并行不悖。诸位先生，我是授业者。教授什么呢？教两类东西：一类是我通晓的，一类是我不知的。我卖药品，也给人出点子。请走近些，听我讲一讲。是科学在邀请你们过来。张开你们的耳朵吧。如果张得太小，容纳的

真理也太少；如果张得过大，又会拥进去许多蠢话。因此要多多当心。我教授流行性虚妄论。我有个伙伴，能惹人发笑，我呢，则引人思考。我们同住一个木厢里，可见笑与知识同出名门世家。当有人问德谟克利特[①]：'您是怎么知道的？'他就回答说：'只因我笑。'如果有人问我：'您为什么笑？'我就回答：'因为我知道。'何况，我也不笑。我是普遍谬误的纠正者。我正在清扫你们的智力。你们的智力太肮脏了。上帝允许老百姓出错并受骗上当，但是不应当死要面子。我就坦白地承认，我相信上帝，哪怕在他出错的时

① 德谟克利特（约公元前460—前370），希腊哲学家，创建宇宙原子论与原子运动机械论。

候。然而,谬误就是垃圾,我一看见垃圾就要清扫。我知道的事情,是如何知道的呢?这是我个人的事儿。各人都尽其所能获取知识。拉克坦提乌斯[①]向维吉尔的铜头发问,铜头像也一一回答。教皇西尔维斯特二世同鸟雀对话,鸟雀也讲了人语吗?还是教皇讲起鸟语?全是问题。犹太教教士以利亚撒[②]死去的孩子,还同圣奥古斯丁谈话。我们私下讲讲。除了最后一件,这些事情我全怀疑。死孩子说话,可以呀:不过,他舌头下面肯定放了一片金箔,上面刻有各个星宿。可见他在弄虚作假。事实说明问题。你们瞧,我很有节制。我总把真假区分开来。对了,你们这些可怜的小民,还有一些谬误,你们一定也都同意,而我渴望帮助你们摆脱。迪奥斯科里斯[③]认为,天仙子中有神仙,克里西波斯[④]却认为神仙在黑犬草中,而约瑟夫则相信在博拉草根里,荷马说是在魔草中。他们全错了。在这些草中的不是神仙,而是魔鬼。这一点我已经证实了。传说引诱夏娃的那条蛇,长了一副像卡德摩斯[⑤]那样的人面孔,这种传说同样是错误的。加西亚·德·霍尔托、卡达莫斯托,以及特雷夫斯的大主教约翰·雨果,都否认砍倒一棵树,就能捉到一头大象。我同意他们的见解。公民们,这些错误看法的起因,就是路济弗尔在作祟。在这样的魔王统治下,势必大量出现谬误与沉沦。百姓们,克劳狄乌斯·普尔喀[⑥]之死,并不是鸡不肯出鸡舍的缘故:事情的真相,就是路济弗尔预料他会死,便设法阻止那些家禽出去吃食。至于贝尔泽布特传授皇帝韦斯巴芗[⑦]法力,让他用手摸一

① 拉克坦提乌斯(约240—约320),基督教护教士,著有《神圣教规》。

② 以利亚撒(约1160—1238),神秘主义者,学识渊博,有大量著述。

③ 迪奥斯科里斯(约40—约90),希腊医生,药理学家,著有《药物论》。

④ 克里西波斯(约公元前280—约前206),希腊哲学家。

⑤ 卡德摩斯:希腊神话传说中的底比斯王。他奉父亲腓尼基王之命,去寻找被宙斯带走的妹妹欧罗巴。后来奉阿波罗的神谕,建底比斯城。传说他首创文字。

⑥ 克劳狄乌斯·普尔喀(?—公元前48),罗马政治家,元老院贵族党领袖之一。

⑦ 韦斯巴芗(9—79),罗马皇帝(69—79),被百姓骂为“贪财鬼”。

摸，瘸子就能正常走路，盲人就能复明：此举本身固然可嘉，但是动机却有罪过。各位先生，你们不要相信那些伪学者，他们用野葫芦根和白水蛇配制什么药，用蜂蜜和公鸡血配制什么洗眼药水。要看清楚这些谎言。断信俄里翁[①]是朱庇特的自然需要所生，是毫无根据的。其实，那颗星宿是墨丘利出于自然需要制造出来的。说亚当有个肚脐眼也不符合事实。圣乔治斩杀凶龙的时候，身边并没有什么圣徒的女儿。圣热罗姆书房的壁炉上，也并没有摆一口座钟，原因之一，他住在岩洞里，根本就没有书房；原因之二，他根本没有壁炉；原因之三，那时座钟也并不存在。我们来纠正，让我们来纠正。喂，听我讲话的先生们，如果有人对你们说，谁嗅了缬草，脑子里就会生出一条四脚蛇；牛的躯体腐烂了就能变成蜜蜂，马的躯体腐烂了则能变成胡蜂，人死后身体变重了，山羊的血能溶解绿宝石；在同一棵树上看到一条毛虫、一只苍蝇和一只蜘蛛，就预兆要发生饥荒、战争和瘟疫；在狍子头上捉住的一只虫子，就能治疗癫痫：这些全是胡说八道，你们切不可轻信。不过，下面的话都有事实根据：海豹皮衣能避雷击；癞蛤蟆以泥土为食，因而脑袋长得像岩石；杰里科[②]的玫瑰花在圣诞前一天开放；蛇忍受不了梣树的阴影；大象没有关节，因而只能靠着一棵树站立睡觉；让癞蛤蟆孵公鸡蛋能孵出蝎子，而蝎子又能长成蝾螈；一个盲人将一只手放在祭坛左边，另一只手捂在眼睛上，就能恢复视觉；童贞也不排除做母亲。老实厚道的人啊，从这些明显的真理中汲取营养吧。在这方面，你们能有两种方式相信上帝：一是像干渴时相信橘子那样，二是如驴子相信鞭子那样。现在，我来向诸位介绍我的演员。”

这时，忽然刮起一阵强风，而客栈是一座孤零零的小楼，窗框

① 俄里翁：希腊神话传说中人物，海神波塞冬之子，英俊的猎人，因与黎明女神厄俄斯相爱，被美神阿耳忒弥斯用箭射死。

② 杰里科：中东古城，今称埃里哈，在巴勒斯坦。

和百叶窗板全抖动起来，就好像上天嘟囔了好一阵子。那位演说者等了片刻，然后又压过风声，扯着嗓门说道：

“打断人讲话。好吧，你说呀，北风。各位先生，我并不生气。风同所有孤独者一样，话就是多。风在空中，也没有谁陪伴，因此它就自己饶舌。我接着往下讲。你们来到这里，会欣赏到几位合作的艺术家。我们共有四个。从狼开始[①]。我先介绍我的朋友，他是一只狼，我们并不隐讳这种身份。大家瞧瞧他。他很有教养，既严肃又精明。天主有一阵很可能要造就一位大学博士，那他就得蠢点儿才行，可惜他一点也不蠢。甚至我还要加一句：他毫无成见，也绝不摆老爷架子。他生来有权与母狼打交道，但是邂逅一只母狗也可以聊聊。他的爵位如有继承者，那么一定会继承母亲的吠声和父亲的嗥声，结合起来大概十分美妙。要知道，他叫起来就是嗥叫。对人类就得嗥叫。当然，他对文明也吠一吠，总得屈尊俯就。多么大度啊，变得如此柔顺。何莫人是一只十全十美的狗。对狗，我们要尊崇。狗这种动物多有趣啊！能用舌头出汗，用尾巴微笑。各位先生，比起墨西哥的无毛狼，即出色的有洛伊泽尼斯基狼，何莫人在智慧上能与之匹敌，在热情方面犹有过之。我还要说他很谦恭，显出对人类有益的一只狼的谦虚美德。他乐于助人，还乐善好施，而且从不张扬。他左爪子不知道右爪子做过的好事。这些全是他的优点。另一位，我的第二位朋友，这里只讲一句：他是个怪物。他一定会得到你们的赞赏。从前，他被海盗抛弃在荒无人烟的大西洋岸边。这一位是个盲女。她这情况特殊吗？不然。我们人人都是瞎子：吝啬鬼是瞎子，他们只见黄金而不见财富。败家子是瞎子，他们只见始而不见终。风骚女人也是瞎子，她们看不见自己额头的皱纹。学者也是瞎子，他们看不见自己的无

① 从狼开始：原文为拉丁文，从拉丁文的成语“从朱庇特开始”变化而来。

知。老实人也是瞎子,他们看不见无赖。无赖恶棍同样是瞎子,他们看不见上帝。上帝也照样是瞎子,他创造出世界那天,居然没有看出魔鬼掺杂进去了。我呢,也是个瞎子,我只管这么讲,却看不见你们是聋子。和我们在一起的这个盲女,是一位神秘的女祭司。灶神维斯太①早就该把火种传给她了。她性格幽微,又那么温柔,好似重复的元音在一只羊的皮毛中绽开。我虽不敢断定,但是相信她是国王的女儿。值得称赞的怀疑是智者的特质。至于我,推起理来就是不着边际,给人下药也不问青红皂白。我胡思乱想,也给人治伤。我是外科医生②。我能医治热症、疫气和瘟疫。几乎所有炎症和疼痛都有排泄功能,治疗得好,就能消解我们身上更为严重的病痛。然而,我并不奉劝诸位身上都长个痈,也就是长个疔疮。这种病很讨厌,对身体起不到一点好作用,还能要人命,但也仅此而已。我绝非无教养,也不是土老帽儿。我为雄辩与诗歌增光添彩,而我与这两位女神一起生活,保持纯洁无瑕的亲密关系。最后,我再奉送一个劝告。先生们、女士们,你们身上有光明的一面,你们要勤恳培育光明面的美德、谦逊、正直、公正和爱心。这样,我们在这尘世,每人的窗口就能有一小盆鲜花。各位大人、各位先生,我讲完了。演出这就开始。"

那个水手模样的人,在墙外听了这篇演说,便走进客栈低矮的厅堂,穿行而过,付给收费者几枚小钱,走进挤满观众的庭院,瞧见院子里端有一座安装了轮子的木棚,对着观众的一面大敞四开,台上站着一位身装熊皮的老人、一个仿佛戴着面具的青年、一个盲女和一只狼。

"老天爷啊!"那人高声感叹,"这些人太棒啦!"

---

① 维斯太:罗马神话中的灶神或家室女神,即希腊神话中的赫斯提。

② 原文为拉丁文。

第三章　那行人再次露面

刚才我们已经认出来，是“绿箱子”来到伦敦，安顿在南华克镇。吾是熊被木球草坪吸引住了：这地方太好了，集市从不歇场，甚至在冬季也照样。

望见圣保罗大教堂的圆顶，吾是熊就感到心旷神怡。

伦敦，总体看来，是一座相当好的城市。一座大教堂取名圣保罗，这是有勇气的行为。真正的圣教堂，圣彼得的名号才配得上。圣保罗因为富于想象而倍受质疑。在宗教问题上，想象就意味异端邪说。圣保罗跻身圣徒之列，颇有些勉强。他不过是走艺术家之门进入天国。

一座大教堂就是一块招牌。圣彼得大教堂标志罗马，那是教义之城。圣保罗大教堂则标志伦敦，这是另立教派之城。

吾是熊哲学研究范围极广，包罗万象，他特别看重事物的差异，而伦敦对他的吸引力，很可能就缘于他对圣保罗的几分好感。

吾是熊看中了塔德卡斯特客栈的大院落。“绿箱子”的制造，似乎是参照这座大院设计的。这庭院就是现成的一座大戏院，方方正正，三面有建筑，有一面是院墙，正对着楼房。“绿箱子”由宽敞的大门驶入，依着围墙停靠。院落三面是房舍的二楼，有一条木长廊，与每间客房相通，由两个直角折成三段。上面有木柱撑起的遮雨披檐。这样，一楼的窗户就成为剧院楼下包厢，庭院则是池座，而二楼长廊可谓楼厅了。

“绿箱子”背靠围墙，正对着观剧大厅，倒很像环球剧院，那里曾经演出过莎士比亚的《奥赛罗》《李尔王》和《暴风雨》。

“绿箱子”后面的一个角落便是马厩。

吾是熊同店家尼克莱斯谈妥，店家强调遵纪守法，只有多付租金才准许狼入住。“笑面人——关伯兰”的招牌，从“绿箱子”摘下来，挂到客栈招牌的旁边。我们知道，酒馆店堂有一扇门通大院，在门旁边放一只破酒桶，就算临时的“收款台”，菲比和维诺斯轮流站在那里收款。就跟今天付钱入场一样。“笑面人”的牌子下方，有一块用两根钉子钉住的白漆木板，板上用大字体登出吾是熊戏剧大作：《被战胜的混沌》。

长廊正中段，正对着“绿箱子”戏台，有一间用壁板隔开的屋子，出入走一扇玻璃门，那就是“贵宾”专座了。

那间屋相当宽敞，两排座位能容纳十位看客。

“我们可是在伦敦，”吾是熊说，“要准备迎候上等人。”

按照吾是熊的吩咐，客栈最好的椅子都搬到这个“包厢”里，正中还摆放一张乌得勒支樱花图案、金扣丝绒包面的太师椅，以备哪位市政官夫人光临。

演出开始了。

观众立刻蜂拥而至。

然而，贵宾包厢始终空无一人。

除开这一点，演出十分成功，恐怕自有江湖艺人以来，也是无与伦比的。南华克全镇居民都成群跑来，观赏笑面人的表演。

关伯兰一来，可吓坏了在塔林佐草地上活动的杂耍艺人和小丑。真像一只老鹰闯进金翅鸟笼里，抢啄它们的食槽。关伯兰吞掉了他们的观众。

不算少数几个吞刀剑和滑稽表演艺人，木球草坪上还有货真价实的演出。有一个女子马戏班，从早到晚演奏美妙的乐曲，五花八门的乐器有古竖琴、小鼓、撒板、米卡蒙、响铃、芦笛、扬琴、古风琴、风笛、德国短号、英国一种古琴、牧笛、漏笛、竖笛、古芦笛。在一顶圆形大帐篷里，有几个表演翻筋斗的艺人，绝非我们今天的比利牛斯山赛跑健儿所能比拟，尽管杜尔马、博尔德纳夫和梅龙加，能从陡峭的皮埃尔菲特特峰，一直冲到利马松高地。那里还有一个流动驯兽班，能让人欣赏一只逗乐的老虎：驯兽员用鞭子轻轻抽打，它就企图咬住鞭子，将鞭梢儿吞下去。然而，就是这样张牙舞爪的滑稽演员，也相形失色了。

好奇心、掌声、收益、观众，所有这一切，全让笑面人夺走了。转瞬间形势陡变，"绿箱子"独自占尽了风流。

"被战胜的混沌和胜利的混沌。"吾是熊这样说道，他将关伯兰的成功一半据为己有，拿蹩脚演员的行话来说，就叫作贪天之功。

关伯兰的成功是个奇迹，然而却局限于当地。一种名声很难跨越水域。莎士比亚的名字从英国传到法国，经过了一百三十年。水域便是高墙，如果不是伏尔泰给莎士比亚搭了一架矮梯[①]——他后来对此举悔之不迭——那么直到今天，莎士比亚也许还在墙的另一边，还在英国，囚在岛国的光荣里。

关伯兰的荣名，丝毫也没有跨越伦敦桥，根本没有轰动这座大都市，至少初期阶段是这样。不过，一个小丑的奢望，有个南华克镇便可满足。吾是熊也有话说："钱褡裢就好比一个失身的姑娘，肚子眼看着大起来。"

他们先演《吾是熊原是熊》，再演《被战胜的混沌》。

在这两出戏之间，吾是熊还显示了一下他的肚皮功，表演了超凡的腹语，模仿场内的各种声音：唱歌，喊叫，都十分逼真；会让歌手或者喊叫者惊呆了，有时还模仿观众的吵闹声，他呼呼喘息，仿佛他一个人就成为一群人。多么出色的表演才能。

---

① 伏尔泰是十八世纪法国启蒙时期主将，他译过莎士比亚的戏剧，数量少，故称"矮梯子"，要到十九世纪初期，莎氏的作品才大量介绍到法国。

此外，他还像西塞罗[①]那样巧鼓舌簧，这一点我们刚才看到了，还出售他配制的药剂，给人看病，甚至还治好了患者。

南华克镇人都佩服得五体投地。

南华克镇观众的热烈掌声，吾是熊很满意，但他丝毫也不惊讶。

“他们是古老的特里诺文特人[②]。”吾是熊说道。

他又补充说：

“从品位的细腻来讲，无论分布在伯克郡的阿特巴特人，还是曾经居住在萨默塞特的比利时人、建造约克城的巴黎人，都根本不能和他们同日而语。”

每次演出，客栈大院就变成剧院大厅，挤满了衣衫褴褛但热情洋溢的观众。他们大多是船夫、轿夫、造船木工、赶马拉纤的马夫，以及刚上岸要把钱花在吃喝嫖赌上的水手。还有保镖打手、拉皮条的流氓、黑衣兵卒，即因违犯纪律受罚的士兵，反穿红军装黑衬里朝外，英文称 blackquards，在法语则是 blagueurs。这些人都从街上拥入戏院，再从戏院拥进酒店，喝下大杯大杯的啤酒，对得起精彩的演出。

这些人可以称为“渣滓”，其中有一个汉子比别人身材更高大，身体更强壮，肩膀也更宽，也不显得那么穷，一身普通人打扮，但是衣服没有破损。他可是明火执仗地捧场，出拳打出个位置来，也不管假发歪到哪儿去，一个劲儿地赌咒发誓，大呼小叫，胡乱笑骂，毫无顾忌，不惜一拳打肿人家眼睛，再赔人家一瓶酒。

这位常客就是墙外那个过路人，刚才演出时，大家就听见他欢呼了。

这个行家立刻就看入了迷，当即就认可了笑面人。他并不每

---

① 西塞罗(公元前 106—前 43)，拉丁政治家和演说家。

② 特里诺文特人：古不列颠强悍部落，居住在现今的伦敦北部和东北部地区。

场必到,但是只要到场,他就“带头”捧场喝彩:于是,掌声转变成喝彩声,喝彩不能声震屋宇,因为没有顶棚,但是能响彻云霄,因为天空有云彩。(那些云彩有时还化作雨,正好没有天棚,就直接浇到吾是熊的杰作上。)

那人带头喝彩,引起吾是熊的注意,也引去关伯兰的目光。

那是一位素不相识又极为难得的朋友。

吾是熊和关伯兰都想与他结识,至少了解他是谁。

一天晚上,吾是熊在后台,即“绿箱子”的厨房门口,恰好店家尼克莱斯在身边,他指着人群中的那个人问店家:

“您认识那个人吗?”

“当然认识。”

“他是什么人?”

“是名水手。”

“他叫什么名字?”关伯兰也插言问道。

“汤姆-金-杰克。”店家回答。

继而,尼克莱斯要回客栈去,走下“绿箱子”车尾踏板时,又撂下这样一句深不见底的想法:

“真可惜他不是一位勋爵!要不然,他一定能成为一个大恶棍。”

“绿箱子”剧团虽然住进旅店,习性却丝毫未变,仍然保持孤独的状况。除了随便跟店家说两句话,他们无论同长住还是临时住店的客人,根本就不打交道,还是继续生活在他们小圈子里。

自从到了南华克镇,关伯兰养成一种习惯,每晚演出完了,吃过晚饭,给马添了草料,等吾是熊和黛娅各自回屋睡觉之后,在十一二点钟之间,他总要去木球草坪散散步,呼吸一下新鲜空气。一个人心潮有什么波动,就会夜间出去溜达,踏着星光信步走走。人的青春时期,就是一种神秘的期待,因此,就愿意夜晚出去,随便转悠转悠。到了夜晚时分,集市场已经空无一人了,顶多有几个醉鬼,在幽暗的角落投下踉踉跄跄的身影。各家小酒馆客人走光了,都已关了门。塔德卡斯特客栈的厅堂也熄了灯,只剩下最后一支蜡烛,在角落里照着最后一位喝酒的客人。一缕幽光,从客栈虚掩的门缝儿透出来。关伯兰就在门前踱来踱去,他若有所思,又心满意足,神思飘忽,只觉得朦胧中有一种神奇的幸福。他想什么呢?想黛娅,什么也不想,无所不想,想得又深又远。他不离客栈左右,仿佛有一条线,将他拴在黛娅身边。出门走几步,他也就知足了。

过一阵,他回到“绿箱子”,发现大家都睡着了,他也随之进入梦乡。

第四章　对手们在怨恨中抱成一团

没人喜欢成功人士,尤其一落千丈的人。世上很难见到这种事:被吃者热爱吃他们的那些人。毫无疑问,笑面人演出引起极大的轰动。这一带的江湖艺人不禁义愤填膺。舞台上的成功,就是一根虹吸管,吸走观众,会把周围吸空了。对面的铺子算是玩完了。我们已经说过,“绿箱子”进账一猛增,周围那些艺人的收入随即就锐减。其他演出本来红红火火,突然一下就无人光顾了。这就像在枯水位,方向相反的两个地段,但又完全一致,那么此处水高,彼处水位势必降低。无论哪家剧院,都领教过这种潮水效应。观众流向这家剧院多了,流向那家剧院就势必少了。

集市场那么多艺人,在周围露天舞台表演拿手好戏和吹嘘的本领,现在眼睁睁看着被笑面人砸了饭碗,他们都气急败坏,但又受到极大的诱惑。所有演饰滑稽老人的艺人、所有小丑、所有杂耍演员,无不羡慕关伯兰。这家伙真幸运,有一张猛兽的血盆大口!演滑稽戏和走软索的那些孩子的母亲,看着自己俊俏的孩子就来火,指着关伯兰对他们说:“真可惜,你没有长那样一副嘴脸!”有几位母亲还怪自己孩子长得好看,气得打了他们。她们若是了解其中的秘密,不止一个会让儿子整容,换成“关伯兰的那张脸”。一副天使的面孔一文钱挣不来,还不如一张能赚钱的鬼脸。有一天,人们就听见一位母亲,因为她那扮演丘比特的小孩长得太可爱而高声抱怨:“我们的孩子都白生了。只有那个关伯兰有大出息。”她冲儿子挥着拳头,又补充一句:“我若是弄清你爹是谁,我绝饶不了他!”

关伯兰是一只下金蛋的鸡。真是天生的一个宝贝！所有木棚都异口同声地这样感叹。那些江湖艺人观看关伯兰的表演，恨得咬牙切齿，又是欢欣鼓舞，又是恼羞成怒。既狂怒又赞赏，这就叫作嫉妒。于是他们吼叫，企图搅场；阴谋破坏《被战胜的混沌》的演出，又是发嘘声，又是叫骂，又是喝倒彩。这倒给吾是熊提供个由头，可以向小老百姓大显霍滕修斯[①]那样的口才，也给汤姆-金-杰克提供机会，大打出手以便恢复剧场秩序。汤姆-金-杰克的拳头，终于引起关伯兰对他的注意和吾是熊对他的敬重。当然，双方相

① 霍滕修斯：与西塞罗为同时期人，他们是互为对手的雄辩家。

距很远，只因“绿箱子”剧团遇事就自行处理，同周围一切都保持距离。同样，汤姆-金-杰克这位流氓大亨，酷似一名顶级高手保镖，没有任何关系，也没有任何交情，能够当机立断，还特别有煽动力，而且神出鬼没，跟所有人都称兄道弟，又不是任何人的伙伴。

嫉妒关伯兰的这阵狂飙，没有因为汤姆-金-杰克的几个耳光就平息下来。塔林佐草地那些流浪艺人嘘了几声没了气儿，便起草了一纸诉状，告到了官府。这也是通常的途径。要对付一个妨碍我们的成功人士，先是聚众攻击，再就是恳请官府出面惩治。

尊敬的神父也附和那些江湖艺人。笑面人也影响了讲经布道。不仅杂耍艺人的木棚子，就连教堂也都空荡荡的：南华克镇五个堂区的小教堂，再也没有听众了。他们抛弃了讲经布道，全跑去观赏关伯兰了。《被战胜的混沌》、“绿箱子”、笑面人，这些装神弄鬼的邪魔外道，居然压倒了布道讲坛的雄辩。在荒野中空而论道，Vox clamans in deserto，牧师们自然大为不满，就敦促政府出面。五个堂区的牧师都告到伦敦主教那里，主教便向女王陛下申诉。

江湖艺人的诉状，也是以教会的规定为依据，声称教会遭到亵渎。他们指认关伯兰是个巫师，吾是熊是个侮辱宗教的狂徒。

那些神职人员也搬出社会秩序来。就是正统的教义抛开不谈，他们也认为那些行为违犯了议会的法令。这样做更为狡猾。须知那正是洛克先生的时代。洛克死于1704年10月28日，谢世还不过半年，而博林布鲁克的怀疑主义刚刚兴起，即将影响到伏尔泰。不久之后，卫斯理兄弟[①]出来，复兴《圣经》，如同罗耀拉复兴教皇主义那样。

“绿箱子”从而腹背受敌：一面是江湖艺人队伍高举《摩西五

① 卫斯理兄弟（约翰1703—1791；查理1707—1788），英国基督教卫斯理宗创始人，卫斯理宗又称循道宗，力行善举，写圣诗弘扬《圣经》。

书》[1]的大旗，另一面是牧师的队伍，打着公安法规的旗号，从两边打开缺口。一边是天理，另一边是公共秩序。尊敬的牧师们要维护公共秩序，江湖艺人则为天理而战。"绿箱子"被教士们揭发为捣蛋分子，又被那些滑稽演员斥责为渎圣的恶人。

他们的指控有借口吗？"绿箱子"授人以柄了吗？是的。它何罪之有呢？有哇：携带一只狼。在英国，狼是违禁的动物。养恶犬可以，养狼则不行。英国允许狗吠，不准狼嗥，这便是豢养与森林野兽的差异。南华克镇五个堂区的牧师和牧师助理在诉状中，大量援引历代朝廷和议会颁布的法令，证明狼是非法的。他们最后得出结论，应将关伯兰投入大牢，并扣押那只狼，至少也应当驱逐出城市。事关公众利益，行人会有性命之虞，等等。接着，他们又呼吁医学院予以支持，还引用伦敦八十医师学会的决议。这个学术团体创立于亨利八世时期，它同国家一样有印玺，把患者的地位提高到归属医师的管辖，有权监禁违反学会的法令和不遵从医师的处方的人；它确认有利于公民健康的成果，其中一点就是肯定经科学证明的这种事实："如果一只狼首先看到一个人，那人嗓音就会终身嘶哑。"——而且，人还可能被狼吃掉。

就这样，何莫人成了他们发难的借口。

吾是熊从店家口中得知这些阴谋的风声。他惴惴不安，害怕这两只利爪：警察与法院。害怕司法机构，害怕就是害怕，不一定非要有罪不可。吾是熊不愿意接触那些郡长、宪兵队长、法官、验尸官。他丝毫也不想趋上前去，瞻仰那些官员的面孔。要他去见官员，就像让野兔去见猎犬那样，他没那份好奇心。

吾是熊开始后悔，不该到伦敦来。

"求完美反而会坏事，"[2]他独自咕哝道，"我原以为这句谚语不

---

① 《摩西五书》：《圣经》的头五卷。

② 这句法国谚语，直译应为："更好乃好之敌。"

适用了，实在大错特错，殊不知愚蠢的真理，往往是真正的真理。”

这么多势力沆瀣一气：江湖艺人捍卫起宗教，神职人员替医学打抱不平，矛头对准“绿箱子”，怀疑关伯兰使用巫术，何莫人患恐水症。而对可怜的“绿箱子”来说，只有一件有利的事，但在英国却是一股强大力量，那便是市政当局的迟钝。英国的自由来自地方的听之任之。自由在英国的表现，活似英伦三岛周围的大海。就是一片潮水。习俗逐渐上涨，混成没了可怖的法律，隔着无边无际透明的自由，还看得见下面残酷的法典。这便是英国的境况。

笑面人、《被战胜的混沌》、何莫人，可以对付那些江湖艺人，那些传教士、主教、下议院、贵族院、女王陛下，乃至伦敦，乃至整个英国，只要有南华克镇的保护，就能高枕无忧。“绿箱子”成为这个镇子人最喜爱的消遣，地方当局似乎漠然处之。在英国，漠然处之，就等于保护。南华克镇属萨里郡管辖，只要萨里郡郡长没有动静，吾是熊心里便踏实，何莫人也可以枕着两只狼耳朵睡大觉。

那些人的仇恨，只要还没有最后得逞，就有利于“绿箱子”的红火。眼下，它的演出丝毫也没有受到影响，而且正相反，阴谋取缔的消息在公众之间不胫而走，笑面人就更得民心了。民众一旦嗅到被告发的东西，就会立即追捧。受到当局怀疑，就等于推荐。民众出于本能，要接受面临威胁被禁的东西。什么事物一经揭发，就开始成为禁果，大家都争着咬一口品尝品尝。况且，鼓掌喝彩如果能够刺激什么人，尤其能够戏弄当局，那就更有趣了。过一个愉快的夜晚，既站到了被压迫者一边，又反对了压迫者，这何乐而不为呢！在寻开心的同时，又保护了别人。应当说明一句，木球草场上那些野台子，还继续喝倒彩，捣鬼要搞垮笑面人。要想让人火起来，这比什么办法都更有效。对头们大喊大叫，反倒大大助威，加速胜利了。朋友赞扬，时间一长就要懈怠，不如敌人辱骂那样持久。辱骂，损害不了我们。而这一点敌人却不知道。他们控制不住，总要大肆侮辱，而这恰恰是帮忙。他们不可能保持沉默，也就以谩骂维持公众的兴趣。《被战胜的混沌》观众越来越多。

吾是熊听尼克莱斯讲的，已经闹到上头的阴谋与诉状，他全存在心里，没有告诉关伯兰，以免引起他担忧，影响演出的情绪。真来了祸事，一下子就会全明白了。

第五章　铁棒执法官

不过有一次，他认为有必要破一破这种谨慎，还同样出于谨慎，他认为让关伯兰产生点忧患意识是有益处的。而且，在吾是熊的头脑里，这件事的确比集市和教堂的合谋严重得多。那是他们点数演出收入的时候，关伯兰从地上拾起一枚小铜钱，然后当着客栈老板的面，讲了小铜钱体现出来的鲜明的反差：一面铸有四分之一便士的价值象征百姓的贫穷，另一面铸有安妮女王头像，代表王朝奢华的寄生生活。这种言论，由尼克莱斯老板之口传出去，而且一传十，十传百，不知传出多远，最后又经过菲比和维诺斯之口，传回到吾是熊耳畔。吾是熊真慌了神儿。这是煽动言论啊！犯有欺君之罪。他狠狠训了关伯兰一顿。

“管住你这张臭嘴。大人物讲一条规则：什么也不干；小人物也守一条规则：什么也不说。穷人只有一个朋友：沉默。他们只能讲一个字：是。承认并同意，这就是他们的全部权利。对法官说：‘是。’对国王说：‘是。’大人物只要高兴，就可以打我们几棍子，我就挨过打，这是他们的特权。就是把我们的骨头打断了，也丝毫无损于他们的崇高。秃鹫也是一种鹰。我们要恭敬权杖，那是第一号棍子。恭恭敬敬，就是谨慎；卑躬屈膝，就是明哲保身。凌辱自己的国王所冒的风险，就像一个女孩胆敢拿剪刀去剪狮子的鬃毛。听说你就小铜钱胡说了一通，说它同里亚[①]是一个货色，污蔑这种

① 里亚：法国古铜币，相当于四分之一苏，面值最小。

铸有神圣头像的钱币，在集市上只能买八分之一条咸鲱鱼。你要当心，学正经点儿，要知道还存在刑罚。你要牢牢记住司法的真实存在。在你生活的国家里，谁锯倒一棵生长了三年的小树，就得乖乖地上绞刑架。谁出言不逊，就得戴上脚镣。喝醉了酒的人就要给装进大木桶里，桶底打穿好走路，桶顶开洞好探出头去，桶壁开两个洞好伸出手臂，这样他就无法躺下睡觉了。谁在威斯敏斯特教堂大厅里打人，就要判终身监禁，财产充公。谁在王宫里打人，就剁掉右手。你把人家鼻子打出血，那就得断去一条胳膊。在主教法庭被确认搞异端邪说，那就要活活烧死。库思伯特·辛普森没犯多大过错，就上了车裂刑而惨死。前不久，刚过三年吧，在1702年，名叫丹尼尔·笛福①的那个罪大恶极的人，胆敢把前一天在下议院发言的议员名单印出来，后来被判罚锁在转轮上示众。谁对陛下不忠，就活活开膛破肚，掏出心来打他耳光。权利和司法的这些概念，你要全刻在脑子里，永远也不乱讲一句话，情况稍微不妙，就赶紧溜之大吉：这种勇敢行为，我照做也劝你照做。在胆量方面，你要学鸟儿；在话语方面，你要学鱼儿。何况，英国的法律十分温和，这是值得称赞的地方。”

训诫之后一段时间，吾是熊还一直担心，关伯兰却毫不在意。年轻人就是少不更事，天不怕地不怕。不过，关伯兰处之泰然似乎也有道理，几个星期平平安安过去了，看来关于女王的那番言论没有引起严重后果。大家知道，吾是熊安不忘危，总像警觉的狍子，注意着周围的动静。他训斥关伯兰之后不久，有一天从墙上的气窗向外张望，脸色不由得陡变。

“关伯兰？”

“干什么？”

① 丹尼尔·笛福(1650—1731)，英国小说家，报纸撰稿人，著有小说《鲁滨逊漂流记》，被称为英国小说和报刊文学之父。1703年，他确实被罚示众。

“你瞧。”

“瞧哪儿呀？”

“广场上。”

“什么呀？”

“瞧见那个行人啦？”

“穿黑衣裳的那个人吗？”

“对。”

“手里拿着一根大头棒吗？”

“对。”

“他怎么啦？”

“怎么了，关伯兰，那人是铁棒执法官。”

“什么是铁棒执法官？”

“就是百夫长。”

“什么是百夫长？”

“就是 praepositus hundredi①。”

“什么意思，praepositus hundredi？”

“就是很凶的警官。”

“他手里拿着什么？”

“那是铁棒。”

“什么铁棒呀？”

“那是铁制的玩意儿。”

“拿那玩意儿干什么？”

“首先，他手按铁棒宣誓。因而，就称他铁棒执法官。”

“怎么执法？”

“他就是碰你一下。”

“用什么？”

“用铁棒啊。”

“铁棒执法官用铁棒碰您一下吗？”

“对。”

“那是什么意思？”

“那意思是：跟我走一趟。”

“那就得跟他走吗？”

---

① 拉丁文，意为“百夫长”。

“对。”

“去哪儿?”

“我怎么知道!”

“他不告诉您要带到哪儿去吗?”

“不告诉。”

“可以问问他吧?”

“不行。”

“怎么不行?”

“他什么也不会对你说,也不许你问什么。”

“可是……”

“他用铁棒碰了你,就全清楚了,你跟着走就是了。”

“可是去哪儿呀?”

“跟在他身后。”

“可是去哪儿呀?”

“随他高兴带你去哪儿,关伯兰。”

“如果违抗呢?”

“违抗就绞死。”

吾是熊脑袋又探出窗口,他长出一口气,说道:

“谢天谢地,他走过去了!他不是来找我们的。”

吾是熊的担心也许过分了,唯恐关伯兰冒失的行为和胡言乱语带来严重成果。

尼克莱斯老板听到了那些胡言乱语,但是损害“绿箱子”这些可怜人,对他也没有任何好处。笑面人也连带他发了一小笔财。《被战胜的混沌》获得两方面成功,既演火了“绿箱子”的艺术,又带火了客栈酒馆的生意。

第六章 猫审老鼠

吾是熊又受了一次惊扰，而且相当厉害。这一次他首当其冲，被传唤到主教门三人委员会面前。三张阴沉的脸都是博士、审查大员：一位是神学博士，威斯敏斯特教堂长老的代表；第二位是医学博士，八十医师学会的代表；第三位是历史和民法博士，格雷欣学会的代表。这三位专家都是"万事通"①，有权审查伦敦一百三十个教区、米德尔塞克斯郡七十三个教区，以及南华克五个教区的所有公开言论。这种神学裁判权，如今在英国仍然存在，有效地监视人们的言行。例如 1868 年 12 月 23 日，经由枢密院勋爵们核准，拱门法庭裁定，马可诺奇牧师受到惩戒，并担负诉讼费，只因他点燃一张桌子上的蜡烛。礼拜仪式开不得玩笑。

忽然有一天，吾是熊接到三位博士的传唤令。幸好传唤令直接交到他手上，这事还能保密。他二话没说就奉命前往，但是心里直打战。想想自己可能被人抓住什么把柄、受到怀疑，在一定程度上被认为胆大包天。他极谨慎，叮嘱别人三缄其口，这回自己却狠狠挨了一次教训。"饶舌的家伙，先治好自己的毛病吧。"②

三位博士，代表三方的审查官，端坐在主教门一层大厅尽头的三张黑皮扶手椅上。他们头顶的墙上摆着弥诺斯、埃阿科斯和拉达曼提斯③三尊半身像；他们前面有一张桌子，脚下还有一张作为

---

① 原文为拉丁文。
② 原文为拉丁文。
③ 弥诺斯等三人为希腊神话中人物，死后成为冥界三名判官。

被告席的小板凳。

吾是熊由一名神态平静而严肃的侍从带进去，一见到这三张面孔，他立刻就在头脑里把他们同冥界三判官一一对上号。

三判官之首弥诺斯，神学审查官，打了个手势，让吾是熊坐到小凳上。

吾是熊施礼下去，十分标准，也就是说一躬到地。他知道熊爱吃蜂蜜，博士爱听拉丁语，还弯着腰保持恭敬的姿态，接着便说道：

“三位雅会。”①

谦恭能化解敌意，他低着头，坐到小板凳上。

三位博士分别翻阅放在面前的一份档案。

弥诺斯首先发难：

“您当众讲话吧？”

“是。”吾是熊回答。

“凭什么权利？”

“我是哲学家。”

“哲学家也没有这种权利。”

“我也是跑江湖的艺人。”吾是熊又答道。

“这就不同了。”

吾是熊松了一口气，仍保持谦抑之态。弥诺斯说道：

“身为江湖艺人，您可以讲话，但是作为哲学家，您必须保持沉默。”

“我勉力而为。”吾是熊回答。

然而他心里却在想：“我可以讲话，又必须保持沉默。真是无所适从。”

此时他心惊胆战。

---

① 原文为拉丁文。

上帝的代表继续说道：

“您讲了一些影响恶劣的话。您侮辱宗教，否认最明显的真理，还散布令人憎恶的谬误。例如，您说过童贞女就不生育。”

吾是熊微微抬起眼睛：

“这话我没有说过。我是这样说的：生育了就不是童贞女。”

弥诺斯沉吟一下，口里咕哝道：

“其实，这恰恰相反。”

还是一码事儿。吾是熊总算挡过第一招。

弥诺斯琢磨着吾是熊的回答，深深陷入他那愚昧的一团糨糊中，一时便冷了场。

历史审查官，被吾是熊看作拉达曼提斯的那人，为掩饰弥诺斯的溃退，就赶紧质问道：

“被拘人，您的胆大妄为和荒谬言论，表现在许多方面。您否认过法萨卢斯战役[①]的败绩是因为布鲁图斯和卡修斯[②]战前碰见一个黑奴。”

“我还说过，”吾是熊低调说道，“那也是因为恺撒是一位更出色的统帅。”

历史审查官话锋猛然一转，又切入神话：

“您曾为阿克特翁[③]的无耻行径辩解。”

“我是想，”吾是熊婉转应道，“一个男人见到一个裸体女子，不应因此就身败名裂。”

“您这种想法不对。”审查官声色俱厉地说道。

---

① 法萨卢斯战役：发生于公元前48年，是古罗马内战中具有决定性的战役，恺撒出奇制胜，打得庞培溃不成军。

② 布鲁图斯（公元前85—前42）、卡修斯（公元前？—前42），庞培手下两员将领，庞培兵败后归顺恺撒。二人又组织密谋集团，于公元前44年刺杀了恺撒。公元前42年，他们被屋大维指挥的恺撒军队打败后自杀。

③ 阿克特翁：希腊和罗马神话中的猎人，因偷看月亮和狩猎女神阿耳忒弥斯沐浴，被女神变成鹿后，被自己的猎犬撕烂。

拉达曼提斯又回到历史。

“关于米特拉达梯[①]的骑兵队伍遭遇的意外事件，您质疑草木的功能。您否认过像色古里杜卡那样一种草，能使马蹄铁脱落。”

“对不起，”吾是熊回答，“我说过这种功能，唯独卸马蹄铁草才具有。我不否认任何草生植物的功能。”

他还小声补充一句：

“也不否认任何女人的贞操。”

吾是熊回答之余，还要一句贫嘴，从而向自己证明，他虽然极度不安，却还没有无言以对。他心情惶怖，但仍然能随机应变。

“我再问一点，”拉达曼提斯又说道，“您公开宣称，埃塞俄比亚草并没有断锁的功能，而大西庇阿[②]要用埃塞俄比亚草打开迦太基的城门，想法未免太天真。”

“我仅仅讲过，他若是用卢纳里亚草，效果会更好。”

“这倒不失为一种见解。”拉达曼提斯也被击中要害，咕哝了一句。

历史审查官不讲话了。

神学审查官弥诺斯又醒过神儿来，再次向吾是熊发难。刚才他抓紧时间翻了翻记录本。

“您把雌黄列入含砷的产品中，还说雌黄能毒死人。《圣经》否认这种说法。”

“《圣经》否认，”吾是熊叹道，“然而砷却肯定了这一点。”

被吾是熊视为埃阿科斯的那个人物，医学审查官，还一直没有开口，这时他神气十足地眯起眼睛，居高临下睥睨着吾是熊，插言道：

---

① 米特拉达梯（？—公元前63），本都王国国王，称米特拉达梯六世，在小亚细亚强盛一时，曾与罗马抗衡。

② 大西庇阿（公元前235—前183），罗马伟大将领，是打败迦太基，夺取布匿战争胜利的功臣。他被誉为“阿非利加征服者”，并成为首席元老。

"这种回答还不算荒谬。"

吾是熊以十足媚颜的微笑,表示感谢。

弥诺斯则极凶狠地噘起嘴。

"我继续问,"弥诺斯又说道,"您曾说过,以科卡特里斯为名的蛇怪就是蛇王,这种说法是错误的。您回答。"

"至尊的牧师,"吾是熊说道,"我根本就不想冒犯蛇怪,因而说过它肯定长了一颗人头。"

"就算这样吧,"弥诺斯严肃地驳斥道,"然而您还说过,波埃里乌斯见过一条蛇怪长着一颗鹰头。您能够证明这一点吗?"

"很难证明。"吾是熊回答。

这会儿他稍微处于下风。

弥诺斯又掌握了主动,便乘胜追击。

"您说过,一个犹太人改信基督教,气味儿就不好。"

"但是我还说过,一名基督徒改信犹太教,气味儿就很臭。"

弥诺斯又瞥了一眼揭发材料。

"您肯定一些似是而非的东西,并且大肆传播。您说过埃连曾见过一头大象书写判决词。"

"绝无此事,至尊的牧师。我仅仅说过奥皮安曾听见,一头河马议论哲学问题。"

"您曾宣称,一只山毛榉木盘,能主动装满人想吃的所有菜肴,这不会是真事。"

"我是这么说的:一只木盘如有这种功能,那就必定是魔鬼送给您的。"

"送给我的?"

"不,不,是送给我的,牧师!——不,不!没有送给任何人!送给了所有人!"

吾是熊心中暗道:"我都不知所云了。"不过,他虽然极度慌张,但是流露在神色上还不算太明显。吾是熊还在拼搏。

“这些话表明,您在一定程度上还相信魔鬼。”

吾是熊绝不松口。

“至尊的牧师,我不是不相信魔鬼的人。相信魔鬼就是相信上帝的反面。彼此互为验证。谁不相信点儿魔鬼,也就不会笃信上帝。相信太阳的人,也就自会相信阴影。魔鬼正是上帝的黑夜。黑夜又是什么呢?正是白昼的证明。”

吾是熊即兴发挥,结合哲学和宗教。一番论说十分深奥。弥诺斯重又陷入深思,不再讲话了。

吾是熊这才又松了一口气。

不料又来一场突然袭击。那位医学代表,刚才神态傲慢地保护了吾是熊,抵制了神学审查官,现在又猛然协同进攻了。他一个拳头压在厚厚实实的材料上,劈面给了吾是熊一声断喝:

“现在已然证明,冰升华而成水晶,水晶升华而成钻石;此外还证实,冰经历千年就成水晶,水晶经历上千世纪就变成钻石。这些您却否认了。”

“绝无此事,”吾是熊忧伤地回答,“我仅仅说过,经历一千年,冰就有时间融化,而上千个世纪,那可数不胜数。”

审讯这样进行下去,质问与回答如同刀剑相搏,噼啪有声。

“您否认过植物能说话。”

“绝对没有。不过,要植物说话,必须送上绞刑架。”

“要承认,曼德拉草会叫喊。”

“不,但是那种草会唱歌。”

“您还否认过,左手无名指有活血功能。”

“我仅仅说过,朝左侧打喷嚏是不祥之兆。”

“您曾谈论凤凰,口气猖狂,出言不逊。”

“博学的法官,我仅仅说过,普卢塔克在作品中写到凤凰时太

离谱，说什么凤凰脑子是美味，但吃了会引起头痛，而其实从来就没有过凤凰。”

“您这是混账话。西纳马克鸟用桂枝筑巢，鸠鸟则由帕里萨蒂用作制毒药，天堂鸟玛女科迪亚特，以及有三根喙管的色门达鸟，都曾被误认为是凤凰。然而，凤凰确曾存在。”

“我并不反对。”

“您是头蠢驴。”

“但愿如此。”

“您宣扬接骨木能治疗喉炎，但是您又说这并不是因为接骨木根部长一个魔瘤。”

“我说过那是因为犹大吊死在一棵接骨木上。”

“这种见解还说得过去。”神学家咕哝了一句，能报复一下医师埃阿科斯，他心里很受用。

盛气凌人一受挫，立即恼羞成怒。埃阿科斯越发凶猛了。

“流浪汉，您的思想同您的双脚一样，总是到处游荡。您有些倾向，既可疑又令人惊诧，已经走近了巫术。您还和一些陌生的动物建立关系。您面对那些群氓，大谈特谈唯独您认为存在、无人知晓是何种类的事物，例如，l'aemorrhoüs 是什么？”

“L'aemorrhoüs，就是特雷梅留斯见过的一种蝰蛇。”

这一反击，引起埃阿科斯博士发怒的学识一阵慌乱。

吾是熊又补充道：

“L'aemorrhoüs 确实存在，一如存在着香鼬狗，以及卡斯特卢斯描写过的麝猫。”

埃阿科斯猛攻一下，以便摆脱窘境。

“这些全是您的原话，无不包藏祸心。听好了。”

埃阿科斯看着材料，念道：

“有两种植物，la thalagssigle 和 l'aglaphotis，夜晚发光。白天开花，黑夜便是星星。”

然后，他目光死死盯住吾是熊：

“您还有什么可说的？”

吾是熊回答：

“任何草木都是灯。芳香就是发光。”

埃阿科斯又翻了几页。

“您曾否认，水獭的精囊，具有海狸香的药用功能。”

“我只是说在这一点上，也许不应当太相信埃提乌斯[①]。”

埃阿科斯凶相毕露。

“您行医吗？”

“我习练行医。”吾是熊胆怯地叹道。

“给活人看病吗？”

“主要不是给死人看病。”吾是熊回答。

吾是熊应答得很坚实，但是语气十分平和，复杂中又巧妙突出温和的主调。他说话的语气无比温婉，埃阿科斯就更感到有种辱骂他的需要。

“您这么咕咕咕叫[②]什么？”埃阿科斯粗声粗气地说道。

吾是熊不禁愕然，但也只是回答说：

“年轻人才咕咕叫，而老年人只能唉声叹气。唉！我无非叹息而已。”

埃阿科斯又进而说道：

“记住这一警告：如果您给病人治病，把病人治死了，您就将被判处死刑。”

吾是熊试探着问一句：

“如果治好了呢？”

“在这种情况下，”博士声音缓和下来，回答说，“您还照样被判处死刑。”

“这没什么区别呀。”吾是熊说道。

博士接着说道：

“把人治死了，就惩罚您愚昧无知；把人治好了，就惩罚您胆大妄为。两种情况，结果都是绞刑架。”

---

① 埃提乌斯：公元五世纪人，在君士坦丁堡宫廷当医师。

② 法文为roucouler，意为鸽子咕咕叫，或者情人窃窃私语。用这个词讲吾是熊就是一种侮辱。

“这种规定我还真不知道，”吾是熊喃喃说道，“多谢您的指教。我们并不了解法律的所有的妙处。”

“您当心就是了。”

“在下一定处处当心。”

“您干什么我们都知道。”

“我自己倒不是每回都知道。”吾是熊心中暗想。

“我们可以把您投进大牢。”

“我也隐约预感到了，各位大人。”

“您不能否认您有违规犯法的行为。”

“我的哲学请求宽恕。”

“有人说您有恃无恐。”

“那他们大错而特错了。”

“有人说您治好了病人。”

“我遭人诽谤，实在冤枉。”

六道眉毛拧起来，可怕的目光聚到吾是熊身上；三张博学面孔凑到一起，嘀咕了半晌。吾是熊恍若看见，一顶蠢驴帽出现在三位审查官的头顶。三人委员会私议了几分钟。而在这阵工夫，吾是熊万分惶恐，心头忽而压上冰块，忽而烧上炭火。最后，首席审查官弥诺斯转过身来，怒冲冲对他大喝一声：

“滚开吧。”

吾是熊颇有约拿[①]之感，又从鲸鱼腹中出来了。

弥诺斯继续说道：

“判您免于起诉！”

吾是熊心中暗道：

“可别再让他们把我扣下！——晚安，医学！”

---

① 约拿：《圣经·旧约》中十二名小先知第五位，因违抗神命，被大鱼吞入腹中三天三夜。他在鱼腹中向神悔过许愿，才被大鱼吐出。

接着，他又在内心里补充一句：

“从今往后，我要多加小心，别管别人死活。”

他一躬到地，拜别一切，包括三位博士、三尊头像、桌案与墙壁，这才向门口退去，几乎像影子一般消隐了。

他犹如一个清白无辜的人，缓步走出大厅。一来到街上，又像个罪犯，赶紧逃之夭夭。司法官员都喜怒无常，行为诡谲，即使宣判无罪的人，也像逃生一样。

他一边逃跑，一边还不住嘴地咕哝。

“我真是侥幸逃脱。我是野生的学者，而他们是豢养的学者。博士折腾博学之士。伪科学是真科学的排泄物，却被人用来残害哲学家。哲学家制造出诡辩家，就制造了自身的祸根。从斑鸫的粪便里长出槲寄生，用槲寄生制成的粘鸟胶，又能粘住斑鸫。Turdus sibi malum cacat。[①]”

我们并不把吾是熊当成雅士。可以说他厚颜无耻，表达思想时什么词都敢用。他不见得比伏尔泰高雅。

吾是熊回到“绿箱子”，对尼克莱斯老板说，他跟踪一位漂亮女人，回来晚了，只字未提他这场历险。

直到晚上，他才悄悄告诉何莫人：

“要知道，今天我战胜了地狱的三个头儿。”

---

① 拉丁文，意为“斑鸫排泄出自己的不幸”。

第七章　铜钱堆里何以混进一枚金币

突然来了一位消遣的贵宾。

塔德卡斯特客栈越来越红火，成了娱乐的中心。再也没有比这更欢腾热闹的地方了。店主和小伙计忙得不可开交，为客人倒淡色啤酒、最浓的黑啤和普通黑啤。到了夜晚，低矮的店堂剩下一张空餐桌，所有玻璃窗都照得通明透亮。酒客们又是唱歌，又是呼幺喝六。旧炉灶安有铁栏，大炉膛里加满了煤，炉火熊熊燃烧。整座房子就好像只有火焰和喧嚣。

庭院里，也就是剧场中，人就更多了。

南华克镇能出来看戏的人，全来观看《被战胜的混沌》的演出，已经爆满，幕布一拉开，也就是说“绿箱子”的壁板一放下来，就不可能找到座位了。所有窗口都探出观众的头，长廊上也都挤满了人。庭院的石板一块也露不出来，全由一张张脸取代了。

唯独贵宾专席始终空着。

这样，在长廊的正中间，形成一个黑洞，用行话来讲，就是一个“冷灶”。那里空空如也，此外各处都人头攒动。

一天晚上，那里却有了一个人。

那天是星期六，英国人都匆忙出来寻欢作乐，以便度过无聊的星期天。大厅已经客满了。

我们也说“大厅”，在很长一段时间，莎士比亚演出的剧院，仅仅是旅馆大院，而他称之为 hall，大厅。

幕布拉开之后，《被战胜的混沌》序幕开始，吾是熊、何莫人和关伯兰都登上舞台。吾是熊还像往常那样，扫视一眼观众，不由得大吃一惊。

“贵宾”包厢里有人了。

那是一位女客，独自一人，坐在包厢正中那张包着乌得勒支丝绒套的扶手椅上。

她独自一人，胜似包厢客满。

有些人就熠熠发光。那位女子同黛娅一样，也有自身的光辉，但是色调不同。黛娅的光辉是淡淡的，那位女子则是姹紫嫣红。黛娅是黎明，那女子是拂晓。黛娅美丽，那女子国色天香。黛娅体现纯洁无瑕、诚实、洁白、晶莹剔透；而那女子则呈现万紫千红，让人感到她不怕羞红面孔。包厢容不下她那四射的光艳：她坐在正中一动不动，不知怎么，俨然一尊女神像。

在这衣衫褴褛的人群中，她正如一颗红宝石，放射着华贵的光彩，她以强烈的光芒淹没了这群人，将他们淹没在阴影中，因此所有这些幽暗的面孔都被她的光辉蚀去。她那绚丽的光彩抹去了周围的一切。

所有目光都凝望她了。

汤姆-金-杰克也混迹在乱哄哄的人群中，他同别人一样，也消隐在那明艳夺目的女子的光晕中了。

那位女子把观众的注意力全吸引过去，成为对台戏，不免消损《被战胜的混沌》开场的效果。

不管她多么像梦幻中的仙女，在她周围的人眼中，她却是真身实存的。甚至可以说，她那女人特点也许太突出了。她高高的身材，十分健美，能裸露的部位全裸露出来，那么光艳照人。她戴着大串珍珠耳坠，珠串间杂着人称“英国钥匙”的奇异宝石。她那绣金暹罗纱长衣裙极其奢侈华丽。当时这样一条纱裙价值六百埃居。一只大钻石别针，齐胸乳别住弗里斯蝉翼纱内衣，这正符合大胆的服饰潮流。奥地利安娜[1]也用蝉翼纱做床单,这种纱薄极了,收拢成一束,能从戒指中间穿过去。那女子仿佛穿了红宝石胸甲,有些还是仅仅磨光而未雕刻的宝石。衣裙上同样缀满各种宝石。她那两道眉毛是用中国墨描过的,而且她那双玉臂、臂肘、肩膀、下颏儿、鼻孔下方、眼睑上面、耳朵、手掌、指尖,无不擦了脂粉,微微泛红,有一种说不出来的撩人风韵。这一切无不表明那种求美的意愿绝不苟且。她美到极点,令人敬而远之。她本可以是只猫,接受爱抚,而她却是只豹子。她的明眸一只蓝色,另一只是黑色的。

关伯兰也像吾是熊那样,审视那位女子。

"绿箱子"演出的节目,带点儿虚幻的风格。《被战胜的混沌》这出戏类似一场梦,他们形成习惯,要向观众制造一种幻象的效果。不料这次,幻象的效果反作用于他们身上了:演出大厅将惊讶送回到舞台上,演员反倒不胜惊骇,感受到反弹过来的魔幻效果。

那位女子凝望他们,他们也凝望那女子。

由于相隔一段距离,那女子又处于剧院灯光效果的朦胧之中,形象看不真切,仿佛那是一种幻视。那无疑是一位女子,然而,也许是一种虚幻吧?一道亮光射进他们的黑暗中,倒把他们惊呆了。犹如一颗不为人知的星体,突然飞落到此地。显然是来自幸福者的世界。她放射的光芒,也扩大了她的形象。那女子身上好似银河流淌,夜空星光灿烂。那些宝石就是点点繁星,而那只钻石别针大概就是七星的昴星团。她那丰满的乳房高高隆起,显得那么超凡脱俗。看到那位天上来客,人们就感到一阵冰冷,如同极乐世界一时靠近。那张宁静的面孔是从一个天国的深邃中,冷漠地俯视这微不足道的"绿箱子"及其可怜的观众。天神的好奇心得到满足,同时也让芸芸众生开开眼界。上天准许下界瞻仰。

---

[1] 奥地利安娜(1601—1666),法兰西王后。西班牙国王菲利浦三世之女,路易十三之妻。她在儿子路易十四未成年时摄政。

吾是熊、关伯兰、维诺斯、菲比、观众，人人都为那炫目的光彩所震撼，唯独黛娅在她的黑夜中，仍然一无所知。

那位女子的出现，倒有点像幽灵。然而，“幽灵”一词通常引起的联想，丝毫也联系不上那位女子的形象：她一点也不透明，一点也不朦胧，一点也不飘忽不定，也没有一点云缭雾绕。那纯粹是一位红颜娇娃，艳丽而健美。不过，从吾是熊和关伯兰所处的位置望去，那就是虚影幻象了。确实存在肥胖的幽灵，人称吸血鬼。就如某某美丽的女王，对劳苦大众也是一种幻象，但也有这样的健康体魄，每年能吃掉穷苦百姓三千万法郎。

在那女子身后的暗影中，依稀可见她的侍从，西班牙语为 el mozo，那是一个未脱孩子气的小个子青年，又白净又漂亮，一副严肃认真的表情。跟班要非常年轻，又非常严肃，这正是当时的风尚。那小厮的号服与鞋帽，一律用火红丝绒制作，他那顶饰金绦的无边圆帽上，插着一簇织布鸟羽毛，这是高级仆役的标志，表明他在给一位身份很高的贵妇当差。

侍从是贵族老爷的组成部分，因此，在那女子的阴影中，有这样一个拉长裙的侍从，不可能不惹人注意。记忆往往在我们不知不觉中，就做了一些记录；同样，关伯兰在无意识当中，头脑里也留下了那贵妇侍从的印象：一副圆圆的脸蛋，严肃的表情，饰金绦的圆帽和那簇羽饰。按说，那小厮没有做任何事招人注意：吸引别人注意是不敬的行为，他无声无息，靠在包厢里端伫立，一直退到关闭的房门。

尽管身后有拉长裙的侍从，那女子在包厢里还是显得孤单单的，只因随从并不算数。

不管那位气派非凡的女子多么让观众分神，《被战胜的混沌》的结局还是更有吸引力，给观众的感受总是那么无法抗拒。也许正因为来了这样一位光彩炫目的女观众，才增加闪电雷击的效果，

观众与演出有时确实产生互动作用。关伯兰笑面的感染力取得空前的成功。观众无不笑得前仰后合，全场陷入失控的状态，简直难以形容，其中汤姆-金-杰克洪亮高亢的笑声，仍然显得很突出。

唯独那陌生女子不笑，她好似一尊雕像，纹丝不动，那双幽灵的眼睛注视着舞台。

幽灵，但是太阳一般灿烂。

演出结束，壁板又收上去，“绿箱子”重又自成一统，其乐融融。吾是熊打开收费的钱袋，将钱币全倒在晚餐桌上。

一大堆铜子里，忽见一枚金币闪闪发亮。

“是她！”吾是熊嚷道。

这一盎司金币混杂到斑斑绿锈的铜钱堆里，恰如那女子刚才混迹到这群百姓中间。

“她看演出付了一枚金币！”吾是熊欢欣鼓舞，又说道。

这时，店家走进“绿箱子”，他从车后窗户探出手去，打开“绿箱子”靠在院墙上的那扇小窗。我们前面说过，打开那扇小窗，就能望见广场：那小窗同车后窗一样高。接着，他也不讲话，示意吾是熊看窗外。一辆套着骏马的华丽轿车，由头戴羽冠、手执火把的仆人驾驶，飞驰而去。

吾是熊用拇指和食指，恭恭敬敬地捏住那枚金币，举给尼克莱斯老板瞧瞧，他说道：

“这是一位女神。”

接着，他的目光又落到驶到广场拐角的那辆马车上，借着仆人举着火把的光亮，看见车厢绘有八瓣花叶饰的金冠。

他高声说道：

“岂止是女神，那是一位女公爵。”

马车拐弯不见了，隆隆的车轮声也渐渐消隐。

吾是熊愣了一会儿神，他那两根手指成了圣体显供台，像举着圣体饼那样举着那枚金币。

然后，他把金币放到桌子上，一边欣赏，一边讲起那位“公主”。店家纠正这种说法，称那是一位女公爵。不错，她的爵位人所共知。可是，她的姓氏却无人知晓。尼克莱斯老板倒是走近过，那辆马车上确有纹章，那些侍从确都穿着镶饰带的号服。车夫还戴着假发，看着俨然一位大法官。那辆马车造型独特，在西班牙叫作

coche-tumbon[1]，一种奢华的变形，圆车顶宛若坟头高高隆起，正是一副精美的王冠托架。那青年侍从是个小人精，长得那么娇小可爱，能够坐在车门外的踏板上。贵妇们正是用这种俊俏的后生提长长的裙裾，传递私函密件。大家不是注意到他那簇织布鸟的羽翎了吗？那可不简单。无此权利而插上羽翎，就得罚款。尼克莱斯老板还就近审视了那位夫人。活脱一位女王。装饰得那么华

① 西班牙文，意为“坟丘顶马车”。

贵，越发美艳照人，显得肌肤更加白皙，目光更加倨傲，举止更加高贵，神态更加张扬。那双不劳作的手，狂放的美姿无与伦比。

尼克莱斯老板还描述了那隐现青青脉管的绝色冰肌雪肤、那颈项、那双肩、那胳臂、那擦满全身的脂粉、那珍珠耳坠、那扑了金粉的发髻、那满身的珠宝。

“都没有她那双眼睛明亮。”吾是熊喃喃说道。

关伯兰默不作声。

黛娅静静听着。

“最令人惊奇的，您知道是什么吗？”

“是什么？”吾是熊问道。

“就是我眼看着她登上马车。”

“那又怎样？”

“不只是她一个人上车。”

“哦！”

“有个人同她一起上车。”

“谁呀？”

“您猜猜。”

“国王吗？”吾是熊说道。

“首先，”尼克莱斯老板说道，“英国眼下没有国王。我们不是在一位国王的统治下。您猜猜，是谁同这位女公爵登上马车。”

“朱庇特。”吾是熊又说道。

店家这才回答：

“汤姆-金-杰克。”

一言未发的关伯兰这时打破沉默。

“汤姆-金-杰克。”他失声叫道。

大家一时愕然，冷场片刻，只听黛娅幽幽说道：

“就不能阻止那个女人上这儿来吗？”

第八章　中毒症状

那个“幽灵”没有再来光顾。

她没有再来剧场，却来到关伯兰的头脑里。

关伯兰在一定程度上乱了方寸，就仿佛有生以来，他这是头一回见到一个女人。

他随即坠入半空，想入非非了。务必当心不由自主的梦想。梦想之神秘与微妙，比得上一种香味。头脑产生梦想，正如晚香玉散发芬芳。梦想有时就是一种有害思想的膨胀，像烟一样无孔不入。梦想犹如鲜花，能够让人中毒。令人陶醉的自杀，固然美妙，但毕竟悲惨。

想入非非，就是心灵自杀。也正是所说的中毒。梦想有吸引力，甜言蜜语，诱骗你，缠住你，然后把你变成同谋。梦想给良心设下的骗局中，也有你一半功劳。先是将你迷惑住，然后让你同流合污。开始上当受骗，最终又去骗人。

关伯兰胡思乱想起来。

他从未见过真正的女人。

他在所有的平民女子身上，见过女人的影子，还在黛娅身上见过女人的灵魂。

这回他见到了实实在在的女人。

富有活力而温暖的肌肤，能感到那里流淌着激情的血液；周身的线条轮廓，既如大理石雕像那样精确，又似波浪那样起伏柔和；高傲的面孔冷若冰霜，既撩人又拒人，凝聚成一种炫目的光彩；那头秀发色彩鲜艳,仿佛映着火光;服饰打扮那么风骚,既显示又引起情欲的战栗;身体裸露的部位,暴露出远距离人尽可夫的不屑的愿望;那是一种无法占有的娇媚,富有魅力又可望而不可即,因为预见沉沦而更有刺激性的诱惑;向感官做出许诺,又向灵魂发出威胁,双重的惶恐不安:一方面是欲望,另一方面是畏惧。

关伯兰这回看到了这一切,他看到了一个女人。

他看到的是一个雌性,胜似女人,又不足以称为女人。

同时又可以称为奥林匹斯山上的一位女神。

一位女性的神。

这种神秘:性,刚刚向他显现。

在哪里呢?在禁地。

在无限遥远的地方。

多有讽刺意味的命运:灵魂,这种天上之物,他把握住了,已经抓在手中,那正是黛娅;而性,这种凡尘之物,他却隐约看见在上天的尽头,也正是那个女人。

一位女公爵。

岂止是女神,吾是熊就这样说过。

无法攀登的绝壁!

要攀登这样的绝壁,就连梦想也会退却。

他真的会如此荒唐,去想那个陌生的女人吗?他还在拼命挣扎。

他又想起来吾是熊说过的那番话,那些人身份极高,荣华富贵的生活近乎国王,当初他听了不以为然,现在却成为他思想驰骋的路标。我们的记忆往往覆盖着薄薄一层遗忘,一旦需要,掩藏在下面的记忆就会突然显现。他想到贵族爵爷,那极尊贵的世界,无情地压在如蚁的芸芸众生上面:那个女人就属于贵族阶层,而他属于小老百姓。就是小老百姓,他能算作一员吗?难道他不是个跑江湖的，属于下层的下层吗？他从能思考的年龄起，这还是第一次为自己的卑贱隐隐感到揪心，放在今天我们就会说是感到屈辱了。吾是熊以抒情与赞美的口吻，描述并列举了那些城堡、苑林、喷泉、廊柱，以及那么多财富、那么大权势，现在重又浮现在关伯兰的脑海，一种高耸入云的鲜明的存在。这种天外的景象萦绕在他的心头。一个人居然能成为勋爵，这简直是异想天开。然而事实如此。实在不可思议！有些人就是勋爵！那么，他们也同我们一样，是凡胎肉体吗？恐怕令人怀疑。他感到自身在幽暗的深处，围在高墙中间，就像从井底仰望头顶上的井口，看到极高极远的穹巷，那交织着形影与光芒的炫目景象，正是奥林匹斯山。而在那辉耀光华中，那女公爵多么光艳夺目。

那女人令他产生一种莫名其妙的需要，既奇特而又不可能实现。

这种违背常理的需要还特别强烈，无法控制，在他的头脑中反复不断地折腾。他就在身边看到了灵魂，就在伸手可及的地方，在狭窄而明确的现实中，可是，见到的肉体却在理想的幽深处，根本捕捉不到。

他这些念头，没有一个达到清晰明确的程度，无不云遮雾绕，轮廓飘忽不定，时刻都在变幻，而且越来越昏暗模糊了。

不过，他无论怎么想入非非，也只是一念，片刻也没有触及他的内心。就连做梦，他也根本没有飞升，奔向那位女公爵。幸而如此。

这类天梯，只要一脚踏上去，那震颤的感觉就会永远留在头脑里：自己以为会攀登上奥林匹斯山，结果却进入疯人院。他的内心如果真的形成一种明确的贪欲，那么他会吓坏的。他从来也没有过这种感受。

再说，他还能再见到那个女人吗？也许再也见不到了。留恋划过天边的一道亮光,谁也不会疯癫到那种地步。含情脉脉地注视一颗星,归根结底,这还是可以理解的,毕竟还能再见到,它会再次出现,总是在原来的地方。然而,怎么能爱上一道闪电呢?

他就这样胡思乱想。包厢中的那尊偶像,那么高贵又那么风流,在他的思绪中像光一样漫射开来,然后便消失了。他想了一阵,又不想了,考虑起别的事儿,继而又回到这方面上来。他就是寻求一点儿陶醉的感觉,仅此而已。

自从有了这事儿,他好几夜没有睡着觉。失眠和睡眠一样,也充满各种梦幻。

大脑里的思维变化奥妙难解,不可能精确地描述出来。词语的失当,就在于比思想更加条分缕析。各种思想的边缘无不交相错杂,而词语则不然。心灵总有漫溢出来的部分,超出了词语表达的范畴。语言表达自有界限,而思想却漫无边际。

我们的内心世界幽暗又广袤无边,因此,关伯兰产生的那些念头,几乎没有触碰到黛娅。黛娅在他思想的中心,神圣不可侵犯。什么也休想靠近她。

其实,每个人的灵魂,都是由这些矛盾组成。关伯兰心中也有冲突。他意识到了吗?顶多有所意识罢了。

我们内心深处都可能有裂隙,而关伯兰感到,也正是在内心出现裂隙的部位,有轻微的欲望在撞击。换了吾是熊,这事儿很好理解;但是,关伯兰却闹不清楚。

两种本能——一种是理想,一种是性——在他的内心较量。在深渊的桥上,白天使和黑天使就是这样搏斗。

黑天使终于被推下深渊。

有一天,关伯兰突然间,就不再想那个陌生女人了。

两种原则之间的搏斗,尘世的一面与天国的一面之间的决斗,在他内心最幽暗处展开,极为幽深,他只是非常模糊地感觉到了。

有一点可以肯定,他一刻也没有停止深爱黛娅。

刚开始那会儿,他是乱了方寸,他的血沸腾起来,但是全过去了。唯独黛娅还在他心中。

假如有人对他说,黛娅的位置有一阵可能受到威胁,他甚至会感到十分诧异。

仅有一两个星期,似乎威胁到他们的那个幽灵,就无影无踪了。

在关伯兰的身上,现在只剩下火炉似的心、火焰似的爱情。

况且我们也说过,"那位女公爵"没有再来。

吾是熊倒觉得这事儿十分自然。"金币夫人"是个别现象。人来了,给钱看戏,随后去无消息。如能再来,那真是天大的喜事儿。

至于黛娅,她甚至绝口不提来过的那个女人。大概她在倾听,听见吾是熊时而叹息,并且意味深长地感叹一句"不会天天收到金币!"等等,她也就足以明了。她再也不提起"那个女人"。这是出于一种深藏的本能。心灵悄悄采取这类措施,极为隐秘,就连她本人也不是总能意识到。绝口不提一个人,似乎就等于远远离开。怕只怕一打听,就把那人呼唤来。对此保持缄默,就好像把门关上。

这个事件逐渐淡忘了。

话又说回来,这能算个事件吗?真有过这件事儿吗?能说在关伯兰和黛娅之间,飘过一个阴影吗?黛娅并不知道,关伯兰也已置于脑后。真的,什么也没有发生过。就连女公爵本人,也如同幻象,淡远消失了。这不过是一时的梦想,关伯兰就是经历一下,现在走出了梦境。梦想,如同雾消云散,没有留下一点痕迹。云雾散去,心中的爱情如同天上的太阳,仍然那么灿烂。

第九章　深渊呼唤深渊[①]

另一个人也消失不见了，那就是汤姆-金-杰克。突然间，他就不再来塔德卡斯特客栈了。

有的人因为地位关系，能够目睹伦敦大贵族豪华生活正反两个方面，就会注意到在这个时期，《周报》上两则教区记事简讯之间登了一条消息："大卫·狄里-莫伊尔勋爵奉女王陛下之命，重返巡弋在荷兰海岸的白色舰队，指挥他的驱逐旗舰。"

吾是熊发觉汤姆-金-杰克不再来了，心中倒念念不忘。自从那天，汤姆-金-杰克与金币夫人一同乘车离去，就没有再露面。那个汤姆-金-杰克，张开手臂就拐走女公爵，这实在是一大谜团，深入探讨一下该多么有趣啊！能提出多少问题啊！有多少事可以讲的！因此，吾是熊一句话也不说了。

吾是熊是见过世面的人，他深知莽撞的好奇心会招来多大痛苦！好奇心的大小，必须同好奇者的身份相对应。爱探听就小心耳朵，爱窥视就小心眼睛。什么也不听，什么也不看，那才最保险。汤姆-金-杰克登上那辆王公乘坐的轿车，客栈老板亲眼所见。那名水手能坐到那位贵妇身边，这事儿也太奇了，倒让吾是熊谨慎对待了。上层社会人物生活的放浪行为，对下层小民来说却是神圣不可触碰的。被称为爬行动物的所有穷人，一见到出现异常的东西，最好是缩进自己的洞中。敛声屏息就是力量。如果您没有那

① 原文为拉丁文：ABYSSUS ABYSSUM VOCAT。

种运气生为盲人，您就闭上眼睛；如果您不巧不是个聋子，那您就塞住耳朵；如果您天生不够完美而非哑巴，那您就锁住舌头。大人物可以为所欲为，小百姓该做什么做什么，随它陌生的事物是什么意思。绝不要去探究神话，绝不要去招惹那些表面现象，要十分敬重那些虚假的东西。上流社会人物所作所为，我们不知其动机，就不要去妄加缩小或夸大。对我们这些小民来说，在大多情况下，那全是幻视假象。变换形体，那是神仙的事情；同样，大人物可能变形化身，或许就是飘浮在我们头顶的云彩；无法弄明白，要探究会招来祸灾。奥林匹斯山上诸神尽兴嬉玩，千变万化，您过于专注去观察，就会把神惹烦，说不定一个霹雳打下来，让您明白您过分好奇盯着看的那头公牛，正是朱庇特幻化的。千万不要撩开强权威势者那种高墙色的外衣。什么都漠不关心，才是聪明人。绝不乱动，便可保身。躺倒装死，就没人来杀您。这就是小虫子的大智慧。吾是熊则身体力行。

客栈老板不禁纳罕，有一天便问起吾是熊：

“您知道吗，怎么不见汤姆-金-杰克了呢？”

“哦！”吾是熊回答，“我还没有注意到呢。”

尼克莱斯老板压低嗓音，讲出一种看法，当然是关于汤姆-金-杰克上了女公爵的马车，男女杂处之事，是大不敬的危险言论，因此，吾是熊就充耳不闻。

不过，吾是熊终究是个十足的艺术家，不可能不惋惜汤姆-金-杰克那样的观众，想想不免有几分沮丧。他这种心情，也只能对何莫人讲讲：何莫人是他唯一的心腹，能守口如瓶。他对着狼耳朵悄悄说道：

“自从汤姆-金-杰克不再来看戏了，我作为人感到心里空落，作为诗人也感到寒心。”

向一位朋友交了心之后，吾是熊心里轻松许多。

他对关伯兰则只字不提，而关伯兰也同样，绝口不谈汤姆-金-杰克。

其实，汤姆-金-杰克，多他一个或者少他一个，关伯兰并不在意，现在他一心扑在黛娅身上。

关伯兰越来越把这事儿淡忘了。黛娅甚至都没有觉察出，他的心还隐隐动摇过。而且在这段时间，再也没有听谁说起有人搞阴谋，指控笑面人了。仇恨的大口似乎也不再咬住不放了。“绿箱子”里里外外都平安无事了，再也没人无理取闹了，无论那些蹩脚的演员，还是那些牧师，都不骚扰滋事了。外来的谴责谩骂销声匿迹。他们的演出尽管成功，而不受威胁。命运就有这种突变，一下子风平浪静了。关伯兰和黛娅现在十分美满，一丝阴影也没有了。这种幸福逐渐升高，最后到了无以复加的程度。有一个词可以表达这种境界：“顶点”。幸福犹如大海，潮水涨满了。对这两个幸福美满的人来说，令人担心的是退潮。

有两种境况可免遭伤害：地位极高和地位极低。后一种境况，也许至少跟前一种境况同样令人向往。老鹰不会被箭射着，纤毛虫更保险，不会被踩死。我们已经说过，地位卑微的这种安全，尘世上如果谁拥有的话，那就是关伯兰和黛娅二人了，而且安全到了极点，也是前所未有的。两个人越来越相依为命，彼此迷恋，都生活在对方的心中。心中的爱达到饱和，而爱情如同圣盐，保存着这颗心。这就是为什么，从人生的拂晓就相爱的人，能够灵犀相通，抗拒腐蚀，直到老年还能保持爱情的新鲜感。爱情也有防腐之法。菲利门和巴乌希斯[①]的爱情，就是由达佛尼斯[②]与克洛埃的爱情变化而来。爱情从青春到老年，就像从清晨到暮晚，显然这就是给关

---

① 菲利门和巴乌希斯：希腊神话传说中人物，这对夫妇热情款待了幻化成普通人的宙斯和赫耳墨斯。宙斯给他们奖赏，把他们的小屋变成官殿，夫妇偕老同时寿终。

② 达佛尼斯：希腊神话传说中人物，西西里牧人，牧歌的创造者。他曾与一位仙女相爱，因不忠而被弄瞎双眼，终日吹笛唱歌而自遣。

伯兰和黛娅保留的前景。不过眼下,他们都还年轻。

吾是熊审视这二人的爱情,就像大夫在诊断。而且,他确实具有当时人们所说的“希波克拉底的眼光”。他那富有洞察力的眼睛,凝视着脸色苍白、体质纤弱的黛娅,嘴里咕哝道:

“幸好她这么幸福!”

有时他还会说:

“她这么幸福对身体也好。”

吾是熊摇了摇头,有时还认真阅读他手头的一部书,看其中的《心脏功能紊乱篇》,那是1650年卢万[①]版本,由沃庇斯库斯·福图纳图斯翻译的阿维森纳[②]的著作。

黛娅容易疲倦,常出虚汗,还好犯困,我们还记得,她白天要睡一觉。有一天,她躺在熊皮上睡着了,正巧关伯兰不在,吾是熊轻轻弯下腰,耳朵贴到她胸口心脏一侧,仿佛倾听了一会儿,然后才直起腰,喃喃说了一句:

“她可经受不住一点精神打击,裂隙会很快扩大。”

人们还是蜂拥来观看《被战胜的混沌》的演出。笑面人持续走红,笑料似乎无穷无尽。大家都跑来了,不仅仅限于南华克的居民,有些是从伦敦来的。观众的成分也开始混杂了,不再是清一色的水手和车夫。尼克莱斯老板熟悉三教九流,他认为现在人群中,有些是装扮成老百姓的贵绅和准男爵。乔装打扮,是高贵人的一种乐趣,也是一大时尚。有些贵族混迹到庶众里,这是个好兆头,表明“绿箱子”的声望扩展到了伦敦。毫无疑问,关伯兰演艺的名声,已经进入了广大观众群体。事实也的确如此。全伦敦人只议论笑面人了,就连勋爵光顾的莫霍克俱乐部里也议论开了。

---

① 卢万:比利时文化名城。

② 阿维森纳(980—1037),波斯人,穆斯林最有影响力的哲学科学家,在亚里士多德哲学和医学方面作出卓越贡献。因其在学术上的巨大影响和权威,东方尊之为“卓越的智者”,而西方则尊之为“最杰出的医生”。

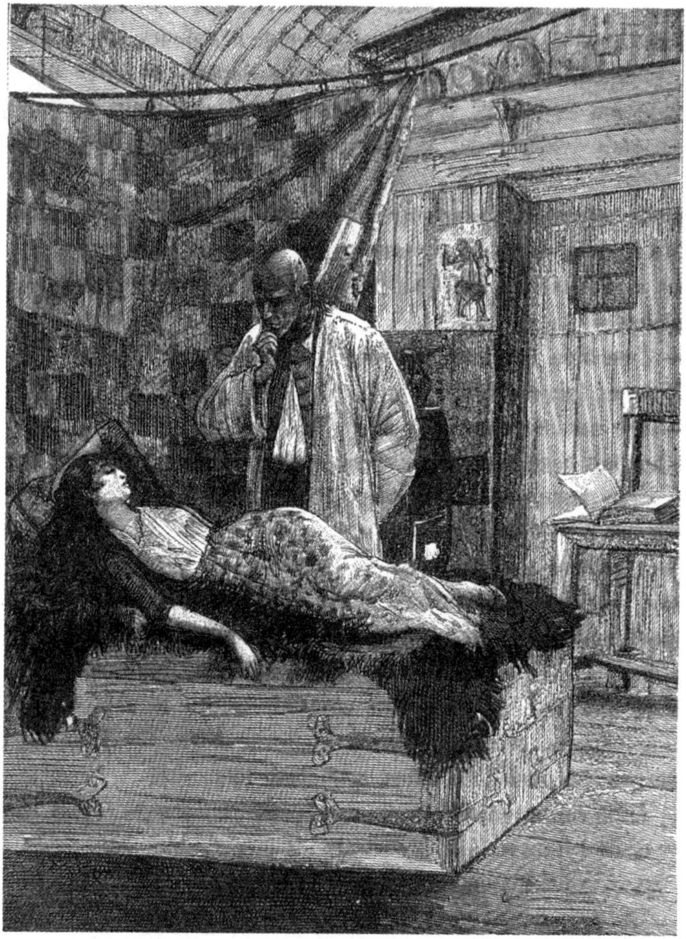

“绿箱子”里倒没有什么感觉。乐乐和和地生活，他们也就心满意足了。黛娅最迷恋的事情，就是每天晚上摸一通关伯兰乱蓬蓬卷曲的头发。在爱情上，什么也抵不过习惯。这种习惯行为凝聚了全部生活。日落日出，就是宇宙的一种习惯。天地万物，无非是一个痴情女人，而情郎便是太阳。

阳光，就是撑住这个世界的耀眼的擎天柱。每天都有那么壮观的一分钟，笼罩在黑夜中的大地，偎依着初升的太阳。双目失明的黛娅将手放到关伯兰头上的时刻，也同样感到温暖和希望又回到内心。

两个陷入黑暗的人相互激赏，默默无言地相爱，自然就形成习惯，要永生永世这样度过。

关伯兰心中满溢着这种幸福，好似闻着馥郁的花香陶醉了。有一天他心醉神迷，感到一种莫名的不适，便像平时那样，演出散场之后，到距离“绿箱子”百来步远的草坪走走。在喜悦的心情膨胀的时刻，心中装不下了，谁都想往外吐一吐。夜色漆黑，天空透亮，星光璀璨。整个集市场阒寂无人，散布于塔林佐草地周围的小木棚，全已进入梦乡和遗忘中了。

只有一盏灯还未吹灭，那正是塔德卡斯特客栈的风灯：客栈门虚掩着，只待关伯兰回去。

午夜的钟声，在南华克镇的五个教区敲响，不同的声调此起彼伏。

关伯兰在思念黛娅。有什么好思念的呢？可是这天夜晚，夜色格外朦胧，充满一种令人惶惶然的魅力，他思念黛娅，恰如一个男人思念一个女人。为此他深深自责。这是一种贬责。他身上当丈夫的欲望蠢蠢欲动。焦急的心情，既温存又强烈。他正跨越无形的界线，界线这边是处女，那边是女人。他惴惴不安地扪心自问，不禁感到所谓的那种内心的羞赧。幼年的关伯兰，随着神秘的发育，不知不觉中逐渐发生了变化。当初那个害羞的少年，如今变了，已经感到意乱心烦与焦躁不安。我们有一只光明的耳朵，专听思想说话，有一只昏暗的耳朵，专听本能的声音。在能扩音的这只昏暗的耳朵中，陌生的声音向他提出各种建议。一个憧憬爱情的青年，无论怎样纯洁，而变得有几分厚重的肉体，迟早要介入他和梦想之间。意图丧失了自身的透明度。天生不可告人的欲念闯进了意识。关伯兰感到了这种难以描摹的欲望，需要那种体现全部诱惑的物质，而这是黛娅身上几乎完全缺乏的。他觉得产生不健康的冲动时，也许就要朝危险的方向改变黛娅的面貌，力图夸大这种天使的形貌，直至成为女人的形体。女人，我们需要的正是你啊。

天国的情调太浓，最终也不符合爱情的需要。爱情需要的是滚烫的肌肤、激荡的生命、电击般不可分开的亲吻、散开的头发、有目的的拥抱。天国的纯洁太沉重。爱情里掺进过量的天国，就是火上填压过多燃料，会把火焰压住。抓得到的黛娅已经抓在手中，令人头晕目眩的时刻临近，要给两个人身上加入未知的创造物，关伯兰不禁昏了头，做起这种美妙的噩梦。一个女人！他听见天性在内心发出这样深沉的呼唤。如同梦中的皮格马利翁[①]，塑造一个蓝天的该拉忒亚[②]，关伯兰在心灵深处，也冒冒失失修改起黛娅的贞洁形象，因嫌这形象天国色彩有余，而伊甸园的意味不足。须知伊甸园便是夏娃，而夏娃就是女性，是有血有肉的母亲，尘世的乳母，传宗接代的神圣肚腹，奶汁永不枯竭的乳房，新生婴儿的摇篮。而且，有了乳房就不能长翅膀。童贞的唯一希望，就是生儿育女。然而，在关伯兰的幻想世界中，黛娅直到此刻，还是超乎肉躯之上的。现在他已丧失理性，在思想上力图把黛娅从天上拉下来。他扯着这条线，正是所谓“性”的这条线，将所有少女拴在人世间。这些小鸟没有一只挣脱，而黛娅同别的少女一样，也没有超越这条法则。不过，关伯兰还只是半信半疑，心中隐隐祈愿她能顺从这条法则。他这样祈愿也是不由自主的，明知不应该还是持续不断地祈愿。他把黛娅想象成凡胎肉身，并且在酝酿一个闻所未闻的念头：黛娅也是个人，不再仅仅是令人赞美之神，还是个肉欲之身。黛

---

① 皮格马利翁：希腊神话传说中人物，塞浦路斯王，善雕刻，并且爱上了自己雕刻的一个少女像。爱神阿弗洛狄忒感念他心诚，就赋予少女像以生命，让二人结为夫妇。

② 该拉忒亚：希腊神话传说中的海中女神，她爱上西西里一青年牧人，拒绝了波吕斐摩斯的爱。波吕斐摩斯一气之下，用石块砸死牧人。该拉忒亚便将牧人变成河流，自己顺河流回归大海。

娅，脑袋放在枕头上的姿势……关伯兰不禁羞愧，在幻想中这样侵犯，无异于企图亵渎神灵。他尽力抵制这种念头的困扰，可是抛开了又回来，就仿佛在犯一宗奸淫罪。在他看来，黛娅是一朵云。他颤抖地拨开这朵云，就如同扯开一件内衣。当时正是四月份。

就连脊椎也要想入非非。

他信步走去，显出孤独者那种心不在焉又徘徊不定。周围阒无一人，这有助于胡思乱想。他想到哪儿去了呢？他对自己就不敢直言。想到天上去了吗？不是。想到床上去了。天上的星星，你们都看到了。

为什么讲一个恋人呢？应该说一个中魔者。人中了魔，那是例外现象；但中了女人的邪，可就是规律了。凡是男人，都有这种糊涂的时刻。一个漂亮女人，是何等厉害的巫婆啊！爱情的真名，就应该叫作迷惑。

一个男人成为一个女人灵魂的俘虏。也是她肉体的俘虏。有时还主要是肉体的俘虏。灵魂是情侣，肉体是情妇。

有人责怪魔鬼。其实，并不是魔鬼诱惑了夏娃，而是夏娃引诱了魔鬼。是女人先发制人的。

路济弗尔本来心中恬静，他经过那里，瞧见了女人，随即就变成了撒旦。

肉体，这是未知事物的外表。说来也怪，肉体以羞耻来撩人。而且比什么都更能乱人心性。肉体这个无耻的，居然还讲羞耻。

此时此刻，搅得关伯兰心神不宁并控制他情绪的，正是对皮囊的这种可怕的爱。男女有了裸体之念，就是可骇的时刻。很可能一失足，就铸成大错。维纳斯那雪白的形体中，隐藏着多少黑暗的东西！

关伯兰内心有一种声音，频频高唤着黛娅。黛娅女儿之身，黛娅男人的一半，黛娅肉体与火焰，黛娅裸露的胸口。这声音几乎驱逐了天使。这种神秘莫测的危机，任何爱情都要经历，并将理想置于危险境地。这便是大自然的蓄意预谋。

腐败堕落的时刻，天意的安排。

关伯兰对黛娅的爱情，变成了新婚床帏。童贞之爱不过是一种过渡。时候到了，关伯兰就需要这个女人。

他需要一个女人。

这道斜坡，人们只见最近的一段。

天性的模糊的呼唤则不容违抗。

女人从头到脚，真是无底深渊！

对关伯兰来说，除了黛娅，幸好不存在别的女人。黛娅，是他想要的唯一女人，也是唯一能要他的女人。

关伯兰不知为何，猛烈地惊悚，这正是无限所提出的生命的要求。

再加上春意春情推波助澜。他吸纳着天体混沌的无名磁流，径直往前走，沉浸于无心惬意的慌乱中。草木运行的汗液飘溢着清香，幽暗中浮动的芬芳沁人心脾，黑夜里鲜花在远处绽放，隐藏的小巢也参与其谋，哗哗的流水声、沙沙的树叶响、万物发出的叹息，四五月份大自然神秘的苏醒，清新而温煦，这正是散布的无边无际的性，在悄声劝诱情欲，极大地撩拨，致使心灵结巴起来，理想也不知所云了。

关伯兰走路的样子，谁瞧见都会想："嘿！一个醉鬼！"

的确，他几乎踉踉跄跄地跑了，不堪他的心灵、春天和黑夜的重负了。

木球草场上十分静谧，他独自一人，有时不禁高声自语了。

感到没人听见，就会把话讲出来。

他垂着头，背着手，左手五指张开，握在右手中，缓步往前走。

他猛然感到，有什么东西塞进他木然不动的手指间。

他急忙回过身。

他手里塞进一张纸条，面前站着一个男人。

正是这个人，像猫一样蹑手蹑脚，走到他身后，将这张纸塞进他的手指间。

这张纸是一封信。

朦胧的星光，足以让他看出那人的模样儿：矮矮的个头，胖胖的脸蛋，很年轻，一副严肃的神态，披着灰色长斗篷，敞怀露出一身火红色号服。那种斗篷当时称为capenoche，这是西班牙语的一个复合词，意思就是“夜晚的披风”。他头戴一顶深红色的无檐帽，类似主教戴的小圆帽，不过帽上有一道饰带，表明仆役的身份。只见这顶小圆帽上，还插着一簇织布鸟的羽翎。

他站在关伯兰面前，纹丝不动，就像梦中的影子。

关伯兰认出他就是女公爵的小侍从。

关伯兰还未惊叫出声，小侍从就开了口，嗓门尖细，既像儿童又像女声，说道：

“明天这个时辰，您到伦敦桥头。我到那里接您，再带您前去。”

“去哪儿？”关伯兰问道。

“去有人等您的地方。”

关伯兰垂下眼睛，瞧了瞧他机械地拿在手上的信。

他再抬眼一看，那小侍从已经不见了。

集市场远处有个黑影，还依稀可辨，但是很快就消失了，那正是离去的小跟班。

那小侍从拐过街角，这一带街道又空无一人了。

关伯兰目送那人消失，目光又移到信上。人一生总有这种时刻，发生的事情就好像没有发生，一时不胜惊愕，便同事实保持一定距离。关伯兰把信举到眼前，要看看写的什么，这才发现无法看

信，有两个原因：一是信还没有拆开，二是夜色太黑。过了好几分钟他才想到，客栈那儿亮着一盏风灯。他走了几步，却走错了方向，仿佛不知去哪儿了。他走路那样子，正像一个梦游者，刚从幽灵的手中接过一封信。

他终于下了决心，几乎是跑向客栈了，他站到了从门缝儿射出的灯光里，借着光亮再次审视还封着的信，只见封信的火漆上没盖印章，信皮上写着“关伯兰收”。他弄碎火漆，拆开信，展开信笺，对着灯光看到信上写道：

“你奇丑无比，而我美若天仙。你是滑稽演员，而我是女公爵。我是人中第一位，而你是最末等。我要你。我爱你。来吧。”

第四卷　刑讯地牢

第一章　圣关伯兰的诱惑

一点火苗，在黑暗中几乎见不到一星点儿亮；另一点火苗，却能点燃一座火山。

有的火星能燎原。

关伯兰一读再读这封信，信上明明白白写着："我爱你！"

他心中一阵一阵恐惧。

首先，他以为自己疯了。

没错，他是疯了。他刚才见到的情景并不存在。朦胧夜色中的虚形幻影在捉弄他这个可怜虫。那个一身红衣服的小矮人，就是一闪的幻觉。夜间有时候，随便什么凝聚成一股火焰，就会来嘲笑我们。那个幻现的人嘲弄他之后，就消失得无影无踪，抛下关伯兰整个疯了。幻影就爱干这类恶作剧。

第二种恐惧，就是他清楚看到，自己的神志完全清醒。

那是个幻象吗？不对。那又是什么！还有这封信又该如何解释？他手中不是拿着一封信吗？这不是有信封，有火漆，有信纸，还写着字吗？难道他还不知道信是谁写来的吗？在这意外事件中，没有一点模糊的地方。人家拿起笔，蘸了墨水写了信；又点着蜡烛，用蜡油将信封上。而且，他的名字，不是写在信封上了吗？"关伯兰收"。信笺有股香味儿。什么都清清楚楚。那个小矮人，关伯兰也认识，那是个青年侍从。那闪光的则是他身穿的号服。那小跟班还约关伯兰，次日这个时辰在伦敦桥头见面。伦敦桥总归不是幻影吧？不错，不错，这一切都实实在在，绝无半点儿虚臆妄想，全是现实发生的事情。关伯兰头脑完全清醒。并非一种幻觉，能随即在他头顶消散，化为乌有，他会碰到这种情况。不，关伯兰没有发疯。关伯兰没有做梦。他又举起信看了一遍。

没错，是真事儿。那该怎么办？

果真如此，太不可思议了。

有个女人要他。

一个女人要他！既然如此，今后谁也不能再说"难以置信"这话了。一个女人要他！一个看见了他这张脸的女人！一个眼睛不睹的女人！而且，那又是什么样的女人呢？一个丑妇吗？不是。是个美人。一个波希米亚女郎吗？不对。那是一位女公爵。

这里面有什么名堂吗？究竟是怎么回事儿呢？如此得意的事又有什么危险呢？怎不叫人不顾一切，奋身投入呢？

什么！那个女人！那条美人鱼，那个幽灵，那位贵妇，那个幻现在包厢中的女观众，那个黑暗中的光彩形象！原来就是她。果然是她呀！

烈火噼啪作响，在他浑身上下烧起来。那个古怪的陌生女人，原来就是她呀！正是搅得他意乱心烦的那个女人！当初由那女人引发的胡思乱想，现在重又浮现在脑海，似乎借助这体内的烈火又沸腾起来。遗忘无非是一种隐迹纸本。隐去的所有真迹，只要发生意外情况，就会在吃惊的记忆的字里行间重新显现。关伯兰以为早已把那形象从头脑中排除了，不料重又找见了：那形象深深印在他的头脑里了。在头脑的潜意识中挖掘了洞穴，不时作祟让他产生梦想。而且在不知不觉中，这种梦想刻印很深、蚀进很远了。某种祸患现已铸成，整个这场梦想，今后也许越发不可收拾了，他又满怀激情重温这场梦。

什么！有人要他！什么！公主走下宝座，偶像走下祭坛，雕像走下基座，幻影走下云端！什么！从不可能之境的深处，忽然走来这个虚形幻象！什么！这位女神从天而降，什么！从天降下这个光芒四射的女神！什么！这位海中的仙女，浑身湿漉漉的水珠全是宝石！什么！这位高不可攀的绝色佳人，居然从万丈光芒的峰巅，朝他关伯兰俯下身子！什么！她乘坐斑鸠和神龙驾驶的曙光香辇，停在他关伯兰的头顶，还对他说道："来吧！"什么！他关伯兰还有这种令人惊诧的艳福，成为天仙如此垂青的对象！这个女人，假如可以这样称呼一种仙貌神体的话，这个女人，竟然投怀送抱，主动来委身于他！真让人晕头转向！奥林匹斯山上的女神要出卖肉体！出卖给谁？给他关伯兰啊！在神仙的光环中张开妓女的双臂，将他紧紧搂在女神的怀里。而这种行为又不会受到玷污。这些至高无上的人物是抹不黑的。光辉能将神灵洗刷干净。而这位女神向他走来，也清楚自己在做什么。她也不是不知道关伯兰身上所体现的丑陋怪相。她见过这张面具，关伯兰的这张脸！而这张面具没有使她畏而却步。置此不顾，还爱上了关伯兰！

这种事超出了所有梦想。他受到女神的爱，只因最不应该！这副面具，非但没有吓退，反而吸引了女神！关伯兰不仅是她爱恋的对象，还是欲念的对象。他不只是被接受，而且是被选中。选中了他！

什么！这个女人生活的地方，是王亲国戚的圈子，在那里生活无须负责，享有权势和荣华富贵，可以为所欲为；那里有王子王孙，她完全可以找一位王子；那里还有勋爵，她完全可以找一位勋爵；那里也有英俊、可爱或者气宇轩昂的男人，她完全可以挑一个阿多尼斯[①]。然而她要了谁呢？要了格纳夫龙[②]！她完全可以在流星群和霹雷闪电中，挑选那位六翼大天使，然而她却选中了污泥中的小爬虫。一边尽是王公贵胄，权倾朝野、富甲天下、极其荣耀的人物。另一边不过是一个江湖艺人。江湖艺人却占了上风！这女人心中摆的是一架什么天平？她的爱情称了有多重？这个女人从头上摘下公爵冠冕，抛到了小丑的舞台上！这个女人从头上取下奥林匹斯山女神的光环，戴到这个地鬼毛发倒竖的头上！真不知道世界怎么如此颠倒：乱哄哄的昆虫移到天上，而繁星全落到地下，将关伯兰淹没在流泻的光辉中，给他在污浊中造了一个光环，弄得他不知所措。

一个无所不能的女人，无视自己和美色和崇高地位，委身给了

① 阿多尼斯：希腊神话传说中人物，美少年，成为爱神阿佛洛狄忒的情人。

② 格纳夫龙：法国传统木偶戏中的丑角。

被永生打入黑夜的人，喜欢关伯兰而不要安提诺乌斯[①]，她因好奇而闯进黑暗世界，走下去，于是从这位女神的逊位中，神奇地产生了这个不幸者的王国，并且加了冕。“你奇丑无比，我爱你。”这两句话击中了关伯兰骄傲的要害。骄傲，是所有英雄的软肋和死穴。关伯兰作为奇丑之人的虚荣心得到满足。他是因为畸形才获取这份爱。他是绝无仅有的，跟朱庇特与阿波罗一样，甚至犹有过之。他感到自己是超人，是顶尖儿的魔鬼，因而成了神。忘乎所以到了骇人听闻的地步。

现在该想一想，这个女人是何来历？他了解她吗？了若指掌，又一无所知。她是位女公爵，这是他知道的；他还知道她人长得美，又非常富有，乘坐的马车饰有公爵冠冕，周围簇拥着穿号服的仆役、跟班、青年侍从，以及举火把的杂役。他知道她爱上他，至少她在信上是这样对他讲的。此外，他就不甚了了。他知道她的爵位，却不知道她的姓氏。他知道她的想法，却不知道她的生活。她结过婚吗，是孀妇还是闺秀呢？她有没有自由？还受什么义务的约束吗？她是哪个世族名门出身呢？在她周围是否设有陷阱、埋伏或障碍呢？上流社会那些有闲贵绅的风月场便是这种情形：在社会的顶峰有许多洞穴，那里的凶残女妖在幻想，周围杂乱堆着已被吞噬的爱情白骨，大概在幻想一个自以为胜似男人的女人，无聊起来能干出何等无耻而可悲的勾当，对此关伯兰毫无觉察，甚至在头脑里都没有一点猜测的影子：这也难怪，他生活在社会底层，不了解上流社会的情况。不过，他也看到了阴影，明白这女人的光辉很晦暗。他真的明白吗？不明白。他猜测出点儿什么吗？更谈不上了。这封信背后有什么名堂吗？洞开的两扇门扉，同时也是令人不安的一道关闭的门。一方面是爱情的表白，另一方面又是

---

① 安提诺乌斯（约 110—130），希腊青年，罗马皇帝哈德良宠爱的娈童，在尼罗河溺水而亡。

个谜。

表白爱情和谜团，这两张嘴，一张撩拨，另一张威胁，讲的是同一句话："敢不敢来呀！"

恶毒的无常命运，从未做过如此巧妙的安排，也从未如此适时地抛出一种诱惑。春意浓浓，万物复苏，关伯兰的内心也随之蠢蠢欲动，做起肉欲的春梦。肉欲这个永不沉沦的老人，我们谁也战胜不了，这次又在这个晚熟的青年、二十四岁的童男身上苏醒了。正是在这种时候，这种危机搅扰得最凶的时刻，便来投怀送抱，在他面前赫然挺立起斯芬克斯裸露的胸脯。青春是一道斜坡。关伯兰既身子倾斜，后面又有推力。谁推的？春季。谁推的？黑夜。谁推的？这个女人。如果不是四月份，人就会贞洁得多。盛开的花丛，就是一群帮凶！爱情是窃贼，春天便是窝主。

关伯兰神魂颠倒了。

在犯过错之前，总先有一股毒气，窒息了良知。诚朴之心受到诱惑，就隐隐感到地狱那种恶心气味。地狱缝隙逸出的恶气，能促使强者警惕，也能让弱者昏迷。关伯兰就莫名其妙地感到这种眩晕。

两难抉择在他眼前飘忽，稍纵即逝又挥之不去。过错纠缠不休，并且成形显现。次日，午夜，伦敦桥头，小侍从！他去吗？"去呀！"肉体高喊。"不去！"灵魂则吆喝。

然而应当指出，"他去吗"这个问题，乍一看不管多么奇怪，他一次也没有明确向自己提出来。应受谴责的行为，说出来总要有所保留，就好比烈性酒，不能一口干下去。尝一口就很强烈了，先放下酒杯，等一等再说。

有一点确定无疑，就是他感到背后有股推力，把他推向未知。

因此，他不寒而栗，就仿佛看到地陷的边缘。他急忙向后退去，闭起双眼，就感到恐惧从四面八方朝他袭来。他在心中竭力否认这场奇遇，反过来怀疑自己的理智。显而易见，这样思考最好。现在最明智的做法，就是认为自己发疯了。

命里注定这样狂热。任何人在生活中遇到突发事件，就会产生这种可悲的冲动。善于观察的人总是惴惴不安地倾听，命运的羊头锤撞击良心门的沉闷声响。

唉！关伯兰还在扪心自问。职责本来明明白白的地方，却产生了种种疑问，这已经在溃败了。

而且，还应当交代一个细节：这种艳遇的厚颜无耻，就连一个腐化堕落的人，恐怕也会感到难堪，而他丝毫也感觉不到。所谓厚颜无耻，他根本不知其为何物。上文提到的卖淫的概念，他也没有接触过。他没有那种能力去想象卖淫是怎么回事儿。他心灵太纯，不可能做出复杂的假设。关于这个女人，他仅仅看到她的尊贵。唉！他不免受宠若惊。他出于虚荣心，只看到自己的胜利。他哪里是什么爱的对象，分明是淫荡的目标，然而要做出这种推测，需要更多的智力，单凭天真纯洁则远远不够。他看不出在“我爱你”的旁边，还有这句可怕的修正：“我要你”。

他无视女神兽性的一面。

精神也会受到侵蚀。灵魂也有蛀虫，那就是蛀蚀我们美德的邪念。千百种念头一个接着一个，有时一起迎面扑向关伯兰。继而，他内心又寂静下来。于是，他双手抱住头，一副专注的凄然神态，仿佛在观赏一处夜景。

他猛然发觉一个情况，自己什么也不想了。他的梦幻到达了那种黑暗时刻，什么都消失了。

他也注意到自己还没有回去，估计现在已是凌晨两点钟了。

他将小侍从送来的信揣进衬衣兜里，但发觉它贴着自己胸口，于是又掏出来，揉作一团，塞进短裤的腰兜里，这才走向客栈，悄无声息地进了门，没有吵醒小伙计戈维科姆：小伙计等关伯兰等得太

久，就枕着胳臂，趴在桌子上睡着了。他关上店门，点着客栈灯笼里的一支蜡烛，插了门并上了锁，像晚归的人那样，下意识地做了关门闭户的防范措施。他登上“绿箱子”的踏板，钻进给他当卧室的旧篷车，看看吾是熊正睡着觉，便吹灭蜡烛，但是并不躺下。

一小时又这样过去了。他终于累了，心想床铺就是为了睡觉，也不脱衣服就躺到枕头上，向黑夜让步，合上了眼睛。然而，情感的风暴一刻未停，还继续冲击他。失眠是黑夜虐待人的一种手段。

关伯兰心中很苦，有生以来，他这是头一回对自己不满。满足的虚荣心又掺杂了痛心。怎么办？天亮了。他听见吾是熊起床的响动，也不睁开眼睛。可是，这场风暴没有暂停的时候。他总想着那封信，信上的所有字句，又乱纷纷地浮现在脑海。在心灵深处，思绪是流动的液体，任凭狂风吹起波澜，于是掀起惊涛骇浪，发出类似潮水般深沉的吼声。潮起潮落，浪涛涌动涡漩，冲到礁石前又迟疑，大雨夹着冰雹，闪电洞穿乌云，白白掀起可怜的浪花飞沫，狂浪涌起随即又跌落，天大的努力而毫无功效，危机四伏，聚为阴影又弥散消失，这一切发生在深渊，发生在人心。关伯兰正经历这场磨难。

他始终闭着眼睛，正处于极度惶恐之中，忽然听见一个甜美的声音对他说道："你还没醒吗，关伯兰？"他猛一惊跳，急忙睁开眼睛，翻身坐起来，只见旧篷车改成的衣帽间的门打开一条缝儿，黛娅探进身来。她的嘴角和眉眼之间，挂着她那难以描摹的笑容。她那美妙的身姿，挺立在她那无意识的光辉的安详中。这一时刻近乎神圣。关伯兰凝望着她，浑身颤抖一下，感到光辉耀眼，一时醒了过来。从哪里醒过来？从睡梦中吗？不对，是从失眠中醒来。正是她呀，正是黛娅。猛然间，他感到内心深处那场风暴，从善向恶的堕落，不知怎的全云散烟消了：天国的目光制造了奇迹，温柔的盲女的光辉形象毫不费力，只是一露面，就完全驱散了笼罩在他心头的阴影，仿佛有一只无形的手，拨开了遮蔽这颗灵魂的乌云。关伯兰豁然开朗，在意识中又返回了蓝天。他借助这位天使的法力，一下子又恢复了本相，一个高大、善良而纯真无邪的关伯兰。灵魂同天地万物一样，也有这种神秘的照面质对。他们二人都沉默不语：她是光明，他是深渊；她圣洁，他心神安定了。在关伯兰这颗狂风巨浪的心灵上方，黛娅那么光辉灿烂，不知具有何等海上星光那样难以表述的作用。

第二章　从逗乐到严肃

一个奇迹，就如此简单！这是“绿箱子”用早餐的时刻，黛娅前来不过是问一声，关伯兰为什么不去吃早饭。

“是你呀！”关伯兰高声说道。于是一切都风流云散了。于是他眼前只有黛娅所在的这片蓝天，视野中再无别种远景、别种幻象了。

谁没有见识过暴风雨过后，大海随即呈现的笑靥，就不可能理解情绪会这样平静下来。什么也不如深渊那么快恢复平静，只因深渊最容易吞噬一切。人心同样如此。虽说不尽然。

黛娅只要一出现，关伯兰的全部明智灵光便一拥而出，投向黛娅，而在满目光芒的关伯兰身后的幽灵就只有纷纷逃逸了。热恋具有多大的安抚力量啊！

过了片刻，他们二人就面对面坐下了，而吾是熊则坐在他俩中间，何莫人就趴在他们脚下。餐桌上有一盏小灯，烧着茶壶。菲比和维诺斯在外面忙着活计。

用早餐和晚餐都在中间的隔间。地方狭小，餐桌也就很窄。黛娅坐的位置背靠着隔板的门窗洞，正好面对着“绿箱子”进出口的那扇门。

他们俩膝盖顶着膝盖。关伯兰给黛娅倒茶。

黛娅吹着杯中的热茶。忽然，她打了个喷嚏。当时小灯火苗上蹿起一股烟，那股烟散开，仿佛纸灰的东西飘落下来。正是这股烟的刺激，黛娅才打了个喷嚏。

"这是什么呀?"她问道。

"没什么。"关伯兰回答。

他随即微微一笑。

他刚才烧毁了女公爵的信。

女人的守护天使,就是爱她的那个男人的良知。

他身上少了这封信,心情就莫名其妙地轻松了。关伯兰感到自己的诚实,就如同老鹰感到自己的双翼。

他就觉得,诱惑随着这股烟飘走了,女公爵也同这信纸一起化为灰烬。

他们两只杯子也不分彼此,你一口我一口用同一只杯子,边喝茶边说话。情人间的絮语,鸟雀的啾啁。稚气的言语口气,比得上《鹅妈妈的故事》[①]与荷马史诗中的人物。有两颗相爱的心在眼前,就不必去别处寻觅诗意;有两个吻在对话,就不必去别处寻觅音乐。

"有件事儿你知道吗?"

"不知道。"

"关伯兰,我梦见我们俩是野兽,都长着翅膀。"

"长着翅膀,应当说是鸟儿。"关伯兰喃喃说道。

"野兽,那应当说是天使。"吾是熊则咕哝一句。

二人继续这样闲聊。

"假如这世上没了你,关伯兰……"

"那又怎么样?"

"那也就没了仁慈的上帝。"

"茶太热了,黛娅,小心别烫着。"

"那你帮我吹一吹。"

---

① 法国作家佩罗(1628—1703)所著的童话故事集。

"今天早晨你真美!"

"你想想看,我有好多好多话要对你说。"

"说吧。"

"我爱你!"

"我特别特别爱你!"

吾是熊又在一旁感叹一句:

"老天在上,这两个人可倒实在。"

人相爱的时候,最美妙的事就是默默相守。就好像积聚的爱,一点儿一点儿展现出来。

沉默片刻之后,黛娅高声说道:

"真应该让你知道!晚上我们演剧的时候,我的手一摸到你的头……啊!你有一颗高贵的头颅,关伯兰!……我的手指间一感到你的头发,就浑身一抖,这真是天赐给我的快乐,我心里就这样念叨:在这个把我包围的黑暗世界中,在这孤独的天地里,我陷入这种莫名的天崩地裂中,同万物一样剧烈地颤抖,但是我有个支撑点,这就是我的依靠——就是你!"

"唔!你爱我,"关伯兰说道,"我也一样,在这世上,我只有你。你就是我的一切。黛娅,你想要我做什么?你渴望什么东西吗?你想要什么吗?"

黛娅回答:

"我也不知道。我很幸福了。"

"嗯!"关伯兰接口说道,"我们都很幸福!"

吾是熊提高嗓门儿,严肃说道:

"哦!你们很幸福。可这是违法的。我警告过你们了不是?哼!你们这样幸福!那就要当心,别让人看见。你们占据的位置越小越好。幸福这东西,就应当藏进洞里。如果能做得到,你们要缩得比现在还小。上帝衡量幸福,人越卑微幸福越多。心满意足的人就得藏起来，就跟坏蛋一样。哼！你们得意扬扬，不过两只萤火虫，算什么。让人一脚踩到，就活该玩儿完。说这些甜甜蜜蜜的话干什么？我又不是个老保姆，爱看情侣这样叽叽咕咕。你们终于把我闹烦啦！都见鬼去吧！”

他这种恶狠狠的声调，只觉越说越绵软无力，最后干脆变成了体恤，只好一声长叹，结束这番感慨。

“父亲，”黛娅说道，“您今天怎么这样大嗓门冲我们嚷起来！”

“就是因为我不愿意别人太幸福了。”吾是熊回答。

这时，何莫人也呼应吾是熊，只听他在情侣的脚边低吼。

吾是熊俯下身，伸手摩挲何莫人的头。

“是这样，今天，你的情绪也很恶劣。你表示了不满，狼发也倒竖起来了，你不喜欢小儿女这样卿卿我我，这正是你的明智之处。算了，你就住口吧。你说过了，表明了态度，好了，现在就别吭声了。”

可是，狼又低吼起来。

吾是熊望了望桌子底下。

“别闹了，何莫人！算了，哲学家，多说也没用！”

不料，狼却站起来，对着门口龇牙。

“你这是怎么啦？”吾是熊说道。

他说着，一把揪住何莫人脖颈上的皮毛。

黛娅根本没注意狼咯咯咬牙的声响，她完全沉浸在自己的情思中，在内心品味着关伯兰的话音，一声也不吭，仿佛神游体外，一副盲人所特有的神态：有时看上去，他们就好像在聆听内心的歌声，也不知以何等理想的音乐，替代他们所缺少的光明。失明就如同走下地道，能听见永恒和谐的深沉之音。

就在吾是熊低下头，呵斥何莫人的时候，关伯兰抬起眼睛。

他举杯正要喝茶，却没有喝，又把茶杯放到桌上，动作缓慢得如同松懈的弹簧，他木然不动，手指仍然张开，眼睛直勾勾的，连呼吸都憋住了。

黛娅身后的门框里，站了一个汉子。

那汉子身穿黑服，披着司法人员的短斗篷。他头戴一顶假发，一直压到眉弓，手上则拿着一根两端铸成王冠形状的铁棍。

那铁棍又短又粗。

不妨想象一下，蛇怪美杜莎的头，突然从天国的两根树枝间探出来。

吾是熊感到来了人，他没有放开何莫人，抬头一看，认出了那个可怕的人物。

他从头到脚一阵颤抖。

他对着关伯兰的耳朵悄声说道：

“是铁棒执法官。”

关伯兰想起来了。

他差点儿惊叫一声，但还是憋住了。

两端呈王冠状的铁棍，正是执法的铁棒。

当时城市的司法官员就职时，要手按铁棒宣誓，英国警察的铁棒执法官就是由此得名。

在那个头戴假发的人身后，只见一脸惊慌之色的客栈老板站在暗影里。

那个人就像古宪章中的正义女神忒弥斯的化身，他一句话也不讲，从容光焕发的黛娅头顶伸过右臂，用铁棒捅了一下关伯兰的肩膀，同时左手拇指翘起来，指了指身后“绿箱子”的车门。在静默中做出这两个动作，就显得格外威严，那意思表明：“随我走一趟。”

诺曼底档案文件中就写道：“命令你出去的时候，你就得起身。”①

谁被铁棒触到，就只有服从的权利。这是无声的命令，不容任何申辩。有敢违抗者，严惩不贷。

受到法律这样严厉一触，关伯兰先是震撼，继而呆若木鸡。

他就觉得那铁棒不只是碰了碰肩头，而是狠狠当头一击，一棒将他打昏了。他明白这是严令他跟随警官走，但是为什么呢？他不理解。

吾是熊也同样惊慌失措，他似乎明白几分，看出是怎么回事，当即想到告发“绿箱子”的那些江湖艺人和传教士，他的那些竞争者，想到这只违法的狼，还想到他同主教门的三位审查官的论战。谁知道还有什么？也许还有那件吓死人的事：关伯兰信口开河，亵渎王权不啻乱党的言论。想到这些，他从内心深处不寒而栗。

黛娅还是满面笑容。

无论关伯兰还是吾是熊，都一言未发，他们俩想到一处：不要吓着黛娅。大概狼也心照不宣，他不再吼了，当然吾是熊也绝不放开他。

不过，碰到事儿时，何莫人也很谨慎。谁没有注意到，动物在惶恐不安时的那种乖觉样子？

一只狼在可能的尺度理解人，也许感到自身不受法律保护。

关伯兰站起身。

他知道，根本不可能抗拒，他还记得吾是熊讲过的话，绝不能提任何问题。

他站到铁棒执法官面前。

铁棒执法官从他肩上收回铁棒，立着拿在手中，这是执法命令的姿势，当时老百姓无人不晓，那命令意味：

---

① 原文为不规范的拉丁文。

“此人随我走，与别人无关。所有人都待在原地。不许声张。”

不准人好奇探听。警察历来喜欢关门办案。

这类拘押称为“拘人”。

铁棒执法官好似机器人，原地只一转身，便背向他了，接着步伐威严，朝“绿箱子”的出口走去。

关伯兰看了看吾是熊。

吾是熊做了个哑剧动作，即紧锁眉头，耸了耸肩膀，同时两肘靠拢腰间，手掌张开，那动作表示：服从那个陌生人。

关伯兰又瞧了瞧黛娅。黛娅在想事儿，脸上依然挂着笑容。

他将指尖放到嘴唇上，送给她一个无法描摹的飞吻。

吾是熊一见铁棒执法官转过身去，无限恐惧稍减几分，他趁机在关伯兰耳边悄声说道：

“拿你的命发誓，不问你千万别说！”

关伯兰就像在病房那样，小心翼翼，不弄出一点儿声响，从壁板上摘下帽子和大衣，用大衣将身子裹起来，一直遮到眼睛下，帽子也压得很低。夜晚他和衣而卧，没有脱下戏装，脖子还套着皮搭肩。他又看了一眼黛娅。铁棒执法官走到“绿箱子”门口，铁棒举得略高些，开始走下踏板。这时关伯兰也随之往前走，就仿佛被那人用无形的锁链牵着似的。吾是熊目送关伯兰走出“绿箱子”，狼这时才哀号一声，但是吾是熊紧紧抓住他，还悄声对他说道：“他很快就能回来。”

维诺斯和菲比在院子里都很伤心，眼看着关伯兰被带走，还审视铁棒执法官的那身丧服和那根铁棒，吓得差点儿叫起来，但是被客栈老板尼克莱斯既卑怯又专横的手势制止了。

两个姑娘一下子就僵住了，那姿势活似钟乳石。

戈维科姆也大惊失色，从一扇半开的窗户探出那张脸。

铁棒执法官领先几步，根本不回头瞧一瞧关伯兰，确信自己就是法律，因而神态冷峻，显得十分从容。

两个人在一片墓地般寂静中，穿过庭院，走过酒店昏暗的厅堂，来到广场。客栈门外聚集了一些行人，还有法警率领的一小队警察。围观的人一见执法官的铁棒，无不流露惊愕之色，都按照英国的法规，纷纷让开一条路。铁棒执法官朝小街巷走去：沿泰晤士河畔的那些小街巷，称作 Little Strand[①]。关伯兰左右两边，有两排押送他的警察，他面无血色，除了迈步走路，没有任何别的动作。他裹着大衣就像裹着殓尸布，脚步缓慢地离开客栈，默默走在那个渊默的人身后，如同一尊雕像跟随一个幽灵。

① 英文，意为“河滨小道”。

第三章 法律、国王、渣滓[①]

不解释就抓人，放在今天，英国人就会认为是咄咄怪事，但是在那个年代的大不列颠，却是警察的惯用手段。处理那些棘手的案件，这种手段尤其适用，而在法国，必须持有国王封印的信函。可是英国虽有人身保护法[②]，直到乔治二世[③]的统治时期，这种手段仍在沿袭使用，例如指控沃波尔的一条罪责，就是他使用这种手段，指使人或者任由人逮捕了诺伊霍夫[④]。这一指控依据可能不足，只因科西嘉王诺伊霍夫，是被他那些债权人送进监狱的。

沉默拘人，德国圣沃霍姆就曾大力使用，也为德国习俗所接受，须知英国的古老法律，有一半是取自于日耳曼习俗，而另一半，在一定程度则受诺曼底习俗的影响。查士丁尼一世[⑤]的皇宫警卫长就称作 silentiarus imperialis，“帝国沉默的守护者”。英国司法官吏实行这种拘捕，就以大量的诺曼底文献为依据：“犬吠，警官沉默。”[⑥]“警官行动，同样沉默不语。”[⑦]他们还援引伦杜尔普斯·萨

① 原文为拉丁文：Lex、Rex、Fex。

② 英国人身保护法，the habeas corpus，于 1679 年颁布实行。

③ 乔治二世（1683—1760），1727 年登基，为大不列颠和爱尔兰国王。

④ 诺伊霍夫（1694—1756），德意志冒险家，曾在欧洲各国从事政治、军事及财政事务的密谋活动，后到科西嘉，得到囚犯的支持，率众反抗热那亚当局，自立为王，后失败，又因负债，在伦敦入狱，将其“王国”作为抵押方始获释。

⑤ 查士丁尼一世（约 482—565），拜占庭皇帝（527—565），颁布《查士丁尼法典》等。

⑥ 原文为拉丁文。

⑦ 原文为拉丁文。

迦克斯的记述第16节:“皇帝保护沉默。”[1]他们也引用了菲利普[2]国王1307年宪章:“我们会有许多手持棍棒的人:他们默默无言,能成为优秀的警官。”[3]他们同样引述英国国王亨利一世的法令第53章:“见此令必须起立。必须守口如瓶。此乃国王旨意。”[4]他们还特别强调这条法规,并认为它是英国古代封建特权的组成部分:“子爵治下设有持剑执达吏,他们应当以剑执法,惩处所有与歹徒为伍者、犯有各种罪行的恶人、逃犯和匪盗……既有力又秘密地拘捕他们,以保地方良民百姓平安,谨防恶徒逞凶。”以这种方式抓人,就是“执剑拘押权”(见《诺曼底古代习俗》第一部第一卷第二章)。此外,法学家还援引了青年路易的宪章《诺曼底人篇[5]》中《执杖吏[6]》一章。“执杖吏”后来逐渐进通俗拉丁语,一直到我们的古法语,衍变成“执达吏”。

不解释就抓人,也就不准呼叫,必须保持沉默,直到将某些悬疑查清为止。

这种方式也意味:问题有所保留。

这种方式还表明:警察的行为,包含一定程度的国家利益。

Private 这个法律词,意味“隔离审讯”,就采用这种拘捕方式。

据几位编年史作者记载,爱德华三世也是用这种方式,将莫蒂梅尔从他母亲,法兰西的伊莎贝拉[7]的床上抓走的。这种说法也能受人质疑。因为莫蒂梅尔被捕之前,还在顽强抵抗对他城市的围攻。

---

① 原文为拉丁文。

② 指菲利普四世(1268—1314),法国国王(1285—1314),他创建并扩大行政司法机构,增强枢密院的权限和议会的作用,被称为第一位现代君主。

③ 原文为拉丁文。

④ 原文为拉丁文。

⑤ 原文为拉丁文。

⑥ 原文为拉丁文。

⑦ 伊莎贝拉(1292—1358),法国公主,英国王后,1337年,她儿子爱德华三世继位后,她曾操纵国事。1350年,国王逮捕并处决了她的情夫莫蒂梅尔,她被迫隐居。

“拥立国王者”沃里克[①]就很喜欢这种时髦的“抓人”方式。

克伦威尔也用过这种方式，尤其在康诺特省[②]；在基尔马考格逮捕奥蒙德伯爵的亲戚特雷利-阿尔克洛时，就采取了这种悄无声息的措施。

法院通行的拘捕，主要还是传票，而不是逮捕状。

传票拘人，往往只是一种传讯手段，甚至要求所有人保持沉默，在一定程度上维护被拘捕者的名誉。

平民百姓不了解这些差异，觉得人被拘捕，是一种特别骇人的事情。

大家不要忘了，英国在1705年，甚至后来很长时间，都不是今天的状况。整个局势相当混乱，有时就采用高压手段。丹尼尔·笛福就领教了被绑在耻辱柱示众的滋味，他在某篇文章中，用这样的话标示英国社会秩序的特点：“法律的铁手”。当时不止有法律，还有独断专行。回想一下，被驱逐出议会的斯梯尔[③]，被赶下讲坛的洛克，还有霍布斯[④]和吉本[⑤]，都被迫出逃，查理·丘吉尔[⑥]、休谟[⑦]和普里斯特利[⑧]，无不遭受迫害，约翰·威尔克斯[⑨]还被囚禁于伦敦塔中。“煽动性诽谤言论”惩处条例的受害者，如果统计起来，那名单就太长了。这种审判权多少蔓延到了欧洲各国；英国警察的做

---

① 指沃里克伯爵（1428—1471），别名“拥立国王者”。英格兰贵族，在玫瑰战争的前半期，他在兰开斯特家族和约克家族之间担当仲裁者。1461年，他帮助约克家族的爱德华四世登基，后来又拥立了兰开斯特家族的亨利六世。

② 康诺特省：属爱尔兰。

③ 斯梯尔（1672—1729），爱尔兰作家、办报人、政治家。1715年，他在议会中反对执政的保守党，一度被逐出议会。

④ 霍布斯（1588—1679），英国哲学家。

⑤ 吉本（1737—1794），英国历史学家，著有《罗马帝国衰亡史》。

⑥ 查理·丘吉尔（1731—1794），英国诗人，以英雄双行体的讽刺诗和论辩诗而闻名。

⑦ 休谟（1711—1776），英国哲学家、历史学家。

⑧ 普里斯特利（1733—1804），英国化学家、哲学家。

⑨ 约翰·威尔克斯（1725—1797），英国政治家，反对托利党和乔治三世，因反政府的文章深得民心，他于1763年被关进伦敦塔。

法也自成一派。严重侵犯各种权利的行为,在英国就可能发生。回想一下“身穿盔甲的报人”吧。到了十八世纪,路易十五还派人去皮卡迪利[①],绑架了他不喜欢的作家。不错,乔治三世也曾在巴黎歌剧院大厅,抓走了英国王位的觊觎者。这二位的手臂都特别长:法国国王的手伸到了伦敦,而英国国王的手则伸到了巴黎。这便是所谓的自由。

再补充一点:他们还喜欢在监狱就地处决人犯,酷刑再加上障眼法。这种恶劣到极点的手段,如今英国又重新采用了,从而向世界呈现一副奇特的嘴脸:一个伟大的民族,既要改进变好,又做出最糟糕的选择;摆在面前的一边是过去,另一边是进步,而它却看走了眼,将黑夜当作白昼了。

① 皮卡迪利:当时属英国领地,今加拿大城市。

第四章　吾是熊侦察警察局

正如我们前面所讲,当时的治安法规十分严厉,铁棒执法官向一个人发出指令,同时也命令任何在场的人不得妄动。

不过,也有几个特别好奇的人,硬是远远跟随押走关伯兰的那小队军警。

吾是熊也是其中一个。

吾是熊总归是人,开头还真吓蒙了。然而,吾是熊毕竟经历过大风大浪,他在流浪生涯中,多少次受到突然袭击和恶意侵扰。他就好比一艘战舰,立刻准备战斗,让他的全体船员,即他的全部智慧,都进入战斗岗位。

他赶紧摆脱惊愕的状态,开动脑筋思考。现在不是冲动的时候,而应当面对。

面对发生的事件,除非傻瓜,谁都应该这样做。

不要设法弄明白,而应设法行动。立即行动。吾是熊心中发问。

该怎么办呢?

关伯兰被带走,吾是熊便陷入两难恐惧之间:一是担心关伯兰,应当跟去了解情况;二是担心自身,最好待在原地不动。

吾是熊像苍蝇那样勇敢,又像含羞草那样冷漠。他浑身抖得难以形容,但他却做出了英勇的决定,要违抗法律,跟踪铁棒执法官:他担心到极点,真怕关伯兰出事儿。

人害怕到一定程度,就会异常勇敢了。

野兔惊恐起来，会有多么勇猛的举动！

羚羊被追急了，就跳过悬崖。惶惧到了不顾死活的地步，这也是恐惧的一种表现形式。

关伯兰与其说是被捕，不如说是被劫持了。警察以迅雷之势行动，又是在大清早，集市场上没什么人，也就没有闹得满城风雨。塔林佐草地木棚里，几乎谁也没有想到，铁棒执法官是来抓笑面人的，因而围观的人就不多。

关伯兰全身裹着大衣，头戴呢帽，面孔几乎全遮住了，路上没有被行人认出来。

出门跟踪关伯兰之前，吾是熊先安排好一件事。他招呼店家尼克莱斯、伙计戈维科姆、菲比和维诺斯聚到一旁，叮嘱大家在黛娅面前守口如瓶。黛娅还全然不知，千万别露出口风，让她猜出所发生的事情，只需向她解释，关伯兰和吾是熊出去安排“绿箱子”的事务了。况且，很快就要到她睡午觉的时间了，不等黛娅醒来，他吾是熊和关伯兰可能就回来了；整个这件事不过是个误会，照英国人的说法就是 mistake，关伯兰，还有他，很容易就能向法官和警察把情况说清楚，他可以打包票是一场误会，过一会儿，他俩就全回来了。千万千万，谁也别对黛娅说什么。叮嘱一番之后，吾是熊才出去。

吾是熊跟随关伯兰，又不惹人注意。他虽然尽可能拉大距离，但总是设法不失去目标。大胆跟踪，这便是胆小者的胆量。

不管多么来势汹汹，归根结底，也许只是传讯一下，关伯兰到警官面前，澄清一个并不严重的违警事件。

吾是熊心想，这个问题会立即得到解决。

他甚至能看清事态会如何发展，要看带走关伯兰的那小队警察走出塔林佐草地，拐进哪条河滨小街。

他们若是向左拐，就是带关伯兰去南华克镇政府，那就没有什么可担心了,不过是触犯了市政什么法令,受法官训诫一通,再罚两三个先令,也就会放了关伯兰,当晚也能跟往常那样,演出《被战胜的混沌》了。谁也不会发觉出了什么事儿。

那小队人马如果拐向右面,问题就严重了。

右面可就不是随便去的地方。

关伯兰押在两行警察之间,由铁棒执法官带着走到河滨小巷口。吾是熊气喘吁吁,朝那边望去。有时候,整个人都会钻进自己眼睛里。

要看一看拐向哪一边?

他们向右拐去。

吾是熊心头一惊,身子站立不稳,赶紧靠到墙上,才没有摔倒。

我们有时会这样想,“我倒要看看该怎么办”,没有比这话更虚伪的了。其实,我们根本就不想知道,心里怕极了。惶恐的情绪再加上畏怯的心理,根本就不想得出结论。自己不肯承认,巴不得后撤抽身,往前走时心里也不断自责。

这就是吾是熊当时的状态。他不寒而栗,心中想道:

“这情况可不妙,我本该早就料到了。我这么跟随关伯兰,还有什么用呢?”

人纯粹是个矛盾体,他这样一想,反而加快脚步,竭力控制惶恐不安的情绪,要急忙靠近那小队警察,以免南华克迷宫似的小街巷,阻断关伯兰与他吾是熊之间的连接线。

警察小队要保持威严,行进的速度就不快。

铁棒执法官在前面开路。

警官则断后。

这种排序就决定他们行进相当缓慢。

司法警官的那一身,最大限度地炫耀华丽与威严。他那身服饰,介乎于牛津音乐博士的华美亮丽的奇装,与剑桥神学博士的黑色肃穆正装之间：他一身绅士服上，披了一件戈德贝特式长斗篷，背上还镶缀挪威的野兔皮。整个装束是半哥特式，半现代派，头戴拉姆瓦尼翁那种假发，肥大的半截袖又像特里斯唐[1]的隐修服。他那对圆圆的大眼睛，跟猫头鹰似的盯住关伯兰。他走着正步。再也不可能见到更凶恶的家伙了。

小街巷纵横交错，如一团乱麻，吾是熊迷失了一阵，走到圣玛丽大街附近，才追上那支小队，也多亏有一群孩子和狗挡住了去路，耽误了他们一会儿。伦敦街头常发生这种情况，警察局旧档案就写 Dogs and boys，将狗列在孩子前面。

警察押送一个人去见法官，这种事毕竟十分普通，好奇围观者也就散去，各干各的事去了。在关伯兰身后跟踪的人，就只剩下吾是熊了。

他们经过对峙的两座小教堂：一座属消遣教派，另一座属哈利路亚联盟，那时的两个教派如今还存在。

继而，小巷连接小巷，蜿蜒曲折，那支小队专爱走没有修好的路、杂草丛生的街道、空荡无人的窄巷，斗折蛇行，绕来绕去。

队伍终于停下。

停在一条狭窄的小街。两侧没有房舍 ，只在巷口有两三间破屋。小街夹在两堵墙之间，左侧矮墙，右侧高墙。那道高墙黑乎乎的，为撒克逊式的砌石墙，上面建有箭垛、炮眼、安装粗铁条的四方通风口。没有窗户，只有几条散布的裂缝，那是古时的臼炮和投弹口。只见高墙脚下开了一扇极矮的门，就像捕鼠器下的小洞。

那扇小门镶嵌在厚重的半圆石拱腹中，门上开了个窥视洞，安装了铁条；硕大的门锤、巨型的大锁、粗糙结实的铰链、密密麻麻的铆钉、甲胄一般的铁皮，还上了油漆，这哪里还是木制，简直就是一

① 隐修士特里斯唐（1601—1655），法国悲剧作家。

扇铁门。

小街上阒无一人。没有店铺，也没有人过往。然而，能听到持续不断的喧声，就从附近传来，仿佛与小街平行流淌一条湍流。那是大众和车马的喧闹声，很可能黑墙的另一边就是一条大马路，估计是南华克镇的主要街道，一端连接坎特伯雷大路，另一端则通到伦敦桥。

在整条小街上，如果有个岗哨的话，那么他除了看到围着关伯兰的警察,还能发现的面孔,就只有吾是熊那张惨白的脸了。吾是熊冒险凑近一些,躲在弯曲小街的一个洼兜处,从墙角的暗影里探看,但又害怕看到什么。

警察小队聚在小门前。

关伯兰被围在中间,不过现在,铁棒执法官及其铁棒换到他身后了。

警官拉起门锤,敲了三下。

窥视洞门打开了。

警官说道:

“奉女王陛下之命。”

沉重的铁皮橡木门吱吱呀呀地转动,露出青灰阴冷的洞口,好似一个岩洞口。一条狰狞的拱形过道深入幽暗中。

吾是熊望见关伯兰消失在那洞里。

第五章　凶险之地

铁棒执法官跟着关伯兰进去。

执法警官也跟进去。

随后便是那小队警察。

小门重又关上。

沉重的门扇又同石门框严丝合缝了。没人看见开门的是谁，关门的又是谁，就好像门闩能自动插进闩槽里。古代发明的这类令人畏怯的机关，有些保留在十分古老的堡垒中，如今还见得到。只见门而不见守门人。监狱之门造得像墓穴的进口。

这扇小门正是南华克监狱的角门。

这座建筑蛀痕累累，粗鄙不堪，监狱所特有的凶相暴露无遗。

当初，这是古代卡秋克兰人建造的异教神庙，供奉英国人从前崇拜的"摩工"神，后来成为艾特吕尔夫的宫殿，继而圣爱德华[①]又改为堡垒。1199 年，"无领土"约翰[②]又将其升格为监狱，这就是南华克监狱的由来。起初，有一条街道穿过这座监狱，正如舍农索村也有一条河流穿越。在一两百年前，它是一座 gate，即城郊的城门，后来门道堵死便成监狱。英国还有几座这类监狱，例如伦敦的新门监狱、坎特伯雷的西门监狱、爱丁堡的科农门监狱。法国巴黎的巴士底狱，当初也是一座城门。

英国监狱几乎清一色，都是那副模样，外面围着高墙，里面是

---

① 圣爱德华(1003—1066)，英国国王(1042—1066)。

② "无领土"约翰(1167—1216)，英国国王(1199—1216)，1202 年，他被剥夺了在法国的采邑。

如蜂窝一般的牢房。再也没有比那种哥特式监狱更阴森可怕的建筑了，里面布满法网和蜘蛛网，还没有射进约翰·霍华德[1]那道光芒。每座监狱都像比利时的古代地狱，可以称作 Treurenberg，即“号泣之屋”。

面对这类凄惨而野蛮的建筑物，我们也会产生古代航海者面对普劳图斯所描述的奴隶地狱时的感觉，那种极度的惶恐：他们靠近驶经铁器山响的海岛，ferricrepidiae insulae，就听见哗啦哗啦的锁链声响。

南华克监狱当初是驱魔和施刑的场所，最早专门惩治搞巫术者。牢门窥视洞上方一块麻面石头上镌刻的两行诗，就指明了这一点：

一个中魔者身上群魔猖獗。
同一个魔鬼为伍就会着魔。[2]

这两行诗界定了“中魔者”与“着魔”之间的微妙差异。

在这两行题铭上方，还贴墙钉着一副石梯，象征高级裁判权。那副石梯，原是木制的，只因曾埋在沃本修道院附近，即埋在人称阿斯普莱-戈维斯的有石化作用的地下，也就变成了化石。

南华克监狱如今已经拆除，而当年是城门，起交通作用，共有两座门：正门通大街，供当权者通行；另一座为苦难门，通小巷，供其他世人通行。死人也走苦难门，死在狱中的囚犯，尸体就从那里运出来。那也是一种释放吧。

死亡，就是延伸进入无限。

关伯兰就是从苦难门被押进监牢的。

---

① 约翰·霍华德（1726—1790），英国慈善家，是监狱管理和公共卫生的改革者。

② 原文为拉丁文，原作有雨果法文注释。

小街，正如我们所说，不过是一条石子小路，夹在两堵墙之间。布鲁塞尔也有这种小过道，名叫“单人巷”。两堵墙一高一矮：高墙里面是监狱，矮墙后面是公墓。那堵矮墙比人高不了多少，围着监狱的死人坑。墙上也开了一扇门，正对着监狱的角门。埋葬死人不必费力，只须穿过小街，再沿着墙壁走二十来步，就进入墓地了。高墙门上钉着绞架梯，对面矮墙门上则雕着一个骷髅头。两边的墙都不悦目赏心。

第六章　从前戴假发的法官相

这时，如果有人瞧一瞧监狱的另一边，它的正面，他就会看到南华克大街，也会注意到监狱十分气派的正门前，停着一辆旅行马车：从那“轿车的车厢”就能辨认出来，如今则称为轻便篷车。一群看热闹的人围着那辆马车。车厢上绘有纹章，围观的人已经看见一位大人物下了车，走进监狱，估计是一位法官。在英国，法官往往由贵族担任，几乎总享有“携带武器权”。在法国，贵族纹章与法官长袍几乎总不相容。圣西门公爵[①]谈起法官，就说：“他们那号人。”在英国，一个贵族绝不会因为当了法官就有失身份。

英国还存在一种流动法官，人称“巡回法官”。把这辆马车视为巡回法官的车辆，是再自然不过的事儿了。然而不大正常的是，估计是法官的那个人物，不是从车厢里出来，而是从不该主人坐的前座上下车。还有一点特别的地方：当时在英国旅行有两种方式，或乘坐“驿车”，五英里一先令，或骑驿站快马，每英里三个铜板，每到驿站还应付给马夫四个铜板；可是停在南华克监狱门口的是辆私家车，套的却是驿站的马匹，要按骑马旅行的里程付费，而这辆车套了四匹马，用两名车夫，真是王公一般的排场。最后，实在令人奇怪而百思不得其解的是，整辆车关得严严实实。车厢壁板全封闭，窗户也都用护窗板遮住，凡是能让目光窥视车内的通口全部堵死，外面的人根本看不到车里，而车里人很可能一点也看不见外

① 圣西门公爵（1760—1825），法国哲学家、经济学家，空想社会主义先驱。

面。况且，这辆车里似乎就没有坐人。

南华克镇属萨里郡，南华克监狱便由萨里郡郡长管辖。司法权分割，在英国也是很普遍的现象。例如，伦敦塔就是这种情况，它可以假设不属于任何郡的辖区，也就等于说，在法律上差不多悬在空中。它只承认它的守护官，custos turris，不服从任何司法机构。伦敦塔有自己的裁判权、教堂、法庭和独立一套管理。它的长官或守护官的权限延伸到伦敦城外，覆盖二十一个 hamlet，不妨翻译成

“村落”。大不列颠的各个司法机构就这样交叉重叠。英国战舰炮队长之职就从属于伦敦塔。

还有一些法律习惯更为奇特，例如，英国海军法庭必须参照执行罗得岛①和奥莱龙岛的法律，而奥莱龙则是曾被英国占领的法国岛屿。

一郡之长身份非常重要，必是贵族，有的还是骑士，在旧宪章里称之为 spectabilis，即“应看重之人”。这一头衔介乎于“显赫的”与“很重要的”之间，逊于前者而高于后者。从前郡长是由人民选择的；然而，爱德华二世，继而亨利六世，收回这种任命权，由国王掌握，结果郡长便成为朝廷的派员了。郡长均由国王委任，只有威斯特摩兰郡郡长为世袭，伦敦和米德赛克斯两郡的郡长由同业工会在大礼堂选举产生，算是例外了。威尔士和切斯特的郡长还保留一些税收特权。所有这些官职，在英国保留至今，但是经习俗和思想逐渐打磨，如今已面目全非了。郡长有责任护送并保护“巡回法官”。就像人有左膀右臂一样，郡长也有两名官员辅佐，右侧有副郡长，左首则有执法吏。执法吏由称为铁棒执法官的百夫长协助，拘捕并审讯盗匪、杀人凶犯、乱党分子、流浪汉，以及所有叛逆，还在郡长的授意下，囚禁人犯以待巡回法官来审判。副郡长和执法吏对郡长负责，也有职司上的等级差异，副郡长是协同，而执法吏是协理。郡长署理两座法院：一座是固定的中心法院，即郡法院；另一座是流动的，称为郡巡回法院。这样既体现一致，又表明无处不在。郡长作为法官，在处理有争议的问题时，可以请一位加冠执达吏，sergens coifae 相助并咨询。加冠执达吏精通法律，他在黑圆帽下面，还加戴一顶康布雷白布帽。郡长有时要腾空监狱，他莅临郡治下的一座城市，有权力大刀阔斧地打发掉那些囚犯，要么

① 罗得岛：希腊的岛屿。

释放，要么绞死，这就是所谓“给监狱减负”，goal deliver。郡长将起诉书分发给二十四位陪审员；陪审员如果同意，就在起诉书上注明：起诉符合实际；如果不同意，则写上：我们不清楚[①]；于是撤销起诉，郡长还有权撕毁起诉书。在审议过程中，如果一位陪审员猝死，就要依据法律，宣布被告无罪释放；郡长既然有权逮捕被告，也有权放人。尤其令人敬畏郡长的是，他负责执行“陛下的一切命令”。权限大得吓人。那些文件中处处是武断。郡长出行，要有一批扈从，包括护林官、验尸官，市场管理员也大力协助，大批随从人员身穿号服，骑着高头大马，蔚为壮观。张伯伦就说，郡长便是“司法、法律和全郡的生命”。

在英国，法律和习俗一直在不知不觉中被毁坏、粉蚀并分解。我们还要强调，无论郡长、铁棒执法官，还是执法吏，如今所履行的职责和从前大相径庭了。在旧英国，权限有些模糊不清，权力分配不当，结果相互侵越，彼此践踏，如今则不可能发生这种现象。警察和司法不再那样混淆不清。职称保留，职能则发生了变化。我们甚至认为，“铁棒执法官”的词义也变了。当初它是一种司法官职，现在则是一种地区名称；从前特指百夫长，如今专指乡，centum，百户乡。

此外，在那个时代，郡长或多或少包揽了旧法国行政长官和警察团长的职权，既代表王权，又署理行政权。巴黎行政长官的形象，在警察局的一份旧档案中刻画得很鲜明：“行政长官先生并不仇视家庭纠纷，只因他总能趁火打劫。”（1704 年 7 月 22 日）至于警察署长，那可是个令人胆战心寒的人物，变化无常，极难捉摸，他们当中最典型的一个，勒内·达让松，拿圣西门的话来说，他那张脸杂糅呈现地狱三判官的面孔。

那三位地狱判官，我们在伦敦主教门已经瞻仰过了。

---

① 原文为拉丁文。

第七章　惊悚

监狱角门重又关上，关伯兰听见所有铰链吱吱呀呀的声响，不禁打了个寒战，就觉得刚刚关闭的那扇门，正是光明与黑暗的通道：门那边是众生如蚁的尘世，这边就到死亡世界；现在，阳光普照的万物全部留在了身后，他跨越了生命的边界，置身生命之外了。一阵揪心，痛彻肺腑。要怎么处置他呢？发生的这些事情，究竟意味着什么呢？

他身在何处？

他走进黑暗之中，环视周围，什么也看不见。门一关闭，一时间他成了瞎子。窥视洞也随同门关上了。没有气窗，也没有灯笼。这是古时候采取的一种防范措施，监狱入口处禁止照明，不让新入狱的犯人看到任何标记。

关伯兰伸出两只手，触摸到左右墙壁：他是在一条走廊里。逐渐有了点儿微光，不知从哪里透进来，飘浮在这种黑暗的地方；与此同时，瞳孔也张大了，慢慢适应了环境，开始能分辨出个别地方的轮廓，也能影影绰绰看出前面的走廊。

关伯兰对严酷的刑罚毫无概念，只听过吾是熊夸张的描述，他感到黑暗中有一只巨手将自己攫住。受到陌生的法律的摆弄，这实在可怕。人面对什么都可以勇敢，面对司法却不知所措。为什么呢？只因人类的司法刚刚处在朦胧的晨曦，法官还在摸索办案。关伯兰想起吾是熊叮嘱过他务必三缄其口，可是，他想再见见黛娅，然而他现在的处境凶多吉少，不敢造次行事。有时，想弄清楚反而更糟。不过,从另一方面来说,这场遭遇压力实在太大,他终于受不了,忍不住问了一句。

“先生们,”他问道,“这是把我带到什么地方?”

没人回答。

这是沉默拘捕的法令,诺曼底文献有正式记载:他们由沉默的看守押进来[①]。

这种沉默让关伯兰脊背发凉。此前,他一直认为自己坚强有力,靠自己就足够了:靠自身足矣,便是力量的表现。他原是在孤独中生活,以为既然与世隔绝,就不会受到攻击。不料现在突然感到,可恶的群体力量压到他身上。能以什么方式反抗法律,这种匿名的可怕力量呢?在这种谜团的压力下,他自觉软弱无力。一种无名的恐惧,找到了他甲胄上的薄弱部位。再说,他通宵未眠,也没有吃过东西,只是喝了一口茶。一整夜他都处于亢奋状态,结果现在有点发烧。他口干舌燥,也许还饿了。胃一闹起来,就全乱了套。从昨天晚上起,意外事件频频袭来,激动的心情既折磨他,又支撑着他。没有风暴的时候,船帆不过是一幅破布。这幅破布虽然软塌塌的,但是一被风吹得鼓胀起来,最后就可能撕裂,关伯兰感到自身就有这种弱点,恐怕就要倒下去了。他会昏倒在这石砖地上吗?昏迷,是女人的手段,男人未免太丢脸。他挺起身子,但还是颤抖不已。

他走路感到脚下不稳。

---

① 原文为拉丁文。

第八章　哀吟

他们往前走。

沿着走廊往前走。

根本没有设备齐全的档案室。也根本没有登记造簿的办公室。那年头的监狱,连一页纸片的文件都没有。把人关起来就完事了,往往不知道是什么案由。既然是一座监狱,就得关些囚犯,这样就足够了。

押解的队列不得不拉长,适应狭窄的通道,几乎是一个接一个鱼贯而行了。铁棒执法官走在前头,随后是关伯兰,接着便是执法吏,最后那些警察挤在一堆,倒像个瓶塞,堵死了关伯兰的退路。越走过道越窄,现在关伯兰两个臂肘都能触碰到墙壁了。拱顶是砾石和水泥砌成的;每隔一段距离就有一副花岗岩拱架突出来,必须低下头才能通过。这条通道曲里拐弯,在里面根本跑不起来,要逃跑也得慢慢走。人的肠子弯弯曲曲,监狱的肠道也一样。不时有四四方方的洞,不是开在左面墙,就是开在右面壁,洞口用粗铁条封死,看得见洞里有阶梯,有的向上,有的向下延伸。他们走到一道关闭的门前;门打开放行,随即又关上。接着又遇到第二道门,放行过去,还有第三道门,同样转动打开。几道门开启又关闭,就好像是全自动的,不见一个人影儿。走廊越走越窄,拱顶也更加低矮了，最终只能低下头往前走了。墙壁往外渗水，水滴从拱顶落下来，而通道的石板地也像肠道黏糊糊的。弥散的幽幽之光，就是全部光亮，而且越来越污黯了；空气也缺乏了。还有让人感到特别阴森可怕的情况，这是一条往下走的路。

走路时细点儿心，才会发觉这是下坡路。在黑暗中行走，缓缓的下坡给人不祥的感觉。沿着不易觉察的斜坡，走向模糊不清的事物，没有比这更令人心惊胆战的了。

往下走，就是进入可怕的未知中。

他们这样走了多长时间？关伯兰也说不清楚。

走在狭路窄道上，心中惶惶不安，每一分钟都无限延长。

突然，他们站住了。

四周黑洞洞的。

通道略微宽了一些。

关伯兰听见身边有声响，只有中国的锣声能与之相比，就好像有人敲了一下深渊的石壁。

这是铁棒执法官用铁棒敲击铁板。

那铁板正是一道门。

那道门不能开合，只能升降，类似狼牙闸门。

齿槽发出刺耳的摩擦声，接着突然间，关伯兰眼前出现一方块天光。

那是铁板门升起，插进拱顶一条缝隙，就像拉起捕鼠器的洞板。

于是出现一个洞口。

这天光不是阳光，只是一点光亮，然而这种淡淡的亮光，突然映入关伯兰张大的瞳孔里，乍一刺激就像一道闪电。

一阵工夫他什么也看不见了。在炫目的光亮中，同黑夜里一样很难分辨事物。

接着，关伯兰的瞳孔逐渐适应了这种光线，就像刚才适应那片黑暗一样，终于能分辨出来了。他乍一看感到特别强烈的亮光，在他瞳孔里逐渐缓和，又恢复原本那么惨淡了。他试着看一看面前张开的洞口，所见情景太可怕了。

脚下有二十来级台阶，又高又窄，石面粗糙，相当陡峭，左右两侧都没安扶手，一条石脊，仿佛是在一面石壁中开出来的阶梯，通向一个极深的地窖，直到下面。

那是圆形地窖，倾斜的圆拱尖顶，由于拱墩基准不确，就有些错位，这是所有地下室不堪上面建筑重负的通病。

铁板拉起来而露出的洞口，正是开在拱顶，位于梯级上端，因而俯瞰地窖，就像看井底。

地窖很宽敞，如果说像井底，那也是巨型的井底。古词“地牢”引发的联想，也不大切合这个地窖，除非想象这是狮虎穴。

地窖下面没有铺石板或者石块，完全是深层潮湿而冰冷的泥土。

地窖中央立着四根畸形的矮柱，支撑着沉重的尖顶穹隆，而四根肋拱集中在顶点，整个形状好似主教帽。尖顶穹窿又很像从前安放石棺的小尖塔，拱廊高至穹窿，在地窖中具有中心室的规模，假如四根柱子代替四面墙壁，各处完全敞开的隔间也能称为“室”的话。

穹隆的拱顶石吊下一盏铜灯，圆形灯罩着铁栅，酷似监狱的铁窗。那盏灯放射惨淡的光，被铁栅隔出许多黑道，投到四周的柱子上、拱顶上，以及柱子外面隐约可见的圆壁上。

正是那盏灯光，刚才晃花了关伯兰的眼睛，现在看来不过是一团红光了。

地窖里再没有别种光了。既没有窗户，也没有门，连通风孔也没有。

四根柱子之间，在铜灯正下方照得最亮的地方，紧贴地面有一个可怕的白色身影。

那个仰面躺着的身影是个男子。看得清他那眼睛紧闭的脑袋，他那压在一个不成形状的什么重物之下的身躯，而伸开的四肢呈圣安德烈的十字架状，分别锁着铁链，扣在四根柱子下的铁环上。整个身形静止不动，保持着残酷的五马分尸的姿势，就像一具惨白的僵尸。他全身赤裸，是个男人。

关伯兰吓呆了，伫立在阶梯上面俯视。

忽然，他听见一阵捯气的呼噜声。

那尸体还活着。

就在那幽灵的旁边一侧拱廊，一把高扶手的大椅摆在一块平板石上。扶手椅两边笔直地站立着两个男人，全身披着长长的黑色殓尸布。扶椅上坐着一个身披大红袍的老人，他脸色铁青，面目阴毒，手里拿着一束玫瑰花，坐在那里一动不动。

换一个不像关伯兰那样无知的人，就会明白那束玫瑰花的含义。手持鲜花的审判权，标志同时代表朝廷和地方的法官。伦敦市长如今还像这样审理案件。到季节头一批开花的玫瑰，有助于法官审案的功效。

坐在扶手椅上的那个老头，正是萨里郡郡长。

他那威严的神态，简直就是个罗马皇帝。

那张扶手椅是地窖中唯一的座位。

座椅旁边的桌子上满是文件和簿册，还放着郡长的白色权杖。

站在郡长左右的两位博士：一位医学博士、一位法学博士。那位法学博士，从他假发上戴的司法官员帽就能辨认。两位博士都身穿黑色长袍，一位穿的是法官长袍，另一位穿的是法医长袍。这两种人似乎在为被他们剥夺性命的人服丧。

书记官在郡长身后，蹲在那块大石板的边缘，他头戴圆盖假发，手里握笔，膝上垫着档案夹，上面放了一张羊皮纸，文具盒则搁在身边的石板上，摆出一副随时准备记录的姿势。

这名书记官正是所谓“档案袋看守书记官”，此中含义，他脚前的那个公文袋就表明了。从前用于办案的那种袋子，又称作“公道袋”。

还有一个人靠在柱子上，他身穿皮衣，叉着胳臂：那是刽子手的助手。

这些人围着铁链锁住的人，摆出送葬的姿态，似乎都那么欢欣鼓舞。谁也不动一动，谁也不讲一句话。

整个场面，有一种惨绝人寰的平静。

关伯兰所见，乃是一座刑讯地窖：这类地窖在英国数不胜数。博尚塔的地下停柩室，长期以来就派作就种用场，洛拉德监狱的地下室也同样如此。伦敦也有这类场所，如今还能见到的地下室，称作“贵妇广场地窖”。而且，在“贵妇广场地窖”中还有壁炉，以备烧红烙铁。

约翰王时代的所有监狱，都有刑讯地窖，南华克监狱便是其中之一。

下面要描述的刑讯方式，当时在英国普遍应用，甚至在今天，必要时还照做不误，因为，所有那些法律始终没有废止。野蛮法典同自由融洽相处，这正是英国的奇观。应当说，两者还真情投意合。

不过，有些疑虑，也并非捕风捉影。一旦出现什么危机，那种刑讯就难免不死灰复燃。英国立法是一只驯服的老虎，别看它收起爪子，但是利爪始终存在。

切除法律的利爪，才是明智的办法。

法律几乎无视什么权利。一边是刑罚，另一边是人道。哲学家提出抗议，然而，还要过很久，人类的法才能主持正义。

尊重法律，这是英国人的口头禅。在英国，大家对法律奉若神明，因而从不废止。绝不再执行，就算摆脱了这种虔敬。一项古老法律过时了，就如同一个女子年迈了。老太婆不能杀掉，过时的法律也同样不要废除，不再执行就是了，随她们总以为自己还那么年轻美丽，随她们梦想自己仍然存在。这种礼貌便是敬重。

诺曼底习俗已经满脸皱纹了，这并不妨碍一些英国法官还向它投去媚眼。只因是诺曼底古董，再怎么残酷也要珍视保留。还有比绞刑架更残酷的吗？直到 1867 年，还判处一个人死刑，大卸四块献给一个女人——英国女王。[①]

此外，英国从来没有存在过酷刑。历史就这么讲。历史真够厚颜无耻的。

马蒂厄·德·韦斯特敏特注意到，“撒克逊法律十分宽容而仁慈”，并不处死罪犯，他还补充写道：“他们仅仅被割去鼻子，挖掉眼睛，再割掉生殖器官。”仅此而已。

关伯兰站在阶梯上面，已经吓得魂不附体，浑身颤抖起来。他一阵阵不寒而栗，极力回想他可能犯了什么罪。先是铁棒执法官沉默拘捕，现在又目睹受酷刑的场面。这是事实上跨出的一步，但是悲惨的一步。法律的晦暗之谜，他越看越黑乎乎一团，感到自己陷进去了。

躺在地上的那个人的形体，再次发出捯气的喘息声。

关伯兰觉得有人轻轻推他肩膀。

推他的是铁棒执法官。

关伯兰明白该往下走了。

他服从了。

他一级一级走下阶梯。石级特别窄，又有八九英寸高，两边还没有扶手，往下走只能十分当心。铁棒执法官间隔两级跟在后面，手中笔直举着他那铁棒；他身后也隔着两级，下来的是执法吏。

关伯兰一级一级往下走，就莫名地感到希望也随之沉陷了，就好像一步一步走进坟墓。每走下一级，心中的光明就熄灭一分，脸

---

① 19 世纪 60 年代，爱尔兰民族主义者组成秘密团体“芬尼亚人社”，在爱尔兰、英国和美国活动，反对英国统治，争取爱尔兰独立。失败后，伯克将军被处死。该组织后来发展成新芬党。

色也越来越苍白，他终于走到阶梯下面。

那个鬼魅似的躯体瘫在地下，四肢锁在四根立柱上，还继续呼噜呼噜捯气。

昏暗中一个声音说道：

“靠近些。”

那是郡长向关伯兰发话。

关伯兰又蹭了一点。

“到近前来。”郡长又说道。

执法吏对着关伯兰的耳朵悄声说了一句，口气十分严肃，耳语也显得那么庄重。

“您见到的是萨里郡的郡长。”

关伯兰一直走到躺在地窖中的受刑者跟前。铁棒执法官和执法吏停在原地未动，就让关伯兰独自走过去。

关伯兰终于走到穹拱下方，就近才看清刚才远远瞥见的这个可怜东西。原来还是个活人，他不禁由恐惧进而惊骇万分了。

在地下被锁住的这个人完全裸体，只盖了一块不堪入目的遮羞布，我们就称之为受刑者的葡萄叶儿，也正是从前罗马人的“缠腰布”①、歌特人的“基督缠腰布”②，而我们古高卢土语的 Cripagne③即由此转化而来。耶稣裸体钉在十字架上，仅仅遮了这样一片破布。

关伯兰端详的这个骇人的受刑者，看上去有五六十岁。已然秃顶，下巴的花胡须倒竖支棱着；他双眼紧闭，嘴巴张开，露出满口牙齿。他那张消瘦的脸只剩下皮包骨，近乎死人头了。他的双手和双脚由铁链锁在四根石柱上，伸展成个 X 形。他的胸部和腹部

---

① 原文为拉丁文。

② 原文为拉丁文。

③ 意为“基督的缠腰布”。

压着一块铁板，铁板上又放了五六块大石头。他捯气时不是喘息，就是哀号。

郡长始终拿着那束玫瑰花，另一只手又从桌子上操起白权杖，举了起来，说道：

“奉女王陛下的旨意。”

说罢，他又把权杖放回桌子上。

然后，他也像受刑人那样，静止不动了，只是以钟表般悠缓的声调，拉开嗓门。

郡长说道：

“锁在这里的人，您最后一次听听这正义之声。您被从地牢里提出来，押到这座监狱。提审完全合乎法律程序，formaliis Verbis Pressus①，尽管向您宣读了法规与通告，而且还向您复读了一遍，而您却居心叵测，冥顽不化，一直保持沉默，拒绝回答法官的审问。这种放肆的行为，恶劣到了极点，除了记录在案的罪行应予惩处，这种态度还构成抗拒法庭罪。”

站在郡长右首的加冠执达吏这时插言，说话声调虽然平淡，但是隐含着一股说不出来的杀气。

“Overhernessa.②阿尔弗雷德和戈德伦法，第六章。”

郡长接着说：

“人人都尊重法律，除了那些在树林骚扰母鹿生小鹿的强盗。”

就像此起彼伏的钟声，执达吏又用拉丁语重复道：

“Qui faciunt vastum in foresta ubi damae solent founinare.”

“拒绝回答法官的提问，”郡长说道，“就让人怀疑是个无恶不作的家伙，他就会被认为干尽了坏事。”

执达吏又用拉丁文插言道：

---

① 拉丁文，重复前一句话的内容。

② 拉丁文，意为“抗拒法庭罪”。

“游荡鬼、贪得无厌的家伙、毫无节制的人、淫棍、乌龟王八蛋、酒鬼、色狼、谎言家、败家子、贪心不足的人，又贪酒又贪食的家伙。”①

“所有恶癖，”郡长说道，“就意味无恶不作。什么也不招认，就表明全部供认。面对法官的提问一言不发者，就是事实上的说谎者和谋反者。”

“Mendax et parricida.”执达吏用拉丁语重复道。

郡长接着说道：

“人犯，绝不准许以沉默回避审讯。假缺席审判，会伤害法律，就如同狄俄墨得斯②伤了女神。在法庭上保持缄默，就是一种反叛的行为。亵渎法庭，就是亵渎君主。这种行为无比可恨，胆大包天。谁逃避审问，就是盗窃真相。法律已有相应的防范。英国人有类似行为，随时享有进牢房、上绞架和戴锁链的权利。”

“参照1088年英国宪章。”执达吏说道。

他随即又补充一句，机械的口气同样十分严肃：

“享有铁链、地牢和绞刑架，以及其他权利。”③

郡长继续说道：

“人犯，您神志完全清醒，又完全明白法庭对您的要求，然而您一直不肯开口讲话，丧心病狂地负隅顽抗，这是为什么必须让您饱尝地狱之苦的原因；按照刑法条例，对您施以刑罚，称为‘残酷的大刑’。对您是这样施刑的，法律要求我如实告知。您被押解到这个刑讯地牢，剥光衣服，裸体仰身躺在地上，四肢伸开，锁在四根法律柱上，腹部压一块铁板，上面再堆石头，您能承受多少就放上多少。法律说：‘还可以多放。’”

---

① 原文为拉丁文。

② 狄俄墨得斯：希腊神话传说中人物，他在雅典娜的庇护下，曾打败了特洛伊主帅赫克托耳，并伤了保护特洛伊的美神阿佛洛狄忒。后来他又藏在木马腹中进入特洛伊。

③ 原文为拉丁文。

"Plusque."执达吏又用拉丁语强调。

郡长继续说道：

"鉴于这种情况，在延长刑罚之前，本人，萨里郡郡长，也一再敦促您开口讲话并回答，然而您却鬼迷心窍，就是保持沉默，也不管用什么刑罚：锁链、镣铐、枷锁，还有其他铁制刑具。"

"法律规定的刑具。"①执达吏重复道。

"鉴于您拒不回答，态度死硬，"郡长又说道，"而且为了保持公正，罪犯越顽固，法律就越顽强，根据法令所要求，双方就继续较量。第一天，不给您吃的，也不给水喝。"

"这是最高斋戒。"②执达吏说道。

这时冷场片刻，只听压在石头下的犯人可怕的咝咝喘息声。

法学执达吏补充完整中断的引语：

"减少食物，还要增加斋戒。不列颠习俗法，第504条。"③

这两个人，郡长和执达吏，就这样一唱一和。而这种无法动摇的单调，比什么都阴森可怕。阴毒的声音一唱，惨厉的声音一和，活似执刑的司祭和助手，正在做法律的残酷弥撒。

郡长又接着说道：

"第一天，不给您吃的，也不给水喝。第二天，给了您吃的，但是没给水喝，往您嘴里塞进三口大麦面包。第三天，给您喝的，却没给吃的，从监狱的阴沟里取了一瓶脱臭水，倒了三杯，分三次灌进您的口中。第四天到了，就是今天。今天，您若是仍然拒不回答，那就留在这里等死吧。这就是正义所要求的。"

执达吏一直随声附和，这次又表示赞同：

"被告死亡，就是对公正的法律、好法律的颂扬。"④

---

① 原文为拉丁文。

② 原文为拉丁文。

③ 这两句原文为拉丁文。

④ 原文为拉丁文。

“而且，您会感觉到自己渐渐悲惨地死去，”郡长又说道，“身边没有一个人护理，任凭鲜血从您的喉咙、胡须和两腋流出来，从嘴巴直到腰部，从身体的所有伤口流出来。”

“A throtebolla,”执达吏用拉丁语重复道，“et pabus et subhircis, et a grugno usque ad crupponum.”①

郡长继续说道：

“人犯，注意听好。要知道，后果由您自负。如果您能放弃可恶之极的沉默，并且招认，那就只判您绞刑，您还有权得到meldefeoh，也就是一笔钱。”

执达吏接口说道：

“Dam num confitens, habeat le meldefeoh. Leges Inae，第20章。”②

“这笔钱，”郡长又强调指出，“将以doitkins、suskins和galihalpens三种钱币偿付给您，根据亨利五世三年颁布的货币废除条例，这是这些钱币唯一能使用的途径；您临死前还有权享用一个妓女③，然后再上绞刑架。这就是招认的好处。您愿意回答法庭的问题吗？”

郡长住了口，等待回答。犯人还是纹丝不动。

郡长又说道：

“人犯，沉默这个避难所，难保安全，更有危险。冥顽不化就是大逆不道，要受到严惩。在法庭面前沉默的人，就是背叛朝廷。绝不要再坚持这抗命忤逆了。应当想一想女王陛下。绝不要违抗我们仁慈的女王了。我问话，您就回答。当个忠诚的子民吧。”

犯人又一阵喘息。

郡长又说道：

---

① 这段话的拉丁文，大致重复前一段话的内容。

② 拉丁文，意为“犯人招供，有权得一笔钱。伊诺法”。

③ 这句话中，“临死前”，“一个妓女”原文为拉丁文。

“算来，经过七十二小时的拷问，我们进入了第四天。人犯，这可是决定命运的一天。法律确定第四天是对质日。”

“第四天，面对面对质。”[1]执达吏咕哝道。

郡长接着说道：

“法律明智，选择了这最后的时刻，就是我们祖先所说的‘死亡寒冷的审判’，只因在这种时刻，人说‘是’或‘不是’才可信。”

执达吏又重复道：

“Judicium pro frodmortell, quod homines credendi sint per suum ya et per suum na.阿德尔斯坦王宪章，第一卷，第173页。”[2]

等待了一会儿，郡长那张冷峻的面孔便俯向受刑者。

“躺在地下的人犯……”

他顿了顿：

“人犯，”他嚷道，“您听见我的话了吗？”

那人一动不动。

“以法律的名义，”郡长又说道，“您睁开眼睛。”

那人双眼仍然紧闭。

郡长转向站在左首的医生。

“大夫，您给诊断一下。”

“Probe, da diagnosticum.”[3]执达吏重复道。

医生走下石板，他挺胸叠肚，大模大样走到近前，俯下身去，将耳朵凑近囚犯的嘴边，又把了把那人的手腕、腋下和大腿的脉搏，最后又直起身来。

“怎么样？”郡长问道。

“他还听得见。”医生回答。

---

① 原文为拉丁文。

② 这段拉丁文，大致重复前一段话的内容。

③ 这句拉丁文重复前一句话的内容。

“他看得见吗?”郡长又问道。

医生则回答:

“他还能看见。”

郡长打了个手势,执法吏和铁棒执法官走上前来。铁棒执法官站到受刑者的脑袋跟前,执法吏则站到关伯兰身后。

医生退后一步,停在两根柱子之间。

这时,郡长举起玫瑰花束,就像神父举起圣水刷,他声色俱厉,呼叫囚犯:

“你这恶棍,说话呀!在结果你之前,法律恳求你开口。你要装哑巴,以为坟墓也是哑巴;你要装聋,以为地狱也是聋子。想一想死亡吧,死神比你还顽固。考虑一下,你要被抛弃在这地牢里。听一听吧,我的同类,因为我们都是人!听一听吧,我的兄弟,因为我们都是基督徒!听一听吧,我的孩子,因为我是个老人!你对我可要当心,因为我来决定你受多大痛苦,等一会儿我就变得非常凶狠。法律凶狠起来,才成就法官的威严。想一想吧,就连我本人,在我面前也要发抖。我自己的权力也令我惊愕。不要把我逼急了。我感到实施惩罚的那种神圣的凶残,已经充满我的心田。你这不幸的人啊,要老老实实,敬畏司法自有好处,听从我的话吧。对质的时刻到了,你应该回答,绝不要再顽抗了。不要走到悔之无及的地步。想结案是我的权力。开始成为僵尸的人,你听着!除非你愿意死在这里,要挨上几小时、几天、几星期,慢慢地咽气,长时间挣扎在可怖的弥留状态中,忍受饥饿和腐臭之苦,压在这重石下面,独自一个,被人抛弃、遗忘在这地牢,被一笔勾销,喂给老鼠和黄鼠狼,任凭黑暗中的毒虫啮噬,可是在你脑袋上方,世人都忙忙碌碌,来来往往,有买有卖,而且街道上车水马龙;是啊,除非你觉得这样很好,在这绝望的深渊,不间断地捯气喘息,牙齿得得打战,哭哭啼啼,怨天尤人,没有医生来减轻你的伤痛,也没有神父给你的灵魂送一杯圣水；哼！除非你愿意感受自己嘴唇渐渐冒出坟墓的可怕泡沫，噢！否则的话，你就听我的，我要求你，也恳求你。我呼唤你拯救自己，可怜你自己吧，做到对你的要求，向法庭让步，服从吧，转过你的头，睁开眼睛，说说你是否认出这个人来！”

受刑者既不转头，也不睁眼。

郡长看了看执法吏，又看了看铁棒执法官。

执法吏给关伯兰摘掉帽子，扒下大衣，抓住他的双肩，让他面对被锁住的犯人那边的光亮；于是，关伯兰那张面孔正迎着灯光，再由身后一片幽暗衬托，那奇特的脸型暴露无遗。

与此同时，铁棒执法官也俯下身，双手抓住受刑者的脸颊，把那颗木然不动的头扭向关伯兰，再用拇指和食指扒开他那闭合的眼睑。于是，那人凶狠的眼睛露了出来。

那囚犯看见了关伯兰。

这时，他主动抬起头，眼睛睁得极大，注视着关伯兰。

他身上虽然压了一座山，还是打了个寒噤，接着嚷道：

“是他！对！正是他！”

他神情可怕，哈哈大笑起来：

“正是他！”他重复道。

说罢，他的头又跌落到地上，闭上了双眼。

“书记官，记录下来。”郡长说道。

此前，关伯兰虽然吓得胆战心惊，但是基本上还能保持镇定。受刑者那声喊叫：“正是他！”一下让他慌了神儿。接着又一句“书记官，记录下来”，又让他的心凉透了。他似乎领悟，一个十恶不赦的罪犯要拉他一起毁灭，而他关伯兰却猜不出为什么，但是此人含混的供认就像一副刑枷，立时锁住他的颈项。关伯兰想象他和此人并排绑在一对耻辱柱上示众，一时惊恐万分，再也沉不住气，开始挣扎了。他无辜受了冤枉，浑身颤抖，吓得惊慌失措，在极度惶

恐中，开始结结巴巴，语不成句地申辩，乱喊乱叫，信口开河，就像胡乱射出的疯狂的子弹。

“不是那回事儿。不是我呀。我不认识这个人。他也不可能认识我，既然我不认识他。今晚还等着我演出呢。为什么对我这样？我要求放我出去。全不是那回事。为什么把我带到这座地窖来？怎么没有王法了。法官先生，我再说一遍，那不是我。不管别人说什么，我都是无辜的。这一点我完全清楚。我要走了。这样可不公正。这个人和我毫无关系。可以去调查呀。我的生活也没有隐藏什么。不料来人把我当盗贼抓走。为什么要这样干呢？这个人，我哪儿知道他是干什么的？我是跑江湖的，到各地集市场演滑稽戏。我是笑面人，不少人来看过我演出。我们就在塔林佐草地。我老老实实干这行，已经十五年了，现在我二十五岁。我住在塔德卡斯特客栈，我叫关伯兰。法官先生，请您放我离开这里吧。不要以为穷苦人地位低下，就可以随便欺侮。请您可怜可怜一个没干过任何坏事的人吧，这种人既无人保护，又无力自卫。在您面前的不过是个可怜的江湖艺人。”

“在我面前的，”郡长说道，“正是菲尔曼·克兰查理勋爵，克兰查理和亨克维尔男爵，西西里的克莱奥尼侯爵，英国贵族院议员。”

郡长说着就站起身，指着他的扶手椅，又对关伯兰说道：

“大人，请大人屈尊就座。”

第五卷　大海和命运同在微风中波动

第一章　易碎之物的牢固性

命运有时会递给我们一杯疯狂之饮。一只手突然从云端伸出来，递给我们盛着未知的令人陶醉之物的黑色酒杯。

关伯兰不明白了。

他瞧瞧身后，看郡长是同谁讲话。

声音过分尖厉，耳朵就听不见；冲动的事太强烈，头脑就领会不了。理解和听觉一样，都有限度。

铁棒执法官和执法吏走到关伯兰身边，搀起他的胳臂；关伯兰就觉得自己被扶着坐到郡长腾开的座位上。

他由人摆布，实在弄不懂事情怎么变成这样。

等关伯兰坐定，执法吏和铁棒执法官便后退几步，在扶手椅后面一动不动，垂直站立。

这工夫，郡长将那束玫瑰花放到石板上，接过书记官递来的眼镜戴上，从满桌的档案堆下抽出一张羊皮纸。那张羊皮纸已经泛黄，还有污迹和绿斑，有的部位被虫蛀和破损，看样子当初叠成很窄一条。纸上有一边写满了字，而郡长站在铜灯的灯光下，将羊皮纸举到眼前，以极为庄严的声调念道：

以圣父、圣子和圣灵的名义，

今天，公元1690年1月29日，

一个十岁的孩子，被恶毒地抛弃在荒无人烟的波特兰海岸上，企图让他孤独一人冻饿而死。

有人奉非常仁慈的国王詹姆士二世陛下之命，在这孩子两周岁时将他卖掉。

这孩子便是菲尔曼·克兰查理勋爵，即已故的林奈·克兰查理勋爵，克兰查理和亨克维尔男爵，意大利的克莱奥尼侯爵，英格兰王国贵族院议员和他的配偶安·布雷德肖唯一合法的子嗣。

这孩子是他父亲的财产和爵位的继承人。这就是为什么，仁慈的陛下决意卖掉他，使其致残、破相乃至消失。

这孩子被人抚养和培训，将来好让他到集市场卖艺。

他是在两岁那年父亲去世后被卖掉的：我们付给国王十英镑，买下这孩子，并获得各种特许、宽容与豁免权。

菲尔曼·克兰查理勋爵两岁时，由我，本声明起草并署名者买下，给他毁容破相的是个佛兰德斯人，名叫哈德夸诺恩,唯独他掌握康奎斯特的秘术与手法。

我们决定给孩子整容成为笑面具。Masca ridens.[①]

哈德夸诺恩按照这种意图,给孩子做了从嘴角到耳边的切开[②]手术,给他的脸留下永恒的微笑。

哈德夸诺恩使用唯独他掌握的方法,让孩子昏睡过去,因此他没有感觉,并不知道自己挨了手术刀。

他也不知道自己是克兰查理勋爵。

他现在名叫关伯兰。

这是因为他被买卖的时候,年龄极幼,仅有两岁,记忆力很差。

哈德夸诺恩是唯一掌握切开嘴巴[③]的手术的人,而这个孩子又是接受这种手术后唯一存活的人。

这种手术独一无二,十分特别,即使过了很多年,即使这孩子长大,成为老人,他一头黑发变成苍苍白发,哈德夸诺恩仍能一眼就认出他来。

我们写这份声明的时候,主要参与者并确知所有这些事实的哈德夸诺恩正被羁押在监狱里:俗称威廉三世的奥兰治亲王拘捕了哈德夸诺恩,以贩卖儿童罪将他关在查塔姆城堡的主塔中。

遵照国王的旨意,孩子是由已故的林奈勋爵最后一名仆人经手卖给我们的,地点在瑞士洛桑和沃韦之间的日内瓦湖畔,即他父母过世的那幢房子里。不久之后,那名仆人也死了。因而在人世间,了解这一非同寻常秘事的人,目前除了我们这些就要丧命的人之外,只剩下囚在查

① 拉丁文,重复"笑面具"。

② "从嘴角到耳边的切开"原文为拉丁文。

③ "切开嘴巴",原文为拉丁文。

塔姆地牢中的哈德夸诺恩了。

本声明签署人，我等从国王手中买下小爵爷，抚养八年，以便让他加入我们的行当挣钱。

为了免遭哈德夸诺恩那样的厄运，今天我们逃离英国，担心和畏惧议会颁发的禁令与刑事宣判，在暮晚时分，将关伯兰那孩子，即菲尔曼·克兰查理勋爵，抛弃在波特兰海岸。

我们曾对国王发誓保密，但是没有向上帝发誓。

那天夜里在海上，我们遭遇大风暴，受到天主的惩罚，陷入绝望和险境。我们对人已不抱任何希望，唯独敬畏上帝，于是我们跪下祈求能救我们的性命，也许还肯拯救我们灵魂的天主，相信安全锚和出路，就是痛悔我们的恶行，我们这些卑微的罪人，只要上天的正义得到伸张，死了也甘心。我们就这样捶着胸膛，写下这份声明，交付给狂怒的大海，就看大海如何按照上帝的意志妥善处理了。但愿至圣的圣母帮助我们。但愿如此。签署人如下：

郡长念到此处停下，说道：

“下面是签名，笔迹都不一样。”

他又接着念道：

杰纳杜斯·杰斯特门德博士。——阿顺雄。——一个十字，旁边写着：巴巴拉·菲摩依，埃布德群岛提里夫岛人。——盖兹道拉，首领。——吉安吉拉特。——雅克·卡图尔兹，号称纳尔榜人。——吕克-皮埃尔·卡普加鲁普，马翁的苦役犯。

郡长又顿了一下，说道：

“下面是附记，出自执笔人和第一签署人的手笔。”

他又接着念道：

> 三名船员：其中船老大被大海巨浪卷走，余下两名签字如下——迦尔德真。——阿维-玛利亚，窃贼。

郡长边念边插一点解释，他继续说道：

“这张羊皮纸下方还写有：‘于比斯开独桅船晨星号上，位于帕萨日海湾的海面上。’”

“这张纸，”郡长又补充道，“是掌玺大臣的公文纸，上有詹姆士二世国王的水印。”在声明的空白边上，还有这样一点说明，是同一个人的笔迹：

> 这份声明，我们就写在国王给我们的命令的背面；这御旨能免除我们买那孩子的罪责。这张纸一翻过来，就能看到这道命令。

郡长翻过羊皮纸，右手拿着举向灯光。只见一张白纸，假如还能用“白”这个字来形容一张霉成那种样子的纸的话，纸正中写有三个词，其中两个为拉丁文：Jussu regis①，还有个签名：Jeffrys②。

“Jussu regis，Jeffrys.”郡长说道，声调从严肃转而高亢。

关伯兰那副神态，就像被梦幻宫的落瓦砸到头上。

他开始说话了，无意识中自言自语道：

“杰纳杜斯，对，那个博士。一个愁眉苦脸的老头儿。当时我

① 意为“奉国王之命”。

② 签名为：杰夫里。

挺怕他的。盖兹道拉，首领，也就是说头头儿。有两个女人，阿顺雄和另一个。还有那个普罗旺斯人，他叫卡普加鲁普。他用一只扁壶喝酒，壶上还用红笔写了一个名字。”

“酒壶就在这里。”郡长说道。

郡长说着，就把书记官刚从材料袋里取出的一样东西放到桌子上。

那是只带耳的酒壶，外有柳条套。它显然在水中浸泡，经历了大风大浪，上面挂了许多贝壳和刚毛藻。壶身还生满海洋中的各种水锈，看似镶嵌了金银条饰。壶口有一圈沥青，表明当初是密封的，现在已经启开，用作壶塞的绳头仍旧塞在瓶口上。

“刚才念的那份声明，”郡长说道，“就是那些快要遇难的人装进这壶里的。大海把这封写给正义的信，忠实地交到正义的手中。”

郡长的声调又增加几分威严，继续说道：

“正像哈罗山盛产小麦，提供精白面粉制成面包，摆上陛下的餐桌那样，海洋也全心全意为英国效劳，哪怕丢失了一位勋爵，大海也能给找回来。”

接着，他又说道：

“这只酒壶上，确实有个用红笔写的名字。”

他转向一动不动的受刑者，提高嗓门说道：

“正是您的名字，押到这里的坏蛋。沉没在人类行为深渊中的真相，正是通过这种冥冥的途径，最终从深底浮上表面。”

郡长拿起酒壶，将清洗掉附着物的一面对准灯光：清洗显然是为了判案的需要。在纵横交错的柳条间，还看得出弯弯曲曲编进去的红色灯芯草，但在海水中泡久了，有几处变黑了，还断了几处，但是在柳条间却清晰地组成了十二个字母：Hardquononne①。

① 哈德夸诺恩。

这时，郡长又转向受刑者，重又操起无可比拟的、倒可以视为正义的声调，说道：

"哈德夸诺恩！本郡长拿着这只有您名字的酒壶，第一次出示给您看的时候，您起初还乐意承认这原是您的东西。接着，我们把原先叠好放进酒壶里的羊皮纸上所写的内容念给您听了，您就再也不肯多说一句了，无疑是抱着侥幸的心理，以为再也找不见失踪的孩子了，您能逃脱惩罚，就拒不回答审问。您拒绝招认的后果，就是受了这种大刑。我们又第二次向您宣读羊皮纸上的内容——您的同案犯的声明与忏悔书，还是徒劳。今天是第四天，法律规定的对质的日子，面对 1690 年 1 月 29 日被抛弃在波特兰的这个人，您内心罪恶的希望破灭了，于是打破沉默，确认了您的受害者……"

受刑人睁开眼睛，抬起脑袋，开口说话了。他这临终之人的声音倒特别响亮，喘息中不知为何还显得那么平静，但是说来很凄惨，每讲一句话，都要拱起像墓板盖压在他身上的那堆石头。

"我曾经发誓保守秘密，"他说道，"我也尽力做到了。默默不语的人，才是忠实可靠的人，地狱中存在着一种诚实。今天，沉默已变得毫无意义。好吧。这就是为什么，我开口讲话了。对，是这么回事儿。正是他。他是我们俩制造的，国王和我；国王以其旨意，我则运用技艺。"

他望着关伯兰，又补充一句：

"现在，你就笑一辈子吧。"

他说着，自己倒笑起来。

第二次比头一次笑得更厉害，简直就像号啕大哭。

笑声停止，他重又仰在地上，眼睑又重新合上了。

郡长让受刑人讲完话，紧接着说道：

"这些话全部记录在案。"

他容些时间让书记官写完，然后又说道：

“哈德夸诺恩，依照法律条款的规定，经有效的对质，在第三遍宣读了您的同案犯的声明之后，您忏悔并招认了声明中所记述的事实。既然您一再招供，那就给您卸掉锁链，听候陛下旨意，以窃取罪处以绞刑。”

“窃取者，”加冠执达吏解释道，“即指买卖儿童。《西哥特人法》第七卷，第三章，‘非法占有’①段；《萨利克法》②第四十一章，第二段；《弗里西亚人③法》第二十一章，《论盗窃》④。亚历山大·尼夸姆说：“‘你卖了儿童，你的名字就叫窃贼。’⑤”

郡长将羊皮纸放到桌子上，摘下眼镜，重又操起那束花，说道：

“大刑结束。哈德夸诺恩，感谢陛下的恩典吧。”

执法吏打了个手势，穿皮衣的汉子便动起手来。

那汉子正是刽子手的助手，古宪章称之为“绞架的侍从”。他走到受刑者跟前，一块一块搬开压在他身上的石头，再拿下铁板，只见那可怜的家伙肋骨都变了形，接着，又给他卸掉连在柱子上的手铐和脚镣。

囚犯没有石头压迫了，手脚也去掉了锁链，他平躺在地上，双眼紧闭，手臂和双腿都伸开，就好像刚从十字架上卸下来。

“哈德夸诺恩，起来吧。”郡长说道。

犯人一动也不动。

“绞架的侍从”抓起他一只手，然后松开，那只手又落下去。拉起另一只手，一松开也同样落下去。刽子手的助手就抓起他一只脚，随即又抓起另一只，脚跟跌落到地上。手指木然不动，脚趾也毫无反应。横卧地上的一具尸体的赤足，不知为何令人毛骨悚然。

---

① 原文为拉丁文。

② 萨利克法：萨利克法兰克人的法律，即五世纪时征服高卢的萨利克人的法典。

③ 弗里西亚人：日耳曼人的一支，居住在弗里西亚群岛。

④ 原文为拉丁文。

⑤ 这句引语原文为拉丁文。

医生走上前去，他从长袍的兜里掏出一面小钢镜，放到哈德夸诺恩咧开的嘴边；接着，他又扒开哈德夸诺恩的眼睑。眼睑根本不合拢了，而两个玻璃体眼球也凝滞不动。

医生又直起身，说道：

“他死了。”

他随即又补充一句：

“他刚才大笑，笑死了。”

“无所谓，”郡长说道，“招供之后，死了还是活着，就只是个形式问题了。”

接着，他用玫瑰花束指了指哈德夸诺恩，向铁棒执法官下了一道命令：

“今夜之前，将这尸体运走。”

铁棒执法官颔首领命。

郡长又补充一句：

“监狱的墓地就在对面。”

铁棒执法官再次表示领命。

书记官在记录。

郡长左手拿着玫瑰花束，右手操起白色权杖，笔直地站到一直坐着的关伯兰面前，深鞠一躬，然后仰起头，那姿态格外庄严，直面正视着关伯兰，说道：

“面见大人，在下菲利浦·丹齐尔·帕森斯骑士，萨里郡郡长，谨奉女王陛下面谕特别旨意，又经英国大法官的准许，由文书兼书记官欧布里·多克米尼克爵士，以及郡府官员协助，组成特别法庭，接过海军转来的证据，立案审讯，并做了笔录，核实各种证据与签名，给犯人宣读了声明书，听取了口供，当事方对了质，按照法律要求，全面验证与查对，无一遗漏，取得圆满而公正的结果，至此我等责无旁贷，正式通知您并宣布，阁下就是菲尔曼·克兰查理，克

兰查理和亨克维尔男爵,西西里的克莱奥尼侯爵,英国贵族院议员。愿上帝保佑大人。”

说罢,他又施了个礼。

法学执达吏、执法吏、铁棒执法官、书记官,除了刽子手助手之外,在场的所有人都上前参拜关伯兰,施礼的弧度更大,无不一躬到地。

“这是干什么,”关伯兰嚷道,“快把我叫醒!”

他面失血色,站起身来。

“我的确是来唤醒您的。”一个我们还未听到过的声音说道。

话音未落，柱子后面就转出一个人来。自从那道铁板门开启，放进这小队警察之后，再也没人进入这地窖。显然在关伯兰进来之前，这个人就躲在暗地里了。他是受指派的观察员，使命和职责就是躲在一旁。此公身体肥胖，头戴宫廷式假发，身披旅行斗篷，模样已不年轻，衣着打扮十分体面。

他向关伯兰施礼，态度恭敬而从容，表现出在贵族之家当差的那种潇洒的绅士风度，没有官场上的那种笨拙的蠢态。

“是的，”他说道，“我就是来唤醒您的。您已经沉睡了二十五年。您在做一场梦,现在梦该醒了。您自以为名叫关伯兰,其实您叫克兰查理。您自以为是平民百姓,其实您是大贵族。您自以为身处最底层,其实您位列王公。您自以为是个戏子,其实您是贵族院议员。您自以为一贫如洗,其实您非常富有。您自以为卑微,其实您显赫高贵。请您醒来吧,勋爵大人!”

关伯兰喃喃自语,声音极低,还有几分恐惧:

“这到底是怎么回事啊?”

“是这么一回事,勋爵大人,”那个胖子答道,“在下巴基尔费德罗,在海军部任职。海上这个漂流物,哈德夸诺恩的酒壶,有人在岸边拾到,呈送给我,由我启封,这是我的职权与特许。启封时有两位证人在场,是两位议会议员,对‘冲到海岸漂流物科’宣过誓,即巴斯城议员威廉·布拉斯威斯、南安普敦议员托马斯·杰尔维斯。两位证人记述并证明酒壶内的封存之物,并同我一起签署启封记录。然后,由我向陛下禀报,女王陛下这才下旨查明此案;接着,按照所有法律程序,十分谨慎地处理如此微妙的案子;最后便是对质,由此刚刚结案。这就意味着您享有一百万的年金收入;这就意味着您是大不列颠联合王国的勋爵立法者与法官,最高法官,国家立法者,可以穿上镶有白鼬皮饰带的大紫袍,贵如皇帝,与王公平起平坐;这就意味着您将头戴贵族院议员桂冠,并娶一位国王之女,女公爵为妻。”

这一系列变化如五雷轰顶,关伯兰昏迷过去。

第二章　漂流之物不迷路

命运这场突变,缘于一名士兵在海岸拾到了一只酒壶。

现在讲一讲事情的过程。

卡尔肖城堡的四名炮兵守卫之一,有一天在退了潮的沙滩上,拾到一只被潮水冲上来的柳条套酒壶。酒壶全身都发了霉,壶口塞紧并用沥青密封。那名士兵将漂流物交给城堡中的上校,上校又呈送给英国海军大臣。海军大臣就等于海军部;而处置漂流物,海军部就是巴基尔费德罗。巴基尔费德罗拔掉塞子,从酒壶里取出封藏之物,便呈送给女王陛下。陛下当即审阅,并且通报给了两位高级顾问,征询他们的意见。两位顾问,一位是大法官,他在法律上是"英国国王的良心守卫者",另一位是宫廷典礼官,是"纹章和贵族后裔的仲裁"。托马斯·霍华德,即诺福克公爵,天主教徒贵族院议员,英国世袭宫廷典礼官,派他的代表典礼官宾东伯爵去表明,他会附和大法官的见解。至于大法官,名为威廉·考珀。千万不要将这位大法官和另一位同时代同名的人混为一谈。另一个威廉·考珀是一位解剖学家,注释过比德洛的著作,在英国发表了《论肌肉》,与艾蒂安·阿拜伊在法国发表《骨骼史》几乎是同一时期。一位外科医生,同一位勋爵当然有差别。威廉·考珀勋爵很有名气,只因他审理隆格维尔子爵,即塔尔博·耶维尔顿一案时,写下这样一句判词:“遵照英国宪法,恢复一位贵族院议员的席位,要比一位国王复位更重要。”在卡尔肖发现的酒壶,引起了他极大的注意。一句格言的作者总喜欢有机会实践一下。这正是恢复一位贵族院议员的好机会。于是开始调查。关伯兰的招牌就挂在大街上,很容易找到。哈德夸诺恩也同样好找。他并没有死。牢狱能让人腐烂,但也能保存囚犯,如果说囚禁就是保存的话。托付给巴士底狱的人,极少受人打扰。死人不换棺材,囚犯也不大换牢房。哈德夸诺恩仍旧关在查塔姆主塔中,只需提人就是了。于是将他从查塔姆押解到伦敦。与此同时,还派人去瑞士调查。事实全部核实清楚。从沃韦和洛桑的地方档案室,调出了流亡中的林奈勋爵结婚证、孩子出生证,以及夫妻二人死亡证,全部证书都一式两份,“以备不时之需”,具有同等法律效用。调查工作在极其秘密中进行,而且以当时人称“办王差的速度”,以及培根所提倡的“鼹鼠那种渊默”。这后一条后来由布莱克斯通写进法律,适用于大法官和国家处理的案件,以及称得上贵族院事务的案件。

“奉国王之命”和“杰夫里”签名均已核实。如果有人从病理学角度研究过所谓“朕意”的任性所为,这种“奉国王之命”就极易理解了。这样的文件,按说詹姆士二世应该藏好,可是他却留下这些字迹,甚至不惜功亏一篑,这是为何呢!只因他厚颜无耻。只因傲慢而什么都不在乎。噢!您以为只有婊子才不知羞耻吗?以国家利益为名,也同样不知羞耻。“尚未抛头露面,就渴望被人瞧见”①;犯下一桩罪行,再大肆标榜,这就是全部历史。国王也文身,形同苦役犯。能逃脱警察和历史,这固然至关重要,但也令人恼火,还是特别想出名,让人知道是他们所为。你们瞧瞧我这手臂,注意上面的图案:爱情的一座神庙、被箭射穿的一颗燃烧的心,这就是我,

① 原文为拉丁文。

拉斯奈尔。“奉国王之命”，就是奉我詹姆士二世之命。干了一件坏事，还打上自己的标记。用无耻厚颜来补充完整，自我揭发，让自己的恶行遗臭万年，这正是歹徒式的明火执仗。克里斯蒂娜[①]抓住莫纳尔代奇，逼他忏悔之后再派人杀掉，还大言不惭：“我在法兰西国王宫中，是瑞典女王。”有的暴君遮遮掩掩，如提比略之流，有的则大吹大擂，像腓力二世[②]之辈。前者比蛇蝎还毒，后者比虎豹还凶。詹姆士二世属于这后一种。大家知道，詹姆士二世的样子开朗而欢快，在这一点上与腓力二世不同。腓力脸色阴沉，詹姆士却笑容可掬。二人都同样凶残。詹姆士二世是笑面虎。他同腓力

① 克里斯蒂娜（1626—1689），瑞典女王（1632—1654）。她于1654年逊位，让给她的堂兄查理·古斯塔夫，自己则周游欧洲，尤其法国。莫纳尔代奇是她的宠臣。失宠后写侮辱她的信，她在法国枫丹白露宫命人将他掐死。

② 腓力二世（1527—1598），西班牙及其附属国国王（1556—1598）。

二世一样，干起坏事来心安理得。他是秉承上帝旨意的妖魔，因而什么也无须掩饰，无须轻描淡写，他杀人是上天赋予的权利。他也十分乐意身后留下锡曼卡斯[1]那样的档案；他的罪孽全编上号，注明日期，分门别类，挂上标签，排序整齐，分别放在专门格子里，就像药剂配药室排列的各种毒药。签署自己的罪行，这正是王者风范。

任何罪行都是开出的一张汇票，不知让哪个冤大头付款。这张汇票刚刚到期，不祥的背书则是“奉国王之命”。

就善于保守秘密而言，安妮女王绝不像个女人，她一开始就吩咐大法官，审理这一重大案件，要打一份秘密报告，就是称为“对陛下耳朵的报告”。在各个王朝，这种报告倒是常用的形式。在维也纳，有一类宫廷人物，称作“耳边顾问”。那是沿袭加洛林王朝的显要职位，古代内宫宪章中称为 auricularius[2]。那是悄声对皇帝说话的人。

英国大法官威廉·考珀男爵，是安妮女王信得过的人，因为他同样是近视眼，甚至比她还要近视。考珀男爵写过一篇回忆录，有这样一段开场白：“有两只鸟听命于所罗门，一只鸡冠鸟，名叫‘呼得不得’，它能讲各种语；还有一只鹰，名叫‘西木干卡’，它一展翅，就能给两万人的沙漠商队遮阴。天主也一样，只是换一种形式。”等等。大法官确认这样的事实：一位勋爵的继承人被劫持并毁了容，后来又找到了。他绝不谴责詹姆士二世，那毕竟是女王的父亲。他甚至还摆出些理由为其开脱。首先，依据君权的古老格言：“我们将他削去爵位，贬为庶民。”[3]其次，国王有伤人致残权。张伯伦确认了这一点。詹姆士一世凭其博闻强记，就说过“臣民的生命

① 锡曼卡斯：西班牙小城，其城堡保存有西班牙最丰富的档案。

② 拉丁文，意为“在耳边说话的人”。

③ 原文为拉丁文。

与肢体由国王支配”①。他为了王国的利益，曾挖掉了有王室血统的几位公爵的眼珠。还有几位亲王离王位太近，就有必要用被子捂死在床上，做成中风而亡的现场。而且，将人窒息，比致人伤残更彻底。突尼斯国王挖掉他父亲穆莱-阿赛姆的眼珠，而他派出的使臣，还是照样受到皇帝的接见。因此，国王可以下令砍掉一个肢体，就跟取消一种身份那样，等等，全是合法的，等等。然而，一种合法性并不排除另一种合法性。“溺水者如果重又浮上水面而未死，这就意味上帝修正了国王的行为。继承人如果找到了，爵冠就该还给他。阿拉勋爵就是这样，他也曾当过杂耍艺人，后来当了诺森伯兰王。对待关伯兰也应当如此，他也是王，也就是勋爵。迫于强大的压力，从事过低下的行业，这丝毫也不会玷污纹章。阿卜杜拉尼姆就是明证，他是国王，也当过园丁；圣约瑟夫也是明证，他就当过细木匠；阿波罗同样是明证，他是天神，却当过牧羊人。”简而言之，博学的大法官得出结论，克兰查理勋爵应从假名关伯兰改回真名菲尔曼，恢复全部爵位与财产，“只要他同哈德夸诺恩对质，并被这个坏蛋认出来”。

大法官，国王良心的法定守卫者，呈上这样的报告，就能让女王心安理得了。

大法官还在附言中提醒道，假如哈德夸诺恩拒不回答审问，那就必须对他施以“大刑”，以便达到阿德尔斯坦国王宪章所要求的“死亡的冰冷”阶段，对质应安排在受刑的第四天，但也有不妥之处，万一人犯受刑不过，于第二天或第三天就毙命了，那么对质就难以进行。但是仍要依法行事：法律的弊病也是法律的组成部分。

况且在大法官的头脑里，哈德夸诺恩认出关伯兰绝无问题。

安妮相当了解关伯兰的毁了容的面貌，绝不肯让自己的妹妹

① 原文为拉丁文，引自《张伯伦文集》第二部分，第四章第76页。——作者原注

吃亏；若仙女公爵本来被钦命替代继承人克兰查理的家产，现在也好，就让若仙嫁给新勋爵，即关伯兰。

再说，菲尔曼·克兰查理勋爵恢复爵位，事情很好操办，因为继承人既合法，又是嫡系血统。如果要求继承的人是家族的旁支，血统有疑问，或者爵位“悬而未决”[1]，那就要由贵族院议决了。这种情况不必追溯很远，例如，1782年，伊丽莎白·佩里就要求西德尼男爵爵位；1798年，托马斯·斯特普尔顿要求博蒙特男爵爵位；1803年，尊贵的泰姆威尔·布里奇斯要求钱多斯男爵爵位；而1813年，诺利斯中将要求班伯里郡贵族院议员席位，等等。然而，这个案件则截然不同：毫无争议，合法性显而易见，权利既清楚又确定，毫无必要提交贵族院审议，有大法官协助，女王足可以承认并批准这位新勋爵。

这个案件从头至尾，都由巴基尔费德罗统筹安排。

这案件也多亏了他，进行得十分隐蔽，始终严守秘密，结果连若仙和大卫勋爵都没有闻到一点风声，根本不知道他们脚下动了这么大工程。若仙本就眼高于顶，目空一切，自我孤立起来，对她很容易封锁消息。至于大卫勋爵，干脆就被打发到佛朗德斯附近的海域。他就要丧失爵位，却还毫无觉察。这里交代一个细节。在距离大卫勋爵指挥的英国海军锚地十海里的地点，有一个叫哈利伯顿的舰长击退了法国军舰。内阁总理大臣彭布罗克伯爵呈送一份建议书，应将哈利伯顿舰长提升为海军准将。安妮画掉哈利伯顿这个名字，填上了大卫·狄里-莫伊尔勋爵，好让他一旦得知失去了爵位，至少从晋升为准将的军衔上得到些安慰。

安妮感到满意。给妹妹一个丑八怪的丈夫，给大卫勋爵提级。又恶搞又施恩。

---

① 原文为英文。

女王陛下要看一场好戏。不过她心中也想道，她弥补父王执政的一个过失，恢复一位贵族院议员的席位，她这样做也是天公地道，不失为一位伟大的女王，根据上帝的旨意保护无辜，遵循神圣而秘不可测的天意。这实在美妙，既伸张了正义，又能让自己不喜欢的人烦恼。

此外，知道未来的妹夫是个畸形人，这对女王来说也就足够了。那个关伯兰是何等样的畸形，何等样的丑陋呢？巴基尔费德罗无意向女王详细禀报，而女王也不屑垂问。王者由衷的鄙夷。况且，了解不了解又有什么关系呢？

贵族院对她也只有感激的份儿了。大法官早有预言。恢复一位贵族院议员的席位，就是恢复整个贵族院的权力。王国借此机会表明，自己正是贵族特权的兢兢业业的守护者。这位新勋爵不管相貌如何，面孔总不能成为质疑权利的理由。安妮或多或少就是这种想法，于是径直走向目标，女人和女王的大目标：自我满足感。

女王当时驻跸温莎，这就将朝廷的阴谋与公众拉开一定距离。

只有几个必不可少的人掌握秘密，知道即将发生的事情。

至于巴基尔费德罗，自然满心欢喜，这就给他那张脸增添一种阴沉之色。

这人世间最丑陋的东西，莫过于这种喜悦了。

他有了头一个品尝哈德夸诺恩酒壶的快感。他刚一看到酒壶，并没有惊讶：大惊小怪是凡夫俗子的见识。况且，这不正是他应得的吗？他在偶然性的大门口，已经守候了多久啊！他既然等待，那就必定会有什么东西到来。

这种“遇事毫不惊讶”，正是他沉稳的一种表现。应当说，他内心里惊叹不已。甚至在上帝面前，他也给自己的良心戴上面具；在发现酒壶之前，谁若能把面具给他摘掉，就会发现这样的情况：恰恰在这时候，巴基尔费德罗开始确信，像他这样一个小人物，与身边的高贵的人物若仙女公爵为敌，根本伤害不了人家一根毫毛。因此，埋藏在心底的仇恨达到了疯狂的程度，已经达到了所谓沮丧的这种极限。因为无望而尤为恼怒。强压怒火，这是多么可悲而又真实的写照啊！一个恶人强压住无能为力的冲动。其时，巴基尔费德罗也许正打算放弃，放弃伤害若仙，而不放弃伤害的愿望；放弃撕咬，而不放弃疯狂的仇恨。从此罢手，但这是何等堕落啊！此后就把仇恨装进剑鞘里，就像收进博物馆的一把匕首！真是奇耻大辱。

恰恰在这节骨眼儿，突然间——茫茫宇宙的变幻就喜欢这样偶然巧合——哈德夸诺恩的酒壶乘风破浪，落到了他的手中。冥冥中不知有什么驯化之物，似乎听命于邪恶。巴基尔费德罗由海军部随便指派两名不相干的、发过誓的证人协助，打开酒壶的封口，发现了那张羊皮纸，展开来一看……不妨想象一下，他的心花该会多么怒放！

想来也真怪，大海、狂风、空间、潮涨潮落、暴风雨、风平浪静、气流，所有这些自然力费了多大周折，才成全了一个恶人的欢喜。这种合谋协力持续了十五年。神秘莫测的事业。在这十五年间，大海为此孜孜不倦，一刻也没有停歇。波浪一道接着一道，传递着漂浮的酒壶，礁石闪避了玻璃壶体的撞击，酒壶没有一道裂璺，壶塞也没有磨损，海藻没有腐蚀掉柳条套，贝壳也绝未啮噬了“哈德夸诺恩”的字迹，海水没有渗进这个漂流物里，羊皮纸没有霉烂，潮气也没有抹去字迹，幽深的大海费了多大心思啊！杰纳杜斯将酒壶投给幽冥，幽冥又将它交到巴基尔费德罗手中，本来投送给上帝的信件，就是这样落到了魔鬼的掌中。天地间滥用了信任，而弄人的造化则隐藏在万物中间，巧作安排，虽然将失踪的孩子关伯兰恢复为克兰查理勋爵，但是同时又将这种正大光明的胜利复杂化，搞成一种掺了毒的胜利，以恶毒的手法做一件善事，让正义为罪恶效力。从詹姆士二世手中夺下一个受害者，竟然又当作猎物投给了巴基尔费德罗。将关伯兰拉起来，就是要把他交给若仙。巴基尔费德罗得逞了，而海涛、波浪、狂风，负载这玻璃酒壶，推涌颠簸，抛掷冲荡，又折磨又敬重这混装多少人生的酒壶，狂风、海潮、暴风雨相互配合，通力合作，原来就是为了这种结果！奇迹这样大展神威，竟为讨好一个恶棍！大千世界，居然同一条蚯蚓合作！命运表露的这类意愿，实在幽眇难辨。

一闪念间，巴基尔费德罗产生了提坦[1]式的自豪，心想这一切都是按照他的意图实施的。他感到自己成为中心和目的。

巴基尔费德罗想错了。让我们给偶然性正名。巴基尔费德罗借机泄恨，这绝非此种非常事件的真正含义。海洋充当了一个孤儿的父母，派去风暴追杀那些刽子手，摧毁那只抛弃这个孩子的独桅船，吞没了那些双手合十的遇难者，拒绝他们的哀求，只接受了他们的痛悔；风暴从死神手中接过一个寄存物，而装载深重罪孽的一条坚固大船，被一只寄存弥补罪孽的易碎小瓶所取代；于是，大海转换了角色，仿佛从一只凶豹变成一位乳母，开始在怀中摇着，不是摇孩子，而是摇他的命运。孩子逐渐长大，根本不知道大海在为他做什么，不知浪涛接住投来的酒壶，就细心看护这个装着未来的旧物，而风暴也善意吹拂着，海流指引这脆弱的漂浮物，穿越无法测量的水路，海藻、涌浪和礁岩无不小心呵护，广袤大海的浪花飞沫都在保护这无辜的孩子，海浪就像一种良心那样坚定不移，混沌逐渐恢复秩序，黑暗世界通向光明，而整个幽暗世界都竭力托出这颗明星——真相。流放者在墓中得到安慰，继承权归还给了继承人，国王的罪愆被击毁，最终完全遵照了上天的安排，弱小的弃

---

① 提坦：希腊神话传说中的人物，天神乌拉诺斯和地神该亚的子女，有六男六女，称为巨神，曾反对宙斯篡夺天神之位，失败后被打入塔耳塔洛斯地狱。

儿有了大千世界做他的监护人，巴基尔费德罗在他获胜的事件中，本应看到这一切，但他却视而不见。他根本不想一想，这一切都是为了关伯兰，反而认为这一切都是为了他巴基尔费德罗，他没有白费力气。魔鬼的心计，无不如此。

而且，一件极易破碎的漂流物，居然漂荡了十五年而未损坏，不了解大海无限柔情的人就会感到诧异。其实，十五年还不算什么。且说1867年10月4日，在法国的莫尔比昂海湾，即克鲁瓦岛、加夫尔半岛的岬角和流浪汉岩礁之间，路易港的渔民曾拾到一只四世纪的罗马尖底瓮，瓮身布满海水锈蚀的阿拉伯装饰图案。那只双耳尖底瓮，在海上漂流了一千五百年。

不管巴基尔费德罗外表装得如何无动于衷，他内心惊讶却不亚于欢喜。

一切都主动送上门来，就好像一切都准备齐全。即将为他报仇雪恨的这一事变，一段一段纷至沓来，到了他伸手可及之处。这些段落只要凑在一起，排列好一焊接就成了。进行了有趣的装备，再精雕细刻。

关伯兰！他知道这个名字。Masca ridens！① 他同大家一样，也去看过笑面人的表演。他见过挂在塔德卡斯特客栈门口的那块牌子，就像看一张吸引众人的海报。他注意看了那招牌，当即把上面的字句全记在脑子里，况且还可以再去核对。在他头脑的闪电般回忆中，那块招牌重又浮现在他深邃的眼前，还移到海上遇难者留下来的那张羊皮纸旁边，就好像放到问题旁边的答案，又像放到谜语旁边的谜底。招牌上那几行字“欢迎前来观赏关伯兰的演出。他十岁那年，1690年1月29日夜晚，被遗弃在波特兰海岸”，在他的眼里突然放射《启示录》般的光芒。他产生这样的幻觉；在集市

---

① 拉丁文，意为“笑面具”。

场的野戏台上，Mane Thercel Pharès① 几个字闪着红红的火光。若仙生活的大厦倾毁了。突然坍塌了。失踪的孩子找见了。又有了一个克兰查理勋爵。大卫·狄里-莫伊尔的爵位遭到釜底抽薪。爵位、财产、权势、地位，这一切都离开了大卫勋爵，归属了关伯兰。一切，包括那些城堡、猎苑、森林、别馆、宫殿、领地，也包括若仙，全归了关伯兰。而若仙呢，要面对什么结局啊！现在，是谁在她面前呢？高贵而高傲的若仙，要面对一个滑稽演员；美丽的才女，要面对一个丑八怪！他，巴基尔费德罗，怎敢抱这种希望？事实上，巴基尔费德罗感到欢欣鼓舞。基于仇恨策划的全部阴谋诡计，也不如意外事件这种恶毒的大手笔。现实一旦产生意愿，就能创造杰作。巴基尔费德罗感到，自己那些非分之想愚蠢极了。现在他喜出望外。

经他一手安排，这场大变故即将实现，哪怕会伤及自身，他也在所不惜。自然界就有这种不要命的凶猛昆虫，明知蜇了人自己会丧命，还是照样蜇人。巴基尔费德罗就属于这类虫子。

然而这一回，他可没有不计得失的美德。大卫·狄里-莫伊尔勋爵什么也不欠他的，而菲尔曼·克兰查理倒是完全亏了他。巴基尔费德罗要从被保护者，一变而为保护人了。那么保护谁呢？保护英国一位贵族院议员。他要有一个属于他的勋爵！一个由他创造出来的勋爵！巴基尔费德罗打算要让他养成基本习惯，而且，这个在平民中长大的勋爵，要成为女王的妹夫！他长得极丑，越让若仙厌恶，就越能让女王喜欢。巴基尔费德罗仰仗着这种恩宠，再穿上庄重而朴素的教袍，就能成为一个人物了。他念念不忘初衷，要进入教会，隐隐渴望当上主教。

---

① 这三个词意为“计算、衡量、划分”，是出现在巴比伦王宫宴会厅墙上的火字，预示巴比伦城覆灭。大意是巴比伦国气数已尽，伯沙撒王在天平上称出亏欠，巴比伦人将被划分为玛代人和波斯人。见《圣经·但以理书》第五章。

就是眼下，也够他高兴的了。

多么漂亮的成功！偶然的造化所有这番周折，安排得多么巧妙！他的复仇，须知他把这称为复仇，是波涛轻柔缓慢地给他送来的。他埋伏伺机，没有白白等待。

礁石，就是他。漂流物，就是若仙。若仙撞到巴基尔费德罗，便搁浅了！大恶人由衷地狂喜。

在别人的思想上割开一道小口子，塞进自己的念头，这就是所谓的暗示，巴基尔费德罗就精于此道。他闪在一旁，仿佛根本没有插手，却巧妙设法，让若仙去看“绿箱子”演出，于是见到了关伯兰。这并无害处。瞧瞧街头卖艺的人多么低下，大拼盘中的好调料将来一定会美味可口。

他悄无声息，事先就做好一切准备。他所希望达到的，就是突如其来。他这一系列操作，只能用这种奇特的字眼来表达：制造出一声惊雷。

准备就绪之后，他就严格监视，一切必要的程序，都必须通过法律形式完成。依法办事丝毫也未影响保密，缄默也是法律的组成部分。

哈德夸诺恩也同关伯兰对质了；巴基尔费德罗亲临现场。我们也看到了对质的结果。

就在同一天，一辆御用驿车忽然奉女王旨意，去伦敦接若仙夫人，来见驻跸温莎的安妮女王陛下。若仙正有点什么心事，真想违抗王命，至少也延迟一天前往，第二天再启程奉召。然而朝廷生活，绝不容许这种违抗行为。无奈之下，她只好立即上路了，抛下她在伦敦的亨克维尔公馆，前往她在温莎的克莱奥尼别墅。

若仙女公爵离开伦敦，正巧那时候，铁棒执法官到了塔德卡斯特客栈，带走了关伯兰，押到南华克刑讯地窖。

若仙赶到温莎，却从守卫候见厅的黑杖门官口中得知，陛下正同大法官闭门议事，第二天才能接见她，因此，就让她住在克莱奥尼别墅，等候陛下安排，次日早晨醒来后，就会直接向她下达旨意。若仙心下十分气恼，回到自家住所，闷闷不乐地用了晚餐，推说偏头痛，屏退了左右；身边只留下那个小侍从，最后连他也打发走了，天色未黑就上床睡下了。

她到达温莎时还得知，大卫·狄里-莫伊尔勋爵在海上也接到王命，让他立即赶回候旨，同样在温莎等待次日晋见。

第三章　从西伯利亚猛然移到塞内加尔，谁都要丧失神志[①]

就是一个最坚强、最刚毅的汉子，遭到命运大棒的猛击，登时昏迷过去，这丝毫也不足为奇。意外事件击昏一个人，就如同宰牛锤击倒一头牛。费朗索瓦·德·阿尔贝斯科拉，就是给土耳其港口解除锁链的那个人，一当选为教皇，他就整整一天昏迷不醒。按说，从红衣主教升为教皇的跨步，远远比不上从江湖艺人到贵族院议员的飞跃。

冲击之猛烈，莫过于打破平衡了。

关伯兰恢复知觉，睁开双眼一看，天已经黑了。他发现自己躺在扶手椅上，在十分宽敞的大房间中央，只见墙壁、天棚和地板，全都铺上紫红色天鹅绒。人就走在天鹅绒上。他身边站着一个脱帽的男人，身披旅行斗篷，大腹便便，正是在南华克刑讯地窖里从柱子后转出的那个人。房间里只有关伯兰和这个人。他从扶手椅上伸出手臂，就能够着两张桌子。每张桌子上都有点着六支蜡烛的枝形烛台，一张桌上还放着一些文件和一只首饰盒，另一张桌子上则摆着一只镀金的银托盘，盘中有小吃、冷餐鸡、红葡萄酒、白兰地。

一扇长窗从天棚直落地板，透过窗玻璃望得见四月的明亮夜

---

① 洪堡语。洪堡(1769—1859)，德国自然科学家、自然地理学家，近代地质学、气候学、生态学创始人之一。他到过赤道美洲和中亚探险。

空、正院的半圆形柱廊，以及关闭的三扇院门：一扇大门、两扇矮门。中间那扇门很高大，专走马车；右侧的一扇门略小，骑马者通行；左侧小门步行专用。三扇全是铁栅门，铁栅尖头闪闪发亮。正门上方有高大的雕塑。廊柱估计全是白色大理石，庭院的路似乎也是铺的大理石，有雪地的效果；石板地面中央有镶嵌的图案，夜色中依稀可辨；那图案如果白天观赏，各种彩绘瓷砖无疑是按照佛罗伦萨风格，拼成一个巨大纹章。看那蜿蜒起伏的栏杆，就知道那是上下平台的台阶。庭院高矗起一座巨大的建筑物，笼罩着朦胧

的夜色。一座宫殿的形影，投在星光灿烂的夜空。

只见那屋顶无比巨大，人字墙呈涡形状，带檐的顶楼好似头盔，矗立的烟囱形若塔楼，柱顶盘上静立着一尊尊男女天神的雕像。一圈列柱的幽暗中，涌出仙境一般的喷泉，潺潺水流从一个承水盘落到另一个承水盘，瀑布夹裹着霏霏细雨，仿佛珠玉纷纷散落，随风乱抛钻石和珍珠，似乎要给周围的雕像解闷似的。几长排窗户轮廓分明，间隔着圆雕和小台座上的半身雕像。在一个个小三角楣上，交替排列着石雕的战利品、高顶羽盔和神像。

关伯兰所在的房间的里侧，正对着长窗那一面，只见一边是高到天棚的壁炉，另一边安放着一张封建领主式的大床，要登小梯上去，可以横卧，上面罩着天盖。床边就放着梯凳。靠墙摆着一排扶手椅，前面还摆了一排椅子，这便是室内的全部家具。天棚呈穹隆状。按照法国习惯，壁炉里的劈柴烧得极旺，蹿起的火焰闪动着玫瑰色和绿色，明眼人一看便知烧的是白蜡树，特别奢华，房间太大，两个枝形烛台那些蜡烛，光线仍显昏暗。有几处垂着帘子，轻轻拂动，表明那是通别的房间的门道。整个房间方正，给人以厚实之感，属于詹姆士一世时代的建筑，风格过时，但是富丽堂皇。室内壁毯和地毯、天盖和华盖、床榻、梯凳、帷幔、壁炉、桌围、扶手椅和座椅套，无不用深红色的天鹅丝绒。除了天棚，全室都不着金色。天棚上则不然，有一个金光闪闪的大圆盾，紧紧吸在棚顶，与四个屋角保持等距离，圆盾是金属压模而成，有突起的族徽图案，在并排的两个纹章上，能分辨出一顶男爵冠和一顶侯爵冕，那么光辉耀眼，是铜质镀金的，还是银质镀金的呢？无法判断。看样子很像金制的。这大贵族府邸的天棚，宛若黝黯而壮美的天空，而正中的这个盾徽熠熠闪光，仿佛夜空升起的昏黄的太阳。

一个野人自由自在惯了，就是置身一座宫殿，也要惴惴不安，跟关进监狱相差无几。这种豪华场所让人恐慌。任何富丽堂皇的东西，都要释放惶恐。该是什么样人，住在这种令人肃然起敬的寓所呢？这样高贵的陈设，属于哪个巨人呢？这宫殿是哪头雄狮的洞穴？关伯兰还没完全清醒，感到特别伤心。

“我这是在什么地方？”他问道。

那个站在他面前的人回答：

“您是在自己的府上，大人。”

第四章 迷幻

浮上水面需要时间。

关伯兰被投进了惊愕的渊底。

到了陌生之地,一时很难站稳。

部队可能溃不成军,思想也可能完全溃乱。重新整合不会立即奏效。

自身就感到散了架,经历一场怪异的解体。

上帝是手臂,偶然性是投石器,人便是石子。一旦投出去,再反抗一下试试。

我们就借用这种说法,关伯兰就像投出的石子,从一个惊讶蹦到另一个惊讶。先是收到女公爵的情书,随后又目睹南华克的刑讯地窖。

在命运的变化中,一旦出现意外情况,那就要做好这样的思想准备:意外会接踵而来。这扇可怕的大门一旦打开,令人吃惊的事便蜂拥而至。您的围墙一旦打开豁口,各种事变就会大量拥入。非常事件从不单行。

非常事件,就是一种晦暗。这种晦暗压到关伯兰头上。这场遭遇,他感到莫名其妙,看一切都隔着迷雾,这是深深的震撼留在他头脑中的雾气,就像大厦坍塌卷起的烟尘。这次震撼可谓彻头彻尾,没有给他留下任何清晰的印象。不过,一切总要逐渐明晰起来。尘埃要逐渐落定。惊诧的强度,也无时无刻不在减弱。关伯兰就好像睁开眼睛,注视一场梦境,试图看清梦中究竟有什么。他要拆解这云雾,然后再重新组合。他仍然一阵一阵迷惑,处于遭逢意外所引发的那种精神恍惚的状态,时而明白,时而又糊涂了。谁的头脑没有产生过这种左右摇摆呢?

他在南华克监狱黑暗的地道里瞳孔放大,同样,在突发事件的黑暗中,他头脑的窗户也开大了。难以办到的是,怎么能将大量聚积的感受分隔开来。为了这些混乱的思绪燃烧,即所谓能够理解,那么,这些冲动之间就必须有空气。然而,他这里缺乏空气。可以说,陷入这个事件就无法呼吸。关伯兰一走进骇人的南华克监狱地窖,就料定要给自己戴上苦役犯枷锁了,不料给他戴上的却是贵族院议员的冠冕。这怎么可能呢?在关伯兰所惧怕的情况和实际发生的事之间,没有足够思考的余地,变故来得太快,他的恐惧变成了另一种东西,变得太突然,无法看清楚。反差的两种东西相互贴得太紧了,关伯兰极力要从这把老虎钳中抽出自己的思想。

他沉默不语:这种本能的极度错愕,防御的作用要比人们以为的更有效。一言不发的人,就能应付一切。脱口而出的一个词语,忽然被一种陌生的齿轮咬住,您整个身子就可能被绞进去。

小人物就害怕被踩扁。民众无时无刻不担心被人踏在脚下。而关伯兰,多少年来就是芸芸众生的一员。

人在不安时就处于一种特殊的状态,可以用"等着瞧"这个字眼儿来表示。关伯兰就处于这种状态。面对突然出现的形势,自我感到还把握不住平衡。他要注意观察,接着还会发生什么情况。不知不觉中就留心了。等着瞧吧。等什么?不知道。等谁呢?瞧着吧。

那个大腹便便的人重复道：

“您是在自己的府上，大人。”

关伯兰摸了摸身上。人在意外惊讶的时候，总是先左顾右盼，以便确认周围的事物都存在，再摸摸自身，也确认自己不是在做梦。那的确是跟他讲话，可是他自己却成了另一个人。他的短上衣和皮搭肩没有了，现在身上穿了一件银色呢子坎肩、一件缎子上衣，摸一摸就觉出是刺绣的，也能感到坎肩兜里有一个装得满满的大钱袋。他这紧身小丑短裤外面，现在又套了一条丝绒短裤，而脚下穿一双红高跟皮鞋。有人把他送到这座宫殿，同样也给他换了衣服。

那人又说道：

“恳请大人记住这一点：我名叫巴基尔费德罗，是海军部的办事员。当初是我开启了哈德夸诺恩的酒壶，从里面取出您的命运。跟阿拉伯故事一样：一名渔夫打开瓶塞，放出来一个巨人。”

关伯兰定睛看着对他讲话的那张笑脸。

巴基尔费德罗接着说道：

“大人，除了这座宫殿，您还有亨克维尔公馆，比这座宅院还大。还有克兰查理城堡，那是您贵族院议员席位的根基，是建于老爱德华时代的一座堡垒。您属下有十九位法官，掌管领地的村庄和农民。这就意味着在您的爵位和世族的旗帜下，约有八万家仆和税民。在克兰查理城堡，您就是法官，主宰一切，主宰财产和生命，主持您这男爵的朝廷。国王比您仅仅多了一个铸造钱币权。国王，由诺曼底法规确定为‘贵族之首’，拥有司法、朝廷和 coin。这个 coin 就是钱币。除了这一点差别，您在自己的领地就是国王，如同国王在他的王国里一样。您作为男爵，有权在英国竖起四根柱子的绞架，作为侯爵，有权在西西里岛搭起七根柱子的绞架；而一般贵族所设法庭的绞架，只能有两根立柱，城堡主法庭的绞架规定有三根柱，公爵的就可以有八根了。根据诺森伯里亚[①]古宪章，您有权利称亲王。您的姻亲关系中，有鲍尔家族的爱尔兰瓦伦西亚子爵、安格斯家族的苏格兰安弗拉维尔伯爵。您同坎贝尔、阿德马纳克、麦卡吕莫尔一样是族长。您拥有八处领地，就是雷库尔弗、布鲁克斯顿、赫尔-凯尔特、洪布尔、默里康布、古姆德雷特、特伦瓦德雷特，等等。您在皮皮林摩尔的泥炭开采场、特伦特的石膏开采场都有征税权。此外，您还拥有彭尼特查斯整个地方、一座大山和山上的古城。那座古城叫维尼考顿，而那座山则叫莫伊尔恩利。所有这些资产，每年能给您带来四万英镑的收益；要知道，一个法国人能有两万五千法郎的年金，就很知足了。您的收入是他们的四十倍。”

就在巴基尔费德罗介绍的过程，关伯兰越听越感惊愕，他也一边不断地回忆。记忆就是一种沉淀，一句话就可能完全搅起来。巴基尔费德罗列举的所有这些名称，关伯兰全知道。他记得在他度过童年的旧篷车壁板上，这些名字就写在那两篇铭文的最后几行，他的眼睛不知下意识地浏览了多少遍，因而全记住了。这个遭遗弃的孩子，来到韦茅斯的那辆流动木棚时，所看到的正是等待他的遗产清单。可怜的孩子早晨醒来，无意识的目光随意拼读的头一些文字，竟然是他的领地和爵位名称。这么多令他惊愕的事情，又加上这样一个奇特的细节，十五年来，这个流浪舞台上的小丑，从一个十字街头到另一个十字街头，每天混口饭吃，从地上拾起小铜子儿，靠着面包屑为生，哪知陪伴他流浪的，竟然是他这张贴在苦境上的财富。

---

① 诺森伯里亚：盎格鲁撒克逊最主要的王国之一，位于亨伯河以北，全盛时期由爱尔兰海延伸至北海。7—8世纪在宗教、艺术和学术方面取得重大成就。10世纪之后，诺森伯里亚就成为英格兰王国中的一块伯爵领地。

巴基尔费德罗用食指点了点放在桌子上的小盒，说道：

“大人，这只小盒装有两千畿尼，是仁慈的女王陛下给您应急用的。”

关伯兰动了一下，说道：

“那就给我父亲吾是熊吧。”

“好吧，大人，”巴基尔费德罗回答，“吾是熊，就在塔德卡斯特客栈。加冠执达吏，今天一直把我们送到这里，一会儿他就要返回去，这些钱就让他捎去吧。我也可能去伦敦，那就由我带去。这事儿交给我办好了。”

“我要亲自送去。”关伯兰接口说道。

巴基尔费德罗收敛笑容，说道：

“不行。”

语气有所变化，表明强调。巴基尔费德罗掌握这种声调。他停顿了一下，就好像要给他刚讲的话画上句号。然后他接着讲下去，那种恭敬的口气，正是一个感到自己能当家做主的仆人所特有的。

“大人，现在您在克莱奥尼别墅，这是您的官邸，毗邻就是女王的温莎宫。这里距伦敦有二十三英里。您来到这里无人知晓。送您来的那辆马车，当时就在南华克监狱等候，门窗遮得严严实实。送您来这座官邸的人，并不知道您是谁；不过他们认识我，这也就足够了。您能被直接带进这套房间，只因我有一把秘密钥匙。这座宅院还有一些人，但都睡下了，还不到叫醒他们的时候。因此，我们有时间把事情讲清楚，其实也用不了多长时间。我来向您解释。我这是受陛下差遣。”

巴基尔费德罗边讲话，边开始翻阅盒子旁边的一摞案卷。

“大人，这就是您的贵族院议员证书。这是您在西西里的侯爵

爵位证书。这是您的男爵爵位证书，以及八处领地的羊皮书，盖有十一位国王的御玺，从肯特国王巴尔德雷特，一直到英格兰国王詹姆士一世兼苏格兰国王詹姆士六世。这是您的特权证书。这是您的租契，还有您的采邑、自由地、领地、属地和产业的凭证与说明书。您瞧头上方天棚中央，那徽章上有两顶冠冕，就是男爵的珍珠冠和侯爵的花叶冠。再往旁边瞧，这儿，您的衣柜里，挂着您的镶白鼬皮饰带红丝绒议员长袍。就在今天,几小时之前,大法官和英国纹章署长得知,您同儿童贩子哈德夸诺恩对质的结果,便去请示了陛下的旨意。而陛下旨意总与法律同德,于是签署了文件。这样,所有的手续都办齐了。明天,不会迟于后天,您就会被贵族院接纳。近几天,贵族院正在审议女王的一项提案,您可以参加审议。那项提案是要将女王的丈夫坎伯兰公爵的年俸增加十万英镑,等于二百五十万法郎。"

巴基尔费德罗停了下来,缓缓地喘了口气,接着说道:

"不过事情都还没有定下来。英国贵族院议员,不是想当就能当上的。除非您能开窍,否则,这些还会全取消,全落空了。一个大事件在爆发之前就销声匿迹了,这种现象,在政治上并不少见。大人,关于您的消息,现在还保密,等明天贵族院才会了解。您的案子会产生极大影响,完全保密是基于国家利益,此刻,只有少数几个严肃的人知道您的存在和权利,然而国家利益一旦要求,他们也会立时忘掉这一切。本来就在黑夜里的东西,就让它留在黑夜里吧。很容易就能将您抹掉,尤其您还有个长兄,事情就更好办了。您那位长兄,是令尊同一个女人的私生子,而在令尊流亡期间,那女人又当了查理二世国王的情妇,因此他在朝廷吃得开,他尽管是私生子,也完全可以获取您的爵位。您愿意出现这种情况吗?想必您也不愿意。好吧,这就取决于您了,必须听从女王的安排。您只能明天走出这座府邸,乘坐陛下的马车前往贵族院。大人,您愿意当贵族院议员吗?愿意还是不愿意?女王相当看重您,差不多打算让您同王室联姻。菲尔曼·克兰查理勋爵,这可是决定命运的时刻。而命运打开一扇门,就必定关上另一扇门。既然走出好几步了,就没有退路了。谁进人变化的过程,往后一退就化为乌有。大人,关伯兰死了。您明白吗?"

关伯兰从头到脚，浑身一抖，他随即又定下神儿来。

“我明白。”他说道。

巴基尔费德罗微微一笑，施礼告退，腋下夹着装钱的盒子出去了。

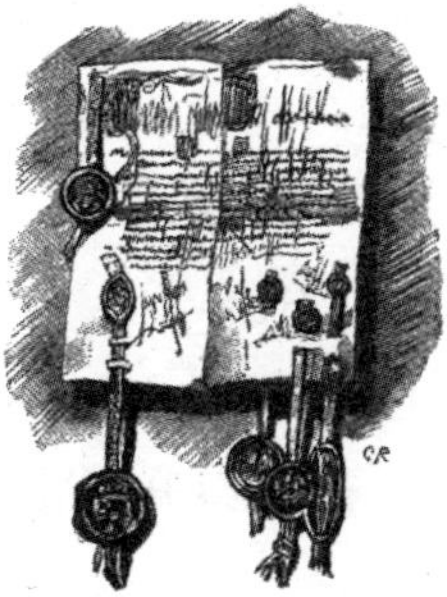

第五章　以为想起，其实忘记

眼见的这些奇异的变化，在人的灵魂中究竟如何呢？

关伯兰被抬举到一个顶峰，同时又被推下一个深渊。

他感到眩晕。

双向的眩晕。

飞升的眩晕和跌落的眩晕。

致命的混杂。

他本身感到上升，却没有感到跌落。

看到全新的视野，相当可怕。

一种前景，会让人产生多少念头，但并不全那么好。

他眼前洞开一个仙境，云层裂开露出深邃的蓝天，那也许是陷阱。

极为深邃，看上去黯黑。

他站到高山，一览世上各个王国。

这座高山因为不存在而更显可怕。站到山顶上，就是身处梦中。

在这高山上，诱惑便是深渊，而且诱惑极大，就连地狱到这山顶，都渴望腐蚀天国，魔鬼也要拉来上帝。

迷惑，多么奇妙的希望！

在撒旦诱惑耶稣的地方，人怎么抗拒得了？

那些宫殿、那些城堡、那种权势、那种富有，被人生的荣华富贵所包围，一望无际，世间的享乐从眼前直排列到天边，以您为中心的一本绚丽多彩的地理画册，多么危险的海市蜃楼。

这样一种幻景，未经引导，没有通过一个个阶段，没有思想准备，也没有过渡，突然展现在面前，设想一下会给思想造成多大慌乱。

一个人在鼹鼠洞里睡着了，醒来却伫立在斯特拉斯堡大教堂钟楼的尖顶上。关伯兰就是这种感觉。

眩晕，是一种高度清醒，尤其是将您同时带向白昼与黑夜的那种眩晕，由反向的两种旋转组成。

见得太多，又看得不够。

什么都见到，什么都没看清。这便是本书作者在那一章节所说的“晃花了眼睛的瞎子”。

屋里只剩下关伯兰一人了，他就开始大步走来走去。这是火山爆发前岩浆在涌动。

反正也不可能安静地待着，他就在这种躁动中思索。这种沸腾也是一种清理。他在唤起自己的记忆。事情也真令人称奇：人总是特别仔细听以为没听清楚的话语！郡长在南华克监狱刑讯地窖里念的那份海难者的声明，现在都十分真切地浮现在他的脑海，每句话都记起来了，他从字里行间也看到了自己的整个童年。

他戛然站住，背起双手，仰望天棚、穹隆，随便什么，只要是上面的景象。

“出头了！”他说了一句。

他就像一个浮出水面的人，猛然一见亮光，就恍若看到了一切：过去、未来和现在。

“啊！”他嚷道——须知人在思想深处也会叫喊——“啊！原来

如此！本来我就是勋爵。一切都真相大白。噢！他们把我偷走，出卖并毁了我，剥夺了我的继承权，又将我抛弃、杀害！我的命运的尸体在海上漂流了十五年，忽然触到陆地，于是站起来，还依然活着！我复活了。我诞生了！我早就明显地感到，在我的褴褛的衣衫里，悸动着的不是个可怜虫，而另有躯体；我转向人群的时候，也明显地感到他们是羊群，我不是牧羊犬，而是牧人。老百姓的牧师，大众的引路者：向导和主人。我的父辈祖先就是这种身份；他们是什么人，我也是什么人！我是贵族，就有一把佩剑；我是男爵，就有一顶头盔；我是侯爵，就有一顶羽冠；我是贵族院议员，就有一顶王冠。哼！他们剥夺了我这一切。我本来居住在光明之中，却被他们置于黑暗里。他们放逐了父亲，还卖掉了孩子。我父亲死后，他们就抽掉他枕着的流亡的石头，系到我的脖子上，再把我扔进阴沟！噢！这些强盗，曾经折磨过我的童年，对，在我记忆的最深处，他们开始蠕动，站起来了，对，我又看到他们了。我曾经是坟墓上的一堆肉，被一群乌鸦啄食。我在这些可怕的身形下流血，拼命喊叫。噢！原来他们把我推下这种地方，任由来来往往的人践踏，踩在所有人脚下，跌到人类最底层的底下，比农奴还低下，比仆役还低下，比随军杂役还低下，比奴隶还低下，跌到混沌变成的垃圾场，销声匿迹的最深处！我就是从那里冒出来的！我就是从那里升上来的！我就是从那里复活的！我回到这里。出头了！”

他坐下去，又站起来，双手抱住头，又开始走动，继续内心一场风暴的独白：

“我在哪儿呢？在顶峰！我飞落到什么地方？在峰巅！这巅峰，就是高贵，这人世的穹顶，就是万能，这才是我的家。这云端的神殿，我就是殿里的一尊神！我住在神殿，高不可攀。我在底层的时候，仰望这高峰，上面射下万道光芒，逼使我闭上眼睛。这个坚如磐石的贵族世界，幸运儿都无法攻克的这座堡垒，我却进来了。

我来到这里，成为这里的一员。唉！风水轮回决定性一转！从前在底层，现在入上流。永远在上流社会！现在我成了勋爵，我可以穿上大红袍，可以戴上花叶冠，可以参加国王们的加冕典礼，主持他们的宣誓仪式，我能裁决那些大臣和王公，会起举足轻重的作用。我曾被抛到渊底，但是又一冲而起，直达云霄。我在城中有官邸，在乡间有别墅，还有公馆、花园、猎场、森林，有一辆豪华轿车、几百万家产。我可以举办舞会盛宴，我将制定法律。挑选自己欢乐的方式，流浪儿关伯兰都无权在草地上采一朵花，现在可以上天摘星星了！”

忧凄的阴影又回到一个人的心灵。关伯兰内心正在发生这种变化：他曾经是个英雄，可以说，也许现在仍然是英雄，不过，物质的力量已经取代了精神的力量。凄惨的转换。过路的一群魔鬼践踏了一种美德，突然袭击了人的软弱一面。所有被称为高级的卑下东西，诸如野心、本能的蒙昧欲望、肉欲、贪婪，由于不幸遭遇的净化作用，都被从关伯兰身上远远赶走了，现在又卷土重来，占有这颗高尚的心。这究竟是何缘故？只因在海浪冲来的漂流物中，发现了一张羊皮纸。显而易见，这是一个偶发事件强暴了一颗良心。

关伯兰大口大口喝着得意的美酒，心灵从而晦暗了。这就是这种酒的险恶作用。

这种醺醺醉意，侵入了他的周身，他不止接受，还细细品味。这是长时间焦渴的反应。难道人与酒杯同谋，甘愿丧失神志吗？他隐隐约约，一直抱有这种渴念。他总是向大人物那边张望：张望，就是向往。生在岩顶的雏鹰，不可能安然无恙。

成为勋爵。现在，有时候他倒觉得，这事十分自然。

没过几小时，昨日的旧事，已经显得遥远！

关伯兰好上求好，反而搬起石头砸自己的脚：“更好”是好之敌。

谁让人议论:他多幸福!谁就该倒霉了。

人抗拒厄运的能力,远远大于抵御荣华富贵的能力。人碰到坏运气,能全身而退,碰到好运气就难说了。贫穷是漩涡,富贵却是暗礁。[1] 遭到雷击还立得住的人,会在炫目的光彩中倒下。你呀,倒是悬崖边上都不惊惧,恐怕要被云雾和梦幻的翅膀带走了。你升得越高,变得越渺小。至尊至贵,有一种杀伤力,将你撂倒。

身在福中,不容易有自知之明。一次偶然,无非是一张伪装的脸。这张脸比什么都更有欺骗性。它是天意吗?它是命数吗?

一种光亮不见得就是光明。因为,光明是真理,而一种亮光可能是一种骗局。您以为它在照亮,不对,它烧起大火成灾。

天黑了。有人放了一支蜡烛,不值钱的羊脂,在黑暗的洞口变成一颗星,飞蛾便扑上去。

飞蛾本身有多大责任呢?

火光迷惑飞蛾,正如蛇的目光能迷惑住鸟儿。

飞蛾不扑火,鸟儿也不怕蛇,这可能吗?树叶能够违拗,在风中静止不动吗?石头能够违抗万有引力不滚落吗?

物质问题,也是精神问题。

受到女公爵情书的冲击之后,关伯兰又站起来了。他内心还有深情系恋,足以抗拒。讵料风暴在这边止息,又在那边刮起;命运也同大自然一样,既猛烈又顽强。头一击先摇动,第二击再连根拔起。

唉!橡树是如何被刮倒的呢?

关伯兰也同样如此。他还是十岁孩子的时候,就独自一人站在波特兰悬崖上,凝望他要与之搏斗的敌手:有卷走他原指望登上

---

① 原文直译应是:"贫穷是卡里布迪斯漩涡,富贵却是希拉礁。"卡里布迪斯漩涡和希拉礁在意大利墨西拿海峡,航路十分凶险,能过大漩涡,也要撞上暗礁。

的独桅船的狂风，有夺走他那块救命板的大海，有张着大口以不断后退相威胁的旷野，有拒绝向他提供藏身之所的土地，有不给他一颗星星的夜空，还有无情的孤单、伸手不见五指的黑暗、汪洋、天空、这个无限世界的所有暴力，以及另一个无限世界所有的谜；他面对未知世界的强敌，既没有发抖，也没有气馁；他一个小小的年龄，顽强地抗击黑夜，如同古代赫拉克勒斯顽强地同死神搏斗；他一个孩子，在这场力量相差十分悬殊的冲突中，还敢于挑战，不惜冒所有风险，拾起一个婴儿，本来自己又弱小又疲惫不堪，还增添这样一个负担，从而完全暴露自身的弱点，更容易受伤害，同时还亲手解开埋伏在周围黑暗中的鬼怪的嘴套；他离开摇篮，刚学走几步路，年龄那么幼小就成为斗士，开始同命运展开肉搏，哪怕敌强我弱，力量对比悬殊，也不能阻止他抗争；他突然看到可怕的情景：人类在他的周围完全消失，但是他接受了这种绝迹，昂然地继续前进；他勇敢地忍受饥渴和寒冷，孩童的躯体里，怀着一颗巨人的心灵；正是这个关伯兰，曾经战胜了风暴和苦难，深渊上的这两种形态的飓风，却难敌虚荣的这种熏风的吹拂，踉跄着要倒下去了！

厄运对一个人用尽了苦难、空乏、暴风雪、怒吼、灾难、死亡的绝境，见他依然挺立着，便转而微笑，于是那人顿时陶醉，脚步就不稳了。

厄运的微笑。谁能想出比这更可怕的东西吗？这是铁面无私的考官考验人心的最后一招。命运中的猛虎，有时也会收敛起利爪。骇人的准备姿势。鬼怪的阴险的温柔。

身体长高而同时变得虚弱，每人在自身都能观察到这种现象。生长得太猛容易散架，也引起发烧。

关伯兰头脑里，乱纷纷的新事物飞舞旋转，令他头晕目眩，蜕变中的一片昏暗，景象奇异，看不清什么在对抗较量，是过去在撞击未来，有两个关伯兰，一身化为两人：回首前尘，一个衣不蔽体的孩子，从黑夜里走出来，饥肠辘辘，浑身颤抖，到处游荡，总引人发笑；再往前看，一位贵族老爷仪表堂堂，声名显赫，十分排场，富贵豪华令全伦敦人艳羡。他从一个蜕变出来，换上了另一个躯壳。他脱离流浪艺人的外相，走进勋爵的皮囊。换了皮相，有时也就换了灵魂。不过在一定时候，这也太像一种梦幻了。说来很复杂，不知是好是坏。他想到自己的父亲。想来真痛心：父亲是个陌生人。他竭力想象父亲的模样。他还想到这个哥哥，是他刚听人提起来的。可见，是一个家庭！什么！他，关伯兰，有个家庭！于是，他沉浸在虚幻的构想中，在脑海里描绘出富丽堂皇的景象：从未见过的盛大场面，如浮云一般在他眼前飘过，他也听见鼓乐齐鸣。

“而且，”他还自言自语，“我讲话还会非常雄辩。”

于是，他想象自己神态庄严，走进贵族院，给那里带去大量新鲜事物。他怎么能没有话讲呢？他积存了多么丰富的材料啊！一个人见识过、接触过、遭遇过、忍受过苦难，来到这些议员中间，拥有多么大的优势，可以向他们大声说：“我曾经生活在离你们十分遥远的地方！”他要将现实世界，劈面抛给那些满脑子虚幻的贵族院议员。他们听了会不寒而栗，因为讲的是事实；他们还会热烈鼓掌，因为他很高尚。他跻身那些权势显赫的人中间，权势就有过之。他在他们的心目中，将是一位火炬手，因为他要向他们指明真理。他还将是一位佩剑骑士，因为他要向他们指明正义。该有多么扬眉吐气啊！

他的头脑既清醒又混乱，一边构建这种海市蜃楼，一边躁动不安，忽而就近坐到一张椅子上，仿佛疲惫不堪，要昏睡过去，忽而又惊跳起来。他踱来踱去，仰望着天棚；仔细观察纹章上那两顶冠冕，还隐约琢磨上面天书似的铭文，不时摸一摸墙壁上的丝绒，挪一挪椅子，翻一翻羊皮书，瞧一瞧上面的名字，拼读出爵位：布鲁克斯顿、洪布尔、古姆德雷特、亨克维尔、克兰查理；还比较火漆封的

蜡印，抚摩盖了御玺的丝带，再走到窗口，倾听喷泉哗哗的水声，端详那些雕像，带着梦游者的那种耐性，数着那些大理石柱，喃喃说："正是这样。"

他还摸了摸穿在身上的缎子衣服，自问道：

"这是我吗？是的。"

他内心的风暴刮得正猛烈。

他在这场风暴中，是否感到疲软而倦乏呢？他喝过什么吗？吃过什么吗？睡过觉吗？即便有过，也是在不知不觉中。身处某种危急的形势,本能就无须思想干预,便随遇而安,自我满足。何况,他的思想已不复为一种思想,成了一片烟雾。火山爆发的时刻,火山口里岩浆沸腾,喷出滚滚黑色的火焰,它还会意识到山脚下有吃草的羊群吗?

一小时一小时就这样过去。

曙光初现,天亮了。一束白色的阳光射进房间,同时也射进关伯兰的脑海。

“还有黛娅呢!”阳光对他说道。

第六卷　吾是熊面面观

第一章　厌世者如何说

吾是熊眼看着关伯兰走进南华克监狱，他在藏身偷窃的街墙角怔忡了好一会儿，耳畔久久回响门锁和门闩吱吱咯咯的声音，就

好像监狱又吞食一个不幸者而发出的欢叫。他还在等待。等什么呢？他还在窥探。窥探什么？残酷无情的牢门一旦关上，不会马上又打开的：牢门总停滞在黑暗中，关节都僵硬了，行动十分艰难，尤其是该放人的时候；进来，好说，要出去，那可是另码事。吾是熊当然明白这一点。然而等待这种事，不是想停下就能停下的。人往往不由自主地等待；我们的行动释放出一种惯力，而这种力量在我们失去行动目标的时候，仍在延续，还掌握并抓住我们不放，迫使我们再继续一段时间已无目标的事情。我们碰到这种情况，都有过这种无益的守候，摆出荒谬的姿态，白白浪费时间，同所有人一样，下意识地专注于一个消失的东西。无人逃得脱这种定身法。我们似乎在顽强地坚持，可是又心不在焉了。自己也闹不明白，为什么还停留在原地，但是照样留在那里。我们用心开始做的事，随后就被动地做下去。耗人精气神的执着，事后会搞得人精疲力竭。

吾是熊虽然与众不同，但是陷入这种境况也不例外，被一种不失警戒的梦幻定在原地，受控于一个事件而无能为力。他夹在两堵黑墙之间，瞧瞧这堵高的，再望望那堵矮的，瞧瞧这扇上面雕有绞架的门，再望望那扇上面雕有骷髅的门，恍若被监狱和公墓所构成的钢钳夹住了。这条街行人回避，又无住户，难得有人经过，也就根本无人注意吾是熊。

他终于走出随机藏身的墙角，即为方便到前沿观察的临时哨位，缓步走开了。他守望了很久，太阳已经偏西了。他还不时回头，张望那扇吞进关伯兰的可怕矮门。他目光无神，痴痴呆呆，走到巷口，拐进另一条街，接着又拐进一条街，恍恍惚惚沿着几小时前走过的路线返回。他远远离开了监狱所在的那条小街，但还是频频回头，仿佛还能望见那扇牢门。塔林佐草地渐走渐近了。集市场附近的道路，全是花园栅栏间的夹道，僻静无人。他弓着背，沿着篱笆和水沟往前走。他猛然站住，挺起身子，嚷了一声：

“好极了！”

他嚷着，还给了自己的脑袋两拳，又捶了大腿两拳，这表明他已经做出了正确的判断。

他阴阳怪气地喃喃自语，有时还提高了嗓门：

“活该倒霉！哼！无赖！强盗！坏蛋！败类！叛逆！他是讲了政府的坏话，才被带到那里去的。他是反叛分子。我已经摆脱了，这是我的运气。他差点儿连累我们。下大牢啦！哼！这好极了！法律真高明。哼！忘恩负义的家伙！是我抚养他长大的！这回劳驾了！他何必信口开河，大发议论呢？竟然干预国家大事！我倒要请教请教了！他摆弄着小铜子儿，就胡说八道，扯什么纳税、穷人、老百姓，扯什么同他不相干的事。他竟敢对便士大发感慨！他对王国的铜钱妄加评论，那么恶毒，又那么狡猾！他侮辱了女王陛下的小铜钱！一个小铜子儿，同女王是一码事儿啊！神圣的人头像，真见鬼，人头像是神圣的。我们有一位女王，是不是啊？那就该尊敬她的铜像。在管理国家中，一切都相互关联。必须认清这一点。我可是过来人，了解这世上的事情。有人会问我：‘怎么，您放弃政治了？’政治嘛，朋友们，那就是一头驴身上的毛，我才不管有多少。有一天，我挨了一位从男爵一手杖。于是我心中暗道：这就足够了，我明白了什么是政治。老百姓只有一枚铜子儿，交出去了，女王收下，老百姓还得谢恩。没有比这更简单明了的。其余的，那就是勋爵们的事了。教门的勋爵和世俗的勋爵，那些大老爷们。噢！关伯兰被关起来了！噢！他要去服苦役了！这也合情合理。这也公道，高明，罪有应得，依法处置。怪他自己呀。严禁饶舌嘛。难道你是勋爵，笨蛋？铁棒执法官把他抓走，执法吏将他带走，郡长把他扣下。而此时此刻，加冠执达吏很可能正在审问他。那些人可精明强干，让你交代罪行，就像给鸡褪毛一样！进班房吧，我的怪人！活该他倒霉，也该着我走运！老实说，我非常满意。我得老老实实地承认,我很走运。当年我做事多荒唐,收留了这男孩和这小女孩!从前只有我和何莫人,生活得多么安宁!两个小叫花子,到我这篷车来干什么?他们小时候,我呵护得还不够吗?我拉车载他们走,流浪得还不够吗?多漂亮的搭救:男孩是个丑八怪,女孩是个双眼瞎!这样什么都得舍出来!我为了他们俩,还不是吃够了饥饿的乳房!两个长大了,会谈情说爱了!残疾人的调情,我们已经进行到这一步。癞蛤蟆和鼹鼠,牧歌呀,就是在我身边唱的呀。这一切,还得由法律来了结。癞蛤蟆谈论起政治来了,这好哇。我也总算解脱了。铁棒执法官刚来的时候,我还犯糊涂,人碰上好事还总怀疑。我眼睛看到的,还以为不是真的,以为那不可能,只是一场噩梦,是梦在捉弄我。其实不然。这再真实不过了。既成事实。关伯兰进了大狱。这是上天的旨意。多谢了,仁慈的老天爷。也正是这个怪物,总是那么吵吵嚷嚷,引起人注意我这篷车,也就等于告发了我这可怜的狼!这个关伯兰,离开啦!一下子两个我就全摆脱了。一块石头打肿两个疱。因为,黛娅也活不了。她再也见不到关伯兰了——傻丫头,她看得见他!——那她就没有理由活在世上了;她会对自己说:我还活在这世上干什么?于是,她也要走掉。一路走好。两个都见鬼去吧。这两个人啊我始终都讨厌。死去吧,黛娅哈!我真高兴啊!”

第二章　吾是熊如何做

他又回到塔德卡斯特客栈。

正好六点半，按照英国人的说法，就是六时过半点。时近黄昏了。

店家尼克莱斯正站在客栈门口。从早晨开始，他那一脸惊愕就再也没有舒展开：惶遽的表情仿佛凝固在脸上。

他老远望见吾是熊，就嚷道：

“怎么样啦？”

“什么怎么样了？”

“关伯兰一会儿就回来吗？时间可不等人啊。观众马上就都到了。今晚还演不演《笑面人》啦？”

“我才是该笑的人呢。”吾是熊应了一声。

他还瞧着店家嘿嘿冷笑。

然后，他径直上楼，打开挂招牌的那扇窗户，俯下身去，伸长手臂，撬起“关伯兰——笑面人”那块牌子，再从招牌上撬下《被战胜的混沌》的海报牌，就这样起下一块，扯下另一块，两块牌子夹在腋下，又回到楼下。

尼克莱斯老板注视着他的一举一动。

“您怎么全摘下来啦？”

吾是熊再次嘿嘿冷笑。

“您笑什么?”店家又问道。

“我还是过自己的日子吧。”

尼克莱斯老板明白了,赶紧吩咐他的副手,小伙计戈维科姆,见到来看戏的人就说今晚不演了。他还搬开放在门口收费的木桶,又收到楼下店堂的角落里。

过一会儿,吾是熊便踏上梯凳,走进“绿箱子”。

他将两块木牌放到角落,便走进他所谓的“闺阁”。

黛娅还在睡觉。

她和衣躺在床上,只是解开了裙带,如同往常睡午觉那样。

维诺斯和菲比都待在她身边,一个坐在小凳子上,另一个坐在地上,她们俩都在默默地想事儿。

尽管天色向晚,她们俩还没有换上装扮女神的毛线衫,表明她们已经心灰意冷。她们仍然裹着棕色粗呢巾,身穿粗布长衣裙。

吾是熊端详黛娅。

“她在试着长眠呢。”他咕哝一句。

他又高声斥责菲比和维诺斯:

“你们两个人总该知道。音乐演到头了,你们的小号可以收进抽屉里了。你们还没有穿上女神的行头,算是做对了。你们这样子真够丑的,但是做得对。这身破烂衣裙,你们就穿着别换了。今晚不演出了。同样,明天、后天、大后天也不演了。关伯兰不存在了。我这儿再也没有关伯兰了。”

他又瞧了瞧黛娅。

“这要给她多大的打击啊!就好像一支蜡烛,一口气就能吹灭。”

他鼓起了腮帮子。

“噗!——什么都没了。”

他轻轻干笑了一声。

“少了个关伯兰，什么都不复存在了。就好比我失去了何莫人。情况还要更糟。她比别人更加孤独。盲人落到这种境地，比我们更悲惨。”

他走到车头的气窗。

“天儿真长了！都七点钟了，还看得见呢。不过，咱们还是点上油灯吧。”

他打着火石，点亮挂在绿箱子顶棚的灯笼。

他俯下身去看黛娅。

“她这样要感冒的。你们两个女人，让她的衣裳大敞怀。法国有句俗谚说得好：

到了四月天，
千万别耍单。”

他发现地上有只别针闪闪发亮，便拾起来，别在自己衣袖上；接着，他在“绿箱子”里踱步，同时还比比画画，说道：

“我的每种官能都完全正常。我头脑清醒，异常清醒。我认为这个事件十分正确，我也赞成今天发生的事情。等她一会儿醒来，我就明确告诉她今天出了什么事儿。灾难可不等人，说来就来。关伯兰不存在了。再见了，黛娅。这一切安排得多周到！关伯兰进班房，黛娅进墓地，二人还对门做邻居。跳骷髅舞。两个人的命运戏演完了，戏装该收起来，装箱子了。箱子，可以说成棺材。这两个人，枉来一世：黛娅失明了，关伯兰毁容了。到了天上，仁慈的上帝会让黛娅复明，让关伯兰恢复漂亮的面容。死亡，就是把事情理顺。万事大吉。菲比、维诺斯，把你们的铃鼓都挂到钉子上。你们鼓噪的才华要搁置生锈了，我的美人儿。再也不演戏了，再也不吹小号了。《被战胜的混沌》被战胜了。《笑面人》也玩完了。嘀嗒嘀嗒嗒的号声也死了。这个黛娅要长睡不醒，这样也好。换了我，也不想醒来了。算了！她醒了，也会很快再睡过去。像她这样一个柔弱的姑娘，就会立刻死去。这就是过问政治的结果。多大的教训啊！政府就是有理！关伯兰去见郡长，黛娅去见掘墓人，并行不悖。富有教益的对称。我倒希望老板堵死店门。今晚，咱们全家一起，死了就算了。我死不了，何莫人也死不了。死的是黛娅。我呢，还继续赶着这辆大篷车，到处颠簸，过着我所从属的流浪生活。我要辞掉这两个姑娘，一个也不留下，自知有老风流的倾向。一个放荡者家中的女仆，那还不是面板上的一个面包。我可不愿意受引诱。这也不是我这年龄的人该干的事了。Turpe senilis amor.[1]我只带着何莫人，继续我孤独的旅程。何莫人肯定会感到惊讶！关伯兰在哪儿？黛娅又在哪儿呢？我的老伙计，又只剩下我们俩了。哼！我真喜出望外。他们的牧歌，简直让我烦透了。哼！关伯兰这个坏小子，就干脆不回来了！把我们晾在这儿了。好哇，现在，又该轮到黛娅了。不会拖很久。我就喜欢事情有个了断。我绝不会往魔鬼的鼻子上弹一指头，好阻止她一命呜呼。死去吧，听见了吗？哟！她醒来啦！”

黛娅睁开眼睛：须知很多盲人都闭着眼睛睡觉。她那张无忧无虑的温柔的脸，顿时容光焕发。

“她微笑了，”吾是熊说道，“而我却大笑。这样很好。”

黛娅叫道：

“菲比！维诺斯！该到演出的时候了。我觉得睡了很长时间。过来给我换装啊。”

无论菲比还是维诺斯，谁也没有动弹。

---

① 拉丁文，意为“老年人的爱情是可耻的事情”。引自拉丁诗人奥维德（公元前48—公元17或18）的《爱情诗集》卷一。

这时，黛娅所特有的盲女那种难以描摹的目光，同吾是熊的视线相遇了。他不由得打了个寒战。

“喂！”他嚷道，“你们干什么呢？维诺斯、菲比，没听见女主人在叫你们吗？你们耳朵都聋了是怎么的？快点儿！演出快要开场了。”

两个女人不胜惊愕，只顾瞧着吾是熊。

吾是熊大吼大叫：

“你们没有看到，观众都进场了。菲比，快给黛娅上装。维诺斯，快敲起铃鼓来。”

菲比百依百顺，维诺斯唯唯诺诺。她们俩合在一起，就是唯命是从的化身。在她们心目中，东家吾是熊始终是个谜。一向不让人理解，就是总让人服从的道理。她们只以为他发疯了，就执行命令。菲比摘下戏装，维诺斯摘下铃鼓。

菲比开始给黛娅换装。吾是熊则放下闺房的门帘儿，隔着门帘儿继续说道：

“关伯兰，你瞧呀！大半个院子都是观众了。入口处挤得那么厉害。人真多啊！怎么说菲比和维诺斯呢，她们好像什么也没有看到？这些不生育的女人，简直蠢透了。在埃及长大的人就那么愚蠢。不要掀开门帘儿。要懂点儿羞耻。黛娅正换衣裳呢。”

他停顿一下，突然，大家听见一声惊叹：

“黛娅真美呀！”

那是关伯兰的声音。菲比和维诺斯都一惊抖，回头看去。声音是关伯兰的声音，但是发自吾是熊之口。

吾是熊微微掀开门帘儿，打了个手势，不准她们大惊小怪。

他又操着关伯兰的声音说道：

“天使！”

他随即又恢复吾是熊的嗓门：

“黛娅，是天使！你疯了，关伯兰。天上飞的哺乳动物只有蝙蝠。”

他又补充道：

“对了，关伯兰，去把何莫人的链子解开。去干点儿正经事儿。”

于是，他模仿关伯兰敏捷的动作，轻快地从“绿箱子”后面的梯子下车。模仿走动的声响能让黛娅听见。

他到院子里，瞧见了小伙计正无事可做，奇怪不知出了什么事。

“伸开你的双手。”吾是熊悄声对他说道。

他往孩子手中塞了一把铜钱。

戈维科姆被他的慷慨所打动。

吾是熊又对着孩子的耳朵悄声说：

“孩子，你就待在院子里，乱蹦乱跳，敲打什么，大喊大叫，吹口哨，发出咕咕的声音，学马嘶鸣，鼓掌喝彩，用劲跺脚，扯嗓子哈哈大笑，砸烂什么东西。”

店家尼克莱斯眼看着来看笑面人的观众，全被挡了回去，便流向集市场的其他演出棚子，他恼羞成怒，干脆关了店门，今晚连酒也不卖了，免得顾客刨根问底烦死人。晚上取消演出，他闲得无聊，手里便擎根蜡烛，站在阳台上俯瞰院子。吾是熊加倍小心，双手做成喇叭状，放在嘴上拢住声音，冲老板喊道：

“先生，请您也像伙计那样，扯尖嗓门叫嚷，乱喊乱叫，大声吵闹。”

他又回到“绿箱子”里，对狼说道：

“你也尽量说话吧。”

接着，他又提高声音：

“人来得太多了。看样子，今晚的演出要出麻烦。”

这时，维诺斯敲起铃鼓。

吾是熊继续说道：

“黛娅换好装了，可以开场了。真后悔放那么多人进来，人挤人快摞起来了！嘿！你瞧啊，关伯兰，还有比这些人狂热的吗？我敢打赌，今天的收入会创新高。好了，你们两个傻姑娘。快奏乐呀！过这儿来，菲比，拿上你的小号。还有你，维诺斯，敲起你的铃鼓，乱敲它一通。菲比，摆出信息女神的姿态。小姐们，我觉得你们这样暴露得还不够，把紧腰上衣给我脱掉，用薄纱巾取代布衣裳。观众爱看女人的形体，就让那些道学家大发雷霆去吧。他妈的，得有一点点色情。咱们要显示出点儿肉感来。你们就卖劲奏起狂热的旋律吧。嘟嘟地吹响，哇啦哇啦劲吹，噼里啪啦敲起来，要吹得响亮，要敲得热闹！来了多少人啊，我可怜的关伯兰！”

他停顿一下：

“关伯兰，帮我把壁板放下去。”

这时，他抖开手帕。

“先让我对着这块破布吼一吼。”

他说着，就用劲擤鼻子，这是一个腹语专家每次必做的准备。

他又将手帕塞回衣兜，拔出滑轮的销子，又像往常一样吱吱咯咯响了一阵，壁板就放下去了。

“关伯兰，先别忙着拉开幕，等演出开场时再拉开也不迟。幕一拉开，咱们就不是在自己家里了。你们两个姑娘，都到前台去。奏乐，小妮们！嘭！嘭！嘭！满场什么人都有。全是老百姓的渣滓。多少贫贱的人啊，我的上帝！”

两个不育女闹糊涂了，只好听从命令，各自拿着乐器，走到放平壁板的两个角上，即她们演出的站位。

这时，吾是熊可了不得。他不再是一个人，而是一群人。他凭着自己一张空口要造出满场观众的喧闹，就不得不求助于他那神奇的腹语了。他肚子里积存的人畜的各种声音，这时全调动起来，组成一个乐队、一个军团。谁若是闭上眼睛，就会以为置身于广场，正赶上节日或者闹事的一天。喧哗甚嚣尘上，从吾是熊腹中发出结结巴巴的说话声、叫喊吵闹，有人唱咧咧，有人吆喝，有人咳嗽，有人吐痰，有人打喷嚏，有人打架，有人聊天，这些都响成一片，声音话语都搅和在一起。在空荡荡的院子里,却听见许多男人、女人、孩子的声音。非常嘈杂,又非常清楚。还有一些怪异的不谐和音,如鸟雀的啾啁,猫儿打架,婴儿要奶的哭叫,就像缕缕轻烟,蜿蜒穿越这片喧嚣。还能听得见醉汉沙哑的嗓门,爪子被人踩了的狗发出的低吼。喧哗来自四面八方,有远有近,有上有下,有前排有后面,混合而为沸沸扬扬,叫声又各不相同。吾是熊又捶拳又顿足,把他的声音送到院子另一头,再让声音从地下出来,就跟暴风雨一样,听着又很熟悉。从低语到喧哗,从喧哗到嘈杂,再从嘈杂到狂风怒吼。吾是熊是一个人,又是所有人。一人讲出万国语言。世上有障眼法,同样也有骗耳法。普罗透斯[①]能骗过眼睛,吾是熊也能骗过耳朵。模仿众人的声音,的确无比奇妙。他还不时撩开闺房的门帘儿,瞧一眼黛娅,见她在倾听。

在院子里,那名小伙计也发疯似的闹腾。

维诺斯和菲比也特别卖力,吹小号吹得气喘吁吁,敲铃鼓也敲得人仰马翻。唯一的观众、店主尼克莱斯也同这两个姑娘一样,认为吾是熊疯了,这不免在他忧伤的情绪上,又抹了一笔心灰意冷的色调。正直的店主咕哝道:“简直乱弹琴!”他是个严肃的人,心里总想着法律。

戈维科姆能帮忙添乱,简直乐不可支,他发疯的程度也不亚于吾是熊。他觉得很好玩,何况他还得了一把铜钱。

何莫人却若有所思。

吾是熊在制造喧闹声响的同时,还插进一些对话:

“今天跟往常一样,关伯兰,还会有人捣乱。咱们的竞争对手,总想破坏咱们的演出效果。唱倒彩,不过是给咱们火爆的演出添加佐料。还有,今天人来得太多,这么拥护都不舒服,旁边的人胳

① 普罗透斯:希腊神话中变幻无常的海神,又名海中老人。

膊肘总不怀好意。只要他们不砸凳子就谢天谢地了！这帮人胡闹起来，咱们可就遭殃了。哼！咱们的朋友汤姆-金-杰克若是在场就好了！可是他再也不来了。你们瞧呀，那些人头，都快摞起来了。那些站着的人，样子都不高兴，他们哪知道，根据加利安那位伟人的观点，站立的姿势是能让人‘强壮的动作’。看来，我们得缩短演出时间。海报上只有《被战胜的混沌》，那么我们就不演《吾是熊原是熊》了。这样总归能占些便宜。他们可能要捣乱，总不能就这样闹下去，那我们就没法演了，连一句台词都听不清楚。我来对他们高谈阔论。关伯兰，将幕布拉开一点儿。市民们……”

到这会儿，吾是熊模仿尖嗓门，激烈地冲自己嚷道：

“打倒老家伙！”

他随即又用自己的真声音：

“我认为庶民在侮辱我。西塞罗说得对：Plebis, fex urbis。[1] 无所谓，我们要斥责这样的刁民。我要费好大劲儿，才能让大家听见，不过，我还是要讲话。人啊，尽自己的本分吧。关伯兰，你瞧瞧，那个泼妇在那儿咬牙切齿呢。”

吾是熊停顿一下，插进一阵咬牙的声响。何莫人受引逗，也同样咬一阵牙。戈维科姆则接上，发出第三阵咬牙的切齿声。

吾是熊继续讲道：

“女人比男人更难缠。这时刻不大妙，没关系。试一试演说的威力吧。演说家也不挑什么时候。听听这个，关伯兰，富有启发的小喜剧——男女公民们，本人就是一头熊。我取下自己的头来对你们讲话。我恳请大家肃静。”

吾是熊又替观众喊这一嗓子：

“废话！”

---

① 拉丁文，意为“庶民，是城市的渣滓”。

他又继续说道：

"我尊敬我的听众。废话是一种感叹结论，但也是结论。你们好哇，芸芸众生。我丝毫不怀疑，你们全是贱民，但这无损于我对你们的尊敬。深思之后的敬意。我尤为由衷地敬重你们，以实际行动来捧我场的无赖们。你们中间有残疾人，我绝不会为此恼火。瘸子先生们、驼背先生们，你们这是天生的。骆驼有驼峰，野牛的脊背也是拱起来的。獾左侧的两条腿比右侧的要短，这一事实得到亚里士多德的确认，就在他论述动物行走的书中。你们当中有两件衬衣的人，也是一件穿在身上，另一件押在高利贷者那里。我知道事情就是这样。阿尔布克尔克①还拿自己的胡子作抵押，而圣丹尼斯②也抵押出自己的光环。哪怕拿光环作抵押，犹太人也肯借钱。伟大的榜样。有债务，也总算拥有点儿什么。我敬重你们是穷鬼。"

吾是熊又模仿一个深沉的声音，打断自己的话：

"双料还多一料的蠢驴！"

他随即又以他十分有礼的语气回答：

"没错。我是个学者，只好请诸位原谅了。我以科学的态度蔑视科学。无知是给人以营养的一种现实，而科学则是让人挨饿的一种现实。一般来讲，每人都得选择：当学者，就得消瘦；要吃草，就得当驴子。公民们啊，大家吃草吧！科学还不值一口好吃的东西。我宁愿吃软肋肉，总比知道这叫腰肌要好。本人只有一个长处，就是眼睛干涸。正如你们看到的这副样子：我从未流过泪；还应当说，我从未有过满意的时候。从来就不满意，甚至不满意我自己。我对自己很是瞧不起。不过在场的反对派先生们，我要向诸

① 阿尔布克尔克(1453—1515)，葡萄牙冒险家，他征服了果阿和马六甲，曾任葡萄牙的印度殖民地总督。

② 圣丹尼斯(？—约258)，巴黎首任基督教主教，法兰西主保圣人。

位提出这样一点：如果说吾是熊仅仅是个学者，那么关伯兰可是一位艺术家。”

他又鼻子模仿观众声音：

“废话！”

他又接着说道：

“还是废话！这是一种异议。然而，我并不理睬。各位先生、各位女士，关伯兰身边还有一位艺术家，就是同我们在一起的何莫人老爷，长了一身毛的杰出人物，从前是野性狗，如今是文明狼，陛下的忠实臣仆。何莫人是一位天才的哑剧演员，演技高超，出神入化。请大家集中注意力，收拢心思。等一下你们就会欣赏到何莫人，以及关伯兰的演出，应当尊重艺术呀。这样才符合伟大民族的风范。难道你们是森林中的野人吗？这我也同意。果真如此，‘但愿树林也值得设领事馆’[①]。两位艺术家总抵得上一个领事。好嘛，他们朝我扔来一棵白菜根。还好，没有击中我。这也阻止不了我讲下去，而且适得其反。危险避过便饶舌。尤维纳利斯说得好：‘祸从口出。’[②]诸位，你们中间有醉汉，还有醉婆。这样很好。男人是讨厌鬼，女人是丑妖怪。你们都有各种各样充足的理由，挤在客栈的这些板凳上，有的游手好闲，懒惰成性，有的在盗窃中间偷闲，还有的贪杯，喝黑啤酒、黄啤酒、浓啤酒、麦芽酒、白兰地、杜松子酒，也有的受异性的吸引。好极了。善于插科打诨的人，到这里就有用武之地了。不过，我却克制着自己。风流风流，可以，然而要有节制，切勿暴饮暴食。你们很开心，但是过分吵闹了。你们学动物叫惟妙惟肖，然而，假如你们哪位在破屋里同一位女士谈情说爱，我在屋后没事学狗叫，你们又做何感想呢？那样会妨碍你们。

① 原文为拉丁文。

② 原文为拉丁文。尤维纳利斯（约60—约130），拉丁诗人，著有《讽刺诗集》，抨击罗马的腐败风气。

说得是，你们这样也妨碍我们。我要求你们都肃静下来。艺术也应该像放荡行为那样，受到尊重。我这里跟你们讲的是大实话。”

他又改变声调骂自己：

“让热病勒死你，连同你那黑麦穗似的眉毛！”

他随即就反驳道：

“尊敬的先生们，别糟践黑麦穗了。这是亵渎植物，硬要找出它们同人和动物的相似之处。再说，热病也不会勒死人。隐喻不当。大家配合一下，都安静下来吧！恕我如实相告：你们缺乏一点儿真正英国绅士所特有的尊严。我注意到你们中间，有人穿着露脚趾的鞋子，还趁机将腿放到前排观众的肩上，这就能让女士们看出，鞋底总是在蹠骨头的地方磨透。少露出你们的脚，多露出你们的手吧。我在这儿就看到，有几个扒手将灵巧的爪子探进邻座呆子的坎肩兜里了。亲爱的扒手们，讲究点儿廉耻。你们若是愿意，给邻座两拳，也不要掏空人家的口袋。你们偷一个铜子儿，比打肿一只眼还让人家恼火。打得流鼻血，也就算了。市民顾钱不顾脸。况且，还请接受我的同情。我绝无那种学究气，开口就责备扒手。邪恶是一种现实存在。每人都身受其害，而每人又都在作恶。谁都难免自作自受。我只讲讲自身罪孽的害虫。我们每人身上不是痒痒吗？连上帝被魔鬼触碰的部位，还要搔一搔呢。本人也同样犯过错误。鼓掌吧，公民们。[①]”

吾是熊又模仿观众骂了一通，然后他用结束语压倒观众的骂声：

“各位爵爷，各位先生，看来我的讲话有幸惹诸位不快，我就暂时告别大家的倒彩。现在，我再重新安上脑袋，下面演出开始。”

他一改演说腔，回到平常的口气说道：

---

① 这句原文为拉丁文。

“快拉上幕，让我们喘口气儿。我这通甜言蜜语，讲得真不错。我还称呼他们各位爵爷，各位先生。丝绒一般柔软的话语，全是废话。关伯兰，你怎么看这帮无赖呢？这四十年来，这些刁钻狡猾的家伙，给英国造成多大祸害，我们再清楚不过了！英国人从前好战，如今则多愁善感，充满宗教的幻想，以无视王法和王权为荣。我是尽了人类伶牙俐齿之能事，不惜大量向他们展示借代，都跟少男少女脸蛋一般鲜艳的修辞手法。打动他们了吗？我不免怀疑。一个民族吃得如此丰盛，还抽了那么多烟草，就连这个国家的文人写作时，还往往叼着烟斗，这样一个民族还能有什么指望吗？不管那一套，还是演咱们的戏吧。”

只听幕布的环扣在金属杆上滑动的声响。两个不育女的铃鼓声停止。吾是熊从挂钩上取下手风琴，演奏序曲，还低声说道：“怎么样！关伯兰，多么不可思议啊！”接着他就和狼匆匆上场。

不过，他取下琴的同时，还从钉子上摘下一顶乱蓬蓬的假发，丢在伸手能拿到的舞台上。

《被战胜的混沌》的演出，几乎还像往常一样，仅仅缺少蓝光效果和制造仙境的照明。狼也很配合表演。黛娅也按时上场，用她那天使般颤抖的歌喉召唤关伯兰，还伸出手臂寻找他的头……

吾是熊扑向假发，拿起来又弄乱一些，戴到头上，敛声屏息；悄悄走上前，将头上乱蓬蓬的假发伸到黛娅的手下。

接着，他施展全部技巧，模仿关伯兰的声音，以无限深情，唱出怪物回应神灵的召唤。

他模仿得特别逼真，这次连两名不育女都慌了神儿，只听声音不见人，赶紧用目光四下寻觅关伯兰。

戈维科姆更是惊叹不已，他又跺脚又鼓掌，还大声喝彩，一个人就制造出奥林匹斯山上的喧嚣，抵得上一群天神。说句公道话，这个小伙计当观众，发挥出了罕见的才能。

菲比和维诺斯二人，就是受吾是熊操纵的木偶，她们用铜号和驴皮鼓合奏出往常那种嘈杂的音乐，宣告演出结束，欢送观众退场。

吾是熊大汗淋漓，站起身来。

他用极低的声音对何莫人说道：

“你要明白，这是为了争取时间。看样子咱们成功了。我装得还不错，按说出了这种事，我本人也有权昏头。这会儿到明早，说不定关伯兰还能回来呢。也没必要马上就要了黛娅的命。这事儿,我就算向你解释了。”

他摘下假发,擦了擦额头。

“我是个腹语天才,”他又喃喃说道,“表现出多大才能,比得上法国国王弗朗索瓦一世时期那位腹语大师布拉邦了。黛娅已经确信,关伯兰还在这里。”

“吾是熊,”黛娅说道,“关伯兰在哪儿呢?”

吾是熊吓了一跳,转过身一看。

黛娅仍留在舞台的里侧,站在天棚的那盏吊灯下。她面无血色,似鬼影那样惨白。

她脸上挂着微笑,绝望之色难以描摹。她又接着说道:

“我知道。他离开了我们。他走了。我早就知道他长了翅膀。”

她说着,就抬起白色的双眼,仰望无限的宇宙。她又补充一句:

“什么时候轮到我呢?”

第三章　情况复杂

吾是熊一时瞠目结舌。

他制造虚幻没有成功。

是腹语出了差错吗？肯定不是。他骗过了眼睛看得见的菲比和维诺斯，却骗不了盲女黛娅。这是因为菲比和维诺斯仅仅眼睛明亮，而黛娅是用心观看。

吾是熊哑口无言。他心下暗想："Bos in lingua[1]。瞠目结舌的人，舌头拴头牛。"

在百感交集中，首先显露出来的是屈辱的感觉。吾是熊心中暗道：

"我模拟了这么多声音，都白费劲儿了。"

接着，同所有幻想者一样，被逼得走投无路时，他便咒骂起自己来：

"一败涂地。我这样模声谐音，已经竭尽了全力。现在该怎么办呢？"

他看了看黛娅。黛娅默不作声，也一动不动，脸色越来越苍白，眼神茫然，凝注着遥深的穹苍。

---

① 拉丁文，即后面重复的意思"舌头拴头牛"。

幸好这时，出了点情况。

吾是熊望见尼克莱斯站在院子里，手上拿着蜡烛，正向他打手势。

吾是熊主演的这种魔幻喜剧，尼克莱斯师傅并没有看到结尾。当时有人敲客栈大门，尼克莱斯师傅便开门去了。这种情况有过两次，他也就两次离开剧场。吾是熊那边也正全身心投入，独自一人发出上百种声音，自然没有发现这种情况。

应尼克莱斯老板的无声召唤，吾是熊便下了车。

他走到店主跟前。

吾是熊将一根手指放到嘴上。

尼克莱斯也将一根手指放到嘴上。

两人就这样面面相觑。

每人都似乎向对方说：咱俩谈谈，不过先别作声。

店主默默地打开客栈低矮的店堂。尼克莱斯师傅走了进去，吾是熊也随后走进店堂。里面只有他们二人，临街的门面上了窗板，门户紧闭。

店主又随手关上通院子的一道门，以防好奇的戈维科姆闯进来。

尼克莱斯师傅将蜡烛放到一张桌上。

对话开始，压低声音，就好似耳语。

“吾是熊老板……”

“尼克莱斯老板？”

“我终于闹明白了。”

“是啊！”

“您是想让可怜的盲女相信，这里一切都同往常一样。”

“没有什么法律禁止讲腹语。”

“您真有才华。”

“不对。”

“您讲腹语这样随心所欲,简直太神奇了。”

“跟您说,不对。”

“现在,我还有话跟您说。”

“有关政治的吗?”

“政治我一窍不通。”

“我连听也不要听。”

“事情是这样。您正唱独角戏,还同时扮演观众的时候,有人来敲店门。”

“有人敲门?”

“对。”

“我不喜欢听见敲门声。”

“我也不喜欢。”

“后来呢?”

“我就去开了门。”

“敲门的人是谁呀?”

“是一个跟我说了话的人。”

“他说了什么?”

“我都听在耳朵里了。”

“您回答什么啦?”

“什么也没有说,我就回身看您演戏了。”

“还有呢? ……”

“又有人敲门,第二次了。”

“谁? 还是那个人吗?”

“不,是另一个人。”

“那人又跟您说了话?”

“那人什么也没有对我讲。”

“我情愿见到什么也不讲的人。”

“我则不然。”

“您说清楚,尼克莱斯老板。”

“您猜猜,第一次敲门,说了话的那人是谁?”

“我可没工夫来扮演俄狄浦斯。”

“就是那位马戏班老板。”

“隔壁那家?”

“隔壁那家。”

“就是伴奏音乐特别疯狂的那家马戏班?”

“特别疯狂。”

“来了怎么着?”

“怎么着,吾是熊老板,他来同您做个交易。”

“交易?”

“交易。”

“为什么?”

“就为这个。”

“尼克莱斯老板,您比我厉害,刚才您猜出了我的谜,而现在,我却不明白您打的谜语。”

“马戏班老板委托我告诉您,今天早晨他瞧见了那队警察,而他,作为马戏班主,想要证明他是您的朋友,因此提议,他肯出五十英镑现金,买下您的‘绿箱子’马车、您的两匹马、您的铜号以及两个吹号的女人,您这出剧以及在剧中歌唱的盲女,还有您这只狼和您本人。”

吾是熊高傲地微微一笑。

“塔德卡斯特客栈店家呀,您就告诉那个马戏班的老板,关伯兰很快就能回来。”

店主从黑暗中拿起放在椅子上的什么东西,又转过身来,朝吾是熊高高举起两只手，只见他一只手上提着一件大衣，另一只手抓着一件有风帽的皮衣、一顶毡帽和一件水手服。

尼克莱斯师傅这才说道：

“第二次敲门的人是一名警察，他进门一句话也没讲，撂下这些东西就走了。”

吾是熊认出这正是关伯兰的皮搭肩、上衣、帽子和大衣。

第四章　哑钟对聋墙[1]

吾是熊摸了摸帽子的毡子、大衣的呢子、水手服的哔叽布和风帽衣的皮子，这些东西是谁留下的，不可能有疑问，他一句话未讲，只是干脆地打了个手势，让尼克莱斯老板打开店门。

尼克莱斯老板将店门打开。

吾是熊随即冲出客栈。

尼克莱斯老板目送吾是熊，望见他迈动老腿，尽快沿着早上铁棒执法吏带走关伯兰的方向跑去。一刻钟之后，他气喘吁吁，跑到南华克监狱后门的那条小街，那正是他曾窥视过好几个小时的地方。

不必等到午夜，这条小街就空寂无人，白天十分凄清，到夜晚则令人不安了。一进入暮晚时分，谁也不敢走这条小街了，仿佛害怕两堵围墙会訇然合拢，唯恐监狱和公墓突发奇想，亲热拥抱一下，将行人给挤扁了。这正是黑夜效应。巴黎沃威尔小街被截去枝头的柳树，也有这样狼藉的声名。有人就说，一到夜晚，那些秃头树的枝杈会变成一只只大手，抓住过往行人。

前面我们讲过，南华克的老百姓出于本能，总是避开夹在监狱

---

① 原文为拉丁文：Moenibus surdis campana muta。

和公墓之间的这条街道。从前，一到夜晚，这里就用一条铁链拦住。其实大可不必，恐惧才是封住这条街道的最有效的铁链。

吾是熊毅然决然，闯入这条小街。

他有什么打算吗？根本没有。

他到这条街来是要打探消息。他还要去敲监狱的门吗？当然不会。这种既吓人又徒劳的办法，决不会在他的头脑里萌发。设法混进去问个究竟吗？发什么疯！监狱可不是想进就进、想出就出的地方。监狱的门是以法律为户枢转动的。这一点吾是熊清楚得很。既然如此，他跑到这条小街来干什么？来看看。看什么？不看什么。也很难说。有可能看到点什么。再次面对关伯兰消失在里面的那扇门，这已经不简单了。最黝黑、最粗糙的石墙，有时

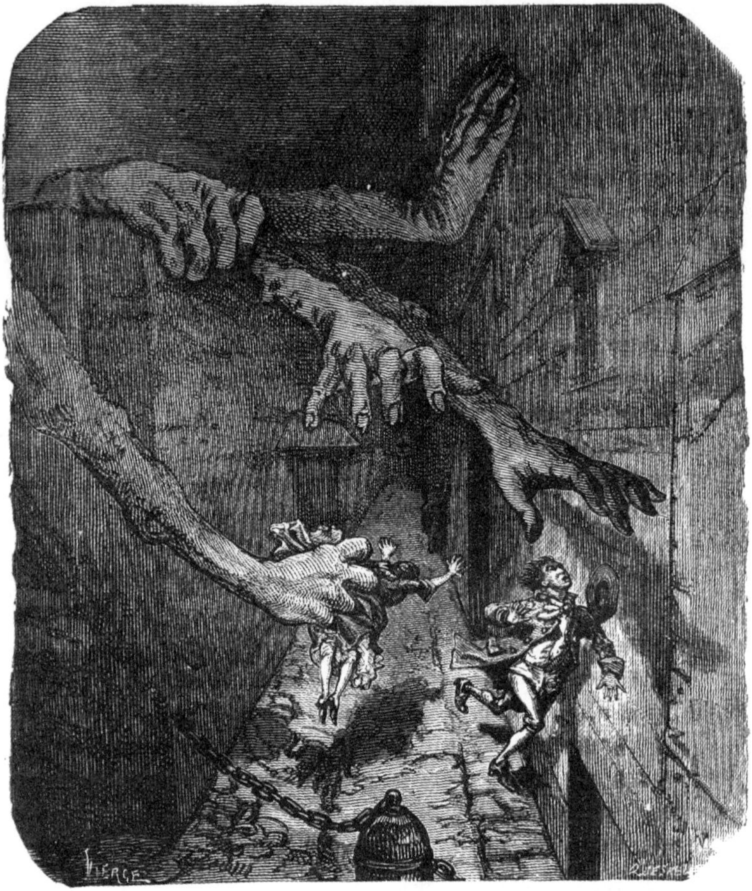

也会说话，石缝中会透出光亮。门户紧闭、黑乎乎的一处房舍，往往也能渗出些微光。观察一件事实的外围，就跟窃听一样，总会有收获。我们每人都有这种本能，尽量缩小我们同有关的事实的间距。因此，吾是熊又回到这条小街，来观察这座监狱低矮的小门。

他刚踏进这条小街的时候，就听见一声钟响，继而又是第二声。

“怎么，”他想道，“已经半夜十二点了？”

他下意识地开始数钟声：

“三下、四下、五下。”

他心中暗道：

“这钟声间隔怎么这样长！敲得太慢啦！——六下、七下。”

接着，他又注意到：

“这钟声好悲怆！——八下、九下。——唔！这很容易理解。在监狱里，就连钟的声调也变得悲伤。——十下。——况且，旁边就是公墓。这口钟向活人报时间，向死人报长眠。——十一。——唉！向失去自由的人报时间，还不等于报长眠！——十二。”

他停了下来。

“不错，是半夜十二点了。”

钟又敲了一下。

吾是熊浑身一抖。

“十三！”

又有第十四下。接着第十五下。

“这是怎么回事儿？”

钟声还在继续，间歇很长。吾是熊侧耳细听。

“这不是报时钟，而是 Muta 钟。难怪我刚才说：夜半钟声敲了这么久！这钟声不是报时，而是长鸣。出了什么凶险的事了？”

从前，监狱同修道院一样，也有一口所谓 Muta 钟，专为丧事敲响。Muta，即“哑钟”，响声极为低沉，就仿佛尽量不让人听见。

吾是熊又找到那个便于藏身的角落，而白天大半天，他就曾躲在那个角落窥视监狱。

钟声悠缓，长长的间隔更加令人哀伤。丧钟有意作怪，在空中一顿一挫，给所有人的忧虑都打上丧葬的烙印。一声声丧钟，如同临终的人捯气，宣告一个生命行将终止。在这鸣钟四周的哪家房舍里，如果有人陷入梦想并有所期待，那么他们的梦想就会被钟声齐刷刷截成片段。朦朦胧胧的幻想，就构成一种避难所：惶恐中不知弥漫着什么东西，能透进来几分希望；而丧钟一声声很清晰，只能令人哀伤。在这种纷乱中，不安的情绪还力图处于悬浮的状态，而丧钟则要廓清这种弥漫物，促使焦虑不安迅速沉淀。丧钟顺着每个人伤心或者惶恐的情绪诉说。一口报丧的钟，就是注视你的眼睛。警钟长鸣。这种节奏悠缓的独白，比什么都更凄怆。间距相等重复的钟声，指明了一种意向。钟声似锤声，要在思想这个铁砧上打造什么呢？

吾是熊懵懵懂懂，没有任何目的，计数着一声声的丧钟。他感到自身往下滑，还是竭力不作任何推测。推测就是一面斜坡，上去毫无意义，会滑得太远太远。然而，这钟声又意味着什么呢？

他在黑暗中注视着一个地点，知道那正是监狱的后门。

那黑洞洞的地方，猛然出现一团红光。那红光扩大开来，越发明亮了。

那红光一点也不模糊，马上就变得棱角分明。监狱的门刚刚打开，红光勾勒出拱门的框架。

牢门只是打开一条缝，并未敞开。监狱的门不会大敞四开，只会微微欠一条缝。可能厌倦了打个呵欠。

监狱角门放出一个人来，他举着一支火把。

慢悠悠的钟声断断续续。吾是熊感到自身被两种等待所攫取：他怔住了，耳朵倾听丧钟，眼睛凝望火把。

那个人出来后，监狱的门就完全敞开，又走出两个人来，随即是第四个人。第四个人便是铁棒执达吏，那面目在火把光下清晰可见。他手中还握着那根执法铁棒。

继铁棒执达吏之后，已并排两个两个，从拱门下走出一队人来，他们悄然无声，齐刷刷好似行进的一列行刑柱。

这支夜间行动的队伍，两人一排走出低矮的牢门，就好像苦修士仪式的两行队列，持续不断，举丧一般严谨审慎，不弄出一点响动，那么肃穆，几乎缓缓地行进。一条蛇出洞便是这样小心翼翼。

火把的光亮突显了这支队列的侧影与姿态：凶恶的侧影、沮丧的姿态。

那一张张警察的面孔，吾是熊全认出来了，正是早晨带走关伯兰的那些人。

毫无疑问，这是原班人马。他们重又出现。

显而易见，关伯兰也要出现了。

他们把他押进去，现在又要押出来。

这是不言而喻的。

吾是熊加倍注意凝视。莫非要释放关伯兰？

两行警察队伍从低矮的拱门出来，行进得极为缓慢，仿佛往外渗出的一滴一滴水。钟声一直未停，他们似乎踏着钟声悠缓的节奏。这支队伍走出监狱，朝右转去，背向吾是熊，走进另半段街道。

第二支火把照亮监狱拱门。

这标示队列走完。

吾是熊就要看到他们押送什么了。囚犯。人。

吾是熊就要看到关伯兰了。

他们押送的出现了。

那是一副棺材。

四个人扛着覆盖着黑布的棺材。

另一个人扛着一把锹，跟在他们后面。

走在队列最后的那个人举着第三支火把，他在读一本书，看来是小教堂的神父。

棺材跟上朝右转去的警察队列。

恰好这时，排头站住了。

吾是熊听见钥匙开锁的吱咯声响。

监狱对面，在街道另一侧的那道矮墙中间，还有一扇门，往里走的一支火把照见了这扇门。

门楣上画的一个骷髅头清晰可辨，那是公墓的门。

铁棒执达吏走进门去，警察队列跟了进去，随后是第二支火把，队列越来越短，就像钻回洞的蛇尾。警察队列全部进去了，隐没在门里那片黑暗中，接着，棺材、扛铁锹的人、拿着书并举着火把的神父，也都陆续进去，那扇门重又关上了。

全不见了，只剩下墙头上映现的一点余光。

墙内传出窃窃私语，继而是沉闷的挖土声。

那无疑是神父和掘墓人的声音，一个往棺木上投去一段段祷文，另一个往棺木上掷去一锹锹泥土。

喃喃的祈祷声停止了，低沉的掘土声也停止了。

公墓里的人又行动起来，火把光明亮了。公墓的门重又打开，铁棒执达吏高举铁棒先走出来，随后神父捧着书，掘墓人扛着锹，以及整队警察，也都鱼贯而出，唯独不见了棺木。排成两行的一队人，又默默地沿着两道门之间的原路返回。公墓的门重又关闭，而监狱的门重又打开，火光映现墓穴般的拱门；黑魆魆的过道也依稀可见，监狱里沉沉而幽深的夜色呈现在眼前，接着，这全部景象又重归一片黑暗中。

丧钟声止息了。寂静，黑暗世界的这把凶恶大锁，又把一切紧紧锁住了。

幻景倏忽消失。只能这么理解了。

一群幽灵匆匆过去，无影无踪了。

逻辑上相近的一些现象，最终会构建出类似明显事实的东西来。关伯兰被捕，他被捕时沉默不语的表现，警察把他的衣服送回来，他被押进的监狱敲响丧钟，现在又加上这样可悲的东西，说得明确些，就是一口扛去埋葬的棺材。

“他死了！”吾是熊失声嚷道。

他一屁股坐到墙角石上。

“死了！他们杀了他！关伯兰啊！我的孩子！我的儿呀！”

他大放悲声。

第五章　国家利益，抓大事也抓小事

唉，吾是熊啊，他还自我吹嘘，一辈子没哭过。泪泉已经涨满了。漫长的一生中，痛苦一件接一件，泪水一滴接一滴，日积月累，满得要溢出来，一时半会儿不可能放干。吾是熊哭了许久。

第一滴眼泪就是一种穿刺术，眼泪接着流出来，他哭关伯兰，哭黛娅，哭他吾是熊，还哭何莫人。他哭得跟孩子一样，也哭得老泪纵横。哭他从前嘲笑过的一切，总算还清久拖未了的旧账。对人来说，流泪的权利不会过期。

其实，刚刚埋葬的死人是哈德夸诺恩；不过这情况，没必要非让吾是熊知道。

好几个小时过去了。

天蒙蒙亮了。晨曦给木球场草地铺上一层淡淡的白色，只有几处微有起伏的暗影。曙光映白了塔德卡斯特客栈的门脸。尼克莱斯老板也还没有睡下。同一个事件，有时会导致好几个人失眠。

灾难能辐射，祸及周围一片。往水里投一个石子儿，数数溅起多少水珠浪花？

尼克莱斯老板觉出受到牵连了。自家店里出了事，实在让人不痛快。尼克莱斯老板不放心，隐约看到会有麻烦，就不免思前想后。悔不该店里接待了“这种人”。——早知如此，何必当初！——他们迟早会给他招来祸事。现在，如何将他们赶走呢？——他同吾是熊有租契。——若能摆脱掉他们就太好啦！——想什么法儿逐客呢？

猛然，有人敲客栈的大门，声音很重，这在英国表明敲门者“大有来头”。敲门声响大小，完全符合来人的身份。

听来不完全像一位勋爵，但也是一位长官的敲门声。

店主浑身抖得厉害，他微微打开门上的小窗口。

果然来了一位长官。尼克莱斯老板看到，门外晨曦中站着一队警察，领头的两个人，有一个就是治安法官。

那位治安法官，尼克莱斯老板认得，昨天早晨就见过。

另一个人他不认识。

那位绅士身体肥胖，脸色蜡黄，头戴绅士假发，披着一件旅行的短斗篷。

这两个人物，尼克莱斯老板最怕前一个，那个治安法官。尼克莱斯老板若是在宫廷里走动，他就会更怕后一个人，因为，那个人正是巴基尔费德罗。

一名警察很凶，又第二次砸门。

店主吓出一头冷汗，赶紧打开门。

治安法官扬起嗓门！操着警务在身、十分熟悉流浪人员的那种腔调，口气严厉地问道：

“吾是熊老板呢？”

店家手提便帽，恭敬地回答：

“阁下，他就住在这里。”

“这我知道。”治安法官说道。

“当然，当然，阁下。”

“叫他来。”

“阁下，他人不在。”

“去哪儿啦？”

"不清楚。"

"怎么回事?"

"他没回来。"

"他一大早就出门啦?"

"不,他是昨夜很晚出去的。"

"这些流浪汉!"治安法官又说了一句。

"阁下,"尼克莱斯老板轻声说道,"他那不是来了?"

果然,吾是熊刚拐过一处墙角走来,快到客栈了,他在监狱和公墓之间,差不多待了一个通宵,中午看见关伯兰被押进监狱,午夜又听见他们在公墓埋葬个死人。由于悲伤与熹微的晨光,吾是熊的脸色倍加苍白。

他极度惶恐不安,六神无主,光着脑袋就跑出客栈,甚至没有发觉自己根本没戴帽子。他那几根残留的花白头发,在风中摇曳。他那睁大的一双眼,仿佛什么也视而不见。人常有这种情况,醒着时像在睡觉,睡觉时又醒着。吾是熊那样子像个疯子。

"吾是熊老板,"店主嚷道,"快过来,这几位大人有事找您。"

尼克莱斯老板一心想化解这件事,欲止又顺着嘴说出"这几位大人";他使用复数的称谓,是对这伙人表示恭敬,然而这样不分尊卑,一概而论,恐怕又要得罪那位长官。

吾是熊猛然一惊,就好像一个人正在酣睡,一下子从床上摔下来。

"什么事?"吾是熊问道。

这时,他瞧见是警察,一位执法官带队。

再次猛烈的震动。

那会儿见到铁棒执达吏,现在又撞上治安法官,就好像是前者又把他抛给了后者。根据古老的传说,海上礁石就是这样把船抛来抛去。

治安法官打了个手势，让他进客栈酒店。

吾是熊顺从了。

小伙计戈维科姆起床不大一会儿，正在打扫店堂，他一见这阵势，便放下扫把，敛声屏息，躲到桌子后面。他双手插进头发，下意识地搔着，这表明他在关注事态的发展。

治安法官的法眼盯上一张桌子，巴基尔费德罗则捡了一把椅子坐下。吾是熊和尼克莱斯老板就那么站着。店堂门重又关上，留在外面的那些警察就聚在门口。

治安法官的法眼盯住吾是熊，说道：

“您有一只狼。”

吾是熊回答：

“也不完全是。”治安法官重复道，“狼”字加重语气，不容置疑。

吾是熊答道：

“这是因为……”

他欲言又止。

“不法行为。”治安法官接口说道。

吾是熊还要申辩一句：

“那是我的仆人。”

治安法官五指张开，手掌平放在桌子上，这种表示权威的手势非常漂亮。

“跑江湖的，明天这个时候，您必须带着狼离开英国。否则，您的狼就要被捉住，送去登记处死。”

吾是熊心中暗道：“残杀上了瘾。”不过，他一声未吭，只是浑身颤抖。

“听明白了吗？”法官又逼问一句。

吾是熊点头称是。

治安法官又强调一遍：

“处死。”

全场沉默了片刻。

“勒死，或者溺死。”

治安法官瞥了吾是熊一眼：

“您也得坐牢。”

吾是熊嗫嚅道：

“法官大人……”

“明天早晨之前离开，否则，就执行这一命令。”

“法官大人……”

“还有什么事?”

“他和我,我们必须离开英国吗?”

“对。”

“今天就得走?”

“对,今天。”

“这可怎么办?”

尼克莱斯老板倒是乐开怀了。这位执法官,开头令他畏惧,未承想是来帮他的。警方给他尼克莱斯当了助手,前来帮他摆脱掉“这些人”。他还在绞尽脑汁,警方却给他送来了解决的办法。他想要送客,警察就来驱逐吾是熊。还是王法厉害,绝不容申辩。尼克莱斯老板乐不可支,便插言道:

“阁下,这个人……”

他指了指吾是熊。

“……这个人问,今天怎么离开英国啊?这事儿太简单了。泰晤士河上,无论伦敦桥这边还是那边,白天黑夜停泊着通各国的船只,要从英国驶往丹麦、荷兰、西班牙,只是没有去法国的,那里正在打仗,总之到世界各地的全有。今天夜里,等到凌晨一点钟,涨潮的时候,就有好几条船要起航。其中有一只突肚大帆船,沃格拉特号,就要开往鹿特丹。”

治安法官朝吾是熊那边耸了耸肩:

“好吧,您就乘坐最早起航的船走吧。就上沃格拉特号。”

“法官大人……”吾是熊又说道。

“还有什么事?”

“法官大人,假如还像从前那样,我只有那辆小推车,那还可以,船上放得下。可是……”

“可是什么?”

“现在我有‘绿箱子’，是一辆大车，两匹马拉的，跟船一样宽大，怎么也上不去。”

“这关我什么事？”治安法官说道，“那就杀掉狼。”

吾是熊打了个寒战，仿佛感到一只冰冷的手在抚摩自己。“这群魔鬼！”他心中骂了一句，“杀人！他们就知道杀人！”

店主微微一笑，对吾是熊说道：

“吾是熊老板，你那‘绿箱子’可以卖掉呀。”

吾是熊瞥了尼克莱斯一眼。

“吾是熊老板，有人愿意买。”

“谁？”

“人家要买下您的车，买下那两匹马，买下那两名不生育的女人，买下……”

“谁？”吾是熊又问了一遍。

“就是隔壁那位马戏班老板。”

“对了。”

吾是熊想起来了。

尼克莱斯老板转过身，对治安法官说道：

“阁下，这桩买卖今天就能做成。隔壁马戏班老板很想买下这辆大车和两匹马。”

“马戏班老板有道理，”治安法官接口道，“他马上就用得到了。一辆大车和两匹马，对他很有用处。他今天也得离开。南华克各教区的牧师已经告了状，怪塔林佐草地这块儿闹得太凶，也不堪入目。郡长已经采取了措施。江湖艺人的演出棚子，今天晚上从这座广场全部清除。杜绝这种扰民的丑恶演出。这位尊敬的绅士亲自光临……”

治安法官停下来，向巴基尔费德罗鞠了一躬，巴基尔费德罗也以礼相还。

“……这位尊敬的绅士亲自光临，昨天夜里从温莎赶来。他带来谕旨。女王陛下说了：‘这些都必须清除干净。’”

吾是熊彻夜未眠，久久思索，未免产生一些疑问。归根结底，他仅仅看到一口棺材。怎么就能确定里面装的是关伯兰呢？这大地上除了关伯兰，还可能有别人死了呢。一口棺材抬过去，也并没有报出死者的姓名。关伯兰被抓走之后，埋葬了个死人。这证明不了任何事情。“此后，而非因此”①，——如此等等。——吾是熊思来想去，又怀疑起来。希望，在惶恐不安的情绪上燃烧并发光，宛如水面上漂浮的石脑油。在人类的苦海上，永远漂浮着这种火焰。吾是熊最后这样想道：他们埋葬的人，有可能是关伯兰，但也不能肯定。谁知道呢？关伯兰也许还活着。

吾是熊对着治安法官鞠了一躬。

“尊敬的法官，我走。我们走。走就是了，登上沃格拉特号船，前往鹿特丹。我服从。我卖掉‘绿箱子’、两匹马、铜号，还有那两个埃及女人。不过，和我一起的还有一个人，一个伙伴，我不能丢下他不管。关伯兰……”

“关伯兰死了。”有人应声说道。

吾是熊一阵发冷，那感觉就像一条蛇爬到身上。刚才说话的人正是巴基尔费德罗。

最后一线希望的光亮熄灭了。不容置疑了。关伯兰死了。

这个人肯定知道真相。看他那阴险的样子，就有这种资格。

吾是熊又鞠了一躬。

尼克莱斯除开怯懦，还算是善良之辈。然而，他一害怕，就变得残忍了。恐惧，就导致极端残酷。

他咕哝一句：

---

① 原文为拉丁文：Post hoc, non propter hoc。联系上下文，意为：关伯兰被抓之后有人死了，而不是关伯兰被抓因而死了。

“这倒简单了。”

他在吾是熊身后搓着双手，这是自私的人所特有的动作，意味着：我可脱了干系！很像当年庞塞-彼拉多在水盆里洗手。①

吾是熊垂头丧气，低下脑袋。关伯兰已经被判决处死了，而对他的判处，也向他宣布了，处以流放。他别无选择，只能服从。他就这样思前想后。

他感到有人捅他的臂肘。捅他的是另外那位，治安法官的同伙。吾是熊惊抖一下。

刚才说“关伯兰死了”的那个声音，现在对着他耳朵低语：

“这是十英镑，一个好心人捐给您的。”

巴基尔费德罗说着，便将一只小钱袋放到吾是熊面前的桌子上。

我们记得，巴基尔费德罗可是带来一只钱箱。

从两千畿尼金币中拿出十枚给吾是熊，巴基尔费德罗算是做到家了。良心上说得过去了。如果再多拿出些来，那他就亏了。他费了多大周折，总算发现了这么一位勋爵，现在开始经营了，这座矿藏的第一笔收益，理所当然归他所有了。别人有权把这视为小人之举，但是大惊小怪那就错了。巴基尔费德罗爱财，尤其爱窃取的钱财。一个人好嫉妒，也总是爱财如命。巴基尔费德罗不是个没有缺点的人。犯大罪的人，身上也未必没有小毛病。老虎身上还有虱子呢。

况且，这也是培根②学派的主张。

巴基尔费德罗转过身，对治安法官说道：

“先生，请快点处理完。我非常忙。女王陛下御用的一辆驿站

---

① 彼拉多是罗马帝国派到犹太的总督，他判处将耶稣钉死在十字架上之后，叫人拿来水盆洗手，表明洗手不干了。

② 培根（1561—1626），英国法官、朝臣、政治家、哲学家。著有《新工具》等，阐述新逻辑并且设想将新逻辑扩展到人类事务，如抱负、伪善、复仇、爱情等调和理想、道理与现实。

马车,已经备好在等候我。我必须火速赶回温莎,要在两个小时之内赶到,好向陛下复命,再接受……”

治安法官站起身来。

他朝门口走去;门只是插了闩,他打开门,一言不发,扫视一下那些警察,闪电般专断地勾了勾食指。全班人马随即都进来,他们悄无声息的动作,让人感到要发生严重的事情。

这样快刀斩乱麻,迅速结案,尼克莱斯老板还挺满意,庆幸自己没有搅在里面,但是看到警察这阵势,又担心他们会在自己客栈里逮捕吾是熊。在他的店里,接连两次抓人,先是押走关伯兰,现在又要抓吾是熊,这就可能损害酒店的生意:顾客绝不喜欢警察来打扰他们的酒兴。现在正是进言的时机,恳请他们高抬贵手。尼克莱斯老板转向治安法官,满脸堆笑,一副又信赖又尊敬的表情:

“阁下,我提请阁下注意,那只有罪的狼就要被带出英国,而这个叫吾是熊的人也毫无违抗之意,都不折不扣地执行阁下的命令,既然如此,就不必劳这些警官先生的大驾了。阁下也一定会考虑到,警力的可敬的行动,维护王国利益是必不可少的,但是会影响一家客栈的生意,而小店是清白无辜的。‘绿箱子’的江湖艺人,按照女王陛下的旨意,一旦清除之后,我看这里就没有罪人了,因为,那个盲女和那两名不能生育的女人,我推测都不至于有罪,因此恳请阁下体恤民情,尽快结束这次严查的行动,将刚进来的这些尊贵的先生请出去,反正他们在小店里也无事可干。如果阁下允许的话,我只提一个小小的问题,就足以证明我说的话是对的,这些可敬的先生显然没有必要待在这里,请问阁下:既然这个叫吾是熊的人马上执行命令,离开英国,那么,他们进店里来还要抓谁呢?”

“抓您。”治安法官答道。

一剑刺穿你的身体,你还有什么理可讲。尼克莱斯老板吓蒙了,也不管身后有什么东西,不管是桌子还是凳子,一屁股就跌坐

下去。

治安法官提高嗓门，广场上若是有人都听得见。

“尼克莱斯·普拉姆特老板，这家客栈酒店的店主，正是要最后处理的问题。这个江湖艺人和这只狼，都是流浪汉。他们都被驱逐了。然而，罪过最大的还是您。他们是在您的店里，得到您的允许干违法的勾当，而您，领了营业执照，负有社会责任，却让扰乱社会的丑类住进店里。尼克莱斯老板，您的执照吊销了，您要付罚金，还得去坐牢。”

警察将店主团团围住。

治安法官指着戈维科姆，接着说道：

“这个小伙计，是您的同谋，也要抓走。”

一名警察冲过去，一把揪住戈维科姆的衣领。这个孩子好奇地打量警察，他并不怎么害怕，还不大明白怎么回事，怪事他见识多了，心里在嘀咕，这是不是接着演那场闹剧。

治安法官将帽子拉得低低的，双手在腹部上交叉，摆出极其威严的姿势，这才补充说道：

“依法决定，尼克莱斯老板，您要被押往监狱，关进大牢。您和这名小伙计。这座房子，塔德卡斯特客栈歇业，查封。以儆效尤。现在，你们跟我们走吧。”

第七卷　提坦女神

第一章　苏醒

“黛娅啊！”

就在塔德卡斯特客栈出了这些事的时候，关伯兰在克莱奥尼别墅望着天色破晓，听见这声呼叫仿佛从外面传来，其实这是他内心发出的。

谁没有听见心灵深处的呼声呢？

况且，天亮了。

黎明就是一种声音。

如果不能唤醒沉睡的意识，太阳又有什么用呢？

光明和美德属于同一种类。

神灵，不管叫基督还是爱神，总有那么一刻被人遗忘，甚至被最优秀的人遗忘。我们所有人，包括圣徒，都需要一种唤起我们回忆的声音，而曙光就能在我们内心拨响最紧急的警报。良心面对天职呼叫，正如公鸡面对拂晓打鸣。

人心，在混沌状态中，听见“要有光”[①]的呼声。

关伯兰——我们还这样称呼他，只因克兰查理是勋爵，而关伯兰是人——关伯兰好像复活了。

该是连通思路的时候了。

他的诚实曾一度流失。

“黛娅啊！”他说道。

于是他感到，脉管里仿佛注入了大量血液。有益身心的东西喧闹着拥进他的内心。善良的思想蜂拥而入，就像一个人回寓所未带钥匙，只好老老实实，撞破自家的墙。逾墙而入，便逾越了善。破墙而入，便破除了恶。

“黛娅！黛娅！黛娅啊！”他连声呼唤。

他这颗心坚定了。

于是，他高声提出这个问题：

“你在哪里啊？”

居然没人应答，他几乎感到惊讶。

他怔忡地望着天花板和墙壁，逐渐清醒过来，重复问道：

“你在哪里？我又在什么地方？”

接着，他像困兽一般，在这个房间，在这牢笼里又走动起来。

“我这是在什么地方？在温莎。可是你呢？在南华克。噢！上帝啊！我们俩之间，这是第一次出现了距离。这道鸿沟究竟是谁挖的呢？我在这里，你在那里！噢！这不可能。将来也不可能。别人都对我干了些什么呀？”

他停顿一下。

“谁对我谈起女王来着？我哪儿认识什么女王呀？改变了！我变了！为什么？就因为我是勋爵。你知道发生什么事了吗，黛

① 这句话原文为拉丁文，出自《圣经·创世记》第一章第三节上帝创造光时说的话。

娅？你是夫人了。还遇到这种事，真让人惊讶。够啦！现在我得找见回去的路。他们会让我迷失了吗？有个人跟我谈过，那样子很诡秘。我还能想起他对我说的话：'大人，打开一扇门，就必定关上另一扇门。您原先的一切不复存在了。'换句话说：你是个懦夫！那个人，卑鄙的家伙！他趁我还没有清醒，就对我说了这种话。事起突然，我一时惊呆了，他就钻了空子，把我当成了他的猎物。他在哪儿呢，让我臭骂他一通！他跟我说话的时候，脸上挂着噩梦里那种奸笑。哼！我又变回来，我还是我！很好。以为可以随意摆布克兰查理勋爵，那就错了！英国上议员，行啊，带着上议员夫人，那就是黛娅。开出的条件！我接受了吗？女王！女王同我有什么相干！我从来就没见过她。我可不当这个成为奴隶的勋爵。我要自由行使权力。给我打开锁链，一点自由不给我，怎么想得出来？你们给我解下嘴套了，仅此而已。黛娅！吾是熊！我们在一起。从前，你们是什么人，我就是什么人。现在，我是什么人，你们就是什么人。你们来吧！不，我去找你们！马上去。马上去！我已经等得太久了。他们不见我回去，会怎么想呢？那笔钱！我一想起给他们捎去了钱！本来是该我回去。我想起来了，那个人对我说过，我不能走出这里。我们就走着瞧吧。来人，备车！备车！套一辆马车！我要去找他们。仆人都在哪儿呢？这里既然有一位老爷，也应该有仆人才对呀。我是这里的主人。这是我的宅第。我要扭断门闩，我要砸开门锁，一脚一脚把门全踹开。现在我有一把剑了，谁敢拦路，我就一剑把他刺穿。我倒要看一看，谁敢同我对抗。我有个妻子，就是黛娅。我有位父亲，就是吾是熊。我的房子是座宫殿，我要把宫殿送给吾是熊。我的姓氏是顶王冠，我要把王冠献给黛娅。快点儿！立刻动身！黛娅，我来啦！哼！这段距离，我一下子就能跨越，快呀！”

他撩起撞见的头一道门帘，冲出了房间。

他来到一条走廊。

他径直朝前走去。

眼前又一条走廊。

所有房门都敞开。

他开始乱闯，从一个房间走到另一个房间，从一条走廊拐到另一条走廊，找寻着出口。

第二章　宫殿与树林相似之处

克莱奥尼别墅是意大利式宫殿，很少安门，全用帷幔、帘子和壁毯替代。

这个时期建造的宫殿，内部无不设计繁复的房间和走廊，错综复杂，尽显奢华，到处金碧辉煌，有大理石柱子、精雕的细木壁板、东方的丝绸帏幔；有些角落特意布置，十分隐秘而幽暗，而有些角落又阳光灿烂。那些厅室富丽堂皇，格调欢快，小房间则漆色明亮，镶了荷兰彩陶和葡萄牙蓝釉瓷砖；那些高高的窗洞，隔成阁楼和小间，四面全是玻璃，成为能住人的美丽顶塔。墙壁非常厚实，凿空了就能住人。各处还有陈设优雅的小屋，即是藏衣室，也称为“小套间”，那正是犯罪的场所。

如果想要谋害吉斯公爵，或者让美丽的西尔维坎议长夫人迷路，再往近期说，想要减弱勒贝尔带来的女孩子们的喊叫声，这里确实是个好地方。里面厅室布局复杂，让初来乍到的人摸不清。这地方适于诱拐，深不可测，受骗上当的人很快就消失不见了。王公和领主大老爷的战利品，就存放在这种华丽的洞穴里。审查官的妻子库尔尚夫人，就是被夏罗莱伯爵藏在这种地方的；同样，德·蒙图勒先生藏过圣伦弗鲁瓦十字架乡庄户豪德里的女儿，孔蒂亲王藏过亚当岛的两名美丽的面包房女工，而白金汉公爵也藏

过可怜的彭妮维尔，如此等等。在那里所干下的事情，正如罗马法所说，都是 Vi, clam et precario[①]，即强行的、秘密而又短时间的行为。谁到了那里，留多长时间要随主人高兴。那里金碧辉煌，都是地牢，类似修道院，又像后宫。旋转的楼梯，忽而上楼，忽而下楼。那些房间布列成螺旋形，又能把你带回起点。一条长廊走到头，却是小礼拜堂。神工架镶嵌在凹室上。王公和贵族老爷的“小套房”

① 拉丁文，意思即随后一句话。

建筑结构，大约参照了珊瑚分支和海绵孔穴。走廊通道错综复杂。画像一转动，便出现洞口，可以进出了。全是暗道机关。这也是必备的，里面要上演悲喜剧。这座蜂房，从地窖到顶楼，层层叠叠。奇特的石珊瑚，镶嵌在所有宫殿里，尤以凡尔赛宫为最，仿佛巨神提坦的居所中给侏儒准备的住处。走廊、休息室、安乐窝、小单间、密室。总之，各式各样的洞穴，专为那些大人物藏污纳垢。

这些地方，有墙壁间隔，迂回曲折，令人联想到游戏场所：用带子扎上眼睛，伸出双手摸索，大家捉迷藏、藏猫猫，憋住笑尽量不出声。同样，这也令人联想起阿特里得斯们①、普朗塔日奈们、梅迪契家族②、野蛮和艾尔兹骑士们，联想起里齐奥、莫纳尔德奇，联想起那些手持利剑的人，从一个房间到另一个房间追逐逃亡者的情景。

古代也有这类神秘的居所，既奢侈豪华，又阴森可怖。埃及的一些古墓中，还保存着这类样板，例如，帕萨拉瓜发现的萨姆提克王③的地下墓园。我们在古代诗人的诗篇里，还能发现他们对这类可疑建筑的恐惧。Error cirumflexus. Locus implicitus gyris.④

关伯兰在克莱奥尼别墅里，就闯进了这些小套间。

他焦急万分，想离开，从这里出去，重新见到黛娅。可是，纵横交错的走廊、房间、暗门和意想不到的门限，无不阻碍他，使他放慢脚步。他本想跑起来，却不得不徘徊游荡。他原以为推开一扇门就能出去，不料闯进一座迷宫。

走过一个房间，又是一个房间，继而又到了几个厅室的交叉路口。

---

① 阿特里得斯(Atrides)，希腊神话中人物，即阿特柔斯的两个儿子，阿伽门农和墨涅拉俄斯。

② 梅迪契(Médicis)，又译美第奇，意大利佛罗伦萨的著名家族，从15世纪至17世纪统治佛罗伦萨。

③ 萨姆提克(Psamtik)，公元前七世纪统一埃及，建立第二十六王朝。萨姆提克一世(公元前664年—前610年在位)、萨姆提克二世(公元前595—前589在位)，三世是最后一代国王，仅登基一年，就于公元前525年被波斯人俘获。

④ 拉丁文，意为“回环的迷途，萦回盘绕之地”。

他没有遇见一个活物。他侧耳倾听，听不见一声动静。

有时他感到，自己又走了回头路。

还有几次，他以为看见有人从对面走来，结果发现不是别人，正是他自己，映在大镜子里，一身贵族的装束。

是他自己，又不大像了。他还是认出来，但又不是一眼就能辨认。

只要碰见通道，他就径直走去。

他闯入了内部构建的网络里。忽而一个小房间，漆绘和浮雕十分雅致，有点淫猥，但也非常审慎；忽而一个小礼拜堂，用途颇为暧昧，墙壁鱼鳞般镶饰着珠钿与珐琅，摆设的象牙雕刻要用放大镜观赏，如鼻烟盒盖一般精致；忽而一间隐蔽的小客厅，格外优雅的佛罗伦萨风格，专供女人郁闷时独处的，当时就称为“贵妇人小客厅”[①]。无论走到哪里，只见天棚上，墙壁上，甚至地板上，都有天鹅绒或金属片制作的树木飞鸟、奇花异草的图景，缀满珍珠，还有镶着花边的凸雕、煤玉色台布，表现武士、王后、腹部覆盖蛇鳞甲的美人鱼形象。磨成斜棱的水晶增添了反光的效果。玻璃制品放射着宝石的光芒。昏暗的角落也看得见闪动着亮光。那些发光的物体面上，交相辉映着宝石绿色、旭日的金黄色，漂动着鸽子颈部绒毛色的云霓，谁也弄不清那是一面面小镜子，还是汪洋的海水。豪华的装饰陈设，既细巧又壮观。这不是最为巨大的珠宝箱，就是最为纤巧的宫殿。是给麦布[②]建造的一幢房子，或者是给该[③]制作的一件首饰。关伯兰在寻找出口。

出口没有找到，根本辨不清方向。这样的奢华排场，头一次见

---

① 法文原文为 le boudoir，从动词 bouder（生闷气）转化而来。

② 麦布（Mab），称麦布王后，英国童话中人物。莎士比亚在《罗密欧与朱丽叶》第一幕第四场中描写过。席勒的一首诗也以“麦布王后”为题。

③ 该（Geo），即该亚（Gaia 或 Ge），希腊神话中的大地女神，混沌神卡俄斯和夜女神的女儿，生天神乌拉诺斯等，又和乌拉诺斯生了篡夺天神地位的克洛诺斯等。

识,比什么都更令人心醉神迷。况且,这也是一座迷宫。每走一步,都有华丽的装饰拦住他的去路。就好像处处阻碍,不准他离去,又好像处处挽留,不愿放他走。他闯入这美景奇观,就仿佛被胶液粘住动不得了。他感到自己被抓住,被扣留了。

“多可怖的宫殿啊!”他心中暗道。

他在这迷宫里游荡,心中惴惴不安,想不通这是怎么回事儿,莫非身陷牢狱?他忍不住恼火,渴望呼吸到自由的空气。他反复呼唤:“黛娅!黛娅!”就好像他抓住这条线便能走出迷宫,绝不可断掉。

有时,他也招呼一声:

“喂!来人哪!”

没人答应。

这些房间层出不穷,却空无一人,寂静无声,看着富丽堂皇,却让人感到阴森可怖。

可以设想,这正是妖魔城堡。

这些走廊和厅室都有隐蔽的通风口,热气吹进来,维持夏季的温度。六月份仿佛被魔法师抓获,囚在这迷宫里,有时就散发一阵阵芳香。穿行在馥郁的香气中,就觉得周围盛开着无形的鲜花。温度很高,到处铺着地毯,可以光着身子散步了。

关伯兰张望窗外,外面的景物不断地变换:忽而看见花园,满园春色和清晨的气息;忽而看见另一面别墅外观,装饰着另外的雕像;忽而看见西班牙式的庭院,方形小院夹在大厦中间,石板地上长着青苔,显得冷冷清清;有时还看见一条河,那是泰晤士河;有时还看见一座巨大的塔楼,那正是温莎塔楼。

大清晨,外面不见一个行人。

他停下脚步,侧耳倾听。

“哼!我一定要走!”他说道,“我一定得回到黛娅身边。他们不能强行把我留下。谁要阻拦我出去，谁就是自找倒霉！那座塔楼是怎么回事儿？在这座充满邪气的宫殿门口，真要有巨人、地狱的恶犬，或者一条恶龙守着，那我撞到就杀掉！哪怕有一支军队，我也能全部消灭。黛娅！黛娅啊！”

猛然间，他听见一点响动，非常细微，好似涓涓流水。

当时，他正走在一条狭窄的走廊里，光线昏暗，前面几步远横挂一道中间开缝的帘子。

他径直走上前，撩开帘子，走了进去。

他闯进意想不到的境地。

第三章　夏娃

一个八角形的厅，拱顶犹如提篮的梁，没有窗户，从天棚上采光。整个厅的墙壁、地面和拱顶，都是桃花色大理石结构。厅中央的尖顶为棺椁罩布色大理石，由扭曲的柱子撑着，当属伊丽莎白朝的那种厚重而迷人的风格，遮住了同样为黑色大理石的浴池；浴池正中的承水盘喷出一股芳香的温水柱，轻轻而缓慢地灌满浴缸。正是这样的场景，映入关伯兰的眼帘。

黑色的浴池，能将白皙的肌肤变得光艳照人。

他所听到的便是这股流水声。浴缸有个高度适当的排水口，注入的水就不会漫溢出来。承水盘冒着水蒸气，但是极少，大理石上的水汽也微不足道。纤细的水流宛若一根柔软的钢丝，稍有微风就会摇摆起来。

没有任何家具，只在浴缸旁边摆了一张躺椅，上有好多垫子，而且相当长，足可以躺下一个女子，脚边还可以容下她的爱犬或情人；从而产生 can-al-pie[①] 这个词，我们则模仿造出法语词 canapé(长沙发)。

那是一张西班牙式躺椅，从银制的扶手便可以看见。垫子及其合缝都是上光白缎子做的。

---

① 这是西班牙语的一个合成词，can 意为小犬，al 是前置词 a 和冠词 el 组成，pie 意为足，合在一起意为“足边小犬”。

浴缸的另一侧，靠墙立着一个很高的实心银制梳妆台，上面摆放着各种梳妆用品，正中镶了八面威尼斯小镜子，都是银框边，看上去好似一扇窗户。

离长沙发最近的那面墙上，凿开一个气窗似的方洞，用一块红色银板堵上。那块红色银板装有铰链，类似护窗板，上面镶嵌一顶闪闪发亮的金色王冠。银板上方的墙洞里，悬挂着一只金铃，至少是一只镀金的银铃。

这间浴室进口的对面，即关伯兰戛然止步的地点对面，则不是大理石墙壁，成为一面墙大小的敞口，高至拱顶，用又宽又长的银白色帘子遮住。

这道纱帘质地极细，完全透明，看得见里面的情景。

在这纱网正中，通常盘踞着蜘蛛的地方，关伯兰看见一个可怕之物：一个裸体女人。

裸体，也还不是一丝不挂。那个女人穿着衣服。衣衫从头到脚。那件衬衫极长，犹如圣像画上天使的长袍，可是特别薄，仿佛湿了贴在身上。因而，那个女人几乎等于没穿衣服，而且比完全裸体还要阴毒，还要危险。历史记载过在迎神仪式中，那些王公贵妇走在两行僧侣之间，而蒙庞西耶公爵夫人以谦卑为借口，赤足走路，只穿一件网扣薄衫，暴露在全巴黎人面前。好在有个矫饰之物，她手中拿了一支蜡烛。

银白色的纱帘同玻璃一样透明，仅仅上端固定，可以撩开。这道纱帘将大理石厅同卧室隔开：大理石厅是浴室，而隔着纱帘的卧室很小，好似四面都是镜子的洞穴。威尼斯镜子一面接着一面，组成多面体，接缝由金黄色条棒联结，映现出摆在卧室中间的床铺。床铺跟帘子和长沙发一样，也是银白色的。那女人躺在床上。她在睡觉。

她仰着头睡觉，一只脚压到被子上，活似梦在她上方鼓翅的淫乱的女恶魔。

她那镂空花边的枕头已经掉在地毯上。

在她那裸体和关伯兰的目光之间，隔着两道屏障：她的衬衣和银白色纱帘，两者都是透明的。卧室不如说是凹室，光照仅仅靠浴室的反光。也许可以说那个女人不知廉耻，而光线还顾些廉耻。

床铺既没有柱子，也没有天盖，因而那女人一睁开眼睛，就能从她头上多面镜中看到自身上千个裸体。

睡觉不安稳，床单都揉搓乱了。皱褶也那么美丽，表明床单布料特别细软。那个时期，一位王后若是考虑自己可能被打入地狱，就会想象地狱必是这种样子：一张床加上粗呢被褥。

其实，光身子睡觉的这种习俗，还是从意大利传来的，可以上溯到古罗马时代。贺拉斯就说过："强光照射下的裸体女子。"①

一件奇特的丝绸睡衣丢在床脚，无疑是中国织造，皱褶之间还能看出一条绣金巨龙。

在床铺另一侧，凹室的最里端，可能还有一扇门，由一面相当大的镜子掩饰，同时也标示出来，镜子上画有孔雀和天鹅。房间昏暗，但是物品无不闪闪发亮。水晶玻璃和镀金材料之间的缝隙，涂了那种在威尼斯称为"玻璃胆汁"的闪光材料。

床头固定着一张银书桌，能转动的桌面上固定了几支烛台，还放着一本打开的书，书页上方粗体红字印着书名：穆罕默德的可兰经②。

这些细节，关伯兰视而不见。他看到的只是那个女人。

他一下子怔住，又激动不已。两种情绪相互排斥，但确实同时存在。

他认出了那个女人。

---

① 原文为拉丁文：Sub clara nuda lucerna。

② 原文为拉丁文。

那女人双眼闭着，脸却朝向他。

正是那位公爵小姐。

她是个神秘的生灵，身上汇聚了未知的全部夺目的光彩，她曾引起他做了多少不可告人的美梦，她还给他写过一封多么怪异的情书。世间唯独这个女人，他才可以说：她看见了我之后，还肯要我！但是，他赶走了那些美梦，烧掉了那封情书，把她打发走了，尽可能让她远离他的梦想和他的记忆。他不再想这事儿了，已经把她忘记……

可是，他重又见到她！

重又见到，她的样子真可怕。

赤裸的女人，就是全身武装的女人。

他喘不上来气了，就感到在拥挤的人群中，身不由己，被人往前推搡着。这个女人在他面前！怎么可能呢？

在剧场时，她是公爵小姐。在这里，她是海上仙女、水神、人间仙子。永远是幽灵幻影。

他试图逃开，又觉得办不到。他的视线化为两条铁链，将他拴到那个幻影身上。

那是一个婊子吗？还是一位处子呢？两者兼备，难说不是梅萨利纳[①]的隐身，正暗暗窃笑，抑或狄安娜神形不现，却保持着警觉。这种美色放射着光艳，让人不敢近亵。这样高洁的形体，真是无可比拟的纯洁。有些地方的白雪，从未被触碰过，一眼就能看出来。瑞士荣格弗劳雪峰的洁白，这个女人就拥有。这样无思无虑的额头，这样金灿灿披散的秀发，这样低垂的眉睫，这样隐约可见的蓝幽幽的脉管，这样由粉红色睡袍呈现的乳房、臀部和膝部雕刻般的浑圆，这一切飘逸出来的，正是庄严睡眠中的女神。这种寡廉

---

① 梅萨利纳·瓦莱里娅（约22—48），罗马皇帝克劳狄第三个妻子，她以凭姿色淫乱和制造阴谋著称。

鲜耻化为一片辉光。这个裸体女人神态如此坦然，就仿佛她享有展示色相的神圣权利，如同奥林匹斯的一位女神，变为深渊之女也安然无恙，可以对海洋说父亲，而她将自己的花容玉貌献给从此经过的一切：回光、欲望、妄想、梦幻，但是谁也休想接近，她在这内室床上安睡，那高傲的姿态，活似汪洋大海浪涛中的维纳斯。

她昨夜入睡，一直睡到大天亮，黑夜中开始的这种安逸信赖，延伸到了大亮的天光。

关伯兰浑身颤抖。他在赞赏。

邪念的赞赏，想入非非。

他心生畏惧。

命运的玩偶盒，一打开不知会跳出什么来。关伯兰原以为该收场，讵料幕布重又拉开。究竟是怎么回事，这一道道闪电，不断朝他的脑袋击来，而最后，又是致命一击，却把一位睡眠的女神，抛给他这个心惊胆战的男人？究竟搞什么名堂，天门这样连续不断地开启，最终又放出他的梦幻。既渴望又骇人的梦幻？究竟要干什么，这个不现身的诱惑者，如此三番五次讨好他，将他那些朦胧的渴求、模糊的愿景，乃至他那些邪念，都变成活生生的肉体呈送给他，从不可能的领域牵出一系列迷幻的现实将他压垮！暗地里这一切密谋，难道要对付这个卑微之人，而险恶的命数围着他发出这些微笑，他又能怎么办呢？为什么特意安排这种令人心荡神迷的场景？这个女人！在这儿！究竟为什么？怎么会这样？根本无法解释。为什么是他？为什么是她？难道是特意为了这位女公爵，才让他当上英国贵族院议员吗？是谁将他们俩拼凑在一起呢？谁上当受骗？谁又是受害者？谁的善意被这样滥用啦？难道是欺骗了上帝？所有这些念头儿，他并不是很明晰，只是透过脑际翻滚的乌云窥见点儿踪影。这座神奇而又险恶的建筑，这样怪异的宫殿，像监狱一般牢靠，莫非就是阴谋的场所？关伯兰正承受着一种要清除他的力量。种种隐形之力，正神秘地捆住他的手脚。他受一种引力的拖曳。他的意志也逐渐被抽空了。还凭什么能把持住呢？他心慌意乱，又神魂颠倒。他感到自己丧失了理智，这回算不可救药了。就这样糊里糊涂，继续跌下光彩炫目的悬崖。

那女人还在睡觉。

他越来越乱了方寸：眼前甚至不再是千金小姐、女公爵、贵妇人，而是女人了。

邪魔外道，总是潜伏在人心里。而在我们的肌体中，罪恶早已划定了看不见的轨迹。即使是无比单纯的人，表面上看心灵纯洁的人也不例外，我们人人都有潜伏的罪恶。没有污点，并不意味没有缺点。爱情是一条法则。肉欲是一个陷阱。有醉酒者，有酗酒者。醉酒者，就是需要一个女人；而酗酒者，就是要女人。

关伯兰难以自持，浑身战栗。

如何应付这一次邂逅呢？这之间没有什么相隔，没有浪涛翻滚的衣裙，没有宽大的丝绸床被，没有浑身厚重的娇艳打扮，没有半掩半露的忸怩作态，总之，没有云遮雾绕。赤身裸体，真真切切得令人骇然。好似神秘的鞭策，放肆无礼型伊甸园场景。人的阴暗的一面全调动起来了。夏娃比撒旦还危险。人性和超人性相混杂。令人不安的心醉神迷，结果本能粗暴地战胜了本分。美人无比高尚的形体，根本无法抗拒。这样的美体一旦走出理想，一旦俯就而成为真实的存在，那么对男人来说，离身败名裂就不远了。

女公爵睡在床上，不时还倦慵地翻动一下身子，宛若蓝天的一片云气隐约的幻变，变换睡姿犹如云朵变形。那睡姿波动，呈现刚定形而又变幻的曼妙曲线。水的随物赋形的柔性，女人全部具备。女公爵形态如水，让人根本无从把握。说来也怪：她就在眼前，肉体一目了然，可她始终又那么虚幻。伸手便可触碰，可她又显得遥不可及。关伯兰在那儿观赏，战战兢兢而又面失血色。他倾听这微微起伏的胸脯，恍若听见一种幽灵的气息。他受到吸引，还在挣扎。怎么抗拒她？又怎么抗拒他自己？

他准备好了应付一切，独独没有料到这种场面。如他所料，哪怕碰到把门的一名凶恶的看守，斗一斗恶魔般发狂的狱卒。原本估计会有刻耳柏洛斯[①]，谁知却遇见了赫伯[②]。

一个裸体女人，一个安睡的女人。

多么阴毒的搏斗！

他闭上眼睑。涌进太多的晨曦，刺痛眼睛。然而，他透过合起的眼皮，立刻又看到她了。形影更为黝黯，还同样美丽。

扭头逃开，谈何容易，他也试过，并未做到。他的双脚如在梦境，已然生了根。当我们要翻悔退却的时候，诱惑就将我们的双脚钉在石板地上了。还可以往前走，后退不成。罪过的无形手臂，从地里探出来，扯着我们滑下去。

有一种人人都认同的老生常谈，说什么感情的冲动会渐渐平息。这大错特错了。这就好比说，一处伤口，一滴滴点上硝酸，就能止痛似的，或者达米安[③]受四马分尸刑，感觉就麻木了一样。

其实，人的感觉，每每再次触碰一下，就会更加剧。

关伯兰从惊诧到惊诧，神经骇怪到顶点。他的理性这个容器，加上这次惊愕，就满溢出来了。他感到内心一醒来，那会可怕极了。

他再也没有罗盘辨别方向了。只有一点确信，他面前这个女人。不知是什么不可救药的幸福，不期而遇，仿佛遭遇一场海难。再也没有什么方向可言了。潮流湍急，不可抗拒，又有暗礁。暗礁，并不是岩石，而是美人鱼。深渊底就是磁石。关伯兰想要挣脱这股吸力，可是有什么办法呢？他感到再也没有附着点了。人的

---

① 刻耳柏洛斯：希腊神话中看守地狱大门的恶犬，蛇尾，长三颗脑袋。

② 赫伯：希腊神话中的青春女神，宙斯与赫拉的女儿。

③ 罗贝尔-朗索瓦·达米安(1715—1757)，法国仆人，他用水果刀刺伤路易十五，被判处四马分尸。行刑前，刑吏还用烧红的铁钳撕开他的肉，用熔化的蜡油、铅水、沸水浇他的伤口。

命运多舛。一个人可能像一条船那样，在风浪中解体。船锚，就是人的意识。说来可悲，意识的链子可能断了。

甚至这种办法也救不了他："我毁了容，丑得吓人。她会把我赶开的。"可是，这个女人给他写了信，说她爱他。

人在危急的境况，总有恍惚的瞬间。我们把握不住善，倾向于恶时，我们悬在罪过上面的部分就会吃重了，最终要把我们拖下深渊。这种可悲的时刻，难道降临到关伯兰的头上啦？

如何逃脱呢？

看来正是她！女公爵！这个女人！就在他的面前，在这个房间，在这空荡荡的地方，还睡着觉，献出身子，独自一人。她可以任由他摆布了，而他已经拥有这种权力。

女公爵！

望见天际有一颗星，受人赞美。相距却是那么遥远！一颗恒定的星，有什么可怕的呢？有一天——一天夜里——望见那颗星移动了。人们能清晰地看出那星体周围有闪烁的亮光。那颗星，动起来了，原以为不可能呢。那不是颗寻常的星，而是一颗彗星。那是漫天放火者。那颗星在行进，越来越大，甩动着火红的长发，变得无比巨大。它正朝你的方向飞来。真可怕呀！它冲向你！彗星认识你，彗星渴望你，彗星就想要你。骇人的天物飞近了。降落到你身上的，是太强烈的光亮，晃花了眼睛，也是过盛的生命，即意味着死亡。上天的赠馈，你却拒绝。深渊的示爱，你却拒绝。你双手捂住眼睛，避而不看，你躲避就以为得救了。你再睁开眼睛……骇人的星就在眼前，那不复为明星，而是世界了。不为人知的世界。溶浆和火焰的世界。深不可测的黑洞，势欲吞噬一切。弥漫整个天地。宇宙间除此再无余物。无限幽深处的光彩夺目的红宝石，远望是钻石，近前是烈焰。你烈火烧身了。

你这才感到，天国的炽热把你点燃了。

第四章　撒旦

睡美人忽然醒来。她一下子坐起来，端庄的动作，既敏捷又协调；她那如丝的金发，松散地披落在腰间；她那睡袍低垂下去，裸露一侧的肩膀；她伸出纤指，碰了碰粉红色的脚趾，又瞧了瞧她那赤足，那美足能博得佩里克利斯①的赞美，也值得由菲迪亚斯②模仿雕刻；接着，她伸了伸懒腰，打了个呵欠，犹如迎着旭日初升的一只母老虎。

关伯兰似乎大气不敢出，就像敛声屏息那样。

“有人吗？”她问道。

她打着呵欠问话，姿态十分优雅。

关伯兰听到了还未聆过的声音。女巫的声音；声调高傲，又极为动听，亲切的口吻冲淡了颐指气使的神态。

与此同时，她双膝着力挺起身子：有一尊这样跪姿的古代雕像，罩着千褶百皱的透明薄纱衣裙。她撩起睡袍，跳下床，一时间裸体站着，只是瞬间工夫就换了装，穿上了丝绸便袍。便袍袖子很长，遮住了双手，仅仅露出那双足的脚趾尖儿。脚趾白皙，趾甲微

---

① 佩里克利斯（约公元前495—前429），古希腊著名政治家。连续三十年被选为十将军会成员。他重视艺术家，是菲迪亚斯的朋友，组织建造大型神庙。

② 菲迪亚斯：公元前五世纪希腊著名雕刻家，达到希腊古典艺术高峰。

小,真像孩子的脚。

她撩起贴背的波浪长发,抛到便袍外面,随即跑到床铺后面,凹室里端,耳朵贴到彩绘镜子上,那镜子想必遮饰一道门。

她弯起食指,用指关节敲了敲镜子。

“有人吗？大卫勋爵！是您吗,已经回来啦？现在几点钟了？巴基尔费德罗,是你吗?”

她转过身来。

“不对。不是这边传来的声音。怎么,浴室里会有人吗？倒是答应一声啊！其实也不对,没人能从那边过来。”

她走向银色帏幔,用脚尖钩开,再肩头一拱,将帏幔顶开,走进大理石浴室。

关伯兰感到冷彻心扉,一命呜呼。无处藏身。要逃离也太迟了。何况,连逃跑的气力也没有。真希望石板地裂开一条缝儿,他跌进地里去。毫无办法不被人瞧见了。

她瞧见他了。

她瞧着他,万分惊讶,但毫无惊抖的神色,只有几分欣然,略显鄙夷。

“咦,”她说道,“关伯兰啊!”

随即,突如其来,她猛然一蹿,就搂住他的脖子,须知这只母猫原来就是只豹子。

在这种冲动中,袍袖已经褪了下去,她用两只裸露的手臂,紧紧抱住关伯兰的头。

继而,她又一下子将他推开,两只小手像爪子一般搭到关伯兰的双肩上,她和他,就这样面对面站着,她目光怪异,开始打量他。

这个命中注定的女人,用金牛座最大恒星①的眼睛注视他,混杂的目光有一种说不出来的暧昧的天机②。关伯兰凝望她那蓝眼珠和黑眼珠,在这天国的目光和地狱的目光的双重逼视下,实在不知所措了。这个女人和这个男人,彼此发送着不祥的光芒。他们两个相互迷惑,男的以丑相,女的以美貌,两个都施展恐怖的手段。

关伯兰沉默无语,仿佛承受不住重压了。她却朗声说道:

"你真机灵。你来了。你知道我被迫离开伦敦,就跟踪而来。你做得很漂亮。你能来这儿,真是非同凡响。"

相互占有的欲望,就像一道闪电。关伯兰隐隐约约受到警示,有一种模糊的原始忠厚的恐惧感,不免要往后退,可是,玫瑰色的手指却紧紧抠住他的肩膀,动弹不得。渐渐生成了无法逃避的事情。他落入女人的兽穴,男人本身也便是野兽了。

她又说道:

"安妮,这个傻女人——你知道吧?就是女王——不知道为什么,她把我召到温莎来。我来到的时候,她又跟她那白痴大法官关门议事了。真的,你是怎么办到的,一直闯到我的跟前呢?这才是我所说的男子汉呢。重重障碍,什么也阻挡不了。召之即来。情况你了解了吗?我的姓名,女公爵,若仙,想必你知道了。是谁把你引进来的?一定是那个小侍从。他脑瓜儿挺灵。我要赏给他一百畿尼。你是怎么办到的?对我说说。算了,不要告诉我,我也不想知道。一解释,就显得小气了。我更喜欢敢作敢为,出人意料。你丑得够份儿,也就妙不可言了。你不过是天外来物,或者穿过三层地狱闯出来的。说起来无比简单:天棚打开了,或者地板裂开了

---

① 学名毕宿五,金牛座 a,是星座中最大的恒星,发橙色光。法国诗人涅瓦尔在《西尔维》中,称之为"欺骗之星",发出"两种光亮,时而蓝色,时而粉红色",表明"崇高的理想"和"甜美的现实"。——择译自原著本注

② 雨果受涅瓦尔的启发,描写若仙双色眸子:蓝色和黑色,对应天国和地狱,又称"暧昧"(louche)与"天机"(sidéral),显示其双重的深渊。

缝儿。你从云端降下来,或者穿过硫黄的烟火冲上来。你行如天神,有资格进入。不用说了,你是我的情人。”

关伯兰六神无主,这样听着,越来越感到神魂颠倒了。这下子完了。不可能再存疑虑。昨天夜晚那封信,这个女人亲口证实了。他,关伯兰,成为一位女公爵的情人,赢得了爱的情人!巨大骄傲的数千颗阴毒的头,在这个不幸的人心中攒动了。

虚荣,附着我们的心,是反对我们的一股巨大力量。

女公爵接着说道:

“您既然来了,这就是天意。我也就再无他求了。天上或者地下,必定有鬼神,将我们抛到了一起。冥河与曙光女神结婚。疯狂的婚约,违反所有法则!我见到你的那天,心下便想:‘就是他了,我认出来了,他正是我梦中的怪物。他必定是我的人了。’应该助命运一臂之力。因此,我给你写了信。提个问题好吗,关伯兰?你相信宿命吗?反正我信,那是读了西塞罗的《西庇阿之梦》之后。哦,我还没有注意到呢。一身贵族装束了。你穿上了贵族老爷的服装。有何不可呢?你是江湖艺人,这就更有理由了。一个江湖艺人,比得上一位勋爵。况且,那些勋爵又算什么东西呢?就是一群小丑嘛。你的身材这么英挺,仪表堂堂。你来到这里,这事儿真是闻所未闻!你是什么时候到的?来这儿多久啦?你看见我光身子了吧?我很美,对不对?我正要洗澡呢。唔!我爱你!你看过了我的信!是你自己看的吧?是别人给你念的吗?你识字吧?你大概是个文盲。我向你提这么多问题,不过,你别回答。我不喜欢你的声音,太温柔了。像你这样一个无与伦比的人,不应该如常人说话,而应该咬牙切齿地吼叫。你唱歌么,那会很美妙的。我恨这种声音。这是你身上我唯一讨厌的地方[1]。除此之外,整个儿棒极了,整个儿气宇轩昂。你若是在印度,那就是神灵了。你天生就是这样一副可怖的笑面吗?不会的,对不对?一定是受惩罚毁了容。我真希望你犯过罪。过来,让我搂抱着。”

她仰身倒在长沙发上,拖着关伯兰也倒在她身边。两个人也不知怎的,就偎依在一起了。她说的话,就像一阵大风,从关伯兰头上刮过。这阵旋风挟裹着狂热言语,究竟是什么意思,关伯兰没

① 关于“讨厌”一词,原著本有注,引用H.梅绍妮的说法。雨果的诗大量使用暗示,而在这部小说中,声音、声调胜过视觉、色彩。如果说若仙讨厌关伯兰声音的柔和,正因为这种声音从深层表现出一种天性,恰恰与面部丑陋相反。这也是表象与实际对比的主题:别人强加给他的面具,并没有损毁他那真正的本质——清白和纯洁。

怎么听明白。她那双眼放射出赞叹的神采，话说起来滔滔不绝，眉飞色舞，声音温柔又很狂乱。她的话语就是音乐，不过，在关伯兰听来，这音乐好似一场风暴。

若仙重又定睛凝视他。

“我在你身边，就觉得丧失了尊严，真快活呀！当什么殿下，实在乏味透啦！我身份高贵，这比什么都累人。降低了身份，才得以休息。我餍足了别人的尊敬，现在需要被人蔑视了。我们所有女人，都有点儿不着调，从维纳斯算起，还有克娄巴特拉、谢弗勒兹夫人和隆格维尔夫人，数到我为止。我要带你亮相，宣布身份。这样一桩风流韵事，会挫辱一下我出身的斯图亚特王族。噢！我总算松了一口气。我找到了途径。我脱离殿下的尊贵。降低身份，也就解脱了。什么都打破，什么都不管，什么都干，什么都毁掉，这才叫活着呢。听着，我爱你。”

她停下来，狞笑了一下。

“我爱你，不单因为你是畸形人，还因为你卑贱。我就是爱怪物，我也爱优伶。一个受屈辱的情人，受人嘲弄，也滑稽可笑，丑陋不堪，在这人称戏台的耻辱柱上示众，惹人开怀大笑，这有一种异乎寻常的味道。这就是咬食深渊的果子。一个能败坏我名声的情人，真是妙极了。咬上的苹果不是天堂的，而是地狱的，这对我才有诱惑力。我感到这种饥渴，我就是那个夏娃，深渊的夏娃。也许，你就是魔鬼，自己却不晓得。我守身如玉，期待着梦中的面具。你是个木偶，有一个幽灵牵着线。你是地狱狂笑的幻象，也正是我等候的主人。我所需要的，乃是美狄亚式[1]、卡尼狄式的爱情。我

---

① 美狄亚：希腊神话中科尔喀斯王的女儿，精通巫术，她许诺帮助伊阿宋等阿耳戈英雄们取得金羊毛，但是伊阿宋必须与她结婚。取得金羊毛后，美狄亚同他们一起逃走，还杀死奉命率兵追来的弟弟。回到故乡后，伊阿宋又有了新欢。美狄亚要他送给新娘一件婚服，新娘一穿上便被烧死，美狄亚还杀死她同伊阿宋所生的三个儿子。

早就确信，我一定会有一种这类黑夜的奇遇。你正是应需而至。我对你讲这么一大堆事儿，恐怕你还听不明白。关伯兰，谁也没有占有过我，我这烈焰一般纯净的身子，现在奉献给你。我这话你显然不会相信，可是，你若是知道更好，这方面我多么不在乎！”

她的话真像火山爆发，混杂着喷射而出。埃特纳火山的山腰上，如果能打通一个洞，那么对这样火焰的喷射就会有个概念了。

关伯兰讷讷说道：

“夫人……”

若仙抬手捂住他的嘴。

“别说话！我在端详你呢。关伯兰，我毫无节制，但是冰清玉洁。我就是侍奉酒神巴克科斯的童贞女。没有哪个男人领略过我的风情，我在希腊的德尔斐城，完全可以成为阿波罗神殿的女祭司，赤足立在青铜三角祭架上，而那些祭司就在祭架跟前，臂肘靠在被阿波罗击杀的巨蟒皮上，嗫嚅地叩问无形的神祇。我有一颗铁石之心，但是像那种神秘的砾石，被海浪冲到梯斯河[①]口，亨特利·纳布岩礁脚下，如果砸开，就能发现砾石中间有一条蛇。这条蛇，就是我的爱情。万能的爱，这不把你召来了。我们俩之间的距离太遥远了，绝对不可能的事儿。我在天狼星上，你在玉衡星[②]上。你穿越了无法衡量的空间，来到我的身边。很好哇。别吱声。要了我吧。”

若仙住了口。关伯兰不寒而栗。她又微笑起来。

“你瞧，关伯兰，梦想，便是创造。一种心愿，便是一声呼唤。构思一种幻想，就是挑战现实。万能而可怕的阴影，是不容挑战

① 梯斯河：英格兰北部的河流。

② 天狼星是天体最明亮的星，而玉衡星则鲜为人知。这几段，若仙为自己做了一幅惊人的自画像，将阿波罗神殿的女祭司的神话，与包藏蛇的砾石心的神秘传说结合起来，绘出一个表面上心如止水的女人上下通吃的意愿。

的，要满足我们的心愿。于是，你就来了。我敢不敢失身？敢啊。我敢不敢做你的情妇，做你的姘头，做你的奴隶，做你的玩物？欣然接受。关伯兰，我是女人。女人，本身是黏土做的，就渴望化为泥浆。我需要鄙视自己，这样就能调一调心高气傲。高贵的混杂成分，便是卑贱。这是最佳的合成。你，受人藐视的人，你藐视我吧。卑贱再卑贱，多么痛快啊！耻辱的双瓣花朵，我采摘了。将我踏在脚下吧，这就是你爱我的最好方式。我呢，心知肚明。你知道吗，我为什么崇拜你？就因为我鄙视你。你比我低下得太多，我就把你置于神坛上。高低混杂不清，这就是混沌，而混沌才讨我欢心。一切都始于混沌，终于混沌。混沌是什么呢？就是无边无际的污秽。而上帝就是用这种污秽，创造出了光明，也用这种污泥浊水创造了世界。你哪儿知道，我邪恶到何等地步。你用污泥揉团出来一颗星，那就是我本人。”

这个令人生畏的女人，就这样侃侃而谈，从解开的便袍显示裸体，露出处女的腰肢。

她继续说道：

“对所有人凶如母狼，对你却是只母狗。他们会多么大惊小怪呀！愚蠢的人惊讶起来，倒也赏心悦目。我呢，了解我自己。我是位女神吗？安菲特里特委身给独眼巨人库克罗普斯，Fluctivoma Amphitrite①。我是仙女吗？乌姬儿委身给了布格里斯，长了蹼掌的怪物。我是公主吗？玛丽·斯图亚特曾宠幸过里吉奥。三位美人，三个怪物。我比她们伟大，因为，你比那三个怪物还要糟。关伯兰，我们俩是天造地设的一对。你有一副怪物的外表，我有一颗怪物的内心，从而产生了我们的爱情。若说任性，可以呀。飓风是什么呢？一种任性。我们俩可谓天作之合，我们同属于黑夜；你是

① 拉丁文，不妨译为“水性杨花的安菲特里特”。

由于这张脸,我是凭着心智。现在,轮到你来创造我了。你到这里,正是我外相的灵魂。原先我还真不了解。这颗灵魂多么骇人。你一接近,就把我这女神体内的蛇怪引出来。你向我揭示了我真实的本性,你也让我发现了我本身。你瞧瞧,我多么像你。你看着我,就如同照一面镜子。你的面孔,就是我的灵魂。原先我还真不知道,竟然可怖到如此程度。看来,我也同样是个怪物。关伯兰啊,你可真给我消愁解闷了。"

她像孩子一样,怪怪地笑起来,又凑近关伯兰的耳朵,悄声对他说:

"你想见识一下疯女人吗?就是我呀。"

她的目光直透关伯兰的心扉。一道目光,便是一剂春药。她那便袍也极大地乱人心性。关伯兰已经看傻眼了,兽性渐渐侵入体内。看傻了眼,也就是要了命。

在这女人说话的时候,他就感到火星乱溅到身上。他也感到就地形成了不可挽回的局面。他已经丧失讲句话的力量。若仙中断不讲了,细细打量他,喃喃说了一句:"怪物哟!"她那神情相当生猛。

猛然间,她又抓住关伯兰的双手。

"关伯兰,我是王位宝座,你就是露天舞台。让我们同台表演吧。啊!我真高兴,这样我就沦落了。我多想让所有人都能知晓,我卑贱到了何等地步。他们会更加顶礼膜拜了,因为,人心里越痛恨,就越是卑躬屈膝。人类就是这副德行。心怀仇恨,又摇尾乞怜。明明一条龙,却如一条虫。哈!我就跟诸神一样堕落了。他们总不肯抛掉我是国王私生女的头衔。罗多彼算什么东西?一个爱上了弗泰的女王,而那弗泰长了颗鳄鱼头,女王却为他建造了第三座金字塔。彭透西勒爱上半人半马怪物肯陶洛斯,那是天上的星宿,称为人马座。奥地利公主安娜王后,你说怎么样?马萨林长相够丑的吧！你呢，长相不是丑，而是畸形。丑是宵小，畸形是伟大。丑，是魔鬼躲在美的背后做的怪相。畸形是崇高的反面，也就是另一面。奥林匹斯山有两面坡：一面坡朝阳，是阿波罗的地盘，充满光明；另一面阴坡，处于黑夜中，是波吕斐摩斯①的地盘。而你呢，你是巨神提坦。你也可能是林中怪兽贝黑摩特，海中的怪兽勒维亚唐，肮脏地方的堤丰②。你至高无上。你的畸形中留下了霹雳的击伤。你的脸是被雷霆毁了容，是被雷火的大拳发威扭曲变形的。那雷火蹂躏了你，便扬长而去。幽冥中无边的愤怒，一时发狂，就把这超人的狰狞嘴脸贴到你的灵魂上。地狱是座刑罚的洪炉，所谓的命数，就是那炉中烧红的烙铁，你打上了那烙铁的印记。爱你，就是理解什么叫伟大。我在这方面占了先机。爱上阿波罗，那费什么劲儿！荣耀，是以引起的惊诧来衡量的。我爱你。有多少夜晚，多少夜晚，我都梦见你。这里是我的一座宫殿。你会看到我这些花园。花草树木的叶丛下，流着清泉，有一些岩洞，可以进里面搂抱亲热，还有贝尔尼尼骑士③的非常精美的大理石雕像群。还有鲜花！简直太多了。一到春天，玫瑰盛开，一片火红。女王是我姐姐，我对你说过吧？你想怎么支配我都行。我天生如此，朱庇特只配吻我的脚，撒旦却可以唾我的脸。你信什么教吗？我呢，我是教皇派的，父王詹姆士二世，在法国去世时，围着一大群耶稣会士。我还从未有过跟你在一起的感觉。唔！我真想夜晚和你在一起，乘坐一条镀金的大船，荡漾在无边无际的大海上，我们二人躲进大红的幔帐里，并排靠着一张垫子，听人弹奏着音乐。你侮辱我吧。打我吧。给我回报。对我就像对待一个下贱女人。我崇

① 希腊神话中的独眼巨神，海神波塞冬的儿子，他以人肉为食。

② 堤丰：埃及的罪恶神。

③ 贝尔尼尼(1598—1680)，意大利雕刻家和建筑师，在法国被封为骑士，巴洛克艺术大师，他为路易十四制作了几尊半身雕像。

拜你。”

爱抚可以表现为咆哮。您不信吗？那就进狮穴里瞧瞧吧。恐怖就寓于这个女人体内，同她的美姿相辅相成，再也没有如此可悲的结合了。别人能感到她的利爪，也能感到天鹅绒般的掌心。这就是猫的攻击，进退自如。在这种进退中，既有游戏又含有杀机。她肆无忌惮地表示狂热的爱，其结果势必把这种疯狂传染给对方。致命的情话，难以言传的狂暴和温柔。侮辱的话又不侮辱。赞美的话等于辱骂。扇你耳光，又意味着把你奉若神明。她那怒气冲冲和情意缠绵的话语，无不由她的声调赋予一种莫名的普罗米修斯的伟大。埃斯库罗斯歌颂那位伟大女神的节日，就让女人们涌动起这种史诗般的狂热，在星空下追寻好色的林神。这种放浪的激情到了无以复加的程度，就连多多纳[1]圣枝下神秘的祭祀舞蹈也变得复杂隐晦了。这个女人仿佛改头换面了，如果可能的话，就要转化到天庭的对立面了。她那长发抖动起来犹如鬣毛；她那便袍时而合拢，时而敞开；那胸乳充满野性的呼叫，比什么都更加迷人；而她那蓝眸子的光芒，同黑眸子的火焰交相辉映，整个人确实超乎自然了。关伯兰精神涣散了，感到自己败下阵来：这种女人靠近，有一种深深的穿透力。

“我爱你！”她嚷道。

她随即一个吻，咬住了他。

荷马描述朱庇特和朱诺时，就采取云遮雾罩的手法，也许在关伯兰和若仙身上，现在也变得必不可少了。对关伯兰而言，有一位看得见并且看见他的女人爱他，有一双仙女的嘴唇紧紧压到他畸形的嘴上，这真是无比美妙，又疾如闪电。面对这个浑身是谜的女

---

① 多多纳：希腊古城，有非常古老的宙斯神殿，宙斯就在橡树圣林中，以枝叶的声响来宣告神谕。

人，他感到自己心中的一切全化为乌有了。黛娅的记忆在这片阴影里挣扎，发出微弱的呼叫。记得有一幅古浮雕，刻有斯芬克斯正吞噬着爱天使的场景；在嬉笑的怪物残忍的齿间，小鲜肉天使的翅膀流着血。

关伯兰爱这个女人吗？难道人也像地球一样，有两极吗？我们是不是绕着自己恒定不变的轴心自转的球体，昼夜交替，远望是颗星，近看是泥丸呢？人心也有两面吗？一面喜欢停留在光明里，一面爱处于黑暗中吗？这儿的女人，光彩熠熠，那儿的女人污黯晦暝。天使不可或缺。那么魔鬼呢，是不是也可能成为一种需要呢？给灵魂准备的，莫非是蝙蝠的翅膀？难道所有人，都注定要过这段黄昏时刻？罪过是我们不可抗拒的命运的组成部分吗？恶，存乎我们天性，要同其他方面一股脑儿接受吗？难道罪过是一笔要偿还的欠债吗？内心深处颤抖不已。

然而，却有一种声音对我们说，软弱就是犯罪。关伯兰的种种感受难以言传，事关肉体、生命、恐惧、情欲、一种屈辱的陶醉，以及骄傲中蕴涵的大量的羞耻。他要倒下去了吗？

若仙重复道："我爱你！"

她随即发起狂来，紧紧把他搂在胸前。

关伯兰喘不上气来了。

猛然间，就在他们身边，一个小铃响了，铃声坚定而清亮。那只响铃就固定在墙上。女公爵转过头去，说道：

"她又叫我干什么？"

突然，弹簧活门发出响动，镶嵌有王冠图案的银板打开了。

在衬有王子蓝天鹅绒的转柜里，出现了一只金盘，金盘上放了一封信。

这封方方正正的信挺厚，摆在托盘的角度，首先能让人看到信

封的蜡封上盖着的红色宝玺。小铃还响个不停。

打开的银板几乎碰到二人坐的长沙发。女公爵一只手臂勾住关伯兰的脖子,伸出另一只手臂去够托盘上的信件,再把银板推上。转柜重又关上,铃声就停止了。

女公爵在指间碾碎蜡封,打开信封,抽出两张折叠的信函,随手将信封丢到关伯兰的脚下。

破碎的蜡封印依然辨认得清,关伯兰看出一顶王冠,下面是字母 A。

扯开的信封展示正反两面,同时也能看见上面写着:“若仙女公爵亲启。”

信封里装着两张折叠信纸，一张是羊皮纸，另一张是精制的犊皮纸。羊皮纸一大张，犊皮纸一小张。羊皮纸上盖有一方大法官的大印，而那种绿色的蜡印通称“阁下印”。女公爵兴趣盎然，目光仿佛悠然神往，她厌烦地撇了撇嘴，但是动作细微难察。

“哼！”她说道，“瞧她给我发送什么来啦？一件公文！这个女人，净干扫兴的事儿！”

她随即将羊皮纸公函撂到一边，打开犊皮纸信。

“是她的笔迹。是我姐姐的笔体。我都看腻了，关伯兰，我问过你识不识字。你会念吗？”

关伯兰点头，表示识字。

她便躺到长沙发上，差不多就跟一个女人睡觉似的，用长袍仔细地遮住双脚，手臂则褪进袖子里，显得特别害羞，可是，胸乳反而裸露出来。她深情地凝视着关伯兰，将犊皮纸信递给他。

“那好，关伯兰，你是我的人了，开始为我效劳吧。我的心肝，给我念念女王给我写的什么。”

关伯兰接过犊皮纸，将信展开，声音有几分颤抖地念道：

夫人：

我们专程为您发去我们的臣仆，英格兰王国大法官威廉·考珀勋爵签署的一份口供记录的副本，从中能得出这样一个重大结论，即林奈·克兰查理勋爵的合法子嗣已得到确认，并且找到了本人：他取名关伯兰，流落到民间，混迹于街头艺人，过着流浪的生活。他从幼年起就丧失了身份。遵照王国的法律，并依据他拥有的继承权，林奈·克兰查理勋爵之子，菲尔曼·克兰查理自今日起，将得到贵族院的接纳，并在贵族院复位。因此之故，为了善待您,为了保有您继承的克兰查理和亨克维尔勋爵的财产和领地,我们让他取代大卫·狄里–莫伊尔在您恩宠中的地位。我们已派人将菲尔曼勋爵带进您的克莱奥尼别墅,作为女王和姐姐,我们愿意指定迄今名为关伯兰、我们称为菲尔曼·克兰查理勋爵,做你的丈夫,您就与他结婚吧,这也是我们王室的乐事。

关伯兰念信的时候,几乎每句话的声调都颤颤巍巍,而女公爵已从长沙发靠垫上坐起来,她目光定定地听着。等关伯兰一念完,她伸手夺过信去。

"安妮,女王。"她说,念着署名,声调颇为恍惚。

随后,她又从地上拾起她丢掉的羊皮纸公文,快速浏览一遍。那是晨星号船遇难者的声明,抄录在一份口供上,由南华克郡郡长和大法官共同签署。

若仙看完了口供记录,又重看了一遍女王的信,然后说道:

"好吧。"

她平静地指着关伯兰那会儿进来的走廊的门帘,对他说道:

"您出去吧。"

关伯兰不知所措,站在原地不动。

她又冷冰冰地说道:

"既然您是我的丈夫,那就出去吧。"

关伯兰一声不吭,他双目低垂,像个罪人似的,还是不动地方。

她又补充道:

"您没有权利待在这儿。这是我给情人的位置。"

关伯兰就仿佛钉死在原地。

"好吧,"女公爵说道,"那就我走。哼!您是我丈夫!再好不过了。我憎恨您。”

说着，她就站起身，神态高傲，对着空间不知向谁挥手告别，走了出去。

走廊的帘子在她身后又落下来了。

第五章　相认却又认不得

只剩下关伯兰一个人了。

独自面对这暖烘烘的浴池，这凌乱的床铺。

一时百感交集，思想混乱到了极点。思绪纷乱，已不成其为思考了，漫无头绪，杂散无章，唯恐陷入不可理解的境地。他心中萌生的意念，犹如梦中那种“快逃命”的劲头。

进入陌生的世界，可不是件简单的事。

从小侍从送来女公爵的信开始，关伯兰就经历一连串惊诧的时刻，而且越来越蒙头了。直到此刻，他还是恍如做梦，可是他又看得清清楚楚。现在，他就只能摸索着走路了。

他不思考了，甚至连想都不想了。什么事他都得兜着。

他仍旧坐在长沙发上，待在女公爵丢下他的位置。

忽然，幽暗中传来脚步声，是男人的步履，来自与女公爵离去的那条走廊相反的方向。脚步声越来越近，听得出那低沉却又清晰的声响。关伯兰再怎么心思沉重，也要侧耳细听了。

从女公爵曾拉开的银色帏幔望进去，床铺后边的那面疑似暗门的彩绘镜子，猛然间大敞四开，一个欢快的男声，引吭高唱，镜子房间立刻回荡这支法国古老歌曲的唱段：

粪堆上嬉闹着三崽猪，
吱哇乱叫活像抬轿夫。

一个男人走进来。

此人腰佩长剑，手上拿着带有丝绦和徽章的羽冠，穿一身镶有饰带的漂亮的海军服。

关伯兰屁股上像安了弹簧，当即跳起来。

他认出那人，那人也认出他来。

二人异口同声，都惊叫起来。

“关伯兰！”

“汤姆-金-杰克！”

手持羽冠的人走向叉起胳臂的关伯兰。

“你怎么到这儿来啦，关伯兰？”

“那你呢，汤姆-金-杰克，你怎么来到这儿？”

“唔！我明白了。是若仙！一种任性之举。一个江湖艺人，长得像妖怪，真是美不胜收，谁也抵不住诱惑。为了来这儿，你这是乔装打扮了，关伯兰。”

“彼此彼此，汤姆-金-杰克。”

“关伯兰，你这身贵族服装，究竟是怎么回事儿？”

“汤姆-金-杰克，你这身军官服，又是怎么回事儿？”

“关伯兰，我无须回答问题。”

“我也同样，汤姆-金-杰克。”

“关伯兰，我不叫汤姆-金-杰克。”

“汤姆-金-杰克，我不叫关伯兰。”

“关伯兰，我这是在自己家里。”

“这里就是我的家，汤姆-金-杰克。”

“我不准你当我的应声虫。你要嘲弄，我可有手杖。收起你这滑稽模仿,混账东西!”

关伯兰脸色立时煞白。

“你才是混账东西!你这样侮辱人,就得跟我决斗。”

“到你那木棚子里,你想怎么挨揍都成。挨一顿老拳。”

“在这里,要用剑决斗。”

“关伯兰朋友,剑是贵族用的,我只跟身份相同的人决斗。我们在拳头面前是对等的,在剑面前就不对等了。在塔德卡斯特客栈,汤姆-金-杰克可以抡拳头揍关伯兰。在温莎,情况就不一样了:我是海军准将。”

“而我呢,我是英国贵族院议员。”

“为什么不是国王呢?按说,你这话也有道理。一个优伶,能扮演所有角色。干脆对我说,你是雅典国王忒修斯[①]。”

“我是英国贵族院议员,我们可以决斗。”

“关伯兰,别这样纠缠了。不要跟一个能让人抽你鞭子的人耍贫嘴。我叫大卫·狄里-莫伊尔勋爵。”

“可我正是克兰查理勋爵。”

大卫勋爵再次敞声大笑。

“还真会接话。关伯兰是克兰查理勋爵。的确,必须是这个姓氏,才能拥有若仙。听我说,我宽恕你了。你知道为什么吗?就因为我们是她的两个情人。”

走廊的门帘撩开了,一个声音说道:

“你们俩都是她的丈夫,二位大人。”

二人都回过身去。

---

① 忒修斯:希腊神话中的人物,雅典王埃勾斯之子,生于异乡,受到善良公正的半人半马人喀戎的教育。长大后遵母命,举起巨石,找到剑和鞋,去雅典找父王。一路上斩妖除怪,威名大震。到雅典得知克里特王强迫雅典人,每年供童男童女各七人给半人半牛怪弥诺陶洛斯吞食。忒修斯便自告奋勇,前往克里特,进迷宫杀死弥诺陶洛斯。回国时,本应升起白帆表示胜利归来,却错升起了黑帆,埃勾斯以为儿子遇害,悲愤投海而死。忒修斯遂登基为王,他修建雅典城,统一国家,被认为是雅典国家的奠基人。

“巴基尔费德罗!”大卫勋爵高声说道。

来人果然是巴基尔费德罗。

他面带微笑,冲两位勋爵深鞠一躬。

只见他身后几步远有一位绅士,手持一根黑棒,面色恭谨而严肃。

那位绅士趋步向前,对着关伯兰三鞠躬,说道:

“勋爵大人,我是黑棒执达吏,奉陛下之命,来恭请大人。”

第八卷　主神殿及其周遭

第一章　高贵事物剖析

这么多时辰以来，一步登天实在骇人听闻，在关伯兰的身上变幻着炫目的光芒，把他带到温莎，又把他送回伦敦。

事情似真还幻，持续不断，相继出现在他面前。

毫无办法躲避。一件事刚离开，另一件事又把他逮住。

根本没有喘息的时间。

观赏过杂技表演的人，也就见识了命运。那些反复抛起又落下的道具，正是命运手中的人。

抛掷的道具和玩物。

就在当天晚上，关伯兰来到一个极不寻常的场所。

他就位的凳子装饰着百合花徽。他的绸缎衣服外面，罩了一件白塔夫绸衬里的大红丝绒长袍，还套上一件白鼬皮披风礼服，肩上挎着两条镶金边的白鼬皮饰带。

关伯兰周围的人，年轻和年迈的，各个年龄层都有，也都像他一样，坐在百合花徽饰的座位上，也同他一样，身披大红袍和白鼬皮礼服。

他还看见前面有些人，却是跪在那里。那些人身穿黑色丝绸长袍，其中有几个跪在那里写东西。

他朝对面稍远处望去，看到几级台阶。通向一个高台，上面支一顶华盖，还看到一个硕大的盾徽闪光发亮，左右拥着一头狮子和一只独角兽，尤其高台上，华盖下，摆放一把雕有王冠的镶金宝座，背靠着那个盾徽，那正是王位。

大不列颠的王位。

关伯兰身为贵族院议员，在英国贵族院就座了。

关伯兰这样进入贵族院，是通过什么方式呢？现在交代一下。

这一整天，从清晨到晚间，从温莎到伦敦，从克莱奥尼别墅到西敏寺大堂，一级一级跃升。每升一级，就伴随头晕目眩。

他乘坐女王的车驾离开温莎，有一队符合贵族院议员身份的扈从。贵人的扈从颇似囚犯的押解队。

这天，从温莎到伦敦的大道两旁的居民，看见女王御用的一支骑队，护送着两辆马车，疾驶在王家驿站之间。头一辆车里坐着黑棒执达吏，手里握着他的权杖。在第二辆车上，只能望见一顶宽边大羽冠，面部笼罩着阴影，看不清楚。驶过去的是什么人呢？是一位王爷，还是一名囚犯呢？

那正是关伯兰。

看那阵势，车上的人不是送进贵族院，那就一准押上伦敦塔。

女王做事，想得很周到。事关她妹妹的未婚夫，她便派自己的一部分卫队护卫。

黑棒执达吏卫队军官，骑马在前面开道。

黑棒执达吏乘坐的马车，折叠式座椅上铺着银色呢垫子。垫子上撂着一个印有王冠标志的黑色公文包。

行驶到伦敦的前一站布伦特福，两辆车和扈从都停下了。

一辆车厢玳瑁镶板的大轿车，套着四匹马在那里等候，车后身站着四名仆从，车前坐着一名戴假发的车夫，以及他的两名副手。轿车车轮、脚踏板、车厢、车辕，全套设备都是烫金的。马具则是镶银的。

这辆富丽堂皇的大轿车，造型大气得惊人，在鲁博为我们留下的五十一辆名车图谱中，也还是显得非常出色。

黑棒执达吏下了车，卫队军官也下了马。

黑棒卫队军官再从马车座椅的银色呢垫上，取下有王冠标志的公文包，双手捧着，站在执达吏的身后。

黑棒执达吏打开那辆大轿车的车门，车里没有人，随后又拉开关伯兰乘坐的马车车门，垂目恭请关伯兰换乘那辆大轿车。

关伯兰走下王家驿车，登上那辆大轿车。

执达吏执着黑棒，军官则捧着公文包，也随后上了车，坐到老式礼仪车青年侍从专坐的矮长凳上。

车厢绷着白缎衬里，镶裱着班希[1]布鸡冠花边和银白流苏。车棚顶绘有纹章。

原先乘坐的那两辆驿车的车夫，身穿王家布衬甲衣。而他们换乘的大轿车的车夫及其副手和仆从，则穿着另一种号服，看上去非常华丽。

关伯兰仿佛被击垮，处于梦游般的状态，朦胧中注意到仆役的服饰如此奢华，便问黑棒执达吏：

"这是哪个府上的号服？"

"是贵府上的，勋爵大人。"

正是这天，贵族院晚上要开会。如旧档案记录所称的，Curia erat Serena[2]。在英国，议会爱过夜生活。众所周知，有一次谢里丹午夜时分开始演说，到日出才结束。

两辆驿车空载返回温莎，而关伯兰换乘的大轿车则驶往伦敦。

玳瑁壁饰的四驾轿车，徐缓地从布伦特福驶向伦敦。车夫头上那副假发的尊严，要求这样的车速。

礼仪就以这名车夫庄重的形态，开始掌握了关伯兰。

不过，这种拖延时间，纯从表面上看，也是精心计算的。往下无须多远，就能看出大致的动机。

大轿车停到国王门前时，天还没有黑，但是夜幕很快就要降临了。这道扁圆形的沉重大门，夹在两座小塔楼之间，是从白厅到西敏寺的必经之路。

宫廷骑卫队现在围住了大轿车。

站在车后身的一名仆从跳下去，打开车门。

黑棒执达吏和抱着呢垫的军官先后下了车，执达吏对关伯兰说道：

---

① 班希：比利时城市。

② 拉丁文，意思是同前一句话。

“勋爵大人，请下车。大人的帽子要戴在头上。”

关伯兰套了一件旅行大衣，里面穿的还是丝绸衣服，从昨天晚上起就没有离身。他也没有佩剑。

他将大衣留在车上。

国王门拱穹呈马车形，下面有一扇小旁门，略高出路面。

在讲排场的活动中，表示恭敬者在前面引路。

黑棒执达吏走在前面，手下的军官随后跟上。

关伯兰走在最后。

他们登上台阶，从旁门进入。

不大工夫，他们就走进一座圆厅。圆厅很宽敞，中央立一根柱子。这是小塔楼的底层大厅，采光只靠几扇尖拱形窄窗，类似教堂那种尖拱窗，即使到正午，厅里也很昏暗。光线暗淡，有时就是庄重的一种表现方式。昏暗显得庄严。

厅里站立着十三个人：前排三人，第二排六人，后排四人。

前排三人中，有一个身穿浅红色丝绒上衣，另外两个同样穿浅红色衣服，但不是绸缎的。三人服装的肩上，都绣有英国国徽。

第二排那六人都穿着白色云锦缎外衣，每人胸前的纹章都不相同。

后排四人，全都身穿黑色织锦缎衣裳，但是打扮又各有特点：第一个披着蓝色短斗篷，第二个前身绣有圣乔治深红章，第三个则胸前和背后各绣有一枚红十字，第四个有一条人称黑貂皮的毛领。他们全都戴着假发，脱了帽，腰间挎着佩剑。

他们的面孔，幽暗中难辨，他们也看不清关伯兰的脸。

黑棒执达吏举起他的权杖，说道：

“菲尔曼·克兰查理勋爵大人，克兰查理和亨克维尔男爵，在下，黑棒执达吏，觐见厅首席长官，现在我将大人交给嘉德骑士，英国纹章院院长。”

身穿丝绒上衣的那个人物出列，对关伯兰一躬到地，说道：

"菲尔曼·克兰查理勋爵大人，我是嘉德骑士，英国纹章院院长。我是英国世袭纹章局局长，诺福克公爵大人委任的官员。我曾宣过誓，听命于国王、贵族院议员和嘉德骑士们。我受命之日，英国纹章局局长将一杯酒倾倒在我的头上，我庄严保证为贵族效力，远离声名狼藉之徒，善待而不谴责身份高贵的人，并且帮助寡妇和处女。我也负责安排贵族院议员的丧葬仪式，并且用心保存他们的纹章。我来听候大人的示下。"

另外两个身穿浅红色衣服的人，其中一个躬身施礼，说道：

"勋爵大人，我是克拉伦斯，英国纹章院第二院长。贵族院议员以下贵族的葬礼，由我负责组织。我来听候大人的示下。"

另一个身穿织锦缎衣的人也施礼说道：

"勋爵大人，我是诺罗伊，英国纹章院第三院长。我来听候大人的示下。"

第二排六个人向前跨一步，站立不动，也不施礼。

站在关伯兰右侧的头一个人说道：

"勋爵大人，我们是英国纹章院的六个分院院长。我是约克郡分院。"

接着，各分院院长或代表依次报上家门：

"我是兰开斯特分院。"

"我是里士满分院。"

"我是切斯特分院。"

"我是萨默塞特分院。"

"我是温莎分院。"

他们胸前绣的纹章，正是他们分院所在的郡或城市的徽章。

四个身穿黑服、站在分院院长后面的人，都一直保持沉默。

纹章院院长嘉德骑士用手指着他们，一一向关伯兰介绍：

“勋爵大人,这是四位纹章查考官。”

“这位蓝斗篷。”

身披蓝色短斗篷者颔首致敬。

“这位赤龙。”

胸前绣有圣乔治深红纹章者致敬。

“这位红十字。”

胸前身后绣有红十字者致敬。

“这位拉门。”

戴黑貂皮领者致敬。

纹章院院长打了个手势。

第一位查考官，蓝斗篷走上前，从黑棒执达吏卫队军官手中接过银色呢垫、有王冠标志的公文包。

纹章院长对黑棒执达吏说道：

“这就可以了。我告知阁下，已接待了勋爵大人。”

这种礼仪，以及下文还要描述的繁文缛节，就是亨利八世之前的旧礼仪，而安妮力图复古，折腾了一个时期，到如今，那老一套通通不灵了。然而，贵族院却自认为恒久不变，如果说哪儿还存留上古的玩意儿，那就是贵族院了。

不过，贵族院也在变。E pur si muove.[①]

举例来说，那根五月杆，伦敦城植在议员们前往贵族院路上的那根 May pole，如今怎么样了呢？最后一根，那还是 1713 年树起来的，后来，五月杆就消失了。废止了。

表面上，纹丝不动；实际上，总在变化。再拿阿尔伯马尔这个爵位来说，就是如此。它似乎是永恒的。可是这个爵位，先后却变换过六个家族：奥多、曼德维尔、贝图恩、普兰塔热奈、博尚、蒙克。莱塞斯特这个爵位，变换过五个姓氏，计有鲍蒙特、布热伍兹、达德利、西德尼、库克。而林肯名下的这个爵位，则六易其主。还有彭布罗克这个爵位，更七易其主。如此等等，不一而足。爵位倒是岿然不动，名下的家族却不断地更易。浮浅的历史学家还相信什么一成不变。说到底，没有任何事物经久不变。个人只能是浪花飞沫，而人类才是浩浩的海洋。

贵族世家引以自豪的是年代久远，妇女引为屈辱的则是年华老去。不过，妇女和贵族都抱有同样幻想：永存，永继。

---

① 意大利文，意为“还依然变动”。

我们刚才所讲的和下面要说的，贵族院很可能不会对号入座，这一点颇似昨日的美妇，不愿看到生了皱纹。镜子充当被告的老角色，已经习以为常了。

如实记述，这是历史学家的全部本分。

纹章院长对关伯兰说道：

“请跟我走，勋爵大人。”

他还补上一句：

“别人向您行礼，大人只需抬一抬帽檐儿即可。”

于是，一行人走向圆厅最里端的一扇门。

黑棒执达吏在前头开道。

随后是捧着呢垫的蓝斗篷，接着是纹章院院长，关伯兰走在最后，帽子依然戴在头上。

纹章院其他院长、分院长、查考官，全留在圆厅里。

关伯兰由黑棒执达吏为先导，在纹章院院长带领下，过了一个厅又一个厅，那条路线如今再难追寻，只因英国议院的旧建筑业已拆毁了。

关伯兰穿越的厅室，那间哥特式大厅值得一提，正是在那里，詹姆士二世和蒙茅斯见了最后一面：侄儿徒然跪在残忍的叔父面前。这间大厅四周墙壁上，以年代为序悬挂着九幅先辈贵族院议员的全身立像，标出他们的姓名和族徽，即南斯拉德隆勋爵（1305）、贝利奥尔勋爵（1306）、贝奈斯特德勋爵（1314）、坎蒂卢普勋爵（1356）、蒙比冈勋爵（1357）、梯博托特勋爵（1372）、朱希·德·考德诺勋爵（1615）、贝拉-阿夸勋爵（无年份）、哈伦和萨莱勋爵、布洛埃斯伯爵（均无年份）。

夜幕已降临，走廊里点亮了灯，隔一段距离一盏，铜灯架上点燃数支蜡烛，照得厅堂如同教堂的侧廊。

一路上只能碰见值班人员。

一行人穿过的一间厅堂里，垂首恭恭敬敬站立着四名封蜡印章书记官、一名国家档案书记官。

另一间厅堂里，则站着尊贵的菲利浦·西德纳姆，方旗骑士，萨默塞特郡布林普顿的领主。方旗骑士，即在国王的战旗下征战中所封的骑士。

还有一间厅室里，站立着英国最古老的准男爵萨福克郡的埃德蒙·培根爵士，尼古拉斯爵士的继承人，被称为“英国第一准男爵”[①]。埃德蒙爵士身后站着他的枪手，拿着他的火枪和他的盾牌：盾牌上有阿尔斯特图徽，只因准男爵这些卫国武士，都出生在爱尔兰的阿尔斯特郡。

又来到一间厅室，厅里有财政大臣、陪伴他的四名会计师，以及侍从长的两名负责分配人头税的代表。还有铸币总监，他张开的手掌心放着一枚英镑，特制的标准磅的重量。这八个人施礼迎接新勋爵。

从下议院通往上议院的走廊铺着席子。关伯兰一进入走廊，乃至走出走廊，都有人敬礼，恭迎恭送：走廊入口有马盖姆的托马斯·曼塞尔爵士，王室监督官，格拉摩根选区的下议院议员；出口则有五港男爵“二分之一”代表团，共有八位，每侧四人：威廉·阿什本汉姆代表黑斯廷斯，马修·艾尔摩代多佛，约西亚斯·伯谢特代表桑威奇，菲利浦·博特勒代表海斯，约翰·布鲁尔代表纽鲁姆尼，爱德华·索思威尔代表赖伊城，詹姆·海斯代表温奇尔西城，乔治·内伊洛代表锡福德。

关伯兰正欲还礼，纹章院院长便低声提醒：

“只抬一抬帽檐儿，勋爵大人。”

关伯兰便按照指点行事。

---

① 原文为拉丁文。

来到画厅，却不见绘画，只有几幅圣像，其中一幅便是圣爱德华，全挂在尖拱长窗的头线下方，而长窗则被一层楼板隔成两部分，西敏寺大厅在下面，画厅在上面。

在横断画厅的栏杆这边，有三位国务大臣。三位重要人物的头一个，管辖的范围包括英格兰南部、爱尔兰，以及各殖民地，还处理同法国、瑞士、意大利、西班牙、葡萄牙和土耳其等国的有关事务。第二位领导英格兰北部，并且负责监视荷兰、德国、丹麦、瑞典、波兰和俄罗斯等国的动向。第三位是苏格兰人，管理苏格兰。前两位是英格兰人，其中一位便是尊贵的罗伯特·哈雷，新雷德诺城的下院议员。在场的还有乡绅蒙果·格拉汉姆，苏格兰的下院议员，蒙特罗斯公爵的亲戚。他们都默默地向关伯兰致敬。

关伯兰回礼，抬手碰一碰帽檐儿。

隔栏守卫转动铰链，拉起臂杆，放他们进入画厅里侧。这里摆放着一张长桌，铺着绿呢台布，是专供勋爵们使用的。

长桌上放一只亮着蜡烛的枝形烛台。

关伯兰由黑棒执达吏、蓝斗篷和纹章院院长嘉德骑士引领，走进这间特权的厅室。

等关伯兰一走过，隔栏守卫又封住通道。

纹章院院长一过隔栏，便停下脚步。

画厅十分宽敞。

只见画厅里端，在两扇窗之间王家纹徽下方，站着两位老者，他们身披红丝绒长袍，肩上缀有两条金丝缲边的白鼬皮饰带，假发上戴着白羽毛冠。他们长袍的敞口露出丝绸衣服和佩剑柄。

一个身穿黑色波纹缎服的人，一动不动站在他们的身后，高举着金吾，顶端大金球上立一头戴王冠的雄狮。

那便是英国贵族院议员的金吾使。

雄狮是他们的标志,“雄狮便是男爵和贵族院议员”,贝特朗·杜盖斯克林在编年史手稿中如是说。

纹章院院长指着两位身披丝绒长袍的人物,对关伯兰耳语道:

“勋爵大人,这两位与您的身份等同,您要相应地还礼。这两位大人都是男爵,是大法官为您指定的推荐人。他们年事很高,双目近乎失明。您要由他们二位引进贵族院。头一位,查理·米尔德迈,菲茨瓦尔特勋爵,在英国男爵中列第六位。第二位,奥古斯图斯·阿伦德尔,特雷赖斯的阿伦德尔勋爵,在男爵中位列第三十八席。”

纹章院院长朝两位老者跨前一步,高声说道:

“菲尔曼·克兰查理,克兰查理男爵,亨克维尔男爵,西西里的克莱奥尼侯爵,向两位大人致敬。”

两位勋爵摘下帽子,手臂高高举起,随后重又戴上。

关伯兰照样回了礼。

黑棒执达吏走上前,接着蓝斗篷,然后嘉德骑士也走上前。

金吾使走到关伯兰面前站定,置身两位勋爵中间,右边是菲茨瓦尔特勋爵,左边是阿伦德尔勋爵。阿伦德尔勋爵年纪最长,弯腰驼背得厉害,第二年他就呜呼哀哉了,将他在贵族院的席位传给他未成年的孙子约翰,后来到1768年,爵位后继无人,也就终止了。

一行人走出画厅,踏入一条长廊。长廊两侧排列着壁柱,壁柱设有岗哨,交错伫立着英格兰持槊武士和苏格兰持戟武士。

持戟的苏格兰武士组成赤腿的出色部队,后来在丰特努瓦战役中,足以对阵法国骑兵队和国王重骑兵队。他们的司令官还向法军喊话:“各位长官先生,你们军帽都戴稳了,等一会儿我们就不客气,要发起攻击了。”

持槊武士长和持戟武士长掌起剑来,向关伯兰及其两位推荐

人致敬。武士们也一齐举起他们的槊和戟。

长廊尽头，一道大门金光闪亮，十分华美，两个门扇就好像是纯金打造的。

大门两侧伫立两个人，都纹丝不动，从他们服装可以认出，他们是 door-keepers，“守门卫士”。

快到这道大门的地点，走廊宽展了，形成一个玻璃圆厅。

玻璃圆厅里一张靠背极高的扶手椅上，坐着一位大人物，他的长袍和假发格外宽大，显得特别尊贵。他就是威廉·考珀，英国大

法官。

如果残疾也算一种优点的话，比起国王来还有过之而无不及。威廉·考珀眼睛近视。安妮同样近视，但是没那么厉害。正因为威廉·考珀的视力比女王陛下还要低，女王就选用他为大法官和王道良心的卫士。

威廉·考珀上嘴唇薄，下嘴唇厚，正是不善不恶的征象。

天棚上吊着一盏灯，为玻璃圆厅照明。

大法官坐在高高的太师椅上，神情肃穆。右侧一张桌子，坐着宫廷书记官,左侧也有一张桌子,坐着议会书记官。

两名书记官面前,各有一本打开的登记簿和一个墨水缸。

大法官座椅背后,伫立着他的金吾使,手持王冠金吾。还有两名侍从:一个在后面擎袍裾,一个捧着钱袋,都戴着大大的假发。所有这些职务,如今还存在。

在太师椅旁边的一张祭器桌上,放着一把金柄佩剑,剑鞘外套和腰带,全是用火红色丝绒制作的。

宫廷书记官身后站着一名官员,双手捧着一件展开的长袍,那便是爵位的朝服。

议会书记官身后站着一名官员,双手捧着一件展开的长袍,那便是议会正装。

这两件长袍,全是深红色丝绒质地,白色塔夫绸衬里,肩上饰有两条金边白鼬皮带,两件极其相似,只是朝服的白鼬皮饰带略宽些。

第三位官员为"侍书",双手垫着一块方形弗朗德勒制革,托着一本红皮书,小书是用摩洛哥红色羔皮装帧的,为贵族院和众议院议员名册,附有空白页和一支铅笔,照例发给每个进入议院的新成员。

这一行人,由走在两位贵族院议员推荐人中间的关伯兰殿后,来到大法官面前站定。

两位贵族院议员脱帽。关伯兰也照做。

纹章院院长从蓝斗篷手中接过银色呢垫,举着跪下,将呢垫上托着的黑色公文包呈给大法官。

大法官拿起公文包,交给议会书记官。书记官郑重地起身,上前接过公文包,然后归座。

议会书记官打开,又站起身来。

公文包里存放两道谕旨:一道是女王下给贵族院的,另一道是下给贵族院新议员就位的诏书。

书记官站在那里，恭恭敬敬，慢条斯理地朗声宣读这两道谕旨。

给菲尔曼·克兰查理勋爵就位议员的诏书以常规套话结束："……我们殷切地命您，出于您对我们应有的忠信的顺从，亲自莅临西敏寺议会，在高级教士和贵族院议员中间就位，表达您对王国和教会事务的高见。"

两道谕旨宣读完毕，大法官提高嗓门说道：

"现在资格审查，菲尔曼·克兰查理勋爵，阁下放弃耶稣变体圣餐，放弃崇拜圣徒和弥撒吗？"[①]

关伯兰躬了躬身。

"审查完毕。"大法官说道。

议会书记官接口说：

"勋爵大人通过审查。"

"菲尔曼·克兰查理勋爵大人，您可以就位了。"

"很圆满。"两位推荐人说道。

纹章院院长这才站起身，从祭器桌上拿起佩剑，给关伯兰扣上佩剑腰带。

"事毕，"诺曼底古老宪章记载，"贵族院议员戴上佩剑，登上高高的席位，参加议事了。"

关伯兰听见身后有人对他说：

"我给大人穿上议员袍。"

对他说话的那名官员拿着袍子，当即给他穿上，再把白鼬皮肩饰的黑绦带系到他的脖子上。

关伯兰身披大红袍，腰挎金柄佩剑，现在就同伴随他左右的两

---

① 事关英国新教同以罗马教廷为代表的天主教的分歧。

位勋爵没有差别了。

“侍书”官员呈给他红皮名册，揣进他的上衣口袋里。

纹章院院长凑近他耳边，悄声说道：

“大人进入大堂，要向王座致敬。”

王座，就是王位宝座。

这工夫，两位书记官各自伏案，一个在宫廷登记簿上，另一个在议会登记簿上书录其事。

这两位一先一后，宫廷书记官在前，将登记簿呈交大法官签署。

大法官签署完两本登记簿，便站起身来，说道：

“菲尔曼·克兰查理勋爵，克兰查理男爵，亨克维尔男爵，意大利的克莱奥尼侯爵，大不列颠神职和在俗的勋爵，欢迎您来到您的同行，贵族院议员中间。”

关伯兰的两位推荐人碰了碰他的肩膀。他回过身来。

长廊尽头的大金门，两个门扇洞开了。

那便是英国贵族院的大门。

从关伯兰被另一伙人送到南华克监狱，看见牢狱铁门在他面前打开到现在，还不足三十六小时。

所有这些乌云，从他头顶飞驰而过，快得惊人。乌云，就是接连的变故，飞速则能一举攻破。

第二章　公正

创建一个能与国王平起平坐的贵族阶层，这在野蛮时代是一种很有实效的设想。不过，政治上这种粗略的权宜之法，在法国和英国则产生不同的后果。豪门权贵，在法国是假国王，在英国却是真君主，地位上不如在法国高，但是权力更实在。可以这么说：小一点儿，但是更恶劣。

贵族阶层始建于法国。产生的时期很难说：根据传说，则起自查理曼大帝时期，而历史记载，却是在贤君罗贝尔时期。历史记载也不见得比传说更可靠。法万写道："法国国王想用 Pairs[①] 这样光艳亮丽的头衔，将国内大贵族吸引到身边，就好像他们与他是平等的。"

贵族院议员制很快分出枝杈，从法国延伸到英国。

英国贵族院议员制事实上坐大，几乎成为一个庞然大物。前身是撒克逊的 Wittenagemot。丹麦的大乡绅和诺曼底的封臣，最后都融入男爵的行列。男爵与 vir（男性）是同一个词，西班牙文译为 varon，其含义恰恰是男人。从 1075 年起，男爵这一阶层的势力，国王就有所感觉。那是何等样的国王啊！那可是"征服者"威廉。

---

① 法文这个词的复数，表示身份、地位相同的人，指同辈、同僚。历史上，指中世纪法国国王的封臣，贵族院议员。

1086年,他们就为封建制度打下基础,这个基础便是 Doomsday-book,《末日裁判书》。到了"失地王"约翰时期,就起冲突了。法国贵族居高临下,傲视大不列颠,法国贵族院甚至要求英国国王出庭受审。英国男爵们气愤填膺。在腓力·奥古斯图斯[①]登基加冕典礼上,英国国王作为诺曼底公爵,打着第一面方旗,而吉耶纳[②]公爵则举着第二面方旗。于是,"贵族战争"爆发了,反对这位甘当异国封臣的国王。男爵们将大宪章强加给落泊的约翰王,从而产生了贵族院。教皇力挺国王,将那些勋爵逐出教会。那是1215年的事,教皇则是英诺森三世,他写下"祈求神灵降临",还给"失地王"约翰送去四枚金戒指,象征四枢德。勋爵们坚持到底。长时间对决,持续了好几代人。彭布罗克伯爵带头,力争不让,1248年订立了《牛津条例》。二十四位男爵限制国王的权力,对国王提出质疑,还拉来帮手,扩大争执,每个郡都召来一名骑士。这便是下议院的发端。后来,勋爵们又扩大势力,从每座城市选来两名市民,每个乡镇召来两个有产者代表。这就形成这种局面,直到伊丽莎白时代,贵族院议员始终是下议院议员资格的仲裁。从他们的裁判权中产生了这句格言:"下议院议员的遴选应据三不原则,即'不伸手,不行贿,不请酒'。"[③]即便如此,腐败乡镇也在所难免。1293年,法国贵族院法庭对英国国王还有裁判权,而"美男子"腓力就传唤爱德华一世到御前听审。爱德华一世,也正是那个命他儿子在他死后煮烂遗体,带着他的尸骨去打仗的国王。这些国王如此疯狂,勋爵们就感到有必要加强议会,于是,他们就把议会分成两院:上议院和下议院。勋爵们趾高气扬,把持着至高无上的权力。"下

---

① 腓力·奥古斯图斯(1165—1223),法国国王腓力三世(1180—1223),是法国有影响、有政绩武功的国王。1199—1216年,"失地王"约翰不再被承认是法国封臣,重起战事,腓力三世一度收复诺曼底。

② 法国阿基坦省的旧称。

③ 原文为拉丁文。

议院如果有哪个议员胆大妄为，口出狂言，非议贵族院，那就会把他传上法庭，责罚一顿，有时甚至可能揣进伦敦狱塔。”[①]两院投票同样有差异。贵族院投票时，是一个一个进行，先从所谓“最年幼者”，最后一名男爵开始。叫到每位议员时，就回答“满意”或者“不满意”。下议院则全体一起投票，好像赶着的羊群，高呼“是”或者“不”。下议院只管控告，贵族院则进行裁决。贵族院讨厌烦琐的数字，就把财政监督权交给下议院，下院议员从中获益匪浅。英国财政部称为棋盘，其源起说法不一：有人说部里桌案的台布为棋盘格图案，还有人说，在铁栅栏里面，英国历代国王的老钱柜那些抽屉组成了棋盘格式。“Year-book”，财政年度登记簿，始于十三世纪末。在史称“玫瑰战争”[②]的进程中，我们能感到勋爵们的举足轻重，他们时而支持兰开斯特公爵，约翰·德·戈恩特，时而又拥护约克公爵埃德蒙。瓦特·泰勒，罗拉德派[③]，幕后策划者，整个天下纷扰动荡的温床，无不想各自为政，但是其支点，不管是公开还是秘而不宣，仍旧是英国的封建体制。勋爵们嫉妒王位，也有裨益：嫉妒，就是监督。他们限制国王的能动性，压缩叛国的机会，煽动假理查们起来反对亨利四世，玩弄政治手腕，促使各方推举为仲裁，左右约克公爵和安茹的玛格丽特三顶王冠之争[④]；如果有必要，他们就拉起队伍，为自己的利益而战，诸如什鲁斯伯里、蒂克斯伯里、圣-奥尔本，时而失利，时而获胜。早在十三世纪，他们就已经在刘易斯那里大获全胜，将国王的四个兄弟逐出王国：那四人是伊

---

① 见张伯伦：《英国之现状》第二卷，第二部分，第四章，第64页。1688年版。——原注

② “玫瑰战争”，又称“双玫瑰战争”，从1450年持续到1485年。英国国王亨利六世（1422—1461）丧失权力，约克系王族质疑兰开斯特系王族，为争夺王位，王族两系断断续续打了三十五年仗，英国勋爵们从中渔利。

③ 罗拉德派，指英国十四世纪激烈主张改革教会的下层教士。

④ 英王亨利六世精神失常，1453年，王后安茹的玛格丽特在萨默塞特公爵支持下要求摄政，但她的统治不得人心。1454年，贵族院指定约克公爵摄政，正式拉开了王位之争的玫瑰战争。三顶王冠指国王、摄政王与储君的冠冕。

莎贝拉和拉马什伯爵的私生子，四兄弟全放高利贷，通过犹太人盘剥基督徒，既是王子，又当骗子，这类事情后来也见过，但是不像当年那样受人痛恨。直到十五世纪，在英国国王身上，显然还保留诺曼底公爵的姿态，议会的文件仍然使用法文。从亨利七世起，勋爵们意愿强烈，改用了英文。在乌特·彭德拉贡统治时期，用布列塔尼语①，在恺撒治下就使用罗马语，到七王国②时期，则通用撒克逊语，及至哈罗德登上王位，便用丹麦语了，直到威廉登基，就改用诺曼底语，多亏勋爵们力争，英国才终于讲英语。接着，英国又有了国教③。国家有了自己的宗教，这种力量就大得很了。一位国外的教皇，能抽取一个国家的活力。一个麦加圣地，就是一条章鱼。1534 年，伦敦清退了罗马，贵族院接受改革，勋爵们采纳了路德的学说，回击 1215 年教廷把他们开除出教会的事件。这正中亨利八世的下怀，但是在其他方面，勋爵们却往往掣肘。一只獒狗挡在一头熊面前，这便是亨利八世面前有贵族院。当沃尔西从国家手中窃取了怀特霍尔宫，而亨利八世又从沃尔西手中窃取过来，谁发声谴责了呢？四位勋爵：奇切斯特的达西，布莱佐的圣约翰，还有（两个诺曼底姓氏）蒙特乔伊和蒙梯格尔。国王篡夺。贵族蚕食。世袭制还是包含了拒腐蚀，这就是为什么勋爵们敢于违抗，甚至面对伊丽莎白，男爵们也蠢蠢而动。结果达勒姆惨遭酷刑。这条残暴的裙子是鲜血染红的。高高撑起的裙子下面，掩藏着砍头用的木砧，这便是伊丽莎白。伊丽莎白的对策，议会尽量少开，还压缩贵族院人数，减到六十五名，其中只有威斯敏斯特一位侯爵，而且没有一位公爵。说起来，法国国王也同样嫉恨贵族，也同样削减人

---

① 布列塔尼语：法国西部的布列塔尼地区语言，属凯尔特语种。直到二十世纪六十年代，当地老人还讲本地语，不会法语。英国称大不列颠 La Grande Bretagne，即源自布列塔尼 La Bretagne，按法文音译为“大布列塔尼”。

② 七王国时期，从六世纪到九世纪，英国还处于割据的局面。

③ 英国国教，又称圣公会。

数。亨利三世当政时期，贵族院里仅余八位公爵了，惹国王极大不痛快的有芒特男爵、库西男爵、库洛米埃男爵、蒂姆雷的夏多讷夫男爵、塔尔德努瓦的拉费尔男爵、莫尔塔涅男爵，另外还有几个，始终保有法国贵族院议员男爵的爵位。在英国，国王乐见贵族爵位日益萎缩，在此仅举一例：自十二世纪起，到安妮统治时期，取消的贵族爵位总数多达五百六十五个。玫瑰战争就开始根除公爵，玛丽·都铎[①]用斧头就完成了。砍掉公爵，就是砍头。当然是好手段，不过，砍头不如收买。这就是詹姆士一世所感悟到的，他恢复了公爵爵位，把他的宠臣维利耶封为公爵，而维利耶却把他当成猪[②]。封建公爵一变而为宠臣公爵，而且要大量滋生。查理二世在他的情妇中，封了两个女公爵，即南安普敦的巴尔比和奎鲁尔的路易丝。到了安妮时期，就有了二十五位公爵了，其中三个外国人：坎伯兰、坎布里奇和绍恩贝格。詹姆士一世发明的种种朝廷手法，是否奏效了呢？没有。贵族院感到受了阴谋的操纵，便发怒了。怒气发向詹姆士一世，发向查理一世，这里顺便插一句，查理一世对他父王之死，恐怕难脱干系，正如玛丽·德·梅迪契或许也多少参加点谋害丈夫。查理一世与贵族院关系破裂了。在詹姆士一世时期，勋爵们曾审理过培根的贪污案，到了查理一世统治时，又审判了斯塔福德的叛国罪。他们判决了培根，也判决了斯塔福德。前者身败名裂，后者身首异处。斯塔福德丢了脑袋，就等于查理一世丢了脑袋。勋爵们给下议院撑了腰。国王在牛津召开国会，革命就在伦敦召开国会；贵族院议员，四十三位跟随国王走了，二十二位去拥戴共和。勋爵们接受了人民，从而产生《权利法案》，这便是我们《人权宣言》的雏形，在英国革命的大幕上，已经隐约看到法

---

① 玛丽·都铎，即玛丽一世（1516—1558），英格兰和爱尔兰女王（1553—1558在位），她反对宗教改革，处死许多新派教徒，得了“血腥玛丽”的称号。

② 维利耶称詹姆士一世为“猪猡陛下”。——原注

国革命从未来的深处投射的影子。

就是起了这样作用。不由自主,就算是吧。也付出高昂的代价,只因这种贵族形成一个庞大的寄生阶层。但是,作用也是巨大的。路易十一、黎塞留和路易十四的专制事业,创建一个苏丹式的政权,将一切铲平当作平等,滥用王权滥施刑罚,不同阶层全部拉低拉平,在法国建造的这种土耳其工程,在英国就被勋爵们阻止了。他们将贵族阶层建成了一道墙,一方面阻挡了国王,另一方面也保护了人民。他们用对国王的放肆无礼,来补赎他们对人民的蛮横无理。西蒙·莱塞斯特伯爵对亨利三世说:“国王,你说了谎。”勋爵们也强使国王接受束缚条件,他们冒犯国王,偏要触碰敏感部位,在犬猎的问题上,任何勋爵经过王家林苑,都有权猎杀一只黄鹿。勋爵到王家,也就像到自己家一样。国王关进伦敦塔思过,津贴也不高于一位贵族院议员,按标准每周十二英镑,这是贵族院作出的决定。更有甚者,废黜国王,也是贵族院的功劳。勋爵们剥夺了“失地王”约翰的王位,贬谪了爱德华二世,摘下查理二世的王冠,击垮了亨利六世,造成的时局使得克伦威尔可能成事。查理一世堪比路易十四!也多亏了克伦威尔,他才未能崭露头角。而且,顺便说一句,有一件事实,任何历史学家都没有予以关注:克伦威尔本人,也一直觊觎贵族爵位,他正是出于这种动机,才娶了伊丽莎白·鲍彻,因为伊丽莎白是鲍彻勋爵,一个姓克伦威尔的人的后裔和继承人,而鲍彻的爵位于1471年就因无嗣而被废止了;她还是另一个鲍彻,罗伯萨特勋爵的后裔和继承人,这个爵位也同样因无嗣,于1429年被注销了。克伦威尔亲历国家的多事之秋,他觉得要掌控局面,比起要求爵位来,铲除国王才是捷径。勋爵们的礼仪,有时显得并不吉祥,也殃及国王。伦敦塔那两名佩剑骑士,大斧头扛在肩上,左右押送受指控的贵族院议员出庭受审,这种仪仗适用于任何勋爵,也同样适用于国王,古老的贵族院曾有个决议，被坚定不移地执行了五百年。贵族院记述了自己疏虞和懦弱的日子，例如那个怪异的时刻，教皇尤里乌斯二世派帆船送来奶酪、火腿和希腊葡萄酒，贵族院竟然经不住诱惑而照收了。英国贵族总是心事重重，傲睨万物，毫不通融，处处用心，以爱国情怀常备不懈。也正是贵族院，在十七世纪末，用1694年十号法令，剥夺了南安普敦的斯托克桥镇向国会选派议员的权利，并且迫使下议院宣布因教皇派舞弊，该镇选举无效。约克公爵登基为王，称詹姆士二世，贵族院强迫他宣誓，遭到拒绝，就宣布废黜他的王位。然而，詹姆士还照样统治，可是，勋爵们最终又把他控制住，赶出了国门。英国贵族阶级，在长期的生涯中，体现出某种进步的本能，一直透射出相当可观的宝贵光明。除了临近终点，也就是现在。在詹姆士二世当政时期，贵族院就维持下议院的比例：三百四十六名平民议员，对九十二名骑士议员；五港的十六名骑士议员，足可以抵消二十五座城镇的五十名平民议员。英国贵族阶级虽说非常腐败，又非常自私，但是在某些方面，又显得特别公正。可是，对其评说不免过分严苛，而对下议院的历史评价多有褒彰，这就值得商榷了。我们认为，勋爵们扮演了非常伟大的角色。寡头势力，在国家处于野蛮状态中，就能够独立自主。看看波兰吧，名义上称王国，实际上是共和国。英国贵族院总信不过王权，将国王置于监督之下。比起下院议员来，勋爵们往往更善于拂国王之意，往往将国王的军。1694年就是如此，那是非凡的一年，下议院因为国王不愿意通过议案，就否决了三年议会案，而上议院却投票通过了。威廉三世怒不可遏，就剥夺了巴斯伯爵彭岱尼斯城堡，还罢免莫尔当子爵的所有职务。贵族院，就是摆在英格兰王国中心的威尼斯共和国。把国王降格为威尼斯总督，这就是贵族院的目的：削减国王多大威权，就能使国家得到多大发展。

国王也心知肚明，因而仇恨贵族。双方都处心积虑，挤压对方。这两方势力大大耗损，正有利于成长壮大的人民。君主专制和贵族寡头，这两股强势都很盲目，没有看出双方较量是在为第三方，即民主效力。上个世纪，能绞死一个贵族议员，费勒斯勋爵，朝廷是多么欢欣鼓舞啊！

而且，把绳索换为丝绦将他绞死。礼数。

“在法国，不会绞死一位贵族议员。”黎塞留堂而皇之地指出。说得也对。如在法国，那就是砍头了。更加讲究礼数，莫莫朗西-坦卡维尔总是这样署名，“法国和英国上院议员”，将英国爵位放到第二位。法国上院议员地位更高，力量却不强大，看重资格而轻视职权。他们和英国勋爵之间的差异，就是虚荣心和自尊心的区别。对法国贵族院议员来说，首要的是超越外国的王公，排到西班牙大贵族之前，胜过威尼斯的贵胄，在议会中，安排法国的元帅们、陆军统帅和海军司令，全部坐矮板凳，哪怕是尊贵如图卢兹伯爵和路易十四的儿子，区分公爵爵位是父系之传还是母系之传，要在像阿马尼亚克或阿尔伯雷这样的普通伯爵爵位，以及埃夫勒那样的上院议员伯爵爵位之间，保持相当的距离，而且年满二十五岁后，在什么情况下有权戴蓝绶带，到什么场合才有权戴金羊毛勋章，要以在议会资格最老的上院议员于译公爵，抗衡宫中资格最老的拉特雷姆瓦伊公爵，争取和选帝侯同样数量的青年侍从和车驾的马匹，要求最高法院院长称自己“大人”，还争论曼恩公爵的上院议员席位，是否同尼伯爵一样，始于1458年，穿行议会大厅时是走斜对角还是走旁边，等等，关注的就是这类面子事。而英国的勋爵们，关心的却是国家大事，诸如航海法案，宗教审查，调动欧洲的力量为英国所用，控制海洋，驱逐斯图亚特王室，向法国发动战争。法国这边，首要的是标签；英国那边，一切之先是统治权。英国贵族院议员捕到了猎物，而法国贵族院议员抓住了影子。

总而言之，英国贵族院的创建是一个起点：这在文明发展上，意义就非常巨大。贵族院披上了一个国家奠基者的荣耀，成为一国人民统一的最初体现。英国的坚韧抗力，这种无比强大的隐秘力量，就产生于贵族院。男爵们通过一系列切实的途径遏制国王，草拟出最终废黜王权的蓝图。贵族院不由自主，也不知不觉做了这一切，如今不免有点诧异，也颇为伤感了。尤其事情已无可挽回了。让步究竟是什么？就是归还。而人民也绝不是不明就里。国王说：我赐予。人民说：我取回。上议院以为创建了贵族的特权，殊不知造就了公民的权利。贵族阶级，这只座山雕，孵化着老鹰蛋，是在孵化自由。

如今，蛋壳破开，雄鹰飞翔，座山雕死去。

贵族阶级气息奄奄，英国成长壮大。

然而，对待英国贵族阶级，我们也应该公正。贵族阶级曾与王权分庭抗礼，起到了制衡的作用，阻碍了专制统治，形成了护民的一道屏障。

我们要感谢贵族阶级，也要将其埋葬。

第三章　曩时的议会大堂

从前有一座诺曼底故宫，就在西敏寺修道院附近，亨利八世时期遭遇一场大火，烧得只剩下两翼。爱德华六世便将贵族院安置在一翼，将下议院安置在另一翼。

无论这两翼建筑，还是这两座大堂，如今都不复存在。眼前的

景象全是重建的。

我们已经说过,有必要再强调一遍,如今的上议院和曩时的贵族院之间,毫无相似之处。拆掉了旧宫殿,多少也拆除了旧习惯。拆毁历史建筑的阵阵镐声,在传习中和宪章里引起了回响。砸落一块古老的石头,势必带走一条古老法规。原先在方厅的上议院,安置在圆厅里试一试,就不会是原来的样子了。贝壳变形,会改变里面软体动物的形状。

一件古物,无论人的还是神的,无论法典还是信条,无论贵族的还是僧侣的,如果您想收藏,就绝不要修复翻新,连外包装都不要更换。顶多打几个补丁。譬如说,耶稣会教义,就是加到天主教教义上的一块补丁。情同此理,对待建筑物,也要像对待法规制度那样。

废墟中应居有幽魂故影。衰败的势力,住进新装修的房子里,就会感到不舒服。衣衫褴褛的机构,就应该设在破烂不堪的宫殿。

介绍从前贵族院的内观,就是要描述陌生的事物。历史,就是黑夜。历史上,没有中景。凡是不再处于舞台近景的东西,随即就会退隐,消失在黑暗中。布景一撤,便化为乌有,一片遗忘 。“过去”有一个同义词:“未闻”。

英国贵族院议员充当法庭时,就在西敏寺大堂里就座,充当最高立法院时,就设在一个专用大堂,称作“勋爵之家”:house of the lords。

英国贵族院法庭,只是由国王召集,此外,还有两个英国大法庭,也设在西敏寺大堂。这两个大法庭低于贵族院法庭,但是高于全国任何司法机构。在大堂顶头的上方,有两个毗邻的房间,两个大法庭就分别设在这里。头一个是御席庭,规定由国王主持,第二个是大法官庭,即由大法官主持。一个是治罪法庭,另一个是赦罪法庭。由大法官奏请国王宽赦:难得出现这种情况。这两个法庭,至今依然存在,负责解释法律,有时也小修小改。法官的艺术,就在于把法典条文精雕细刻成为判例。公正,就尽可能通过这种技巧溜走。立法得立,法得实施,全在这座肃穆的地方,西敏寺大堂。大堂拱梁为栗木,蜘蛛不能结网,爬到法律中结的网倒是相当多了。

既是法庭所在,又是议会所在,两者兼备。这种双重机构组成了最高权力。1640 年 11 月 3 日开始的议会,会期拖长,就感觉到这把两刃剑能应革命之需了。因此,议会宣称作为贵族院,既拥有司法权,又拥有立法权。

贵族院拥有这双重权力,能追溯到很久远的时代。前面说过,作为法官,勋爵们占据了西敏寺大堂;而作为立法者,他们还拥有另一座大厅。

那另一座大厅,确切说是勋爵之家,一个狭窄椭圆形房间。房间采光全靠深深嵌入顶棚的四扇窗户,另外,国王华盖上方开了一扇牛眼窗,镶六块玻璃,拉着窗帘。晚上,则点起十二个壁架枝形烛台,此外再无照明了。说起来,威尼斯元老院大厅的光线还要昏暗。这些握有最高权力的猫头鹰,就是喜欢朦胧的暗影。

勋爵们聚会的大厅高高的拱顶,由多面图形围圈而成金色的藻井。而下议院大厅只有一面平平的天棚。在君主政体的建筑中,每个部分都有某种含义。勋爵们长厅的一端是一道门;另一端,对面就是王位。离那道门几步开外,横着一根臂杆,犹如分界线,表明此处平民止步,过去便是贵族地界了。王位右侧有一座壁炉,壁炉的尖顶上饰有纹章,还有两幅大理石浮雕:一幅表现 572 年大胜布列塔尼人的库特沃尔夫战役,另一幅则是邓斯特布尔镇的几何平面图,只有四条街道,与世界的四个部分平行。三级台阶托高王位。王位,也称作“御椅”。两侧墙壁面对面挂着巨幅壁毯,是伊丽莎白送给勋爵们的礼物,壁毯上编织的系列画面,表现无敌舰队从西班牙出发,直到在英国海面覆没的全过程。军舰露出水面的部分，全是用金银线织成的，年深日久，已经发黑。王位左右两侧，各有三排座椅，靠着由枝形壁灯间隔开的壁毯依次排开；右侧三排是主教们的席位，左侧三排是公爵、侯爵和伯爵的席位；每一排坐椅占一级阶梯，由石阶隔开。第一排三个座位坐着公爵，第二排三个座位坐着侯爵，第三排三个座位坐着伯爵。子爵们的座位，呈直角正对着王位，还有两张长椅，摆在子爵座席和木栏之间，那是男爵的位子。王位右首的高椅，是两位大主教的专席，坎特伯雷和约克；中间一排则是伦敦、达勒姆和温彻斯特三地主教的专席；最低一排是其他主教的座席。在坎特伯雷大主教和其余主教之间，存在着巨大差别：他是"上天授命"的主教，其他人则是"神意恩准"的主教。只见王位右侧，还专为威尔士亲王摆一把坐椅，左侧几张折叠椅，则是为王室公爵准备的。折叠椅后面的台阶上，还有未成年的贵族院议员的座位，他们尚未参加议会的活动。到处摆放百合花，四面墙壁上都高挂着巨大的英国国徽，既高悬于上院议员的头上，也高悬于国王的头上。上议员的子嗣和爵位继承人，可以列席讨论会，站在王位后面的华盖与墙壁之间。里端王位和大厅另外三面，三排上议员座席之间，留出一大块方形空地儿，上面铺着国家定制的地毯，织有英国国徽；地毯上摆放四张羊毛坐垫，一张在王位面前，坐着大法官，左右有金吾使和掌印官员；一张在主教面前，坐着几位参议法官，参加会议而无权发言；一张在公爵、侯爵和伯爵面前，坐着国务大臣；一张在男爵和子爵面前，坐着宫廷书记官和议会书记官，还有两名副书记官跪在垫子上书写。在方形的地毯上，放一张宽大的书案。铺了桌毯，上面堆满档案、登记簿和记录册，还摆放几只超大型金银制作的墨水缸，桌案四角上立着高高的烛台。贵族院议员按年资落座，即从爵位所确立的日期为序。他们按爵位排列，在同列中再按资历排序。木栏边站着手执权杖的黑棒执达吏。门里侧有侍卫官，门外侧有黑棒宣礼官，职能就是开庭时用法语高呼三声："升堂！"庄严地拉长声突出第一个字。在宣礼官身边，还站着大法官的金吾使。

按照宫廷礼仪，在俗的勋爵们头戴冠冕，神职勋爵们则戴着主教帽。

大主教头戴公爵冠主教帽，而一般主教，地位排在子爵之后，就戴男爵冠主教帽。

注意到一个奇特的现象，也颇富教益：由王位、主教们和男爵们组成的这一方阵，围住跪着办案的司法官员，这正是法国头两个王朝古议会的景象。法国和英国的权力机构，都长成一个模样。早在853年，辛克马尔就在《宫廷会议纪事》中，描绘了十八世纪上议院在西敏寺开会的情景。真邪门，这种会议记录，九百年前就写好了。

历史是什么呢？就是过去在未来的回声，未来在过去上面一道反光。

议会每七年必须召开一次。

上院议员关起门来，秘密讨论。下议院开会则是公开的。声望似乎在降低。

勋爵们的数量不受限制。新添勋爵，就是对王权的威胁。统治的手段。

十八世纪初叶，贵族院人数已经很多了。后来又增加了。往贵族群掺沙子是一种策略。伊丽莎白将勋爵数量压缩到六十五人，也许是一种失误。议会人数锐减，却更为精干。参加议会的人越多，有头脑的人就越少。詹姆士二世对此有所感悟，就把上议院扩充到一百八十八位勋爵，如果排除两位女公爵，即金屋藏娇的朴茨茅斯和克利夫兰那两个女人，那就是一百八十六位上议员。到了安妮时期，勋爵总数，包括主教，多达二百零七位了。

不算女王的丈夫坎伯兰公爵，公爵总共二十五位，但公爵的首位,诺福克公爵是天主教徒,贵族院开会根本就不参加,而末位坎布里奇公爵,汉诺威的选帝侯,虽说是外国人,却照样出席会议。温彻斯特,英国第一位、也是唯一的侯爵,如同阿斯托加是西班牙唯一的侯爵一样,他也总缺席会议,只因他是天主教多明我教派的。这样,五位侯爵中,首位便是林赛了,末位则是洛锡安。七十九位伯爵,首位是德比,末位是伊斯莱。九位子爵,首位是赫里福德,而末位是兰斯达尔。六十二位男爵,首位是阿伯加文尼,末位是赫维。赫维勋爵,身为末位男爵,就是所谓的贵族院“最年幼者”。而德比,在詹姆士二世时期,他排在第四位,在他前面的还有牛津伯爵、斯雷夫斯伯利伯爵和肯特伯爵,到了安妮时期,他在伯爵排列中就进入首位了。两位大法官的姓氏,也从男爵的名单中消失了:一位是维德拉姆,查阅历史,继他之后的大法官是培根男爵;另一位是韦姆,继他之后的是杰弗里斯。须知培根、杰弗里斯这两个姓氏,在不同程度上鲜为人知。1705 年,二十六个主教席实到二十五位,切斯特主教席位空缺。主教中有几位大领主,例如威廉·塔尔博特,牛津主教,教会中新教支派的首领。另有几位,则是杰出的学者,诸如约克大主教约翰·夏普,曾任诺里奇隐修院院长,罗切斯特主教,诗人托马斯·斯普拉特,是一个患了中风的老先生,还有林肯主教韦克,是博须埃的对手,最终死在坎特伯雷大主教的任上。

这些令人敬畏的大佬,每逢收到国王谕旨,召开上议院会议,他们要出席这种重大活动,就身披长袍,戴起假发,头顶神职的峨冠或者贵爵的羽冠,纷纷来到议院大堂,一排排展示他们的头颅,而沿着墙壁,还能隐约看出风暴埋葬无敌舰队的图景。分明在表示:风暴听候英国的指令。

第四章　曩时的上议院

关伯兰授爵仪式的全过程，从他踏入国王门，一直到玻璃圆厅接受宗教审查，都是在半明半暗中进行的。

威廉·考珀勋爵，他，英国大法官，根本不允许有人向他具体描述年轻勋爵菲尔曼·克兰查理破相的面目，认为了解一位上议员长相不美，有失他的尊严，同时也感到，一个属下胆敢向他提供这种性质的情况，自己也随之掉价了。一个平民百姓，肯定会津津乐道："这位王爷是个驼子。"因此，一位勋爵，体貌上畸形，的确让人看着难受。女王向他略微提两句，他当即一句话遮过去："一位爵爷的脸面，就是他的爵位。"况且，他审阅并签署那些口供笔录时，也一定大致明白了。从而采取了一些措施。

新勋爵一步入大堂，他的面孔就可能引起某种骚动。要紧的是须有所防范。大法官自行采取了措施。尽量少出状况，这便是正经做事的大人物固定的念头和行为的准则。痛恨意外事件，正是庄严的体现。关键是妥善安排，接纳关伯兰进上议院，就像接纳其他勋爵继承人那样顺利进行。

这就是为什么接纳菲尔曼·克兰查理的入院仪式，大法官干脆安排在晚上了。大法官既然是守门人，诺曼底宪章称之为"看门人”，德尔图良[1]则说“类似守门人，门限和栅栏的守护神”[2]，他就可以在议院门口郑重其事地办理。威廉·考珀勋爵正是利用他这种权限，在玻璃圆厅里履行完菲尔曼·克兰查理勋爵的授爵手续。此外，他还提早办理，好让新勋爵赶在会议开始之前进入议院大堂。

至于在议院门口授爵，也有先例可循。第一位特封的世袭男爵霍尔乌特城堡的约翰·德·博尚，1387年查理二世封他为基德明斯男爵时，就是以这种方式授予爵位的。

不过，大法官循此先例，也就为自己制造了麻烦，时隔不足两年，办理纽黑文子爵进入上议院时，他就看出了这种方式的不便之处。

正如我们前面说过的那样，威廉·考珀勋爵高度近视，几乎没有看出关伯兰面目的畸形；那两位上议员推荐人，又根本看不见：两个老朽几近失明了。

大法官特意选中了这样两个推荐人。

妙就妙在，大法官只瞧见关伯兰的身材和仪态，还觉得他“仪表堂堂”呢。

两名门卫给关伯兰打开两扇大门的时候，大堂里才到了少数几位勋爵。这些勋爵差不多全是老人。老人来参加议会总很准时，如同他们去见女人最勤快一样。公爵席位上还只有两位公爵，一位白发苍苍，利兹公爵托马斯·奥斯本；另一位头发花白，舍内贝格公爵，其父为德国人，当上了法国元帅，作为法国人跟英国打仗，被南特敕令驱逐之后，到英国当了上议员而成为英国人，又作为英国人跟法国作战。在神职勋爵的席位上，只有最上面一排，坎

① 德尔图良（约155—约222），基督教辩护士，第一位用拉丁语写作的基督教作家。他在北非活动，树立起基督教学说的绝对权威，对拉丁神学语言的形成影响极大。

② 原文为拉丁文。

特伯雷大主教，即英国的宗主教，而下面一排，只有伊利主教西蒙·帕特里克，他在同多切斯特侯爵伊夫林·皮尔蓬特谈话，侯爵正向他解释城堡的堡篮与护墙的区别，栏栅与鹿砦的区别，说明栏栅为保护营地，在帐篷前打的一排木桩，而鹿砦则是在堡垒的护墙下立的尖桩，以防围攻者爬墙与受围者逃跑。侯爵还教主教如何给一座棱堡设置鹿砦，将一根根尖桩半截埋在土里，尖头露在外面。韦默思子爵托马斯·梯纳，走近一个壁挂枝形烛台，细细察看他的建筑师绘制的一幅平面图，打算给他在威尔特郡的郎里特花园铺上所谓的"方格草坪"，即组合的方块，铺的是黄沙、红沙、河贝壳和活性炭粉。在子爵的座席上，随便坐了几位老勋爵，有埃塞克斯、奥苏尔斯通、佩雷格林、奥斯本、威廉·朱莱斯坦，罗奇福德伯爵；这些人中间也有几个年轻人，是不戴假发的小团体，他们围着赫里福德子爵普赖斯·德夫路，正讨论能不能用枸骨冬青叶当茶泡水喝。奥斯本说："跟茶差不多。""完全一样。"埃塞克斯也说道。在一旁的帕夫莱茨·德·圣约翰听得很认真，他是博林布鲁克的表兄弟，后来，伏尔泰还多少成为博林布鲁克的弟子，须知伏尔泰的学历始于波雷神父，结业于博林布鲁克。在侯爵席位上，女王的侍从长，肯特侯爵托马斯·德·格雷，对英国内务大臣林赛侯爵罗伯特·贝尔蒂肯定地说，1614年英国彩票的大奖，是让两个法国逃亡者赢得了，一个是勒考克先生，从前是巴黎议会的议员，另一个是拉夫奈尔先生，布列塔尼贵绅。怀姆斯伯爵正在读一本书，书名为"女巫神谕的奇妙灵验"。格林威治伯爵约翰·坎贝尔正在给他的情妇写信，他有三种见长很有名：长下巴，长乐，长寿八十七岁。钱多斯勋爵正在修指甲。这次会议是朝廷会议，由钦差代表女王出席，两名门卫副手将火红丝绒面的长条凳摆到御椅的前面。在第二张羊毛垫子上，坐着公文档主簿 sacrorum seriniorum magister，他当时的住宅，是已经皈依的犹太人的老房子。在第四张

垫子上，两名书记官助理正跪着翻阅登记册。

这工夫，大法官在第一张垫子上就座。大堂各职守也各就各位，一些人坐下，其他人则站立。坎特伯雷大主教起立，口中祈祷，念念有词，会议开始。关伯兰已经进来一段时间，没有惹人注意，他坐在男爵席位的第二条长凳上，离横杆不远，走几步就到位了。他的推荐人，两位勋爵一左一右，几乎遮住了这位新来者。会前没人得到通知，议会书记官声音低沉，就像说悄悄话似的，念完了有关新勋爵的各种文件，大法官就在报里常说的“普遍分心”的氛围中，宣布他被接纳了。人人都在聊天。会堂里一片喧声，有些不明不白的议案，就是在这种喧闹声中通过的，事后，与会者看了有时都不免惊诧。

关伯兰光着头，默默无语，坐在两位老议员菲茨瓦尔特勋爵和阿伦德尔勋爵中间。

这里补充一句：巴基尔费德罗是个资深的密探，什么都了解得很透彻，精心策划这一阴谋，决心一逞其能。他当着大法官的面正式汇报时，在一定程度上淡化了菲尔曼·克兰查理勋爵畸形的面孔，特别强调这样的细节：关伯兰可以随意消除笑面的效果，破相的脸恢复严肃神态。巴基尔费德罗甚至还可能夸大了这种能力。况且，以贵族的角度来看，这又算得了什么呢？“在英国，恢复一位上议员的席位，比一位国王复辟还重要。”这句格言的合法作者，不正是威廉·考珀勋爵吗？美貌与尊贵，理应是密不可分的，而一位勋爵相貌丑陋，也实在是恼人的事儿；不过，再强调一遍：这又怎么能贬损权利呢？大法官采取了防范措施，做得入情入理，然而，归根结底，采不采取防范措施，一位上议员进入上议院，谁又能阻挡得了呢？贵族爵位和王权，不是超乎畸形和残疾吗？世袭巴肯伯爵，这个古老的文明家庭1347年绝嗣，一种猛兽的吼叫，不是跟这古老世家爵位一样代代相传吗？结果一声虎啸，就让人认出这位苏格兰上议员后嗣的真身吗？恺撒·博尔吉亚[①]，脸上布满难看的血斑，这妨碍他成为瓦朗蒂努瓦[②]公爵了吗？约翰·卢森堡双目失明，也没有妨碍他当上波希米亚国王吧？驼背妨碍理查三世当上英国国王了吗？事情看透了，以无所谓的态度，傲视残疾和丑陋，

① 恺撒·博尔吉亚（1475—1507），出身西班牙裔意大利世家，其父为教皇亚历山大六世。他是瓦朗蒂努瓦公爵，他善玩权术，狡猾而残忍。马基雅弗利在他的《王公》一书中，就以他为典型。

② 瓦朗蒂努瓦：法国旧地名，位于德龙省。瓦朗蒂努瓦公爵头衔，从十七世纪始，就属于摩纳哥家族。

远非同伟大相背而行，反倒更能肯定并证实伟大。贵族爵位何等庄严，根本容不得畸形添乱。这就是问题的另一面，也绝不可小觑。正如明眼人所见，关伯兰入上议院，什么都阻挡不了，大法官的谨慎措施，从策略的低层次来看是有用的，从贵族原则的高层次来讲，就未免多此一举了。

关伯兰进入大堂时，遵照纹章院长的嘱咐，也听从两位上议员推荐人的重复叮咛，他向“御椅”行了礼。

这便大功告成，他是勋爵了。

这个不可思议的巅峰，他踩在脚下了，而他曾目睹他的老师吾是熊，在这高远的辉光下躬身俯首，战战兢兢过了一辈子。

他置身于英国这个既灿烂，又幽暗的地方。

封建高山的古老峰巅，欧洲和历史已经观望了六百年。一个黑暗世界令人惊悚的光环。

他走进了这个光环。进去就退不出来了。

他到这儿，便到了家。

他到家坐在自己的座位上，如同国王在王位就座一样。

他在这里安如磐石，从今往后，什么也不可能逼他离去。

他看见华盖下的这顶王冠，同他的冠冕一脉相承，他与这王位同类比肩。

他面对陛下，是上院议员。身份稍逊，但是同类。

昨天，他是什么？优伶。今天，他又是什么？王子。

昨天，一无所有。今天，拥有一切。

贫贱与权势，突然冲突起来，在一种命运的头脑深处，一个良心猛然蜕变为两部分。

两个幽灵，厄运和发迹，抓住了同一颗灵魂，都极力拉向自己这一边。一种智慧，一种意志，一个头脑破裂纷争，在两个敌对的兄弟，在穷幽灵和富幽灵之间展开。亚伯和该隐，共存于人的体内。

第五章　高谈阔论

议院的席位，逐渐坐满人了。勋爵们开始到场。会议的日程，要表决女王的夫君丹麦的乔治·坎伯兰公爵年俸增加十万英镑的议案。此外，还宣布了有几项议案已由女王批准，女王派几位专职钦差送交上议院审核通过，因此之故，这就升格为朝廷会议，上议员们外面套着议会长袍，里面全穿着朝服或者作客的礼服。这种长袍，类似关伯兰身上穿的，所有人的长袍都一个式样，唯独肩上的白鼬皮饰带有差异：公爵缀有五条，而且镶金边，侯爵有四条，伯爵和子爵均有三条，男爵则两条。勋爵们三五成群入场。大家在走廊相遇，攀谈起来，就接着聊下去。也有几个独自进来。服饰非常庄重，神态一点儿也不严肃，话语也不高雅。所有人入场，都要拜一拜王位。

上议员们蜂拥而至。这些显赫的姓名鱼贯而入，也不怎么讲究礼仪，反正也没有公众。莱斯特进场时，握住利奇菲尔德的手；接着是查理·摩当，彼得伯勒与蒙茅斯伯爵，洛克的朋友，他曾接受洛克的倡导，在议会上提议重铸钱币；随后是查理·坎贝尔，卢顿伯爵，他正专心听布鲁克勋爵富尔克·格雷维尔说话；接上来的是卡那封伯爵多姆、列克星敦男爵，罗伯特·萨顿，他父亲曾奏请查理二世，驱逐那个史官格列高利奥·莱蒂，一个没有自知之明的家伙，还想成为历史学家呢；跟在后面的是托马斯·贝拉希恩，法尔康堡子爵，一个风度翩翩的老人；再有霍华德家族的三位堂兄弟：霍华德，班顿伯爵，鲍尔-霍华德，伯克希尔伯爵，以及斯塔福德-霍华德，斯塔福德伯爵；随后则是约翰·洛夫莱斯，洛夫莱斯男爵，这个爵位1736年消亡，理查森[1]便得以将洛夫莱斯写进他的作品，以这个姓氏创造一个典型人物。这些上院议员，在政界或战争中，无不是赫赫有名的人物，其中不少人为英国争了光，现在他们却喜笑颜开，天南海北地闲聊，就好像不经意间看到的历史场景。

还不到半小时的工夫，会堂就几乎满员了。这道理很简单，只因这是朝廷会议。道理不大简单的是，大家交谈甚欢。大堂，刚才还昏昏欲睡，现在却人声鼎沸，活似受惊的蜂巢。吵醒大堂的是那些迟到的勋爵：他们带来了新闻。怪哉，会议开始了，那些在会场上的议员，根本不知道发生了什么事，还没到会的人反而知道了。

好几位勋爵迟迟从温莎赶来。

这几个小时以来，关伯兰的奇遇传开了。秘事就是一张网，破了一个网眼儿，整张网就撕裂了。由于上述的那些变故，温莎王宫里一早私下里就爆出新闻：从集市野戏台上找回一位上院议员，一个流浪艺人被认定为勋爵，故事有头有尾，非常齐全。王子王孙谈论这件事儿，再由侍从仆役口口相传。这个事件，从宫中传遍温莎城。但凡事件，都有一种重力，无不适用于落体加速的法则，掉到公众里，并以闻所未闻的速度深深扎进去。七点钟那时候，伦敦还一点儿风声也没有。到八点钟，全城就议论开了关伯兰。只有少数几位守时的勋爵，会议开始前就到场才不得而知，只因传得沸沸扬扬时，他们已不在城里，到了会堂又什么也没有发觉。因此，他

---

① 理查森(1689—1761)，英国作家。他的小说将现实主义同说教式的情感纠葛相结合，深得十八世纪欧洲读者的喜爱。他的第二部长卷小说《克拉丽莎·哈洛维》(1747—1748)，写少女克拉丽莎逃避包办婚姻，反而落到贵族阔少洛夫莱斯手中，受羞辱饮恨而死。

们坐在席位上安安静静，不料那些迟到者异常兴奋，大呼小叫：

“听说了吗？”弗朗西斯·布朗，芒塔卡特子爵问多尔切斯特侯爵。

“什么事儿啊？”

“怎么可能出这种事儿？”

“什么事儿啊？”

“笑面人！”

“笑面人是干什么的呀？”

“您没见过笑面人吗?”

“没见过。”

“那是个小丑,集市上要把戏的。那张脸,简直绝了,看一看要花两个铜板。就是个跑江湖的艺人。”

“那又怎么样?”

“你们刚刚接纳他为英国贵族院议员。”

“笑面人,就是您,芒塔卡特爵爷。”

“我没开玩笑,多尔切斯特爵爷。”

芒塔卡特子爵说着,朝议会书记官打了个手势,书记官便从羊毛垫子上站起身,向两位大人证实了此事,是接纳了新议员,还介绍了详情细节。

“哦,哦,哦,”多尔切斯特勋爵连声惊叹,“刚才我同伊利主教说话来着。”

年轻的安奈斯莱伯爵向厄尔老勋爵搭话,老勋爵到1707年就要去世,只有两年活头儿了。

“厄尔爵爷?”

“安奈斯莱爵爷?”

“您认识林奈·克兰查理勋爵吧?”

“认识,一位故人。”

“他是在瑞士去世的吧?”

“对。我们还是亲戚呢。”

“当年,在克伦威尔时期,他是共和派,到了查理二世治下,他仍然是共和派吧?”

“共和派?压根儿没那事儿。他是在赌气。这是他同国王私人间的争执。我从可靠的来源得知,海德勋爵大法官的位置,如果给了他,他一准就会归顺朝廷了。”

“您这话让我惊讶,厄尔爵爷。我可听说过,这位克兰查理勋爵是个正派人。”

“正派人！这世间还有吗？年轻人，世上就不存在正派人。”

“那么加图呢？”

“您还相信加图，您！”

“那么，阿里斯提得斯[①]呢？”

“把他放逐了，干得好。”

“可是，托马斯·莫厄斯呢？”

“他被砍了脑袋，也砍得好。”

“依您的高见，克兰查理勋爵？……”

“全是一路货色。况且，一个人总流亡国外，这真够可笑的。”

“他客死异乡了。”

“一个失意的野心家。哼！我还不了解他！我完全相信。当年我是他的最好朋友。”

“厄尔爵爷，他在瑞士结了婚，您知道吗？”

“大致情况知道。”

“这次婚姻，他得了个合法的子嗣？”

“对。那孩子死了。”

“人还活着。”

“活着？”

“活着。”

“不可能。”

“千真万确。证实了。查验了。核准了。入册了。”

“这么说，这个儿子要继承克兰查理上院议员的资格啦？”

“他不是要继承。”

“此话怎讲？”

① 阿里斯提得斯（公元前540—前468），雅典将军、政治家，时人给他起的绰号为“正义者”。

“因为他已经继承了。手续办了。”

“办完啦?”

“您回头瞧瞧,厄尔爵爷。他就坐在您后面男爵的席位上。”

厄尔勋爵扭过头去,然而,关伯兰头发茂密,遮住了面孔。

“嘿!”老头子只瞧见他那头发,说道,“他倒已经接受了新潮,不戴假发了。”

克兰瑟姆跟科尔佩珀搭讪:

“这回可有个人中招儿了!”

“谁呀?”

“大卫·狄里-莫伊尔。”

“为什么这么说?”

“他不再是上议员了。”

“怎么会这样呢?”

于是,亨利·奥弗凯尔克,克兰瑟姆伯爵向约翰,科尔佩珀男爵,从头到尾讲述了这“秘闻”:漂浮的酒壶如何被送交海军部,如何发现儿童贩子们的羊皮书,那是由杰弗里斯签署背书的“国王的命令”,如何在南华克监狱刑讯窖里对质,大法官和女王如何核准了这些事实,又在玻璃圆厅里如何进行审查,最终,在会议开始时,就接纳了菲尔曼·克兰查理勋爵。这两位也竭力想看清那位新勋爵,见识下那张引起轰动的面孔,可是他夹在菲茨瓦尔特和阿伦德尔两位勋爵之间,难以分辨,比起厄尔和安奈斯莱那两位勋爵来,也没有看出什么眉目。

再说,或许是偶然,或许大法官对他的两个推荐人面授了机宜,关伯兰正巧坐在光线暗的位置,得以逃避好奇的目光。

“在哪儿呢? 他在哪儿呀?”

刚入场的人无不这样叫嚷,可是谁也未能看清楚。有几个人在“绿箱子”见过关伯兰,现在激动万分,怀着强烈的好奇心,然而还是白折腾。时有这种情况：一位少女被一群老妇人团团围住，轻易不让人窥见；同样，也有好几位身患残疾，对世事淡漠的老勋爵，厚厚地将关伯兰包裹住了。患了痛风的老头子，不大理会别人的身世了。

有人在传阅女公爵若仙一封信的抄件，这封信寥寥一两句话，有人肯定说是写给她姐姐女王的，答复陛下让她嫁给新上议员，菲尔曼勋爵，克兰查理合法继承人的旨令。信上是这样写的：

夫人：

我也同样喜欢这种安排。

我可以让大卫勋爵做我的情人了。

署名“若仙”。这封信，不管真假，足以引起众人的勃勃兴致。

不戴假发帮的一位年轻勋爵，摩亨男爵，查理·德·奥克汉普顿，满心欢喜地捧着信念了又念。刘易斯·德·杜拉斯，费弗沙姆伯爵，一个富有法国精神的英国人，笑呵呵地望着摩亨。

“真够味儿，”摩亨勋爵朗声说道，“这才是我想要娶的女人！”

两位勋爵旁边的人听见杜拉斯和摩亨谈话，便说道：

“娶若仙女公爵，摩亨勋爵！”

“有何不可？”

“好家伙！”

“那就有艳福！”

“多人共享。”

“难道不总是多人共享吗？”

“摩亨勋爵，您说得对。在女人的事儿上，我们彼此彼此，都在吃别人剩下的。是谁带的头呢？”

“大概是亚当吧。”

“甚至还算不上。”

“对了，撒旦！”

“亲爱的，”刘易斯·德·杜拉斯总结道，“亚当，不过是个替罪羊。上当受骗的可怜虫，他背负起了全人类。人啊，其实就是女人让魔鬼给搞出来的。”

主教席上的纳萨奈尔·克鲁，是个双料的上议员，身为克鲁男爵，他是在俗的上议员，而任职达勒姆主教，他又是神职上议员，他就请教精通法律的于果·科伦莱，科伦莱伯爵。

“这事儿可能吗?”克鲁问道。

“这是常态吗?”科伦莱反问道。

“这位新来者,是在议院外举行授爵仪式的,”圣教又说道,“不过,有人肯定不乏先例。”

“不错。博尚勋爵的爵位,在查理二世朝代,切尼勋爵的爵位,在伊丽莎白朝代,都是这么授予的。”

“还有,克伦威尔时期,布罗格希尔的勋爵爵位。”

“克伦威尔不算数。”

“这些情况,您怎么看呢?”

“不可一概而论。”

“科伦莱伯爵大人,这位年轻的菲尔曼·克兰查理,在议院里排到什么位置?”

“主教大人,共和阻断了一个时期,调换了原先的排位。克兰查理的位置,今天算来应该在巴纳德和萨默斯之间。轮流表达意见时,菲尔曼·克兰查理勋爵就是第八个发言。”

“真的呀!一个街头卖艺的!”

“意外事件本身,丝毫也不会让我大惊小怪,主教大人。这类事情时有发生,还发生过更让人吃惊的事儿。两玫瑰战争就有先兆:1399年1月1日,贝德福德的乌斯河不是突然干涸了吗?看来,一条河流可以干涸,一位爵爷也可以落魄,沦为卑贱之辈。伊萨基国王尤利西斯,就什么行当都干过。菲尔曼·克兰查理披上优伶的外衣,本身始终还是勋爵。衣着的贫贱,丝毫无损于血统的高贵。不过,审查和授爵均在场外进行,退一万步讲,虽说合法,也可能会引起非议。我倒是认为,要不要大法官在国务会议上作出解释,大家必须在这个问题上达成一致意见。究竟该怎么办,过几周再看吧。”

主教补充道:

“反正是一码事儿。这是件奇闻，自盖斯博迪斯伯爵以来，还未见过呢。”

这一切，就这样在议员席位间流传，什么关伯兰，笑面人，塔德卡斯特客栈，什么“绿箱子”，《被战胜的混沌》，什么瑞士、希雍，儿童贩子，流亡，毁容，什么共和政体，杰弗里斯，詹姆士二世，“国王的命令”，在海军部打开的酒壶，什么父亲，林奈勋爵，合法子嗣，菲尔曼勋爵，私生子，大卫勋爵，可能发生的冲突，还有什么女公爵若仙，大法官，女王，统统进入传闻。窃窃私议，就是一条点燃的导火线。大家津津乐道那些详情细节。会堂一片嗡嗡声，说的正是这件全套的奇闻。关伯兰沉浸在梦幻的井底，恍若听见这片议论的喧声，却不明白讲的是他本人。

不过，他这会儿正聚精会神，但他凝视着深层，并不注意表象。精神过度集中，便转而孑然一身了。

场内的喧闹声，并不妨碍会议进行，正如飞扬的尘土阻挡不了部队的行军。法官们到上议院来，仅仅列席会议，不问到头上不能说话，他们坐到了第二张垫子上，而三位国务大臣就坐在第三张垫子上。上议员的嗣子们，都拥在王位后面的隔间里，既在会场内，又在会场外。未成年的上议员，都待在专设的阶梯座位。1705 年，这些小勋爵数量不下十二位，有亨廷登、林肯、多西特、沃里克、巴斯、伯灵顿，后来惨死的德文特沃特，以及隆格维尔、朗斯代尔、达德利和沃德，还有卡特里特等等，这群吵吵闹闹的少年，可有八位伯爵、两位子爵和两位男爵。

会堂内，勋爵们在三级座席上各就各位。主教们差不多全到齐了。公爵人数众多，为首的是查理·西摩，萨默塞特公爵，数到末位，则是坎布里奇公爵，汉诺威选帝侯乔治·奥古斯特，他封爵时间最晚，自然排到最后。他们排位按授爵年份：卡文迪什，德文希尔公爵，他祖父在哈德维克，就曾为九十二岁高龄的霍布斯提供避难所；三位费茨-罗伊，即南安普敦公爵、格拉夫顿公爵和诺森伯兰公爵；勃特勒，奥蒙德公爵；萨默塞特，博福特公爵；博格勒克，圣奥尔本斯公爵；帕夫莱特，博尔顿公爵；奥斯本，利兹公爵；赖奥塞斯利·拉塞尔，贝德福德公爵，他纹章的题词与座右铭为 Che sara sara，也就是说“随遇而安”；设菲尔德，白金汉公爵；曼纳斯，拉特兰公爵，等等。无论诺福克公爵霍华德，还是施鲁斯伯里公爵塔尔博特，都没有出席，只因这二公是天主教徒。至于马尔博卢公爵丘吉尔，也没有出席；我们的“坏小子”这一阵正跟法国人作战。当时，苏格兰还根本没有公爵，要等到 1707 年，蒙特罗斯和罗克斯堡才能被册封为公爵。

第六章　上院和下院

猛然间，会堂里灯火通明。四名门卫举着四根高高的火炬式枝形烛台，上面满是点亮的蜡烛，分立在王位的两侧。王位宝座这样映照，便笼罩在一片明亮的紫光中。空座位，却无比庄严。女王即使坐上去，也不会增什么色了。

黑棒执达吏进来，高举着权杖，说道：

“陛下的专使大人到。”

全场喧声顿时静下来。

大门口出现一名头戴假发、身穿长袍的书记官，双手捧着绣有百合花图案的垫子，上面放着一卷卷羊皮纸。那些羊皮纸全是议案。每卷羊皮纸都系着丝绦，缀有 bille 或者 bulle，即金属球，有时是金球，久而久之，这种议案在英国就称为 bills，在罗马则称 bulles。

走在书记官身后的三个人，身穿上议员长袍，头戴羽冠。

这三位便是女王的专使。第一位是英国财政大臣戈多尔芬，第二位是枢密大臣彭布罗克，第三位是掌玺大臣纽卡斯尔。

他们鱼贯而入，先后不按爵位，而凭官职。戈多尔芬走在前头，纽卡斯尔虽贵为公爵，也排后面。

他们走到王位对面的长凳前，向宝座施礼，摘了帽重又戴上，然后在长凳上就座。

大法官目光移向黑棒执达吏，吩咐一句：

“传下议员到横栏边上来。”

黑棒执达吏领命出去。

进来的书记官，是一名贵族院书记官，他捧着托议案的垫子，走到羊毛坐垫围住的那块四方空地儿，放到那张桌案上。

这工夫，有几分钟间歇。两名门卫搬了一个三阶的梯凳，放在横栏前。梯凳包着肉红色丝绒，金光闪闪的钉子组成一朵朵百合花。

已经关闭的大门重又打开，有人高声通报：

“忠诚的英国下院议员到。”

正是黑棒执达吏宣布议会的另一半到了。

勋爵们纷纷戴上帽子。

下院议员们由议长带领，走进大门，他们全部光着脑袋。

他们走到横栏前停下。他们身穿礼服，大多为黑色，腰间佩剑。

下院议长，约翰·施密斯骑士，安多弗镇议员，是个非常可敬的人。他登上放在横栏正中的梯凳。只见这位议长身穿宽袖黑缎长袍，前后开襟都镶有条纹金边，头戴的假发也逊于大法官。他那神态非常庄重，只是地位低下。

下议院全体成员，议长和议员们，都在等待着；他们免冠伫立，面对着头顶峨冠，端然而坐的上院议员们。

我们注意到下院议员中，有切斯特首席法官约瑟夫·杰凯尔，还有女王陛下的三位御用律师，胡珀、波伊斯和帕克，以及诉讼总代理师詹姆斯·蒙塔古、检察总长西蒙·哈考特。除了几名准男爵和骑士之外，还有宫廷勋爵：哈廷顿、温莎、伍德斯托克、摩当、格兰比、斯克达莫阿、菲茨-哈丁、海德，以及伯克利，都是上议员的儿子和爵位的继承人，其余的下议员则是平民百姓了，一群沉默无语、表情茫然的人。

这些人进来，脚步声一停止，黑棒宣礼吏便在门口亮嗓宣布：

“升堂！”

宫廷书记官随即站起身。他拿起放在绣垫上的第一卷羊皮纸，展开宣读。这是女王的谕旨，指定专使代表她出席她的议会，有权批准议案，三位专使是……

书记官这时提高嗓门：

“希尼，戈多尔芬伯爵。”

书记官向戈多尔芬勋爵施礼。戈多尔芬勋爵则抬一抬帽子。书记官继续：

“……托马斯·赫伯特，彭布罗克和蒙哥马利伯爵。”

书记官向彭布罗克勋爵施礼。彭布罗克勋爵抬手碰了碰帽子，书记官接着念道：

“……约翰·霍利斯，纽卡斯尔公爵。”

书记官向纽卡斯尔勋爵施礼。纽卡斯尔勋爵点了点头。

书记官归座。议院书记官随后站起身来，他那跪着的助理也跟着站起来。两个人一齐转身面朝王位，背对着下议员们。

绣垫上有五项议案。这五项议案，已由下议院投票通过，也由上议院审查同意，单等女王准议了。

议院书记官宣读第一项议案。

这是下议院的一项提案，提议由国家承担女王修缮她的汉普顿宫的花费，总额为一百万英镑。

书记官读完，向王位深鞠一躬。书记官助理重复这一礼拜，腰弯得更低了，然后，他半转过脸去，对下院议员们宣布：

“女王接受你们的善意。准议。”

书记官宣读第二项议案。

此议案提出一条法规，规定凡逃避 trainbands 服役者要处以牢狱和罚款。Les trainbands(可以随意调动的队伍)就是民兵组织,无偿服役。在伊丽莎白朝代,西班牙无敌舰队逼近英国时,民兵组织就提供了十八万五千名步兵、四万名骑兵。

两名书记官重又拜了王位,然后,书记官助理侧着身子,向下院议员宣布:

“女王准议。”

第三项议案是增加什一税和教士俸禄,受惠的是英国最富裕的主教区,奇菲尔德和考文垂,给主教区大教堂一笔年金,增添议事司铎人数,扩建教长和有职俸教士的住宅。正如在绪论中所说:“以供我们圣教之必需。”第四项议案,是要在财政预算中增加税收品种:一种是对大理石花纹纸征税;另一种是向出租马车征税,在伦敦,出租马车定额为八百辆,每辆每年应缴纳税金五十二镑;再有一种,要向律师、诉讼代理人、讼师征税,每人每年须交四十八镑;另有一种,是鞣革税,绪论中也承认“尽管皮革工匠们啧有烦言”;还有一种肥皂税,“尽管大量生产哔叽和呢绒的埃克塞特市和德文郡一再申诉”;葡萄酒也要纳税,每瓶征收四先令;还有面粉税、大麦和啤酒花税,绪论中说明“国家需要应高于商贸的责难”,每四年调整一次吨位税,而税金浮动的弧度,就介于西方来的货船每吨六镑图尔金币以及东方来的货船每吨一百八十镑之间。议案最后声称,已征收的普通人头,本年度尚入不敷出,有鉴于此,拟向全国臣民每人加收四先令或者图尔币四十八苏,另外规定,凡拒绝向政府重新宣誓的人,须缴纳双份税。第五项议案则禁止医院接收不预付一英镑的患者,以备人死了作丧费用。还像前两个议案一样,后三个也一项接着一项,读完了拜一拜王位,然后书记官助理半扭过脑袋,向下院议员们宣布“女王准议”四字,也就算通过而成为法律。

随后,书记官助理又回到第四张羊毛垫子上跪下。大法官则说道：

“祈望事事如愿。”

宫廷议会就此结束。

下院议长向大法官深施一礼，这才撩起长袍后摆，倒退着下了梯凳。下院议员们还都一躬到地，而上院议员们哪里会注意这种恭敬，在下院议员们退出去的当儿，又继续中断的日程。

第七章　人起风暴猛过海洋风暴

大门重又关上，黑棒执达吏返身回来，而几位特派专使也离开代表王权的席位，坐到公爵席的上首，即他们职位的座席。大法官讲话了：

“诸位大人，为女王的丈夫，亲王殿下年俸增加十万英镑的议案，本院已经讨论了数日，辩论到此结束，接下来要进行表决。表决仍按惯例，从男爵席爵龄最幼者开始。每位勋爵点到姓名时，要起立回答‘满意’或者‘不满意’，如果认为有必要，可以自由表明自己投票的动机。书记官，点名投票。”

议院书记官站立起来，打开放在镀金斜面架上的一部大书，那正是爵位名册。

上议院爵龄最幼者，当时是约翰·赫维勋爵，他于1703年才被授男爵和上议员勋位，后代晋升为布里斯托尔侯爵。

书记官朗声叫道：

“约翰勋爵大人，赫维男爵。”

一位头戴金黄假发的老者站起身，说道：

“满意。”

随即坐下。

书记官助理记录他的投票。

书记官继续点名：

“弗朗西斯·西摩勋爵大人，基鲁尔塔的康韦男爵。”

“满意。”一个英俊的青年半欠起身，低声应道，这个少年模样的人绝想不到，他的孙子辈会成为赫特福德侯爵。

“约翰·莱夫逊勋爵大人，高尔男爵。”书记官接着叫道。

后辈出了萨瑟兰公爵的这位男爵，站起身来，随即边坐下边说：

“满意。”

书记官继续点名：

“亨尼吉·苏奇勋爵大人，根西男爵。”

艾尔斯福德伯爵们的这位先辈，比起赫特福德侯爵们的祖宗，也同样年轻，同样英俊，他以高傲的同意表态，证实了他那“处世坦荡”[①]的座右铭。

“满意。”他高声应道。

在他坐下的同时，书记官点到第五位男爵：

“约翰勋爵大人，格兰维尔男爵。”

“满意。”波瑟里茨的格兰维尔勋爵回答，他稍一起立便坐下，他的爵位来日无多，1709 年便绝嗣废止了。

书记官进行到第六位：

“查理·芒塔格勋爵大人，哈里法克斯男爵。”

“满意。”哈里法克斯勋爵说道。他所承继的爵位，萨维尔一姓已经断了香火，而芒塔格一姓后来也绝嗣了。芒塔格，以及蒙塔古和芒塔古特，都不属于同一家族。

哈里法克斯勋爵还补道：

“乔治亲王作为女王的丈夫，有一份年俸，作为丹麦亲王还拿

---

① 原文为拉丁文。

一份，还有作为坎伯兰公的年俸，作为英格兰和爱尔兰海军司令的年俸，就差英国最高统帅的年俸了。这实在不公正。为了英国人民的利益，必须终止这种错乱。”

接着，哈里法克斯勋爵又颂扬基督教，斥责教皇，然后投票同意这笔津贴。

哈里法克斯勋爵坐下，书记官又叫下一位：

“克里斯朵夫勋爵，巴纳德男爵。”

巴纳德勋爵听见点到自己的姓名，应声站起身，他的后人成为克利夫兰公爵。

“满意。”

他慢腾腾地坐下，想炫耀一下他戴的花边领饰。说起来，贝纳德勋爵还真是位可敬的绅士、骁勇的军官。

正当贝纳德勋爵坐下来的时候，念熟了花名册的书记官，这回却迟疑片刻。他正了正眼镜，凑近前加倍注意察看，这才抬起头，说道：

“菲尔曼·克兰查理勋爵，克兰查理和亨克维尔男爵。”

关伯兰站立起来，说道：

“不满意。”

所有脑袋都转过去。关伯兰伫立在那里。王位两侧林立的蜡烛光亮，明晃晃照到他那脸上，在幽暗的大堂中突显出来，产生浮雕的效果，犹如烟雾深处出现的一张面具。

关伯兰竭力控制自己，我们记得，在极端的情况下，他可能作出这种努力。他必须凝聚全部意志力，如同要降伏一只猛虎那样，一时他还真做到了，收拢了他那张命定的龇牙咧嘴的笑面。就在此刻，他不笑了。然而，这种状态持续不久：违抗我们的法则或者命运，也只能是短暂的行为，譬如海水抗拒万有引力，冲起龙卷水柱，形成一座高山，结果势必跌落下来。这也正是关伯兰的抗争。

只为他感到这凛然难犯的瞬间,意志力顽强到了不可思议的顶点,但持续的时间也不比闪电长多少,他将自己心灵的阴影抛到脸上,遏制住他那无可救药的怪笑。他从这张被人雕刻过的脸上,一经抽掉了喜悦,就只剩下骇人了。

“这个人是谁?”有人嚷道。

一股不可名状的战栗,传遍了每个座席。这种蓬蒿般的头发,这双眉毛下深陷的黑眼窝,这种看不见眼珠的深邃的目光,这张明暗丑恶交汇的脸所呈现的狂野的形象,确实令人惊诧万分。这超出了一切想象。百闻不如一见,亲眼一见关伯兰,就可怕到了极点。甚至那些有心理准备的人,也无不深感意外。不妨想象一下,在诸神活动的神山,一个静谧的夜晚,所有万灵之神欢聚一堂,猛然间,普罗米修斯被秃鹫啄得百孔千疮的那张脸赫然出现,恰如天边一轮血红的月亮。奥林匹斯山瞧见了高加索山,那是何等的幻象!年迈的和年少的,一个个瞠目结舌,直愣愣看着关伯兰。

一位受全议院敬重的老者,托马斯,沃顿伯爵,已经被指定为册封公爵的人选,他见多识广,深谙人情世故,他惊恐万状,站起身来:

“这究竟是怎么回事?”他高声说。“这个人,是谁带进上议院来的?把这个人赶出去!”

他又高傲地呵斥关伯兰:

“您是谁?您是从哪儿冒出来的?”

关伯兰回答:

“从深渊里。”

他说着,便叉起胳臂,游目扫视这些勋爵大人。

“我是谁?我是穷困。各位老爷,我有话要对你们讲。”

一阵惊悚,一片沉默。关伯兰继续说道:

“各位老爷,你们高高在上。这很好哇。应当相信,上帝这样

安排，自有他的道理。你们有权势，有财富，有欢乐，有你们的天空永不移动的太阳，还有无限的威权，有无需同人分享的福乐，也就完全忘掉了别人。好吧。然而，你们下面还有东西。在你们上面，也许还有呢。各位老爷，我来告诉你们一个消息：世上还存在人类。”

议会就跟孩子一样，出些什么意外情况，就是他们的玩偶盒，他们拿着玩偶盒，又害怕，又兴趣盎然。有时候好像弹簧一弹，就从洞里蹦出来一个魔鬼。在法国就是这样，蹦出来个米拉博，他也是个畸形人。

此刻,关伯兰感到自身异常高大了。他对之讲话的这帮人,不过是神殿的三脚架。可以这么说,自己站到了灵魂之巅。脚下的颤动,正是人类的腹心。关伯兰不再像昨天夜晚那样,一时间几乎做了小人。突然平步青云,烟雾缭绕,搅得他乱了方寸,后来,逐渐稀薄,现在已经透明了。关伯兰受到一种虚荣诱惑的地方,他现在看出了一种职责。起先把他变得渺小的东西,此刻却把他高高抬起来了。一道宏大的闪电,发自责任,照得他光彩炫目。

关伯兰周围各处有人高喊:

“听他讲!听他讲!”

这工夫,他浑身一阵痉挛,发挥超凡的毅力,才得以保持脸上严肃而悲怆的神态,尽管龇牙咧嘴的笑面,犹如一匹野马,时时要挣脱缰绳。他接着说道:

“我来自社会最底层。各位老爷,你们都是大人物、大阔佬。处境危险啊。你们利用黑夜作掩护,可是要当心啊,还有一种强大的力量:黎明。曙光无往而不胜。曙光一定能到来。曙光到来了,带来不可抗拒的万丈光芒。谁能阻止大自然投石器将太阳投向天空?太阳,就是权利。而你们呢,你们有特权。你们要畏惧。这大堂的真正主人,就会来敲门了。特权是什么产生的?是偶然。特权的孩子是什么?是滥用。无论偶然还是滥用,都不可能稳固,都会有糟糕的未来。我前来警告你们。我前来揭发你们的福乐。这种福乐是建立在别人的不幸之上。你们拥有一切,而这一切则是由别人一无所有构成的。老爷们,我是绝望的律师,我在为败诉的官司辩护。这场官司,上帝会重新打赢的。我呢,我是微不足道的,不过发出一种声音。人类就是一张口,而我是口中发出的喊叫。你们会听见我的声音。我来到你们面前,来到英国上院议员们面前,开始人民的大审判,人民,这个世界的主人,却是受刑者,而这个被定罪的人,原本是法官。我要讲的话压力太大,压得我直不起腰来。从哪儿说起呢?我不知道。我在人世乱哄哄的巨大痛苦中,零散地拾起我这异乎寻常的辩护词。现在怎么来使用呢?我被压得喘不过气来,就得胡乱地抛出去。这种情况,我有所预见吗?没有。你们惊愕,我也同样惊愕。昨天,我还是街头艺人;今天,我就成为勋爵。造化弄人,深不可测。造化是谁?不得而知。让我们所有人不寒而栗吧。各位大人,这天全是你们的天。在茫茫天地间,你们只看见节庆欢宴,要知道,还有阴暗面。我在你们中间,就叫菲尔曼·克兰查理勋爵,可我真正叫关伯兰,一个穷人的姓名。我是个穷苦的人,被一个国王为了取乐,从大人物的料子上剪裁下来的。你们中间不少人认识我父亲,而我并不认识他。你们同他的关联是他封建领主的一面,而我同他相结合的是他流亡的那面。还是上帝安排得好,我被抛进了深渊。是何居心?就是让我见识深渊底部。我是个潜水员,从下面捞上来珍珠,也就是真相。我这样讲,因为我了解。各位大人,你们会理解我的。我感受过了。我都看到了。受苦,不,享福的先生们,这不是个词儿。穷困,我是在穷困中长大:冬天,我冻得瑟瑟发抖;饥饿的滋味,我也尝过;蔑视,我也经受过;瘟疫,我也感染过;羞辱,我也痛饮过。这一切,我要全吐到你们面前,吐出来的所有这些苦难,会溅到你们脚上,会点燃熊熊火焰。我曾经犹豫,要不要任由人把我带到我现在这个位置,只因我在别处另有责任。我的心并不在这里。我内心有什么想法,就与你们无关了。当时,你们称为黑棒执达吏的那个人,奉你们称作女王的那个女人之命前去找我,我产生过拒绝的念头。不过我觉得,冥冥中上帝的手往这边推我,我顺从了。我感到自己应该来到你们中间。为什么?就因为昨天我还身穿破衣烂衫。上帝把我打发到饥饿的人群中,就是要让我到酒足饭饱的人当中讲一讲。噢!可怜可怜吧!噢!这个苦难深重的世界,你们自以为身在其中,可你们根本不了解;你们地位太高,也就置身世外了,还是让我来对你们讲一讲是怎么回事儿吧。我有这种经历。我来自压迫之下。我可以告诉你们,你们的压力有多大。噢,你们这些主子,你们是什么,自己知道吗?你们在干什么,自己看见了吗?没有。哼!一切都很恐怖。一天夜晚,一个暴风雪之夜,当时我很小,一个孤儿,被人抛弃了,独自落在漫无边际的天地之间,我进入了你们称为社会的黑暗世界。我见到的头一样东西,就是法律,一副绞架的形状;看到的第二样东西,就是财富,那是你们的财富,一个冻饿而死的女人的形体;第三样东西,就是未来,一个奄奄一息的婴孩的形态;第四样东西,就是善良、真实和正义,一副流浪汉的形象,只有一只狼作为朋友陪伴。"

说到这里,关伯兰一阵激动,心如刀绞,感到哽噎升到了嗓子眼儿。

然而事情就这么险夷难测,不知怎的,他爆发出一阵大笑。

当即感染蔓延开了。会场上已经汇聚了一片乌云,很可能翻腾起来,酿成恐怖局面,不断翻转而化为一片欢乐。欢笑,这种发狂的行为,立刻传遍整个大堂。权倾朝野的人聚会议事,都巴不得闹出大笑语。这样,他们就能一扫严肃沉闷的气氛。

国王们的笑一如神灵的笑,总有点儿残忍的意味。勋爵们开始玩闹戏弄了。冷嘲热讽更刺激了笑声。在发言者的周围,有人鼓掌,有人侮辱他。杂乱的欢声笑语朝他攻击,如同冰雹,欢快而伤人。

"真棒,关伯兰!"——"真棒,笑面人!"——"真棒,绿箱子的臭嘴巴!"——"真棒,塔林佐草地的野猪头!"——"你是来给我们演场戏呀。好哇!你就胡诌八扯吧!"——"这家伙还真行,能逗我开心!"——"嘿,这畜生,真会笑开颜!"——"你好哇,大木偶!"——"致敬,小丑勋爵!"——"讲啊,信口雌黄啊!"——"这就是

G. Rochegrosse

一位英国贵族院议员!”——“讲下去!”——“不! 不!”——“讲吧! 讲吧!”

大法官在那里如坐针毡。

一位失聪的勋爵,詹姆斯·巴特勒,奥蒙德公爵,他的手掌放到耳边作为听筒,问查理·博克莱克,圣奥尔本斯公爵:

“他投了什么票?”

圣奥尔本斯回答:

“不满意。”

“当然了,”奥蒙德说道,“我料想也是。就冲那副嘴脸。”

聚会就是乌合之众,一群人要溜掉,你得赶紧抓住。雄辩就是马嚼子,如果马嚼子挣断,听众就撒欢乱跑,直到将演说者颠落马下。听众痛恨演说者。何以至此,也说不大清楚。紧紧勒住笼头,似乎是一种办法,却算不上好办法。任何讲演者都要试一试。这是出自本能。关伯兰也同样一试。

他注视片刻这些浪笑不止的人,然后朗声说道:

“这么着,你们在侮辱苦难。肃静,英国的上议员们! 法官们,请听辩护词。喂! 我恳求你们,可怜可怜吧! 可怜谁呢? 可怜你们自己。是谁处于险境? 正是你们。你们在一架天平上,一边的托盘上放着你们的权势,另一边托盘上放着你们的责任,难道你们还不明白吗? 上帝在衡量你们。喂! 你们不要笑了。思考思考吧。上帝的天平这种起落,也就是良心的震颤。你们并不是恶人。你们这些人跟其他人一样,既不更好,也不更坏。你们自以为是神,那好,明天生一场病看看,瞧你们的神性在发烧中怎么打哆嗦。我们所有人都彼此彼此。我是对正派人讲话,这里有正派人。我是对高智商讲话,这里有高智商。我是对胸襟豁达者讲话,这里有豁达者。你们生为人父、子弟,因而你们会经常动感情。你们当中,今天早晨有瞧着自己的孩子醒来的人,心地就善良。人心都是相同的。人性并不是别的什么,无非是一颗心。压迫者和被压迫者之间的差异,也仅仅是所处的地位不同。你们踩着别人的脑袋走路,这不是你们的过错。错出在社会的巴别塔,通天塔没有建成,整个儿就悬空了。一层死死地压住另一层。诸位听着,我要告诉你们。唔!你们既然有权有势,那么就多多友爱,你们既然都是大人物,那么就多多和善。假如你们了解我目睹的情景!唉!在底层,多受折磨啊!人类被打入地牢。有多少囚犯,多少无辜受害者!不见天日,不通空气,不讲品德,也不抱希望。而且,最可怕的,就是等待。你们要了解这些苦难啊。有些人就生活在死亡线上。有些小女孩,八岁就被迫开始卖淫,到二十岁就衰老了。还有那些严酷的刑罚,真是太可怖了。我想到哪儿说到哪儿,有点儿随意,不加选择。就是在昨天,我来到这里,看见一条汉子,赤身裸体被铁链锁住,肚子上压着石头,被酷刑折磨得要死了。这情况你们知道吗?不知道。你们若是知道了发生的事情,谁也不敢这么乐呵了。你们当中,有谁去过泰因河畔纽卡斯尔吗?那儿的煤矿里,有人嚼煤块,填满肚子充饥。对了,在兰开斯特郡,里伯尔切斯特那地方太穷困,原来的城市变成了农村。我觉得丹麦的乔治亲王并不需要这追加的十万畿尼。我倒希望医院接收治疗贫困的患者,不必预付丧葬费。在卡那封、屈司摩尔,也跟在屈司比参一样,穷人的生活状况惨不忍睹。在斯特拉福德,由于没有经费,就是不能抽干沼泽地的积水。兰开夏整个地区,呢绒工厂都关门了。哈莱什的渔民打不到鲱鱼的时候,就只好吃青草,这你们知道吗?在伯顿-拉泽,麻风病人还受到追杀,他们一走出破烂肮脏的屋子,就有人朝他们开枪,这你们知道吗?在艾尔斯伯里,你们中有一位就是那座城市的勋爵,那里长年闹饥荒。在考文垂的彭克雷奇,刚才你们还通过议案,拨款给那里的大教堂,让主教富起来,可是那里的老百姓,住的棚屋没有床铺,让婴儿睡在挖的地洞里,孩子一出生不是睡摇篮,而是进入坟墓。这些情况我亲眼所见。各位大人,你们投票通过的课税,你们知道是谁交纳吗?就是这些半死不活的人啊。唉!是你们出了错,你们走错了路。你们总让穷人更穷,好使富人更富。恰恰应该反其道而行之。怎么,剥夺劳动者给游手好闲的人,剥夺衣不蔽体的人给脑满肠肥者,剥夺贫民给君主!唔!对了,我的脉管里流着老共和派的血液。我痛恨这一切。这些国王,我非常厌恶!而那些女人,又恬不知耻!有人对我讲过一个痛心的故事。噢!我恨查理二世!我父亲深爱的一个女人,委身给了这个国王,婊子,而我父亲只能死在流亡中!查理二世,詹姆士二世,一个流氓,又一个无赖!国王身上表现出什么呢?一个普通人,一个软弱无能、受纵欲和缺点控制的可怜虫。国王有什么用呢?这个寄生的王权,是你们给喂得饱饱的。这条蚯蚓,是你们给养成了巨蟒。这条绦虫,是你们给培育成恶龙。还是饶了穷人吧!你们加重税收,是助王室向民夺利。你们要当心你们颁布的法律。你们也要当心踩死的痛苦的蝼蚁。你们要垂下眼睛,瞧着你们的脚下。大人物哟,想着还有小民!要心生怜悯。对!怜悯你们自己!因为,芸芸众生都濒临死亡:下层正在死去,就促使上层毙命。死亡,就是一种终止,哪部分肢体都逃不脱。黑夜一来临,谁也保不住自己那一角阳光。你们都自私自利吧?救救别人吧。航船沉没了,任何乘客也保不住性命。哪场海难,也不会这些人溺水,另一些人幸免。噢!要明白啊,那是所有人的深渊。"

哄笑变本加厉了,谁也无法抗拒。况且这些话只要讲得夸张点儿,就能逗笑全场。

外表滑稽可笑,而内心无比凄惨,没有比这种痛苦更为屈辱,也没有比这种愤怒更痛深的了。关伯兰正是如此悲愤。他的话语表达,和他脸上的表情,完全南辕北辙,因而陷入极其尴尬的处境。他的声音突然响亮,变得尖厉了。

“这些人，他们好快活呀！好哇。以嘲笑面对垂死，用讥诮对付临终捯气。他们太厉害啦！好吧，有这种可能，走着瞧吧。噢！我也是他们当中的一员。我也是你们当中的一分子，你们哟。穷苦人！一个国王把我卖了。一个穷人收留了我。是谁给我毁了容？一个君主。是谁给我治好创伤，给我饭吃？一个忍饥挨饿的人。我是克兰查理勋爵，但我依然是关伯兰。我与大人物有关联，却属于贫贱小民。我身处享乐享福的人中间，可是心又同受苦受难的人在一起。噢！这个社会太虚假了。真正的社会终有到来的一天。到那时候，就再也没有贵族老爷了，大家都自由自在地生活。再也没有主人了，只有慈爱的父亲。这就是未来。再也不用卑躬屈膝，再也不必低三下四了，再也没有愚昧无知，没有人当牛做马了，也没有臣子仆从，没有国王了，只有光明！眼下，我出面了。我有权利，就要利用。这是一种权利吗？如果我为一己之私，那就不是权利。如果我是为了所有人，那就是权利。我作为勋爵，要对各位勋爵讲话。我的社会底层的弟兄们啊，我要把你们贫苦的日子告诉他们。我要站起来，手里抓着一把老百姓的破衣烂衫，要在主子们的头上摇晃奴隶们的苦难，而他们，那些幸运者和骄横者，对不幸者的记忆，他们再也挥之不去了，还有他们，那些王公们，他们若是掉进虱子跳蚤堆里，就算倒霉，如果掉进狮穴里，那就太好了！”

关伯兰说到此处，转身望向跪在第四张羊毛垫子上，正记录的书记官助理们。

“那些人跪在那里干什么？你们在那儿干什么呢？站起来呀，你们都是人呀！”

一位勋爵甚至都视而不见的下属，关伯兰却突然呼唤他们，这就更让全场乐翻了天。上议员们有的喝彩，有的喊“乌拉！”从鼓掌进而跺脚了。那场景，真以为是在观赏“绿箱子”表演。只不过，

“绿箱子”演出时,笑声是称赞关伯兰,在这里却是要诛杀他。杀人不见血,这就是嘲笑的极致。有时候无论什么东西,人都以笑扼杀。

笑已经成为暴力行为。冷嘲热讽犹如暴雨。人的才智风趣,在聚会上就愚蠢出丑了。他们表面俏皮实则笨拙的嘲笑,非但不研究反而排除事实,非但不解决反而封杀问题。发生一个意外情况,就是一个问号。付之一笑,就是嬉笑不解之谜。而在谜的后面,立着不笑的斯芬克斯。

相互冲突的喧嚣此起彼伏:

“够啦!够啦!”——“再来!再来!”

伦斯特男爵,威廉·法默,向关伯兰抛去的话,正是里克-奎尼对莎士比亚的凌辱:

"戏子！小丑！"

沃恩勋爵，第二十九位座席的男爵，善讲格言警句，他高声说道：

"我们又回到古代，动物夸夸其谈。在众口失声中间，一个畜生却咧着大嘴发言。"

"我们就听听，巴兰的这头驴说些什么。"雅茅斯勋爵在一边帮腔。

雅茅斯勋爵长个圆鼻头，撇着歪嘴巴，显出一副精明的样子。

"林奈这个判逆，进了坟墓也要受惩罚。儿子就是父亲的报应。"约翰·霍说道，他是利奇菲尔德和考文垂的主教，刚才关伯兰发言扫到了他的年俸。

"他说谎，"精通法律的立法者，科伦莱勋爵断言道，"他所谓的酷刑，就是强化刑，这种刑罚很有实效。在英国，不存在酷刑。"

托马斯·温特沃斯，拉拜男爵大声招呼大法官：

"大法官阁下，散会吧！"

"不！不！不！让他讲下去！他让我们好开心！乌拉！喂！喂！喂！"

年轻的勋爵们都这样喊叫，他们简直乐疯了。有四个尤甚，他们大笑不止，又愤恨不已，情绪完全失控了。他们便是罗切斯特伯爵劳伦斯·海德、萨尼特伯爵托马斯·塔夫顿，以及哈顿子爵和蒙塔古公爵。

"回狗窝去吧，关伯兰！"罗切斯特说道。

"打倒！打倒！打倒他！"萨尼特叫嚷。

哈顿子爵从兜里掏出一便士，扔给关伯兰。

这工夫，格林威治伯爵约翰·坎贝尔，里弗斯伯爵萨维奇，哈弗榭男爵汤普森，沃里顿，埃斯克里克，罗来斯顿，罗金汉，卡特里特，兰达尔，巴内斯特·梅纳尔，亨斯登，卡那封，卡文迪什，伯灵顿，霍尔德内斯伯爵罗伯特·达西，普利茅斯伯爵奥瑟·温莎，都在鼓掌。

群魔殿或者万神庙的喧哗，淹没了关伯兰的讲话，只能听出这样一句话：你们要当心！

蒙塔古公爵拉尔夫，刚刚完成学业离开牛津，小胡子也才初长成，他从公爵第十九位座席上走下来，叉起双臂，挺立在关伯兰面前。刀刃有最锋利的部位，声音也有最凌辱的口吻。蒙塔古就用这种口气，嘲弄关伯兰，冲他嚷道：

"你在说什么？"

"我在预言。"关伯兰回答。

又一阵哄堂大笑。这阵哄笑声，还伴随着低音部持续的怒吼。一个尚未成年的上议员，利奥奈尔·格兰塞尔德·萨克维尔，多西特和米德尔塞克斯伯爵，他从座位上站起来，脸上没有一丝笑意，神态严肃得无愧于未来的立法者，他那十二岁红润的脸蛋，直视着关伯兰，一句话未讲，只是耸了耸肩膀。圣阿瑟夫的主教见那孩子的神态，就侧过身子，指着关伯兰，对他的邻座圣戴维的主教耳语道："那是个疯子！"随即又指着那孩子："那是个智者！"

一处讥笑的混乱中，隐约还能冲出几句叫骂声："恶魔头！"——"这是闹的哪一出啊？"——"竟敢侮辱上议院！"——"这样人，太特别，找不出第二个！"——"可耻！可耻！"——"散会吧！"——"不！让他讲完！"——"讲吧，小丑！"

杜拉斯的刘易斯勋爵，双手撑着屁股，扯着嗓子嚷道：

"哈！笑起来真痛快！我的脾胃都开了。我提个动议，投票通过感谢书，这样措辞：贵族院感谢绿箱子。"

我们还记得，关伯兰曾幻想另一种方式的迎接。

谁攀登濒临眩目深渊的陡峭而极易坍塌的沙坡，就会感到自己手下，指甲下，臂肘下，双膝下，双脚下，支撑点在流失，在抗拒攀登,不进反退,心里万分恐慌滑下去,非但没有登高,反而陷下去,非但没有上行,反而下降了,因想努力登顶,就越发确定灭顶之灾,每动一动想摆脱危险,就要丧失一点儿依托,感到深渊逼近,眼看要坠落下去,觉得冷彻骨髓,下面就是深渊的血盆大口,关伯兰就是这种感觉。

关伯兰在攀登中,脚下塌陷了。他的听众就是他的悬崖。

总有人用一句话就全部概括了。

斯卡斯岱尔勋爵一声呼喊,道出全场的印象:

“让这个怪物到这儿来干什么?”

关伯兰挺了挺身,一时不知所措,又非常气愤,处于极度纠结的状态。他定睛注视他们所有人。

“我到这儿来干什么?我就是来恐吓的。你们说的,我是怪物。不对,我是人民。说我特别?不对,我代表所有人。特别的,正是你们,你们是虚幻,我才是现实,我是顶天立地的人。我是可怕的笑面人。笑什么呢?笑你们。笑他自己。笑一切。他这笑意味着什么?意味着你们的罪恶,还有你们的刑罚。这种罪恶,他抛到你们脸上;这种刑罚,他也唾到你们脸上。我笑,也就是说,我哭泣。”

他停顿了。大家沉默无语。笑声还在继续,但是低沉了。他还以为在一定程度上,大家又注意听了。他缓了口气,继续说道:

“在我面上的这种笑容,是一个国王给安上的。这笑容表达世间的悲痛。这笑容也意味着仇恨、不得已的沉默、盛怒、绝望。这笑容是酷刑的产物。这是强加的一种笑容。这笑容,如果在撒旦的脸上,那就必定是谴责上帝。然而,这永恒的上帝绝非凡人可比;上帝既然是绝对的,便是公正的,因而上帝痛恨君王们的所作所为。噢!你们认为我特别!我就是一种象征。你们这些无所不能的蠢人啊,睁开眼睛瞧瞧吧。我体现了一切。我代表的人类,是主人们给蹂躏的样子。人是残废的人。别人怎么作践的我，也怎么作践人类。人的权利、正义、真理、理性、智慧，如同我的眼睛、鼻孔和耳朵，统统被扭曲了；也像对我一样，在人心里堆积起如山的愤怒和痛苦，给人脸戴上一副满意的假面具。上帝的手指创造到哪里，国王的爪子就伸向哪里。多么骇人的重叠。各位主教、上议员和王公们，人民，就是面带笑的创巨痛深。各位大人，我要对你们说，人民，就是我。今天，你们压迫人民，今天，你们嘲笑我。可是将来，坚冰总要暗暗融化，石头就化为滚滚的波涛。坚硬的表面就会变成淹没一切的洪流。咔嚓一声，就全部玩完。到了一定时候，只要稍一扭动，就能挣断你们的压迫，用一声怒吼来回应你们的哄笑。这种时刻已经到来过——我的父亲哟，你就曾是这个时刻的人！——上帝的这一时刻已经到来过，就称作共和国，但是被赶走了，她还一定能回来。眼下，你们还记得，用剑武装起来的国王谱系，已经被用斧钺武装起来的克伦威尔砍断了。你们就颤抖吧！更易不了的结局逼近了，被剪掉的指甲又长出来，拔掉的舌头都飞起来，变成随黑暗之风飞舞的火舌，在无限中呐喊；饥饿的人们都露出无食物可嚼的牙齿，而建造在地狱之上的天堂都摇摇欲坠，老百姓受苦，受苦，还是受苦，建筑在上面的倾斜了，处于下面的开裂了，阴影要变成光明，被打入地狱的人争当上帝的选民，告诉你们吧，来者正是人民，人在上升，结束便是新开端，灾难之后的红色曙光，这就是你们嘲笑的这种笑容中所蕴涵的内容！伦敦是天天过节的城市。没错。英国从一端到另一端，全境都在欢呼雀跃。没错。然而，你们听着：你们看到的这一切，就是我。你们的节庆，就是我的笑容。你们到公共场合寻欢作乐，那也是我的笑容。你们结婚，接任圣职礼、加冕典礼，都是我的笑容。你们的小王子出生，也是我的笑容。你们头顶响起的雷声，同样是我的笑容。”

听到这番言论，谁也绷不住！又是一阵笑声，这回更让人无法忍受。人的嘴巴这个火山口，喷出的所有熔岩中，最尖酸刻薄的就是欢笑。欢快地作恶，哪种人群都抗拒不了这种感染。执行死刑，不见得非送上断头台。人一聚在一起，不管仗着数量众多还是集会，中间准有个刽子手，随时准备行动，用冷嘲热讽杀人。嬉笑怒骂，是无可比拟的刑罚。此刻，关伯兰就承受着这种惩罚。全场欢腾鼓舞，就是飞向他头顶的投石和弹雨。他成了小儿玩的拨浪鼓和小木偶，成了打靶的土耳其人脑袋。上议员们又蹦又跳，在座位上打滚，呼喊"再演一出"。还有人连连跺脚、相互揪住领饰。大堂的庄严、议员袍的大红色、白鼬毛皮饰带的廉耻、假发正中的分头，这一切全都置之不顾了。勋爵们大笑，主教们大笑，法官们大笑。老迈者在席位上深纹舒展，童稚者在座位上前仰后合。坎特伯雷大主教用臂肘捅捅约克大主教。北安普敦伯爵的兄弟，伦敦主教亨利·康普顿，笑得紧紧按住两肋。大法官低头垂目，恐怕也是在掩饰笑。黑棒执达吏，立在隔栏边的敬穆的雕像，同样忍俊不禁。

关伯兰面色苍白，手臂叉在胸前，被所有这些面孔团团围住：这老老少少一张张脸，洋溢着喜悦，发出一阵阵狂笑，鼓掌，跺脚，喊乌拉，形成一个大漩涡，这种疯狂至极的戏谑，这种群情兴高采烈的宣泄，这种巨大的欢乐圈，把他围在中心，而他心中却似一座坟墓。完了。他再也控制不了，背叛他的这张脸，也掌控不了凌辱他的听众了。

这条致命的永恒法则，寄生在崇高上的怪诞的滑稽，回响着咆哮的嬉哭，紧随绝望之后的可笑模仿，表象和实质的相成相反，从未爆发到如此骇人听闻的程度。映照人类沉沉黑夜的这点亮光，还从未如此幽微惨淡。

关伯兰目睹了自己一阵大笑，宣告他的命运最终瓦解。这是无可挽回的。人摔倒了可以爬起来，一旦粉身碎骨，就不可能重新站立了。这种荒谬而生杀予夺的嘲讽,已经将他碾为齑粉了。从此以后,再也没有任何可能性了。一切都取决于场合。在"绿箱子"演出大获成功,搬到上议院就一败涂地,遭遇灭顶之灾。那边的热烈鼓掌,到这边就成为诅咒。有什么东西,他感到是他面具的反面。正面是老百姓的同情,接受关伯兰;反面则是大人物的仇恨,唾弃菲尔曼·克兰查理。一边显示吸引,一边表现排斥,两股力量都要将他带回阴影里。他就觉得,自己背上仿佛遭受一击。命运有时就会偷袭。以后总会水落石出的;不过眼下,命运就是个陷阱,人掉进捕兽机中。他原以为一步登天,不料迎接他的是一片哗笑。一步登天的辉煌,有时结局却很惨。有一句话挺可悲,叫作"醒悟"。这种明智诞生于迷醉,富有悲剧性。而关伯兰,受这种狂欢而残忍的风暴的裹挟,陷入了深思。

付之东流了,惹起了一阵阵狂笑。一次大会欢乐起来,就成了失灵的罗盘。与会者既不知何去何从,也闹不清做什么好了。到这种地步,只好散会了。

大法官开口了,"鉴于意外情况",次日再继续投票。上议院散会。勋爵们一个个拜了御椅,然后离场。他们的笑声持续不断,消隐在走廊里。大堂除了几扇正门,还有一些暗门,隐蔽在壁毯、浮雕和线脚当中,议员们就近走出暗门,犹如水从花瓶的裂璺渗出去一般。不大工夫,大堂里的人就走空了。散场非常迅速,几乎毫无过渡。乱哄哄的场所,顿时就恢复宁静。

人陷入遐想,神思会飞得极远,有时真以为到了另一个星球。猛然间,关伯兰从幻想中醒来。大堂空荡荡,只剩下他一个人了。他甚至没有看到已经散会了。所有议员,包括他的两个推荐人,都消失不见了,只剩下零星几个议院的低级工作人员,在那里等着"这位大人"离去,也好给座席套上罩子,灭掉灯烛。关伯兰机械地戴上帽子,离开座位,走向朝走廊洞开的大门。他要走出隔栏的时

候，门卫给他脱下议员袍，他几乎没有觉察到。片刻之后，他就到了走廊。

在那里的工作人员非常惊讶，注意到这位勋爵出去时，没有向王位施礼。

第八章　虽非好儿子，或是好兄长

走廊里一个人影都不见了。关伯兰穿过玻璃圆厅，厅里的桌椅全部撤掉，他的授爵礼没有留下一点儿痕迹。隔一段距离，就有壁挂枝形烛台和分枝吊灯，指明了出口的路线，来的时候，由纹章院长和黑棒执达吏带领，穿过一连串的厅室和走廊，现在很容易就能找到回去的路。一路没有遇见什么人，偶尔碰到迟缓的老勋爵，背向他拖着沉重的步伐。

所有这些大厅都阒无一人，突然间，辨别不清的响亮的话语声传到他耳畔，真奇怪，在这种地方，夜晚还有人吵闹。他朝那喧闹声走去，猝然身临一个十分宽敞的前厅，照明暗淡，也是议院的出口之一，只见一大扇玻璃门敞开着，台阶上有几名仆人举着火炬，还能看到台阶下的广场上，停着几辆华车。

关伯兰刚才听到的喧闹声，就是从那里传过来的。

厅里的灯光，照见门外一伙影影绰绰的人，都比比画画，声音很大。在半明半暗中，关伯兰走上前去。

那是在争吵。一边有十个到十二个年轻的勋爵，想要出门，另一边只有一个人，挡住他们的去路，那人像他们一样戴着帽子，挺着胸，高高地扬起额头。

那人是谁，正是汤姆-金-杰克。

那些勋爵，有几位还穿着议员袍，其他几个已经脱掉了，只穿着礼服。

汤姆-金-杰克也头戴羽冠，但不是议员的那种白羽翎，而是镶橘黄边的绿色。他的服饰从头到脚都有锦绣和镶饰带，衣袖和领口更有浪涛般的绶带与花边；他十分冲动，左手紧紧按着斜挎在腰间的佩剑的剑柄，只见那挂剑的肩带和剑鞘上，都镶有海军上将的锚徽。

正是汤姆-金-杰克在说话，斥责那些青年勋爵，关伯兰听到这样的言论：

"我对你们说过，你们就是懦夫。这句话，你们想让我收回。也行。你们不是懦夫，你们都是白痴。你们所有人，合伙对付一个人。这不算怯懦。行啊。那就是愚蠢。人家对你们讲话，你们却听不明白。在这里，老人失聪的是耳朵，而年轻人失聪的是聪明。我在你们中间也有资格了，可以告诉大家你们的真相。那个新来的是个怪人。他哇啦啦讲了一大堆疯话，这我承认；然而，在那些疯话里，也有真实的东西。不错，他讲的话杂乱无章，叫人摸不着头脑，说得很糟糕；他过分频繁地重复：你们知道吗？你们知道吗？不过，昨天还在街头卖艺的一个人，今天登上讲坛，不见得就能像亚里士多德那样，或者像塞勒姆主教，吉尔伯特·伯内特博士那样，讲得头头是道。说什么虱子跳蚤、狮穴，还招呼书记官助理，这些话当然太粗俗。真的！谁向你们表示相反的看法呢？他那是信口开河，颠三倒四，毫无头绪，可是，时而也讲出些真实情况。不是干这行的人，能做到这一步就很不容易了，我倒想瞧瞧你们，能讲出什么来！他提到伯顿-拉泽那儿的麻风病人，那是不容否认的。况且，硬要说这是蠢话，那么也不是他头一个讲的。总之，各位爵爷，我看不惯好几个人欺侮一个人，天生就是这种脾气，因此，很抱歉，各位大人，你们冒犯了我。我讨厌你们，为此我很生气。我呢，我不大相信上帝，能促使我相信的，就是上帝干好事的时候，他也不是天天都有这种表现。所以，我感谢这位好心的上帝，如果他存在的话；感谢上帝从人世最底层拉出这位英国上议员，将遗产归还给这位继承人，我不在乎这对我自己的事务有没有妨碍，只是乐得看到一只甲壳虫蓦地变成雄鹰，关伯兰猛然变成克兰查理。各位爵爷，我不准你们同我的看法相左。真遗憾，刘易斯·德·杜拉斯不在。如若不然，我倒乐得当面凌辱他。各位爵爷，菲尔曼·克兰查理的表现不愧为勋爵，而你们都像街头卖艺的。至于他那张笑面，并不是他的过错。你们嘲笑了他那张笑面。人就不应该嘲笑一种不幸。你们都愚不可及，而且是残忍的愚人。如果你们以为，别人也不能嘲笑你们，那你们可就错了。你们丑陋，衣着也很难看。哈弗斯汉勋爵，有一天我见到了你的情妇，奇丑无比。虽然贵为公爵夫人，却是个丑八怪。嘲笑别人的先生们，再说一遍，我真愿意瞧着你们试试，能连续讲四句话。许多人只会叽叽喳喳，很少人能当众讲话。你们穿着短裤，在牛津或者剑桥游荡过，就自以为有知识了，要知道，你们当上英国上议员，坐到西敏寺大堂席位上之前，曾在冈韦尔和凯厄斯学校学习时，就是一头头蠢驴！我来到这儿，就是要当面瞧瞧你们。你们实在恬不知耻，那样对待一位新勋爵。一个怪物，没错。可是，受到一群野兽的围攻。我宁愿自己是他，绝不做你们这样的人。我出席了这次会议，以上议员席位可能的继承人的身份坐到自己的席位上。我全听到了。我没有权利发言，但是我有一个绅士的权利。你们那么兴高采烈的样子，让我讨厌极了。我不高兴的时候就可能上彭德尔希尔峰，采摘云端草，而这种仙草会让雷霆去劈盗取者。因此，我来到出口等着你们。聊一聊很有必要，有些事情得安排好。你们明白不明白，你们对本人有点失敬了。各位爵爷，我决意要杀掉你们当中几个人。你们所有在这儿的人，萨尼特伯爵托马斯·塔夫顿，里弗斯伯爵萨维奇，森德兰伯爵查理·斯潘塞，罗切斯特伯爵劳伦斯·海德，还有你们几个男爵——洛尔斯登的格雷，卡里·亨斯顿，埃斯克里克，罗金尼姆，你、小卡特里特，你、罗伯特·达西，霍尔德内斯伯爵，你、威廉，霍尔顿子爵，还有你、拉尔夫，蒙特古公爵，以及所有想试试身手的人，我，大卫·狄里-莫伊尔，英国舰队的一名水兵，我敦促你们，我也呼唤你们，而且命令你们，从速给自己配备好助手和证人，我等着同你们面对面交手，就在今天晚上，即刻进行，或者明天，白天，夜晚，光天化日之下，举着火炬都成；地点，时间，决斗方式，悉听尊便，在哪里都可以，只要够两把剑的长度，最好检查一下，你们的手枪能否连击，你们的剑尖是否锋利，只因我这次打算让你们的爵位后继无人。奥格尔·卡文迪什，你要多加小心，想想你的座右铭“有备无患”①。马尔马达克·兰达尔，你最好学你祖先贡多德的样子，随身带一口棺材。乔治·布思，华林登伯爵，你再也见不到你那有王室特权的切斯特伯爵领地、你那克里特式的迷宫，再也见不到邓翰·马希高耸的塔楼了。至于沃恩勋爵，让他讲放肆无礼的话年龄太小，要他为说的话负责年纪又太老，因此我要算这笔账，就找他的侄儿，梅里奥奈斯镇的下议员里查德·沃恩。还有你，约翰·坎贝尔，格林威治伯爵，我要杀了你，就像亚肯干掉马太斯那样，但是光明正大，而不是从背后下手，这是我的习惯，要用胸口，而不是脊背对着剑尖。话说到了，各位爵爷。在这方面，你们若是觉得好，可以搞些邪门歪道，去算算命，身上涂抹油膏和药物，就可以刀枪不入，脖子挂上鬼符或者护身符，不管你们得到祝福还是遭到诅咒，我照样跟你们血战到底，绝不会让人搜身，看你们是不是藏了巫符魔咒。马上还是步下，随便什么战法。如果你们愿意，也可以在十字街头较量，譬如在比加迪利广场，或者查灵-克罗斯，那样，为了我们决斗，街道就可以清场，就像当年卢浮

① 原文为拉丁文。

宫清场，给吉斯公爵和巴松皮埃尔元帅决斗腾出地方。你们所有人都听明白了吗？我要跟你们所有人决斗。道姆，卡那封伯爵，我要让你吞下我这把剑，直到剑柄，就像马洛尔斯直捅莱尔-马里伏那样，到那时候，我的爵爷，看你还能笑得出来。还有你，伯灵顿，你才十七岁，一副姑娘的模样儿，你可以选择一个葬身之地：在米德尔塞克斯你的住宅的草坪或者约克郡美丽的伦德堡花园。我在此正告各位大人，我容不得有人在我前面放肆无礼，我要惩罚你们，各位爵爷。你们戏弄菲尔曼·克兰查理勋爵，我觉得这种行为很卑劣。他比你们强多了。身为克兰查理家族的成员，他和你们同样是贵族，而作为关伯兰，他有头脑，你们却没有。他的事情，也就是我的事情，凌辱他，也就等于凌辱我，你们的嘲弄惹起我的恼恨。走着瞧吧，看谁能活着走出这场纠纷，要知道我向诸位挑战，可是殊死的决斗，你们听明白了吗？武器任选，方式随便，乐意怎么死法，也悉听尊便。既然你们是贵族，同时又没有教养，我这样挑战，也切合你们的身份，人自杀的所有方式，我全提供给你们，从王公用的剑，直到流氓地痞所用的拳头！”

这一通怒斥，这伙高傲的年轻勋爵听了，便报以微笑，纷纷应道：“行啊。”

“我选择手枪。”伯灵顿说道。

“我呢，”埃斯克里克则说道，“要到老式的比武场，用狼牙棒和匕首。”

“而我，”霍尔德内斯说道，“要光着膀子决斗，用一长一短双刀肉搏。”

“大卫勋爵，”萨尼特伯爵说，“你是苏格兰人，我就用苏格兰巨剑。”

“我呢，就用剑。”罗金尼姆也说道。

“我呀，”拉尔夫公爵则说道，“我更喜欢拳击，这种方式更高贵。”

关伯兰从暗地里走出来。

他走向迄今他一直称为汤姆-金-杰克的人，而在这人身上，他现在开始隐约看出有什么不同凡响的东西。

“我要感谢您，”他说道，“不过，这是我的事情。”

所有人都转过头来。

关伯兰继续往前走，只觉得有什么力量把他推过去，他刚刚听人称为大卫勋爵的这个人，仗义为他辩护，也许还有进一步的关系。大卫勋爵后退了一步。

“咦！”大卫勋爵说道，“是您啊！您在这儿呢！来得正好！我也有句话要问您。刚才您提到一个女人，说她爱过林奈·克兰查理，后来又爱上了查理二世吧？”

“不错。”

“先生，您侮辱了我的母亲。”

“您的母亲？”关伯兰失声问道，“既然如此，我猜出来了，我们是……”

“兄弟。”大卫勋爵回答。

他说着，就扇了关伯兰一记耳光。

“我们是兄弟，”大卫勋爵又说道，“因此，我们俩就可以决斗了。只有身份对等的人之间才能决斗。同我们对等的人，谁还比得过自己的兄弟呢？等一下，我就会派我的证人去见您。明天，我们俩就决一死战。”

第九卷　破灭

第一章　通过极显贵而至极悲惨

圣保罗大教堂敲响了午夜的钟声，这么晚却有一个人穿过伦敦桥，走进了南华克的小街窄巷。路灯没有一盏点亮，这是当时的规矩，伦敦跟巴黎一样，到夜晚十一点钟，也就是说到了需要的时

间，公共照明就全部熄灭了。街道黑乎乎的，空无人迹。不点路灯，就少行人。这个人大步流星。这种时候上街，他的穿戴未免怪异。他身穿绣花的绸缎衣服，侧身悬挂着佩剑。头戴白羽冠，却没有穿大衣。更夫们见他走过来，便议论说："他一定是位跟人打赌的爵爷。"于是他们闪身让路，表现出对一位勋爵和一场打赌的应有的敬重。

此人正是关伯兰。

他溜之大吉了。

他到了什么地步？他自己也不清楚。我们说过，灵魂，有时也会刮起龙卷风，十分可怖的气旋，把什么都卷在一起，天空、大海、白天、黑夜、生命、死亡，一切都搅在一种无从理解的恐怖之中。真实不再呼吸得到了。人被自己并不相信的东西压垮。虚无则形成了飓风。苍穹黯然无色了。天地间无限空虚。人处于失神的状态，感到自己渐渐死去，渴望一颗星球。关伯兰感到了什么？一种饥渴，要见到黛娅。

此外他再也感觉不到什么了。返回"绿箱子"，返回塔德卡斯特客栈，那里喧闹，亮堂堂的，充满了善良民众的热情欢笑，去找吾是熊与何莫人，再见到黛娅，回到生活中去。

幻想的破灭好似拉满而放松的弓，有一股凶险的力量，能把人，这支箭，射向真实。关伯兰心里非常急切，塔林佐草场越来越近。他放开脚步，不是走而是奔跑起来。他的目光穿过眼前的黑暗，要先行极力搜索天边的港湾。这是何等时刻啊，他就要望见塔德卡斯特客栈亮灯的窗户啦！

他走到了木球草场，转过一处墙角，对面草地另一端，隔着一段距离，就是客栈，大家记得，那是集市上的唯一房舍。

他望了望。没有灯光。一堆黑黝黝的硕大物体。

他浑身一激灵，转而又一想，时间太晚了，客栈酒吧关了门，这事儿很简单,大家都睡觉了,只要叫醒尼克莱斯或者戈维科姆就行,总得走到客栈去敲门,于是他前往,这回不是跑步,而是冲过去。

他冲到客栈,呼吸都停止了,只觉得痛苦不堪,在灵魂无形的痉挛中挣扎,也说不准自己是死是活,却对自己所爱的人涌现无微不至的关切;正是通过这种状态,能认清自己的真心实意。在一切都沉没中,脉脉的温情还浮游在水面。不要猛然唤醒黛娅,这是关伯兰立刻思虑的问题。

他尽可能蹑手蹑脚走近客栈。他知道戈维科姆就睡在小偏厦,从前看门狗的老窝,那偏厦从低矮的酒吧间接出来,对着广场安了一个老虎窗。叫醒戈维科姆就行了。

戈维科姆的居室里毫无动静。关伯兰心想:这种年龄的孩子,睡得总是特别死。他用手指轻轻敲了敲老虎窗。屋里还是没动静。

他稍稍用力,又敲了两下。棚子里一直没人走动。他打了个寒战,又去客栈的正门,重重敲打。

就是没人应声。

他不禁开始感到寒气透骨,但还是这么想:"尼克莱斯老板年纪大,小孩子睡觉死,老年人睡得又深沉。好啦!那就敲得再重些!"

他先是轻轻叩窗,接着敲门,继而又是捶门,现在就撞门了。这令他想起一个久远的记忆:那是在韦默思,他年龄还很小,怀里抱着小女婴黛娅。

他猛烈地撞门,唉!实在有失一位勋爵的风度。

客栈一片寂静。

他感到自己发狂了。

他再也不顾忌什么了,直接招呼:"尼克莱斯!戈维科姆!"

与此同时，他注意窗户。看看有没有点亮蜡烛。

客栈里什么情况都没有。没有人声。没有响动。没有亮光。

他走到进出马车的院门，用身子撞门，用力推门，发疯一般摇晃大门，连声喊叫："吾是熊！何莫人！"

狼没有发出叫声。

他的额头渗出冰冷的汗珠。

他环顾四周。夜色浓重，幸好夜空还有不少闪烁的星星，看得见集市场地。他看到的景象一片凄凉，什么都化为乌有，木球草坪上连一个木棚子也不见了。马戏团也不在了。这里连一顶帐篷、一座露天戏台、一辆大车都没有了。原先这里流浪人群熙熙攘攘，沸反盈天，现在那声音却空寂无人，场地阴森森一片黑暗。一切都去而不返了。

他的焦虑不安达到疯狂的程度。究竟是怎么回事儿呢？究竟发生了什么情况？难道连一个人都没有了吗？所有这些人，都把他们怎么啦？噢！上帝呀！他疾如一阵狂风，扑向客栈。他敲那独扇小门，又敲走车的大门，敲窗户，敲窗板，敲墙壁，用拳头捶，用脚踢，因心惊胆战和惶恐不安而怒不可遏，他呼叫尼克莱斯、戈维科姆、菲比、维诺斯、吾是熊、何莫人。他大喊大叫，搞出各种声响，将喊叫和声响投向这面墙壁。他时而停顿一下，侧耳细听，整个庭院始终一片死寂。于是，他气急败坏，重又开始折腾：撞击，捶打，喊叫，一连串的响动引起各处回声，真好像试图惊醒坟墓的滚滚雷声。

人恐惧到了一定程度，就变得十分可怖了。一个人什么都怕，就什么也不怕了，会抬脚踢斯芬克斯，会呵斥未知的东西。他重又闹腾起来，什么法子都用上了。中断一下，再接着闹腾，不知疲倦地呼号喊叫，猛烈进攻这凶险的静寂。

他上百遍地呼唤所有可能在这里的人；叫到所有人的名字，独

独不叫黛娅。这种谨慎,他本人意识很模糊,在神志迷乱中还是出自他的本能。

喊叫呼唤徒劳无益,只好硬闯进去了。他心下这样合计:必须进入庭院,可是,怎么进去呢?他打破了戈维科姆小屋的老虎窗玻璃,拳头探进去,不顾划破了口子,拉起窗户的插销,打开老虎窗。他发觉佩剑妨碍行动,一气之下,扯掉,将佩剑连同剑鞘、腰带一起掷到铺石路上。接着,他爬上突起的墙体,硬是钻进狭小的老虎窗,身子挣过去,进入客栈了。

小屋里,戈维科姆的床铺隐约可见,但是人不在。既然戈维科姆的床上没人,那么显而易见,尼克莱斯也不会睡在自己的床上。客店里黑洞洞的。在这漆黑的空间内,感到一种空落落的神秘的静止,以及意味着无人居住的这种无名的恐惧。关伯兰浑身拘挛,穿过矮厅,撞着桌子,踩坏餐盘,掀翻坐凳,绊着罐子,跨过翻倒的家具,走到通院子的房门,抬腿用膝头猛一顶,撞飞了门闩,冲开了房门。门扇连着合页打开。他扫了一眼院子:“绿箱子”不在了。

第二章　劫后

关伯兰走出客栈，开始搜寻塔林佐草地的各个角落，前一天还有露天舞台、帐篷或篷车的地点，各处他都走遍了，什么都没有了。他十分清楚棚铺都不住人，还是一家家敲门，甚至撞击所有看似门窗的地方。黑暗中没有人应声。仿佛死神光顾过这里。

蚁穴被踏毁了。显然是警方采取了措施。这里遭受了我们今天所谓的抄查。塔林佐草地何止荒凉，而是凄凉了，让人感到各个角落都留下了残酷的爪痕，可以说这个可怜的集市场，让人翻了个底儿朝上，全部掏得干干净净。

关伯兰各处都搜索过了，便离开木球草坪，钻进人称东端的那些曲里拐弯的小街巷，走向泰晤士河。

他从这街巷网里七拐八拐，两侧唯有墙壁和篱笆，随后觉得水气的清风扑面而来，听到河水低沉的流淌声，猛然间，他就面对一道护墙了。这是埃弗洛克石壁的护墙。

这道护墙围住很短一段十分狭窄的码头。护墙下就是埃弗洛克高高的石壁，垂直插入黑魆魆的河水中。

关伯兰停下脚步，双肘撑在护墙上，手托着脑袋，开始想事儿，身下便是河水。

他目光投向河水吗？不。那他注视什么呢？黑暗。不是身外的

黑暗,而是内心的黑暗。

在他不留意的悲凉的夜景中,在他视而不见的这种外界的幽邃中,还有帆桁和桅杆的影子,仍然依稀可辨。而在埃弗洛克石壁下方的水面上,却什么都没有。不过,码头难以觉察地朝下游方面缓缓倾斜,有那么一段距离,便连着一段陡峭的河岸,一溜儿排列好几只船,有的刚抵达,有的要起航。那些船只同陆地的联系,仅靠用石头或者木料专门构筑的系缆小平台,或者木跳板。那些船只有的系住缆绳,有的抛下锚停泊在那里。听不到船上走动和说话声,水手们的良好习惯,就是得空儿便睡觉,起来好有力气干活。有的船只如果夜间趁涨潮时刻起航,那么现在还不是叫醒水手的时候。

庞大的球状船体黑乎乎的,桅杆上的装置,帆索软梯等纠缠在一起,都还看不大清楚。灰蒙蒙一片模糊,只有零星的风灯红光刺破雾障。

这一切,关伯兰都一无所见。他所关注的,只是命运。

面对严酷的现实,他在思索,陷入迷茫的幻想。

他恍若听见身后有什么动静,仿佛地震。那是勋爵们的哄笑。

那种笑场,他刚走出来。他走出笑场,又挨了耳光。这一耳光是谁扇的?

是他的兄长。

他逃脱笑声,带着这记耳光,如受伤的鸟儿,射进自己的巢,逃避仇恨,寻找爱情,他找到了什么?

黑暗。

找不见一个人。

全都消失得无影无踪。

茫茫黑夜,他拿来比较他做过的梦。

真是天塌地陷了。

此刻，关伯兰来到这场劫难的边缘：空落。“绿箱子”离去，整个世界就化作云烟了。

他的灵魂刚刚完全封闭了。

他在冥思苦索。

究竟能出什么事呢？他们去哪儿了呢？显而易见，他们被人一锅端了。他的命运，对他关伯兰，一举把他捧上天，可是对他们，一反掌让他们死无葬身之地。事情明摆着，他此生此世再也见不到他们了。为此有人采取了措施，而且同时，也对居住在市场的所有人下了手，先就拿尼克莱斯和戈维科姆开刀，不让他打听到一点消息。残酷无情的驱散。这种可怕的社会力量，在上议院把他剿灭，同时又到他们简陋的木棚里，把他们碾碎了。他们都身遭不测。黛娅丢了性命。他失去了黛娅。永远失去了。老天万能的神啊！究竟在哪儿呢？怎么就没有当场保护她呀！

心爱的人不在眼前，就要做各种猜想，这就是自取烦恼。他便是这样折磨自己。他探索每一个角落，做每一种推测，内心就不禁发出一声悲鸣。

揪心的念头一个接着一个，也就逐渐想起那个显然是祸星的人，那人向他自报姓名：巴基尔费德罗。那人曾在他脑子里写了什么，朦朦胧胧，此刻重又显现了：那是用十分骇人的墨水写出来的，现在每个字母都吐着火舌，而关伯兰在思想深处，看见这句熊熊燃烧的谜语，今天得以解释了：“命运打开一扇门，必然关闭另一扇门。”

现在一筹莫展了。最后黑暗降临到他头上。每个人的命运中，都可能自己独有一个世界末日。这就叫作绝望。心灵满天的星辰纷纷陨落。

这就是他此刻的心态。

一片云烟散去。他曾被这片云烟裹挟，而且在他看来，烟气越来越浓，钻进了他的大脑。他看外界已成瞎子，反观内心已然迷醉。这种状态持续到云烟飘散。继而，一切都消失了：云烟和他的生活。从这场梦幻醒来，他孑然一身了。

一切都化为乌有。一切都逝去了。一切都失去了。黑夜茫茫，什么也不见了。这便是他的前景。

他孤独一人。

孤独有个同义词：死亡。

绝望就是个计算员，一定要算出总数，一笔也不会漏掉，全加上去，连一分一厘都不放过。关伯兰指责上帝，既用雷劈，又用针扎。他很想弄清楚，命运究竟是怎么回事。他推理，衡量并计算。

他神色黯然，冷静的外表，掩饰着继续流淌的灼热岩浆。

关伯兰审视自我，也审视命运。

回顾一下，惊心动魄的概括。

人站到山顶，要俯瞰脚下的悬崖。人到了深谷下，又会仰望头顶的天空。

到这种时候，心里总要讲一句："我落到了这一步！"

关伯兰完全坠入不幸的谷底。这种变化来得如此迅疾！厄运可憎，总要突如其来。厄运那么沉重，让人以为行动缓慢呢。大谬不然。雪，因为是寒冷的，似乎瘫痪了冬季，又因为是白色，就说像殓尸布静止不动。这种种说法，全被雪崩驳倒了！

雪崩，就是积雪变成了熔炉。雪依然冰冷，崩塌下来能吞噬一切。雪崩卷走了关伯兰。他就像一条扯下的破布片，就像一棵连根拔起的树，就像一块急速滚落的石头。

他回顾自身坠落的过程，就自问自答。痛苦就是一场审讯。良心审问自己的案子，剖毫析芒，比什么法官都精到。

他在绝望中，究竟有多少内疚呢？

他想要理清楚，便剖析自己的良心：活体解剖痛彻肺腑。

他这次离开，酿成一场灾难。离开的行为，取决于他自己吗？这一阵发生的所有事情，都是他自主所为吗？根本不是。他感到被劫持了。拘捕并扣留他的是什么呢？是监狱吗？不是。是锁链吗？也不是。到底是什么呢？粘鸟胶。他深陷大富大贵的泥潭。

看似自由，但是感到翅膀被粘住了，这种情况谁没有碰到过呢？

就是有什么东西，好似一面张开的网，始于诱惑，终于监禁。

不过，在这一点上，他的良心紧追不舍：提供给他的，他只是被动地收受吗？不是。他接受了。

不错，在一定程度上，对方确曾对他使用了暴力，出其不意；然而他这方面，在一定程度上，也是听之任之。身不由己被人劫走，这不是他的过错；身不由己迷了心窍，这便是他的软弱。也曾有过那么一个时刻，决定性的时刻，问题摆到面前，那个巴基尔费德罗让他自己选择，直截了当给了关伯兰机会，一句话决定自己的命运。关伯兰可以说“不”，他却说了“是”。

他昏头昏脑，“是”字一说出口，一切便随之而来。关伯兰明白这一点。同意之后留下的苦涩回味。

然而，他内心还在论争，恢复他的权利，收回他的祖业、他的遗产、他的宅第，而他出身世家，继承他先人的爵位，他沦为孤儿，恢复他父亲的姓氏，难道这是多么大的过错吗？他接受了什么呢？接受了恢复他应有的权益。是谁给他恢复的呢？天意。

于是，他感到不服气。愚不可及的接受！他做了怎样的生意啊！多么愚蠢的交易！他同这天意达成了蚀本的买卖。得到什么呀！能得到二百万年金，得到七八个爵位，得到十一二处宅第，城里的公馆和乡间的城堡，得到上百名仆从、几群猎犬、多少华车和纹徽，能兼任法官和立法者，能像国王那样戴冠冕，穿大红袍，能当男爵和侯爵，还能当英国上院议员，为此他交出吾是熊的棚车和黛娅的笑靥。他交出幸福,换取招致灭顶之灾的茫无涯际的动荡。他舍出了珍珠,换来了海洋。糊涂啊!愚蠢啊!受骗啊!

然而,在靠得住的一点上,重又产生怀疑,在曾经控制他的鸿运高照的兴奋中,并不是所有念头都是不正当的。如若放弃,恐难撇清自私自利的顾虑,也许接受还有责任的成分。身份骤变,他成为勋爵,应该做什么呢?事态的变化错综复杂,也引起思想混乱。这情况就发生在他身上。责任心发出各种相反的指令,同时要尽方方面面的责任,多重的责任,几乎是矛盾的,也就难免心慌意乱了。正因为心慌意乱,他才无所措手足,尤其是从克莱奥尼别墅到上议院这段路,他没有抵制。生活中所谓高升,就是从平静的路线转上惴惴不安的路线。从今往后,正道在哪里?首先应该对谁尽职尽责?对自己的亲人吗?还是对人类呢?就不能从小家过渡到大家吗?人升迁,就要感到自己正派的为人所受的压力日益增大。升得越高,感到自己责任越重。权力扩大,也相应加大了责任。面前同时摆出好几条路,心中不免纠结,也许只是幻觉,看哪个路口,都以为见到良心的指向。去哪里?走出去,还是留下来?向前走?往后退?怎么办呢?责任处于十字路口,这真是咄咄怪事。责任也可能是一座迷宫。

一个人心生某种意念,并且付诸实践,这个人既是象征的人,又是有血有肉的人,那么他的责任不是更加无所适从了吗?正因为如此,关伯兰就表现为顺从而又惴惴不安,沉默而又忧心焦虑,从而唯唯诺诺坐上贵族院的议员席位。思虑的人往往是被动的人。他也恍若听到责任的指令。走进一个能辩论并抨击压迫问题的场所,这不正是可以实现他梦想的一件事吗?他是这个社会绝妙的样品,是六千年来人类在“王权朕意”重压下苟延残喘的活标本,既然给了他讲话的机会,他有权拒绝吗?上天降下火舌,置于他头上彰显天意,他有权躲开吗?

在隐晦而炫目的思想斗争中，他究竟是怎么考虑的呢？是这样："人民沉默。我将成为这种沉默的无限广泛的代言人。我要为沉默的众生讲话。我要对那些大人物讲讲小老百姓，对那些权贵讲讲弱势群体。这才是我这命运的目的。上帝意愿，心想事成。哈德夸诺恩的那只酒壶，里面藏着关伯兰变为克兰查理的秘密，在海上漂流了十五年，经历多少惊涛骇浪，多少激流漩涡，多少狂风暴雨，这么长时间承受天怒而毫无损坏，这当然令人惊诧不已了。我明白为什么会这样了。有些命运装进暗箱密封起来，而我呢，我掌握了自己命运的钥匙，打开了暗箱。我的命运早已注定！肩负一项使命。我将是穷人的勋爵。我要为陷于绝望境地的所有沉默的人说话。我要明确表达出结结巴巴的话语，明确表达出群众的怒吼、号叫、窃窃私语、纷纷议论，明确表达出含混不清的怨艾，难以分辨的声音，以及太愚蠢太痛苦的人发出的兽类的各种叫声。人的嘈杂声音，犹如风声呼啸，总归模糊不清：人在呼号。可是没人能听明白，这样呼号无异于沉默，而沉默则意味着解除武装。被迫解除武装又呼救。我呢，我就去救助。我呢，我就要揭露。我将成为人民的喉舌。多亏了我，大家才能明白。我将是拔掉口塞的血淋淋的口。我要全部讲出来。这将是伟大的事业。"

对，为沉默的众生说话，这很美好；然而，对牛弹琴，就未免可悲了。这正是他这场经历的第二部分。

唉！他栽了。

这个跟头让他栽得再也起不来。

这次平步青云，他曾信以为真，这种大富大贵，这种光鲜的表象，在他的脚下却塌陷了。

坠落深渊！跌进嘲笑唾沫的海洋。

他自以为很强，多少年来，他都那么专注，在漫漫无边的苦海中漂浮，他从这片晦暗中带出来一种悲鸣，不料遇阻，撞上这庞大的礁岩:那些权贵的轻浮。他自以为能充当复仇者,最终还是个小丑。他以为出手能有雷霆万钧之力,却只给人搔了痒痒。他非但没有打动全场,反而招来了嘲弄。他哽咽饮泣。全场却兴高采烈。他沉没在这种嬉笑的浪涛下,凄惨地葬身。

他们究竟笑什么呢?笑他的笑面。

就这样,他永远保留这种滔天暴行的伤痕,这种破相变成永恒的欢乐,这种定形的咧嘴强笑,成为人民在压迫下显示满意的形象,这张由酷刑铸成的面具,这种挂在脸上的讪笑的渊薮,这个意味"王权朕意"的伤疤,这种君主制对全体人民犯下的罪行的明证,正是这一点战胜了他,正是这一点压垮了他,正是对刽子手的指控转为对受害者的判决!不公正达到了无以复加的程度。王权,先是击败了他父亲,现在又击败了他。作过的恶,又被拿来充当借口和动机继续作恶。勋爵们的怒气是发向谁呢?发向行刑的人吗?不。是发向受刑的人。这边是王位,那边是民众,这边是詹姆士二世,那边是关伯兰。自不待言,这种对质,挑明了是一种谋杀,也是一种犯罪。怎么个谋杀?告状。怎么个犯罪?受苦。悲惨生活必须掩盖起来,必须保持缄默,否则就是大逆不道。而那些大肆侮辱关伯兰的人,他们都是坏人吗?不是,然而,他们也有自己的命数:他们是享福的人。他们不自觉充当了刽子手。他们正有好心情,觉得关伯兰没用了。他那么推心置腹,心和肝都掏出来,将五脏六腑都出示给人,何必呢,人家就冲他喊:演你的喜剧吧!连他自己都在笑,实在令人痛心。可怖的锁链系住他的灵魂,阻遏他的思想升到他的脸面。形体破了相,就能殃及精神:他内心愤慨的时候,他的脸却在嬉笑,驳斥了他的意识。彻底完了。他就是"笑面人",头顶着哭泣世界的雕像柱。他就是凝固成为狂笑的一种惶恐,担负着一个灾难世界的重量,被永远禁锢在他人欢乐、嘲笑和消遣之中。他就是天下受压迫者的化身,同他们一起承受这种可恶的命运，即处于不被人严肃对待的悲痛的境地：人家拿他的痛苦取乐。他就是无与伦比的非凡小丑，来自人世不幸的一种巨大的浓缩，逃脱了他的地牢，从贱民底层升到王位的脚下，修成神仙，跻身于星座中间，先是让最底层的人开心，现在又逗上帝的选民开心一笑。他身上积聚的慷慨、热情、雄辩、情感、活力、冲动、愤怒、爱情、难以言传的痛苦，全部殊途同归，付诸一阵大笑！而且他也注意到，正如他对勋爵们所讲的，这绝非一种特例，这是正常的司空见惯的普遍的现象，这种广泛的生存常态，只因完全融入生活的常规习俗，人们也就熟视无睹了。饿得要死的人还笑，乞丐也笑，苦役犯也笑，妓女也笑，孤儿为了生活，也得笑，为奴的也笑，当兵的也笑，芸芸众生都在笑。这便是人类社会的结构性问题：所有落魄、所有贫困、所有灾难、各种热病、各种肿疮、所有临终的残喘，都是在深渊的上方，以一种可怕的怪笑终结。全人类的这种怪笑，就体现在关伯兰身上，正是他本人。上天的法则，冥冥中统御万物的力量，就是确定一个看得见、摸得着的幽灵，一个有血有肉的幽灵，化身为我们称为人世的这种世代模仿的滑稽戏。关伯兰就是这个幽灵。

不可更易的命运。

他曾呼吁：饶过受苦受难的民众吧！终归徒劳。

他曾希望唤起恻隐之心，不料却唤起了恐惧，这便是见鬼的法则。

他是幽灵，同时也是人。这正是他柔肠百转的复杂性。幽灵外表，人的内心。作为人，或许胜过任何人，只因他那双重命运概括了整个人类。他那身上富有人性，同时也能感到他身外的人性。

在他的一生中，有不可逾越的成分。他是什么人？一无所有吗？不对，因为他是勋爵。他是什么人？一位勋爵？不对，因为他是个叛逆。他是“光明使者”，是个令人畏惧的搅局者。当然，他不是撒旦，但他是路济弗尔魔王。他举着火把，带来不祥之兆。

对谁不祥？对不祥之人。对谁可怕？对有所畏惧的人。因此，他们把他抛弃了。进入他们的圈子？被他们接受？休想。挂在他脸上的障碍，固然很可怕，可是，在他思想上的障碍，就更加不可逾越了。看来，他的话语比他的面孔还要畸形。他的思想，无不与这个权贵世界相左：他出生在这个世界是一种命，被赶出这个世界又是一种命。在世人和他的面孔之间，有一副面具；同样，在社会和他的思想之间，也有一道墙壁。他童年时，就成了流浪艺人，混迹于人称庶众的这个活跃而茁壮的广大阶层，饱吸了大众的磁力，浸润了人类浩阔的灵魂，他在芸芸众生的共同意识中，已然丧失了贵族阶级的特有意识。他到了上层，根本无法立足。他从真相这口井里爬上来，浑身湿漉漉的，散发着深渊的恶臭气味，自然惹起那些扑满谎言香粉的王公的厌恶。生活在虚构中的人，就受不了事实真相的臭味。渴求受人吹捧的人，就会把偶不留神饮下的真实呕吐出去。关伯兰所带来的，就上不了台面。他带来了什么？理性、睿智、正义。他们当然鄙弃他了。

在场的有几位主教。他给他们带去上帝。这个不速之客算老几？

两个磁极相互排斥，根本不可能杂混起来，缺乏过渡阶段。前面已经看到，所有苦难集于一身的人，面对坐享全部骄傲的一个特权阶层，这样的对峙所产生的后果，只能是一阵怒吼。

指控是徒劳的。看清楚就足够了。关伯兰在他命运的边缘冥思苦索，从中看出他多么巨大的努力都白费工夫。他也看出来，身处高位的人都失聪了。那些特权阶层的人，冲着劳苦大众一边没长耳朵。这是享有特权的人的过错吗？不是。唉！错在他们的法律。原宥他们吧。动了恻隐之心，就等于让位。哪里有王公贵族，就不应该产生任何期望。凡是称心如意的人，都有一副铁石心肠。锦衣玉食的人，根本看不见饥民饿殍。安享富贵的人不谙世事，完全把自己孤立起来。他们的天堂门口,也应该像地狱门口那样,写上:“留下任何希望。”

关伯兰刚刚的经历,正如一个幽灵走进神殿所受的待遇。

想到这里,他又愤愤不平了。不,他并不是幽灵,而是人。他对他们说过,也冲他们高声宣告过:他是“人”。

他不是鬼魂。他是悸动的血肉之躯。他有大脑,能思考;他有一颗心,能够爱;他有一颗灵魂,就抱有希望。希望过高,甚至可以说,这正是他的全部过错。

唉!他过分夸大希望,竟至相信社会这个又光鲜又昏黑的东西。他身在其外,又回到其中。

社会就当即一股脑儿同时提供给他三件礼物:婚姻、家庭、社会等级。婚姻?他在婚姻门口看到了淫乱。家庭?他兄长扇了他耳光,第二天持剑等着他。社会等级?这个等级当面大肆嘲笑他,笑他这个贵族,笑他这个贱民。甚至在他被接纳之前,就几乎把他抛弃了。他在这深深的社会黑洞里刚走出三步,脚下就打开三个无底深渊。

他这场祸患的肇始,正是暗藏杀机的身份的转变。这场灾难走近他的时候,是一副高升殊荣的面孔!高升!早就意味:下去!

比起约伯,他的遭际正相反。厄运袭来,却打着福运的旗号。

人生悲惨之谜啊!且看这一次次磨难!童年时,他就曾与黑夜搏斗,表现出比黑夜更强大。长大成人,他又同命运搏斗,而且击垮了命运。他那张破了相的笑面大放异彩,从不幸者变为幸福的人。他将遭流放的境地改成一个庇护所。他过着流浪生活,便与空间搏斗,他好比天空的飞鸟,在这空间也找到了温饱。他离群索居,也曾同民众搏斗,结果成交为朋友。他是个竞技高手,还同这头雄狮——人民——搏斗过,驯服了雄狮。他一贫如洗,同饥寒交迫搏斗过,直面愁苦的生活所需,善于苦中作乐,表达出心中全部的快活，终于将穷苦转变为财富。因此，他就能自认为是生活中的胜者。猛然间，冥冥中一些新的力量向他袭来，但不是摆出威胁的姿态，而是带来爱抚和微笑。他的心中本来充满了天使的爱，眼前却出现苛刻的物欲的爱；他生活在理想中，现在却被肉欲占有了，他听到了如同狂呼吼叫的嗜欲的情话。也感到了女人的拥抱，犹如蝮蛇结一般紧紧箍住他。真实的光辉让位于虚假的迷惑，因为真实的，是灵魂而非肉体。肉体是灰烬，而灵魂则是火焰。本来，他这真正的自然家庭，由贫穷和劳动的亲缘关系结合的群体，却被社会家庭，血缘关系的家庭所取代，但这是混杂的血缘关系家庭，甚至在他进入之前，他就得面对初露端倪的骨肉相残。唉！他任由人家把他重新安置在这个社会里，殊不知他未读过的布朗托姆[1]的著作中，就这样描述这个社会："儿子可以合法地找父亲决斗。"注定的命运曾对他高喊："你不从属于民众，而是人类的精英！"于是在他的头顶，打开了社会的天棚，就像打开天空的一个活门，并且将他抛进门洞，出乎他意料，他怯生生地落到王公和主子们中间。

猛然间，他看到周围不再是给他鼓掌的民众，而是诅咒他的那些贵族了。可悲的蜕变。屈辱的升迁。曾经是他幸福的一切，突然被劫掠一空！嘘声倒彩掠夺他的生命！所有这些鹰，一口一口啄食关伯兰、克兰查理、勋爵、街头艺人，啄食他先前的命运和他的新命运！

刚刚踏上生活的旅途，何必随即就战胜阻碍呢？何必一开始就获胜呢？唉！必须大起大落，否则命运就不够完整。

就这样，五分被迫，五分自愿，须知继黑棒执法之后，他又碰上巴基尔费德罗，而在被劫持的过程中，也有他首肯的成分：他抛开

---

① 布朗托姆(1540—1614)，法国军人和编年史家，著有《皮埃尔·德·布尔代回忆录》(1665—1666)。

现实而追求虚幻，放弃真实而选取虚假，离开黛娅而亲近若仙，背离爱情而认同骄傲，弃置自豪的劳作和贫穷而接受充满晦涩责任的富贵，总之，走出上帝所在的阴影，进入魔鬼所在的光焰，走出天堂而来到奥林匹斯神山！

他咬了一口金苹果，喷出满嘴的灰渣。

后果可悲可叹。溃败，垮下来，一落千丈，一片废墟，放肆的嘲笑和抨击，将他逐出他的全部希望，万念俱灰了。从此以后，该怎么办呢？如果展望一下明天，他能看见什么呢？一把直指他胸口的利剑，手握剑柄的人正是他的兄长。他只瞧见那把剑刺眼的寒光。此外，还有若仙、上议院，影影绰绰在后面，半明半暗，阴森可怖，蠢动着幢幢鬼影。

不过，这位兄长，在他看来倒有骑士风度，仗义执言！唉！这个汤姆-金-杰克，曾经保护过关伯兰，这个大卫勋爵，也曾维护过克兰查理勋爵，他只是匆匆一见，刚好挨了一记耳光，刚好爱上这位兄长。

实在让人气馁！

现在，再做什么都全无可能了。全方位倾覆崩塌。再说了，又何苦来着？他疲惫到了极限，深深陷入绝望。

没有经受住考验，没有必要从头再来了。

一个赌客，手中的王牌一张张都打出去了，这就是关伯兰的现状。他身不由己，被拉进这个大赌场，并不十分清楚自己在干什么，这正是幻想的毒素微妙的作用，他居然以黛娅去赌若仙，得到了一个怪物。他拿吾是熊去赌一个家族，得到的是凌辱。他用街头艺人的露天舞台去赌一个上议员的席位，期待着欢呼，得到的却是诅咒。他最后一张牌，又刚刚丢在空荡无人的木球场那块命定的绿色台布上。关伯兰输掉了赌局，只好付赌债。付账吧，穷鬼！

被击垮的人，无不老实多了。关伯兰就静止不动，直挺挺立在护墙边上，在黑暗中纹丝不动，谁从远处望见他，准以为那是一块立石。

地狱毒蛇和梦幻，全都搅成一团。关伯兰走下螺旋形墓穴的梯级，深入思想的幽邃。

他以冷峻的终极目光，审视他刚刚见识的这个世界。婚姻，却无爱情；家庭，毫无手足之情；豪富，可无仁义之心；美色，但寡廉鲜耻；司法，则不讲公道；秩序，却不平稳；权势，但缺乏睿智；威权，却不正当；辉煌，可无光明可言。无法逃避的清单。他的思想已经闯入这种极端的幻象,陆续审查命运、境况、社会和他本人。何等命运?一个陷阱。何等境况?一种绝望。何等社会?一种仇恨。他本人又如何?一个战败者。他在心灵深处高喊:“社会就是后妈。自然才是母亲。”社会只是肉体的世界;自然,则是灵魂的世界。前者通到棺木,通到墓穴里的杉木匣子,去会合蚯蚓,在那里终了。后者则导向飞翔,最终张开翅膀,在曙光中羽化,直搏长空,从而开始新生。

终极的思想,逐渐控制了他。最终致命的飞旋。行将结束的事物发出最后一道闪电,让人重又目睹一切。

要判断,就得对照。关伯兰就比较了社会和自然对他做过的事。大自然对他多么和善啊!给他多少救助,大自然就是灵魂!他被夺走的一切,甚至夺走的面孔,是灵魂把这一切还给了他。一切,甚至包括他的面孔,因为有一个天仙盲女降到人间,特意为他而生,看不到他的丑陋,却洞见他的英俊。

而他却听任别人把他同这些拆开!他离开的,正是这个可爱的仙女,正是这颗心,正是这种情投意合,正是这种柔情,正是这种盲女的神圣目光,而在这片大地上,唯独这副目光能看见他!黛娅,就是小妹,只因他感到她对他有那种天高地厚的伟大的手足之情,感到那种包容整个天宇的奥义。在他少小时期,黛娅,就是他的童贞女,须知每个男童,都有一个童贞女,而生活总是以一场心灵婚姻为起点:两小无猜的孩子,完全在天真无邪中完成灵魂的结合。黛娅,就是他的妻子,他们同巢而居,栖于婚姻之神六树的最高枝上。不仅如此,黛娅还是他的光明,没有她,一切都变得虚无而空落了,在他看来,黛娅就是一束阳光。没有黛娅,他浑身的一切有什么用呢?没有她,他浑身就毫无活力了。一刻不见到黛娅,他怎么能受得了呢?不幸的人哟!他听任他的命星和他拉开距离,而在人所不解的引力的可怕作用下,拉开的距离就形成天涧!

她在哪里,他的星辰?黛娅!黛娅!黛娅!黛娅!唉!他丧失了自己的光明。去掉星星,天空还成什么样子?漆黑一片。可是,这一切,为什么考虑得太周全!——连那条蛇都让回来了!不过这次,受到诱惑的是男人了。他受到吸引,出了园子,殊不知园外有可怕的陷阱,他掉了进去,跌入那地狱黑色狂笑的混沌中!不幸啊!真不幸!一切迷惑他的东西,简直太可怕了。那个若仙,究竟是何尤物?噢!让人心惊胆战的女人,几近野兽,又近乎女神!关伯兰现在走背字,落到他飞黄腾达的背面,看见他光彩夺目的另一端。那真是惨不忍睹。那些上院议员都是畸形的,那顶王冠丑陋无比,那种大红袍,看上去那么凄惨,那些宫殿别馆,都是毒害人的场所,而那些战利品、那些雕像、那些纹章,无不莫名其妙,都有邪气和杀机,能让人发疯发狂。哼!流浪艺人的破衣烂衫,那才辉煌灿烂呢!噢!"绿箱子"、贫寒、快乐、如同燕群所过的那种流浪的温馨生活,都哪里去啦?本来他们形影不离,从早到晚,时时刻刻都能见面,在饭桌上,两个人臂肘贴着臂肘,膝头挨着膝头,合用一只杯子喝酒,阳光从小天窗射进来,但那只是阳光,而黛娅才是爱情。夜晚睡觉,也感到彼此近在身边,黛娅的梦魂飞到关伯兰的身上,而关伯兰梦境的花絮,神秘地飘浮在黛娅的头上绽放!醒来时谁都说不准,在蓝色的梦云中是否接过吻。黛娅完全是清纯的化身,吾是熊则体现全部睿智。他们从一座城市游荡到另一座城市。老百姓由衷的喜悦,开怀大笑,就是他们旅途的盘缠和补给。他们是流浪天使,充满了人性,行走在人间,倒是翅膀不硬,不会一下子飞走。不料现在,消失得无影无踪!这一切都去哪儿啦?怎么可能荡然无存啦!刮了什么样的一阵阴风啊?就这么悄悄地消隐啦!就这样丧失殆尽!唉!位高权重的聋子们压在小百姓的头上,掌握一切阴谋诡计,什么都能干得出来!权贵者对他们干了些什么?当时他不在场,本来他应该保护他们,作为勋爵,以他的头衔和爵位，用他的剑，挡在前面保卫他们，或者作为流浪艺人，用拳头和指爪保卫他们！想到这里，又萌生一个苦涩的念头，恐怕是最苦涩的念头。真的，不成，他不可能保卫他们！恰恰是他毁了他们。社会卑鄙的万能力量重重地压向他们，正是为了把他们同他——克兰查理勋爵——拆开，将他孤立在高位上，防止他们接触。对他而言，保护他们的最好办法，也许是他自身消失了，那样一来，权贵者就没有理由迫害他们了。少了他一个，别人就不会找他们麻烦了。他的思想钻进寒冰的裂缝中。噢！他为什么听任人家把他从黛娅身边拉走呢？他不是首先应该对黛娅尽到职分吗？服务民众，保护民众？然而，黛娅就是民众啊！黛娅是孤女，又是盲女，黛娅就是人类！噢！别人把他们怎么样啦？他忍受着悔恨的煎熬！他一离开，灾难就得以肆虐。他本应该分担他们的命运。或者让人把他同他们一起抓走，或者他同他们一起被吞没。没有了他们，现在该怎么办呢？关伯兰没有了黛娅，这怎么可能？缺了黛娅，一切都缺失了！噢！完了。这么可爱的一伙人，就再难相见，永远消失了。现在一筹莫展了。何况，关伯兰既已被判有罪，又该遭天谴，何苦再搏斗下去呢？无论对人类还是对苍天，他再也不能抱任何期许 。黛娅！黛娅！黛娅在哪儿呢？怎么，就这么失去啦！谁丢掉了灵魂，只有一个地方能找回来，就是死神那里。

关伯兰神思迷乱，又无限悲怆，他一只手掌坚定地按在护墙上，仿佛主意已定，眼睛则望着河水。

这是他第三个未眠之夜了，浑身发着烧。他的思绪，原以为很清晰，其实相当紊乱。困倦袭来，难以抗拒。一时间，他就俯瞰着

这河水,幽暗中是给他提供的一张宁静的大床,黑暗世界无边无际。凶险的诱惑。

他脱掉外衣,叠好,放在护墙上。接着,他解正装背心的纽扣,正要脱下来时,手碰到兜里的什么东西。那是上议院颁发给他的红本证书。他从兜里掏出小红本,在朦胧的夜色中察看了一下,瞧见本子里夹了支铅笔,于是拿起铅笔,随手翻开小红本的空白页,他写下这样两行字:

"我走了。愿我的兄长大卫接替我的席位,并祝他幸福。"

他在下面署名:"菲尔曼·克兰查理,英国上院议员。"

他脱下背心，放在外衣上。他又摘下帽子，放到背心上。他将翻到写字那一页的红皮证书置于帽子里。他发现地上有个石块，拾起来压在帽子里。

他做完了这些事，抬眼望了望头顶无垠的夜空。

继而，他缓缓地垂下头，仿佛有根无形的绳子将他拉向深渊。

护墙底座的砌石有个洞，他一只脚插进洞里，往上一登，膝部便超过护墙，他几乎无须费力，一下子就能跨过去。

他双手交叉在背后，俯下身去。

“就这样吧。”他说了一句。

接着，他就凝视深深的河水。

这工夫，他感到有根舌头舔他的手。

他打了个寒战，转过身去。

正是何莫人站在他身后。

结局　大海与黑夜

第一章　护家犬也可能是守护神

关伯兰不禁惊叫一声：

“是你呀，狼！”

何莫人摇了摇尾巴。在黑暗中，他的两眼闪闪发亮，盯着看关伯兰。

随后，他又开始舔关伯兰的手。关伯兰停了片刻，仿佛醉了似的，心中这么一颤，复又萌生巨大的希望。何莫人，多么意外地出现了！这四十八小时，他遭受到可谓花样翻新的雷霆的打击，只差这种欢快的雷击了。刚刚落到他头上的正是这样的一击。信念重又占据他的心，至少有了光亮的指引：不知什么来路，神秘的宽恕猝然干预。或许是命该如此，生命说道：我来啦！正如在坟墓的最黑暗的时刻，不再期望发生什么奇迹，忽然治愈或者有了起色，就在这种天塌地陷的最危急的时刻，却出现了类似支撑物的东西。何莫人就是这种情况。关伯兰看见狼就看到了光明。

这时，狼转过身去，走了几步，回头瞧瞧，似乎要看看关伯兰是否跟上来。

关伯兰也就随后走去。何莫人摇着尾巴，继续往前走。

狼走上的那条路，正是埃弗洛克石壁码头的坡道，通到泰晤士河的河岸。关伯兰由狼带领，走下坡道。

何莫人不时回过头，确认关伯兰一直跟在后面。

在某些极端的境况中，深情的动物仅凭本能就能完全理解，表现出无可比拟的聪慧。动物是头脑清醒的梦游者。

狗在某些情况下，感到有必要跟随主人，而在另一些情况下，又感到必须走在主人的前头。这就表明，动物是受头脑的指挥。在人模糊不清的时候，万无一失的嗅觉却隐约看清楚了。动物朦朦胧胧地觉出，充当向导似乎是责无旁贷的。它是不是知道哪里有险情，必须帮助人安全渡过去呢？恐怕未必；也许确实如此。不管怎样，动物不知，神灵有知，我们已经说过，生活中常有神助，人以为救助来自尘世，其实来自上苍。人并不了解上帝会以什么形貌显圣。这只动物是什么？是天意。

狼走到河岸，便沿着泰晤士河边狭长的地舌，继续朝下游走去。

何莫人没有嚎叫，也没有发出吠声，只是默默地赶路。无论在什么情况下，他总是凭本能行动，尽自己的本分，但是颇似流放者，表现出若有所思的谨慎。

又走了五十来步，何莫人停下来。右侧有一道栅状突堤。突堤顶端则是架在桩基上的小码头，隐约望见那边有一片暗影，正是一只相当大的船。在靠船头的甲板上，有一点亮光，几乎看不清，似乎是一盏将熄的守夜灯。

狼最后一次确认，关伯兰跟在后面，身子一纵蹿上小码头：那是长长的走廊，铺着涂了柏油的木板，下面还垫着排列有间隙的厚木板，再往下便是流淌的河水。何莫人和关伯兰沿着过道，不大工夫就走到头了。

栅状突堤尽头，停泊着一条荷兰式的大肚船，船头船尾各有一块甲板，非常光滑，而在两块甲板之间，则有一个日本式的很深的露天货舱，由一架垂直的梯子上下，装卸大量各种货包。这样便形成两座船楼：艏楼和艉楼，犹如我们河上的海关检查艇，中间是沉凹下去的空舱，装进去货物正好压舱。那样子差不多像孩子们叠的纸船。前后甲板下面的舱室设置的门，全部通中央货舱，采光仅靠船侧的舷窗。给货舱上货时，码起的货包之间留出过道。大肚船的两根大桅杆，根植在前后甲板上，前头那根称保罗，后头那根则称彼得，货船就由这两根主桅带动，如同教堂要靠这两位使徒引导。中央货舱上面架有天桥，连接前后甲板，成为货船艏艉间的通道，那形状类似中国的板桥。碰到刮风下雨天儿，天桥两侧的护板由机械装置放落，从而构成中央货舱的棚顶，船行驶在大风浪中，货舱也封闭得很严实。这类货船体积庞大，船舵柄是根圆木，舵的力量应与货船载重成比例。三个汉子，船主和两名水手，再加上一个孩子，见习水手，就足以操控这种笨重的海船了。我们已经说过，大肚船的前后甲板没安护栏，看上去就像一个大蛋壳，通体漆黑，夜色中还能看清船体上的白字："鹿特丹，沃格拉特号"。

那时期，海上发生了各种各样的大事件，就说近来①，在卡内罗海峡，波英蒂男爵率领的八艘战舰遇难了，但也逼使法国舰队全军退回直布罗陀，从而廓清了英吉利海峡，从伦敦到鹿特丹的海域不见了军舰的踪影，来往的商船不用护航了。

关伯兰走到"沃格拉特号"商船近前，只见船右舷后甲板靠着码头，几乎齐平了，上船就好像下一个台阶，何莫人跳上船，关伯兰

① 1705年4月21日。——原作注

跨一大步也上去了。两个伙伴来到后甲板，不见有人，也不见任何走动：乘客，如果有的话，想必都进了舱室，鉴于船就要起航了，货包和货箱堆满了货舱，表明已经装完了货。不过，船上的人估计在甲板下的舱室里，已经睡下了，货船要夜间航行了。在这种情况下，得等到次日清晨，乘客们才能到甲板上露面。至于船员，在即将起航的时刻，他们大概在当时人称“水手舱”的陋室里，正吃夜宵呢。因此，由天桥连接起来的艄艉甲板上寂静无人。

狼踏上码头，几乎跑起来，可是一上了船，脚步就放得很慢，似乎怕吵扰周围。他仍然摇着尾巴，但不再是欢快的，而是像不安的狗那样，无力而忧伤地摆动。他一直走在关伯兰的前面，经过后甲板，又穿过天桥。

关伯兰走上天桥时，看到前面有一点光亮，正是刚才他在河岸望见的亮光。那是一盏风灯，撂在前桅脚下的地上，微弱的灯光，在夜色幽暗的背景上，映现出有四只轮子的侧影。关伯兰当即认出，那正是吾是熊的旧篷车。

这间破旧的小木屋，既是车篷又是窝棚，曾拉着他度过童年，现在由几根粗绳牵住，固定在桅杆上，看得见在轮子上打的绳结。车子长年未用，已经破烂不堪了。什么都不如闲置损坏得厉害：人闲人废，物闲物废。这辆车就歪扭得支撑不住了：搁置久了完全瘫痪了，并且还患了不治之症：已经衰老了。车体全遭虫蛀，一副残废的轮廓，那种倾颓的架势，眼看就要散架子了。车上的所有部件，样子全破损了：铁件锈蚀得厉害，皮革也都裂开口子，木料蛀蚀糟朽了。灯光从前面透过车子窗户，只见玻璃裂璺纵横交错。车轮向外翻斜。车厢壁板、地板和车轴，都好像精疲力竭，整个儿一副说不出来的颓丧和哀怜的模样。翘起的车辕，活像伸向苍天的双臂。篷车全身都脱了节。车下，还能看见吊着拴何莫人的铁链。

一个人失去了自己的生活、幸福和爱情，意外找回来，按照一般法则和天性的反应，似乎应该拼命奔跑，冲上前去。是的，然而有例外：内心深处正在剧烈地震颤。哪个人身历一连串的灾难，仿佛遭遇背信弃义和暗算，绝处逢生，总还难免心惊肉跳，头脑一片混乱，即使在喜悦中，也变得谨慎起来，生怕将他的厄运带给自己所爱的人，并且凄然地感到自身有了传染性，因此，他走进幸福中，也只能倍加小心地前行。天堂的门重又打开，返回去之前，总要观察一阵。

关伯兰百感交集，脚步不免踉踉跄跄，他注意观看。

狼默默走过去，卧到他的铁链下面。

第二章　巴基尔费德罗瞄准鹰，却击中鸽子

篷车的脚踏板已经放下，车门虚掩着，车里没有一个人。从车前玻璃窗透进去一点点光亮，隐约勾勒出车内的模样，一片幽幽的哀伤。吾是熊颂扬勋爵们光辉荣耀的铭文，在朽了的木板上还能辨认出来：那些木板从外面看是墙壁，从里面看则是护壁板。关伯兰看到靠车门的一枚钉子上，挂着他的搭肩和上衣，好似停尸间里死者留下的衣物。

此刻，他身上既没有套背心，也没有穿外衣。

桅杆脚下平放着什么东西，风灯照见了，却被篷车遮住了，只能看见一角，那是张床垫：上面可能躺着人，看得见有黑影在动弹。

有人在说话。关伯兰隔着遮掩他的篷车，侧耳倾听。

说话的是吾是熊的声音。

那声音听着恶狠狠的，实则极其温柔，关伯兰从小就饱受其责难，又得其绝佳的引导，现在却丧失了特有的精明而生动的音色。声音模糊而低沉了，每句话说到末尾，就淹没在长吁短叹中，只能大致听出吾是熊当初那种干脆而坚定的声音，现在就像一个幸福逝去的人的话音。声音也可能化为影子。

吾是熊不是对话，似乎在自言自语。况且，我们也知道，独自讲话也是他的习惯。也正是这个缘故，在别人的眼里他是个有怪

癖的人。

关伯兰敛声屏息，不想漏掉吾是熊讲的每个字，下面就是他所听到的：

“乘这种船很危险，没有护栏。一不小心跌倒，没有挡头，准会滚落到海里。如果变天了，那就得把她抬到下面去。那可了不得，稍有点磕磕碰碰，稍有点惊吓，动脉瘤就可能破裂。那种事例我见过不少。噢！上帝呀，出了事我们怎么办啊？她睡着吧？对，她睡着呢。我确信她在睡觉。她失去知觉了吗？不会。她的脉搏跳动得还挺有力。肯定是睡着了。睡眠，就是一种缓刑期。失明也有益处。怎么能防止别人到这儿来，踩得甲板咚咚响呢？先生们，甲板上如果有人，我恳求你们，不要弄出响动。没有必要，务请不要过来。要知道，有个身体特别虚弱的女子，需要多多照顾。你们瞧啊，她正发烧呢。她非常年轻，还是个小姑娘，浑身发烧了。我搬出来床垫，好让她透透气。我解释这事儿，就是要请大家留点儿神。她瘫倒在床垫上，就好像失去了知觉。她这是睡觉呢。但愿不要把她吵醒了。这里如果有女士的话，我要对女士们讲几句。一个少女，就是值得怜悯。我们不过是些流浪艺人，我请大家行行好，而且，如果有的事不弄出声就得付钱的话，那我照付就是了。女士们、先生们，我这里多谢了。这儿有人吗？没有。我想一个人也没有。我白白说了一通。这再好不过。先生们，你们在这儿我表示感谢，如果不在这儿，我更要多谢了。——她的额头全是汗。——好了，我们回到地牢吧，重又戴上项圈。苦难回来了。我们又得到处漂泊了。一只手，一只可怕的手，看不见却总感到不离自己的身，它突然把我们翻转，面向命运的黑暗面了。好吧，我们总归会有勇气面对。不过，总不该让她生病啊。我这样子够傻的，这样一个人高声说话，可是总得准备着，她万一醒来，也能感到旁边有人守护呀。千万可别把她突然惊醒。看在老天的份儿上，别闹出响动！她若是一受惊吓，猛地坐起来，那就一点好处也没有。有人若是到这边来走动，那可就糟了。船上的人，想必都睡觉了。感谢老天这样照顾。哎呀！何莫人，他在哪儿呢？这一阵混乱，我倒忘了把他锁起来了，真不知道自己在干什么呢。有一个多钟头没见到他了，大概他到外面去找顿晚饭吃。但愿他别再出事儿！何莫人！何莫人！何莫人！”

何莫人用尾巴轻轻地扫了扫甲板。

“你在这儿呢！哈！你在这儿呢！感谢上帝！再失去何莫人，那就太残忍了。她的胳臂移动了，可能要醒过来。别出声，何莫人。潮退了，等一会儿就开船了。我想今天夜晚，天气会很好。没有刮北风。桅杆上的小旗耷拉下来，这趟航行会很顺利。按月亮算日子，我都不知道今天是几号了。不过，看云彩不怎么移动，海上不起风浪。我们会赶上好天气。她脸色这么苍白，身子太虚弱了。不对，她的脸很红，还是发着烧。也不对，脸色红润呀，她身体挺好。我看不清楚了。可怜的何莫人，我都看不清楚了。看来，生活还得从头开始。我们又要重操旧业了。你瞧，只有我们两个了，你和我，我们要为她操劳了。她就是我们的孩子。唔！船动了，起航了。别了，伦敦！晚上好，晚安，见鬼去吧！噢！坏透了的伦敦城！”

船的确开始起锚，隐隐晃动了，船尾渐渐离开码头。只见大肚船的末端，一条汉子站在船尾，无疑是船老板，他刚刚走出船舱，已经解开缆绳，正在操舵。那人全神贯注，凝视航道，只专注于水流和风向，其余什么也听不到，什么也看不见，表现出作为荷兰人和水手的双重冷静。他就在舵柄下弯曲着身子，在后甲板左右舷之间缓缓移动，黑暗中好似肩扛一根木梁的鬼魂。他独自一个在甲板上，船只要行驶在河道上，就用不着水手了。几分钟之后，船就顺流而下了，既不颠簸，也不摇晃。退潮时，泰晤士河水并不湍急，始终静静流淌。货船随着潮水,很快就驶远了。后面留下伦敦的黝黑背景,在夜雾中渐渐缩小。

吾是熊继续说道:

“不管怎样,我也得给她吃点儿毛地黄。我是担心突然进入谵妄状态。她手掌心里有汗。真的,我们怎么冒犯了仁慈的上帝呢?这场劫难,怎么来得如此突然!天降灾祸,快得吓死人。一块落石,满身就有利爪,就像扑向云雀的老鹰。这就是命运。而你呢,我温柔的孩子,现在倒下了!来伦敦的时候还说:这是座大都市,有漂亮的建筑。南华克,这城郊可是个好地方。就在这里落脚。现在要说,这地方真是可恶透顶。我在这里还能干什么呀?离开了我高兴得很!今天是4月30日。我对四月份向来疑虑重重:四月份只有两个吉日,5日和27日,凶日却有四天,10日、20日、29日和30日。这是毫无疑问的,卡尔丹早就推算准了。真盼望今天赶紧过去。动身走了,心也就放宽了。等到明天,天一蒙蒙亮,我们能抵达格雷夫森德,晚上就到达鹿特丹了。好嘛,我重又过上从前的篷车生活了,我们俩一起拉车,对不对,何莫人?”

狼尾轻轻拂了拂甲板,表明同意。

吾是熊接着说道:

“走出痛苦,如果能像离开一座城市这样,那该有多好!何莫人,我们还能有幸福的生活。唉!总还难免要想不在身边的这个人。他的身影,总留在幸存者的心上。何莫人,你知道我指的是谁。从前我们有四个,现在只剩下三个人。人生不过是一种漫长的丧失,最终完全失去我们所爱的一切,身后留下长长一溜儿痛苦。命运就是变着法儿,用难以忍受的痛苦让我们惊愕不已。饱经风霜之后,大家还奇怪老年人何以爱唠叨。正是绝望培育出这么多又蠢又笨的人。我的忠诚的何莫人,航船顺风顺水,现在根本望不见圣保罗大教堂的圆顶了。等一会儿,我们就要经过格林威治，那行程就足足有六海里了。这些大都市，到处都是教士、官吏和下层人，哼！这辈子我也不想再见到了。我情愿观赏树林里抖动的树叶。——她的额头总有一层汗！她的小臂上青筋暴突，我真不愿意看到，这正是发的热症！噢！这不是要我的命吗？睡吧，我的孩子。唔，对，她睡了。”

这时，一个声音幽幽响起，难以描摹的声音，仿佛十分遥远，同时来自高天厚土，神谕般的不祥之音，正是黛娅的声音。

直到此刻，关伯兰所感受的全部苦痛，全都不值一提了。他的天使开口说话了。他听到的话语，恍若发自生命之外，消失在天外。

那声音说道：

“他这一走就对了。这世间不是他该久留的地方。只不过，也得让我跟他一起走。父亲，我没有病，刚才您讲的话我全听见了。我的状态很好，身体很健康，我是在睡觉。父亲，我就要幸福了。”

“我的孩子，”吾是熊问道，声调充满了惶恐不安，“你这话是什么意思？”

得到这样回答：

“父亲，您不要难过。”

停顿了一下，仿佛要缓口气似的，接着，悠缓地讲出这几句话，传到关伯兰的耳畔：

“关伯兰不在了。现在我才真瞎了。原先我不了解什么是黑夜。黑夜，就是人不在了。”

声音又停下来，然后继续说道：

“我的心始终惴惴不安，就怕他飞走。本来我就感到他属于天上。他一下子飞走了。事情最终就该如此。一颗灵魂，就像鸟儿一样飞走了。可是，灵魂的巢却在一处很深的地方，那深处磁性极强，一切都能吸引过去，我知道在哪儿一准能找见关伯兰。我前去这一路不会有什么阻碍,真的。父亲,就是那里。等以后,您就去找我们。何莫人也去。"

何莫人听到提他的名字,就用尾巴拍了拍甲板。

"父亲,"那声音又说道,"您完全清楚,既然关伯兰不在了,事情就算了结了。我想留下来也办不到,因为人不得不呼吸。不可能的事儿,就不要强求了。从前,我和关伯兰在一起,这是自然而然的事:那时我活着。现在,关伯兰不在了,我也死去了。这是一码事儿。要么他回来,要么我也走。既然他回不来,那我就走了。死了,其实也不错。这事一点儿也不难。父亲,在这里熄灭的,到别处还会重新点燃。生活在我们所在的这片大地上,总是这么揪心。人不能总生活在不幸当中,于是就走了,前往您所说的星星那里,在那里结婚,而且永不分离,一直相亲相爱,相亲相爱,而这才叫作仁慈的上帝。"

"好了,你别说气话了。"吾是熊说道。

那声音接着说道:

"就拿去年来说吧,去年春天,我们都在一起,都那么幸福快乐,现在可差远了。我都想不起来了,我们那时是在哪座小城。那里有很多树木,我常听到莺唱歌。我们到了伦敦之后,情况就变了。我这可不是怪谁。到一个地方,也不可能知道会怎么样。父亲,您还记得吗?有一天晚上,大包厢里来了一个女人,您说过:那是一位女公爵!当时我就伤心了。我觉得还不如留在小城市里呢。有了那情况之后,关伯兰做得对。现在,就轮到我了。正是您亲口对我讲述过,我幼小的时候,母亲就死了。黑夜里我躺在雪地上,雪花纷纷落到我身上,而他,那时候他也很小,也孤零零一个人,他拾起了我,就是这样我捡了一条命,到如今,我非走不可了,如果关伯兰在坟墓里,我要去那里见他,您总该不会感到奇怪的。人唯一活着的是心,人死了,唯一活着的是灵魂。我这话是什么意思，您完全明白，对不对，父亲？是什么东西在移动？我们好像在一所活动的房子里。然而，我并没有听见车轮滚动的声响。”

那声音中断了片刻，又补充道：

“我分辨不大清楚昨天和今天。我也不抱怨什么。我不知道发生了什么情况，但一定是出了什么事。”

这些话伴随一声叹息，说的声音温柔而深沉，透出无法抚慰的忧伤，关伯兰听到这样一句结束语：

“我必须走了，除非他回来。”

吾是熊闷声闷气，咕哝了一句：

“我不相信有鬼魂。”

他接着说道：

“这是条船。你问为什么房子在移动，要知道，我们这是在一条船上。你要平静下来，话不要说得太多。我的女儿，如果你还爱我一点点儿的话，就不要激动了，不要着急上火。我老了，承受不了你再生一场病。别让我担心了，千万别生病。”

那声音又说道：

“只有在天上才能找到的东西，又何必在人世间寻找呢？”

吾是熊带点儿权威的口气，反驳道：

“平静点儿。有些时候，你的头脑就是一根筋。我叮嘱你好好休息。休息就是了，你没有必要了解什么是腔静脉。你能安静下来，我也就会静心了。我的孩子，你也该为我做点儿事。他把你捡回来，但是我收养了你。你故意闹出病来，这就不好了。你应该平静下来，睡觉休息。一切都会好的。我以自己的名誉保证，一切都会好起来。况且，我们赶上特别好的天儿。这样的夜晚，好像是老天特意安排的。明天我们就能抵达鹿特丹了，那是荷兰的一座城市，就在默兹河河口。”

“父亲，”那声音又说道，“您要明白，两个人从小一块儿长大，就不应该拆散了，因为那是要命的事儿，甚至没办法不死人。我还是很爱您的，不过我明显感到，我不再是完全同您在一起，尽管还没有去跟他会合。”

“好了，”吾是熊一口咬定，“你还是尽量再睡一觉。”

那声音应道：

“我不是缺觉。”

吾是熊随即又说道，声调都颤抖了：

“跟你说了，我们要去荷兰，到鹿特丹，那是一座城市。”

“父亲，”那声音继续说道，“我没有病，如果您担心我生了病，那就尽可以放宽心。我也没有发烧，只是身子感到有点儿热。”

吾是熊结巴起来：

“就在默兹河河口。”

“我身体很好，父亲，不过您明白，我觉得自己要死了。”

“你可不要产生这种念头。”吾是熊说道。

紧接着，他又补充一句：

“我的上帝啊，千万别让她再遭受打击！”

一时间沉默下来。

突然，吾是熊嚷道：

“你这是干什么？你怎么起来了？我求求你了，躺着别动啊！”

关伯兰浑身一抖，探出头去。

第三章　天堂重现人世间

关伯兰瞧见了黛娅。她刚起来，直挺挺站在床垫上，身穿扣得严实的黑色长裙，仅仅露出肩窝儿连同纤弱的脖子。衣袖掩着胳臂，裙褶遮住双脚，只见两只手上青筋脉管网状交织，因发烧而高高鼓起。她浑身瑟瑟发抖，像棵芦苇似的摇晃而不是踉跄。风灯从下面照上去，突显她那难以言传的俊美的脸蛋。松散下来的头发飘拂着，面颊上没流一滴泪，双眸里有火光和夜色。她脸上的苍白色几乎透明，如同附着在人面上的神色仙颜。她那腰肢袅娜而柔弱，似乎混同并融入她那衣裙的纹褶中，而整个身子摇曳不定，宛若颤动的火苗。而且与此同时，别人能感到她开始淡出，渐渐化为影子了。她那两只眼睛大大地睁开，熠熠闪着光亮，真可谓一座坟墓的入口，伫立在曙光中的一颗灵魂。

关伯兰只瞧见后背的吾是熊，这时惊慌失措，举起双臂。

“我的女儿！噢！上帝啊，她进入谵妄的状态！谵妄！这正是我担心的情况。可别再受刺激了，会有生命危险，但是又得刺激一下，以防止她发疯了。丢了性命，还是发疯！落到何等两难的境地！上帝啊，怎么办呢？我的女儿，你赶快躺下吧！”

然而，黛娅还在说话。她的声音几乎不清晰了，就仿佛她和大地之间，已经有天壤之隔了。

“父亲，您弄错了，我一点也没有谵妄。您对我说什么，我都听得清清楚楚。您对我说，今天来的人特别多，等着我晚上演出，我也很乐意，您瞧，我心里明白着呢，但是，我不知道该怎么办，因为我死了，关伯兰也死了。不过，我还是来了。我同意演出。我倒是来了，可是，关伯兰却不在了。”

“好了，我的孩子，”吾是熊重复道，“听话，快点儿躺到床上去。”

“他不在了！他不在了！噢！周围多黑啊！”

“黑！”吾是熊讷讷说道，“这个词她是第一次说出来！”

关伯兰蹑手蹑脚,像轻轻移动那样,登上棚车踏板,进车里摘下搭肩和上衣,穿好衣服,披上搭肩,又下了车,而他这些举动,始终有棚车、帆索和桅杆所形成的间隔遮掩住。

黛娅还翕动着嘴唇,继续喃喃自语,而渐渐地,这喁喁之声变为一种旋律。在谵妄的间歇和空白之间,她开始神秘地呼唤:这是在表演《被战胜的混沌》时,她不计其数地向关伯兰发出的。她开始哼唱起来,而这歌声模糊而微弱,好似蜜蜂的嗡嗡声。

黑夜,快走开,
黎明唱起来……

她中断歌唱:

“不对,这不是真的,我没死呀。刚才我说什么来着?唉!我还活着。我还活着,他却死了。我在尘世,而他在天上。他走了,我却留下来。我再也听不见他说话和走路的声音了。上帝在尘世上,曾给过我们一角天堂,现在他又收回去了。关伯兰!那种生活结束了。我再也感觉不到他在我身边了。永远感觉不到了。他的声音!我再也听不见他的声音了。”

随后,她又唱道:

务必上天堂……
我也希望,
你得脱掉
黑色的皮囊!

她边唱边伸出手去,仿佛要在无限中寻找支撑点。

关伯兰突然出现在吾是熊身边,跪到黛娅面前,把个吾是熊惊呆了。

“永远啊!”黛娅说道,“永远啊!我再也听不到他的声音了!”

接着,她神思迷乱,又唱道:

我也希望
你得脱掉
黑色的皮囊!

这时,她听到一个声音,她心爱的人回答的声音:

唔!来呀!爱吧!
你是灵魂,
我就是心。

与此同时,黛娅觉得手掌下摸到了关伯兰的脑袋,她惊叫起来,那声音难以描摹:

“关伯兰!”

她那苍白的脸上,立时闪现星光,她站立不稳,打了个趔趄。

关伯兰张开双臂接住她。

“大活人呀!”吾是熊嚷道。

黛娅又叫了一声:“关伯兰!”

她说着,脑袋缩下来,偎依在关伯兰的脸上。她低声说道:

“你又下来了!谢谢。”

她坐到关伯兰膝上,由他紧紧抱住,她又抬起头,无限柔情的脸转向他,那双充满黑暗和光明的眼睛凝视着关伯兰的眼睛,就好像在端详他似的。

“真是你呀!”她说道。

关伯兰遍吻她的衣裙。有些话语，同时是言词、喊叫和哭泣。全部欣喜和全部痛苦都融入其中，混杂着迸发出来，看似没有任何意义，却道尽了悲欢离合。

“对，是我！就是我！是我关伯兰！就是有你作魂儿的那个人，明白吗？我呢，就拿你当孩子、妻子、星辰、生命！你就是我的永生！正是我！是我在跟前，把你搂在怀里。我还活着。我是你的。噢！一想起那会儿，就要一死了之！再晚一分钟！若是没有何莫人！这些情况，以后我再跟你说说。从绝望到欢乐，就是这么一步之遥！黛娅，我们要活下去！黛娅，原谅我吧！对！我永远属于你！你说得对，摸摸我的额头，确认就是我。早让你知道该多好！不过现在，再也没有什么能把我们分开了。我是逃出地狱，重又登上天堂。你说我从天上又下来了，不对，我是又上来了。我又和你在一起了。跟你说，永不分离！在一起！我们在一起！这话先前谁敢说呢？我们又团聚了。多少苦痛都过去了。我们前面就只有欢欢喜喜的生活了。我们重新开始幸福的生活，紧紧关起房门，再也不让厄运进屋了。我会全讲述给你听。你一定会大惊小怪。船起航了。谁不想让船驶离也绝办不到了。我们上了旅途，已经自由了。我们去荷兰，到那里就结婚，我也不愁生计的问题，这种安排谁能阻止得了呢？再也不必怕什么了。我深情地爱你。”

“也别操之过急呀！”吾是熊结巴着说道。

黛娅浑身战栗，像触摸天物一般战战兢兢，用手摸一遍关伯兰脑袋面孔的轮廓。关伯兰听见她自言自语道：

“上帝长的就这样子。”

接着，她又摸他的衣服。

“搭肩，”她说道，“上衣，都是原来的，一点儿也没有变。”

吾是熊惊愕不已，喜形于色，又是大笑，又是泪流满面，他注视着两个孩子，对自己讲了这样一通话：

“我一点儿也闹不明白了。我真是个傻瓜白痴。我是亲眼看着他被带进坟墓里的呀！我连哭带笑，也就会做这点事儿。我这么愚蠢，就好像我同样坠入情网似的。我还真处于热恋中。我爱上了这两个孩子。好了，老糊涂蛋！过分激动。过分激动。我怕的就是这个。不对，这正中下怀。关伯兰，顾惜她一点儿。其实，他们拥抱，亲吻就亲吻吧，这也不关我的事。我一旁看热闹就是了。我产生这种感觉好不奇怪。我就当他们幸福生活的寄生虫，也算分享我这份儿了。这其中没有我什么事儿，可是我却觉得我还有点儿用。我的孩子们，我祝福你们。”

就在吾是熊自说自话的时候，关伯兰则大声表白：

“黛娅，你太美了。这两天，不知道我怎么丢了魂儿。在这人世间，你是绝无仅有的。重又见到你，我还不敢相信这是真的。怎么上了这条船！告诉我，究竟出了什么事？他们把你们逼到这种地步！‘绿箱子’在哪儿呢？有人抢劫了，把你们赶走了。太卑鄙了。哼！我要替你报仇！我要替你报仇，黛娅！看他们敢欺负到我的头上，我是英国上院议员。”

仿佛当胸遭遇一颗星球的撞击，吾是熊连连后退，上下仔细打量起关伯兰。

“他没有死，这是显而易见的，可是，莫非他疯啦？”

他怀着戒虑，侧耳倾听。

关伯兰接着说道：

“你就放心吧，黛娅，我要到贵族院去控告他们。”

吾是熊仍旧审视他，还用手指尖敲打自己的脑门。

继而，他主意已定：

“对我反正是一码事儿，”他喃喃说道，“情况总归能好起来。你若是愿意，我的关伯兰，疯就疯吧。这是一个人的权利。我呢，还是很高兴的。可是，这一切，究竟是怎么回事呢？”

顺流的航船，继续平稳地疾行，夜色也越来越浓，雾气从大西洋弥漫过来，侵占了天空，没有一丝风驱散，朦胧中还能看见的几颗大星星，也一颗一颗相继消隐，不大工夫，便一无所见了，夜空漆黑一片，温馨而又无限。河面则越来越宽，而左右两岸望过去，只见两条棕色的线，几乎与夜色融合了。从这片昏黑中，逸出一种幽深的静谧。关伯兰半蹲半坐，搂抱着黛娅。二人说着话，时而提高嗓门，时而叽叽咕咕，时而又窃窃私语。随心所欲的对话。欢乐啊，如何用妙语传达？

“我的生命！”

“我的这片天！”

“我的爱！”

“我的全部幸福！”

“关伯兰？”

“黛娅！我陶醉了。让我吻你的脚。”

“果真是你呀！”

“此时此刻，我满腹话语，要对你讲，又不知道从何说起。”

“再吻一下！”

“我的爱妻啊！”

“关伯兰，不要跟我说我多美。你才特别美呢。”

“我又和你团聚了。你就在我的心上了。情况就是这样。你是我的了。我也不是在做梦。真真就是你呀。这怎么可能呢？对，我重又拥有了生命。你哪里知道，发生了多少五花八门的事件。黛娅！”

“关伯兰！”

“我爱你！”

吾是熊在一旁咕哝道：

“我有了一种当爷爷的乐趣。”

何莫人从车下钻出来，小心翼翼地，从这个人走到那个人跟前，不求有谁注意他，他只是伸着舌头，东舔舔，西舔舔，忽而舔到吾是熊的大皮鞋，忽而舔到关伯兰的上衣，忽而又舔到黛娅的衣裙，随后又舔床垫。这就是他祝福的特有方式。

船已驶过了查塔姆和梅德韦河口，接近出海口了。河面宽阔，在夜色中十分静谧，船在泰晤士河上顺流而下，毫无阻碍，根本不用人操纵，也就没有把一个水手叫上甲板，船尾始终只有船老板一个人掌舵。后甲板上，仅此一个人；前甲板上，风灯照见这一伙幸福的生灵，他们出乎意料的团聚，将不幸的深渊一下子变成欢乐的家园。

第四章　不。天上

猛然间，黛娅挣脱关伯兰的拥抱，直起身来，双手按住胸口，好像要阻止心脏跳出来似的。

“我这是怎么啦？”她说道，“我这有什么状况。欣喜，也能让人窒息。没什么。这样很好。我的关伯兰哟，你重又现身，给了我一击。幸福的一击。整个天国进入心田，让人沉醉了。你不知去向，我就觉得快要咽气了。正在离去的真正生命，你又还给了我。我感到身体里仿佛撕裂一般，撕裂开了黑暗，还感到生命在升腾，是一种热烈的生命，一种激情和欢喜的生命。你刚刚给我的这种生命，真是非同寻常，极富天国的资质，让人感到有点儿承受不起。就好像灵魂大起来，我们的躯体容纳不下了。这种天国的生命，这种丰盈饱满，一直涌上我的头，渗透我的周身。我这胸口似乎有翅膀在扇动，感到自己异常了，但是非常幸福。关伯兰，你又让我复活了。”

她那脸色红一阵，白一阵，又红起来，随即颓然倒下。

“唉！”吾是熊说道，“你要了她的命。”

关伯兰两只手臂伸向黛娅。从极度欢乐中，猛然跌进极度惶恐，这是多大的冲击。如若不是扶住黛娅，关伯兰自己也得倒下。

“黛娅！”他浑身颤抖，高声问道，“你怎么啦？”

“没什么，”她说道，“我爱你。”

她在关伯兰搂抱的手臂中，宛若拾起来的一件衣物，双手耷拉下去。

关伯兰和吾是熊扶着黛娅躺到床垫上。

黛娅有气无力地说：

“我躺着喘不过气来。”

他们又扶她坐起来。

吾是熊说道：

“拿个枕头来！”

黛娅却回答：

“干吗要枕头？有关伯兰就行了。”

她的头就枕到关伯兰的肩膀上；关伯兰坐在身后扶着她，眼里充满不幸的惊慌神色。

“唔！”她说道，“这样真舒服！”

吾是熊握住她的手腕，数她的脉搏。他没有摇头，什么话也没说，不过，看他眼皮痉挛地翕动，急速眨眼，显见在控制要涌出的泪水，就能猜出他心里在想什么。

“她怎么啦？”关伯兰重复问道。

吾是熊俯下耳朵，贴到黛娅的胸口左侧。

关伯兰急切地重复他的问题，却胆突突地怕听到吾是熊的回答。

吾是熊瞧了瞧关伯兰，又看了看黛娅，他面失血色，说道：

“估计我们到了坎特伯雷了，离格雷夫森德不太远了。这一整夜，天气都会很好的。海上航行，也不必担心遭到攻击，因为舰队都在西班牙近海一带。我们的航路一定畅通无阻。”

黛娅蜷缩起身子，脸色越发苍白，抽搐的手指揪扯着自己的衣裙。她难以表达心中的哀思，长叹一声，喃喃说道：

“我明白是怎么回事儿了。我要死了。”

关伯兰霍地直起身，神色惊怖。吾是熊扶住黛娅。

“死！你，死了！不，没有的事儿。你不能死。说死就死！马上死掉！这不可能。上帝并不残忍。把你交还又把你取走，就在同一时刻！不。这种事情不会发生。否则的话，上帝就是想要人怀疑他的存在；否则的话，就什么都是陷阱了，无论大地、上天、婴儿的摇篮、母亲的哺乳，还是人心、爱情、星辰，全是陷阱！那么上帝就是背信弃义之徒，人就是骗子！就什么都不复存在了！那就可以藐视世间造物啦！那就什么都毁灭了！你这是不知所云，黛娅！你能活下去。我要求你活下去。你应该听我的话。我是你的丈夫，也是你的主人。我不准你离开我。苍天啊！悲惨的世人啊！不，这种事不可能。而你死后，还让我留在这世上！这也太残酷了，就等于没有太阳了。黛娅，黛娅，振作起来。这是一时的恐慌情绪，马上就过去了。人有时候就会不寒而栗，过后就不再理会了。我绝对需要你健健康康的，需要你不再感到有什么不舒服。你，死了！我做了什么对不起你的事啦？一想到这一点，我就要丧失理智。我们两个彼此相属，也相亲相爱。你没有理由说走就走。这样做不公正。我犯下了什么罪过吗？况且，你已经原谅我了。噢！你也不愿意我成为一个绝望的人，一个恶棍，一个狂徒，一个该下地狱的人！黛娅！求求你了，我恳求你，我双手合十哀求你，可不要死了。”

关伯兰这样说着，用力揪住自己的头发，他吓得要死，哭得喘不上来气了，扑倒在她的脚下。

“我的关伯兰，”黛娅说道，“这也不是我的过错。”

她嘴唇上有点儿粉红的沫子，吾是熊用她的裙摆替她拭去，而匍匐在地的关伯兰没有看到，他只顾抓住黛娅的双脚亲吻，含混不清地讲着各种各样哀求她的话。

“跟你说，我不愿意。你，死了！我可没有这份儿力量。死也行，那得一起死。不这样就别死。你，死了，黛娅！这我没法儿答应。我的女神！我的爱！你要明白我在这儿呢。我向你发誓，你一定得活下去。死了！这就表明你想象不出，你死后我会怎么样。你若是能想清楚，我多么需要你而不能失去，就会理解根本谈不上死活的问题。黛娅，你要明白，我只有你。我的遭遇太奇特了。你就想象不出来，我那几小时却经历了整整一生。我看清了一件事：什么都是虚无的。唯有你，才是真实的存在。如果少了你，这世间就没有意义了。留下来吧。可怜可怜我吧。你既然爱我，那就活在世上。我又和你相聚，就是为了守住你。稍等一等。刚刚在一起，才这么一会儿工夫，不能说走就走了啊。你不要这么着急呀。噢！我的上帝，让我这么痛苦！你不会怪罪我的，对不对？你完全清楚，我那是迫不得已，是铁棒执法官把我带走的。等一会儿你就能觉出，呼吸会通畅一些。黛娅，什么事情都捋顺了，我们要过上幸福的生活。不要把我置于绝望的境地。黛娅！我没有做出一点儿对不住你的事呀！”

这番话不是讲出来，而是哭述出来的，让人感到一种复杂的情感：极度懊丧又无比愤慨。发自关伯兰胸臆的这种呻吟，能引来鸽群，而这种怒吼，又能吓退雄狮。

黛娅的声音越来越含混不清，回答每个字几乎都要停一下：

“唉！说什么都没用了。心爱的，看得出来，你已经尽力了。一小时前，我还想死呢，现在不愿意死了。关伯兰，关伯兰我的挚爱，从前我们多幸福啊！上帝把你安排在我的生活里，他又把我从你的生活中拉走了。我就要走了。你会记住‘绿箱子’的，对不对？也会记住可怜的盲女黛娅的，对不对？你会记住我的歌。不要忘记我对你说‘我爱你’的声音和方式！夜晚你睡着了的时候，我还要回来对你说这句话。这次我们又欢聚了，可是快乐过了头。这

种情况必须马上结束。显然我得头一个走了。我很爱我的父亲吾是熊，爱我们的大哥哥何莫人。你们都非常善良。这里空气憋闷，打开窗户。我的关伯兰，这话我没有对你说，就是因为有一回，来了一个女人，我嫉妒了。你甚至不知道我想说的是谁，不是吗？把我的手臂盖上点儿，有点儿冷。菲比呢？还有维诺斯呢？她们都在哪儿呢？一起生活长了，都会相互喜欢的。目睹过我们生活幸福的人，都要当作朋友看待。高兴的时候有她们在身边，我们应当感谢她们。这一切为什么全过去了？我不大明白这两天发生的事情。现在我要死了。你们就让我穿着这件长衣裙吧。刚才那会儿我穿上就想到,这就是我的殓衣了。我要一直穿着,这衣裙上有关伯兰的吻。噢!其实,我多么希望还活在世上。我们在破篷车上过着流浪的日子,其乐融融,多么开心啊!我们演唱,我听见热烈的掌声!那时候多好哇,从来就没有分开过。我就觉得和你们一起在云彩里,什么事儿我都一清二楚,虽然眼睛失明,一天一天我都分得清,我听见关伯兰的声音,就知道这是早晨;我梦见了关伯兰,就知道这是夜晚。我感到周身有什么东西裹着,那正是他的灵魂。我们无比温柔,相互爱恋。这一切都消失了,再也没有歌声了。唉!看来不可能再活在世上了!你会想念我的,我的心上人。"

她的声音越发微弱了。生命衰亡也剥夺她的气息。她的手指握住收回的拇指,这是临终时刻的信号。在这童贞女轻轻捯气中,似乎天使开始讷讷说话了。

她喃喃说道:

"你们会记得吧,对不对,因为我死了,如果没人记得,那就太伤心了。有时候,我还发脾气,请求你们所有人原谅。我完全可以肯定,如果仁慈的上帝愿意的话,我的关伯兰,我们占用不了多大地方,还能够幸福地生活,一起到另一个地方,谋个生路不成问题,然而,仁慈的上帝没有这种意愿。我一点儿也不明白为什么要我死呢。我成为盲人也没有怨天尤人,我没有冒犯任何人。我还巴不得在你身边永远做个盲人呢。噢!就这么走了,多叫人伤心啊!"

她的话语,在喘息中,一句接着一句熄灭,就好像吹灭了似的,最后几乎听不见了。

"关伯兰,"她又说道,"你会想念我的,对不对呀?我死了之后,还会有这种需求。"

她又补充道：

“噢！你们拉住我呀！”

她静默片刻，随后又说道：

“你要去同我会合，越早越好。即使陪伴上帝，没有你，我也会觉得很不幸。不要让我孤零零一个人等得太久，我的温存体贴的关伯兰！天堂本来就在这里。上边，那只是天空。噢！我喘不上来气！我亲爱的，我亲爱的，我亲爱的！”

“上帝保佑啊！”关伯兰呼叫。

“别了！”黛娅说道。

“上帝保佑啊！”关伯兰重复呼叫。

他的嘴唇紧紧贴在黛娅已经冰凉的秀美的双手上。

一时间，黛娅似乎停止了呼吸。

继而，她用两肘支起上半身，眼睛里闪过一道深邃的电光，脸上泛起一丝难以言传的微笑。她的声音爆发出活力：

“光明！”她嚷起来，“我看见了。”

说罢，她咽了气。

她的身子又倒下去，一动不动，平躺在床垫上。

“死了！”吾是熊说道。

可怜的老人，仿佛被绝望压垮，瘫倒在黛娅的脚边，他那光秃的脑袋，老泪纵横的脸，埋进黛娅的裙褶里。他匍匐在那儿，已然昏了过去。

这时，关伯兰的神色十分骇人。

他站立起来，扬起额头，凝望头顶漫漫无边的夜空。

接着，他向幽邃的苍穹伸出手臂，周围无人窥视，然而这黑暗的天地中，也许有个无形的人在观看，他说了一句：

“我来了。”

他随即朝舷边走去，在甲板上仿佛受到一种幻象的吸引。

再走几步，脚下便是深渊。

他缓步走去，也不看脚下。

他的脸上挂着黛娅刚才泛起的微笑。

他径直朝前走，似乎看见了什么东西。他的眸子里闪现一点光亮，宛若远远瞥见的一颗灵魂的反光。

他叫了一声："好吧！"

他一步步迫近船舷。

他高举双臂，仰着脑袋，目光直视，身子僵直，幽魂一般走去。

他毫不犹豫，不慌不忙地往前走，命定般地准确无误，就好像近前并没有张开大口的深渊和开启的坟墓。

他喃喃说道："你就放心吧。我追随你呢。我十分清晰地辨认出你给我发来的信号。"

他目不转睛，凝望着黝黯天空顶端的一点，脸上始终保持那种微笑。

天空犹如黑锅底，不见一颗星星了，可是，他显然望见了一颗。

他穿过了甲板。

他又僵直地走了凶险的几步，到达船的边缘。

"我到了，"他说道，"黛娅，我赶到了。"

他还继续往前走，前边没有护栏，只是虚空。他一脚踏下去。

他踏空跌落。

夜色浓厚而重听，河水幽深幽深。他沉没下去，寂静而凄黯地消失了。谁也没有看见，也没有听到什么。船继续行驶，河水依旧流淌。

不久，船就驶入大洋。

吾是熊苏醒过来，不见了关伯兰，却瞧见何莫人站在船舷，在黑暗中望着大海长嚎。